Yitzhak Laor

Ecce homo

Yitzhak Laor

Ecce homo

Aus dem Hebräischen von
Markus Lemke

Unionsverlag

Die Originalausgabe erschien 2002 unter dem Titel
Hine Adam im Verlag Hakibbutz Hameuchad in Tel Aviv.
Deutsche Erstausgabe

Der Übersetzer dankt dem
Deutschen Übersetzerfonds e.V. für die
freundliche Unterstützung.

Für Siggi

Im Internet
Aktuelle Informationen,
Dokumente, Materialien
www.unionsverlag.com

Rieterstrasse 18, CH-8027 Zürich
Telefon 0041-44-283 20 00, Fax 0041-44-283 20 01
mail@unionsverlag.ch

Umschlagfoto: Brian Hagiwara/Getty Images
Druck und Bindung: Freiburger Graphische Betriebe
ISBN-10 3-293-00353-2
ISBN-13 978-3-293-00353-8

Epilog

Zu sehen ist ein General

13:20, Golds Prozession

Wie lässt sich das Glücksgefühl erklären, das Ariel Gold im Sommer 1990 überkam? Jeden Tag zur Mittagszeit, um zwanzig nach eins, tritt Professor Ariel Gold aus seinem Büro im Fakultätsgebäude, hinterlässt ein freundliches Wort an seine Sekretärin, legt sich das helle Jackett um die Schultern, seine freien Hände verschränken sich für einen Moment hinter seinem Rücken – und nachdem das Jackett ordentlich zurechtgerückt ist, löst er seine Hände voneinander, um sich durch die freundlich gesinnte Luft zu tasten. Zuweilen wirken die Ärmel des Jacketts, zusammen mit den herabhängenden Armen, wie vier Flügel, aber Gold hüllt sich bereits in ein Lächeln, fliegt einsam und allein wie eine Libelle ein paar Meter, und an der Tür zu Professor Silbers Büro, Afrika, Naher Osten, sagt er leise, ohne anzuhalten, wie zu sich selbst (Silber wartet bereits neben der sperrangelweit aufgerissenen Tür, begierig, über den Bericht in Sachen General Mobutu zu reden: Eine studentische Mitarbeiterin von ihm hat eine der Frauen des Diktators interviewt, und diese hat ihr anvertraut, dass man, als Mobutu für einen Fallschirmkurs hier im Lande war, sich eines Nachts an ihm vergangen hat, und er seither Angst hat, unentwegt Angst hat, sie könnten sein Geheimnis aufdecken), »Silber, mein Teuerster«, und geht weiter seines

Weges, Gold nämlich, wendet nicht den Kopf, um zu sehen, ob Silber dazugestoßen ist, und Silber, der hier gewartet hat, seit Ruchama, seine Sekretärin, angerufen hat, (ohnehin hat er seiner studentischen Mitarbeiterin versprochen, nichts davon publik zu machen, weshalb er den Bericht unter Verschluss hält), schließt sich dem Wandelnden an. »Die Syrer«, sagt Gold (hinsichtlich der Syrer hat er eine dezidierte Meinung, seit er die Korrekturfahnen zum Buch seines guten Freundes Professor Andrew Macmilan über Syrien als nichtarabisches Land gelesen hat) und geht weiter, beide tauschen sie ein paar Ansichten aus, ehe sie die Tür zum Zimmer von Professor Arad erreichen, aber dort nicht innehalten, denn Silbers Sekretärin hat längst die Sekretärin von Arad angerufen und ihr gesagt: »Die beiden Idioten nahen«, worauf Arads Sekretärin ihren Chef gewarnt hat: »Mittagessen, Arad, und essen Sie nichts Scharfes, Sie wissen ja, wie es Ihnen hinterher ergeht«, um dann sogleich die Sekretärin von Professor Kupfer anzurufen und ihr zu sagen: »Sie sind auf dem Weg zu dir, und sag deinem neuen Boss, dass sie nicht anhalten und warten«, und jetzt sind sie bereits zu dritt, Ariel Gold in der Mitte, vorneweg, seine Hände schwingen nach vorne, seine Ärmel flattern nach hinten, und zu beiden Seiten seine zwei Kumpane, die ihren Schritt dem seinen anpassen, denn schon prüft Gold seine Stimmbänder, räuspert sich, und stellt Arad auf die Probe: »Nu, was sagen Sie über die Syrer?« Und Arad, ausgerechnet am letzten Tag des Semesters verlangt es ihn, etwas noch nie Gesagtes zu sagen: »Die Syrer? Was lässt sich über die schon groß sagen? Araber halt!« Worauf Gold mit einem Ungestüm erwidert, das sich deutlich von seiner Schrittgeschwindigkeit unterscheidet: »Das genau ist Ihr Irrtum, Arad, mein Freund, sie sind mitnichten Araber, die Syrer, sie sind Assyrer, Sie sollten das Buch meines guten Freundes Andrew Macmilan lesen, ein wirklich guter Freund und wertvoller

Mensch.« Danach seufzt er und verspürt bereits Lust, raus in den wunderbaren Sonnenschein zu treten, das Semester geht zu Ende, aber noch herrscht frühsommerliches Wetter, doch dann instruiert er seine beiden Begleiter, ohne den Kopf zu wenden: »Kupfer kommt; ihr müsst nett zu ihm sein. Ein angenehmer Mensch, ich hab dafür gesorgt, dass er den Fakultätsvorsitz bekommt.« Tatsächlich gelangen die drei bei Kupfer an, passieren genauer gesagt die Tür seines Büros, hinter der er sich auch nicht versteckt hält, sondern regelrecht in der Tür stehend wartet, unschlüssig, wie er sich dem Marsch anschließen soll, einen roten Fleck hat er unter dem Auge, kann aber seinen *Ödipus auf Kolonos* auswendig (auf Griechisch!), er sagt etwas Lustiges, lacht als Einziger, passt sich ihrem schnellen Gehen an, geht, als sei er schon seit eh und je mit ihnen auf der Wanderschaft, aber in Wahrheit ist er erst jetzt aufgenommen worden, anstelle von Professor Chaim Chadad, seligen Angedenkens, sodass er die richtige Position sucht, zu diesem Dreieck zu stoßen, und am Ende, schon am Ausgang des lang gestreckten Gebäudes, beschließt, hinter ihnen herzugehen, exakt hinter Gold, und zwei Minuten später befinden sie sich auf dem breiten Gehweg, Mönchskraut und Stiefmütterchen verneigen sich vor ihnen und Kupfer hat sich bereits an seinen Platz am hinteren Ende der Formation gewöhnt. »Nu, Kupfer, und was sagen Sie über die Syrer?« Was kann Kupfer schon groß über die Syrer sagen? »Nun gut«, meint er vergnügt, gut geht es ihm, wie viele Male hat er Golds Gefolge den Olymp durchqueren sehen und jetzt ist er wie ein Traumwandler, eilt und sputet sich: »Araber sind sie keine, die Syrer, absolut keine Araber«, direkt in Golds zerfurchten Nacken hinein, während sie allesamt den Eingang zur Fakultät für Verhaltenswissenschaften erreichen und Professor Peled einsammeln, der, schon im Gehen, unschlüssig ist, wie er sich zwischen Gold und Silber drängen soll, da Silber ihm im Weg ist, weshalb auch er sich hinten einordnet, Kupfer dabei nötigt, ein bisschen nach rechts zu rücken, und sie beide, Seite an Seite, wie der Sockel eines Fünfecks dahintrotten, Kupfer von Zeit zu Zeit einen kleinen Hüpfer vollführt, um den Takt im Gefolge der Veteranen zu finden, und Peled bezüglich Andrews Buch sagt (und nicht etwa auf die Frage wartet, da er sich bereits, als er von seiner Sekretärin den Anruf erhielt, zurechtgelegt hat, was zu sagen ist): »Hör zu, Ariel, ich hab das Buch deines Freundes gelesen. Was soll ich dir sagen? Er hat seinen *point.* So hab ich das noch nie bedacht. Er ist wirklich *serious,* was?« Und Gold? Ha, Gold genießt es wirklich und ausgelassen posaunt er in den freundlichen Sonnenschein des Monats Juni 1990: »Was heißt hier *serious?* Er ist *der* größte Experte auf der Welt, aber wirklich *der* größte auf der ganzen Welt, für Syrien und die Syrer«, und unter Lobeshymnen auf Andrew nähert sich die Formation eilends dem Fachbereich für Psychologie, wo Professor Holz dazustößt, zunächst als Nachhut, das Hemd hängt ihm über der Hose, als sei er gerade von der Toilette gekommen. Er weigert sich, eine Antwort zu den Syrern zu geben, gesellt sich dann, gezwungenermaßen, zu dem hinteren Pärchen, und Gold sagt zu ihm: »Was ist mit deiner Frau, Holz?« Und Kupfer, der Neue, bemerkt freudig: »Er hat einige, nicht? Sind Sie nicht der Holz, der etliche Frauen hat?« Aber man antwortet nicht, Synkope, und erneut reden sie, bis in der Mitte des langen Flurs der Fakultät für Biontologie Professor Maurice Bidone dazustößt, sich dem hinteren Trio anschließt, das jetzt ein Quartett im Gefolge des vorderen Trio ist, ein eindrucksvolles Konstrukt, und alle gemeinsam nehmen sie die steilen Stufen am anderen Ende des Gebäudes, Gold redet und seine Hände flattern in der Luft, Studenten staunen, und wie ein junges Füllen beeilt sich Maurice Bidone, Kupfer seine Aufwartung zu machen, der seinerseits umgehend erwidert: »Kupfer, Dekan für Griechisch«, und Holz, die Hände hinter dem Rücken verschränkt, kollert: »Bidone, sag ihm, dass die Unterhaltung hier konzentrisch verläuft, und außerdem, Gold will wissen, wie der Kopf des Inlandsgeheimdienstes heißt, richtig Gold?« Stille breitet sich aus. Holz' Bemerkungen sind stets mit Erbitterung gegen das Zentrum des Kreises gerichtet, will sagen gegen Gold, die Pfeilspitze dieses mirageförmigen Gebildes; und ausgerechnet Kupfer kennt den Namen des Chefs vom Inlandgeheimdienst, hat ihn in der Armee kennen gelernt, vor langer Zeit, und irgendjemand hat ihm erst kürzlich erzählt, dass dieser Schmock, ja, ja, der, der mit dreizehn noch ins Bett gemacht hat, genau der, über den sie während der Grundausbildung alle gelacht haben, dass der nun Chef des Inlandsgeheimdienstes ist, aber Kupfer sagt kein Wort in dieser Angelegenheit, vielleicht ist das Ganze überhaupt nur eine Falle für ihn, schließlich beherzigt er noch immer die Weisung seiner armen Eltern, niemals mit dem Kopf voran ins Wasser zu springen, und Gold, wäre er nicht gleichzeitig mit Reden und Zuhören beschäftigt, würde anhalten, um einen Armeegeneral zu grüßen, der auf ihrem Weg steht, verfettet, riesenhaft und glatzköpfig. Gold drängt es, ihnen zu sagen, ›Der General, Lotem heißt er, glaube ich, kommt, nehmen wir ihn mit‹; ›Er wird sich selbst mit uns nehmen‹, fällt ihm eine bessere Formulierung ein, doch das Ganze könnte nur erfolgen, wenn es gelänge, die ganze Formation zum Stehen zu bringen, wobei schon nicht mehr klar ist, wer wen führt, wer zieht und wer hinterhergezogen wird, und wie in einem vorbeifliegenden Zug meint Holz, den hinkenden Pippano zu sehen, wichtig, ihm zuzuwinken, anderenfalls ist er beleidigt. Gold schweigt, das Lächeln ist ihm aus dem Gesicht gewischt, wegen des dämlichen Haufens hat er den General verpasst, sodass er das Thema wechselt, beschließt, den hinterhertrottenden Holz zu versöhnen, »Holz, wie wurden diese Leutchen noch genannt, die bei sich in der Siedlung den Hitler gesehen haben?« Und Holz, von hinten, ruft zurück: »Bist du sicher, dass bei diesem Fall dein Geschrei auf dem Campus angebracht ist?« Gold geschwind: »Die sind doch tot, nicht?« Holz bestätigt, hat ohnehin keine Lust, an diesen Märschen über den Campus teilzunehmen, doch Gold macht weiter, ohne den Kopf zu wenden: »Nu, Holz, erzähl Kupfer, Professor Kupfer, das ist Professor Holz, erzähl ihm, wie die alten Leutchen hießen, die Hitler jede Woche bei sich zum Fenster reinschauen gesehen haben, oder wie war das da?« Holz antwortet nicht, er müsste die Antwort bis zu Gold schreien, und Gold würde sich den Hals verrenken, würde wiederholen, was Holz gesagt hat, und außerdem würde der Wind die Stimmen mit sich forttragen, weshalb Holz sich darauf versteift, nichts zu sagen, und Gold schon böse wird wegen des durch die Lappen gegangenen Generals, auch der Name des Inlandsgeheimdienstchefs hat ihm etwas Schmerzliches in Erinnerung gerufen, vielleicht seinen Sohn, doch trotzdem fährt er fort, Kupfer an der Geschichte teilhaben zu lassen, tut dies nur, um ein bisschen Hochachtung gegenüber Holz zu bekunden, johlt aber den neben ihm laufenden Silber und Arad zu, weil er nicht als kompletter Idiot erscheinen will, nachdem Holz ihn beleidigt hat, »Er hat alte Patienten gehabt, die haben Hitler hier im Land rumlaufen gesehen, eine komplette akademische Karriere hat er auf deren Wahnvorstellungen errichtet, hat ganze Konferenzen überall auf der Welt organisiert, und jetzt, wo sie tot sind, läuft er, anstatt sich neue Fälle zu suchen, wie ein Lude auf dem Campus herum.« Doch Ariel Golds Verlangen, kehrtzumachen und zu dem General zu gehen, lässt ihm keine Ruhe, er wird ihn einladen, mit ihnen zu Mittag zu essen, der General wird ihnen das ein oder andere sagen können, über die Syrer zum Beispiel, aber sie haben sich bereits von dem General entfernt, selbst den Kopf zu wenden, um ihn von weitem zu sehen, ist nicht mehr möglich, und nur die Sehnsucht frisst sich fest, irgendeine starke Sehnsucht, während Kupfer überlegt, etwas zu der großen Kontroverse um die alte Leopardin des Befehlshaber Mitte zu sagen, wissen will, wie hier, in dieser Runde, die Meinungen zu dieser erregenden Angelegenheit verteilt sind, doch sein gesundes Empfinden hält ihn an, auch jetzt den Mund zu halten, schließlich ist auch er Feldwebel in einer gewissen Spezialeinheit gewesen, hat auch er den General gesehen und kein Wort gesagt, weil er den Grund kennt, weshalb der General auf dem Campus herumläuft wie Odysseus, der nach dem Weg zu seiner Liebe sucht. »Und nur die Sehnsucht nach dir, makelloser Odysseus, nach deiner Vernunft und deiner Güte, war es, die das honigsüße Leben zum Untergang verurteilt hat.«

13:30, man isst Püree

Jeden Tag, genau um halb zwei, betritt das Grüppchen die Mensa des Lehrkörpers, auf dem Dach des ehemaligen Hauses des Dorfvorstehers – jenes Dorfes, das wie ein lautloser Schrei unter der Universität begraben liegt –, um sich am Fenster, das aufs Meer geht, niederzulassen, und Sehava, die Kellnerin, in ihrer schwarzen Tracht, der weißen Schürze, lässt sie ihre Plätze einnehmen, während ihre Lippen vor sich hin murmeln, sie reicht Professor Gold die Tageskarte, worauf der mit versonnener Stimme etwas zu sich selbst sagt (sein Gedächtnis ist phänomenal, nicht ein Fachaufsatz gegen ihn, an dessen Verfasser er sich nicht erinnern würde, und nicht nur gegen ihn, es gibt auch keine einzige Lobeshymne auf ihn, an die er sich nicht erinnerte, nur der Name des Inlandsgeheimdienstchefs will ihm nicht einfallen, und jedes Mal, wenn er die sich um ihn Scharenden fragt, wie nebenbei fragt, antworten sie nicht, doch es lässt ihm keine Ruhe, vielleicht hätte dieser General ihm den Namen offenbart, nicht im Beisein der Idioten, aber vielleicht in einem privaten Gespräch): »Nun, lasst uns mal sehen, was sie heute haben, ja, ja.« Die Senatoren versenken sich in die Tageskarte, während Sehava noch immer vor sich hin murmelt, blass, ohne zu lächeln, einen Sohn in der Armee hat sie und ihr Ältester arbeitet in Eilat als Traktorfahrer, manche sagen, sie beschimpfe ihren Boss oder die Professoren, auf Rumänisch, was nicht einmal Professor Gold versteht, aber Latein spricht er, und als sich unsere Studentenrevolte schließlich mit der Forderung begnügte, die Pflichtscheine in Latein abzuschaffen, stand Gold da und schrie aus seinem Fenster den Vertretern der Aufständischen zu, die sich auf der umzäunten Rasenfläche versammelt hatten: »Dissolvitur lex cum fit iudex misericors« (das Gesetz verliert seine Gültigkeit, wenn der Richter barmherzig wird). Danach beruhigte er sich, sagte die nächste Unterrichtsstunde ab und ging zum Frisör, denn am Ende sollte Latein als Pflichtsprache erst nach dem Ableben des letzten Lateiners an unserer Universität, niemand anderen als Professor Gold nämlich, abgeschafft werden (nicht einmal die Teilnehmer an seinen Übungen konnten Latein und dennoch verstanden alle, dass diese Disziplin mitsamt Exerzitien, Prüfungen, Noten, Bestehen mit Auszeichnung, Durchfallen und Wiederholen bestehen bleiben musste, bis Gold verschwunden sein würde). Erst jetzt sagt Gold wie beiläufig zu seinen das Tagesmenü studierenden Kollegen: »Habt ihr General Lotem gesehen? Ich denke, man hätte ihn einladen sollen, mit uns zu essen. Er hätte etwas zum Gespräch beitragen können.« Und bei sich denkt er an die Beleidigungen, die sein einziger Sohn ihm zugefügt hat. »Was hätte er schon zum Essen beisteuern können? Soße?«, fragt Professor Morris Holz. »Was soll das heißen?«, erwidert Gold entsetzt. »Er ist immerhin *das* strategische Hirn der ganzen Armee«, worauf Silber interessiert nach Golds Meinung fragt: »Denkst du, er wird der nächste Oberbefehlshaber werden?« Noch ehe Gold auf die gewichtige Frage antworten kann, beeilt sich Arad, der ständige Rivale von Silber, seinerseits eine Anfrage einzustreuen: »Ich gebe zu, dass ich in meinem Leben noch mit keinem General gesprochen habe. Du etwa, Gold?« Gold antwortet nicht, will sagen, er habe, was er aber nicht hat, und lügen tut er nicht, in der Regel zumindest. Nun ist es Kupfer, der zu den anderen sagt: »Ihr wisst, dass ich in der Eliteeinheit des Generalstabs war, aber sie haben mich rausgeworfen, weil ich mir bei einem Gefecht vor lauter Angst in die Hose gemacht und gesagt habe, es sei meine Wasserflasche, die eine Kugel abgekriegt hätte, und vielleicht war es ja tatsächlich die Wasserflasche, ich erinnere mich an rein gar nichts, stellt euch das vor«, und er lacht ein bisschen, sein Geburtsfleck unter dem Auge verfärbt sich rot, dann verstummt er, von Erstaunen erfüllt wie ein Philosoph, aber Gold kanzelt ihn trocken ab: »Wir mögen keine intimen Erinnerungen. Auch Platon hat das begriffen. Einer Frau erzählt man persönliche Geheimnisse, aber ich bin Witwer, und auch meiner Frau hab ich nicht immer alles erzählt. Am allerschwersten zu begreifen ist eine zweite Ehe. Den General hätten wir zum Essen einladen sollen.« Gold aß sein Püree, Silber und Arad vertilgten Bratkartoffeln, Bidone und Peled bissen von ihrem Tunfisch in pikanter Soße und auch Morris Holz aß, allerdings verärgert über Gold.

Professor Moshe Kupfer

Kupfer sagte leise zu Holz: »Ich möchte mich für den Unsinn entschuldigen, den ich vorhin gesagt habe, auf dem Weg hierher. Es war ein schöner Weg, und mir ist Schmonzes in den

Sinn gekommen. Sie verstehen mich sicher.« Und Holz erwiderte: »Gold ist nicht damit einverstanden, dass wir während des Essens reden«, aber nachdem Gold, mit vollem und geschlossenem Mund, mithilfe der Gabel und danach auch mit dem Messer wie der Dirigent eines Orchesters angezeigt hatte, dass es ihn nicht kümmere, fuhr Holz fort: »Davon abgesehen, ich weiß nicht, was Sie gesagt haben, oder erinnere mich nicht mehr.« – »Tatsächlich?«, wieherte Kupfer. »Hinsichtlich der Leopardin, ich wollte Sie alle fragen, was sagen Sie? Sollte man sich ihrer entledigen oder nicht?« Niemand antwortet. Monate schon schwelt die öffentliche Diskussion um die Haltung der Leopardin auf Staatskosten (Shlomo Parkinson, der Verteidigungsminister, hat, wie alle wissen, vom Generalstabschef verlangt, den Befehlshaber Mitte zu zwingen, die Leopardin an einen städtischen Zoo in einem der ärmeren Wahlbezirke zu spenden). Silber unternimmt einen Versuch: »Eine studentische Mitarbeiterin von mir hat Mobutus Frau interviewt, seine erste Frau.« Gold fährt dazwischen: »Afrika ist am Ende, Silber, noch bevor du in Pension gehst.« Silber verstummt. Die Stille kehrt zurück, nur Sehavas Geflüster und die Seufzer des Kühlschranks in der Küche sind zu hören, und eine Fliege, die darauf beharrt, durch die geschlossene Fensterscheibe zu entwischen, anstatt durch die halb offen stehende rauszufliegen. Arad wirft einen Blick auf Holz – wie sehr er ihn verabscheut. Wie konnte meine Frau bloß mit dem ins Bett gehen? Man darf sich nicht mit ihm anlegen. Er vergisst nichts, macht deinen Studenten gegenüber Bemerkungen, scheißt auf die ganze Welt. Widerlich, diese Professoren, die ihre Studentinnen bumsen und von den Zeitungen gepriesen werden. Besonders verbittert Arad der Fall des Doktor Moulin, der seine Studentin geheiratet und Sybille, seine Frau, rausgeworfen hat. Ständig kommt sie her, jedes Mal, um die ihr verloren gegangenen Jahre einzufordern. Gold sagt: »Ein ausgezeichneter Wein«, hebt das Glas und zitiert Horaz: »Nunc est bibendum, nunc pede libero pulsanda tellus.« (Also: Jetzt lasst uns trinken, lasst uns nun leichten Fußes im Tanze drehen.) Kupfer lächelt von neuem, ist auf einen Schatz gestoßen, eine Gelegenheit, sein dämliches Geständnis vergessen zu machen, keine Wasserflasche, kein Gefecht, er hat sich einfach in die Hose gemacht und ist rausgeflogen. »Data tempore prosunt et data non apto tempore vina nocent.« (Ein zur Zeit gereichter Wein ist von Nutzen, ein zur Unzeit ausgeschenkter schadet.) Gold hob die Augen von seinem Schnitzel. Sein Blick verkündete Verdruss. Auch die anderen hörten auf zu essen. Kupfer sagte: »Hups, ich nehme meine Bemerkung zurück.« Zu spät. Arad sagte: »Man sollte nicht so viel reden«, und Holz erklärte: »Sie müssen wissen, Kupferstein ...« – Kupfer wollte ihn korrigieren, wagte es aber nicht – »Gold billigt es nicht, dass wir beim Essen reden, außerdem, er ist zwar für Latein, aber das besagt nicht, dass das Gespräch auf Lateinisch geführt werden muss.« Sie aßen weiter. Peled betrachtete sie mit fröhlichem Blick. Er hatte grüne Babyaugen, liebte Streitereien. Auch er nahm einen Schluck von dem süßen Festtagswein, der hier von irgendeiner Beschneidungsfeier übrig geblieben war. Gold schaute zu Kupfer und sagte dann leise: »Es gelingt mir nicht, mich an den Namen des Inlandsgeheimdienstchefs zu erinnern. Helft mir.« Niemand kannte ihn. Jemand antwortete: »Man sagt sogar, er sei ein Student von dir gewesen, Gold, weißt du das?« Gold darauf ungerührt: »Was für eine Frage! Ich kann mich nur nicht an seinen Namen erinnern.« Und Silber meinte: »Ich weiß es nicht, und denk nicht, ich hätte nicht versucht, es für dich rauszufinden.« Kupfer hingegen sagte erfreut: »Ich kenne ihn.« Stille trat ein. Kupfers Marktwert stieg. Gold sagte: »Nu, also was schweigen Sie?« Aber Kupfer sagte: »Ich darf ihn nicht verraten. Ein Strafrechtsbestand, verständlicherweise.« Und Gold:

»Selbstverständlich.« Kupfers Marktwert sank. Gold sagte: »Ein Leuchter hat bei mir eine ganze Judaikasammlung nach sich gezogen.« Das war das Zeichen für ein langes Schweigen.

Das goldene Licht des Herbstes

Holz' Herz verzehrt sich nach dem goldenen Licht des Herbstes an dem Ort, von dem er stammt, und nach dem Namen Tammy, den er nicht mit einem Gesicht in Verbindung zu bringen vermag. Rostrot ist die Farbe der Blätter am Ende des Sommers. Was ist mit Mutters Grab geschehen? Im Garten Eden werde ich sie finden, sollte ich dort sterben, wo ich geboren bin. Eine Fliege wandert auf der grünen Tischdecke umher. Bidone versucht, sie zwischen beiden Handflächen zu fangen, schafft es, will jubeln, tut es nicht, öffnet die Hände und lässt die Fliege entkommen. Gold sagte: »Nun, ich denke, in den Sommersemesterferien, die uns vergönnt sein werden, sollten wir auf unsere gemeinsamen Mahlzeiten verzichten.« Die Höchststrafe. Sie sagten kein Wort. Eine Entscheidung von ihm ist eine Entscheidung. »Und jetzt muss ich mich beeilen. Der General draußen sucht nach mir.« Was nicht gelogen war. Denn er wollte sagen, ›Ich suche draußen nach dem General.‹ Da war kein Unterschied. Holz versank in seiner Séance: Ich will mich nicht selbst zügeln. Ich will so viel es geht, Mädchen auch, will nicht aufhören, und jetzt versuchen sie, mich um die Einführung für das Erstsemester zu bringen. Was soll ich ihnen sagen? Dass ich diese Einführungsveranstaltung mit den jungen Dingern, die jedes Wort, jedes Witzchen mitschreiben – dass ich sie liebe? Und wen werden sie an meine Stelle setzen? Ja, du hast mir gesagt, keine Frauen am Lehrstuhl einzustellen, nein, hast du mir nicht gesagt. Frauen schleusen Frauen ein, schleusen Frauen ein, schleusen

Frauen ein. Warum rede ich mit Toten? Wie hat das kleine Mädchen mit den Goldlocken und den grünen Augen in meinem Kindergarten geheißen? Das stimmt, ich mache Stielaugen. Ich will nicht sterben, will keine Ehre, keine Posten, Beziehungen, will nur Schäkereien. Ein Mensch verlässt ein Land und kehrt nie wieder zurück. Nur die Beine bleiben dort. Wenn ich mich auf den Weg mache, werde ich nicht ankommen, wird die Finsternis herabfallen. Mit verhaltener Schroffheit sagte Gold zu Holz: »Du gehst nirgendwohin. Ich muss mit dir reden.« Holz sagte: »Wohin könnte ich schon gehen?« Die anderen machten sich davon. Kupfer schaute zurück wie Lots Weib. Gold fragte den Chefkoch Antoine, ob irgendein General aus der Armee hier zuvor gespeist habe, mit jemandem aus der Führungsspitze des Staates. Antoine schwor, auf Französisch, dass nicht, und Holz floh. Gold war nicht erbost. Immer schon hatte er wissen wollen, warum einer seiner Hoden groß, der andere klein war, und nicht nur, wie der Chef des Inlandsgeheimdienstes hieß. Sodass er während jenes gesamten Essens abgelenkt gewesen war.

Dido

Ungeachtet seines Versprechens gegenüber Gold eilte Morris Holz in sein Büro. Er verspürte Lust, eine Nummer zu wählen. Der Flur war leer. Neben dem Mitteilungsbrett eine matronenhafte junge Frau mit Brille. Streichle mir über den Kopf. Was ist an diesem Streicheln, dass man es nicht mit derselben Grobheit einfordern kann wie einen geblasen zu bekommen? Frag deine Geschiedene, Morris. Chaim, ich rede mit ihr nicht über diesen großen Kontinent, auf dem ich lebe. Wir haben uns kennen gelernt, als wir auf dem Gymnasium waren, sie würde allein von dem Ausdruck »einen blasen« das

Kotzen kriegen. Du hast keine Vorstellung, was für ein Eheleben ich all die Jahre hatte. Und deine zweite Frau? Sie ist nicht meine Frau, Chaim, und ich habe Angst vor ihr. Eines Tages wird sie mich aus ihrer Wohnung vertreiben.

»Professor Chadad?«

»Ich bin nicht Professor Chadad, wissen Sie nicht, dass Professor Chadad gestorben ist?«

»Aber Sie sehen ihm so ähnlich.«

Im Halbdunkel des Flurs, nach einem Moment der Bestürzung, versuchte er, sie noch etwas zu fragen, aber sie ging fort, gebeugt, nahm ihre Brille ab, warf sie in einen Papierkorb und übergab sich. Ich sehe dir nicht im Mindesten ähnlich, und du hast überhaupt nicht in diesem Gebäude gelehrt, Chaim. Er öffnete die Tür seines Büros. Im Zimmer war es warm. Er wühlte in einer Schublade, zog sein Adressbuch hervor und suchte beharrlich nach Nummern; strich erst die Nummer von Chaim Chadad aus, danach noch fünf Nummern von Verstorbenen, inklusive der einer vormaligen Studentin, die an Krebs gestorben war, und war am Ende des Adressbuches angelangt. Nun strich er auch die Namen von noch Lebenden, von Frauen, bei denen er sich bereits mehr als einmal durch Anrufe zum Gespött gemacht hatte. Strich den von Gold aus. Der Vorhang senkt sich über den Mummenschanz des Sex, den einzigen Mummenschanz, an dem das Fleisch und die Seele gleichermaßen beteiligt sind, als Gleichberechtigte. Didos Name linste aus dem Adressbuch hervor. Einmal, vor Jahren, vielleicht vor zehn Jahren, hatten sie in seinem Wagen gesessen und er hatte aus der geblümten, aufgeknöpften Bluse ihre Brust gezogen und wie ein Säugling daran gesaugt. Sie hatte ihn erbost weggestoßen und feindselig geschnaubt: »Das ist wirklich lächerlich.« – »Was?« – »Dass du dich wie ein Gymnasiast aufführst und ich mich von dir anstecken lasse.« Holz rief Dido an. »Hier ist Morris, können wir reden?« Sie sagte leise: »Ja, aber nur kurz.«

»Ich hab einen Ort.«

»Kein Hotel?«

»Ich hab einen Ort. Wann?«

»Nicht morgen.«

Plötzlich legte sie auf. Ihr Mann – ein Rechtsanwalt und Sportfunktionär – hatte Angst, allein in europäischen Hotels zu übernachten. Einmal war er in irgendeiner deutschen Stadt, in Bielefeld möglicherweise, allein in die Einkaufsstraße gegangen und hatte nach einem Geschenk für seine Frau gesucht, wusste nicht, was er kaufen sollte, ließ sich verleiten und nahm eine Prostituierte mit aufs Zimmer. Doch er kriegte ihn nicht hoch und dachte, er müsse nicht bezahlen. Die Hure schrie. Sofort gab er ihr mehr, als sie verlangt hatte, und drängte sie, »Go, go«, damit bloß die Jugendlichen, die er zu einem Freundschaftsspiel nach Deutschland gebracht hatte, nichts mitbekamen. Damals hatte er beschlossen, nie wieder allein ins Ausland zu fahren. Jetzt – ohne jeglichen Zusammenhang, selbstverständlich – wollte Didos Mann wissen, ob der Anruf für ihn gewesen sei, und Dido sagte: »Nein, verwählt, da dachte einer, hier wäre die Taxizentrale.« Holz war verärgert. Er ließ die Arme herabhängen. Stieß die Luft hervor. Was war sie so panisch? Sie hätte mit ihm wie zu einer Freundin reden können, zum Beispiel. Er rief sie erneut an. Ihr Mann antwortete. Seine Stimme klang sehr selbstsicher, ein sich räkelndes »Hallllooo«. Holz legte verschreckt auf, strich ihre Nummer aus dem Adressbuch, würde nicht wieder anrufen, keine Selbsterniedrigungen mehr, er blickte zur Wand, an der ein alter Kalender aus dem Jahre 1985 hing. Unter der Glasabdeckung seines Schreibtisches lagen ein Bild von einer dicken nackten Frau mit Fettringen um den Bauch und ein Bild von Marcy, seiner Exfrau, wie er sie an der Universität von Cincinnati kennen gelernt hatte, lange, bevor sie krank geworden war. Er strich sich mit seinen weichen Fingern übers Gesicht.

Warum versuchst du, dein Gesicht kennen zu lernen? Weil diese große Finsternis herrscht, Chaim. Aber da ist keine Finsternis, Morris. Ich brauche dich, Chaim. Um deine Lügen zu erzählen? Nein, aber ohne dich besteht kein Unterschied zwischen Lüge und Wahrheit. Du hast mich auch so nichts gefragt, als ich noch am Leben war. Chaim, bist du mir böse? Nein, aber ich liebe dich schon nicht mehr. Warum? Weil ich tot bin, Morris. Ich glaube, meine ganze Depressivität rührt daher, dass du tot bist. Wie wichtig du dich nimmst, Morris. Das hat nichts damit zu tun, dass ich mich wichtig nehme, Chaim. Das hat damit zu tun, dass die Aufrichtigkeit das Letzte ist, was mir von meinem rückgratlosen Leben geblieben ist. Und wieder strich sich Holz über sein Gesicht.

Plötzlich klingelte das Telefon. Er erschrak. Hob argwöhnisch ab. Dido. Sie war runter auf die Straße zu einer Telefonzelle gegangen. Ein Glücksgefühl überkam ihn zusammen mit starkem sexuellem Verlangen. Beim letzten Mal, als sie sich getroffen hatten, hatten sie miteinander gespaßt. Damals war sie noch nicht verheiratet gewesen. Später dann war er zu ihrer großen Hochzeitsfeier erschienen. Sie hatte ihm zugelächelt. Danach hatte er sie gesehen, als sie schwanger war und in der Universität herumlief, strahlendes Gesicht, leuchtende Augen, und bei all diesen Malen hatte er nicht ein Wort zu ihr gesagt, hatte sich vielleicht sogar geärgert über ihr verschwörerisches Lächeln als teilten sie irgendein Geheimnis – einmal knutschen, große Sache, du dummes Huhn. Einmal hatte er sie bei einer seiner Telefonsessions angerufen. Ihr Sohn war da schon fünf oder sechs gewesen. »Was? Noch immer machst du dir Hoffnungen? Aber warum? Ich bin doch schon so runzlig. Nein, ich glaube nicht, dass ich möchte.« Seitdem hatte er sie alle ein, zwei Wochen angerufen, hatte sie amüsiert und darauf geachtet, Ergebenheit an den Tag zu legen.

»Er steht mir.«

Sie schwieg. Er berührte seine Hose. Verspürte schon kein Verlangen mehr nach ihr.

»Er steht mir. Freut dich das?«

»Übermorgen Mittag, ist das in Ordnung?«

»Wer ist bis dahin überhaupt noch am Leben?«

»Morgen kann ich auf gar keinen Fall, glaub mir.«

»Also wo?«

Er konnte sie förmlich in der erleuchteten Telefonzelle stehen sehen, während ihr Mann mit dem Jungen vor dem Fernseher saß. »Ich werde dich abholen, übermorgen Mittag, um eins.« Sie gab ihm genaue Anweisungen, wohin er kommen solle. Ihre Stimme klang ruhig. »Bist du sicher, dass du nicht jetzt kannst?« Sie hatte es eilig, mit der Milch, die sie in irgendeinem noch geöffneten Lebensmittelladen gekauft hatte, nach Hause zurückzukehren. Sicherheitshalber hatte sie auch von zu Hause Milch mitgenommen, in ihrer Tasche. Professor Holz schaltete das Licht in seinem Büro an. Telefonierte und versprach Pippano, dies sei das letzte Mal, dass er von ihm den Schlüssel zu jener Wohnung erbitte. Pippano schwieg. Holz ignorierte sein Schweigen. Das Gespräch wurde unterbrochen. Holz versuchte es erneut, doch es kam keine Antwort.

Warum um alles in der Welt sich Dido, zumindest für ein paar Stunden, in Holz verliebt hatte – das können wir nicht nachvollziehen, andere Angaben zu Dido jedoch liegen vor. Das Gymnasium beendete sie nicht mit den allerbesten Noten. Ihr Vater hatte Jahre zuvor aufgehört, einen Blick in ihre Schulzeugnisse zu werfen. Seine große Hoffnung, seine Tochter würde sich als klug erweisen, wenn sie schon nicht hübsch war, war enttäuscht worden. Zur Armee kam sie mit der Zuversicht, dort glücklich zu sein und ihren Teil beitragen zu können, und so wurde sie zur Sekretärin des Kommandeurs eines Fallschirmjägerregiments. Dieser versuchte, sie bei allen möglichen Gelegenheiten abzuknutschen und legte ihr im äußersten Fall teilweises Entgegenkommen in beleidigender Art und Weise aus, weshalb er sie bestrafte: Er versteifte sich darauf, zu ihr zu sprechen, als befände sie sich nicht im Raum. Bis zum Ende ihres Militärdienstes sollte er ihr den bekanntesten Vordruck in der Geschichte des jüdischen Volkes in neuerer Zeit, den Vordruck 55, nicht unterzeichnen, der einen Soldaten/eine Soldatin von seinem/ihren Dienstort befreit, ohne dass er/sie sich freiwillig zu einem Offizierslehrgang gemeldet oder Selbstmord begangen hat – aber er sollte auch niemals anders zu ihr sprechen als eben in der dritten Person, wobei seine Worte sich an einen nicht im Zimmer Anwesenden richteten oder aber an einen, der ausgerechnet gerade da war. »Hat jemand Dido gesehen?«, pflegte er zu fragen, wenn er sein Büro betrat, worauf das junge Mädchen rot wurde, ihre grünen Augen aus dem müden Gesicht funkelten. »Sag ihr, sie soll mir Kaffee bringen«, sagte er zu einem der Feldwebel – oder eben zu niemandem. »Ein Glück, dass Dido nicht hier ist«, liebte er in ihrer Gegenwart zu sagen, wenn niemand ihre Gesellschaft teilte oder aber weitere Offiziere dort waren. »Ich kann einiges über sie erzählen. Alles in allem ist sie nicht allzu dienlich. Sagt es keinem weiter, sie ist schnell beleidigt. Eigentlich tut sie mir ziemlich Leid. Jeder Regimentskommandeur in der Armee hat eine Sekretärin, die erledigt, was anfällt, nur Oberst Lotem muss morgens in seinem Büro hocken und alles alleine machen, alles.« Das meiste Gesagte aus jener Zeit hat sie vergessen. Genauer gesagt, Dido erlitt einen Zusammenbruch und wurde aus der Armee entlassen. Ihr Bruder war böse auf sie, verehrte den Regimentskommandeur, fürchtete, der Zusammenbruch seiner Schwester könnte den guten Ruf des verehrten Lotem beschädigen. Auch ihr Vater war betroffen. So sehr hatte er gewollt, dass sie Erfolg in der Armee hätte. Ihre Mutter hätte sie sicher verstanden, dachte Dido und weinte. Dann hörte sie auf zu weinen: Bei allen Auseinandersetzungen hatte ihre Mutter aufseiten des Vaters gestanden, Kontroversen um die Breite des im Schulheft zu lassenden Rands, über die Schreibweise des hebräischen Buchstabens *Mem* am Ende eines Wortes, über Privatstunden in Französisch. Deshalb war sie ins Ausland gefahren, war ohne einen Cent durch Europa gezogen, war in Amsterdam, Paris und vor allem London gewesen. Ihren Mann hatte sie hier im Land kennen gelernt, auf einer Party bei Freunden. Er hatte sich schnell in sie verliebt, zu schnell; sie sich in ihn allmählich, zu allmählich. Ihr Sexualleben war vollkommen in Ordnung, wurde von Jahr zu Jahr besser.

Und Holz, am Telefon, wollte mit Dido in die Berge fahren, die Schmalspurbahn bis zum Café unterhalb des Gipfels nehmen. Dabei gibt es bei uns überhaupt keine Berge, auch keine Straßenbahnen, aber dennoch überlegte er, sie mitzunehmen, in einem Birkenhain mit ihr zu schlafen, neben einem Bach, an dem sich angeln ließe, auch wenn es hier weder Birken noch einen Bach gab. Sie würde einen weiten Rock tragen, der ihre Beine langsam, schnell preisgäbe. Irgendein Geruch würde dort dem Gras anhaften, wenn er ihr den Slip unter ihrem langen Rock auszöge. Sie würde stehen und er auf die Knie gehen. Der Geruch des Regens auf den goldenen Ähren. Erinnerst du dich an ihr Gesicht, Morris? Ich habe sie sehr lange nicht mehr gesehen, Chaim. Weißt du etwas über die Farbe ihrer Augen? Nein, aber sie hatte eine so fröhliche Stimme, überrascht und glücklich. Sie freut sich auf mich, Chaim. Wieder wählte er Pippanos Nummer. Erneut kam keine Antwort. Und Pippano? Der saß in seinem Zimmer und wusste nicht, was er tun sollte, noch mal kann er diesen Schlüssel nicht rausgeben, vielleicht wird er Holz seine Wohnung überlassen, aber die ist nicht passend für den Verkehr zwischen Mann und Frau, während unterdessen Holz Dido satt hatte, eine sonderbare Sehnsucht nach Urlaub hatte ihn überkommen, nein, nicht Urlaub, dem ruhigen Sichausstrecken auf feuchtem Stroh, nach der Ernte, im Septemberregen, neben einem Bachlauf, an dessen Ufer Himbeersträucher wachsen. Jungen werfen mit ihrem Vater eine Angelrute aus. Was zeigt die Tätowierung auf der muskulösen Schulter des Vaters? Aber warum lassen wir uns verführen, das Triviale zu erzählen, als stotterten wir, lassen uns mitreißen zu fernen Bachläufen und verblassenden Kindheitserinnerungen? Nicht hierher führt schließlich unsere Geschichte. Lasst es uns ein zweites Mal versuchen. Wir werden verfahren, wie Geschichtenerzähler zu allen Zeiten verfahren sind, werden Allgemeines mit Einzelheiten vermischen, werden manchmal auch zurückgehen, um die Dinge in ihrem Werden darzustellen, da wir kein Recht – und auch keine Lust – haben, Tatsachen zu übermitteln, wie sie wirklich sind, denn wie gefährlich ist die Realität, wenn sie nicht entsteht.

1

Shulamit

Luca Signorelli

Was trieb General Adam Lotem im Sommer und in den ersten Herbsttagen des Jahres 1990 an der Universität? Folgendermaßen, irgendeine Frau hatte ihn bereits im Frühling verlassen, hatte auch in Zweifel gezogen, dass er General sei, was ihn schmerzte, sodass er nach ihr suchte, sie bis zur Universität verfolgte, von wo sie sich aus dem Staub machte und ins Ausland fuhr, nach Italien offenbar, weil sie keine andere Chance sah, ihn loszuwerden, und ihn andererseits zu sehr liebte, um die Polizei zu rufen, oder nicht an diese glaubte. Ein sich hinziehender, schmerzlicher Gedanke über die eigene Hässlichkeit beschlich ihn, während er in der Bibliothek saß, will sagen eine Art Hass auf sein Äußeres, das er schon geraume Zeit nicht mehr mochte. In jenen Nächten träumte er Träume über sein Leben, wie er sie noch nie gehabt hatte. Die Frau, die sich davongemacht hatte, geriet in Vergessenheit, aber der Schmerz wurde immer stärker, sodass er sich noch ein Mal verlieben wollte, ehe der Körper vollkommen verfiel, und plötzlich kam ihm der Gedanke, dass er bereits das Alter überschritten hatte, in dem sein Vater gestorben war. Genau in jenem Moment hörte er ein Wort, möglicherweise war es das Wort »Wipfel« – warum ausgerechnet »Wipfel« ist ihm nicht klar –, und so erwachte in ihm die Sehnsucht nach seinem Vater, eine erste Sehnsucht, und während er noch über Kunstbände gebeugt saß und über Schönheit nachdachte, erinnerte er sich an einen Kinofilm, in den sie gemeinsam gegangen waren, er und sein Vater, vielleicht war es ihr erster gemeinsamer Kinobesuch, am Abend waren sie gegangen, Hand in Hand, und sein Vater hatte ernsthaft mit ihm gesprochen. Wieso hatte er bis zum heutigen Tag nicht mehr an jenen Abend gedacht? Wie war der Titel des Films gewesen? Warum waren sie Hand in Hand gegangen? Wie alt war er damals? Was hatte sein Vater gesagt? Nicht eine Antwort. Alles geriet durcheinander in diesen verfluchten Stunden des In-der-Bibliothek-Hockens: die hübschen Studentinnen, die Angst vor ihren nicht gerade wohlwollenden Blicken, die Gedanken an den Vater, der Wunsch, den Sinn dieses langen, schalen Militärdienstes zu begreifen, und der Schmerz der Verletzung am Auge. Er hat zwei Augen. Das eine triefend wie das einer Witwe und das andere – trocken. Ausgerechnet das Glasauge ist es, das tränt. In seinem Stab, so heißt es, sei es seine Gewohnheit, das Glasauge, wenn es schmerzt, herauszunehmen, es in den Mund zu stecken, anzufeuchten und dann, schnell, zurück in das klaffende Loch rechts von seiner Nase zu drücken. Dem Vernehmen nach schrecke er dort, in seinem Stab, nicht vor der verschämten Grimasse des Ekels auf den Gesichtern der Soldatinnen zurück. Aber hier, in der Bibliothek, ist er sehr vorsichtig, ist durchdrungen von einem Gefühl der Hochachtung gegenüber den Studentinnen, ein Gefühl, das er für seine Soldatinnen nicht hegt, die liebt er geradezu, sagt man, liebt sie wahrhaftig, berührt manchmal eine von ihnen, sagt man, kitzelt, umarmt, verteilt Küsschen. Warum schreckt er nicht davor zurück, in seinem Stab Ekel zu erregen? Wir wissen es nicht. Wie auch immer, in der Bibliothek ertappt er sich dabei, mit begehrlichem Blick zu glotzen, den in den Saal kommenden jungen Frauen nachzuschauen, er steht von Zeit zu Zeit von seinem Stuhl auf, holt sich von einem der Regale einen großen Kunstband und studiert einzelne Kapitel aus der Geschichte der italienischen Malerei der Frührenaissance. Es gibt Augenblicke, in denen sehnt sich der Körper nach Vernichtung und Liebe, zwei in Widerspruch zueinander stehende und sich vereinende Wünsche. *Nel mezzo del cammin di nostra vita* – in unseres Lebensweges Mitte. Das ist der Anfang unserer Geschichte, der Anfang vom Ende des Adam Lotem. Es fällt ihm schwer, sich zu konzentrieren, er steht auf und geht raus, um auf dem Flur zu rauchen, starrt die schönen Mädchen an, kehrt zurück, sucht nach einem Kunstband. Manchmal, wenn er es müde ist, die Gemälde zu betrachten, weil er nicht weiß, was er mit all der Schönheit anfangen soll, kehrt er zu seinen schlechten Gewohnheiten zurück und studiert Häuser, Bahnhöfe, Straßen. Es fällt ihm leichter zu betrachten, was einer begrifflichen Erinnerung zufällt. Schwierigkeiten dagegen hat er, sich mit etwas zu befassen, über das man – abgesehen vom eigenen passiven Zustand des Erregtseins – unmöglich eine Aussage machen kann, denn das ist es vielleicht, was sich über die Schönheit sagen lässt: dass der Betrachter seine Körperlichkeit in der Physis des Werkes verlieren muss und sich seines eigenen Körpers nur erinnern darf, wenn dort, in ihm selbst, ein Teil der Vollkommenheit sein kann, die weder ein Bildband noch ein Tableau ausmachen; und vielleicht ist dies die eigentliche Handlung, die er nicht in der Lage ist, zu vollziehen – sich selbst zu verlieren in etwas, das stärker ist als er, größer, weshalb er es wie alle vorzieht, noch und noch Fakten zu sammeln und stumm auf die Knie zu sinken vor dem Kunstwerk, das – sei es ein Gemälde, eine Statue, ein Gedicht, Konzert oder Roman – niemals nur die eine verbindliche Ordnung hat.

Einmal war er bei seinen Studien bei einem toskanischen Städtchen namens Cortona hängen geblieben, in der Provinz

Arezzo, ehe ihm später einfiel, dass er schon einmal dort gewesen war und nur den Namen vergessen hatte, da anscheinend die Kluft zwischen der Erinnerung, die er von dort mitgenommen hatte, und den Buchstaben, die den Namen des Örtchens bezeichneten, zu groß gewesen war und sich erst allmählich, sozusagen auf einen Schlag, aufgelöst hatte. (»Was geschieht, dass ein Mensch plötzlich begreift?« Nicht plötzlich, niemals plötzlich und überraschend, das ist es ja gerade.) Und anstatt wieder und wieder Signorellis Gemälde zu betrachten – *Die Beweinung Christi* –, studierte er den Zugang zur Stadt, von Westen, Norden und Osten, versank in die Schönheit des Stadtplans, die Anmut der geraden Linien, die Finesse der Zeichnung, stand auf, ging zum Regal, sprach zu seinem Vater, versuchte erneut, sich an den Titel jenes Films zu erinnern, was soll er ihm sagen, wie ihn zum Sprechen bringen, kehrte schließlich zu dem Bildband zurück, doch erneut ließ er sich von den Bildern ablenken, ja sogar von den Angaben über das untergegangene Volk der Etrusker. Mithin verhielt es sich so: Als er dort gewesen war, hatte er die Dinge, die er jetzt sah, nicht beachtet, und bei einem nächsten Besuch würde er wiederum das Buch vergessen haben, die Skizze, die Baupläne, die er studierte, da sich General Lotem vom Sog des mathematischen Zugangs, der ohne Respekt vor Zusammenhängen darauf beharrt, den äußeren Schein zu zerstören, fortreißen ließ, auch die Pläne des städtischen Museums aus dem 18. Jahrhundert zu überprüfen, den Plan des ersten Stockwerks (wie eine ungenaue Raute) und des zweiten (eine Art Dreieck, dem der dritte Schenkel fehlte). Doch wie jeden Tag gab er sich trotz allem Mühe, zu tun, wovon er nichts verstand, und von neuem die Schönheit der Kunstwerke Signorellis, eines Sohns jener Stadt, zu betrachten. Kurzum, Lotem schwankte zwischen seiner eigenen Hässlichkeit und seiner Unfähigkeit, etwas über die von dem Gemälde ausgehende

Schönheit zu sagen, der tote Jesus, matt, die Hand seiner Mutter berührt ihn an der Schulter, eine andere Frau küsst seine Hand, ihr Hals leuchtet hell, sein Arm schimmert dunkel, seine mageren Beine ruhen auf den roten Gewändern der anderen Frau. Keine der beiden Frauen sieht die andere an, und auch die Augen Jesu sind geschlossen. Wohin blicken sie? Ihre Hände berühren den schönen Toten und ihre Augen schauen nicht.

Während er dahockte und in Sachen Schönheit haderte, über die er nicht einmal eine Aussage zu machen imstande war, trat eine Frau in weißem Kleid zu ihm – es war an einem Sommertag, mitten in den großen Ferien, das Studienjahr 1990 war bereits zu Ende gegangen, eine lange, lilafarbene Blume wand sich von der rechten Seite ihres Bauches, der sich rundete wie ein kleiner Hügel, in Richtung ihrer linken Brust – und sagte: »Entschuldigen Sie, aber brauchen Sie all diese Bücher?« Lotem schrumpfte vor ihrer weißen Hand zusammen. Nein, er ergriff nicht ihren Arm und küsste sie, stellte sich nur vor, er würde sie packen und küssen, wagte jedoch nicht, den Kopf zu heben und in ihre Augen zu schauen. Ihre Stimme klingelte ihm in den Ohren, nein, streichelte ihn heftig. Er wollte stammeln, stammelte nicht, wollte sagen, ›Bleib hier‹, sagte aber: »Sie können sich jedes Buch nehmen, das Sie wollen, ich bin nur so …« Und schon bediente sie sich, wobei sie laut ihre Meinung zum Ausdruck brachte, die meisten davon seien, selbstverständlich, vollkommener Dreck. Die Bibliothekarin gab ein vernehmliches »Schschsch« von sich, und die mit dem schwarzen Haar – die lilafarbene Blume kletterte wie ein Katze, um ihren Hals zu küssen – sagte laut: »Ich sehe, dass Sie sich für die Florentiner Schule interessieren.« – »Schschsch«, grollte erneut die Bibliothekarin. Lotem flüsterte, verlegen: »Ich liebe ihn, wissen Sie …« Warum log er? Die Schwarzhaarige beugte sich vor, beide Hände auf den Tisch gestützt, musterte die Gemälde und er betrachtete ihre langen Finger und versagte sich, sie zu berühren. »Ein interessanter Mann«, meinte sie schließlich. Lotem dachte, sie spräche über Signorelli, und sagte flüsternd: »Ja, ich liebe die Totenklage«, und deutete mit einem Finger, die übrigen drei blieben geballt, auf das Kopftuch der Frau am unteren Bildrand. Ihre Hand berührte die Schulter Jesu, und die, die sich in der Bibliothek ihm gegenüber niedergelassen hatte, lächelte. Sie hatte eine üppige Brust. »Ich habe Angst, vor solchen Bildern weinen zu müssen«, flüsterte sie, und eine Minute Schweigen verstrich, während der sie schmerzerfüllt das Gemälde betrachtete. Danach blätterte sie in einem anderen Bildband, der vor ihm lag, deutete auf die großen Fresken in der Cappella di San Brizio und sagte laut: »Sehen Sie, wie schön, optimistisch, stark das ist. Es befindet sich, das wissen Sie bestimmt, in Orvieto, selbstverständlich nicht in der Toskana, sondern in Umbrien, ein fantastisches Fresko, Sie sollten es einmal im Original sehen, nichts kommt an ein Fresko heran. Das Gemälde, jedes Gemälde, wenn es unverfälscht ist, sehnt sich danach, wieder ein Fresko zu sein. Übrigens, dieses Bild hier können Sie irgendwann mal klauen und mir als Geschenk mitbringen. Das Fresko dagegen – das werden Sie nicht klauen können, was sehr, sehr schade ist.« Die Bibliothekarin forderte sie natürlich abermals nachdrücklich auf, ruhig zu sein, aber diese mitreißende Frau, als hätte sie nicht gehört, blätterte weiter, bis sie beim Bild vom Fresko des Jüngsten Gerichts innehielt. Ein Teufel flog mit einer nackten, fülligen Frau auf dem Rücken durch die Luft. Andere blaugestaltige Dämonen hieben auf Haufen nackter Jünglinge ein. Lotems gesunde Sinne bedeuteten ihm, sich unter ihrer Anleitung zu begeistern, wobei sein Körper immer mehr in sich zusammenschrumpfte, vielleicht wegen des Gemäldes mit seinen nackten, mageren, sich niederbeugenden und misshandelten

Gestalten. »Eines Tages werde ich hinfahren und es mir ansehen«, versprach er, obgleich er mit seiner Maria-Luisa bereits dort gewesen war und das Fresko gesehen hatte. Jetzt wollte er lediglich verschlungen werden. »Die Bibliothekarin ist böse auf Sie.« Die Schwarzhaarige fragte laut, als hätte er kein Wort gesagt: »Also, was haben sie mit Cortona am Hut?« Lotem flüsterte: »Vielleicht sollten wir rausgehen? Ich möchte eine rauchen.« Er eilte ihr nach wie ein kleiner Junge. »Eigentlich hätte ich Lust auf einen Kaffee«, sagte sie und legte die Bücher, die sie von seinem Tisch mitgenommen hatte, auf die Bank in der Raucherecke. Lotem wusste nicht, ob er ihr nachgehen sollte oder zu seinen Büchern zurückkehren, die sie auf dem Tisch zurückgelassen hatte: »Was lehren Sie?« (Sie betraten die Dozentencafeteria, wo der Geruch vom billigen Zimt des Hefegebäcks den Raum erfüllte.) »Ich bin Shulamit«, sagte sie. »Ich bin Adam.« – »Davon abgesehen, was unterrichten Sie?« – »Mathematik«, log er aus Verlegenheit. »Ich hebräische Literatur. Nein, Hanoch Levin steht nicht bei uns auf dem Lehrplan. Der Fachbereich für hebräische Literatur ist eine Fakultät für Archäologisches, aber ohne Ausgrabungen. Ich unterrichte selbstverständlich Brenner.« Einmal flüsterte sie, einmal sprach sie laut. Ihr Kopf war zur Seite geneigt, von Zeit zu Zeit erinnerte sie sich ihrer herabhängenden Schultern und richtete sich wieder auf. Sie hatte ein Lächeln, das wie mit dem Daumennagel eine Grübchennarbe in ihre Wangen ritzte. Ihre Schönheit hypnotisierte ihn, wie gern hätte er in ihre Augen geschaut, fürchtete sich jedoch wegen seines tränenden Auges. Das Auge juckte. Er musste umgehend zur Toilette, um es herauszunehmen und anzufeuchten. Das Gemälde, auf dem der Leichnam vom Kreuz genommen wird, hatte ihn wie ein Schlag getroffen. Ein alter Mann, hager und von granitfarbenem Teint, kniet nieder und betrachtet die Szenerie. »Sind Sie Zionist?«

»Wie alle, wissen Sie.«

»›Wie alle‹, eine gute Definition für akademische Mittelmäßigkeit. Überhaupt, am einfachsten ist zu sagen, ›Ich bin Postzionist‹. Wenn man zu Kongressen irgendwo auf der Welt fährt und etwas über die Gräuel in den besetzten Gebieten gefragt wird, gilt es zu antworten: ›Ich bin da schon weiter.‹ Ja?«

Hätte er gewagt, in ihre Augen zu blicken, hätte er den Hass gesehen, der in ihnen loderte, als sie über die Gräuel in den besetzten Gebieten sprach, doch sie kehrten zurück zu Signorelli. Sie fing irgendeine Diskussion an, welches Werk zuerst entstanden sei, *Die Kreuzabnahme* oder *Die Beweinung Christi*, und wollte mit ihm wetten. Er wollte verlieren. Sie nahm seine Hand und drückte sie wie bei einem Kind. Gut möglich, dass er die Berührung dieser Hand niemals vergessen würde. Versteckt hinter seiner Zeitung beäugte sie ein alter Professor, dessen blondes Haar ergraut war – Morris Holz, Leiter des Instituts zur Erforschung der Psychologie des Holocausts. Jetzt mischte er sich in die Unterhaltung des Paares ein, sagte, sie habe Recht und damit die Wette gewonnen. Der Gewinn weckte tatsächlich große Freude bei ihr. Lotems Auge schmerzte. Er musste schnell weg, ehe man in heulen sähe und er gezwungen wäre, das Auge hier an Ort und Stelle rauszunehmen. Er beeilte sich, der Begehrlichen ihren Wettgewinn auszuzahlen, da er Angst hatte, als Falschspieler verdächtigt zu werden, und sagte: »Ich gehe zur Toilette.« Schnell verschwand er, wollte schnell wieder da sein. »Die Prostata, was?« Lotem hörte den Witz nicht, den sie ihm nachwarf, sagte aber: »Verlass mich nicht.« Als er den Raum verließ, trat Professor Holz zu ihr, ließ sich ohne große Bedenken ihr gegenüber nieder und sagte: »Alle Achtung. Sie sind eine bemerkenswerte Frau.« Seine Augen tasteten sie ab. Sie sah ihn mit einem Lächeln an, hörte auf zu lächeln, lächelte und stellte das Lächeln ab, sagte dann: »Unsinn. Sie sind ein richtiger Charmeur, was?«

»Möglich, dass Sie nicht die Absicht gehabt haben, aber Sie hatten Recht. Ich habe mich nicht vorgestellt ...«

»Nu, was hab ich gesagt, Opachen? Versuchs.«

Er hatte die Wahl. Die Posse mitzuspielen, sprich den Idioten zu geben, oder weiter zu diskutieren und als vollkommener Idiot dazustehen. Nicht in der Lage, sich für eine der beiden Möglichkeiten zu entscheiden, kehrte er zu seinem Platz und seiner Zeitung zurück. Shulamit lächelte zufrieden, zog ein Buch aus ihrer Tasche und begann zu lesen, wobei sie eine Melodie oder irgend so etwas vor sich hin summte. Dann erhob sie sich, ruhelos, und verließ die Cafeteria. Erst jetzt atmete Holz erleichtert auf, und als Lotem von der Toilette wiederkam, war sie schon nicht mehr da.

Der General eilte in die Bibliothek, ließ sich vor dem Gemälde des Jüngsten Gerichts nieder und versuchte, den Optimismus zu finden, von dem sie gesprochen hatte. Fand ihn nicht. Sah viel Schönheit und schreckliches Leid. »Was hat das zu bedeuten?«, hörte er ihre Stimme ihm lachend antworten. Die Berührung ihrer Hand brannte in ihm. Er betrachtete die Auferstehung der Toten. Als seien sie aus einem Traum erwacht, erfüllte ihr Fleisch die Luft. Wohin blicken sie? Und warum erwidern die Augen der Madonna nicht den Blick ihrer Verehrer? Wenn Christen dieses Kunstwerk betrachten, verstehen sie etwas, das ich nicht verstehe? Welche Farbe haben Shulamits Augen? Ihre Gestalt nahm ihn in Beschlag. Wie ein Gemälde? Nein, nicht wie ein Gemälde. Das Gefühl war anders. Sex? Nein. Er dachte nicht an Sex. In jenem Augenblick kam sie wieder herein, sprach laut, und er hob den Kopf. Sie trat nicht zu ihm. Seine eigene Hässlichkeit schmerzte ihn. Sie trug einen großen Bildband von Caravaggio – nahm ihn irgendeiner Studentin weg, sagte laut, sie werde ihn zurückbringen, und wartete nicht einmal auf ein Einverständnis. Ihre Rücksichtslosigkeit schmerzte ihn auf andere Art, aber er genoss es, sie zu sehen, und es war gut, dass sie hier war. Die vorherige Berührung ihrer Hand war ihm angenehm gewesen. Erneut besah er sich die Kreuzabnahme, stand dann aber auf und eilte ihr nach, raus aus dem Lesesaal, wie ein Kind dem Flötenspieler. Sie hatte ihn noch nicht bemerkt, beugte sich über den Bildband, sah sich um, riss ein ganzes Kapitel heraus, sah sich abermals um, wie eine Katze, bemerkte Lotem, wurde wütend, ließ die herausgerissenen Seiten in ihre Tasche gleiten und legte den Bildband auf einem niedrigen Tischchen ab. Jetzt gehörte sie ihm, dachte er mit der Freude eines Raubtiers. »Ich muss gehen«, sagte sie. »Wie kann ich dich wiedersehen?« – »Mit den Augen«, fauchte sie. »Ja, aber wo?« Sie strahlte Selbstsicherheit aus: »Komm zu mir nach Hause. Ich habe eine schöne Wohnung. Es ist nett bei mir. Gib mir deine Telefonnummer.« Freudig erregt gab er sie ihr, und während des glücklichen Marsches zu seinem Wagen traf ihn die schlichte Erkenntnis des Unterschieds: Das Gemälde muss Lotem nicht lieben. Aber Shulamit? Wie sehr wollte er, dass sie ihn liebte. Und was würde ein Christ sagen? Verlangt es ihn nicht danach, durch den Mann am Kreuz geliebt zu werden? Nein. Die Liebe ist ihm bereits geschenkt, daher seine innere Ruhe, daher seine Liebe zu dem Gemälde. Ich aber habe keinen Anhaltspunkt in dieser Kunst außer einfacher, wilder, stummer Schönheit, über die es nichts zu sagen gibt, ein erhabener, zu Herzen gehender Fleck, ein entblößter Rücken, eine Hand, die Gnade erbittet. Und was er mit einem Mal begriffen hatte, verflog ganz allmählich, Lotem war glücklich, weil er ihr seine Nummer gegeben hatte, ein süßes, anhaltendes Glücksgefühl, gut möglich, dass er die Berührung ihrer Hand niemals vergessen würde.

Und so trafen sich auf dem Höhepunkt der brütend heißen Sommersemesterferien der berühmte Professor für die Geschichte des Volkes Israel, Ariel Gold, und der General Adam Lotem. Lotem suchte nach Shulamit, die ihm so abhanden kam wie sie aufgetaucht war: plötzlich. Gold dagegen suchte Lotem, der ihm entwischt war, als er ihn am letzten Tag des Studienjahres gesehen hatte, jenem Tag, mit dem wir unser Buch eröffnet haben, genauer gesagt, als er, umgeben von der Herde seiner Verehrer, die ihm nachlief, der Dozentenmensa zustrebte und nicht hatte anhalten können. Er empfand große Wut auf sie, dass er wegen ihrer Versessenheit, ihn zu verfolgen, und wegen seines eigenen Unbehagens, ihnen ein einziges Mal in seiner ganzen Karriere zu sagen, ›Geht ohne mich essen, geht endlich einmal ohne mich essen‹, die Gelegenheit verpasst hatte, stehen zu bleiben und von Angesicht zu Angesicht mit dem General zu sprechen, zumal dieser General zweifelsohne irgendwann Regierungschef sein würde.

Aber bereits an jenem Tag, an dem er den General in seiner Uniform mitten auf dem Campus hatte stehen sehen, begann er, gleich nachdem er an der Spitze seiner Entourage zu Ende gespeist hatte, nach Lotem zu suchen. Danach suchte er einen geschlagenen Tag nach ihm und machte den ganzen Monat so weiter – bald schon spross in seiner forschenden Fantasie dem General sogar eine Pistole an der Hüfte. In der Zwischenzeit hatten lange, heiße Sommerferien Einzug gehalten; die Fakultätssekretärinnen informierten am Telefon über die Abwesenheit der Dozenten, alle im Ausland, ja, ja, kommen erst im Herbst zurück, und nur Gold lief permanent durch die Gegend. Gewiss, auch sonst war er das ganze Jahr pausenlos unterwegs, das ganze Jahr. Hatte kein anderes Zuhause als unsere Universität. Doch jetzt blieb er nicht stehen, um sich mit einem Bekannten zu unterhalten, fragte auch keinen Doktoranden nach dessen Absichten für die Zukunft, ja machte nicht einmal in der Zentralbibliothek Halt, um zu sehen, ob irgendjemand schon sein Buch ausgeliehen hatte, seit es vom letzten Leser dorthin zurückgebracht worden war, vor drei Jahren. Auch meinte er, auf einem der Flure seinen Sohn vor ihm Reißaus nehmen zu sehen, doch er wischte diesen Eindruck beiseite, weil er es nicht mochte, beleidigt zu sein. Trotzdem ließ ihn dieser Schmerz nicht los, während er von einem Gebäude zum nächsten zog, sich selbst Begründungen erfand, um in allen möglichen Nischen zu stehen, neben allen möglichen Ausstellungsvitrinen, und nach draußen auf die Wege zu spähen, denn vielleicht würde ja von irgendwoher Adam Lotem auftauchen. Ein paarmal begnügte er sich damit, exakt an der Stelle zu stehen, an der ihm Lotem durch die Lappen gegangen war. Danach suchte er andere Blickwinkel. Und wenn er plötzlich in der Ferne irgendeinen Offizier in Uniform ausmachte, gab er seinen Standort auf, eilte zu diesem, schaute auf die Schulterlitze und wandte sich dann enttäuscht wieder ab. Nie war ihm aufgefallen, wie viele Armeeoffiziere sich auf unserem Campus herumtrieben und wie rangniedrig diese allesamt waren. Er marschierte in die Büroräume des Instituts für strategische Studien, fragte die Sekretärin, ob sie den General gesehen habe. Sie hatte nicht, wusste auch nicht, wie er aussah. Darauf begab er sich zum Fachbereich Nahost, bedacht, nicht seinem glühenden Bewunderer, Professor Silber, zu begegnen – dabei war es so, dass Keren, die Tochter des Professors, eine anerkannte Kapazität in Sachen Präsident Mobutu, beschlossen hatte, eine lesbische Ehe mit Iris Cohen, ihrer Lebensgefährtin, zu führen, die Silbers daraufhin eine Ausgangssperre über das Haus verhängt hatten und Silber höchstpersönlich zu Hause geblieben war, um die Entscheidung durchzusetzen. Doch auch im Fachbereich Nahost wussten sie nicht, über was und wen Gold redete. Daher eilte er schnurstracks zum Büro der Rektorin, aber deren Sekretärin wies ihn an, einen Termin für ein Treffen zu machen, sodass Gold beleidigt kehrtmachte – was hatte er nicht alles für deren Wahl unternommen – und weiter in der sengenden Sonne herumirrte, die Gastritis ihn peinigte, er in sein Zimmer ging und die bittere Medizin einnahm, dann weitere Fachbereichsbüros aufsuchte, neben Mitteilungsbrettern stand und die Gespräche von Liebenden belauschte – niemals hatte er bemerkt, wie viel Romantik es an dieser wundervollen Bildungseinrichtung gab. Von Zeit zu Zeit bedrückte ihn die Sache mit dem Namen seiner Enkelin. In seinen Gedanken verteidigte seine Mutter, Friede sei mit ihr, seinen Sohn, auch wenn sie diesen nie kennen gelernt hatte, und weigerte sich, Klagen zu hören, dass ihre Urenkelin nicht nach ihr benannt war. ›Warum sollte sie?‹, nahm Professor Golds verstorbene Mutter seinen Sohn in Schutz, ›du hast schließlich auch deine Tochter nicht nach mir benannt.‹ – ›Aber das ist etwas ganz anderes‹, meinte er zu ihr, und als er keinen Unterschied zwischen den beiden Unterlassungen finden konnte und bereits eingelenkt hatte, fiel ihm ein, dass, als seine Tochter geboren wurde, er noch immer gehofft hatte, seine Mutter unter den Lebenden zu finden. Und ab wann hatte er nicht mehr gehofft, sie am Leben zu finden? Seit seine Frau gestorben war. Irgendwann gibt ein Mensch seine Hoffnungen auf, die Toten zu sich zurückzuholen. Erst dann lächelt der Todesengel zufrieden und markiert sein nächstes Opfer. Zu seiner Schande fiel ihm jetzt die Farbe des Kostüms seiner Mutter ein, alles war ausgelöscht und nur an die Farbe des Kostüms erinnerte er sich, schämte sich und dachte von neuem über diese Farbe nach, ehe ihn der Leuchter beschäftigte, mit dem er seine Sammelleidenschaft begonnen hatte –

er besaß eine große Sammlung von Judaika –, da dies in Wahrheit nicht der ursprüngliche Leuchter war, den er für seine Mutter versteckt hatte und mit dem er ihr so wehgetan hatte. Er fand auch heraus, dass, je länger er nach Lotem suchte, er vermehrt mit seinen Verstorbenen sprach, weshalb er Morris Holz, seinem verräterischen Freund, nichts von seinen Irrwanderungen über den Campus erzählen würde. Warum? Weil er sich dieser Begierde nach General Lotem schämte. Und warum schämte er sich? Vielleicht, weil er für Augenblicke an ihn als seinen Sohn, und für Augenblicke als seinen Herrn dachte.

Genau so sieht der Tod aus

Nach Wochen beharrlichen Suchens sah Gold Lotem in voller Größe – ein Meter neunzig, einhundert Kilo – in der Eingangshalle der Bibliothek stehen, die Stirn an die kalte Scheibe gedrückt nach draußen starrend, in Jeans und rotem T-Shirt. Er war nicht allein dort. Etliche Studenten und Bibliothekarinnen sowie zwei Wachleute standen und sahen sich den Aufbau einer Bühne draußen an, auf dem glühend heißen Vorplatz. Irgendjemand sagte: »Gleich werden sie den Galgen errichten«, um danach bedauernd hinzuzufügen: »Erst probieren sie es mit einem schweren Sack aus, nicht?« Eine rundliche, lockenköpfige Studentin fragte: »Das Genick bricht nach unten hin?« Gold drängte sich ächzend durch die Umstehenden. »Schalom«, sagte er und fügte schnell, ohne eine Antwort abzuwarten, hinzu: »Erinnern Sie sich an mich, verehrter Herr General?« Lotem sah ihn nicht an, denn auch der General – selbst kein kleiner Henker – verfolgte gebannt die Vorbereitungen, mit denen man draußen beschäftigt war. »Ja, ja«, meinte er nur. Für eine Sekunde hatte Ariel Gold

Lust, sich in den Schoß des massigen Mannes zu verkriechen. »Ich glaube, Sie erinnern sich überhaupt nicht an mich.« Nicht beleidigen lassen, dachte er. Jetzt sah ihn Lotem an. Sein Auge schmerzte. »Was tun Sie hier, Herr General, falls dies nicht ein zu großes Geheimnis ist?« Fast hätte Lotem gestottert, aber scheu erwiderte er: »Ich lese ein bisschen.« Gold ließ nicht locker, genau so hatte er sich diesen Moment vorgestellt, in der klimatisierten Bibliothek und alle Zeit zu ihrer Verfügung. Er achtete darauf, leise zu sprechen. »Militärgeschichte sicher, mein lieber Herr General ...« Von Westen rückte in Golds eingeschränktes Gesichtsfeld nun ein farbenfrohes Grüppchen, vier Frauen und ein Mann, der in einem vanillefarbenen, dreiteiligen Anzug gemächlich an der Spitze marschierte. Seine rechte Hand hielt einen gelben Sonnenschirm. Um ihn herum trippelten die vier Frauen. Eine von ihnen bemerkte einen Falter, weshalb sie anhielten und diesen betrachteten, eine sich bückte, zwei sich vorbeugten, eine sich verneigte. Kein Laut war in der Bibliothek zu hören, außer dem Summen einer Fliege, die immer wieder gegen die Fensterscheibe stieß, während draußen weiter die Hämmer dröhnten. Als die weiblichen Ensemblemitglieder den orangefarbenen Schmetterling zur Genüge begutachtet und sich wieder aufgerichtet hatten, folgten ihre Blicke der freien Hand des Schirmträgers. Lotem betrachtete die Hinterteile der Frauen, versuchte, zwischen ihnen zu vergleichen. Stellte sich zwei von ihnen nackt vor, nebeneinander. »Militärgeschichte, gewiss, mein lieber Herr General ...«

»Nein, keine Militärgeschichte. Ich interessiere mich für Italien, Kunst, die Frührenaissance ... bloß so.«

Bei Lotems Antwort überflutete Gold eine Woge des Stolzes. Der bekannte Stratege liest Kunstgeschichtliches. Lotem sah den Professor nicht an, antwortete jedoch, da er ein höflicher Mann war, zuweilen wenigstens, aber jetzt war er gefangen in seinem Blick auf seine Shulamit, auf ihr schwarzes Haar, ihr weißes Kleid, das Brandmal der Berührung ihrer Hand. Eine violette Blume, eine Art Nelke, wand sich von ihrer rechten Hüfte zum Herzen. Er wartete, dass sie ihn bemerkte, wollte sie berühren, bewegte sich aber nicht von der Stelle, sie sollte ihn erneut berühren. Shulamit achtete sorgsam darauf, jedem ihrer vier Begleiter ihre Aufmerksamkeit zu schenken, und es schien, als amüsierte sie sie. War Lotem eifersüchtig auf sie? Jeder von ihnen lachte der Reihe nach.

»Ich, lieber Herr General, sammle schon seit Jahren Kunstgegenstände, Judaika, wissen Sie …«

Lotem wandte den Kopf nicht zu ihm. Ängstlich beobachtete er Shulamit, wusste nicht, wie er jenseits der Glasscheibe an sie herankommen sollte, dort, inmitten dieser VIP-Versammlung. »Es tut mir Leid, aber ich muss gehen.« Angst erwachte in dem Professor, die Angst, die das Herz des Liebenden nach einer plötzlichen Woge des Glücks erfüllt, die Angst, zu verlieren, was er nach solch großer Anstrengung gewonnen hat – alles vermischte sich mit einem Mal, das Leid, das Glücksgefühl und der Verlust, hier, bitte, er vertat jedwede Chance, Adam Lotem einzuladen, mit ihm zu Mittag zu essen, ihm sein Buch *Jüdische Aufstände im Römischen Reich* zu vermachen, ihm ein Stück aus seiner Sammlung zu geben, vielleicht sogar den allerersten Leuchter, soll doch der Leuchter zum Teufel gehen, er wollte nur, dass Lotem ihn ansähe, aber Lotem versuchte, sich aus dem gärenden Teig aus Studenten zu befreien, verlegen ob der Menschenansammlung, scheiterte, gab auf, wollte jetzt zurück zur Fensterscheibe, hatte jedoch inzwischen seinen Platz dort eingebüßt, stand wie ein Klotz in der Mitte, versperrte zwei, drei Studenten den Blick, überlegte krampfhaft, wie er nicht stören würde, steckte die Hände in die Taschen, zog sie wieder hervor, dachte an den

Geruch seines Körpers, als der ätherische Typ mit dem Sonnenschirm draußen, in der Hitze, nach Westen wies, in die Ferne, mit einer Hand, die fein wie die eines Pianisten war. Alle vier Frauen um ihn herum blickten zu einer Stelle, auf die er zeigte, dann deutete der Mann in die entgegengesetzte Richtung, auf die prachtvolle Synagoge, die mit Spenden der Familie Maxwell gebaut worden war, und sie folgten seiner herumschwenkenden Hand. Ihre Hälse wogten und nickten zustimmend wie Schwäne.

»Sie erinnern sich an mich, mein lieber Herr General, richtig?«

Golds Trauer wurde heftiger, obgleich die Frage dazu bestimmt war, ihn aus dem Schmerz zu befreien. Eine linkische Studentin, die Brille auf der Nasenspitze, meinte aufgebracht zu ihm: »Warum stören Sie die ganze Zeit?« Gold wusste zwar nicht, ob sie im Namen des Generals gesprochen hatte, aber trotz allem sah auch er nach dem farbenfrohen Grüppchen in der Sonne und sagte: »Genau so sieht der Tod aus. Ein Mann erhebt sich von seinem Platz hinter dem Mikroskop, leise, auf Zehenspitzen, um die Lebenden nicht zu wecken, und wechselt auf die Seite der Bakterien, ehe sich an seinem Platz sogleich ein anderer Forscher niederlässt, nicht einmal die Linsen des Okulars abwischt und nicht begreifen kann, dass auch er auf die andere Seite wechseln wird.« Jetzt sagte Lotem zu Gold, ohne den Kopf nach ihm zu wenden: »Sagen Sie mir bitte, wer sind diese schönen Menschen?«

»Nu, der Kerl mit dem Sonnenschirm ist unser neuer Präsident, Herr Samson Luft. Direkt aus der Privatwirtschaft, dort ist er sehr erfolgreich gewesen, und jetzt kauft er die Universität, so hat er es seinem Vater vor dessen Tod versprochen, sagt man ... Es heißt, sein Vater habe die Universität beenden wollen und nicht mehr gekonnt und später dann habe er von der Regierung die Lizenz für Windmühlen bekommen, und für Tankstellen, und der Sohn …«

Gold verstummte. Etwas zuckte durch sein Hirn. Schwer zu sagen, was in einem Augenblick der Beleidigung geschieht, aber ein großes Sichaufhellen kann zweifelsohne eintreten. »Ja, ja«, sagte Lotem wie gewohnt und bemerkte ein Lächeln, das ein lang gestreckte Grübchen in Shulamits rechte Wange schnitt. Wie sehr er diese längliche Vertiefung liebte. Er wollte, dass sie zum ihm hinsah, ihn wahrnähme, ihn wollte, seine Hand berührte, er war der Gemälde überdrüssig, war deren Passivität leid, wollte raus zu ihr, ihr nach, sie bitten, dass sie mit ihm käme. Und dann wurde er auch noch von einem schleichenden Gefühl der Ohnmacht befallen: Er trägt keine Uniform, ist zu groß, und vor allem ist sie schön, so schön. Diese Ohnmacht verstärkte, selbstverständlich, noch ihre Schönheit, während ihre Schönheit seine Ohnmacht weiter potenzierte, und so immer weiter, bis alles andere verschwamm. Aber ihr kennt Lotem nicht, wenn ihr meint, das allein mache die Komplexität seiner Haltung gegenüber einer Frau aus. Ein Gefühl der Sicherheit pulsierte in ihm, dass diese Frau schon nicht mehr aus seinem Leben gehen würde. Dies ist die wahre Bedeutung des echten, großen Glücks im Moment des Sichverliebens – das Wissen, dass alles geschehen kann, alles.

Gold zog an Lotems rotem T-Shirt, wollte ihm ein Geheimnis mitteilen, und Lotem beugte sich zu ihm herab, aber seine Augen fuhren fort, die Prozession zu verfolgen, aus der sich in Richtung unseres dunklen Glaskastens Shulamit löste, vier Schritte machte, stehen blieb, ihre Arme in die Luft warf und ihre Hüften kreisen ließ, sodass ihre Brust wogte und ihre Kumpane sie mit herzlichem Lachen beobachteten. Die kleine Rektorin applaudierte. Die Junge bestürmte den Präsidenten, es ihr gleichzutun, und er ließ sich erweichen. Doktor

Michal Eybeschitz, die Frau mit dem rosafarbenen Brillengestell, stand abseits und fürchtete, auch sie könnte aufgefordert werden zu tanzen. In der Zwischenzeit hatte der Präsident seine Tanzbewegungen eingestellt. Seine Begleiterinnen lachten. Die Vortänzerin in Weiß und Violett küsste ihn auf die Wange. Auch die Rektorin bestand darauf, urplötzlich, sich an Tanzverrenkungen zu versuchen, mit ihren ganzen Größe von einem Meter einundfünfzig. Die junge Frau sah sie skeptisch an, zeigte ihr aber dennoch, ohne große Begeisterung, wie sie die Bewegungen zu vollführen hatte. Ein Schmetterling schlüpfte aus Lotems zur Raupe gewordenem Mund, und schleppend fragte er Gold, ohne auf mögliche Zeugen zu achten: »Kennen Sie diese schöne Frau?«

»Nu, Sie meinen bestimmt Doktor Michal Eybeschitz. Eine internationale Spezialistin für die Psychologie des Seelenschmerzes, insbesondere für alles, was mit der Erforschung des Holocausts zusammenhängt. Ja, ja, je mehr die Überlebenden verschwinden, desto wichtiger wird diese Disziplin. Ich persönlich habe, wenn Sie mich fragen, große Vorbehalte gegenüber dieser Disziplin, andererseits … Nu, und ich sehe auch, dass sie die richtigen Kontakte hat. Holz, der Schmock, dieser Holzschmock, was für ein Schmock er doch ist, dass er sie aus den USA angeschleppt hat, ohne zu wissen, über welche Kontakte sie verfügt.«

Die linkische Studentin sagte: »Wie gern dieser Zwerg ›Schmock‹ sagt. Als lutsche er das Wort.« Lotem versuchte von neuem wegzukommen, diesmal durch Rückwärtsgehen, und Ariel Gold zog es hinter ihm her. »Also lesen Sie Bücher über die Kunst, Herr General?« Lotem antwortete nicht. Er ließ die junge Frau nicht aus den Augen, die draußen ihren Tanz beendet hatte. Auch die Studenten ergötzten sich an dem Schauspiel, nahmen vielleicht an, dass am Abend die Universitätsleitung einen Sketch aufführen würde. In diesem

Augenblick bemerkte das Quintett draußen die Zuschauer im Halbdunkel der Bibliothek. Die Eybeschitz schüttelte den Kopf, war erschrocken, hatte vielleicht ausgerechnet Lotem gesehen, fixierte ihn auf jeden Fall mit einem kurzen Blick. Aber Lotem, wenn er nicht in Uniform war, machte jeder Blick verlegen, weshalb er auch nicht wagte, der Schwarzhaarigen zu folgen, und seinen Blick nur auf Gold senkte. Gold freute sich über den treuherzigen Blick und beeilte sich, den General zu fragen: »Aber Sie erinnern sich an mich? Sagen Sie ruhig, dass Sie sich an mich erinnern.«

»Was ist dir das wichtig, ob er sich an dich erinnert? Die Erinnerung gleicht doch bloß Leuchtspurgeschossen, die aus einem Tohuwabohu aufflackern, das wir nicht kennen, und welchen Vorzug soll eine Sache haben, die aus der Dunkelheit aufblitzt, gegenüber dem, was in der Dunkelheit, in der die anderen Erinnerungen ruhen, liegt? Denn jede aufflackernde Erinnerung erinnert uns daran, wie wenig wir tatsächlich erinnern, wie viel wir nicht wissen, dass wir vergessen haben, von wie vielen Erinnerungen wir niemals wissen werden, dass es sie gegeben hat, an die wir uns nie erinnern werden, die mit uns in die Grube wandern werden. Nur dass die Würmer sie nicht fressen werden, denn die Erinnerung ist schließlich keine Materie.«

Gold sagte zu Lotem, als hätte die Bebrillte all dies in seinem Namen deklamiert: »Das ist wunderbar. Wie auch immer, ich bin Professor Ariel Gold«, und sogleich lud er Lotem ein, mit ihm zu Mittag zu essen, jeden Tag, wenn er wolle. Er müsse sich nicht von der Lektüre abhalten lassen, sie würden sich nur Punkt halb zwei treffen, in der Dozentenmensa mit Blick aufs Meer. Lotem murmelte Zustimmung, machte sich los, trat ins Freie und erreichte den Schatten zwischen den Gebäuden, doch er hatte seine Geliebte verpasst. Schmerz regte sich in seiner Brust. Ihre Schönheit ließ ihn nicht ruhen.

Er hätte diese Flamme zwar ersticken können, so wie immer, aber er will nicht. Er will ihr nachstellen, wird ihr bestimmt nachstellen, ein Jäger ist Adam Lotem, ein unermüdlicher Jäger. Und die Hand, deren Berührung, so dachten wir, unvergesslich bleiben würde, versank in allen möglichen konfusen Erinnerungen. Adam Lotem trug zu viele Hände mit sich herum.

Professor Jerach Dibois

Ariel Gold, der verletzt war, hielt sich schadlos an einem Gespräch mit dem Leiter des Universitätszoos, Professor Jerach Dibois, der vor seiner halbjährlichen Reise nach Belgien noch schnell einige Angelegenheiten regeln wollte und daher weder Zeit noch Lust hatte, Golds Geschichten anzuhören, Geschichten, die in diesem herumstoben wie Vögel in einer Voliere, doch dessen ungeachtet zitierte Gold, was ihm Lotem soeben hinsichtlich der aufflackernden Erinnerung gesagt hatte, und da er Dibois' Reserviertheit bemerkte, scherzte er, um die gespannte Atmosphäre zu reinigen: »Die errichten hier einen Galgen.« – »Aber Sie wissen doch, dass ich derartige Witze nicht ertrage«, grollte Dibois. Gold war beschämt, na bitte, auch die Zoologen pinkeln auf ihn. Er sah sich um, ob jemand Zeuge der Schelte geworden war, bemerkte dann den General, der aus der Hitze zurückgekehrt war, fasste neuen Mut und verzieh ihm sogleich seine doch etwas verletzende Flucht. »Ja, mein lieber Herr General, was kann ich für Sie tun?«, fragte er und labte sich an seinem Quasistatus als Gastgeber in unserer Bibliothek, während Jerach Dibois, Leiter des zoologischen Gartens, wider Erwarten Anstalten machte, sich an der Unterhaltung zu beteiligen, da er etwas zu sagen hatte, doch Gold beeilte sich zu sagen: »Aber entschuldige uns, Dibois, wir haben schließlich etwas Persönliches zu besprechen«, sodass der Zoologe sich trollte und Gold alleine mit dem General zurückblieb, der tatsächlich etwas sehr Persönliches auf dem Herzen hatte und fragte: »Wissen Sie wirklich nicht, wer die junge Frau in dem weißen Kleid war?« Wie sehr Gold Lotems Nähe suchte, fällt uns schwer zu erklären, und auch warum, schließlich hätte man die Dekanin an dieser Universität niemals abgesegnet ohne die Leute, die auf sein Kommando hörten, und obendrein sprach er Latein, hatte einen Blick für den historischen Kontext, und seine Judaika-Sammlung war etwas Besonderes, doch er sagte hastig: »Das ist wirklich kein Problem, das für Sie herauszufinden. Sind Sie sicher, dass Sie nicht an der Eybeschitz interessiert sind?«

»Nein, nein.«

»Dann werde ich sogleich zu Luft gehen, dem Präsidenten, ihn fragen. Ich kann schließlich bei ihm vorstellig werden, wann immer ich nur will, Sie haben keine Ahnung ...«

Dibois kam wieder, wich zurück, kam noch ein Stückchen näher und schleuderte dem General wütend entgegen: »Was eure Leopardin angeht, als Zoologe sage ich euch – besser einschläfern.« Der General fragte ernsthaft: »Wen? Die Leopardin oder den Befehlshaber?« Gold lachte genüsslich, eine Antwort, die sich gewaschen hatte. Das ganze Land war in Aufruhr wegen der Leopardin des Befehlshabers Mitte, aber nur Lotem hatte den Mumm, mit solcher Barschheit zu sprechen, ohne Rücksicht auf Verluste. Lotem fuhr fort, wollte stottern, traute sich aber nicht: »Ich zum Beispiel bin dafür, den Befehlshaber einzuschläfern, der sie sich hält, wissen Sie.« Dibois wusste selbstverständlich nicht, ob sich Lotem über ihn lustig machte. Er hatte ein besonderes, liebendes, hingebungsvolles Verhältnis zu den Tieren in seinem zoologischen Garten und ein unbarmherziges gegenüber jenen Kreaturen, die nicht in seinem Zoo waren, auf jeden Fall sah er jetzt zu, dass er wegkam, antimilitaristische Reime vor sich hin murmelnd, die er in der Regel nur aufsagte, wenn er alleine für sich im zoologischen Garten arbeitete. All die Jahre, die er im Land lebte, hatte er es geschafft, seine abgrundtiefe Feindschaft gegenüber der Armee zu verbergen, schwer zu glauben, dass an unserer Universität es jemand geschafft hatte, so weit zu kommen, dabei die Armee zu hassen und dies auch noch geheim zu halten. Niemand weiß auch, dass er Benjamin, seinen spät geborenen, einzigen Sohn, der ihm mehr bedeutet als alles, gleich nach dem Tod seiner Frau außer Landes geschmuggelt hat, damit der Junge bei seiner Schwester in Belgien aufwüchse und nicht gezwungen sein würde, auch nur einen Tag in der Armee zu dienen. All seine Urlaube investiert Dibois, um zu dem Sohn zu fahren. Seine Telefonrechnungen sind immens, fast sein ganzes Gehalt geht dafür drauf, da er seinem Sohn, jeden Abend, Fortsetzungsgeschichten am Telefon vorliest, von hier nach dort, vor dem Schlafengehen, und darüber hinaus jedes verfügbare Telefon nutzt, in allen möglichen leer stehenden Büros, um den Jungen anzurufen. Einmal wäre er dabei fast erwischt worden.

Draußen, als die Universitätsspitze sich zerstreute, nachdem die letzten Einzelheiten der Zeremonie abgesegnet waren, fragte Samson Luft, der Präsident, die Rektorin Frau Professor Erika Messing: »Wer war diese wundervolle Frau?« Und die Rektorin, anstatt zuzugeben, dass sie gedacht hatte, die Schlampe gehöre zu dem neuen Präsidenten, sagte: »Nun ja, mein Lehrkörper ist in jeder Hinsicht wundervoll, nicht wahr, Michal?« Worauf Doktor Michal Eybeschitz aus kartesianischer Loyalität sagte: »Mehr oder weniger.« Der Universitätspräsident, der aus der Wirtschaft kam und dessen Manieren vorzüglich waren, streckte Michal die Hand hin und sagte: »Sehr angenehm, Doktor Eybeschitz, Sie sind mir nicht vorgestellt worden, aber ich habe viel von Ihnen gehört. Ich wünsche Ihnen Erfolg. Wie ich höre, wartet ein schwerer Kampf auf Sie, und ich fürchte, Sie werden dabei ganz allein auf sich gestellt sein.«

I ≠ I

Und bei Lotem, wie im Herzen eines Jünglings, blühte die Liebe, er wartete auf einen Anruf von Shulamit, doch sie rief nicht an, natürlich nicht, weshalb er die gesamten Sommersemesterferien über Tag für Tag in die Universität kam, mal in Uniform, da er hoffte, diejenige zu finden, nach der sich sein Herz verzehrte, und mal – verlegen gemacht durch die Blicke, die sich auf ihn richteten, wenn er über den Campus streunte – in Zivil, saß jeden Tag und betrachtete die Kunstbände, beäugte die in den Lesesaal kommenden Frauen, begab sich ins Erdgeschoss und rief Jiftach an, sprach aber die ganze Zeit über in seinem Herzen mit Shulamit, sagte ihr sanft, dass er sie seit langem gesucht habe, seit schon langem, versuchte sich zu erinnern, was von allen Dingen, die er vermisste, ihm am meisten fehlte, und schaffte es nicht, weil es ihre Schönheit war, die ihn verfolgte, ihr dunkler Teint, ihr schwarzes, langes Haar, ihr helles Lächeln, ihr voller Körper, ihr runder Hintern und vor allem das Verlangen, sie zu finden. Nicht nach ihrem Körper verlangte es ihn – ihre Schönheit war es, die ihn rennen ließ. Sein Herz rieselte Furcht wie eine Sanduhr, von Zeit zu Zeit bedeckter kalter Schweiß seinen Körper, sie wird nicht anrufen, sie wird anrufen, und was soll er sagen, wenn sie anruft? Er kehrte zu Signorelli zurück, als könnte er sie zu sich zurückholen, indem er die Gemälde betrachtete, sein gesundes Auge in die Reproduktionen versenkte und flüsterte, komm zurück, komm zurück Shulamit. Dabei glaubte er schon nicht mehr, dass sie Shulamit hieß; wäre er in Uniform gewesen, als er ihr das erste Mal begegnete, wäre alles anders gekommen. Der Sommer kroch dahin wie eine bösartige Kobra. Manchmal wurde Lotem von Bitternis erfüllt, Hass auf seinen eigenen Körper, egal, ob dieser in Uniform steckte oder nicht. Shulamit war verschwunden, als hätte es sie nie gegeben. Selbstredend begab er sich auch zum Lehrstuhl für hebräische Literatur, suchte dort nach ihrem Postfach. Die Fakultätssekretärin fragte: »Kann ich Ihnen helfen?« Worauf er, eingeschüchtert durch solcherlei Fragen, sich aus dem Staub machte, erfreut, dass er nicht in Uniform war, ein großer, übergewichtiger, alternder Mann, der nicht wie ein verliebter Jüngling wirken will. ›Das ist meine letzte Chance‹, sagte er sich wieder und immer wieder. Den Kurs über Brenner am Lehrstuhl für hebräische Literatur gab irgendeine, deren Name nicht Shulamit war, aber er machte sich nicht die Mühe, herauszufinden, ob dies seine Shulamit war und nur ihr Name anders lautete. Dann ging er zum Lehrstuhl für Mathematik, vielleicht hatte sie dort nach ihm gesucht. Am Mitteilungsbrett mit den Prüfungsnoten hing ein zusammengefalteter Zettel. »Für Adam.« Er riss den Zettel ab, öffnete ihn aufgeregt. Darin stand: »Die Antwort ist einfach: I ≠ I.«

Jehoschua Pippano

In der Cafeteria stand Holz und sprach mit einem kleinwüchsigen Mann. Lotem wartete höflich, bis ihr Gespräch beendet wäre, weil er diesen Holz nach Shulamit befragen wollte. Der gnomenhafte Mann fragte mit zitternder Stimme: »Stimmt es, dass Sie alle möglichen Schriftstücke und Zeugnisse gegen Angehörige der Universität sammeln?« Holz gab sich liebenswürdig, linste zu Lotem und richtete seinen Blick sogleich wieder auf den Kleinwüchsigen. Beide standen sie mit Kaffeetabletts in der Hand da. »Mein Archiv, lieber Doktor Jehoschua Pippano, ist wie das Atomwaffenarsenal Israels. Weder bestätige ich seine Existenz noch dementiere ich sie. Verstehen Sie?« Dieser Pippano nickte, brachte es dann fertig zu fragen: »Aber über mich, haben Sie etwas über mich?« Für einen Moment überlegte Holz, ob er lachen sollte, wurde dann von Mitleid erfüllt, erwiderte schließlich aber trotzdem, was er gedachte zu antworten, ehe er vom Mitleid überspült wurde. »Aber warum sollte ich etwas über Sie haben?« Pippano antwortete nicht. Holz sah, wie verängstigt er war. »Hören Sie, mein Freund, haben Sie noch immer Angst, die könnten Sie rausschmeißen?« Pippano nickte. »Trotz der Festanstellung?« Pippano zuckte mit den Schultern. »Schauen Sie, alter Junge, im Fachbereich für hebräische Literatur gibt es einen Herrn Doktor. Als der seine Dissertation geschrieben hat, hat man sie zurückgewiesen, weil sie schlechter als jede Magisterarbeit war. Doch sogleich sind ein paar Professoren von *Frieden jetzt* angelaufen gekommen, um ihm was zusammenzuschreiben, wovon er nicht ein Wort verstand, Hokuspokus, noch ein paar Anmerkungen hinzugefügt, und ihm am Ende sogar eine feste Stelle beschafft haben, ein bisschen Kino, ein bisschen hebräische Literatur, obwohl er nicht ein Einstellungskriterium erfüllte. Hat niemals irgendetwas veröffentlicht. Nie. Na, und hat der Mann Angst? Sicher hat er die. Also was macht er? Er schreibt Lobeshymnen in den Zeitungen auf alle möglichen Professoren, die ihn eines Tages, so denkt er, absägen könnten.«

»Aber das ist genau die Sache, Professor Holz. Genau das.«

»Was? Was ist genau die Sache?«

»Dass es kein System gibt, dass eines Tages …«

»Lecken, Pippano. Jedes Mal, wenn Sie in Panik geraten – lecken. Jedes Mal, wenn Sie vor jemandem Angst haben, rufen Sie ihn an und lecken ihm den Arsch.«

»Aber wem?«

Holz klopfte Pippano auf die Schulter, wandte sich von dort zur Kasse und ging raus, ohne zu zahlen. Hätte er sich erinnert, in welchem von all den Seminaren, die sich mit den Arabern beschäftigen, Pippano lehrte, wäre er hingegangen, um herauszufinden, wovor der Angst hatte, aber er hatte es vergessen. Pippano versuchte, ihn einzuholen, hatte aber wegen seiner Behinderung Mühe. Er wollte noch weiter mit ihm reden, und so liefen die beiden mit ihren Kaffeetabletts durch die Gegend, der eine mit Riesenschritten und der andere hinter ihm herhumpelnd, bemüht, den Kaffee nicht zu verschütten.

Pippano hatte den Schlüssel zu einer Wohnung, die gegenüber der seinen lag und zu vermieten war. Einmal hatte sich Holz in eine Studentin verliebt. Sie hatte zwar einen Freund, liebte ihn aber nicht. Sie liebte auch Holz nicht, aber der weckte ihre Neugier, weshalb sie ihn auch Morris nannte. Holz war ein eindrucksvoller und weithin bekannter Professor. Sie traf sich ein paarmal mit ihm in verschiedenen Cafés. Ihr Freund war Pilot bei der Luftwaffe. Dieser Umstand stachelte Holz an. Bis heute ist ihm nicht klar, warum. Nach drei Treffen beschloss er, sie zu fragen, ob sie es ernst meine. »Was soll das heißen?«, lachte sie. »Ich bin kein kleiner Junge. Willst du mit mir ins Bett gehen, zum Beispiel?« Sie lachte. »Zum Beispiel, was noch?« Und er, der er überhaupt keine weiteren Beispiele mehr auf Lager hatte, fragte: »Willst du mit mir zusammenwohnen, zum Beispiel?« Sie lachte erneut. »Wo, zum Beispiel, sollen wir wohnen?« Er bezahlte jedes Mal das Essen und brachte sie zum Lachen. Sie schwieg, und er war aufgeregt wie ein Kind. Sie hatte sehr schmale Wangen und Augen, die tief versenkt in den Höhlen lagen. »Wir werden sehen, ich brauche Zeit.« An jenem Abend rief Holz Pippano an. »Ich brauchs«, sagte er und legte auf, wegen seiner zweiten Frau, die genau in diesem Augenblick ins Zimmer kam. Später rief er von der Straße aus an. Pippano gab sich große Mühe, stellte drei Bücher in die Wohnung und hängte auch eine Reproduktion von Josef Zaritzky auf, und am nächsten Tag, nachdem alles vorbei war, lüftete er, entfernte die Bücher und das Bild, zog auch das Laken ab und faltete es zusammen, wobei ein kleines Härchen durch die Luft wirbelte, und er sich schämte, als sähe es ihn an. Holz gab ihm später, in der Universität, bei einer diskreten Unterhaltung, vier dicke Bücher und lächelte, ohne ein Wort darüber zu verlieren. Klar, die Bücher, die Pippano hingestellt hatte, hatten keinerlei Bezug zu Holz' Fachgebiet. Warum sollte ein Mensch Gefallen daran finden, einem wichtigen Mann zu Diensten zu sein? Wegen der zu erwartenden Gegenleistung. Aber warum findet ein Mensch Gefallen daran, einem wichtigen Mann Dienste zu erweisen, ohne dafür eine Gegenleistung zu wollen? Manchmal sprach Holz mit Pippano auf Englisch, dessen Muttersprache, und Pippano antwortete auf Hebräisch.

Lotem schleppte sich hinter den beiden her, und als Pippano die Hoffnung aufgab, eine Antwort zu erhalten, und sich davonschlich – vielleicht beschämt ob seines überschwemmten Tabletts –, wandte sich Lotem an Holz. Der Professor redete leise mit sich selbst und lächelte dazu. »Sagen Sie«, meinte Lotem sanft zu ihm, »erinnern Sie sich an die junge Frau, die mit mir in der Cafeteria saß und gegen mich gewettet hat?« Holz bedachte ihn mit einem kalten Blick. Er erinnerte sich an überhaupt keine junge Frau. Lotem glaubte ihm nicht. »Aber an mich, an mich erinnern Sie sich doch, nicht?« Holz erinnerte sich ebenso wenig an Lotem, ließ ihn stehen, zuckte mit den Achseln und debattierte unter energischen Gesten mit einem Unsichtbaren. Dabei erinnerte er sich sehr gut an die junge Frau, und auch an diesen Kerl. In der Nacht hatte er von ihr geträumt, in Gestalt eines kleinen Mädchens, das sich zwischen die Büsche hockt, um zu pinkeln. Und diesen Kraftmeier hasste er. Holz war ein Anhänger des augenblicklichen Onanierens, um die Gefühle loszuwerden, und Lotem war so voller Liebe wie mit dem letzten Frühlingsregen angesetzte Maische.

Die Furcht einflößende Madonna

Des Nachts stürzte sich Lotem auf jedes Telefonklingeln. Einmal rief Jiftach an. Lotem erzählte ihm von seiner verzweifelten Liebe. »Wie heißt sie?«, fragte Jiftach, wollte selbstverständlich helfen. »Ich weiß es nicht, bin schon nicht mehr sicher, vergiss die ganze Sache, Jiftach. Geht es dir gut? Die Geschäfte, alles in Ordnung? Deine Tochter, ist sie okay?«

»Wird es Krieg geben, Lot?«

»Sicher, aber wir werden schon nicht mehr kämpfen. Oder?«

»Kümmert mich nicht, Lot. Nur meine Tochter ist mir wichtig. Manchmal denke ich, sie leidet, Lot, und ich weiß nicht, wie ich an sie rankommen soll. Ich mach mir Sorgen um sie, sie ist kein kleines Mädchen mehr und dabei ganz und gar unglücklich.«

»Sie ist schön wie deine Frau, Jiftach, nicht?«

»Du musst sie einmal sehen. Du glaubst nicht, Lot, wie ähnlich sie ihr ist.«

»Also was machst du dir Sorgen, Jiftach? Ein hübsches Mädchen ist dazu verdammt, glücklich zu sein.«

Damit verabschiedeten sie sich wieder voneinander. Lotem lag abermals auf seinem Bett, hastete jedes Mal zum Telefon, wenn jemand irrtümlich anrief, und überlegte, welche Geschichten er Shulamit über sich erzählen sollte, damit sie ihn kennen lernte. Tausend Gespräche führte er mit ihr, flog sie nach Italien, fuhr sie nach Cortona. Und je länger seine Versuche, sie zu finden, scheiterten, desto detaillierter wurden seine Pläne. Es hieß, seine Kameraden im Generalstab wunderten sich weiter über seinen Niedergang, während er seinerseits fortfuhr, sich in Erinnerungen an jenen Kinobesuch mit seinem Vater zu ergehen, nachts nicht einschlief, über sein Alter nachdachte, das sich dem Alter annäherte, in dem sein Vater gestorben war, und sich fragte, in wessen Augen er lebte und in wessen Augen er in den Film ging. Er hat keinen Sohn. Vielleicht war es der Film *Ben Hur*? Ein Wäldchen lag zwischen ihrem Haus und dem Kino, hinter den Kiefern war der Mond zu sehen gewesen, er hatte seinen Vater damals fragen wollen, ob es möglich wäre, den Jupiter zu sehen, so dachte er jetzt, dass er hatte fragen wollen, wie auch immer, sein Vater hatte über etwas Wichtiges gesprochen, aber über was, erinnerte er sich nicht. Erneut dachte er an Shulamit. Ich habe keine Erinnerung. Die Farbe ihrer Augen verwirrte ihn, ihre Schenkel sind dick, stellte er sich vor, ihre Fesseln schlank, ihre Brustwarzen stießen ihn ab. Er erkundete sich gründlichst, während er ihr nachts auf seinem Lager seine Lebensgeschichte erzählte, voller Fehler, Irrtümer, amüsanter Begebenheiten und Possen. Schließlich onanierte er und schlief ein. In seinem Traum kam er zu dem hochherrschaftlichen Haus einer groß gewachsenen, schönen Frau, inmitten eines riesigen Anwesens. Sie wollte, dass er bei ihr blieb, obgleich sie nichts dergleichen sagte. Er hatte Angst zu bleiben, glaubte nicht, dass er ihr Liebhaber sein könnte, fürchtete sich vor ihr. Sie erzählte ihm, sie habe schon etliche Liebhaber gehabt, aber die Sache habe stets mit ärztlicher Behandlung geendet, die die Typen wegen der Schläge gebraucht hätten. »Du hast sie geschlagen?«, fragte er. »Ich zahle, also will ich das Maximum.« Und in einem anderen Traum begriff er, warum ihn Madonnengemälde zurückschrecken ließen. Stets schaut die Madonna ins Nichts.

Was Ariel Gold anbelangt, der kam ihm nur zu gern zu Hilfe, und da er versprochen hatte, Shulamit zu finden, gab ihm Gold seine Privatadresse, sodass seit jenem hochsommerlichen Tag Gold jeden Abend, bis zum Tag seines Todes, zum Haus des Generals ging, um ihm Bericht über die Frau zu erstatten, die er nicht gefunden hatte und an deren Gesicht er sich nicht einmal mehr erinnern konnte, was aber nicht weiter schlimm war, da Gold ohnehin Lotem in dessen Privatwohnung nie antraf, nicht ein einziges Mal. Eines Tages wurde Gold beim Präsidenten der Universität, Herrn Samson Luft, vorstellig, der gerade in ein Telefonat vertieft war. Der Präsident lächelte, bat auf Englisch seinen Gesprächspartner, einen Moment in der Leitung zu bleiben, wandte sich an Gold und irrte sich in seinem Namen, worauf Gold, der sich schämte, in einer unbedeutenden Angelegenheit zu stören, den Rückzug antrat, sich entschuldigte, er würde später wiederkommen, und tatsächlich kam er am darauf folgenden Tag wieder, aber da war der Präsident mitten in einer Telefonkonferenz mit dem Präsidenten der Universität Knokke, Belgien, und dem Präsidenten der Universität Miami Beach. Diesmal wurde der Präsident von Unbehagen erfüllt, dass er erneut diesen Wie-war-noch-gleich-sein-Name abwies, diesen Gnomen, aber auch Gold war peinlich berührt, ein weiteres Mal ein wichtiges Gespräch in Sachen interuniversitärer Kontakte zu stören, sodass jeder der beiden über den Kopf der Sekretärin hinweg, die in der darauf folgenden Woche in Ruhestand gehen würde, seinen Gegenüber bedrängte: Der eine forderte den anderen nachdrücklich auf, sich nicht zu genieren und sein Anliegen vorzutragen, während Letzterer eindringlich bat, die Störung zu vergessen, er könne ein andermal wiederkommen, es sei wirklich nur von einer klitzekleinen Gefälligkeit die Rede.

Beim dritten Mal schließlich freute sich der Präsident, dass er zu sprechen war, und bedauerte andererseits, seinen Gast enttäuschen zu müssen: Er erinnere sich nicht, wer die Frau gewesen sei, denn, und vielleicht wisse der Herr Professor dies noch nicht, interessiere er, der neue Präsident, sich nicht im Mindesten für Frauen, doch halt, eine fröhliche junge Frau, die zum Gefolge der Rektorin gehörte, sei ihm trotz allem in Erinnerung geblieben. Gold dankte ihm. »Das ist alles?«, wunderte sich der Präsident liebenswürdig, und Gold hätte sich liebend gern an noch etwas erinnert, fand aber nichts. In das Büro der Rektorin versuchte er mehr als nur dreimal vorzudringen und wurde immer wieder aufgehalten. Schließlich rief er bei ihr zu Hause an. Legte einige Male auf, bevor er etwas sagen konnte, doch am Ende besann er sich und sagte: »Als Sie mich gebraucht haben, haben Sie sehr wohl verstanden, mir Gehör zu schenken. Nicht wahr?«

»Aber Gold, was kann ich machen, wenn meine Sekretärin mit derartigem Fanatismus mein Diarium hütet?«

Für einen Moment stellte sich Gold vor, ein Diarium sei ein intimes Körperteil bei Frauen. »Was kann ich denn trotz allem für Sie tun?« Er murmelte: »Vor ungefähr einem Monat sind Sie über den Campus gegangen, Sie, der Präsident und die vermaledeite Dekanin, und die Eybeschitz, und da war noch eine junge Frau bei Ihnen.« – »Na, ja, gut möglich.« – »Wer war sie?« Gold hatte beschlossen, offensiv aufzutreten, so wie er es nun mal gewohnt war. »Geben Sie mir alles: Name, akademischer Titel, Fachbereich, alles, was Sie wissen, ja?« – »Sie ist bestimmt eines von den Mädels, die der Präsident mitgebracht hat.« – »Ach, quatschen Sie kein dummes Zeugs.« Gold entschied, seine Angriffslustigkeit beizubehalten. »Dieser Präsident hat überhaupt keine Mädels mitgebracht.«

»Dass er homosexuell ist, macht ihn noch lange nicht zum

Frauenfeind. Oder? Es reicht langsam mit ihrer männlichen Profilneurose, Gold. Und außerdem, wozu müssen Sie wissen, wer diese junge Frau ist?«

»Ich muss und basta. Ich brauche den Namen eben. In Ordnung?«

»Und dafür sind Sie so viele Male in mein Sekretariat geplatzt? Schämen Sie sich nicht, Gold? Schämen Sie sich überhaupt nicht?«

»Ich helfe einem Freund von mir. Mehr nicht.«

»Sie treiben sich wieder mit Holz herum, richtig? Ich habe Ihnen gesagt, dass ich nichts mehr über Holz hören möchte, nicht ein Wort mehr, es ist Zeit, ihn aus seiner Einführungsveranstaltung zu entfernen, wenn nicht sogar ganz und gar aus der Universität, er ist ein Ehebrecher, ein Lüstling.«

»Wieso ausgerechnet Holz? Wie kommen Sie denn auf Holz? Wenn Sie es unbedingt wissen wollen, die Rede ist von einem sehr ranghohen Offizier, einem sehr, sehr ranghohen, dem wir alle unser gesichertes Leben schulden. Kurz und gut, Sie haben keine Ahnung, wer die junge Frau ist, und schmieren mir einfach ihr Gequatsche über Holz ums Maul. Richtig? Was wollen Sie eigentlich von Holz? Er ist ein überall auf der Welt bekannter Gelehrter, und nur hier drangsaliert man ihn, bis er irgendwann seine Sachen packt und an eine andere Universität geht, damit ihr dann anfangt zu heulen. Sehen Sie mal in der Bibliothek nach, wie viele Bücher er geschrieben hat, dieser Holz. Ich bin sicher, Sie haben keinen Schimmer.«

»Lassen Sie mich in Ruhe, Gold, ich habs auch so schon schwer genug. Vielleicht weiß Michal Eybeschitz etwas. Sie kennt die Frau.«

Doch Michal Eybeschitz verstand nicht, was Gold von ihr wollte. Sie erinnerte sich zwar an eine, die ihre Späße gemacht und sie genötigt hatte, vor der Bibliothek zu tanzen, aber wenn der Präsident und die Rektorin die Frau nicht kannten, blieb nur noch die Dekanin – mit der Gold aber nicht reden wollte. Von Scham erfüllt gab er auf.

Sehava

So kam Gold in den Genuss, mit dem General zu speisen, und schon da, vielleicht unter dem Einfluss der aufreibenden Suche, fesselte es ihn mit Banden der Liebe an Lotem. Versucht nicht, euch klar zu machen, ob es sich hierbei um die Liebe eines Vaters zu seinem Sohn handelt, die Liebe des Sohns zu seinem Vater oder vielleicht die Liebe des Professors zu sich selbst. Es war alles zusammen. Lotem selbst ließ sich, aus ganz eigenen Beweggründen, von Gold mitschleppen, dachte, er würde Shulamit in der Mensa finden, stellte sie sich in jedwedem erlesenen Forum vor, wie sie ihre Späße mit ihnen trieb, und andererseits gehörte sie ja vielleicht wirklich zu irgendeinem Leitungsgremium. Gold stellte Lotem Sehava, der Bedienung, vor. »Sehava'le, das ist General Lotem.«

»Nein, ich bin nicht begeistert, nein, nein, überhaupt nicht.«

Ihr Sohn war im Libanon und sie nicht im Geringsten durch Offiziere zu beeindrucken. Die werden bezahlt, um zu siegen, und unterliegen – und gegen wen, gegen einfache Partisanen, ganz egal, was für Namen man denen in der Presse gibt. Nein, sie ist nicht zu begeistern. Gold seinerseits hörte zu und meinte schließlich in euphorischer Stimmung zu Lotem: »Also, was sagen Sie?« Als müsste Lotem ermutigt werden. Hier, in dieser Mensa, war Gold der Gutsherr. »Sie werden eines Tages Premierminister sein. Richtig?«, versuchte er eine Unterhaltung aus anderer Richtung zu beginnen – dabei war es in

Wahrheit nicht die Nähe zum Amt des Regierungschefs, die ihn interessierte, er wollte, dass Lotem ihn bei der Hand nähme, wollte ihm sagen, sei mein Sohn. Ohne den alten Mann anzusehen und während Sehava weiter Verwünschungen murmelte, sprach Lotem plötzlich, leise, wollte stammeln, doch heraus kam ihm eine Gardinenpredigt. »Ihr Präsident, Luft, hat mir gesagt, Sie hätten ihn über Shulamit ausgefragt. Ich war ein bisschen peinlich berührt. Ich meinte eigentlich, diskret vorzugehen, aber er sagte, Sie seien fleißig bei ihrer Suchoperation gewesen. Ich würde Versagen nicht unbedingt Fleiß nennen, aber guten Willen haben Sie.« Verbitterung stieg in Golds Brust auf und er schluckte. Lotem bemerkte dies und bedachte den Greis mit einem lächelnden Blick. Sein Auge brannte. Sehava brachte die Teller mit Püree und paniertem Schnitzel. Die beiden Männer saßen einander gegenüber und schwiegen. Gold wusste nicht, ob er anfangen sollte zu essen. »Wird es Krieg geben?« Lotem machte »Ja, ja« und verstummte. Dann, vielleicht wegen der Gekränktheit des kleinen Mannes vor ihm, wurde er von Sehnsucht nach seinem Vater erfüllt. »Mein Vater ist jung verstorben, er konnte Latein, hat aber bei der Post gearbeitet, das ist alles, was es über ihn zu erzählen gibt.« – »Das ist ganz und gar nicht wenig«, munterte Gold ihn auf und wurde selbst aufgemuntert. »Er war jedes Jahr für die Gedenkfeier zum Holocausttag verantwortlich. Aber heute ist mir das einigermaßen peinlich. Schließlich war er selbst gar kein Holocaustüberlebender.« Etwas blieb Lotem im Halse stecken, als hätte er ein schartiges, kaltes Bleigeschoss verschluckt. Sehava lamentierte vernehmlich: »Alle quatschen sie Holocaust, alle, außer denen, die *dort* waren. Die reden nicht, und wenn sie reden, wäre es besser, sie schwiegen, denn die sind wie ein Theater.« Gold erschrak. »Alle sind sie Professoren für Holocaust. Holocaust, Holocaust, Holocaust.« Und dann herrschte Sehava den

General an: »Was wissen Sie denn, was ein *Lager* ist?« Gold hatte sich still zu Ende aufgeregt und hielt nun seine wichtigste Predigt, hatte einen Bewusstseinsumschwung vollzogen, denn was geschieht, dass ein Mensch plötzlich versteht? Obwohl er die Holocauststudien bis zu jenem Augenblick verabscheut hatte, war es dieser Lotem und seine Lebensgeschichte, die alles veränderten. »Der Tag wird kommen«, versprach Gold sich selbst, Sehava und auch Lotem, der hier saß wie inmitten seines Senats, »und alle Hungernden, Unglücklichen und Verfolgten, alle Erniedrigten und Verwundeten, jede Mutter, die ihre Waise auf dem Arm trägt, jedes Kind, das auf die Rückkehr seiner Mutter wartet, ein halbes Jahr wartet es am Bahnhof, ein jeder von ihnen und all die Millionen anderen, die Hungerleidenden, die zu Tode Geschundenen, in Afrika, Asien, in Amerika und im Nahen Osten, werden die Geschichte unseres Holocausts kennen. Des unseren. Es gibt mehrere hundert Millionen kleiner Bauern auf der Welt, die in den nächsten Jahren hungernd durch die Randbezirke der großen Städte vagabundieren werden. Der größte Teil von ihnen, Abermillionen, wird an Krankheiten sterben. Und bitte, Ihr Herr Vater, mein teurer General Lotem, hat diesem menschlichen Leid in seiner Gesamtheit Ausdruck und Form verliehen. Dies ist die Vision der Apokalypse in Vollendung. Diejenigen ohne eigene Stimme bekommen von uns eine Geschichte, wie es sie stärker nicht gibt. Das ist exakt, was Ihr Herr Vater verstanden hat, mein lieber General, was Seneca in seinen *Briefen über Ethik* an Lucilius schreibt: *Longum iter est per praecepta, breve et efficax per exempla* – langwierig ist die Methode des Lernens nach Regeln, kurz und effektiv die nach einem Beispiel. Dabei habe ich die Führer in Afrika wirklich verehrt, als ich Kommandeur der Fallschirmjägerschule war. Stellen Sie sich mal vor: Die haben versucht, den Mobutu umzubringen, als der bei mir war. An die Wand seiner

Behausung haben sie geschrieben ›Patrice Lumumba lebt!‹ Stellen Sie sich das vor!«

Lotem lachte, versank in Schweigen, lachte wieder. Das war sein Zauber. Urteilt nicht auf Grundlage seiner Gegenwart über ihn. Es heißt, in der Armee liebten sie ihn wegen seiner Scherze. Als er Regimentskommandeur war, zum Beispiel, hatte er einmal seine Soldaten losgeschickt, ein entfernt gelegenes Ziel einzunehmen, und am Ende fanden sie sich in einem unbeleuchteten Fußballstadion wieder, wo er ihnen über Lautsprecher befahl, eine Mannschaft anzufeuern, die dort überhaupt nicht spielte, »Ihr müsst die Starken anfeuern, nicht die Schwachen, wenn ihr Soldaten ohne Schuldgefühle sein wollt.« Dafür liebten sie ihn, schworen ihm auf ewig Gefolgschaft und feuerten an, wen man ihnen befahl anzufeuern.

»Ja, ja. Unser Professor Silber ist ein internationaler Experte für Mobutu, eine wirklich weltbekannte Koryphäe, aber ich weiß nicht, mein Herr General, die ganze Sache Afrika scheint mir verloren. Was man den Menschen dort angetan hat, war ein wahrhafter Holocaust, das ja. Andererseits haben sie keine Texte hinterlassen, und wie soll man über eine ausgerottete Kultur schreiben, wenn diese keine Texte hinterlassen hat? Jetzt zu einer anderen Sache, ich wollte Sie bitten, ob Sie mir den Namen eines Schülers von mir in Erinnerung rufen könnten. Ich glaube, er ist Kopf des Inlandsgeheimdienstes, aber nicht deshalb möchte ich seinen Namen wissen, sondern …«

»Ja, ja.«

Gold verstrickte sich in die Geschichte um seinen geheimen Wunsch, und dann, als er der einfachen Frage schon sehr nahe war, sprich, wie der Kopf des Inlandsgeheimdienstes hieß, hatte es den Anschein, als bemerkte Lotem über seine, nämlich Golds Schulter irgendeine Frau, denn er erhob sich und versuchte zu gehen, sodass Gold ihm wohl oder übel von seiner Sammlung erzählte und so gut wie alles über den ersten Leuchter.

Am Ende verließ Lotem die Mensa und jagte einem Phantom hinterher. Das wars.

Was geschieht, dass ein Mensch plötzlich versteht?

Nebenbei bemerkt, zu Beginn jenes Sommers, am letzten Tag des Semesters, dem 20. Juni 1990 – der Tag, an dem Gold, an der Spitze seiner Entourage, den General bemerkte, der wie Platons Eiche am Wegesrand aufragte – kam es zu einem blutigen Schisma im Fachbereich für Philosophie. Das Gerücht breitete sich aus wie Feuer auf einem Stoppelacker: Der internationale Kongress für Philosophie, der über Jahre geplant und organisiert worden war und unter der Überschrift »Der Mensch, was ist er nicht?« stattfinden sollte, hatte sich aufgespalten, sodass an seiner Stelle nun zwei parallele Kongresse unter demselben Motto, »Der Mensch, was ist er nicht?«, abgehalten werden würden, in getrennten Hörsälen, mit jeweils eigenen Vorsitzenden, getrennten Podiumsteilnehmern, sodass fortan keinerlei Möglichkeit mehr bestünde, die beiden Paragrafen zu übergehen und man sich zu entscheiden hatte – selbst wenn man jung und hungrig auf einen Posten war und die Welt der Ideen einen rief wie das weite Meer den Seemann, war man dazu verdammt, sich zu entscheiden, zu welchem der beiden Kongresse man für alle Welt sichtbar als Teilnehmer ging.

Splittergruppe A hatte den berühmten amerikanischen Professor (armenischer Abstammung) Daniel Zensor zu Gast, dessen Referat »Warum können wir nichts über den Menschen wissen außer seinem Namen?« bereits für viel Aufregung bei seiner vorherigen Vortragsreise gesorgt hatte. Ungeachtet der politischen Lage würde Professor Zensor als Gast des neuen Dekans für Philosophie, des jungen Professors Muzaw Blecher, eintreffen, und obgleich Blecher nichts, aber auch gar nichts von Daniel Zensors revolutionärer These verstand, ja nicht einmal mit dieser übereinstimmte, war sein Herz von Stolz erfüllt, dass Zensor bei ihm und nicht bei seinem Rivalen zu Gast sein würde, denn so wuchs sein Einfluss bei seinen Anhängern in der Fachschaft, von denen einige Daniel Zensors Theorem verabscheuten aber jetzt keine Wahl hatten, da sie Blechers siegreicher Fraktion angehörten.

Um Punkt 1.25 Uhr begriff der Kopf von Splittergruppe B, Professor Moos Papierblatt, der ehemalige Dekan – eben jener, der dem hebräischen Begriff »hineh«, »hier ist«, Zugang zum schwedischsprachigen philosophischen Wörterbuch verschafft hatte, infolge eines logisch-philosophischen Aufsatzes, der vor nun genau fünfundzwanzig Jahren veröffentlicht worden war –, wie ein Strohhalm, der den Rücken des Kamels bricht, begriff er, dass er es ein für alle Mal satt hatte, dass man ihm nicht genug Achtung entgegenbrachte und sich nicht mit ihm beriet hinsichtlich der Reihenfolge der Redner, der Vorsitzenden der unterschiedlichen Panels und der Podiumsteilnehmer. Er sammelte seine Leute um sich, eine verschworene Minderheit (auch, wenn es keinen anderen Ausweg gibt: das Risiko, das ein Desertieren mit sich bringt, ist größer als die Aussicht auf Erfolg), und übermittelte ihnen, zu ihrem fassungslosen Erstaunen, noch ehe in der Zeitung darüber berichtet wurde, die sensationelle Zusage des Kopfs des Inlandsgeheimdienstes (Shabak), auf ihrem Kongress (»Der Mensch, was ist er nicht?«) zu referieren. In Papierblatt pulsierte ein starkes Gefühl von Befriedigung, wie es nur Menschen mit Todessehnsucht gegeben ist, und seine Augen blickten weit hinaus über das kleine, sich selbst genügende Grüppchen, das Blicke der Verehrung zu ihm hob. (Sie glaubten an seine Macht, ihren Kindern Brot und Milch zu sichern und ihnen selbst Reisen rund um den Globus und Bekanntschaft mit dem Rektor.) Aber ihre Verehrung ließ ihn kalt. Er hasste sie, wie sehr er sie hasste, und jetzt noch mehr. Jahre schon, dass er das Scheitern der Philosophie eingestehen wollte. Wie wenig fehlte ihm nur, um zu sagen: Ich bin gescheitert. Wie auch immer, als Reaktion auf das Einverständnis Daniels, in der Vergangenheit sein persönlicher Freund, zu kommen und hier bei seinen Intimfeinden zu referieren, hatte er beschlossen, seinen Joker zu ziehen, den Kopf des Inlandsgeheimdienstes Shabak, damit dieser über »Der Mensch, was ist er nicht?« sprechen sollte. Den Ohren seiner Bewunderer vertraute er sogar an, dass der Kopf des Inlandsgeheimdienstes darauf bestehe, über das Wesen des Menschen in positiven Begrifflichkeiten zu sprechen, ungeachtet der negativen Überschrift des Kongresses, weshalb sein Vortrag lauten würde: »Der Ort, über den Philosophen nicht das Mindeste wissen, oder: Warum es unmöglich ist, einen Fingerabdruck zu fälschen, obschon es möglich ist, eine Handschrift nachzuahmen.« Der Kopf des Inlandsgeheimdienstes hatte Papierblatt versprochen, und so war es auch den Journalisten mitgeteilt worden, dass er in seinem Vortrag einige dunkle Kapitel aus seiner persönlichen Erfahrung zum Besten geben würde, die als Belege für seine antiphilosophische These dienen könnten, jedoch nicht, ehe ihm zugesichert worden war, dass sein Name nicht veröffentlicht werden würde.

Den Kongress (A) eröffnete die Rektorin, während der Universitätspräsident den Schwesterkongress eröffnete, oder andersherum, zur allgemeinen Zufriedenheit von Philosophie A wie von Philosophie B. Nur Sehava in der Dozentenmensa war nicht zufrieden, weil man ihr keine Aushilfe besorgt hatte und sie nun beide Studientage gleichzeitig zu bedienen hatte. Die Speisenden saßen zu beiden Seiten des Mensasaales, ohne auch nur einmal herüberzuschielen, die einen zum Kopf des Inlandsgeheimdienstes und die anderen zu Professor Daniel Zensor, der mit offenem Mund kaute – vor lauter Erstaunen, da er ein echter Philosoph war. Große Glückseligkeit herrschte dort, doppelte Glückseligkeit. Die akademische Welt ist eine Art türkisches Bad, dachte Papierblatt, oder sollte es doch Blecher gewesen sein, schließlich kommt der Gedanke dem Denkenden zuvor. Und auch dieser Skandal wurde an unserer Universität zu einem kleinen Gerücht, das mühsam zerkaut, geschwind geschluckt und vergessen wurde, wie das Schnitzel. Ein Mensch versteht überhaupt nichts plötzlich. Alles kommt in kleinen, wohligen Wellen.

Un miracolo picolissimo

Eine Woche oder zwei blieb Lotem im Bett liegen ohne aufzustehen, wusch sich nicht, ging nicht zur Universität, nicht zur Armee, wenn er denn noch in der Armee diente, wartete auf einen Anruf von ihr, bekam keinen, fuhr fort, sonderbare Träume zu träumen, als alle bereits mit den Vorbereitungen für die hohen Feiertage beschäftigt waren. Damit er während dieser Tage nicht derart einsam sein würde, beschloss er, ins Ausland zu fliegen. Es heißt, der Generalstabschef sei erfreut gewesen, den von ihm gehassten Lotem loszuwerden, aber wie nebenbei sagte er ihm: »Sag, was ist denn groß passiert?« Lotem erwiderte schleppend, wollte stottern, stotterte aber nicht: »Ich kann an den Feiertagen nicht allein sein. Ich werde verrückt vor Einsamkeit.« Worauf der Generalstabschef, so wird kolportiert, sagte: »Lotem, Lotem, und dort wirst du etwa nicht allein sein? Aber fahr, fahr. Du weißt, ich kann dich nicht ausstehen. Niemand kann dich ausstehen, außer Dudu, aber auch der wird nicht mehr lange dein Freund sein.« Lotem brummte »Ja, ja« und der Generalstabschef sagte: »Außerdem, hör endlich mit diesem abscheulichen ›Ja, ja‹ auf.«

Tatsächlich schaffte er es nicht, allein zu sein. Bereits in Rom, auf dem Flughafen, als er gelandet war, rief er Maria-Luisa an, eine Tochter Cortonas, die nicht länger dort wohnte, da sie die Enge des kleinen Städtchens hasste und die Großstadt bevorzugte. Maria-Luisa beeilte sich selbstverständlich, in sein Hotel zu kommen, blies ihm einen, weil er darum bat, wurde müde und ließ ihn das Werk eigenhändig vollenden. »Ich hab schon keine Kraft mehr für deinen Unsinn«, sagte sie. Am nächsten Tag brachen sie zu einer Tour durch die Toskana auf. Warum bloß immer die Toskana? Und wieso in aller Welt war er aufgekreuzt, ohne Bescheid zu geben? Und warum probierte er in jedem Örtchen alle möglichen Gehänge und Schals an ihrem Hals aus? Er kaufte Schmuck für eine Freundin von ihm, die Maria-Luisa ähnlich sah wie ein Wassertropfen dem anderen. Maria-Luisa murrte und er sagte:

»Schwärme von Erinnerungen kommen ans Licht, um sich in einem Blick fangen zu lassen, aber sie versinken in der kalten, blinden, den Körper zu Körpern, zu Quallenherden formenden Finsternis. Würden unsere Erinnerungen nach uns fortbestehen, wären sie dann nicht auch Schwärmen durchsichtiger Fischchen ähnlich, die an die Wasseroberfläche drängen wie treibendes Silberstroh, nach ihrem Träger suchend, dem abwesenden Körper, um dann wieder in die Tiefen hinabzusinken, bis zu dem Tag, an dem der Körper zurückkehren und leben wird, sodass sie abermals auftauchen, nicht wissend, dass der Körper unwiderruflich gegangen ist, oder vielleicht mehr wissend als dieser, da er tatsächlich zurückkehren wird, sodass sie hinabsinken und auftauchen, einmal wie Goldstroh und einmal wie schneeweiße Algen, und es ist kalt.«

Sie ließ sich erregen von seinem italienischen Monolog, dachte, er sei auf Pillen. »Alles zerfällt«, sagte sie, ohne etwas hinzuzufügen. Kinder würde sie schon keine mehr haben, aber das kümmerte sie nicht, und auch diesen Ausflug hatte sie satt. Lotem vertraute nicht auf ihren schlaff gewordenen Hals. Nachts schlief sie ein, und er lag wach. Später weckte er sie, bat, sie möge auf der Seite schlafen, denn nur so schnarche sie nicht. Sie sah ihn an, als sei er ein schlechter Traum, sagte kein Wort, schloss die Augen wieder, schlief auf der Seite liegend ein, ohne sich zu rühren, und schnarchte weiter. Da stand er auf, zog sich an und verließ das Hotel, müde und benommen. Er würde für Shulamit die beiden Gemälde Signorellis stehlen, die beiden Seiten des Tafelbildes. Er nahm den letzten Zug von Florenz nach Rom, stieg in Camucia aus. Zu dieser späten Stunde fuhren schon keine Busse mehr hoch nach Cortona. Ein Taxi wartete, aber er ließ die sechs Spätheimkehrer aus der Stadt sich hineinquetschen und machte sich zu Fuß auf den Weg, die steile Straße hinauf. Seine Soldaten können eine solche Strecke in einer halben Stunde schaffen. Es begann zu regnen. Seine Kräfte schwanden, aber er ging weiter. Aus der Dunkelheit, als sei sie mit einem Mal aus dem Boden gewachsen, ragte eine große weiße Kirche auf. Lotem betrat den Platz vor der Kirche. Ein großer Friedhof lag jenseits des Platzes. Ein Leopard tauchte auf und verschwand, ein Löwe kam mit einem Satz heran und trollte sich wieder, eine reißende Wölfin zog vorüber. Ein Mann betrachtete den Turm der Kirche, stand mit dem Rücken zu Lotem, die Hände in den Hosentaschen vergraben. Als die Glocken Mitternacht schlugen, drehte er sich um und sagte mit heiserer Entschiedenheit: »Die Revolution wird nicht kommen, niemals, obwohl Mama versprochen hat: ›Papa wird mit der Revolution zurückkommen.‹ Und ich? Ich habe jeden Tag auf sie gewartet, doch sie hat sich zu viel Zeit gelassen, alle sind bereits auf und davon. Auch ich warte nicht länger. Mein Vater war Partisane. Die Deutschen haben ihn gefoltert. Er wird nicht wiederkommen. Es ist unmöglich zu glauben, dass etwas in der Zukunft eintreten wird, ohne irgendwelche Beweise in der Gegenwart. Ich habe Mama geheiratet. Eine Deutsche. Herzensgut. Ich sehne mich nach Papa, liebe Mama. Ich bin enttäuscht von der Zukunft, die nicht gekommen ist. Doch ich habe mich entschieden, glücklich zu sein. Gute Nacht.«

Auch Lotem verließ den Platz und machte sich wieder daran, bergan zu steigen. Von Zeit zu Zeit überholte ihn ein Wagen, hupte und fuhr weiter. Die Sonnenblumen standen vertrocknet auf dem Feld, der Mais auch. Lange nach Mitternacht gelangte er in die Stadt. Sein Atem ging schwer. Seine Lunge pfiff wie ein Teekessel. Der Marktplatz war leer. Müde und durchnässt suchte er nach einem Hotel und verlief sich. Er würde bis zum Dom von San Niccolò steigen, das Doppelgemälde stehlen und die Straße hinab nach Terontola als Fluchtweg nehmen. Den Rückzug der Einheiten hatte er bestens geplant. Dann fand er ein kleines Hotel und zog an der Türschelle. Oben wurde Licht gemacht, eine alte Frau beäugte ihn aus dem Fenster und verkündete aller Welt: »È ritornato il mio marito, è ritornato il mio marito«, sprich, ihr Mann sei zurückgekehrt, um mit zittriger Hand nach unten zu leuchten und dann mit fast derselben freudigen Erregung auszurufen: »Anche il mio figlio ritornava«, sprich, auch ihr Sohn sei zurückgekommen. Indes, Schlafplätze hatte sie keine, alles belegt, außer ihrem eigenen Bett, in das sie jedoch keinen Mann ließ, da ihr Mann zurückkehren wird, und auch ihr Sohn erlaubt nicht, dass jemand bei ihr schläft, und als Lotem zusah, dass er von dort wegkam, blieb sie auf dem Balkon stehen, schwenkte ihre Lampe und sang vergnügt: »Dolce e chiara è la notte e senza vento«, also, süß und klar ist die Nacht und ohne Wind. Lotem verspürte Lust, stehen zu bleiben und zu lauschen, setzte aus irgendeinem Grund aber seinen Abstieg fort, suchte auch nicht nach dem Rückzugsweg auf der Karte, sondern kehrte nach Camucia oder – wie die Einheimischen sagen – *Camuscha* zurück. Olivenbäume und Zypressen beschatteten seinen Weg. Wie sehr er die Stadt hasste. Was hatte er mit seinem Leben angefangen? Nichts. Auch das Gemälde *Die Beweinung Christi*, über dessen Entstehungsgeschichte er den ganzen Sommer gelesen hatte, hatte er sich nicht angesehen, und wie oft würde er noch Gelegenheit haben, es zu betrachten, weshalb er sich verabscheute, da er schon keine Lust mehr in sich verspürte. Sein Atem ging kurz. Er wollte nichts mehr sehen, was er noch nicht gesehen hatte, nur, was er bereits gesehen hatte. Niemals war die Unendlichkeit so gewiss und er so verloren gewesen. Gegen Morgen weckte ihn der Bahnsteigwärter. In der Dunkelheit fragte er ihn, ob er gut geschlafen habe, und bot ihm eine Zigarette an. Kaffee gebe es zu so früher Stunde noch nicht. Mit dem ersten Zug fuhr Lotem bis nach Rom und kehrte von dort nach Israel zurück. Teilte niemandem mit, dass er zurück sei. Wer kennt es nicht, dieses Zurückkehren ins totenstille, stinkende Loch der eigenen Behausung? Du bist schön, mein Weib, so schön, deine Augen Täubchen hinter deinem Zopf.

al-Sindiyana

Zurück kehrte die Leere, kamen wieder die abscheulichen Träume, warum sich mit ihrer Schilderung aufhalten? Lotem begann, Michal Eybeschitz nachzustellen, parkte nachts vor ihrem Haus, verfolgte sogar ihren Mann, ihren Sohn, fuhr ihr nach zur Universität, rief einmal sogar nach ihr, doch sie floh vor ihm und er verstand nicht, warum. Von Zeit zu Zeit suchte er die Zentralbibliothek auf und eines Tages, eine Woche, bevor das neue Semester begann, sah er Shulamit, schön wie der Mond, sich mit einigen arabischen Studenten unterhalten.

Er konnte seine Freude kaum noch unterdrücken. Hob beide Hände und ließ sie sogleich wieder sinken. Sie bemerkte ihn, setzte die Unterhaltung fort und erst, als die Studenten gegangen waren, wandte sie sich ihm zu, freundlich, lächelte sogar. Er sah in ihre Augen, konnte seine Neugier nicht zügeln.

»Adam, oder wenn du überhaupt so heißt, gut dich zu sehen. Wo hast du die ganze Zeit gesteckt? Ich war eigentlich sicher, ich sei ein klein wenig anziehender. So einfach vor mir davonzulaufen?«

»Ich hab überall nach dir ...«

Sie ließ sich durch so einen Geständnisfitzel nicht aus der Ruhe bringen, unterbrach sein Gestammel mit einem Finger, den sie an seine Lippen legte, und fast hätte er den glatten Finger abgeleckt, schämte sich aber, kann sein, dass er die Berührung dieser Hand niemals vergessen wird, da sie federnd die Treppe hinabeilte und er ihr schwerfällig hinterher, Angst hatte, unversehens zu fallen, doch sie wartete unten auf ihn. Warum hatte er Angst zu fallen? Warum wollte er stammeln? Wie auch immer, er wusste nicht, wie er sich Zugang zu ihrem liebenden Blick verschaffen sollte.

»Hast du ein Auto, Adam? Komm, Adam, lass uns eine Spritztour machen. Genug von Signorelli. Ich schätze zwar deine Liebe zu diesem Signorelli sehr. Kein wer weiß was für ein Riesenmaler, eher eine Art Vorstufe zu Michelangelo, aber es ist schön, dass ein Mann sich für einen bestimmten Maler interessiert. Und du bist ein Mann nach meinem Herzen. Komm, lass uns fahren. Ich liebe Spontaneität. Ich liebe Spontaneität sehr.«

Er war so aufgeregt wie in seiner Jugend, ja mehr noch, hätte sich nicht vorstellen können, dass er sich mit einem Mal derart freuen würde. Es war später Morgen, fast Mittag. Sie fuhren los. Sobald die Stadt hinter ihnen lag, holte Shulamit eine große Straßenkarte aus ihrer Tasche, breitete sie unter wohlvertrautem Rascheln aus, studierte sie, plante offenbar ihre Route, sprach jedoch nicht mit ihm, achtete nicht auf den Weg, und jedes Mal, wenn er versuchte, etwas zu sagen, erwiderte sie trocken, »Ja, ich weiß«, um sich dann wieder der Karte zuzuwenden. Er wollte tatsächlich mit ihr reden, und dass sie mit ihm redete. Dann machte Shulamit eine ganz kurze Bemerkung über die italienische Renaissance, über die neue Möglichkeit, die ihre Künstler entdeckt hätten, eine Illusion der Perspektive zu schaffen, die bis heute gemalte Wirklichkeit genannt werde, oder Realismus, ja, sie sagte sogar etwas über ihren Vater, der ein unbedeutender Maler und winziger Agent beim Mossad gewesen war, und von Zeit zu Zeit, zwischen einem Schweigen und dem nächsten, gab sie Order, wohin er fahren solle, als hätte er nicht all diese Wege bereits in einem Fahrzeug oder zu Fuß zurückgelegt, sodass er abermals etwas zu sagen versuchte, doch erneut meinte sie kurz angebunden: »Ich weiß.« Und wäre er nicht gezwungen gewesen, ihren Anweisungen nachzufahren, hätte er sich in ihrem Schoß verkrochen und gesagt, ›Sprich mehr mit mir, mehr, mehr‹, und jedes Mal, wenn sie aufgehört hätte zu reden, hätte er sich beklagt, ›Du redest nicht mit mir, du redest überhaupt nicht mit mir‹. Sein Körper wurde immer kleiner und rollte sich zusammen, und trotz der Qual labte er sich an ihrer Liebe. Er würde sie nehmen und zärtlich ihre Brüste küssen, würde ihr sagen, ›Ich werde dir folgen, wohin du willst‹. Sie suchte ein verlassenes Dorf namens al-Sindiyana. »Du weißt sicher, dass es ein solches Dorf gegeben hat.«

Oho, wie gut er diesen Ort kannte, nicht weit entfernt von den südöstlichen Ausläufern des Carmelhöhenzugs. »Du weißt bestimmt, dass man diese Region Bilad ar-Rawha' genannt hat.« Nein, das hatte er nicht gewusst. »Land des Duftes«, übersetzte sie für ihn und wies auf das Tal, auf dessen Eingang sie zusteuerten. »Und dort lag viele hundert Jahre das schöne Dorf Daliyat ar-Rawha', was der Duft des Weinstocks bedeutet.« Auch darauf hatte er keine Antwort. Also wies ihn die Angebetete an, den Wagen abzustellen. Sie stiegen aus und gingen zu Fuß. Sie hatte es eilig. Er lief hinter ihr her, schwitzte, sein Körper juckte, als kämen Stecknadeln mit dem Schweiß zum Vorschein. Sie liefen zwischen Dornen, Eidechsen, Schleuderschwänzen und Stachelgewächsen herum. Die rostigen Armierungseisen, die aus den Fundamenten der zerstörten Häuser ragten, sahen aus wie getrocknete Riesenblumen und die Kakteenhecken waren staubig. Der Ort ließ ihn große Traurigkeit empfinden. Hier hatte sein Leben begonnen, vergeudet zu werden. Eine Geschichte, die ich dir erzählen wollte: Hier ist Jiftach, der Hurensohn, verloren gegangen. Der Zug hatte nicht durchgezählt und erst später stellten wir fest, dass er verschwunden war. Wir orderten einen Hubschrauber, strichen alle Urlaube, alle schworen, sie hätten ihn gesehen, erinnerten sich nur nicht, ab wann er nicht mehr da gewesen war. Was für ein jämmerlicher Kerl mein Jiftach war. Lotem wollte reden, alles war bereit für die Geschichte: »An diesem Ort haben wir mal eine Übung mit meinem Zug gehabt und ...«

»Ja, ich weiß.«

»Wie, du weißt?«

Er brüllte nicht. Wollte brüllen, begnügte sich jedoch mit einem Murren. Sie erwiderte, während sie über das ausgedehnte Dornenfeld ging und sich nicht umsah: »Alles weiß ich, alles.« Lotem hörte auf, in dem von ihr diktierten Takt zu marschieren, blieb stehen, hob eine alte Konservenbüchse auf, Überbleibsel einer Feldmahlzeit, betrachtete Reste alter Zeitungen, mit denen sie sich den Arsch abgewischt hatten, versuchte, Ereignisse, Daten zu identifizieren. Sie entfernte sich. Es kümmerte ihn nicht. Er war auf die Gegenstände fixiert. Wartete, dass sie ihn riefe, empfand Verbitterung, dass sie nicht nach ihm rief, wurde böse auf sie, schaute ihr hinterher. Sie eilte weiter, die ganze Zeit über, mit der Karte in der Hand. Distelköpfe hatten sich an ihren Rock geheftet. Sie jauchzte, der Teufel weiß, warum.

Einmal versuchte er, sie zu umarmen, doch gerade da entdeckte sie über seine Schulter eine blühende Meerzwiebel, eilte hin und bückte sich. Lotem wollte schreien, man pflückt keine Meerzwiebeln, erinnerte sich aber an das Herausreißen der Seiten aus dem Kunstband und schwieg. Sie hatte die Blume bereits begeistert abgerupft. Danach warf sie die zarte Pflanze weg und betrachtete sie verlegen: »Ich hab mich nicht artig verhalten. Ich bin ein böses Mädchen. Schlag mich, bitte, schlag mich. Schlag mich, bitte.« Er schüttelte den Kopf. Die rosarote Blume lag zu ihren Füßen, und unabsichtlich trat sie darauf. »Schlag mich, Adam, bitte, ich bin ein böses Mädchen. Bitte.« Erneut schüttelte er den Kopf und sie wiederholte ihr Flehen. Lotem hatte Angst. Noch nie war er in eine solche Sache verstrickt gewesen. In dieser Hinsicht war er reichlich unschuldig. »Das hätte dir gerade noch gefehlt, die Hand gegen mich zu erheben. Ich hätte dich fertig gemacht. In der Tasche hab ich eine Pistole.« Er wusste schon nicht mehr, wann sie die Wahrheit sagte und wann sie ihn auf den Arm nahm. Na bitte, jetzt – anders als zuvor – hätte er sie schlagen mögen. Sie ging weiter über das Feld, dehnte bei jedem Schritt die Schultern. Dann drehte sie sich um zu ihm und sagte: »Ich weiß, dass ich sehr schön bin, aber beherrsch dich. Du musst ein bisschen ruhiger werden, Adam, ich hab meine Schwierigkeiten mit dieser Stimmung, in der du bist.« Las sie tatsächlich seine Gefühle oder erfand sie sie für ihn, wie es Psychologen für ihre Patienten tun? Ungewiss. Lotem gab sehr wenige Gefühle preis, immer schon, und mit den Jahren unterdrückte er sie fast vollständig. Vielleicht deshalb erscheint er uns derart banal in seinem emotionalen Verhalten, so eine Art Werther mit gequetschten Hoden. Sie blieb stehen und sah ihn an, das Lächeln grub ihr abermals diese entzückende Mulde in die Wange: »Ich weiß, dass ich sehr schön bin, Adam, aber gib dir Mühe, ein besserer Freund zu sein«, und ging. Er wollte sagen, ›Genau das hat man uns gesagt, oder haben wir gesagt: Soldat, ich weiß, dass der Weg schwer ist, aber überwinde dich.‹ Doch er sagte nichts, lauschte vielleicht ihren Ausführungen über ihre Schönheit, die noch einige Zeit so weitergingen. Und je mehr sie über ihre Schönheit sprach, fürchtete er, etwas zu verpassen, das er nicht genügend verstand. Sie ließ zwei, drei Häuserruinen hinter sich, kam hinter ihnen hervorgesprungen, machte »Bäh«, wie man Kinder beim Spielen erschreckt, und gab ihm ihre Hand. Er freute sich.

»Der letzten Volkszählung zufolge, die 1944 in Palästina durchgeführt wurde, lebten in al-Sindiyana 1250 Menschen. Ihnen gehörten 9700 Dunam. 864 Dunam gehörten da bereits Juden, und die Araber bestellten das Land als Lohnarbeiter. Du weißt sicher, wie unsere Gründerväter zu den armen Fellachen gekommen sind und ihnen das Land *erlöst* haben, gegen Geld, das sie in Beirut deponierten. Andererseits, sie waren zu arm und zu naiv, um zu denken, dass man später sowohl die, die verkauft hatten, als auch die, die nicht verkauft hatten, vertreiben würde. Hier gab es eine Elementarschule für Jungen, Adam. Ich glaube, das hier sind ihre Überreste. Zwei- bis dreihundert Kinder haben in dem Jahr, in dem die Volkszählung erhoben wurde, hier gelernt. Das heißt, nur Jungen. Alle sind sie 1948 vertrieben worden, Adam. Die Kinder, die Pächter und die Grundbesitzer. Sieh dir an, was wir diesem schönen Land angetan haben, Adam.«

Sie verstummte, deutete auf den schäbigen Moschaw – Amikam oder Avi'el oder Giv'at Nili, Lotem erinnert sich nicht. Hinter ihnen ragte der Kibbuz Regavim wie ein Schrotthaufen am Ende des Feldes auf. Weit weg hielt ein Bus, setzte einen Fahrgast ab und las zwei andere auf. In der Ferne sperrte das Carmelgebirge den Rachen wie ein Walfisch auf. Ein riesiger Steinbruch grub den Schlund Jahr für Jahr tiefer aus ihm heraus. Die Felder bis zur Schnellstraße verharrten in ihrer Trostlosigkeit. Er versuchte, etwas zu sagen, aber sie zog ihn an der Hand fort, hatte es eilig. »Deine Hand schwitzt, Adam.« Er zog die Hand zurück, um sie abzuwischen, wollte dann wieder nach ihrer greifen, aber kam zu spät. Angst erfüllte ihn plötzlich. Er wollte sie schlagen, kräftig, ins Gesicht, wollte ihre Nase zum Bluten bringen.

»Ich könnte dir selbstverständlich das Elend der Flüchtlinge, die von hier vertrieben wurden, beschreiben, Adam. Was ich nicht gerne tue. Ich glaube an das unvermeidliche Minimum: Zahlen, Bevölkerungsstatistiken. Aber du bist schließlich ein Kunstliebhaber, Adam, also stell dir ein Dorf vor, Qannir zum Beispiel, dort drüben. Siehst du etwas? Nichts ist zu sehen. Und jetzt schau dir diesen schäbigen Moschaw an, seine hässlichen Häuser, die verlassenen Felder und zerfetzten Folientunnel. Wer erinnert sich daran, dass hier mal ein Dorf war? Wer weiß, dass die Bewohner dieses Dorfes ein Flüchtlingslager nicht weit von hier bevölkern? Wer interessiert sich für die erneute Einöde? Denn die Einöde hat unsere Vorväter nur gestört, als sie anderen gehörte, Adam. Begreifst du, was hier passiert, Adam? Eine Landwirtschaft mit begrenzter Halbwertszeit haben sie geschaffen, bis die Immobilienhaie kommen würden, das ist dir klar, Adam, dass es mit unserer Landwirtschaft vorbei ist. Ja? Sieh dir an, was geschieht, Adam. Sie haben das Werk der Schöpfung genommen und zerstört, ohne Sinn und Verstand, Hauptsache, es gehört ihnen. Nimm zum Beispiel den See Genezareth, wir werden mal zum See Genezareth fahren, Adam, und ich werde dir zeigen, wie er von Jahr zu Jahr mehr austrocknet und wie entsetzlich er stinkt. Wofür, Adam? Wofür pumpt man Wasser aus dem See? Versuch, an Menschen zu denken, die zu ihrem

Boden gehören, und zwar nicht in der Toskana. Dort ist es für uns alle kein Problem, einfache Bauern zu lieben und vor Wonne über ihre Käse dahinzuschmelzen. Stell dir Menschen vor, die hier ihr Land seit Generationen bestellt haben, mit Quellen, die sie gepflegt haben, mit ihrem Weinanbau und ohne jeden Rothschild. Du weißt sicher, Adam, dass man seit den Mamluken hier Wein angebaut hat. Aber in deiner Welt kommen sie nicht vor, hab ich Recht, Adam?«

Er wusste mitnichten, dass man hier seit den Mamluken Wein angebaut hatte, und dennoch, wenn auch nicht aus diesem Grund war er verbittert. Was kratzt ihn der Fimmel der Mamluken oder der Pimmel der Rothschilds? Er trinkt ohnehin nur Tee mit Zitrone. Aber das hier ist sein al-Sindiyana, seins. Hier hat er mit seinen ersten Waffenbrüdern gelegen, hier haben sie gemeinsam Schweiß vergossen, haben während der Verschnaufpausen Rücken an Rücken ein Nickerchen gehalten, und jetzt, in dieser Einöde, unter dieser Hülle erdrückender Spätsommerwolken, erscheinen sie ihm – und erscheint vielleicht auch er selbst – wie elende Opfer. Er wollte sagen, dass ihm hier das seelische Brandmal verpasst worden sei, ein Mann zu sein, zu sein, was er ist, mit anderen zu machen, was man mit ihm gemacht hat, zu rennen, auf dem Bauch zu robben, sich durch die Dornen schleifen zu lassen. Er sagte kein Wort. Es interessiert sie nicht.

Also packte er sie mit beiden Händen, mit Gewalt. Sie wich zurück und gab dann auf, kehrte gleichgültig in seine Arme zurück. Sein Glied ruhte wie eine Schleim absondernde Schnecke auf seinem Oberschenkel. »Hör mir zu, Fräulein Geschichtsunterricht, an diesem Ort hab ich gelitten, genau hier hab ich auf Befehl über die Köpfe meiner Kameraden gefeuert und sie über meinen, ich hatte Angst und mir war heiß und ich begreife nicht, warum ich diese Übung mit Befriedigung beendet habe, hab keine Ahnung, warum ich meine blutigen Ellbogen und meine aufgeschürften Handflächen betrachtet und mich gefreut habe, keine Ahnung, warum ich glücklich war, aber du musst mir zuhören, wenn ich über mein Leben rede, und mir nicht mehr kommen mit ›Ich weiß‹, weil ich nicht weiß, woher du das alles weißt …« Sie nickte, machte sich dann aus seinen Armen los und ging zum Wagen, der an der Straße parkte. Die Weinberge standen schwarz wie dicht gedrängte Rabenschwärme. Zorn erfüllte ihn. Da geht sie mit ihren schlanken Fesseln und ihrem wogenden Hintern im violetten Rock, schleppt ihn her, damit er sich an das Scheißen in der Hitze erinnert, im Gras, in der sengenden Sonne, die Hand sucht nach einer Zeitung, bis man schließlich auf das Abwischen verzichtet, die Hand stinkt, der Hintern juckt, und sie hat keine Zeit zuzuhören, weiß, weiß alles, immer weiß sie alles. Lotem hatte vor, seine tote Jugend vor ihr auszubreiten, annähernd so, wie er sie in den Nächten für ihre Ohren rekonstruiert hatte, doch es gelang ihm nicht, auch nur etwas zu erzählen, irgendetwas. Was würde er mit ihr machen? Sie vergewaltigen? Sie stehen lassen und wegfahren? Sie wartete neben seinem Wagen und lächelte ihm unentwegt zu, voller Wärme, Zuneigung, und er wollte so sehr, dass sie ihn in den Arm nähme.

Ali

Sie fuhren los. Shulamit dirigierte ihn gen Süden und Osten, sprach von Zeit zu Zeit über Ali, einen jungen, schönen Mann, den sie kannte, einen Freund von ihr. Sie wollte zwar eigentlich nach Hause fahren, da der Ausflug sie erschöpft habe, und Adam sich außerdem auch ein bisschen wie ein unreifes Kind aufführe, doch zuvor verlangte es sie noch, durch sein Flüchtlingslager zu fahren, durch Alis. Was auch eine Gelegenheit sei, Adam zu zeigen, wie die Vertriebenen lebten. Und endlich lächelte dieser bei sich. Bevor sie die Stelle überquerten, die einst die Grenze zwischen Israel und Jordanien gewesen war, brachte er den Wagen am Straßenrand zum Stehen. Sie fragte nicht, warum er angehalten hatte, sondern fuhr fort, eine ihrer Karten zu studieren, vielleicht verglich sie sie mit etwas außerhalb des Wagens, wenn es denn so etwas überhaupt gibt. »Was ist los, Adam?«

»Wir können so nicht fahren.«

»Wie, Adam, sag mir, wie wir nicht fahren können.«

»Ohne, dass wir etwas wissen, einer vom anderen.«

»Aber Adam, ich liebe dich und will nichts über dich wissen, und auch du, wenn du mich so liebst, wie ich denke, dass du mich liebst, auch du musst gar nichts über mich wissen. Hatten wir das nicht vereinbart?«

Er war durstig und hatte Mühe zuzuhören, vielleicht war seine Kehle heiser vor Wut, oder Schmach, dabei hat er gar keinen Grund, wütend zu sein, rief er sich in Erinnerung. Danach erst meinte er verlegen, mit einer Art von Groll, sein Kopf tat weh, tat wirklich weh: »Ich wollte nur sagen, dass ich noch niemals einen Israeli getroffen habe, der redet wie du.« Ein breites Lächeln legte sich wie ein Fächer auf ihr Gesicht und eine dunkle Mulde zog sich über ihre linke Wange, fachte seine Liebe an, seine Wut, seine Gewalttätigkeit oder Schweigsamkeit. »Adam, ich verstehe, dass es Meinungsverschiedenheiten zwischen uns gibt. Das ist in meinen Augen ein zu respektierender Umstand, Adam.«

»Das hab ich nicht gemeint. Ich bin gezwungen, dir etwas über mich zu erzählen.«

»Wenn du gezwungen bist, dann aber schnell und kurz und bündig. Ich hasse Geschichten von Menschen über sich selbst und besonders Geschichten von Männern über sich selbst. Mein Vater ... unwichtig, mach weiter, Adam. Aber kurz und knapp.«

»Sieh mal, wir können nicht weiterfahren, ohne dass du weißt, wer ich bin.«

»Ich weiß, ich weiß.«

»Was weißt du?«

»Ich weiß, dass wir nicht fahren können, ohne dass ich weiß, wer du bist, weil, solange ich nicht weiß, wer du bist, wirst du nicht weiterfahren. Also vorwärts, rede … Adam, rede mit mir. Hör schon auf, zu schweigen wie ein beleidigtes Kind, das um Erlaubnis bittet und dann schweigt.«

Er schwieg. Nickte, hätte beinahe ›Ja, ja‹ gemurmelt, hatte aber Angst, ›Ja, ja‹ zu machen, mithin einer der Unterschiede zwischen seinem Leben bei ihr und seinem anderen Leben, als hätte er Jahre in ihrem Schoß zugebracht, als sei er so auf sein eigentliches Wesen reduziert worden. »Ich weiß nicht, wie ich mit dir reden soll. Ich hab mich noch nie in einer solch verzwickten Lage befunden.« Sie sprach leise, ohne ihn anzusehen, voller Verständnis, oder zumindest klang es so: »Du warst vorhin beleidigt, als ich gesagt habe, deine Hand schwitze. Richtig, Adam? Oder? Mein Dummerchen, ich weiß. Aber ich liebe sowohl deine Hände als auch deinen Schweiß, und vor allem deine Schüchternheit. Du bist ein außergewöhnlicher Mann, Adam. Es ist nicht nötig, dass du mit mir redest, ich merke das auch so. Ich liebe dich, obwohl ich mich nicht leicht verliebe. Überleg doch nur, was uns passiert, Adam. Wie zwei Kinder.«

»Ich bin kein Mathematikprofessor.«

»Aber das weiß ich doch, Adam. Wir beide lehren nicht an der Universität. Wir beide kommen hin, um Reproduktionen aus Bildbänden zu stehlen. Wir sind wie Fuß und Schuh.«

»Und dieser Fu'ad, den wir suchen fahren …«

»Du meinst bestimmt Ali, Adam …«

Was hab ich eine solche Scheißangst vor diesem Ali? Weil er ein Mann ist? Weil er Araber ist? Weil sie mich zu ihrem Chauffeur macht? Er schwieg. Wird es nicht schaffen, auch nur ansatzweise einen Dialog mit ihr zu führen. Er fischte sein Portemonnaie aus der Gesäßtasche. Sie wartete geduldig. Doch er fand seinen Offiziersausweis nicht. Schob das Portemonnaie zurück in die Hosentasche.

»Wolltest du mir ein Bild von deinem Jungen zeigen, Adam? Ich weiß.«

Heftig packte er ihre Schultern, sah ihr in die Augen. Sie lächelte, zwinkerte, sodass er dachte, sie habe Angst vor ihm. Er genoss diese Angst. Sein Glied regte sich. Er wollte daran denken wie an einen Tausendfüßler. Aber ihr schönes Gesicht erweichte erneut sein Herz. »Schau in meine Augen. Siehst du den Unterschied zwischen ihnen? Ekel erregend? Soll ich das Glasauge herausnehmen?«

»Du hast sehr schöne Augen, Adam. Ich verstehe nicht, warum du so empfindlich bist.«

»Nie im Leben hätte ich gedacht, dass ich irgendwann eine beknien müsste, bei einer einfachen Sache zuzuhören, von der ich seit einer Viertelstunde zu erzählen versuche. Hast du schon mal was von General Adam Lotem gehört?«

»Wer soll das sein, General Adam Lotem?«

Sie befreite sich aus seinem Griff, lächelte, und da er nicht auf ihre Frage antwortete, sondern auf den Weg vor ihnen starrte – ein Araber auf seinem Esel überholte sie gemächlich – fügte sie hinzu: »Okay, ich hab dich verstanden, hast du irgendwelche Papiere dabei?« Erneut zog er sein Portemonnaie heraus und wie schon zuvor wartete sie geduldig, doch wieder fand er seinen Offiziersausweis nicht, schob abermals die Geldbörse in die Hosentasche zurück und fuhr los, ohne ein Wort zu verlieren, das heißt, er versuchte vergeblich, etwas zu sagen.

»Du hast Angst vor Ali, richtig? Ich weiß. Aber Ali ist nicht ganz so gefährlich, leider. Ich hoffe, er wird dir nichts tun, Adam. Er ist ein sensibler und sehr freigebiger Mensch. Und lacht gerne. Er lacht so gerne. Ja, jetzt, da ich daran denke, fehlt er mir.«

Er erwiderte nichts. Dachte daran, schneller zu fahren und ihr bei rasender Fahrt den Slip herunterzuziehen, er würde ihr zeigen, wie er sie einfach aus dem Wagen stoßen könnte, aber außer einem schmerzhaften Biss auf die Lippen und einem Tritt aufs Gaspedal, der ganze Körper ein aufgesperrter Kiefer, der sich weigert weiterzufahren und stattdessen umdreht, unternahm er nichts. Sie fuhren zurück in die Stadt. Er setzte sie dort ab, wo sie auszusteigen bat. Sie verabschiedete sich nicht von ihm. War vielleicht beleidigt durch sein Verhalten, wurde vom Haus verschluckt. Lotem wartete im Wagen, um zu sehen, in welcher Wohnung Licht angehen würde, sah aber nirgendwo Licht. Vielleicht wohnte sie gar nicht hier. Er war schuld am Entflammen ihrer Liebe zu jemand anderem. Wäre er nicht so unbeholfen gewesen und wäre losgefahren, ohne ein Wort zu sagen, hätte sympathisch gefunden, wen sie sympathisch fand, hätte er sie jetzt nicht dazu gebracht, ihn als Hindernis zu betrachten. Seine Liebe zu ihr wurde ausgedrückt wie eine Zigarettenkippe, erstarb jedoch nicht, sondern fuhr fort ihn zu quälen. Sie ist meine letzte Chance, murmelte er bei sich, sie ist zu schön, als dass ich sie aufgeben könnte. Noch nie hatte ich eine so schöne Frau.

2

Der andere Professor Morris Holz

Man entzieht Holz das Propädeutikum

Der Sommer ging zu Ende, die Sonne verbarg sich früh hinter Wolken in der Farbe von Lupinen, weiß, hellblau und gräulich. Auch die Semesterferien waren vorüber. Und ausgerechnet den selbstlosen Professor Morris Holz, ausgerechnet ihn nötigte man, auf sein Erstsemesterpropädeutikum zu verzichten, da am Mitteilungsbrett ein Aushang erschien mit der Bezeichnung des neuen Seminars, das er abhalten würde und das überstürzt der Veranstaltungsliste hinzugefügt worden war – »Quantitative Forschungsmethoden und statistische Auswertungen«. Er tat sich schwer, die Lage zu überblicken, begriff nicht, dass die Blicke, mit denen er seine Studentinnen bedachte, ihn zum Gespött machten, denn gut möglich, dass sein Spitzname, »der Spanner«, von seiner Angewohnheit herrührte, während einer Lehrveranstaltung etwas zu sagen und plötzlich innezuhalten, auf irgendeine Kakteenhecke draußen zu starren und dann wieder auf die Möpse einer x-beliebigen Studentin, um erst danach sein gedankenverlorenes Sinnen abzuschütteln und fortzufahren, wobei er versuchte, sich zu erinnern, was genau er gesagt hatte, ehe es ihn ausgebremst hatte, und ausgerechnet die Studentin, an deren Brüsten er soeben hängen geblieben war – noch ehe er zu den Kakteen, dem Feigenbaum, dem Himmel oder dem goldenrostroten

Herbst in Amerika abglitt – fragte er mit verschämter Sanftheit: »Und warum lachst du? Bin ich ein lächerlicher Mensch?« Um sich dann an die gesamte Klasse zu wenden, ohne Scham: »Also gleichwohl, wo war ich?«, und dann weiterzumachen dem Stichwort folgend, das man ihm gab. Andererseits, dank der Diskretion, die das Wirken akademischer Einrichtungen auszeichnet, gibt es keinerlei Anhaltspunkt zu wissen, warum jemand eine Zurückstufung erleidet; keinen Weg herauszufinden, weshalb jemand entlassen wird; keine Möglichkeit nachzuvollziehen, warum irgendein Namenloser plötzlich von der Universität Idaho herbeigeschafft wird. Keine Erklärung ist vollkommen richtig, und wenn irgendjemand laut darüber spricht, kann man getrost annehmen, dass sie vollkommen haltlos ist. Ein Mensch, oder genauer, ein Mensch mit Doktortitel, der die Leiter emporsteigen oder wenigstens nicht herunterfallen will, lernt, sich nicht für Gründe zu interessieren oder zumindest öffentlich und mit ausdrucksloser Miene zu verkünden, dass er sich nicht für Einzelheiten oder angeblich verübtes Unrecht interessiert, da er nicht im Mindesten wisse, ob tatsächlich von Unrecht die Rede sein könne, und zudem erheblicher Zweifel bestehe, ob Kriterien von Recht und Unrecht hier passend seien. Diesen Umstand zu verstehen, ist wesentlich, um Mitleid mit aberhunderten und tausenden von Angehörigen des akademischen Lehrkörpers zu haben. Es gibt keinen anderen Grund für deren geistiges Eunuchentum als die Tatsache, dass ihr Weg zu Ruhe und Sorglosigkeit begleitet ist von permanentem Schweigen, von Lügen, Halbwahrheiten, Wegsehen bei Liquidierungen, Tanz über Leichen – kurzum, Holz wusste nicht, warum man ihm sein Ein und Alles genommen hatte, das Propädeutikum für Erstsemestler, außer der in hebräischer Umgangssprache geläufigen Erklärung, hinterrücks, Hebräisch, für das es keine Übersetzung gibt, nicht einmal auf Latein: »Wir werden ihm beibringen, von wo der Fisch pinkelt.«

Der Herbst nahte also, die Universität legte die übliche Aufgeregtheit angesichts des neuen Studienjahrs an den Tag. In aller Kürze müssen wir uns dem Moment der Amputation zuwenden. Gold unterhält bereits innige Beziehungen zu General Lotem, hat keine Zeit für andere Belanglosigkeiten, widmet sich ganz und gar der Suche nach Shulamit, findet trotzdem hin und wieder einen freien Augenblick, um das Büro von Holz zu beehren, seines alten Kumpanen. Platz nimmt er nicht. Tritt ans Fenster, linst auf das giftige Dämmerlicht eines Herbstabends: »Hör zu, Holz, du kannst ja kein Latein. Aber sie hat Recht, die Zwergin. Warum hast du überhaupt die Eybeschitz aus Amerika rangeschafft? In zehn Jahren wird die akademische Welt von Frauen beherrscht sein. Männer wie ich werden damit kein Problem haben, aber Männer wie du, euer Glück ist, dass euere Emeritierung naht, noch ehe sich diese Welt verändert haben wird. Alles was du in all diesen Jahren gelernt hast, ist, dich über mich lustig zu machen, auch hinter meinem Rücken, ja, ich weiß alles. Alles. Also hör gut zu, was ich dir jetzt sage: Dein Propädeutikum hat sich erledigt, das musst du akzeptieren und Schluss. Wir wollen nicht, dass die ganze Universität das weiß, oder sollten wir das doch wollen? Nebenbei, ich hab gerade eben mit General Lotem gesprochen, der mit einem Knopfdruck ganz Europa in die Luft jagen könnte.«

»Und, hat er dir verraten, wie der Chef des Inlandsgeheimdienstes heißt?«

»Was kratzt mich, wie der Chef des Inlandsgeheimdienstes heißt. Der hat schließlich bei mir studiert.«

»Na und?«

»Also hab ich seinen Namen irgendwann mal gewusst und kenne ihn sogar dem Gesicht nach. Ich erinnere mich einfach nicht, wer von all den Studenten er gewesen ist ... Lotem hat mir ein paar brillante Sachen gesagt. Krieg, sagt er, ist dem Staatswesen inhärent. Der Staat ist Ordnung, der Krieg Unordnung. Wenn die Armee aufhört, Kriege zu führen, ist es besser, sie abzuschaffen, kurzum, man braucht den Krieg, wenn man die Armee nicht abschaffen will. Aber du interessierst dich ja nicht im Mindesten für Politik. Draußen zerrinnt der Vorabend eines Kriegs, und du sitzt mit offenem Hosenschlitz da. Ich muss gehen. Also Schalom, Holz.«

Ein Bund zwischen den Opfern [gibt es nicht]

Nach der Mitteilung über seine Degradierung geriet etwas in Holz durcheinander, starb ab. Bis zum letzten Sommer hatte er noch alleine über den Campus zu gehen gepflegt und dabei in alle Richtungen gelächelt, als beteiligte er sich an einer geheimen Spottkampagne gegen sich selbst, und jetzt lernte er, die Holz-Geschichte überhaupt nicht wahrzunehmen, als gehe seine eigene Geschichte von einem zum anderen ohne sein Zutun, und anstatt darauf mit seiner lächelnden, äußerst dämlich wirkenden oder ganz und gar ironischen Erscheinung zu reagieren, ging er allein, bewegte manchmal sogar die Schultern, als diskutiere er mit jemandem, erschien sich selbst wie ein Leopard, der über Nacht zu einem Kätzchen oder einer Pelzjacke geworden ist, hielt sich immer eng an der Wand, achtete darauf, nicht mit den Kollegen zusammenzutreffen, und wusste nicht, wie heftig seine Zähne mahlten. Im Sommer, als jener General mit ihm hatte reden wollen, hatte er tatsächlich versucht, sich über ihn lustig zu machen, und wenn es ihm nicht gelungen war, dann weil er mit Pippano beschäftigt gewesen war, aber jetzt hatte er eine große Versteinerung in der Brust. Ein Schrei ist nicht die richtige Beschreibung für die Entfremdung, die dort wucherte, wie auch immer, diese Versteinerung wird eines Tages aufbrechen, und nur zwischenzeitlich verbarg sich alles im Nebel der Ungewissheit, verstärkte sich vor allem seine Weigerung, eins mit dem anderen zu verbinden, wobei manchmal auch das genaue Gegenteil der Fall war – für einen Augenblick fügte sich alles zusammen, alle Personen und Ereignisse, ehe gleich darauf, durch einen Streich schierer Rationalität, sich die ganze Verbindung in Wohlgefallen auflöste. Gold und die Rektorin? Gold und die Eybeschitz? Die Rektorin und die Eybeschitz? Die Studentin, die sich in seinem Seminar übergeben hatte, und das Komitee der arabischen Studenten? Zuweilen verspürte er den Drang, ein Buch über sein Leben zu schreiben, eine bittere Abrechnung voller Wahrheiten, die auch die anderen an dem Affront Beteiligten in Verlegenheit bringen würde. Dann wieder versank die Absicht zu schreiben in grenzenloser Geringschätzung seiner selbst. In solchen Augenblicken fiel es ihm schwer zu sehen, wie sich das Leben eines Menschen zu einem Buch fügen ließe, denn schließlich lässt sich nichts mit gar nichts in Zusammenhang bringen. (Hinsichtlich eines möglichen Zusammenhangs zwischen derartigen Selbstzweifeln und den Lehrinhalten, die ja bekanntlich durchdrungen sind vom Glauben an die Einheit des Menschen, an die kohärente Lebensgeschichte des Menschen, ist nur zu sagen – all dies änderte nichts an den Vorlesungsthemen, denn schließlich ist hier die Rede von einer Universität und nicht von einer Selbsterfahrungsgruppe.) Man nahm an, er sei traurig über den Tod von Professor Chaim Chadad, aber wie viele wussten denn, welch gute Freunde die beiden gewesen waren? Ja, hatte etwa Chaim Chadad selbst, zu Lebzeiten, gewusst, wie wichtig er – in seinem Tod – für Morris Holz sein würde? Manchmal hatten sie miteinander telefoniert, waren sich hin und wieder an der Universität begegnet, hatten sogar mal in einem Café gesessen, womöglich sogar dreimal, eventuell vier, wobei vier doch eher zweifelhaft ist. Aber seit Chaims Tod ließ dessen Gestalt Holz nicht mehr los. Andererseits, wer kann schon wissen, ob dessen lautstarker Tränenausbruch bei der Beerdigung nicht bloß eine hässliche Posse war, ein Anfall von Selbstmitleid? Und wer weiß, ob dieser Zwischenfall nicht die Kette von Kolportierungen auslöste, die schließlich zu Holz' Degradierung führte, eine Kette, deren erstes Glied eine Allerweltsunterhaltung in der Bibliothek bildete, eröffnet mit den Worten, »Was sagt ihr zu Holz' Ausbruch bei der Beerdigung?«, die sich am Büfett im Hause des französischen Botschafters fortsetzte in einer Geschichte, die überhaupt nichts mit Holz zu tun hatte und nur irrtümlich mit ihm in Verbindung gebracht wurde, über die Leiden von Sybille, der Geschiedenen von Doktor Moulin, eine Kette, fortgeknüpft durch eine weitere zufällige Unterhaltung, umgeben von einem Meer anderer Gespräche, die sich teilweise in andere Verkettungen zu Protegierungen und Intrigen fortpflanzten, und dies alles mit der Degradierung selbst endete? Hätte Holz ein wenig Philosophie gelesen – oder hätte er überhaupt etwas anderes gelesen als vergilbte, dreißig Jahre alte amerikanische Magazine, in denen er nach Bildern von goldblonden kleinen Mädchen suchte, Magazine, die er in allen möglichen antiquarischen Buchläden für seine geschiedene Frau kaufte –, hätte er sich selbst einleuchtend erklären können, wie schwierig es ist, eine zwangsläufige Verbindung zwischen zwei Begebenheiten festzustellen. Und dennoch peinigte ihn diese Verbindung in seinem anhaltenden Zustand der Erschütterung. Wie auch immer, wir sollten eingestehen – ein Unglück hat hier nicht stattgefunden, Holz hatte sich nicht auf dramatische Weise verändert, er suchte sogar fieberhaft nach der Frau im weißen Kleid mit der violetten Blume, oder welcher Farbe auch immer, der Frau, die mit dem General in der Cafeteria gesessen und sich lustig gemacht hatte über ihn, über Holz. Ach, wenn er sie doch nur hätte verzücken können.

Das Studienjahr 1990/91 wird eröffnet

Mit dem ersten Tag der Woche, dem 21.10.1990, begann das Semester. Am Mitteilungsbrett des Fachbereichs für Psychologie hing ein Aushang: Die Einführungsveranstaltung für Erstsemester wird Doktor Michal Eybeschitz abhalten. Die Veranstaltung war überfüllt wie gewöhnlich. Eybeschitz begann mit einer Lobeshymne auf Holz, erzählte den neuen Studenten, wie er sie aus den USA hergebracht hatte, sehr zur Freude von Sha'ul, ihrem Mann, und ihres Sohnes Jonathan. Sie erzählte von dem Institut zur Erforschung der Psychologie des Holocaust, das er errichtet hatte, und über die Spendengelder, die er regelmäßig eingeworben hatte, wobei die Summen, die sie nannte, einige Seufzer des Erstaunens hervorriefen, und während sie sich noch in Lobgesängen erging, betrat Holz höchstpersönlich den Saal, bedeutete ihr mit kreisendem Finger, sie möge fortfahren, ging langsam zu einem Sitz am Ende der zweiten Reihe unten und ließ sich nieder. Eybeschitz wartete, klappte dann ihren Karteikasten auf und begann zu unterrichten. Sie hatte die Stunde bestens vorbereitet, verhaspelte sich aber, allem Anschein nach, stotterte, sah zu Holz, lieferte sich aus, während er, seinerseits, sich auf seinem Sitz rekelte als sei er am Strand. Sie versuchte weiterzumachen, ließ sich dann auf ihren Stuhl sinken und sagte leise: »Professor Morris Holz möchte etwas sagen. Professor Holz, bitte.« Die Studenten wurden ein bisschen neugierig, ist dieser Holz jetzt tot oder doch nicht? Holz blieb wie er war, die Beine von sich gestreckt: »Nein, nein, ich wollte gerade Sie unterrichten hören. Man sagt, Sie seien wirklich begabt.«

»Danke. Jetzt sagen Sie den Erstsemestern artig Auf Wiedersehen und gehen. Eines Tages werden auch die in den Genuss kommen, bei Ihnen zu studieren.«

Er kam hoch, verbeugte sich vor ihnen und sagte mit debilem Lächeln: »Ihr kennt mich nicht, aber ich halte im Nebenraum ein sehr, sehr interessantes Seminar ab. Ihr solltet mit mir kommen. Kommt, Kinderchen, ich spiele auf meiner Flöte und ihr lauft mir nach, ja?« Er wandte sich zum Ausgang, aber sie erhoben sich nicht von ihren Plätzen. Vielleicht deshalb änderte er seine Absicht, lächelte, hörte auf zu lächeln und sagte: »Am Jom Kippur, vor dem Kol-Nidre-Gebet, pflegt man, wie Ihnen bekannt sein dürfte, das Sündenbekenntnis zu sagen«, holte eine Blatt aus der Tasche, rückte seine Brille mit der einen Hand zurecht, führte mit der anderen das Blatt vor Augen und las mit seinem amerikanischen Akzent davon ab: »Herr aller Welten, Vater des Erbarmens und des Verzeihens, dessen Rechte ausgestreckt, um die Reumütigen zu empfangen, der DU den Menschen erschaffen hast, um ihm an seinem Ende Gutes wiederfahren zu lassen, ihm der Triebe zweie vermachtest, den guten Trieb und den bösen, damit die Wahl in seiner Hand liege, zwischen Gut und Böse zu wählen, darob ihm einen guten Lohn für seine gute Wahl zu entrichten, denn so DEINE Weisheit entschied, wie geschrieben steht, ›Sieh, gegeben habe ich heuttags vor dich hin das Leben und das Gute, den Tod und das Böse, da ich heuttags dir gebiete, IHN deinen Gott zu lieben‹. Und jetzt mein GOTT, nicht genug, dass ich meine Glieder nicht geweiht, nein, besudelt habe ich sie. DU erschufst Hirn und Herz in mir und in ihnen die Gabe des Denkens, sich guter Gedanken und löblichen Sinnens zu befleißigen, DEINE heiligen Werke zu verstehen, zu beten und alle Lobpreisungen reinen Gedankens zu verrichten, und ich besudelte sie mit bösem Trachten und fremden Gedanken. Und nicht genug darob, nein, über schlimme Hirngespinste vertat ich unnütz meinen Samen, mal willentlich, mal ungewollt, in nächtlichem Samenerguss, der den ganzen Körper beschmutzt, und erschuf daraus Vandalen und Mordbuben, solche, die Plagen der Menschheit genannt werden. Weh mir, dass anstelle frommer Gedanken, aus denen heilige Engel erschaffen wären, die mir als gute Anwälte und Verteidiger zur Seite gestanden, ich Wüteriche erschuf, um mich selbst zu verderben. DU erschufst an mir Augen, in ihnen die Gabe des Sehens, um die Wahrheit zu schauen. Weh mir, da ich meinen Augen folgte und sie besudelte, indem ich Frauen und alles Unreine beglotzte. DU erschufst an mir Ohren, zu hören Worte der Heiligkeit und der Thora. Weh mir, da ich sie besudelte, indem ich Schlechtigkeiten und Unkeuschheiten hörte. Weh den Ohren, die solches hören. DU erschufst an mir Hände und den Tastsinn, auf dass ich mit ihnen die Gebote erfüllte. Und ich besudelte sie durch verbotenes Befingern. DU erschufst an mir das Gemächte und besiegeltest es durch das Zeichen des heiligen Bundes, ein getreuer Sklave DEINES Wirkens zu sein. Und ich beschmutzte es durch fruchtloses Verschleudern meiner Manneskraft und nächtlichen Samenerguss, war zu verstockt, um zu wissen, dass nicht anstelle eines Gebots ich handelte, als ich unrechtmäßig begattete, bis ich alle meine Glieder abtastete und sie versehrt vom Scheitel bis zur Sohle vorfand, da keine Unschuld mehr an mir ist.«

Während dieses ganzen Amoklaufs, zwischen dem anschwellenden Gelächter der Studenten, von Gekicher hin zu brüllendem Lachen, zwischen Holz, der mit ernster, zunehmend lauter werdenden Stimme und viel Pathos das Gebet verlas, wobei im Unterschied zu seinem Timbre seine Augen – wie ein Fagott, das eine Violine begleitet – leer und gleichgültig blickten und hin und wieder ungerührt die glucksende Menge fixierten, während dieses ganzen Amoklaufs also saß die Eybeschitz wie gefangen, wusste nicht, was sie tun sollte, sich erheben, ihre Papiere einsammeln oder bleiben. Das Blut pochte ihr in den Schläfen. Es gelang ihr nicht, dieses dumpfe Dröhnen abzustellen. Sie fürchtete, in Tränen auszubrechen. Der ganze Elan zum Auftakt der Vorlesung war verflogen. Sie war klein und schwach. Bis sie schließlich ihre Unterlagen zusammenklaubte und floh, durch die Straßen Tel Avivs irrte, während der alte Idiot endlich das Blatt zusammenfaltete, die Brille von der Nase nahm und die Studenten verächtlich ansah. »Was amüsiert euch eigentlich so? Jetzt ist euch eure Lehrerin stiften gegangen«, sprachs und machte sich davon, das Lied vor sich hin summend, das er soeben erfunden hatte: »Kommt, kommt Kinderchen.«

Doktor Eybeschitz flieht

Doktor Eybeschitz stürmte hinaus und beeilte sich, den Campus zu verlassen, als würde die ganze Welt – die Welt, die nichts sieht, die nur aus Menschen besteht, die langsam oder schnell gehen, die laufen und stehen bleiben – sie verspotten. Es gibt solche Momente der Beleidigung, da der Beleidigte sich nicht vor dem Blick der ganzen Welt zu verstecken vermag, diesem blinden, gleichgültigen und dennoch auf Herz und Nieren prüfenden Blick. Ihre schwere Mappe ließ sie von der brennenden rechten in die schmerzende linke Hand wandern, ohne stehen zu bleiben, dieweil ihr Gesicht von den Schläfen abwärts bis zum Hals glühte, rote Striemen ihre Wangen zierten, als sei sie soeben einem Klammergriff entronnen. So durchquerte sie das Gebäude der Länge nach, hastete vorüber an Fachbereichen, Aushängen, öffentlichen Fernsprechern, Dozentengesprächen unter vier Augen, ein jeder und seine letzte Veröffentlichung, und aus all diesen Schmerzensspritzern hörte sie, ausgerechnet jetzt, ihren Spitznamen heraus, »Rosa Luxemburg, Rosa Luxemburg«, ein Spottname, der in Vergessenheit geraten und nun eben in diesem Augenblick zurückgekehrt war, nach dreißig Jahren – Dinge, die niemals aus diesem schleimigen Gewebe gelöscht werden, hast du immer gedacht, bis sie dann doch in Vergessenheit gerieten, und siehe da, jetzt sind sie zurück –, Michal, Michal, Spezialistin für schmerzhafte Erinnerung, noch immer begreift sie dieses Gewebe nicht, in das die bittersten Beleidigungen eingeprägt sind, als würde unter ihnen auch die allerschmerzlichste je ausgelöscht, denn ein Mensch vermag sich nicht zu erinnern, wie weh ihm etwas getan hat, aber plötzlich schmerzt es ihn doch von neuem, ja sogar Szenen, in denen ein Mensch sich an sich selbst erinnert, wie er verängstigt im Flur vor einem Spiegel steht, weint, sein Gesicht verquollen, die Augen brennend vor Tränen, und jemand sagt zu ihm, »Junge, hör auf zu weinen! Ach, du bist ja ein Mädchen, gut, also hör auf zu weinen, Kleine.« Aber die Erinnerung verblasst. Schon bald wird sie auch das vergessen haben. Die Tasche ist schwer, ich werde die Hand wechseln. Hatte sie ihre Familie zu Beginn der Stunde erwähnt? Peinlich. Ja. Aber ihr Sohn spricht schon seit drei Monaten nicht mehr mit ihr, und sie kann diese Qual nicht mehr ertragen. Je länger sein Schweigen andauert, desto stärker hallt sein Name im Flüsterton wider, tief unter dem Stein des Herzens. Wir werden noch zu ihr zurückkehren müssen, zu Michal Eybeschitz, aber lasst uns unser Mitleid aufsparen. Für den Augenblick können wir nur so viel sagen: Ihrem Vorankommen an der Universität wird diese vulgäre Einlage Holzens keinen Abbruch tun, vielleicht gar im Gegenteil.

Mit einiger Verspätung kam Holz in sein Seminar. Dort saßen Studentinnen, die er aus vorangegangenen Semestern kannte, einige wenige Bewunderer, die ihm geblieben waren, Studenten, die auf eine akademische Karriere spekuliert, aber seine Macht falsch eingeschätzt hatten, vielleicht sogar seine Bücher gelesen hatten oder aber die des bekannten Morris Holz. Er holte seine berühmten Karteikarten heraus und begann eine neue Unterrichtsstunde.

»Wegen des negativen Stigmas, das mit der Onanie in Verbindung gebracht wird, ist die psychologische Erforschung dieses Themas – wie Sie sicher selbst verstehen werden – schwierig. Studien zur durchschnittlichen Verbreitung und Häufigkeit von Onanie weisen darauf hin, dass mehr als neunzig Prozent aller männlichen Studenten onanieren, wobei mindestens fünfzig Prozent von ihnen es wenigstens einmal in der Woche tun, sprich, dies läge unter der durchschnittlichen Frequenz bei männlichen Gymnasiasten (wie die Studien von Etwood und Ganyon aus dem Jahre 1987 gezeigt haben). Auch Crox und Bauer haben ähnliche Befunde in ihrer Untersuchung aus dem Jahre 1988 vorgelegt. 1990 hat Persson gemeinsam mit Sherman diese Frage von neuem untersucht; ihre Ergebnisse bestätigen die Feststellungen von Sørensen aus dem Jahre 1973.«

Sie schrieben mit, selbstverständlich. Nach leichter Bestürzung – einige von ihnen bekamen von lauter Glucksen schon keine Luft mehr – waren seine Bewunderer in eifriges Schreiben versunken, schielten, wie gewohnt, von Zeit zu Zeit nach dem Heft des Nebenmannes, um keinen Namen, kein Datum oder keine Zahl zu verpassen. Einige fragten leise: »Welches Jahr?«, oder: »Wie hieß der?« und so weiter.

»Im Gegensatz zu den Ergebnissen in Bezug auf die männlichen Studenten geht, wie Sie sicher selbst nachvollziehen konnen, aus anderen psychologischen Studien hervor, dass zwischen dreiundvierzig und fünfundneunzig Prozent aller Studentinnen onanieren und dass die durchschnittliche Onaniefrequenz bei Frauen zwischen einem- und sechsmal im Monat liegt. Mit anderen Worten, ein höherer Durchschnitt etwa als die mittlere Onanierate bei Gymnasiastinnen, wie Etwood und Ganyon in ihrer Studie aus dem Jahre 1987 herausgefunden haben, und ebenso Davidson 1984 und Davidson und Derling 1988. Bis hierher irgendwelche Fragen?«

Es gab keine Fragen. Seine Ernsthaftigkeit war trockensachlich, wie es sich für eine akademische Koryphäe gehörte.

»Untersuchungen, die sich mit den kognitiven Grundlagen der Onanie befassen, deuten darauf hin, dass mehr als neunzig Prozent aller Onanierenden, Männer wie Frauen gleichermaßen, sich während des Onaniervorgangs Fantasien hingeben. Mit anderen Worten, es muss nicht nur davon ausgegangen werden, dass Onanie ein weit verbreitetes Phänomen ist, sondern vielmehr, dass – wenn Menschen onanieren – entsprechende Fantasien die Norm sind. Die Allgegenwärtigkeit von Onanie legt die Möglichkeit nahe, dass Menschen aus biologischer Sicht gebaut sind, u m z u o n a n i e r e n . Noch gibt es keine Studie, die diese Möglichkeit widerlegen oder bestätigen könnte. Entgegen Standpunkten, die in jeder Hinsicht die Sittlichkeit von Onanie negieren – religiöse und andere autoritative Haltungen –, liefern unterschiedliche Studien eine Vielzahl von Aspekten zur Verteidigung der Selbstbefriedigung. So kann Onanie zum Beispiel dem Menschen Gelegenheit bieten, sich seiner – oder ihrer – eigenen Sexualität bewusst zu werden und sich im Einklang mit ihr zu fühlen. Diese Sexualität kann, ihrerseits, die Fähigkeit zu Intimität und sexueller Erfüllung in der Ehe steigern.«

Ein junger, an Asthma leidender Student war wegen eines Lachanfalls, der ihn zu ersticken drohte, gezwungen, seinen

Inhalator zu benutzen, begleitet vom Entsetzen im Blick einer anderen Studentin in gelber Bluse, die die Geduld verloren hatte und aufhörte zu schreiben, ehe sie wieder Holz erzürnt anstarrte. Er erinnerte sich an sie und freute sich, dass sie in sein Seminar gekommen war. Hätte liebend gern gefragt, ob sie noch Jungfrau sei, verzichtete aber auf die Frage. Plötzlich empfand er so etwas wie Zärtlichkeit für sie. Gleich würde er sich auch an ihren Namen erinnern. Sie hatte ihre Frisur geändert mit den Jahren. Nicht hübsch. Zu mager. Jungfrau.

»Auch Boutman, in seiner 1985 veröffentlichten Studie, behauptet, dass Onanie zu einer transparenteren Kommunikation führen könne, zu gesteigerter Wachheit, größerer positiver Gestimmtheit und vor allem zu sexueller Erfüllung in der Ehe. Bereits 1974 schrieb Davidson, den ich bereits erwähnte, eben jener Davidson also, dass sexueller Umgang wie jedes andere professionelle Wissen erlernt und eingeübt werden müsse. Mit anderen Worten: Onanieren kann bestimmte antrainierte Fertigkeiten bedingen, zum Beispiel beim Herauszögern des Orgasmus. Oder aber diesen beschleunigen oder sein Eintreten erleichtern. Derartige Qualifikationen können, selbstverständlich, das Eheleben entlasten.«

Die Jungfrau in Gelb zerrte ihre Tasche unter dem Stuhl hervor und hatte vor, den Raum zu verlassen, aber hier war Holz *at his best:* kursorischer Abriss von Untersuchungen, Zahlen, Daten, Zusammenfassung von Herangehensweisen. Er hätte fünf Fachaufsätze pro Jahr aus einer einzigen Versuchsgruppe produzieren können und danach auch noch ein Buch, ohne das geringste Problem, hätte er nur gewollt. Behielt alles im Gedächtnis, was er je gelesen hatte. Ein brillanter Mann – an universitären Maßstäben gemessen, selbstverständlich. Die Studentin in gelber Bluse stopfte ihre Ringmappe und ihren Stift in die Tasche und wollte aufstehen.

»Jetzt komme ich zur Hauptsache: Bei Frauen, dies stellen

zumindest die Untersuchungen von Kaplan aus dem Jahre 1974 und von McMullan und Rosen aus dem Jahre 1979 fest, ich wiederhole, Kaplan, 1974, McMullan und Rosen, 1979, besteht eine positive Korrelation zwischen persönlicher Onanievergangenheit und der Möglichkeit, während des Beischlafs zu einem Orgasmus zu kommen. Darüber hinaus kann im Kontext der Ehe das Onanieren demjenigen Ehepartner Freiräume verschaffen, der für sich mehr Orgasmen wünscht als der jeweilige Partner oder die Partnerin, oder demjenigen, der infolge einer erzwungenen räumlichen Trennung oder aufgrund einer Krankheit nicht in der Lage ist, sexuelle Erfüllung mit dem Partner oder der Partnerin zu finden. Diese Aspekte sind ausführlich in der Studie von Kalderon und Wickert aus dem Jahre 1982 untersucht worden. Kalderon kenne ich persönlich, eine großer Fachmann für Onanie. Doch zurück zum Thema. Es gibt auch Wege, bei denen das Onanieren schädlich für eine gesunde Beziehung sein kann. In den letzten Jahren ist wiederholt der Versuch unternommen worden, zwischen unterschiedlichen Arten der Onanie zu unterscheiden, eine Diskussion der verschiedenen Techniken mit einbegriffen. So etwa durch Miracoli Midget in seiner Studie aus dem Jahre 1988. Sein wichtiger Diskurs hebt den Unterschied hervor zwischen geschlechtlicher Lust und erotischer Fantasie einerseits, und zwischen beiden und der Onanie andererseits. An dieser Stelle wirft – selbstverständlich – die Frage der erotischen Fantasie weitere Fragen auf. Kann ein Heterosexueller sich durch eine homosexuelle Fantasie stimulieren? Auch hier gehen die Studien auseinander, vor allem hinsichtlich all jener Fragen, für die noch keine gänzlich zufrieden stellenden statistischen Erhebungen vorliegen.«

Die Studentin in Gelb durchquerte die ganze Klasse auf dem Weg nach draußen. Sie zitterte. Durch die offen stehende Tür sah Holz sie zum Wasserspender hasten und sich dort übergeben. Die Unterrichtsstunde ging zeitig zu Ende. Zum Teil saßen sie wie paralysiert, vor allem die Studentinnen, trotz aller unbestreitbar wissenschaftlichen Einstellung zur Onanie. Ein paar von Holz' eingeschworenen Jüngern erklärten den Skeptikern die Wichtigkeit der gerade erlebten Veranstaltung. Ihnen war klar, was in der nächsten Stunde passieren würde, obgleich nicht einmal Holz selbst wusste, was er an den kommenden Terminen tun würde. Dennoch war er sich bewusst, dass es keine Stunde geben konnte, in der er sie nicht zwingen würde, über ihren Bauchnabel nachzudenken. Eine Möglichkeit, die er erwog: Untersuchungen zu erotischen Fantasien. Er würde die Studentinnen dazu bringen, von ihren Fantasien zu erzählen. Einige von ihnen wurden in ihren Fantasien bestimmt von zwei oder drei Männern gleichzeitig genommen. Er würde einen Fragebogen ›Spaß am Sex‹ entwerfen: Geben Sie den Stellenwert an, den Sie in Ihren Fantasien (1) einem festen Partner zumessen; (2) einem beliebigen Partner; (3) zwei Partnern; (4) drei Partnern; (5) allen Varianten; (6) einer zusätzlichen Variante – konkretisieren Sie.

Wäre er aufgefordert worden, den Pfad auf dem Weg in sein Zimmer zu beschreiben, die Blütenpracht zu beiden Seiten, die Form der Wolken im Westen – der Herbst war über uns hergefallen wie ein hoch aufgeschossener, liebender Sohn über seinen überraschten Vater –, hätte er es nicht gekonnt. Andererseits glaubte er, Doktor Eybeschitz sich neben einem der Wasserspender übergeben zu sehen. Ein Schwall gelblicher Magensäure schoss ihr aus dem Mund. Die sich übergebende Studentin hatte ihn nicht gestört, im Gegenteil, Befriedigung erfüllte ihn, dass er sich zu guter Letzt doch noch an ihren Namen erinnerte, Lea, sie hatte ihm ein Konzept zur Abfassung ihrer Magisterarbeit vorgelegt, das noch immer auf seinem Schreibtisch liegt, ihm auf die Nerven geht. Sie soll besser über die Wahrheit nachdenken. Welche Wahrheit,

Holz? Diese Dinge eben, Chaim, du hast das nie begriffen. Und was habe ich doch begriffen, Holz? Chaim, es kratzt mich nicht im Mindesten, was du in diesem Augenblick über mich denkst, da der Körper, sprich: die Seele, sich seiner Vitalität preisen kann. Holz ging, ohne sich umzusehen, kommt, kommt Kinderchen, kommt, kommt zum Fluss.

Gold spricht über seine Tochter

Und wer wartet dort an der Tür zu Holzens Zimmer? Professor Ariel Gold selbstverständlich, mit einem Strauß Rosen in der einen Hand und einem großen schwarzen Plastikbeutel in der anderen. Holz suchte in seinen großen Taschen nach den Zimmerschlüsseln. »Weiße Blumen bringt man mit zu einer Beerdigung«, sagte er, ohne den Gnomen eines Blickes zu würdigen. »Deshalb hab ich dir rote mitgebracht«, sagte Gold erfreut, dass ihm sein Busenfreund endlich Beachtung schenkte. »Bist du sicher, dass sie rot sind?« Gold wusste nicht, was er antworten sollte, auch, weil Holz jetzt durch ihn hindurchsah, als stünde noch jemand hinter ihm. Holz sagte: »Lass uns endlich reingehen«, dann, um Gold noch ein wenig in der Tür warten zu lassen, »warum bist du gekommen?«

»Ich muss zu meiner Tochter fahren. Fahre überhaupt nicht gerne zu ihnen. Irgendwie scheint mir, dass mein Sohn interessanter ist. Übrigens, weißt du, dass ich ihm eine Stelle verschafft habe?«

»Und wie kommt es, dass noch kein Skandal ausgebrochen ist?«

»Skandal? Warum? Er hat schließlich jede Menge Veröffentlichungen vorzuweisen.«

»Veröffentlichungen kannst du mir in den Arsch schieben, Gold. Er hat rein gar nichts veröffentlicht. Das weißt du so gut wie ich. Ich warte auf den Tag, dass mal irgendeine Zeitung über all die Professorensöhnchen schreibt, die bereits die Universitäten bevölkern.«

»Es gibt halt etwas Genetisches, das bewahrt werden muss. In der Politik, den Medien, an der Universität genauso wie in den großen Firmen.«

»Und was ist so genetisch an deiner Tochter?«

»Das ist es ja gerade, ich muss sie besuchen. Du weißt bestimmt, dass ihr Junge mich nicht liebt. Er liebt den Vater seines Vaters, als hätte er nur den einen Großvater. Ich gehe immer dorthin und fühle mich unbeholfen wie ein Käfer auf dem Rücken. Komm mit mir dorthin, Morris, ich bitte dich.«

»Du hast vollkommen den Verstand verloren. Weißt du das, Gold? Ich soll mit dir kommen, deinen Enkel besuchen? Und was ist das für ein großer schwarzer Beutel?«

»Wenn du mich mitnimmst, bekommst du ein paar Dinge von mir zu hören, die du heute beim Mittagessen verpasst hast. Ich hab mit General Lotem gegessen. Ja, ja, ich habs wirklich geschafft, mich mit ihm anzufreunden. Nicht zu glauben.«

Als sie losfuhren, erzählte selbstredend Morris Holz Ariel Gold, was man im Ausschuss über dessen Sohn gesagt hatte. »Es hieß, er sei gewiss kein großer Schlaukopf und auch nichts weniger als eine kleine Nulpe, aber er sei nun mal dein Sohn und man könne dir das in deinem Alter nicht mehr antun.«

»Du hast keine Kinder, Holz, aber ich bitte dich, auf meine Gefühle Rücksicht zu nehmen. Ich werde jetzt kein Sprichwort auf Latein zum Besten geben, aber du musst verstehen, wie beleidigt Eltern sind, wenn man etwas Geringschätziges über ihre Kinder sagt. Genau deshalb bin ich für Nepotismus. Ich will nicht, dass mein Sohn von draußen all die Typen sieht, die es schaffen, in unser Paradies hier zu gelangen, und zu mir sagt: ›Papa, warum konntest du diese Kleinigkeit nicht für mich tun?‹ Was wollte ich noch sagen? Ach ja, etwas über meine Tochter. Unwichtig. Du bist ein schlechter Mensch, Morris, ein sehr schlechter.«

»Du hast mir meine Einführungsveranstaltung weggenommen, und ich bin ein schlechter Mensch? Du, Ariel, bist kein schlechter Mensch, du bist einfach nur ein Waschlappen.«

Golds Kehle füllte sich mit Speichel, Kurzatmigkeit schlug ihm auf die Stimme, die Gastritis machte ihm zu schaffen. Durch die Windschutzscheibe starrte er auf die Straße, sagte dabei aber leise zu seinem Kumpan: »Männer wie du, Holz, machen diese Welt zu einem schrecklichen Ort für Frauen, die nicht schön sind. Deshalb freue ich mich, jawohl, dass sie Männern wie dir jetzt den Schwengel abschneiden. Ja, ja. Auch die Rektorin. Übrigens, weißt du, dass wir es aufgegeben haben, Kupfer einzuladen, mit uns zu essen? Er wird auch nicht allzu lange Dekan bleiben, scheint mir. Einen Zwillingsbruder hat er gehabt, und der ist nicht im Krieg getötet worden, wie er uns immer erzählt hat, sondern bei einem Verkehrsunfall.«

»Gold, warum hältst du nicht mal ein bisschen die Klappe?«

Er hatte etwas Schweinisches an sich, dieser Holz. Genoss es, seine Gespräche zu betrachten, als gingen diese ihn nichts an. Deshalb konnte er Gold auch verspotten, ohne sich aufzuregen. Dido hatte damals angerufen, nachdem er sein Versprechen zu kommen gebrochen hatte, und gesagt: »Schäm dich! Ich hab auf der Straße gestanden und vielleicht eine Stunde gewartet.« Danach, aus irgendeinem Grund, hatte sie noch mal angerufen, nur um ihm exakt dasselbe ein zweites Mal zu sagen: »Schäm dich! Ich hab auf der Straße gestanden und vielleicht eine Stunde gewartet.« Und hatte er sich geschämt? Da seid ihr ja genau an den Richtigen geraten.

Sie kamen an, stiegen aus dem Wagen. Gold schämte sich zu sagen, dass er den ganzen Weg über hatte pinkeln wollen, aber jetzt bestand er darauf und ausgerechnet Holz hatte es eilig. »Das kannst du doch bei deiner Tochter erledigen, nicht?« – »Ich würd lieber hier. Steh Schmiere. Wenn jemand kommt, sag mir Bescheid. Ja?« Sie standen auf dem Parkplatz zwischen den Autos und Gold pinkelte. Holz verschränkte die Arme vor der Brust. Gold furzte. Dann fragte er: »Sag mal Holz, hast du die Eybeschitz gefickt?«

»Bitte?«

»Ich frage, ob du die Eybeschitz gefickt hast?«

»Gold, du hast mich aus meinem Propädeutikum geworfen, hast auf einem Parkplatz gegen den Reifen von irgendeinem Volkswagen gepisst und mir ins Gesicht gefurzt. Das wars, du hast genug angerichtet für heute. Außerdem, Michal Eybeschitz ist keine attraktive Frau. Ihr Intellekt macht Angst.«

»Unsere Rektorin reizt mich extrem.«

»Wann hast du das letzte Mal mit einer Frau geschlafen, Gold?«

Gold antwortete nicht. Worauf Holz leise sagte: »Damit du es weißt, Gold, Michal Eybeschitz genießt beste Kontakte zur Macht, nicht nur in der Führungsetage deiner Universität. Du hast keine Ahnung, was für Beziehungen sie hat.« Gold liebte solche Beschreibungen. Über Sex fiel es ihm schwer zu reden, aber einflussreiche Kontakte zur Nomenklatura erregten ihn. »Heirat?«, versuchte er zu erraten.

»Nein, ihr Vater. Ihr Vater war ein sehr hohes Tier beim Inlandsgeheimdienst, ein sehr hohes, sehr, sehr, sehr hohes Tier.«

Gold war fassungslos. Jetzt begriff er den wahren Grund ihrer Nähe zum schwulen Präsidenten, zur Dekanin, zur Rektorin. Mit Mühe fand er die Fassung wieder. »Was du nicht sagst.

Siehst du? Das ist das Problem mit Frauen. Sie heiraten, und schon ist der Name ihres Vaters getilgt. Ich verstehe nicht, warum du nicht von Anfang an begriffen hast, dass das nur eine Frage der Zeit ist … Man darf nicht irgendeine anschleppen, von der man nicht weiß, wie ihre Kontakte außerhalb der Universität sind … und innerhalb der Universität … Wie lange muss ich dir noch erklären, dass Empfehlungsschreiben eine suspekte Sache sind. Weißt du, wie viele Empfehlungsschreiben ich geschrieben habe, um brillante Köpfe loszuwerden? Wie lange versuche ich schon, dir das Geheimnis der Funktion des Herrschaftsapparats zu erklären, und es gelingt mir einfach nicht?«

Sie schritten die Fußgängerpfade des großen Parkplatzes ab. Ariel Gold hatte Angst, er könnte seinen Freund womöglich verletzt haben. »Dich hätten sie für den Mossad rekrutieren sollen. Bei deinem Gedächtnis und deinem Englisch. Du hättest in Kairo oder in Beirut sitzen und Wunderdinge vollbringen können. Andererseits, Holz, wenn ich an deine Schwächen denke, nichts hält dich auf … Ich hab heute Lotem getroffen … Unwichtig … Möchte darüber nicht reden. Dich interessiert mein Mittagessen mit Lotem ohnehin nicht die Spur, wie glücklich ich vorhin noch war und wie nervös ich jetzt bin.« Holz antwortete nicht. Gold war noch ein bisschen mehr beleidigt, nicht zu sehr, niemals zu sehr, und sagte nach kurzem Schweigen: »Weißt du was? Wir beide sind wie zwei Hoden, Holz, wie zwei Hodensäckchen. Und General Lotem ist unser Schwengel.«

Der Vater von Mama

Als sie die Treppe hinaufstiegen, flüsterte Gold: »Es wird Krieg gegen die Iraker geben. Man bereitet sich auf das Schlimmstmögliche vor, aber unsere Armee wird sich nicht beteiligen, in keiner Weise.« Essensgerüche kamen aus einer der Wohnungen. Holz sagte laut: »Du brauchst nicht zu flüstern, Gold, oder ist das etwa ein militärisches Geheimnis?« Schon standen sie vor der Tür zur Wohnung der Tochter, und Gold fuhr fort zu flüstern: »Es gibt schon jetzt eine Diskussion in der Führungsetage der Sicherheitskräfte, ob man sich im Ernstfall einmischen soll oder nicht.« Holz seinerseits weigerte sich, ebenfalls zu flüstern: »War er allein, dein Lotem?« Gold antwortete ihm wispernd: »Warum fragst du?« Und Holz, fast wütend, erwiderte: »Darum. Ich frage eben. War er nun allein oder nicht?« Gold blieb dabei, alle möglichen Sachen zu flüstern über den Krieg, den es geben würde oder auch nicht. Da wurde die Tür geöffnet und eine Lichtgarbe schlug ihnen in die Augen. Der Enkel stand in der Tür und rief: »Guckt mal, der Vater von Mama steht im Dunkeln.« Gold sagte und dies schon nicht mehr im Flüsterton: »Der Vater von Mama. Hast du gehört, Holz? Das ist meine Bezeichnung hier. Seis drum, Schalom Enkelsohn.« Der Junge musterte Holz und sagte dann zu seinem Großvater, der sich vorsichtig von seinem Platz am Ende des Wohnzimmers erhob: »Opa, jetzt kannst du selbst sehen, dass ich Recht habe. Der Vater von Mama kommt nie alleine zu uns. Immer bringt er irgendjemanden mit.« Aus der Küche erschien der Vater des Jungen, eine Schürze um die Hüften, dabei, eine Gurke zu schälen. »Schalom, Ariel.« Gold sagte: »Das ist Gershon, mein Schwiegersohn, und dies Morris, mein bester Freund von der Universität.«

Da kam Dido von der Toilette. Die Finsternis im Rücken der beiden Greise wirkte wie ein tiefer Schacht. Sie baute sich hinter dem Rücken ihres Mannes auf, löste dessen Schürze, die vor seinen Füßen auf den Boden sank, und begab sich dann zu einem Stuhl neben dem Telefon, um sich dort zu setzen. Holz meinte, ihre noch feuchten Hände zittern zu sehen.

Wie schön sie ist. Viel schöner, als ich gedacht habe. Warum habe ich sie nicht geheiratet? Dido sagte: »Was steht ihr da im Eingang zwischen Klo und Küche?« Ihr Mann hatte große Angst vor Begegnungen zwischen seinem Vater und Gold. Er sagte: »Möchtet ihr was trinken?« Und Dido sogleich: »Das mache ich.« Worauf er: »Nein, nein, du bleibst hier mit ihnen sitzen, und ich übernehme das.« Am Ende verdrückten sich beide in die Küche, um Getränke für die Gäste zuzubereiten, während der Junge zu seinem Monopolyspiel zurückkehrte. Holz fragte, ob er mitspielen könne. »Wieso das denn?«, erwiderte der Junge erbost, und der Großvater ein wenig peinlich berührt: »Gadi, das ist nicht artig, wie du mit Gästen redest. Kommen Sie, Herr Professor, setzten Sie sich zu uns.« Gadi sagte: »Ich geh in die Küche zu Mama und Papa. Opa, kommst du?« Doch der Großvater kam nicht mit, sondern blieb bei den beiden Professoren, und zu dritt umstanden sie das Spielbrett. Holz beugte sich mit echter Freude darüber. »Wer ist dran?« Aber Gold fragte: »Wie geht es Ihnen, Herr Matalon?« Sprach ihn überlaut an, so wie Ärzte in der Krankenhausambulanz mit Arabern oder alten Leuten reden. Matalon lächelte. »Danke, und selbst?« Gold brüstete sich vor Holz: »Herr Matalon ist zu uns gekommen den ganzen Weg von Griechenland«, und aus seiner kurzen Verlautbarung war zu entnehmen, wie lang dieser Weg gewesen sein musste und dass Matalon ihn anscheinend komplett zu Fuß bewältigt hatte. Doch Großvater Matalon meinte zu Holz: »Wenn er sagt, ich sei zu euch gekommen, meint er nicht, ich hätte es an eure Universität geschafft. Ich bin zu euch nach Israel gekommen, meint er. Aber was soll man machen, dass ich viele Jahre vor ihm gekommen bin?« Holz empfand tiefste Genugtuung, reagierte aber nicht, und so umstanden die drei das Monopolybrett, während in Großvater Matalons Hand noch immer ein rotes Plastikhotel geknetet wurde, man in der Küche die

Getränke bereits zehn geschlagene Minuten zubereitete, das Lachen des Jungen und das seiner guten Mutter von dort erschallten und das Gemurmel des Vaters, der beide liebte. Holz fixierte das Hotel, worauf Matalon schüchtern lächelte, es auf die Balfourstraße in Netanya setzte, wo er bereits drei grüne Häuser postiert hatte, und zu Holz gewandt sagte: »Ich war sehr erstaunt, den werten Herrn nicht auf der Beerdigung meiner Schwester gesehen zu haben.« Manchmal konnte er nicht schlafen vor lauter Wut auf all jene, die nicht zu der Beerdigung erschienen waren, und manchmal tat es ihm Leid wegen des Skandals, den er seinem Neffen am Grab gemacht hatte.

Mittendrin war Hitler

Seine kleine Schwester hatte nicht auf ihn gehört und war nicht mit ihm nach Palästina gekommen, während ausgerechnet sie, seligen Angedenkens, ihre Eltern, sich aufgemacht hatten. In Athen hatten Juden sich verstecken können, aber in Saloniki sprachen die Juden Spaniolisch und wurden gejagt. Nach dem Krieg fuhr er sie suchen, fand sie und brachte sie her. Wäre sie rechtzeitig emigriert, mit ihm und ihren Eltern, wäre sie nicht nach Mauthausen deportiert worden, aber wäre sie mit ihm gekommen, hätte sie auch nicht ihren Mann kennen gelernt, und als beide schließlich hier saßen, in Israel, Zufluchtstätte der Juden ohne Vergangenheit, und sich an ihr Leben als Kinder erinnerten, meinte sie, auch ihr Mann sei schon in der Kindheit bei ihnen gewesen, weshalb sie den Schmerz hinunterschluckte, als hätte ihr kluger Bruder von ihr verlangt, etwas einzugestehen, das unmöglich einzugestehen war: dass ihr Leben, ehe sie ihren Mann kennen gelernt hatte, von geringerer Bedeutung gewesen war. Aber Matalon half seiner Schwester und auch ihrem Mann, half ihnen viel, ohne aufzurechnen.

»Und wer war Eure Schwester, Verehrtester?«, fragte Holz.

»Eine unglückliche Frau namens Francine Antebi. Der hochverehrte Herr Professor ist nicht zu ihrer Beerdigung gekommen, obgleich er ein wenig Ruhm aus ihrem Leid geschlagen hat. Ist es nicht so, dass wir nicht wissen, ob sie den Hitler wirklich gesehen hat? Denn entweder hat sie den Hitler hier in ihrem Viertel gesehen, dann hätte der Inlandsgeheimdienst der Sache auf den Grund gehen müssen, oder sie hat den Hitler überhaupt nicht gesehen, und dann hätte man ihr mit Medikamenten helfen müssen und sie nicht erforschen wie einen Traum. Inzwischen ist der Hitler längst tot, hier oder dort, aber wichtig ist zu wissen, ob meine arme Schwester Recht gehabt hat, wichtig ist zu wissen, ob Hitler mit den Überlebenden ins Land gekommen ist, und nicht ihre Seele zu erforschen. Aber ein gutes Wort des hochverehrten Herrn Professors am Grab hätte seiner Stellung keinen Abbruch getan. Selbst Ärzte mit Blut am Operationskittel scheinen mehr Anteil am Leid ihrer Kranken zu nehmen als ihr an dem meiner Schwester. Was habt ihr nicht alles über ihre Seele geschrieben – und auf ihre Beerdigung, als diese gequälte Seele sich endlich aus dieser Welt verabschiedet hat, seid ihr nicht gekommen, um ihr Lebewohl zu sagen?«

Der Großvater versetzte mit zitternder Hand zwei Häuser aus der Smolenskinstraße in die Mapustraße. In Wahrheit wollte Matalon schweigen, konnte aber nicht, denn seine kleine Schwester schmerzte ihn, und wäre Holz zur Beerdigung erschienen, hätte er ihn gewiss vertrieben. Doch andererseits wäre er dann nicht über David, seinen Neffen, hergefallen. Er überlegte, sich zu setzen, wollte in die Küche gehen, liebte den Jungen, nahm manchmal den ganzen langen Weg in diese Vorortsiedlung auf sich, mit dem Bus und zweimal umsteigen, nur um Gadi mit wie vor Erstaunen offen stehenden Lippen schlafen zu sehen. Gershon, sein Sohn, empfing ihn stets voller Ehrerbietung, obgleich er insgeheim so manches gegen seinen Vater hatte, und zwischen ihnen in einigen Belangen Meinungsverschiedenheiten bestanden. So unterhält zum Beispiel ihre Stadt eine Partnerschaft zu einer Stadt in Deutschland. Matalon kann sich nicht an den Gedanken gewöhnen, dass eine jüdische Stadt eine Partnerstadt in Deutschland hat, obgleich er selbst kein Holocaustüberlebender ist und sich nur mit ihr, seligen Angedenkens, identifiziert, die überhaupt keine Meinung zu Deutschland hatte, einmal abgesehen von der Deutschen, mit der ihr Sohn ins Bett ging. Und auch Ariel Gold, der Vater seiner Schwiegertochter, ist Holocaustüberlebender, doch ausgerechnet der fährt nach Deutschland, auch nach Österreich und generell überallhin, wo man ihn einlädt, weshalb Matalon über all das nicht ein Wort verliert, aber dafür auch nicht ein Elektrogerät aus Deutschland in sein Haus lässt, und sollte man ihn nachts, in seinem Bett, aufwecken und ihn fragen, was ihm die Nazis angetan haben, würde er sagen, genau wie am helllichten Tag: »Mir? Mir haben sie etwas angetan? Meinem Volk haben sie etwas angetan!« Und was ist mit den Zigeunern, würde man ihm vorhalten, oder den Slawen oder den Homosexuellen? Worauf er, ohne sich aus der Fassung bringen zu lassen, sagen würde: »Ich habe keine Kraft, um mehr als ein Volk zu trauern.« Aber in Wahrheit spürt er in seiner Handfläche nur die Hand seiner kleinen Schwester Francine, die ging und nach vielen Jahren zurückkehrte, als Frau, als Frau von jemand anderem, von etwas anderem, und mittendrin war Hitler. Und Gold? Er spricht nicht über jene Zeit. Das sind die Momente, in denen sein Gesicht von unschuldigem Schweigen beherrscht wird, als hätte er noch nie etwas über den Holocaust gehört.

Gold war aschfahl jetzt. Er hatte nichts gewusst über die Verbindung zwischen Holz und Matalons Schwester. Das heißt, von der Patientin hatte er schon gehört, und warum hatte der Vater seines Schwiegersohns mit ihm nie über die verrückte Antebi gesprochen? Schließlich wusste er doch, was für eine wichtige Persönlichkeit er an der Universität ist. Vielleicht glaubt er mir nicht. Ich hätte die Studie unterbinden lassen. Was mache ich jetzt? Soll ich in die Küche gehen? Und wenn meine Tochter wieder ein säuerliches Gesicht macht, ihr Mann wieder anfängt, so überzogen freundlich zu tun und der Junge mich misstrauisch beäugt? Gold fasste Holz' Hand. Der versuchte die seine aus Golds Griff zu befreien, weil er just in diesem Augenblick die Hand von Matalon ergriffen hatte. Tatsächlich der Bruder von der Antebi, die gleiche Haut in der Handinnenfläche, und für einen kurzen Moment wirkten die drei alten Männer, als würden sie gleich eine Gigue um das Monopolybrett tanzen. Doch statt dass Gold sich auf die Seite seines Verwandten geschlagen und Holz mit einem distanzierten Blick betrachtet hätte, oder mit den Achseln gezuckt und vorgeschlagen hätte, die Angelegenheit an einem neutralen Ort zu klären, beeilte er sich, seinen Busenfreund zu verteidigen: »Verzeihen Sie mir, Herr Matalon, aber Sie wollen doch nicht andeuten, ihre Frau Schwester, seligen Angedenkens, sei der einzige Fall, über den der berühmte Professor Holz geschrieben hat?« Holz fuhr Gold schroff an: »Warum musst du dich immer einmischen?« Doch Gold war nicht zu beleidigen. Entweder er war sehr sensibel in Bezug auf das Leid seiner Mitmenschen oder aber vollkommen unterbelichtet. »Ist es nicht so, Professor Holz? Sie selbst haben uns von den Personen erzählt, die Sie untersucht haben, der Mann, der die ganze Nacht um sich getreten hat und den seine Frau angeschrien hat, er solle aufhören, da hier gar keine deutschen Schäferhunde seien, und der, der aus dem Hotel geflohen ist, in den Wald, obwohl das in Tiberias war und es dort überhaupt keinen Wald gibt, richtig?« Matalon befreite seine Hände aus denen der Professoren und bedachte beide mit seinem blauen, stillen Blick, wie um zu betonen, dass er ihnen keineswegs für den Tanz danke, mit dem sie ihn beehrt hatten. »Ich gehe schauen, was mit unseren Getränken ist. Trinken muss man etwas.« Noch nie hatte er ein schlechtes Wort über den Vater seiner Schwiegertochter verloren. Er liebte seine Schwiegertochter, und jedes Mal, wenn er herkam, freute er sich für seinen Sohn und seinen Enkel, denn dies war wirklich eine wundervolle Familie. Und Holz, hätte ihn nicht jetzt sein starkes Verlangen nach Dido beschäftigt, hätte sein Verhalten gegenüber den Antebis gewiss bereut. Dido war schöner, als er sich vorgestellt hatte. Ihre schwere, runde Brust ruhte still unter einem braunen Hemd, und ihre orangefarbenen Shorts betonten die Weiße ihre reifen Schenkel. Die häusliche Kleidung zog ihn an, schlechter Geschmack zog ihn an, auch ihr braunes Haar war weich und mit einem Haargummi zusammengefasst, als sei sie noch ein junges Mädchen. Warum hatte er bloß gedacht, sie habe Locken? Wie hatte er sie sich vorgestellt, ehe er sie heute Abend zu Gesicht bekommen hatte? Er wollte hier bleiben, denn vielleicht war doch größere Komplexität in ihm, sodass er kleine Fegefeuer durchschreiten konnte, ohne Blödsinn zu reden. Holz würfelte und ging vor bis zum Überraschungsfeld, hob eine Karte ab und ging direkt ins Gefängnis, sah Gold an, würfelte erneut, kaufte ein Haus und ein Hotel und setzte beide auf die Straße des Zionismus. Seine Hand zitterte, seine Immobilien fielen um, doch er beharrte darauf, sie wieder aufzustellen. Gold flüsterte: »Er ist sehr empfindlich, der Vater meines Schwiegersohns. Das ist nicht ganz so einfach, in einer Familie wie der unseren sephardischer Herkunft zu sein. Und sein Name kann ausgesprochen in die Irre führen, weil er europäisch ist, aber es gibt auch Matalons aus der Türkei, ja sogar aus Ägypten.« Holz' Gesicht verzog sich zu einer Grimasse. Nicht Gold hasste er und nicht die Universität, sondern sein eigenes Leben.

Gold äugte in die kleine Küche. Dido fragte: »Vater, wer ist der Mann, den du mitgebracht hast?« Was ihr Gatte mit den Worten kommentierte: »Aber Dido, das ist doch Professor Holz, dein Dozent an der Universität, wie kann das sein, dass du dich nicht an ihn erinnerst?« Und Gold: »Sie erinnert sich sehr gut, genießt es bloß, mich mit Geringschätzung zu behandeln, als würde ich Leute von der Straße auflesen und sie zu euch bringen, um ein Abendessen zu schnorren. Mach dir keine Sorgen, Alissa, wir gehen schon.«

»Es tut mir Leid, Vater, ich hab wirklich nicht bemerkt, wer das ist. Ich werd sogar gehen, mit ihm reden.«

Ihre Stimme zitterte. »Das ist nicht besonders angenehm, von der Toilette zu kommen und im Flur fremde Menschen anzutreffen.« Trat ins Wohnzimmer und erkannte den Gast, der darauf bestand, abermals auf das Überraschungsfeld zu gehen und viel Geld zu gewinnen. »Professor Holz? Ich habe Sie überhaupt nicht erkannt. Wie sehr Sie sich verändert haben.« Nach kurzem Schweigen sagte er, ohne etwas zu verbergen, aber auch ohne sie zu brüskieren: »Ich habe mich verändert? Ja. In erster Linie bin ich alt geworden. Und jetzt bin ich der Rollstuhl Ihres Herrn Vaters. Ich fahre gleich zurück. Er wird schon irgendwie nach Hause kommen. Vielleicht bringen Sie ihn ja in die Stadt?« Sie lächelte. Das Lächeln entfachte ein Feuer in ihm. Auch die kleine Wohnung. In der Ecke des Wohnzimmers lehnte eine Gitarre. Er bedauerte, sie im Sommer auf ihn warten gelassen zu haben, auf der Straße, in der Hitze. »Gehen Sie wirklich schon?« Sie hätte von Anfang an verhaltener sprechen sollen, so wie jetzt. »Gehen Sie nicht. Sitzen Sie noch ein bisschen mit uns. Wir essen gleich zu

Abend.« Aus dem Hintergrund tauchte Gold auf, betrachtete sie zufrieden. Holz sagte leise zu Dido: »Ich mag Abendessen im Familienkreis ganz und gar nicht. Sie haben keine Ahnung, wie sehr ich das verabscheue.« Aus der Küche kam die Stimme von Großvater Matalon, der seinem Enkel etwas vorsang. Seine Schwester Francine hatte sich erinnert, dass sie eben dieses Lied gesungen hatten, als sie klein waren. Er hatte sich nicht erinnert, es aber von ihr gelernt. Ein ganzes Jahr hatten sie zusammengesessen und ihre Kindheit neu erfunden. Das waren ihre Augenblicke des Lächelns gewesen, ein Tropfen fällt in eine Pfütze und das Lächeln wird breit, als hätte es den Hitler nie gegeben – das war die Formulierung, die Matalon gern gebrauchte, sich selbst gegenüber, voller Wut und Behagen. Gadi konnte den Text auf Spaniolisch – ein Lied über eine Leiter aus Gold und Elfenbein, auf der die Braut zu ihrem Hochzeitsbaldachin emporsteigen wird, die Braut, die kein Geld hat und der hoffentlich das Glück hold ist. Im Wohnzimmer schwatzte Gold und Holz sah in Didos funkelnde Augen, wollte sie sich nackt denken, aber ausgerechnet die Blößen einer anderen Frau beschäftigten ihn gegen seinen Willen. So ist es immer, zwischen einer Frau und der Begierde scheidet eine andere Gestalt.

Die Wahrheit

Holz besah sich das Buch auf dem Tisch und sagte: »Ich sehe, Sie lesen *Schira*.« Dido erwiderte mit schüchternem Lächeln: »Ja, erst jetzt.« Holz hatte *Schira* auf Englisch gelesen, denn er kam mit Agnons Hebräisch nicht zurecht. Andererseits hatte er versucht, das leichte Hebräisch A. B. Jehoschuas zu lesen, weil man ihm gesagt hatte, dieser sei von Agnon beeinflusst, aber nachdem er das halbe Buch hinter sich hatte, empfand er nichts als Verachtung für die gesamte hebräischsprachige Literatur. Gold mischte sich ein: »Ich hab gehört, Agnon soll sich in dem Buch über Universitätsangehörige lustig machen. Deshalb hab ich mich geweigert, es zu lesen.« Holz fragte Dido, so als hätte Gold nicht gerade dazwischengequatscht: »Ist dieses ganzes Schuldgefühl nicht absonderlich in Ihren Augen, mitten im zwanzigsten Jahrhundert, nur wegen ein bisschen Sex, zu dem es fast nicht gekommen ist. Als sei man im neunzehnten Jahrhundert. Als habe sich ein großes Unglück ereignet, das mit einer solch fürchterlichen Strafe enden muss?«

»Bitte, Professor Holz, erzählen Sie mir nicht das Ende. Ich liebe spannende Geschichten über alles.«

Dann meinte sie zu beiden, wollte auch ihren Vater an der Unterhaltung teilhaben lassen: »Israel ist sehr viel puritanischer, als alle meinen.« Und Holz zu ihr: »Nein, nein, das ist eure Literatur, die Literatur ist es, die puritanisch ist, ihr habt keine Autoren, die verrückt genug sind. Verrückte brauchen die Großstadt, brauchen ein gewisses Maß an Anonymität. Die Autoren hier sind eher wie Dorfschullehrer.« Und zu Gold sagte er, als halte er ein Seminar ab: »Du willst mir sagen, du liest tatsächlich nichts, was dich ärgern könnte?« Mehr als das konnte er Gold in Anwesenheit von dessen Tochter nicht antun.

»Absolut. Ich denke, wir haben ein Recht auf Schutz gegen Verletzungen unserer Ehre. Es muss so sein, dass wir frei von Verunglimpfungen sind.«

Holz nickte. Ich darf dich nicht lieben, würde dich zerstören. Du bist zu gut für mich. Unterdessen wollte Gold wissen, ob seine Tochter ihm beipflichte, während in der Küche Matalon noch immer dabei war, seinem Enkel das Lied in jenem archaischen spanischen Idiom beizubringen.

Holz sah Gold mit kalten Augen an und sagte, an Dido gerichtet: »Wissen Sie das? Die haben mich aus Cincinnati an ihre Universität geholt, weil sie dachten, ich sei nicht ich, und ich war tatsächlich nicht ich, das heißt, ich war ...«, womit er mit einem Mal seine lästerliche Rede abbrach, da sein Kumpan Gold sich vor Schmerz krümmte. »Alissa, ich brauche das Medikament.« Dido verschwand, die Arznei gegen Gastritis zu holen, und Gold flüsterte seinen Aufschrei Holz ins Ohr: »Dass du es ja nicht wagst! Begreifst du nicht, was ich, ich ...« Nun ja, warum warten, bis er so weit ist: Holz hat es irrtümlich herverschlagen, und selbstverständlich schützt ihn nicht Nachsicht, sondern die Sorge um den guten Ruf der akademischen Einrichtung, die Angst davor hat, ihren Irrtum einzugestehen und sich fürchtet vor tagtäglichem Spott, weshalb, aber auch aus Sympathie für den Menschen Holz, die ganze Sache als streng vertrauliches Geheimnis gehandhabt wird, stets und immer. Gold hat schließlich damals, wegen dieses Glücksgriffs, viel Schulterklopfen eingeheimst: Obgleich er rein gar nichts von kognitiver Psychologie verstand, war er auf den großen Morris Holz gestoßen, hatte ihn zur Unterschrift bewegt und hergeschafft, ihm Professur und Behausung besorgt, und erst, als er eintraf und bereits alles geregelt, unterschrieben und veröffentlicht war, begriff man, dass hier ein großer Irrtum vorlag, denn das war nicht der Morris Holz, den man eingeladen hatte, das heißt, ihn hatte man schon eingeladen, aber nicht den hier gemeint, oder anders ausgedrückt, den großen Morris Holz hatte man gemeint, aber mit dem gesprochen, der jetzt da war, denn irgendetwas war schief gelaufen, was sie aber niemals eingestanden. Die Angelegenheit wurde in aller Kürze zu den Akten gelegt, in einem Gespräch zwischen zwei guten Freunden: »Dich haben wir eingeladen und dich haben wir bekommen, die Sache ist abgehakt, zu unser aller Wohl.« Und Holz, nicht einmal mit Marcy sprach er darüber, fürchtete sich sehr vor ihrer Geschwätzigkeit, weshalb er sie und sich selbst von jeglicher Gesellschaft fern hielt.

Inzwischen war Dido mit dem Saft zurück, von dem ihr Vater etwas schluckte, sich beruhigte und entschied, Holz von hier wegzubringen, ehe den erneut die Lust an Geständnissen Dido gegenüber befiele, ausgerechnet hier. »Wir müssen gehen, Alissa, ich habe ohnehin noch eine Verabredung. Eigentlich wollte ich euch von meinem Treffen mit einem General aus der Armee erzählen. Und fast hätte ich vergessen, warum wir hergekommen sind, also, dein Vater hat euch Ausrüstung für den Krieg mitgebracht. Wo ist mein Plastiksack, Holz?« Der Sack war im Wagen geblieben. »Es wird keinen Krieg geben, Vater«, sagte Dido.

»Selbstverständlich wird es das, und man muss sich vorbereiten. Ich hab euch Gasmasken mitgebracht, dir, Gershon und dem Jungen. Ich verstehe, dass ihr sie jetzt nicht anprobieren wollt, weil Herr Matalon hier ist.«

»Wo hast du Gasmasken aufgetrieben, Vater?«

»Du kannst dich über deinen alten Vater lustig machen, so viel du willst, aber ein paar Kontakte zur militärischen Führungsspitze hat er noch, und ihr müsst mir auf meinen Enkelsohn Acht geben, auf den kleinen Gadi Gold.«

Den vollständigen Namen seines Enkels flüsterte er. Er hatte nur drei Gasmasken gekauft, für sich selbst, für seine Tochter und für seinen Enkel, hatte aber dann um des familiären Friedens willen beschlossen, auf seine zugunsten von Gershon zu verzichten. Ihre Dreieinigkeit war ihm erst nach dem Kauf eingefallen. Holz schlug vor: »Dido, vielleicht kommen Sie mit mir zum Wagen, um den Sack mit den Gasmasken zu holen?« Da erschien der Junge. »Was für Gasmasken?« Dido sagte: »Nein, nein, Vater, ein andermal. Der Krieg steht schließlich nicht vor der Tür.« Gold wollte fragen, wann Matalon gehe, vielleicht bleibt er sogar, um hier zu schlafen, oder wohnt sogar schon bei ihnen. »Welcher Krieg?«, fragte Gadi, und sein Vater rief, er solle zurück in die Küche kommen. Der

Junge gehorchte nicht. Der Tod eines Mannes, das Verlöschen des Vaters, es kommt alles auf einmal, dachte Holz wie ein Anfänger in klinischer Psychologie.

»Etwas Historisches geschieht um uns herum. Der erste rentable Krieg der Welt. Die Gespräche in diesem Sommer mit dem General haben mir mehr gebracht als alle Bücher, die ich im letzten Jahr gelesen habe ... Vielleicht haben wir uns ja geirrt, Holz. Die wahre Macht liegt in der Armee, nicht in der Wissenschaft.«

Holz kratzte sich am Hintern, kratzte sich abermals und sprach. »Und was ist mit den Reichen?«, fragte er und kratzte sich erneut. Deshalb antwortete Gold nicht. Etwas ängstigte auch ihn an der Sache mit den Reichen. Seine Augen begegneten denen seiner Tochter. Leise sprach er zu ihr, als sei Holz nicht zugegen. Er fühlt sich schlecht, trotz der bitteren Medizin, muss unbedingt mit ihr reden, einmal mit ihr reden, wenn sie alleine ist, ihr von ihrer Mutter erzählen, denn so würde es auch ihm gelingen, sich zu erinnern, die Jahre vergehen und die Dinge, die wir sagen wollten, Alissa, sind ungesagt geblieben, alles geht schneller dahin als es entstehen kann, wie Gehirnzellen. Reden muss man über die süße Vergangenheit, als du ein kleines, niedliches Mädchen warst, und auch ich war ein anderer, reden, ehe es zu spät ist. Du musst mir verzeihen, denn wenn man nicht rechtzeitig verzeiht, ist es danach zu spät, Alissa. So redete er über das Gespräch, das irgendwann einmal stattfinden würde.

Dido und Holz tauschten einen Blick aus. Gold dachte: Sie machen sich über mich lustig. Als hätte er Pizzen zum Abendessen mitgebracht und sie im Wagen vergessen. Dido versuchte einen Moment lang, ihn zu umarmen, überlegte es sich aber anders und sagte: »Du kennst die Armee nicht, Vater. Sie ist verfettet, schlampig und arrogant, die zieht in keinen Krieg. Das ist eine viehische Polizeiarmee, aber nicht mehr.«

»Meine Tochter ist eine Linke, eine richtige Linke.«

Als sei er stolz darauf, dass sie trotz allem etwas Besonderes an sich hatte, umarmte er seine ihn überragende Tochter, umarmte sie kraftvoll und ließ dann von ihr ab. Soll es so sein, niemals hatte er sie gezwungen, so klug zu sein wie er selbst. Sein Sohn hieß schon nicht mehr Gold. Auch ihm würde er nicht von den Kontakten mit dem General erzählen, denn schließlich wäre der nur neidisch und würde spotten. Gold liebte seine Tochter und ihren Namen, Alissa, hatte er mit Bedacht gewählt, ebenso wie die Koseform Dido. Mit ihrem Bruder spricht sie nicht mehr. Er hat bereits vergessen, warum. Will es nicht wissen. Nachts sagt seine Frau zu ihm: ›Ariel, dir gelingt es nicht, ein funktionierendes Familienleben zu führen.‹ Unruhe erfüllte ihn, gleich würde er doch noch beleidigt sein, weil der Junge sich in der Küche verkrochen hatte. Und die ganze Zeit über trieb ihn die Angst um, Holz könnte anfangen, sein Geständnis abzulegen. »Jetzt gehen wir, Holz, ich sag nur dem Enkel noch Schalom. Hab ein wichtiges Treffen. Nächstes Mal verabreden wir uns, Alissa. Setzen uns in irgendein Einkaufszentrum, ich liebe Einkaufszentren. Wie im Ausland, aber aus den Lautsprechern kommt Hebräisch. Das ist phänomenal, nicht? Wir werden Kaffee und Kuchen bestellen. Auf jeden Fall möchte ich, dass du weißt, bei mir zu Hause warten exzellente Gasmasken der besten Marke auf der Welt auf dich.« Er versuchte, sich zu erinnern, wem sie als Baby ähnlich gesehen hatte, erinnerte sich aber nicht, wie sie ausgesehen hatte, als sie ein Baby war. Dann löste er sich wie eine Raupe von seinem Standort und ging in die Küche. Draußen schlug ein Blitz ein. Für einen Moment sahen alle zum Fenster, ohne ein Wort zu sagen. Gold bat seinen Enkel um einen Kuss, doch der Enkel weigerte sich. Erstaunlich, sagte sich Gold, wie Kinder tun und lassen, was sie wollen. Er war wirklich von dem Jungen beeindruckt. »Nu, Schalom auch Ihnen, Herr Matalon. Schalom,

Gershon. Schalom, Gadi. Schalom, Dido.« Holz, seinerseits, wollte sich allein von Dido verabschieden, aber alles war so beengt, so laut. Er würde zu seiner Geschiedenen gehen, ihr Gute Nacht sagen, würde ihr erlauben, ihn zu küssen. Eines Tages werden sie gemeinsam Selbstmord begehen. Sie liebt es, ein gutes Mädchen zu sein, liebt es, ihm zu sagen, dass sie den ganzen Tag sehr fleißig gewesen ist. Ihre Einschmeichelei quillt über. Sie werden in getrennten Zimmern sterben.

Ein bewölkter, erröteter Horizont

In der Ferne ließen die Lichter der Großstadt den wolkenverhangenen Horizont erröten. Gold wollte die Rechnung mit Holz begleichen, ihm alles sagen, was er ihm oben in der Wohnung hatte sagen wollen, über die Unverfrorenheit, ihn vor seiner Tochter bloßzustellen und ihr das Geheimnis zu offenbaren, als sei es all die Jahre ausschließlich sein Geheimnis gewesen. Und während er sich noch beeilte, um zu Holz aufzuschließen, begriff er, dass er sich all diese Jahre nur selbst geschützt hatte. »Holz, renn nicht so, ich fühl mich nicht gut.« Holz wurde nicht langsamer. Gold blieb stehen, um nach Luft zu schnappen. Ein mächtiger Blitz zerriss die Wolkendecke. »Denkst du tatsächlich«, sagte Holz, nachdem er kehrtgemacht hatte, um zu sehen, ob mit seinem kleinen, untersetzten Kumpan alles in Ordnung war, »dass wir zusammen in dieser Sache stecken? Begreifst du den Unterschied nicht zwischen mir und dir, den Unterschied zwischen einen Fehler zu begehen und ein Fehler zu sein? Verstehst du den Unterschied nicht zwischen Betrug und Zerstörung?«

»Über welche Zerstörung redest du, Holz? Was weißt du denn von Zerstörung? Ach, hör auf, ich will mit dir nicht mehr darüber reden. Möchtest du meine Judaikasammlung?«

»Was soll ich denn mit diesem Schmonzes, Gold?«

»Das ist kein Schmonzes. Warum bist du immer so ausfallend? Ich habe dir sicher erzählt, dass alles bei mir mit einem Leuchter angefangen hat. Nach und nach habe ich immer mehr zusammengetragen. Habe nur gehortet. Jetzt füllt mir die Sammlung ganze Räume, und ausgerechnet den Leuchter kann ich nicht finden.«

»Warum willst du überhaupt die Sammlung weggeben, du beschäftigst dich doch liebend gern mit dieser Jiddischkeit, oder?«

»Holz, ich geh ins Altenheim. Ein Mensch sammelt sein ganzes Leben lang, gerät aus dem Häuschen wegen jedes Chanukkaleuchters, jeder Thorakrone, jedes Pessachtellers, und dann guckt er sich das Ganze an und sagt: Wem hinterlasse ich das alles? Sag, kann es, aus psychologischer Sicht, so etwas wie ein Geheimnis geben, das ich nicht einmal mir selbst erzählt habe? Ich misstraue meinen Erinnerungen, Holz. Habe den Verdacht, dass etwas an ihnen nicht echt ist, dass ich etwas frei erfunden habe, dass ich die Lüge nicht loswerde, ohne alles über Bord zu werfen. Hast du niemals Angst gehabt, dass dir alles wegschwimmt, aber auch wirklich alles? Du rennst, als wolltest du mich umbringen, Morris.«

»Wieso plötzlich ins Altenheim?«

»Ich muss Alissa eine Wohnung kaufen. Verstehst du? Wir hatten immer nur zwei Wohnungen, und die eine Wohnung hab ich dem Sohn gegeben, vor langem. Matalon hat seinem Sohn überhaupt nichts gegeben. Hat nicht verstanden zu sparen. Du gehst so schnell. Wie viel Kraft du hast, Holz. Und sie verzeiht mir das nicht. Ich habe keine andere Wahl.«

Gold hastete hinter Holz her, schnaufte, zog ein Bein nach, als hätte er sich beim Laufen den Fuß verstaucht. Schaffte es jedoch nicht, Holz eine langsamere Gangart zu diktieren. Es begann zu regnen. Seit dem Tod seiner Frau hatte er nicht ein

Möbelstück in der Wohnung bewegt, hatte sich nicht von ihren Kleidern getrennt – alles war geblieben, als sei sie in die Schweiz gefahren und würde jeden Moment zurückkehren. Dido hatte sich geweigert, ihm zu helfen, bestrafte ihn wegen der Wohnung, da Gershon ihr deswegen über Jahre das Leben zur Hölle gemacht hatte, obgleich sie ihn unzählige Male bat, sie damit in Ruhe zu lassen, und Gershon nicht nachgegeben hatte, gemeint hatte, man kann nicht bei null anfangen. »Wenn das das Geld ist, das Mama dir hinterlassen hat«, wagte sie zu guter Letzt ihrem Vater zu sagen, »dann gehört es auch mir. Du bist immer schlecht zu mir gewesen, hast mich für beschränkt gehalten und ihn für superklug, deshalb hat er auch Verrat an dir begangen.« Gold hatte gefragt: »Wie soll er Verrat an mir begangen haben?« Worauf sie erzürnt erwidert hatte, ohne zu überlegen, wie weh sie ihm damit tat: »Er hat seinen Namen geändert.« – »Ja, ja«, hatte Gold zu ihr gesagt, »es wird keine Golds mehr auf dieser Welt geben. Wenigstens dieses Projekt ist geglückt.«

»Und was wirst du mit deiner Bibliothek machen, Gold?«

»Meiner Bibliothek? Nu, ich hatte vorgehabt, sie der Universität zu spenden, alles, was ich wollte, war ein kleiner Vermerk auf Hebräisch, nicht einmal auf Lateinisch, bestimmt nicht, ›Aus dem Nachlass von Professor Ariel Gold‹, in jedem Buch.«

»Nu?«

»Du wirst es auch niemandem erzählen? Oder hast du vor, auch das wie ein amerikanischer Säufer in der Gegend zu verspritzen?«

»Gold, ich mag deine Ausfälligkeiten nicht. Wenn du es mir nicht erzählen willst, dann lass es ...«

»Die Universität will nicht bezahlen, selbst die Zettelchen, haben sie gesagt, müsste ich selbst reinkleben, dazu sei kein Personal da. Und ich schäme mich, Alissa darum zu bitten.«

Holz war erfüllt von Grimm auf die Universität, vielleicht auch von Mitleid mit seinem hinter ihm herschnaufenden Freund, weshalb er stehen blieb und auf ihn wartete. Gold seinerseits war der Universität nicht gram. Ohnehin, wie sollte man seine Bände im Meer der anderen Bücher in den Regalen erkennen, selbst wenn drinnen so ein Zettelchen klebte, und alle paar Jahre schafften sie außerdem Unmengen von Büchern in die Eingangshalle des Bibliothekgebäudes, verscherbelten sie zu Spottpreisen, um Löcher im Universitätsetat zu stopfen und Platz zu schaffen, da die Bestände ohnehin völlig veraltet waren. Er würde seine Bücher General Lotem geben. Der würde schon wissen, was damit zu tun war. Ihm war übel. Er hatte niemanden, mit dem er über die Schmerzen in der Brust hätte reden können. Sie umkurvten einen mächtigen Feldstein, der mitten auf dem Gehweg lag. Ein Mann tauchte aus der Dunkelheit auf und ging an ihnen vorüber, einen lachenden kleinen Fratz auf den Schultern. Auch der Mann lachte.

»Der Irak wird zerstört werden, Morris, aber meine Tochter hat Recht, nach diesem Krieg wird es einen langen Frieden geben, viele Jahre Frieden, seit der *pax romana* hat es einen solchen Frieden nicht mehr gegeben, sie ist klug, meine Alissa.«

Vielleicht hatte sie tatsächlich so etwas gesagt. Wie soll ich mich daran erinnern? Vielleicht aber hatte er sich eine neue Tochter erfunden. Wie armselig die Literatur war, die du immer gelesen hast, Chaim, Biografien, gut geschriebene Romane, eine Art Glaubensbekenntnis in der Anordnung der Erinnerung. Also, was willst du, Holz, nicht gut geschriebene Literatur? Die Wahrheit ist heiser, Chaim, stotternd, sich windend, zerstückelt, ein zu Bruch gegangener Krug, der sich nie wieder rekonstruieren lässt. »Glücklich das Haus, in dem wir gewesen sind, Gold.« Gold war derart stolz auf das Kompliment, das er mit einem Mal von Holz bekommen hatte, dass er nicht auf den Stimmungsumschwung seines Kollegen achtete, als Holz mit gewisser Ergriffenheit wiederholte: »Glücklich dieses Haus, Gold.«

»Also, so siehts aus, Holz, ich muss Gershon ein neues Büro finanzieren. Deshalb habe ich meine Wohnung verkauft. Alles befindet sich in einem Prozess der Annäherung, mein Enkel liebt mich noch nicht besonders, aber das wird mit der Zeit kommen. Alissa war sehr nett zu mir, denkst du nicht? Und ihr Mann behandelt mich sehr zuvorkommend, genau wie seinen Vater, nicht weniger gut. Er ist ein Bursche, der ganz bei null angefangen hat. Ohne irgendwelche Kontakte. Und man hat ihm sogar eine Assistentenstelle bei uns in der Juristerei angeboten, aber er wollte nicht. Stell dir das mal vor. Irgendwann werde ich mich mit ihm hinsetzen und mir Anekdoten aus seiner Kindheit anhören.«

Er suchte nach einem lateinischen Sprichwort. Sein Gefühlsleben war zu sehr im Eimer, um ein wirkliches Gespräch zu führen. Und er wusste sehr gut, dass sein Gefühl Grenzen hatte, wusste dies nur zu gut und schwieg, wie um das Vergessen zu vergessen.

»Du bist ein guter Mensch, Ariel. Mit einer wunderbaren Familie. Du hast es verdient.«

Jetzt erwachte Golds Misstrauen. Nie zuvor hatte er von Holz Komplimente bekommen. Sie gingen und schwiegen. Erneut tat sich ein Abstand auf zwischen den beiden Männern. Holz hatte nicht einen Fachaufsatz von Gold gelesen und war auf einigen internationalen Kongressen, zu denen sie gemeinsam gefahren waren, nicht einmal gekommen, um sich dessen Vortrag anzuhören. Andererseits, auch Gold war sich nicht einen Vortrag von Holz anhören gegangen. Wieder beschleunigte Holz seine Schritte.

»Sie werden sich Gold nennen, Gershon und Alissa Gold, und vor allem Gadi Gold, Gadi Gold. Nachts klingelt mir dieser Name.«

»Wovon redest du?«

Gold antwortete nicht. Genau darüber würde er mit dem General reden. Jemand muss das Testament vollstrecken. Sie hatten sich verlaufen. Machten kehrt und gingen auf einem anderen Weg weiter. Es war dunkel, bewölkt und regnerisch, Unmengen von Fahrzeugen parkten auf den Abstellflächen neben den hohen Gebäuden.

»Ich wollte eigentlich, dass sie einen Dozenten von der Universität heiratet, aber keiner gefiel ihr. Oder vielleicht auch umgekehrt. Andererseits, Gershon ist ein hingebungsvoller Gatte, ein guter Vater. Wie viele gute Väter kennst du schon, Morris? Und er, genau wie sein Vater, ist so weich, ergeben und zurückhaltend.«

»Mein Vater war weich wie Aas.«

»Über unsere Väter reden wir doch nicht, Holz. Es hat sie überhaupt nicht gegeben. Genau darüber habe ich mit Lotem gesprochen.«

»Gold, hast du ihm irgendeine Frau für einen Fick gesucht?«

»Alles ist bei dir dermaßen ordinär, Morris, ohne jegliches Sentiment. Ich hab gedacht, es ist keine Schande, einem General unserer Armee in Gefühlsdingen behilflich zu sein.«

»Über welches Gefühl sprichst du?«

Gold antwortete nicht. Dieser Sommer war der glücklichste Sommer seines Lebens gewesen, dank der Suche für den General. Und die Unterhaltung über den Krieg, heute Mittag, war das Crescendo. Er würde es sich nicht von Holz versauen lassen. Sie passierten nachtschwarze Häuser, winzige Lichter lagen wie Kreuzworträtselkästchen verstreut, eine große Antenne blinkte rot aus der Ferne, wie ein Engel, der auf die Verwüstung schaut, eine Riesenlibelle. Sie fanden den Wagen. Holz suchte nach den Schlüsseln. Berührte durch das Innenfutter der Hosentasche sein Glied. Sie fuhren los.

In der Gegenrichtung kroch eine Armeekolonne durch den Regen, transportierte mit Planen abgedeckte Raketen. Gold dachte an Gadi in Opas Armen, drehte sich zur Rückbank um und versuchte unter Stöhnen, eine Gasmaske aus einem der Kartons in dem Plastiksack zu zerren. An der Bushaltestelle neben der Schnellstraße, einer Bushaltestelle ohne Schutzdach, stand eine Frau im Regen. Holz bremste ab und beäugte sie im Rückspiegel. Gold sagte: »Sag mir, Morris, glaubst du, es gibt wirklich so etwas wie das Unbewusste? Wissenschaftlich betrachtet, selbstverständlich. Warum hast du angehalten? Was für ein Regen.« Holz musterte die Frau im Rückspiegel. Manchmal stehen sie allein auf weiter Flur herum, und wenn du anhältst, kommt plötzlich ihr Kerl angesprungen, und du musst auch ihn mitnehmen. Genau da gelang es Gold, sich endlich doch noch die Gasmaske überzuziehen. Er sah nichts mehr. Sein Gesicht schwitzte. Er bekam keine Luft. Alle paar Augenblicke schob er die Maske hoch, um nach Luft zu schnappen, und seine Atemzüge klangen wie eine Herz-Lungen-Maschine. Aus der fuchtelnden Handbewegung der jungen Frau nahm Holz an, dass sie von weitem etwas sagen wollte. »Ich hab Zeit, Schätzchen. Wo waren wir, Gold? Ob es das Unbewusste gibt? Kann sein. Aber es ist nicht interessant, ist feucht, voller Moos und dumpfer Töne, und man muss ständig davor weglaufen.« Erneut schob Gold die Maske hoch, wischte mit zittriger Hand den Schweiß fort und zog die Maske wieder vors Gesicht. Warum bleibt er hier stehen? Warum zittert meine Hand? Mir ist heiß unter der Maske. Die Bremslichter des Wagens tauchten die Bushaltestelle hinter ihnen in kräftiges Rot. In Gegenrichtung, auf der anderen Seite des Mittelzauns, rollte eine Polizeistreife vorbei und verteilte wie ein Wassersprenger blaues Licht. Für einen Moment vermischten sich die Lichter. Ein Lautsprecher quäkte: »Weiterfahren, weiterfahren.« Holz verfolgte ungerührt im Rückspiegel die sture junge Frau. Gold stellte sich eine Senatssitzung mit Gasmasken vor. »Haben Sie nicht gehört? Fahren Sie weiter, weiterfahren, weiterfahren«, befahl der sich entfernende Lautsprecher. Aber wer hört schon auf einen Polizeilautsprecher im Regen? Fahrzeuge zogen mit hoher Geschwindigkeit vorüber, sowohl auf ihrer Fahrbahn als auch auf der in Gegenrichtung, zerschnitten das Wasser auf dem Asphalt und hupten einander kreischend an wie Raubvögel. »Wohin soll ich gehen, wenn diese Dreckskerle anfangen, mir auf den Kopf zu pinkeln?«, fragte Gold unter seiner Maske, und davon befreit antwortete er: »Ins Altersheim werd ich gehen.« Holz, sagte Chaim Chadad seligen Angedenkens zu dem Fahrer im Regen, das Ego ist eine große und sehr scharfe Harpune. Du fängst damit den Fisch, aber im selben Moment bist du selbst gefangen. »Kuckuck, Holz, wo bin ich? Kuckuck, guck mal, wo ich bin. Ich bin unter meiner Maske, wie hört sich meine Stimme an?«, fragte Gold. Und der Polizeilautsprecher beharrlich, vielleicht war es auch ein anderer Lautsprecher, auf jeden Fall derselbe Tonfall, schleppend, zu Blaulicht auf purpurfarbenem Flackern: »Hören Sie nicht, dass man mit Ihnen redet? Auf der Stelle weiterfahren!« Holz ignorierte das Gesetz und sagte: »Wir haben ihr gezeigt, von wo der Fisch pinkelt. Schau dir an, wie sie wie ein Püppchen angewackelt kommt.« Und dann zu dem über die wassertriefende Gestalt am Wagen maßlos erstaunten Gold: »Öffne bitte dem Fräulein die Tür.« Sie, ihrerseits, erschrak, eine kleine Gestalt mit Gasmaske zu sehen, wollte fliehen, doch der Streifenwagen ängstigte sie noch mehr, so schien es. Gold nahm die Maske ab, wischte sich den Schweiß vom Gesicht, streckte seine feuchte Hand aus und sagte zu der Molligen, die durchnässt bis auf die Haut war: »Sehr angenehm, Professor Gold.« –

»Was ein Scheißregen.« – »Ja, noch hat der Winter gar nicht angefangen, und schon eine derartige Sintflut. Aber das ist gut für die Landwirtschaft. Dass ich ja nicht vergesse, was ich dir sagen wollte, Morris, ich erzähl nachher weiter.« Er sprach mit Holz, aber seine Augen waren auch auf ihr nasses Haar gerichtet. Schminke lief ihr in die dunklen, großen Augen. Auf ihrer blauen Bluse sahen die Wasserflecken wie Blut aus. Noch im Freien fragte sie: »Wer setzt sich mit mir nach hinten?« Holz beeilte sich zu sagen: »Ariel, das Fräulein möchte hier neben mir sitzen.« Gold versuchte, auf die Rückbank zu klettern, ohne aus dem Wagen zu steigen, scheiterte, stützte sich gegen die Windschutzscheibe. In der Hand die Gasmaske, duckte er im Regen und warf sich schnell auf den Rücksitz. Die junge Frau stieg hinter ihm ein und ließ sich wider Erwarten auf den Sitz neben ihm fallen. Regen überspülte die Rückscheibe. »Was ein Regen«, sagte er verlegen, wie ein kleiner Junge, dessen Babysitter eingetroffen ist. Sie fuhren los. Der Streifenwagen zog an ihnen vorüber. Gold sagte: »Viel Polizei auf den Straßen. Das ist die Sicherheitslage.« Die Tramperin meinte zum Fahrer: »Hier rechts ab.« Gold fragte: »Das Fräulein studiert bei uns?« Und die junge Frau darauf: »Was ist deine Story, Alterchen?« Morris bog nirgendwo rechts ab. »Wo bringt ihr mich hin?« – »Morris, warum bist du nicht rechts abgebogen, wie das Fräulein gebeten hat?« – »Was ist eure Story? Habt ihr was mit Partouze zu tun?« Gold wusste nicht, was das ist, Partouze. Holz sagte: »Nu, ja, du bist ohnehin eine Nutte.« Wann hatte er begriffen, dass er drauf reingefallen war? Von hinten sagte Gold: »Morris, wie redest du denn mit dem Fräulein?«, obgleich er seine Freude an der Unflätigkeit hatte. Holz fragte: »Wie viel nimmst du fürs Blasen?« – »Jetzt, mit dem Aids? Kein Mensch bläst mehr.« – »Ich hab aber kein Aids«, versicherte er ihr. »Wie viel für einmal Blasen?«

»Ich sagte doch, es wird nicht mehr geblasen.«

Gold hatte Angst, genoss jedoch dieses Geschacher. Terenz, genau wie bei Terenz, sagte er sich und setzte wieder die Maske auf. Holz streckte eine Hand vom Lenkrad nach hinten aus, zu der fernen Brust der Hure. Sie biss ihn in den Arm. Der Wagen schlingerte einen Moment lang über die Schnellstraße, von einer Fahrspur zur anderen. »Pass auf Holz, bring dich nicht zusammen mit uns um. In der Zeitung würden sie schreiben ›Zwei Professoren …‹.« Holz befahl ihr, ohne den Kopf zu wenden, eine Brust frei zu machen. »Erst das Geld.« Er versuchte, sein Portemonnaie herauszuziehen, und erneut schlingerte der Wagen. »Gib mir Geld, Ariel.« Die Hure fragte: »Ist das Ariel Sharon?« Humor hatte sie. »Nein, sein Sohn, das ist Ariel Sharon. Kannst du dir das vorstellen? Ariel Sharons Vater liest nachts auf der Autostrada Nutten auf. Hast du dreißig Schekel für mich?« Sie wollte fünfzig für eine Brust frei machen, willigte dann ein, beide für fünfzig zu entblößen. Hatte kein Wechselgeld. Gold gab ihr das Geld. Sie stopfte den Schein in ihre Gürteltasche und zog ihre Brüste aus dem BH. Gold betrachtete sie staunend aus seiner Gasmaske heraus, danach ohne diese vor Augen, ehe er sich wieder dahinter verbarg. Holz besah sie sich im Rückspiegel, befahl ihr, sie nach oben zu pressen. Sie tat wie geheißen. Gold erschrak. Tief in seinen Sitz versunken murmelte er: »Setz mich ab, sobald wir die Stadt erreicht haben, ich bitte dich, Morris.« Holz war nicht zufrieden. Wie ein Fotograf spähte er in den Rückspiegel, schien unschlüssig, wie das Ergebnis zu verbessern wäre, bat sie, Bluse und BH nach unten zu ziehen, damit sie die Brust nicht nach oben quetschten. Sie sagte leise: »Meine Brüste sind Lappen. Ist es das, was du sehen willst?«, streifte aber die Bluse und den sehr ausgeleierten BH ab und saß halbnackt da. Die braunen Brustwarzen steckten in magerem, schlaffen Fleisch. Holz stellte den Wagen am Straßenrand ab, drehte sich um und betrachtete sie vom Fahrersitz aus. Sie zitterte vor Kälte. Er versuchte, sie zu berühren, und wieder biss sie ihm in die Hand, diesmal mit voller Kraft, wobei sie wütend ächzte. Er stöhnte auf vor Schmerz. »Wie viel willst du für anfassen?« Zweihundert Schekel fürs Anfassen. »Ich hab keinen Cent mehr, und ich will überhaupt nicht hier sein«, sagte Gold. Einer der beiden Scheibenwischer war aus dem Takt geraten. Holz' Hand blutete. Vielleicht hat sie Aids. »Und wie viel willst du fürs Onanieren?« – »Wie bitte?« – »Wie viel willst du, um es dir selbst mit der Hand zu machen, vor uns?« Sie sah ihn mit Abscheu an. Gold fühlte sich schlecht, wirklich, ihm war übel, weil er bereits wusste, was passieren würde. Schließlich ist er Kandidat für den Konsulposten in Saloniki und wird jetzt in der Presse Rede und Antwort stehen müssen, wird sagen, er habe nichts gehört, und später werden sie auch im Außenministerium das Gerücht abstreiten, ehe sie, da keine Bären ohne Wald, die Ernennung rückgängig machen, und man ihn hinter seinem Rücken überall in der Universität den »Botschafter« nennen wird.

»Für tausend Schekel machst du es dir mit der Hand?«

»Für tausend ja, aber zeig mir erst die tausend.«

Er würde eine Hure in sein Seminar bestellen, würde sie zur Onanie befragen, gegen Geld, und mit ihrer Hilfe die Studentinnen zum Reden bringen, würde sie auch in die Einführungsveranstaltung der Eybeschitz schleppen. Gold bekam einen Hustenanfall. Als der Husten stärker wurde, fragte ihn Holz, ob er aussteigen und ein bisschen Luft schnappen wolle.

»Nein, Morris. Es ist mitten in der Nacht jetzt. Es regnet. Ich hab dir meine letzten Kröten gegeben. Wie soll ich nach Hause kommen? Ich bitte dich, wirf mich nicht raus.«

Die Hure sah ihn an. Sein Husten hatte sie in Panik versetzt. Sie versuchte, eine Brust zu umfassen und zurück in den

BH zu schieben, aber Holz erlaubte es ihr nicht. »Hab ich bezahlt oder nicht? Lass sie draußen!« Erneut versuchte sie es, worauf Holz herumfuhr und sie kräftig ohrfeigte, einmal und noch einmal. Sie brach in Tränen aus. Gold brüllte aus vollem Hals: »Lass sie in Ruhe, Morris. Hörst du mich? Hörst du mich?« Dann versuchte er, sich zu beruhigen, erschrocken über sein eigenes Geschrei, fühlte sich schlecht, sagte: »Ich kann dich nicht immer schützen. Lass die Finger von ihr. Ein Mann in deiner Stellung kann sich so etwas nicht erlauben«, als Holz seinen Penis herausfischte, zwei Einhundertschekelscheine aus seinem Portemonnaie zog und sie ihr gab. »Komm, setz dich nach vorne und mach es mir mit der Hand«, sagte er, alles oder nichts, kannte die Preise überhaupt nicht, es ihm mit der Hand zu besorgen kostete weit weniger als zweihundert Schekel. Ihre Unterlippe blutete. Sie zog BH und Bluse an, stieg aus und gesellte sich zu Morris Holz nach vorn, nahm ihm das Geld ab und langte ihm ans Glied. »Aber mach es dir auch selbst. Mit einer Hand rubbelst du mir einen, und mit der anderen stocherst du bei dir rum.« Sie schlug den Rock hoch, holte ihren jämmerlichen Schwanz hervor und stimmte ein boshaftes Lachen an. Holz bebte vor Ekel, löste ihre Hand von seinem Glied, verstaute es in seiner Hose – Gold hatte noch nicht mal kapiert, was da los war – und sagte: »Verschwinde aus dem Wagen! Das ist Ariel Gold! Ja? Er war Kandidat, Rektor unserer Universität zu werden.« – »Das stimmt nicht. Das bin ich nicht.« – »Auch ich bin nicht ich«, fügte Holz hinzu und lachte. Dann lehnte er seinen Kopf auf die Hupe in der Mitte des Lenkrades, wie ein Toter nach einem Verkehrsunfall. Die Stirn hupte, und er sagte zu der Frau, oder zu dem Mann: »Du bist eine Hure, ein fetter Hurenbock, fette Schlampe, ein Perverser, Perverse, anomal«, bis er sie aus dem Wagen gestoßen hatte. Beeilte sich, von dort wegzukommen, hielt dann erneut an. Gold murmelte unverständliches Zeugs von hinten und unser Morris, der stürzte aus dem Wagen und kotzte, und wie er kotzte.

Die gute Hand Ariels geleitete ihn zurück zum Wagen. »Ich kann nicht fahren, leider, aber wir können hier bis morgen warten, von mir aus. Nur, dass du dich beruhigst.« Ein vorbeirasendes Auto bespritzte sie mit Wasser und hupte. Jemand streckte den Kopf aus dem Seitenfenster und brüllte aus tiefer Kehle, die Stimme entfernte sich rasch. Ariel ließ Morris' Hand nicht los. »Mein Enkel, der ist süß, frech, klug. Einmal hab ich ihm zugesehen, als er gepinkelt hat, er war da erst drei, glaube ich. Er hatte einen solch kräftigen Strahl, und schon damals ist mir aufgefallen, dass meiner nur noch schwach kommt, dass ich meinen Schwanz in der Hand halten muss, auf jeden Fall. Mein Sohn, das ist etwas anderes. Er redet kein Wort mehr mit mir. Aber mein Enkel. Vielleicht verstehst du jetzt, warum ich sie gezwungen habe, ihn Gold zu nennen. Das war meine Bedingung, ihnen das Geld zu geben. Mein Sohn ist losgegangen und hat seinen Familiennamen geändert, der Idiot.« Morris Holz fragte: »Wohin willst du, dass ich dich bringe?«

Hanoch Levin kommt vorbei

Der Regen ließ nach. Die Rücklichter der Fahrzeuge bestrichen die Fahrbahn mit feuchtem Rot. Erst jetzt begriff Holz, dass Gold tatsächlich an der Intrige gegen ihn beteiligt gewesen war und nicht bloß sein stillschweigendes Einverständnis gegeben hatte. Er würde die Universität verlassen, diesen Freund vergessen, als hätte es ihn niemals in seinem Leben gegeben, er würde alles auslöschen. Und Gold sagte: »Weißt du, dass ich jetzt über Philon von Alexandria schreibe?«

»Ja, Philon und die Zehn Gebote. Bereits sieben Jahre schreibst du daran, nicht? Oder sind es schon acht? Wie die Zeit rennt.«

»Aber dass die Akte von Chaim Chadad bei mir gelandet ist, hab ich dir noch nicht erzählt. Darin waren die Briefe von uns beiden gegen seine Festanstellung und gegen seine Beförderung. Wie viel Energie wir investiert haben, Morris, in das Fegefeuer von Menschen um uns herum. Warum? Das ist es, was ich so sehr an Militärs liebe: diese Konzentration auf ein Ziel. Eine saubere Aktion, Anfang, Mitte, Ende. Die Worte sind bloßer Teil der Aktion. Ohne überflüssiges Brimborium. Was machen wir jetzt?«

»Du hast mir noch nicht gesagt, wohin ich dich mitnehmen soll.«

»Ich muss doch zu General Lotem. Mein Sohn kann mit dem Fallschirm auf dem Rücken Salti machen. Er war Offizier unter ihm. Na und? Hat er es zu was gebracht in der Armee? An die Universität ist er gegangen, wie ein Weib. Bring mich zu Lotems Wohnung. Er wird mein Zeuge sein.«

»Zeuge für was?«

»Dass sie ihren Namen ändern für die Wohnung. Ich kann Gershon schließlich nicht trauen. Wenn er bereit ist, seinen Namen für eine Wohnung zu ändern, wer bürgt mir dann dafür, dass er nach meinem Tod nicht wieder ein Matalon wird?«

»Und der General wird dein Bürge sein?«

»Genau, kennst du das nicht, Holz? Jemand, dem du voller Verehrung zuhörst, egal, was er sagt, Hauptsache, er hört nicht auf zu reden. Manchmal wunderst du dich, warum er plötzlich verstummt, vielleicht hat er genug von dir, und dann fährt er fort, und du fühlst dich klein, ganz klein, wenn er redet, wobei er nicht einmal mit dir reden muss, er kann auch zu jemand ganz anderem sprechen. Du bist nicht beleidigt, dass ich dich nicht mehr verehre, Morris, oder? Ich glaube, ich habe dich niemals wirklich verehrt, habe nur andere denken lassen, ich würde dich verehren, um dir mehr Charisma zu verleihen. Wir sind nur Professoren. Ich hab dich mit der Hure gesehen. Dabei bin ich sicher, du hättest etwas wirklich Großes sein können, vor der Französischen Revolution. Aber du taugst nicht für die Demokratie, Holz. Für Demokratie hast du zu viel Potenzial. Das ist deine Schwäche, auch die der Demokratie, keine Frage, absolut. Die Demokratie steckt noch in den Kinderschuhen, Holz – denn was sind schon zweihundert Jahre in unserem Universum? –, und sie hat bereits die vorzüglichste Garde ihrer Kämpfer verschlissen, die wirklich stolzen Menschen, die freiesten von allen. Ich als Experte für Aufstände in der Antike, ich sage dir, Holz, du gehörst der Vergangenheit an. Das ist nicht tröstlich, bestimmt nicht. Ich weiß. Hab dich beobachtet mit der Hure, die dich gebissen hat, und ich sage dir, ich bin sicher, hättest du nur eine Erektion gehabt, hättest du sie längst vergewaltigt, ohne mich zu beachten, mit aller Freiheit dieser Welt. Du bist mir wirklich einer, Holz. Du hättest in der Armee sein sollen, im Mossad.«

Holz trat das Gaspedal durch, wollte Gold vielleicht Angst einjagen. Der Auspuff knallte mehrmals laut. Gold aber gefiel es. »Du bringst mich zu General Lotem. Bei ihm kann ich zur Ruhe kommen. Er kann mich so halten. Gold formte beide Hände zu einer Muschel, als flattere darin ein wunderschöner Schmetterling, oder als lausche er auf etwas in ihnen. Seine Augen glänzten, da er begriff, dass sein jahrzehntelanges Gequatsche ein Irrtum gewesen war. Stadteinwärts staute sich der Verkehr.

»Ich liebe Militärs, deshalb unterrichte ich auch an der Führungsakademie der Armee, obgleich meine politischen

Ansichten eindeutig gemäßigt sind. Militärs haben so eine Anständigkeit an sich. Ich hab ganz vergessen zu fragen, wie war deine neue Veranstaltung? Bin zu dir gekommen, damit du mich schnell zu Alissa fährst. Und warum bin ich zu ihr gerannt? Um ihr von dem Gespräch mit Lotem zu erzählen. Und warum hab ich ihr nicht von diesem Gespräch erzählt? Weil du dabei warst. Am Ende habe ich dir von dem Gespräch erzählt und meiner Alissa nicht. Woraus sich ergibt, dass wir getrost auch in der Universität hätten bleiben können. Er wird Generalstabschef werden, Lotem, das ist sicher. Guck dir an, was aus mir geworden ist, seit ich Witwer bin. Ich laufe zu Alissa, um ihr etwas zu erzählen, wie ein kleiner Junge. Meine Frau ist schon so lange tot, dass mir das Leben mit ihr wie ein lang zurückliegendes Kapitel erscheint, etwas, das bereits unmöglich ... Setz mich hier ab. Ich muss vor dem Gespräch mit ihm noch in Ruhe ein paar Schritte auf der Straße gehen. Ich möchte sie zusammenbringen, damit sie sich über den Vertrag unterhalten. Hier steige ich aus, Holz.«

Sie hielten in der Allee am Nationaltheater. Die Straßen waren leer. Auf dem Zebrastreifen, die Hände in den Taschen vergraben, den Kopf zwischen den Schultern eingezogen, eilte Hanoch Levin über die Straße. Holz sagte zu Gold: »Das ist der größte Schriftsteller, der euch geschenkt geworden ist. Schau dir an, wie er davoneilt, ehe das Publikum aus seinem Stück kommt.«

»Ich weiß nicht. Er hat es nicht in den Mittelpunkt des nationalen Lebens geschafft.«

»Ab und an, Gold, steck dir einfach den Finger in den Mund und sei ruhig.«

Hanoch Levin wurde von der Dunkelheit verschluckt. Das Publikum kam aus der Aufführung. Holz sagte leise: »Wie Gedärm, das aus einer Wunde am Bauch qillt.« Der kleine Professor dankte für die Mitfahrgelegenheit und stieg aus. Holz antwortete nicht. Eine Übelkeit löst die andere ab, und die boshaften Worte sind die Zitrone, an der man leckt. Gold ging auf dem Bürgersteig die Straße hinab. Seine Hände schlackerten. Holz tauchte ihn in das Scheinwerferlicht des Wagens. Gold blieb wie angewurzelt stehen vor den gleißenden Lichtern, hielt sich die Hände vor die Augen, als hätte er vor irgendetwas Angst. Holz fuhr los.

Feuer aus glühender Asche

Holz begriff tatsächlich nicht die Bedeutung des nationalen Lebens, zumindest für Gold und für einige andere Professoren, deren Auskommen und Ruhm auf diesem Leben beruhten. Vielleicht deshalb hatte er bei den Worten seines Freundes so schroff reagiert. Gold fuhr schließlich von Außenposten zu Außenposten, von Armeebasis zu Armeebasis, um vor den Soldaten Vorträge zu halten. Für gewöhnlich wartete er vor seinem Haus, bis der Wagen von der Armee eintraf. Er erlaubte nicht, dass man ihn den Soldaten als Professor vorstellte, aber bevor er eintrat, informierte man die Soldaten immer, es handle sich bei ihm um einen der größten Professoren der Welt für irgendwas, und erst dann ließen sie ihn in den Vortragsraum. Über was sprach er? Über alles. Deshalb hob er auch alle Ausdrucke von Fachaufsätzen auf, die man ihm in sein Fach legte. Und wenn er daraus zitierte, nannte er den vollen Namen des Autors, fügte manchmal sogar Komplimente hinzu, »er war wie ihr Soldat auf diesem Stützpunkt, ja, ja, auch ihr könnt an der Universität studieren, vielleicht sogar lehren, obgleich dies schwierig ist und zusehends schwieriger wird, weil nicht für alle Platz ist, was ihr verstehen müsst, trotz aller Ungerechtigkeit, denn ihr beschützt uns und wir verschanzen uns in unseren wissenschaftlichen Institutionen.«

Wenn sie ihm zuhörten, das heißt, wenn sie ihm wirklich zuhörten, ohne sich Notizen in ihre Hefte zu machen und besorgt nachzufragen, was zum Prüfungsstoff gehört und was nicht, wenn ihre Augen neugierig an seinen Lippen hingen – dann wurde er von großer Freude erfüllt. »Macht euch klar«, sagte er, »unser Volk Israel ist wie ein Lagerfeuer, das bereits erloschen ist«, schwieg einen Moment lang, »das beinahe erloschen ist«, etwas machte ihm zu schaffen, »vielleicht nicht erloschen ist«, er wusste nicht, wie er fortfahren sollte, fuhr fort, »das beinahe erloschen ist, und wir sind die ganze Zeit damit beschäftigt, die Flammen in diesem Lagerfeuer erneut anzufachen, aus der Glut, ihr wisst wie«, und sicherheitshalber demonstrierte er ihnen, wie man Feuer aus glühender Asche anfacht. Einmal waren ihm sogar Tränen in die Augen geschossen, als er über das Anfachen des Feuers sprach. Er sprach zu ihnen, als sei er bloß älter, nicht klüger. Vielleicht war er ja tatsächlich nicht klüger. Seine Akademikerkollegen unterrichteten die hochrangigen, vergötterten Kotzbrocken an der Führungsakademie und an der Hochschule für nationale Sicherheit, nicht nur um des guten Geldes wegen – die Armee hat Geld wie Dreck –, sondern auch aus dem Wunsch heraus, Einfluss zu nehmen, sprich, die künftigen Köpfe an den Schaltstellen der Macht kennen zu lernen, sich in sie zu verlieben. Als er Holz erzählt hatte, er unterrichte an der Führungsakademie, hatte Gold schlicht gelogen, denn in Wahrheit fuhr er bloß zu simplen und ermüdenden Vorträgen vor einfachen Soldaten.

Einmal war er zu einem Vortrag in die Militärverwaltung von Gaza gekommen und sehr aufgeregt gewesen, vielleicht wegen Samson dem Helden, vielleicht wegen des Soldaten, der am selben Tag durch Schüsse aus einem Hinterhalt in einem der Außenbezirke der Stadt getötet worden war. Wie dem auch sei, er sprach über den Bar-Kochba-Aufstand, verglich ihn mit dem großen Aufstand gegen die Römer. Woher wissen wir über diese Aufstände, fragte er. Sie antworteten, der Reihe nach: »Weil das bekannt ist«, »Weil das in der Thora steht«, »Weil es in Geschichtsbüchern steht«. Gold tat nicht eine Antwort ab, ignorierte zuweilen ihre vollkommene Beschränktheit und berichtete von jüdischen und römischen historischen Quellen. »Wem würdet ihr mehr Glauben schenken?« Alle waren einer Meinung, den Juden, oder zumindest sagten sie das. Gold legte das Problem in aller Einfachheit dar: Über den großen Aufstand ist sowohl bei den Juden als auch bei den Römern zu lesen, aber über den Bar-Kochba-Aufstand steht im Wesentlichen nur bei den Juden etwas geschrieben, sodass es einen derartigen Aufstand vielleicht gar nicht gegeben hat, der Bar-Kochba-Aufstand vielleicht unbedeutend gewesen ist, wie zum Beispiel Glen Bowersock behauptet. Die Soldaten waren erbost über diesen Bowersock. Gold versuchte, die Dissonanz auszuräumen. Den Bar-Kochba-Aufstand habe es sehr wohl gegeben, ganz sicher, doch seine Niederschlagung sei derart grausam gewesen, und das ausgerechnet durch Kaiser Hadrian, der ein sehr aufgeklärter Herrscher gewesen sei, Gedichte geschrieben habe – Gold erging sich in Schilderungen der Niederschlagung, verlas sogar ein paar erschütternde Zahlen, und die Soldaten nickten, erschüttert –, weshalb, gerade weil Hadrian ein solch aufgeklärter Herrscher war, seine Historiker nichts über diesen Aufstand geschrieben hätten, denn vielleicht schreiben Staaten generell nicht gern über verbrecherische Kriege, die sie führen. Als Fragen an die Reihe kamen, wollten sie vor allem wissen, warum er sage, dass Adrianus ein aufgeklärter Herrscher gewesen sei, wenn er mit solcher Grausamkeit den Bar-Kochba-Aufstand niedergeschlagen habe, worauf er sagte: »Seht ihr? Das ist ein sehr gravierendes Problem, Aufstände zu unterdrücken.« Dies war Thema seiner Doktorarbeit gewesen und er hatte volle fünf Jahre verwandt auf die Untersuchung der jüdischen Aufstände. Andererseits, was ritt ihn, ausgerechnet in Gaza, auf dem Höhepunkt der palästinensischen Erhebung, so zu reden, als sei Freiheit nicht eine relative Sache? Die Angelegenheit hatte Folgen. Es gab laute Rufe aus den Offiziersrängen. Vollkommen zufällig hielt sich im Gebäude ein General auf, Lotem sein Name, der große Stratege in Sachen Unterdrückung kommender palästinensischer Revolten. War allem Anschein nach gekommen, um einer Sekretärin nachzustellen. Und der, der Gold anbrüllte, brüllte mit voller Absicht, damit der General im Nebenzimmer es auch ja hörte, denn es gibt keine süßere Bestrafung als den Verweis in Hörweite eines mächtigen Mannes, und dies wie zufällig. Gold entschuldigte sich, und der tadelnde Offizier sah ihn misstrauisch an und fragte plötzlich: »Sind Sie einer von denen?« Gold bestritt Derartiges, entschuldigte sich erneut, auch wegen des unpassenden Zeitpunkts, versprach, beim nächsten Mal besser vorbereitet zu kommen. »Es wird kein nächstes Mal geben«, brüllte der Offizier, »hier brauchen wir keinen wie Sie, hier ist nicht Ihr Platz, gehen Sie nach Russland.« Gold kehrte gebrochen nach Hause zurück. Doch zu seinem Glück ahndet unsere Armee Gesetzesübertretungen nicht, erinnert sich nicht, gerät durcheinander, verheddert sich, was genau die Hoffnung aller Kreatur ist. Alles lief weiter, als hätte es nie irgendwo irgendeinen Aufstand gegeben, abgesehen vom Bar-Kochba-Aufstand, selbstverständlich.

Sie baten ihn, einen Stahlhelm aufzusetzen, und er gehorchte, obgleich er grotesk damit aussah. Sie baten ihn, sich beim Eintritt in den Unterstand zu bücken, und er bückte sich, obgleich er aufrecht durch die Tür gekommen wäre. Einmal geriet er, als Referent selbstverständlich, im Südlibanon unter schweren Beschuss, stürzte auf den Boden des Befestigungspostens, verlor seinen Helm und verstauchte sich die Hand. Die Schmerzen waren erheblich, trotzdem bat er den Sanitäter, der ihm die Hand bandagierte, niemandem etwas zu sagen (er war der einzige Verwundete dort), denn vielleicht hatte er Angst, sie würden ihn keine Vorträge mehr halten lassen, als die Soldaten sich bereits rüsteten, unter Beschuss zu nehmen, was im Armeejargon stets als »Ursprungsort des Feuers« bezeichnet wird. Er versuchte, sich hinzusetzen, seine Schmerzen ließen ein wenig nach, er bekam eine Beruhigungsspritze, fragte den Sanitäter, ob er ihm Morphium gegeben habe, und dieser lachte gutmütig. Schreie schwirrten durch den Unterstand, Waffen wurden entsichert, das Funkgerät versuchte, Mut zu machen, man wartete, in dem Augenblick, da die Erlaubnis käme, würden sie ein Dorf zerstören. Gold betrachtete die ernsthaften Gesichter der Soldaten, ›ihrer Mütter Kinder‹, sagte er sich in diesem Duktus der Kuppelei zwischen uns und unserem Leben, lauschte aber auf die Rufe seiner Mutter, nach Hause zu kommen, das war es, was er hörte, und diese Kuppelei, zwischen ihm und seinem Leben, war selbstverständlich nicht subtiler als unsere eigene Sprache, denn die Sprache ermöglicht nicht wirklich Sublimierung, da sie nur Töne, die nicht wirklich die unseren sind, mit Dingen verbindet, die nicht wirklich uns gehören. Er aber suchte nach dem Rufen seiner Mutter, am Abend, am Ende des Tages nach Hause zu kommen, wollte ihr sagen: ›Ich erinnere mich nicht, wo ich den Leuchter versteckt habe, Mama. Ich erinnere mich nicht einmal, wie er ausgesehen hat. Mache mir nur vor, mich zu erinnern. Was brauche ich diese ganze Sammlung?‹ Sie hatten den Leuchter nie gefunden, weder er noch seine Mutter. Dann hatten sie seine Eltern abgeholt, hatte er – hin und wieder – von dem Leuchter erzählt und sich insgeheim gesagt: ›Ich habe meine Mutter beraubt.‹ Später dann verwarf er seine Meinung wegen des Gedankens an seinen Sohn, der seiner Geschichte lauscht. Warum hat er Angst, sich in den Augen des Sohnes zum Gespött zu machen, und was noch hatte er über seinen Sohn gedacht, als dieser ein Baby war? Er erinnert sich nicht.

Gold gelangte zur Wohnung des Generals, aber die Tür war abermals verschlossen. Vielleicht hatte der Krieg ja bereits begonnen. Eine Nachbarin sagte: »Schon wieder Sie? Immer meine ich, mein Mann sei zurückgekehrt. Sie laufen als junge Burschen weg und kommen als alte Knacker wieder.« Gold verließ das Haus in Richtung Generalstab. Seine Füße waren schwer. Kaltes Metall sammelte sich ihm im Mund. Er betrat ein hell erleuchtetes Gebäude. Jemand fragte: »Was soll ich unter Ihren Namen schreiben?«

»Professor für jüdische Geschichte.«

»Mein Lebtag hab ich noch nicht so viele Professoren gesehen wie vor diesem Krieg.«

Er setzte sich, wohin man ihm sagte. Allein in einen Raum. »Gleich sind Sie dran«, eine Visagistin frischte seine blasse Hautfarbe auf. Wie angenehm ihre Hand war auf seiner Stirn. »Sie haben die Brauen eines Mephistopheles, was?« Er hatte keine Gelegenheit mehr zu antworten, denn von einem Monitor blickte jetzt von irgendwo anders ein Moderator auf ihn herab, der sagte: »Uns zugeschaltet ist Professor Chaim Chadad, Guten Abend, Professor Chadad.« Gold starrte den Kameramann an, der in der Nase bohrte, und fragte ihn: »Soll ich etwas sagen? Einfach so?« Der Kameramann drängte ihn mit der nicht bohrenden Hand zu antworten. Gold sagte: »Nu, ja, schon Seneca schreibt: *Peior est bello timor ipse belli*, und Sie verstehen sicher, was ich damit sagen möchte.« Er versuchte, sich selbst auf dem Monitor zu sehen, sah aber nur den Moderator aus einem anderen Fernsehstudio sprechen, in einer anderen Stadt. »Und das heißt, mein Herr?«

»Darauf werde ich Ihnen antworten mit den Worten Ciceros: *Pereant amici, dum inimici una intercidant.*«

Dann wurde er, wie alle anderen, zu seiner Meinung hinsichtlich der Leopardin des Befehlshabers Mitte gefragt, und erwiderte, die Sache habe mehrere Gesichter. Und was sei seine Meinung? Also, es geltc, verschiedene Aspekte zu beachten. Und dennoch? »Kleingeistig ist es, einen General zu belästigen, der seine besten Jahre zum Wohle des Volkes und des Staates gegeben hat und nun eine derart mutige Liebesbeziehung zu einer Leopardin unterhält. Beziehungen dieser Art sind ein großer Trost«, sagte Gold den Fernsehzuschauern. »Es macht keinen Sinn, dem Jungen seine Katze wegzunehmen, dem Enkel sein Hündchen und der Mutter ihren Leuchter.« Nach dem Interview verlief sich Gold im Labyrinth des Gebäudes. Eine große Maus fraß von einer liegen gelassenen Scheibe Brot. Er suchte die Visagistin.

Eines neuen Tages Morgen

Gold und Holz, ein jeder für sich, irrten beide in jener Nacht durch die Straßen der Stadt wie zwei Karpfen in einem dunklen Fluss. Jemand blieb auf der Straße vor Gold stehen, sah ihm in die Augen und fragte: »Woher kenn ich dich?« Gold schreckte zurück. »Vielleicht aus dem Fernsehen?« Der Mann lachte: »Dann gib mir eine Zigarette.« Gold war sehr verwundert: »Ich rauche doch gar nicht, habe noch nie geraucht.« Und der Mann darauf: »Dann bring mir meinen Bruder oder zehn Schekel.« Gold zog es vor, ihm zehn Schekel zu geben. Jetzt hatte er keinen Cent mehr. Vielleicht würde er noch unterwegs sterben. Der Magen brannte. Er muss Dido vor Holz warnen. Es war kalt, der Himmel klar, im Osten zog eine blasse Morgenröte mit rosigen Strichen auf. Gut, dass du geflohen bist, mein Sohn. Ich habe euch nicht verloren geglaubt, bin jeden Morgen zur Bahnstation gegangen, um auf euch zu warten. Schade um deine Zeit, mein Junge, das hättest du nicht tun müssen. Ich wollte doch, dass ihr wiederkommt. Die ersten Busse zogen an ihm vorüber. Sein Kopf tat weh. Da stand ein Mann an der Bordsteinkante. »Holz? Mein Gott, du bist das. Gut, dass ich dich treffe. Wo wohnst du überhaupt, das ist unglaublich, was?« Holz wollte Kaffee.

»Ich bitte dich, verführ Dido nicht. Versprich es mir. Sie ist ein so ahnungsloses Mädchen. Versprichst du es mir?«

Holz' Schweigen ängstigte ihn noch mehr. »Du versprichst es mir nicht, richtig?« Holz wollte nur sein Propädeutikum zurück, und beide schleppten sie sich schwerfällig über den Bürgersteig. Auf Holz' Gesicht waren Lippenstiftspuren. Golds Gesicht war geschminkt. Ein Wagen hupte sie wütend an, weil sie langsam die Straße bei Rot überquerten.

»Der Tod, Holz, der Tod kommt, um den Professor zu holen. Von Zeit zu Zeit kommt er, überprüft mich und geht dann wieder, aber diesmal wird er mich mitnehmen. Da ist das Krankhaus. Willst du mich begleiten? Nu, macht nichts. Ich möchte dich bitten, Dido nicht zu zerstören. Sie ist eine einfache Frau, aber sie ist die Gedächtniskerze auf dieser Erde für meine Mutter, ist ihr sehr ähnlich, vom Gesicht her. Ich weiß nicht einmal, wo sie ihr Leben beschlossen hat, meine Mutter. Historiker bin ich? Ein Schmockhistoriker. Denkst du, dass Dido und ihr Mann den Vertrag einhalten werden? Ich hab meinen General nicht angetroffen. Nu, Holz, Schalom. Ich muss jetzt in den Hades eintreten. Schau dir an, wie schön dieses Gebäude ist. Alles hat sich gelohnt. Alles. Du bist ja ein Rechter. Und auch ich bin kein großer Progressiver. Wir haben einige fürchterliche Verbrechen begangen, aber es hat sich alles gelohnt. Also, das wars, Schalom, Holz. Mach dir nicht selbst das große Institut kaputt, das du aufgebaut hast. Die

Universität hat sehr viel Geld dafür bekommen. Die größte Spende, die sie je an Land gezogen hat. Dank dir. Du bist ihnen wichtig, schließlich kennst nur du allein den Spender. Das ist, was ich dir vorher sagen wollte, aber es hat sich mit der Sorge um Dido vermischt, und Dido mit meiner Mutter. Ich muss gehen.«

»Gold, warte, bis ich fertig bin mit pissen.«

»Du machst dir die Hose nass, Holz. Setz Marcy nicht zu sehr zu. So viele Jahre mit einem Menschen wie dir zu leben ist schon etwas. Meine Frau, wenn ich ihr über war mit meinen Tiraden, ist auf die Toilette gegangen oder duschen oder mit den Kindern spazieren. Aber du bist ein Schweiger. Ein Sadist. Du bist ein entwurzelter Mensch, Holz. Hast keine echte Heimat. Und ich muss jetzt gehen. Es gibt da eine große Stille, in der ich fehle. Du verstehst solche Dinge nicht, weil du ständig gegenwärtig bist. Deshalb quälst du uns mit deinem Schweigen. Aber ich werde dir noch etwas über Marcy sagen: Sie hat dir den Job in Israel besorgt. Sie hat den Schriftwechsel geführt, hat gewusst, dass wir uns irren. Sie hat nur nicht damit gerechnet, dass du eine solch große Sache darum machen würdest, weil sie niemals begriffen hat, was für ein Schmock du bist. So. Ich muss gehen, der Tod wartet auf mich, und ich erinnere mich überhaupt nicht mehr, wie meine Mutter ausgesehen hat. Auch die Stimme vergisst man.«

Er beeilte sich, das Gebäude zu betreten, als ginge die Sonne unter und nähme ihn mit, aber es öffneten sich nur die automatischen Türen des Krankenhauses und verschluckten ihn. Hinter den Türen war die Notaufnahme. Eine Schwester trat zu ihm. »Wie kann ich Ihnen helfen, Professor Gold?«

»Also, Edna'le, ich glaube, die Zeit für den letzten Gnadenakt ist gekommen.«

Die Schwester warf einen Blick in Richtung des Arztes, aber Gold versicherte: »Ich werde nicht mehr weglaufen.«

»Was fehlt Ihnen heute, Professor Gold?«

»General Adam Lotem, rufen Sie schnell General Adam Lotem an.«

Als Nächstes kam Doktor Steinherz zu ihm und sagte: »Fühlen wir uns ein bisschen schwach?« Und Gold: »General Lotem, ich danke Ihnen so, dass Sie gekommen sind, es geht um mein Testament ...« Der Arzt verließ die Kammer und gab Anweisung, den Professor an die Sauerstoffversorgung anzuschließen, erteilte noch ein paar Instruktionen und kehrte zu Gold zurück, bat ihn, sich zu beruhigen, alles werde wieder, wir haben nur einen winzig kleinen Herzinfarkt, und die Gastritis, die hat uns nur die Angina Pectoris verschleiert. Gold sagte: »Vielleicht können Sie mir sagen, wie der Chef des Inlandsgeheimdienstes heißt? Ich bitte Sie, ich werd schon keinen Schaden mehr anrichten ...« Doktor Steinherz wusste nicht, wer Chef des Inlandsgeheimdienstes ist, schließlich ist das ein großes Geheimnis. Gold murmelte seinen letzten Wunsch noch ein paarmal, hatte aber den Kampf um sein Leben bereits verloren. Schwester Edna, die mit dem EKG zurückkam, fragte: »Was möchte er?« Und Doktor Steinherz zuckte mit den Schultern und sagte: »Wissen, wie der Kopf des Inlandsgeheimdienstes heißt.« Sie schlossen ihn an alle möglichen Maschinen und Kontrollinstrumente an, er schlief ein und als er erwachte, trat Edna an sein Bett, doch ehe Gold ihr etwas Nettes sagen konnte, weil er dachte, es sei Dido, oder Gertrud, seine Frau, oder seine verlorene Mutter, oder alle drei zusammen – für Augenblicke getrennt wie ein gebrochener Sonnenstrahl –, führte Edna einen dicken Mann in kariertem Hemd in sein Kämmerchen. Sie sagte leise zu Gold: »Darf ich vorstellen, der Chef des Inlandsgeheimdienstes, Professor Gold.« Gold sagte unter großer Anstrengung, seine Augen waren überempfindlich: »Wie heißen Sie?«

»Das kann ich Ihnen nicht sagen. Das ist ein Geheimnis.«

»Bitte, ich kann es doch keinem mehr verraten ... ich bin schon ...«

Wieso war plötzlich der Chef des gefürchteten israelischen Inlandsgeheimdienstes auf der Intensivstation aufgetaucht? Nun, seine Exfrau war Schwester Edna Peri, die in ihrer Güte nicht gezögert hatte, Professor Gold einen letzten Gefallen zu erweisen und gleichzeitig das Selbstwertgefühl ihres Verflossenen zu steigern, der ohne übermäßigen Erfolg mal bei Professor Gold studiert hatte. Deshalb hatte sie ihn angerufen und gesagt: »Ich möchte, dass du jetzt auf die Intensivstation kommst, aber sofort und ohne Wenn und Aber.« D. hatte nur vor Edna Angst, weshalb er erschien, doch trotz ihrer ausdrücklichen Bitte weigerte er sich, Gold seinen Namen zu nennen, da die Nennung seines Namens strengstens verboten war, ein Verbot, für das er selbst verantwortlich war. Nebenbei bemerkt, als sie noch mit ihm verheiratet gewesen war, hatte Edna sich schwer getan, die Geheimniskrämerei um den Namen zu ertragen, doch jetzt war sie in den Genuss eines neuen Namens gekommen, nachdem sie gleich nach ihrer Scheidung ein zweites Mal geheiratet hatte: Peri – ein schöner, frischer, weit verbreiteter Name. Und so war es ihr endlich auch vergönnt, ihren Namen und ihre Telefonnummer im Telefonbuch veröffentlicht zu sehen.

Das letzte Wort

Professor Ariel Gold verstarb am Mittag des zweiten Tages des akademischen Jahres 1990/91. Als Dido im Krankenhaus eintraf, wurde ihr Vater bereits auf einer Rollbahre rausgeschafft, das Gesicht mit einem Laken bedeckt. Holz hielt sie fest. Sie brach zweimal zusammen. Holz dachte, er stinke nach einem langen Tag und einer noch längeren Nacht, weshalb er es eilig hatte, sie in die Hände ihres Bruders zu geben, des Doktors Oz Paz, der unmittelbar danach eintraf, ehe dann auch Gershon, ihr Mann, eintrudelte, sie ganz fest umarmte, küsste und ihr mitteilte, sein Vater passe auf Gadi auf, um dann leise zu sagen: »Ich liebe dich, aber wenn du möchtest, dass ich für ein paar Stunden verschwinde, verschwinde ich.« Sie wollte überhaupt nicht, dass er verschwände, wie kam er auf diese idiotische Idee, schließlich liebte sie ihn über alles, denn er war der Mensch, der ihr am nächsten auf der ganzen Welt stand, und es nicht wusste, doch vielleicht wusste er es nicht, weil sie es ihm nie gesagt hatte, aber wir haben nicht die Zeit, näher auf diesen Punkt einzugehen. Auch die Professoren Silber, Arad, Bidone und Kupfer erschienen. Alle drückten sie Holz die Hand. »Ein großer Verlust, Holz, ein großer Verlust«, sagten sie nacheinander. Am nächsten Tag, dem dritten Tag der Woche, richtete man Gold ein ehrenvolles Begräbnis aus. Der neue Präsident der Universität hielt eine kurze Traueransprache. Ebenso die Rektorin. Professor Kupfer trug einen Nachruf vor und sagte: »Teurer Professor Holz. Ich schulde Ihnen viel, sehr viel. Sie hatten keine Gelegenheit, mich kennen zu lernen, aber mir war vergönnt, Sie zu kennen, und dies ist mein großer Trost so wie der vieler anderer hier. Schalom Ihnen, teurer Professor Holz.« Er verstand nicht, warum man ihn voller Bestürzung ansah, weshalb er hinzufügte: »Ich habe Ihnen zu Ehren, Professor Holz, ein Stück aus Sophokles übersetzt, das ich jetzt verlesen werde, als legte ich auf Ihr Grab einen Strauß Blumen aus Ihrem geliebten Hellas, Professor Holz. ›Wer die Mitte verschmäht, längeres Maß begehrt für sein Leben, er ist mir nur ein Diener der Torheit, denn die Länge der Zeit häuft doch nur Leiden auf Leid. Freunde, wo sind sie, wenn ein Mensch noch übers Maß dahinlebt, bis endlich der Helfer erscheint, der allen gerecht wird, wenn der Hadesbote zur Hochzeit ruft ohne Leier und Tanz? Tod ist das

Ende. Nie geboren zu sein: Höheres denkt kein Geist! Doch das Zweite ist dieses: Schnell zu kehren zum Ursprung. Jugendleichtsinn verweht, schon bricht das Leiden herein, Mühsal und Schmerzen, Neid und Streit und Kampf und Krieg und Morde, bis endlich das Schlimmste erscheint, das kraftlose Alter, das nicht Lob, nicht Liebe, kein Freund umgibt; nur das Übel der Welt gibt ihm Geleite.‹ Schalom Ihnen, teurer Professor Holz.« Warum korrigierte man ihn nicht? Schwer zu sagen. Einige bemühten sich, nicht zu lachen. Dido weinte bitterlich. Kupfer deklamierte immerzu, weil sein Zwillingsbruder ihm ins Ohr brüllte, ›Ich bin tot und du lebst‹, wegen jenes Unfalls, der den einen Bruder lebend und den anderen tot zurückließ. Das Deklamieren half ihm immer, zu vergessen. Von seinem Platz – zu seinen Füßen ruhten bereits zahlreiche Sträuße, die den staubigen Boden verdeckten – sah Kupfer Lotem, den General, und neben ihm den Chef des Inlandsgeheimdienstes, und erinnerte sich an das Geheimnis, das er Gold vorenthalten hatte. Wie ein getreuer Soldat empfand Kupfer keine Reue, zumal ihn jetzt auch noch das Gefühl beschlich, sich mit dem Namen des Verstorbenen vertan zu haben, was ihn große Beklemmung empfinden ließ, denn wer weiß, ob seine Karriere nicht wegen dieser Sache Schaden nehmen würde. Und dennoch, beim Anblick des Inlandsgeheimdienstchefs empfand er Stolz auf seine Unbeirrbarkeit und biss sich auf die Lippen. Dann sprach der Sohn, Oz Paz, das Totengebet, mitsamt einigen der üblichen Verdrehungen und Entstellungen, denn wer versteht heutzutage noch Aramäisch oder Latein.

So starb Gold, der kurz vor seinem Tod mit eigenen Augen noch seine Mutter sah, die bereits im Herbst 1941 in Ostgalizien gestorben war, und ausgerechnet die Sache mit dem Leuchter, den er ihr versteckt hatte, entzog sich in jenen

Augenblicken sowohl seinem Gedächtnis als auch dem ihren, als sei alles nur ein großer Bluff gewesen. Oz hatte nicht im Mindesten die Absicht, mit Dido um das Erbe zu streiten. »Warum hast du mir nicht gleich Bescheid gesagt?«, zürnte er seiner Schwester, als diese ihm bereits in der siebentägigen Trauerzeit offenbarte, was sie wegen der Wohnung, die sie von ihrem Vater nicht bekommen hatte, hatte durchmachen müssen und wie oft sie und Gershon sich deshalb gestritten hatten. Er fragte sie: »Hast du Lotem auf der Beerdigung gesehen?« Und sie: »Wer ist das, Lotem?« Er wollte sagen, ›Hör endlich auf, eine große Sache aus all dem zu machen‹, sagte aber: »Sonderbar, mir schien, ihr hättet euch ausgesöhnt. Ich wollte gern, dass ihr euch aussöhnt. Wie viele Jahre lässt sich denn an einem solchen Streit festhalten?« Doch Paz sah über seinen Ärger hinweg, begnügte sich mit der Judaikasammlung seines Vaters (die er zu einer florierenden Firma machte – *Paz Judaica Ltd.*) und mit Agnons *Schira*. Der Band lag tief vergraben unter Golds Unterwäsche, mit Anstreichungen an allen möglichen Stellen, immer im Zusammenhang mit den Armenbestattungen in Byzanz. Viele Fragezeichen fanden sich und an einer Stelle die Notiz: »Unsinn, so etwas gab es überhaupt nicht.«

3

Familie Eybeschitz

Michali

An jenem ersten Vorlesungstag, dem 21.10.1990, floh Doktor Michal Eybeschitz aus der ersten Stunde ihrer Erstsemestereinführung. Ihr Gesicht brannte von den Schläfen bis zum Hals, schien nur noch aus roten Streifen zu bestehen. Die Gestalt ihres Vaters drang wie eine Nadel in ihr Hirn. Ein hagerer, groß gewachsener Mann, Avram Eybeschitz. Im Laufschritt passierte sie Fachbereiche, Aushänge, Telefongespräche, sich unterhaltende Dozentenpaare und inmitten all dieser Schmerzsplitter war es ausgerechnet ihr Spitzname, »Rosa Luxemburg«, »Rosa Luxemburg«, ausgerechnet jetzt, nach dreißig Jahren, den sie hörte. Die Tasche ist schwer. Die Stimmen der hänselnden Kinder werden schwächer. Die Beleidigung hält weniger lange an als es braucht, sie hier auf dieser Seite zu lesen, ist stark, bitter, schmerzhaft, vergeht, und vergehen wird auch das Bild ihres Vaters, wie er sich die Brille auf die Stirn schiebt, um besser lesen zu können, sich die der Länge nach zusammengefaltete Zeitung dicht vor die Augen hält, nichts ist von ihm geblieben, außer ein paar Fotos, die Sha'ul, ihr Mann, aufgehoben hat, obgleich er nicht viel über ihn weiß, da sie so gut wie nie mit ihm über ihren Vater gesprochen hat, gerade weil er so versessen war, etwas zu erfahren. Und warum hat ausgerechnet seine Wissbegierde sie abgestoßen? Ihr Mann war es auch, der ihren Sohn in Kenntnis gesetzt hatte: »Großvater Avram ist gestorben, er war ein großer Mann, schade, dass du ihn nicht kennen gelernt hast; nein, Mama wird nicht zur Beerdigung fliegen, sie ist ja auf einem Kongress in Minnesota, ich werd sie benachrichtigen müssen.« Jetzt rannte sie. Nahm nichts mehr wahr. Weder das Mönchskraut an den Wegrändern, das Plakat gegen die Leopardin des Befehlshabers Mitte, den Kaugummiautomatenring eines kleinen Mädchens, weder einen mit Erdc beschmierten Füllfederhalter noch eine schleimige Rotzspur oder ein zerknittertes Flugblatt gegen die arabischen Studenten. Ihre Füße straucheln, ihr Körper ist bedeckt von einem juckenden Schweißfilm, Holz' Stimme zerstört ihre Welt, ihr Vater kehrt nur für Sekundenbruchteile zurück, die Erinnerung ist zerbrochen. Eine Frau von vierzig. Eine Brust rutscht ihr in der großen Eile unter der Bluse fast aus dem BH. Zum Tor, raus, nur raus. Als ihr Sohn gehustet und mit seiner mageren Hand zum Fenster gedeutet hatte, als säße dort ein großer, Atem verleihender Vogel, hatte sie ihn dorthin getragen, damit er tief durchatmete und sich beruhigte, ehe er später selbst mit einer Bewegung seiner schmächtigen Rechten um das Fenster bat, in panischem Schweigen vor dem Übergeben, das jeden Augenblick kommen musste, oder der Atemnot. Damals hatte sie sich gesagt: »Zum Teufel mit der Doktorarbeit, ich habe ein Kind.« Hatte manchmal insgeheim gefleht: »Schlaf endlich ein, schlaf endlich ein«, und versucht, sich nach dem Kochen und dem Aufräumen der Wohnung noch ihren Studien zu widmen, doch zuweilen hatte sie sich auch kühl vorgehalten: »Ich hab mein Leben dem Studium gewidmet, darf jetzt nicht mittendrin alles drangeben. Ich mache weiter.« Jetzt ist es so, dass ihr Sohn Jonathan nicht mit ihr redet. Sie muss einen Wagen umkurven, der auf dem Bürgersteig parkt.

Also, am Anfang war der Lauf? Sie hatte, mehr als nur einmal, jenen Traum gehabt. Nackt ist sie auf der Flucht, ein Mann verfolgt sie, seine beiden Hunde schnappen nach ihren Knöcheln, ihren Waden, sie versucht, sich mit den Händen zu schützen, bis sie fällt, nicht mehr kann, und die Hunde sie zerfleischen. Nur die obere Körperhälfte bleibt ihr, so gelangt sie zum Eingang des Traums, eine Tür, Sonne durchflutet das Haus, sie ruft nicht nach Sha'ul, ihrem Mann, erinnert sich im Traum nicht an seinen Namen. Ein Sekundenresümee in deutlichen Worten: Ich fliehe. Die Flucht war eingesickert wie ein Traum, der auf einen Schlag mit dem Erwachen gelöst wird. Sie war aus der Armee geflohen, aus Israel, von ein oder zwei Universitäten in den USA, und jetzt ist alles erneut zunichte gemacht und sie muss einen Ort finden, nicht zu Hause, ihr Mann ist dort, ihr Sohn boykottiert sie, und seine Freundin schläft mit ihm in seinem Zimmer. Ein zukünftiges Bild ihres Sohnes tritt ihr vor Augen, wie er auf Demonstranten schießt, nach einer ihn anflehenden Frau tritt, ein Haus zerstört. Ihr Vater ist außer sich, betrachtet ihren Sohn und fürchtet sich vor ihm. Oh, unsere schöne Frau Doktor Michal Eybeschitz – wie eine Rose in voller Blüte – hat Angst, ihr Leben zu resümieren: Mein ganzes Leben renne ich, nein, ich renne nicht, ich flüchte, wie kann es sein, dass ich noch nie darüber nachgedacht habe? Einmal hatte der Junge sie heftig weggestoßen und sie war hingefallen. Er bat nicht um Entschuldigung. Sie lag auf dem Fußboden, und er sah sie an, beinahe mit Stolz, dass er zu so etwas fähig war. Etwas war damals zwischen ihnen unwiderruflich zu Ende gegangen. Sie hatte von ihm verlangt, er solle sich entschuldigen. Jedes Mal, wenn Sha'ul sich abgewandt hatte, hatte sie ihre Forderung erneuert. Und er, wie ein kleines Tier, hatte gewittert, dass sie ihre Auseinandersetzung vor Sha'ul geheim hielt. Sha'ul hätte ihm nicht verziehen. Nach einem Monat hatte sie schließlich wieder begonnen, mit ihm zu reden – sollte er sich doch als Sieger fühlen, wenn er wollte. Warum muss ich mich ausgerechnet jetzt daran erinnern?

Ein Wagen hält. Ein Mann in Uniform, verfettet, hünenhaft, ruft ihr mit überraschter Aufgeräumtheit laut aus dem offenen Seitenfenster zu: »He, Michali.« Und als sie nicht antwortet, lässt er erneut sein Organ vernehmen: »He, Michali, brauchst du vielleicht einen Mann, der dich beschützt?« Sie starrt ihn erbost an und er erwidert ihren Blick mit einem Lächeln. »Michali? Erkennst du mich wirklich nicht?« Sie hörte auf zu laufen und fiel in Schritttempo. Der Mann stieg aus dem Wagen, blieb in ganzer Stattlichkeit auf der anderen Straßenseite stehen und wartete, dass sie sich noch einmal zu ihm umdrehte, dass sie ihn erkannte. Sie aber versuchte ein Taxi anzuhalten, und auch ihr Name, den man ihr nachbrüllte, wurde vom Straßenlärm verschluckt, ging im Stimmengewirr unter, Rosa Luxemburg, Avram, Joni, Joni, sprich mit mir. ›Was habt ihr in den Ferien gemacht?‹ Nichts haben wir in den Ferien gemacht, ich hab geschrieben und geschrieben und geschrieben, im Haus war Totenstille, ich will nicht, was will ich nicht, ich will nicht. »He, Michali, he, Michali.« Ich will nicht. Will nicht.

Der russische Spion

Moment mal. Wir müssen vorgehen, wie Geschichtenerzähler zu allen Zeiten verfahren sind, müssen Dinge der entstehenden Gegenwart vermischen mit Dingen, die vorbei und zu Ende sind und dennoch nicht von der Gegenwart ablassen. Zwei Monate nach Beginn des ersten Schuljahres in ihrem Leben, mitten bei der Prozession zum Chanukkafest im

Amphitheater, war ihr Vater Avram auf seinem Fahrrad aufgetaucht, und ohne abzusteigen, in langsamer, ein wenig wackliger Fahrt, befahl er ihr: »Michal, geh zu deiner Klasse.« Und plötzlich bedauert sie, am vorherigen Abend zu Hause geweint zu haben, folgt dennoch, ungeachtet ihrer Angst, dem Befehl ihres Vaters, zieht ihre Hand aus der schwitzenden Umklammerung ihres Mitschülers, inmitten der aufgereihten Klasse A2, und geht mit zitternden Beinen zur Klasse A1. Ihr Vater fährt langsam hinter ihr her, und als sie die Reihe der A1 erreicht hat, sagt er: »Jetzt reih dich ein, Michal«, und sie versucht verstört, Aufnahme in der Formation zu finden. »Gib dem Mädchen da deine Hand, ihr seid dann eben zu dritt, bestimmt gibt es in der Thora einen Vers darüber, dass drei besser sind als zwei, für alles haben sie ja einen Vers in der Thora, nicht?« Er hustet, lacht nicht, fährt auf seinem Rad an die Spitze der Kolonne, trifft bei der Lehrerin ein: »Du dämliche alte Schachtel, im Guten kapierst du es nicht, stimmts? Meine Tochter ist genauso gut wie die anderen.« Sie hatte Angst, die Lehrerin, und eines Tages sagte sie vor der ganzen Klasse: »Dein Vater schlägt dich, ist das richtig, Michal?« – »Nein, nein«, hatte sie erwidert und war in Tränen ausgebrochen. Und die Lehrerin: »Dein Vater ist ein sehr schlechter Mensch, Michal, wir mögen ihn nicht«, um nach einer Sekunde mit ein wenig Genugtuung hinzuzufügen: »Und auch die Polizei nicht.« In Wahrheit hatte er sie niemals geschlagen, ja sie nicht einmal bestraft. »Wer keine Schwierigkeiten macht, den verhaftet die Polizei auch nicht, und hör auf zu weinen, denn du musst stark sein, gerade weil dein Vater in Arrest ist.« Avram arbeitete damals in einer Sperrholzfabrik, war Mitglied des Betriebsrats. Ein Streik wurde ausgerufen, schlug fehl, die Arbeiter zogen zur Kundgebung, blockierten eine Hauptstraße. Die Polizei erschien. Die meisten Arbeiter flohen. Avram floh nicht. Er bekam Schläge, wurde verletzt, sagte den Polizisten: »Dreckes, was die Nazis mir angetan haben, werdet ihr niemals tun, ich hab vor gar nichts mehr Angst.« So hatte ihre Mutter es ihr erzählt, hatte erklärt, warum Avram die Nacht auf der Polizeiwache verbrachte. Michal lag alleine im Zimmer. ›Sei ein guter Mensch, Avram, ich will, dass sie uns mögen.‹ Sha'ul hatte dazu gesagt: »Solche Lehrer haben ganze Generationen von Kindern zerstört.« Aber vielleicht hatte die Lehrerin ihr all das gar nicht gesagt? Warum hab ich Sha'ul nicht von meiner Versetzung in die Klasse A1 erzählt? Eines Tages werden wir über alles reden, über das wir noch nicht geredet haben, werden wegfahren, um auszuspannen, ich schulde dir das, alles, was wir versäumt haben, damit wir ein Lächeln wie den Anblick eines blühenden Frühlingsbusches teilen können. Im Traum klärt sich alles schnell auf, so werde ich mich dir erklären. Ich schulde dir eine lange, anregende, klärende und einfühlsame Aussprache. Er ist ein guter Mensch, mein Mann. Wenn wir doch nur korrigieren könnten, was sich unter Lebenden korrigieren lässt. Und die Welt tutet wie Schiffe im Hafen. Ein Wagen hupt, wer hat mich vorhin Michali gerufen?

Schon drei, vielleicht vier Monate, dass Joni nicht mehr mit ihr redet, als existiere sie nicht. In der Stille des Hauses die Verwünschungen gegen sich selbst, das grausame Sich-Zurückziehen des Schweigenden in das wohlige Gefühl der Bestrafung. Als Joni sechs war, brachte sie ihm bei, in ihr Zimmer zu kommen und ihr Gute Nacht zu sagen, selbst wenn sie zuvor gestritten hatten. Ein großer Lastwagen hupt ohne Geduld für einen haltenden Bus. Zwei Studentinnen überholen sie, reden über Oralsex. Wenn ich jetzt Verständnis für Joni zeige, bin ich keine gute Mutter. Die Wut schnürt ihr die Kehle zu. Ein Student kommt ihr entgegen, grüßt, macht eine Bemerkung über ihr neues Kleid. Sie reagiert nicht. Macht kehrt, bleibt stehen und wartet neben ihm an der Bushaltestelle. Der Bus kommt. Sie steigt nicht ein. Der Student steigt ein, ohne sie anzusehen. Ihre Humorlosigkeit hat Jonathans Liebe zu ihr erwürgt, sagt sie sich voller Verbitterung. »Verehrteste, steigen Sie ein oder ich fahre.« Sie stieg ein. »Wohin fahren Sie?« Sie war ein wenig benommen, müde, nach stundenlangem Unterrichten und Flüchten. »Gute Frau, sind Sie sicher, dass Sie wissen, wohin Sie wollen?« Ich fahre durch die Straßen, um nicht nach Hause zu kommen. Hier hatte sie einmal eine Demonstration organisiert. Ich erinnere mich an die Fahnen, die vom Lastwagen geladen wurden. Und an die Transparente. Ich hab abseits gesessen und auf der Bank da mit den Beinen geschlenkert. Ich hatte Zöpfe und wurde geliebt. Ich erinnere mich, wie sehr mich alle liebten.

Jaffa

»Ist Ihnen schon eingefallen, wohin Sie müssen, gute Frau?« Der Linienbus hatte sich geleert. »Entschuldigen Sie, wann fährt der Bus zurück?« Weiße Zungen leckten den Strand. Der Fahrer antwortete nicht, stieg aus, sein Rücken schmerzte von den langen Schichten, er machte ein paar Dehnübungen wie ein Tänzer. Ein Radfahrer rollte langsam vorbei. Eine Tomate fiel aus seinem Einkaufskorb auf die Straße und zerplatzte. Die Seitenscheibe war kühl. Der Fahrer kam zurück, schaute wütend herein, und schloss, ohne eine Wort zu sagen, Michal von außen im Bus ein. Sollte ich je einen Enkel haben, will ich, dass er Avram heißt. Ich bin keine schlechte Mutter gewesen. Habe euch alle auf meinem Rücken getragen. Auch jetzt noch. Ihr Vater war zurück bis zur Klasse A2 gefahren und hatte zu der Lehrerin gesagt: »Und auch du, Tantchen, auch du kapierst nicht, wenn man im Guten mit dir redet, stimmts?«

Erinnert sich der Junge, aus dessen schwitzender Hand sie die ihre gezogen hatte, noch an sie? Als man sie bestimmt hatte, ein Paar zu sein, sie und Adam, auf dem Weg zum Festakt, hatte sie ihn den ganzen Weg über seine Hand nicht aus der ihren ziehen lassen, bis mit einem Mal Avram auf seinem Fahrrad gekommen war, denn am Abend zuvor hatte sie geweint, und als sie geweint hatte, hatte er sie hoch, hoch in die Luft geworfen, hatte versucht, sie zum Lachen zu bringen, und gefragt: »Möchtest du, dass ich dich in die A1 versetze? Ja? Ja?« Ihre Mutter hatte sie von der Seite betrachtet. Ein guter Mensch war Avram. Ihre Mutter hatte nie mit ihm geprahlt.

Die arabischen Kinder im Park jauchzten. Eines von ihnen deutete zum Himmel und die anderen sahen in die Höhe. Wie viele Jahre bin ich schon nicht mehr nach Jaffa gekommen? Wie kann es sein, dass sie ihnen nicht auch noch den Strand weggenommen haben? Fahrgäste begannen, in den Bus zu steigen, der vor ihrem parkte. Vier Frauen mit Einkaufstaschen, zwei Männer mit Körben, ein Mann mit einer Leiter, einer, der seine Tochter auf den Schultern trug. Beim Einsteigen in den Bus hob er das Mädchen herunter und hielt es in seinen Armen. Ich bin müde, Sha'ul, komm mich abholen. Der Fahrer öffnete erneut die Tür und setzte sich hinters Steuer, um ein paar Meter vorzufahren, da er als Nächster an der Reihe war.

»Sie brauchen eine Fahrkarte, Muttchen.«

Michal suchte nach Kleingeld in ihrem Portemonnaie, danach in ihrer schweren Tasche. Sie hatte vergessen, zur Bibliothek zu gehen, hatte versprochen, fünf Bücher zurückzugeben.

Nach einem Monat in der A1 hatte der Direktor sie zurück in die A2 gesteckt. Ihr Vater zog sich im Büro des Direktors den Schuh aus, streifte auch den Socken ab und zeigte ihm die

Zehenstummel: »Denken Sie, ich hab Angst vor Ihnen?« Ihre Mutter sagte: »Dein Vater macht das oft.« Sie äußerte keine Meinung, die Mutter, berichtete nur, wusch die Wäsche von Hand und nickte mit dem Kopf. Michal wusste nie, ob ihre Mutter ihren Vater verehrte oder ihn liebte oder einfach nur die Rolle akzeptiert hatte, an seiner Seite zu leben.

»Sie müssen für den Rückweg zahlen, Muttchen.«

Als er sie aus ihrer Schule nahm und in der Missionsschule in Jaffa anmeldete, war sie manchmal zum Zaun ihrer alten Schule gekommen. Sie vermisste ihre Freundinnen aus der A1 sehr, sagte ihnen, an den Zaun gelehnt und das Gesicht in dem kühlen Maschendrahtgeflecht verborgen, mit schüchternem Stolz (wollte auch fragen, wo Adam stecke, dessen Hand noch immer in der ihren schwitzte, drei Jahre waren sie im Kindergarten zusammen gewesen): »Bei uns wird auch Französisch gelernt.« Die Mädchen sagten: »Wer braucht denn Arabisch?« Und sie: »Französisch, nicht Arabisch.« Darauf die Mädchen: »Und wenn schon«, wobei sie schon nicht mehr zu ihr hinsahen und nur eine noch von weitem brüllte: »Jesus ist die Abkürzung für ›Ja, er soll unendlich sühnen‹, das ist Jesus.« Und eines Nachts war ihr Vater in ihr Zimmer gekommen und hatte leise zu ihr gesagt: »Sag, Michal, was ist so schlimm an der Schule von der Mission?« Dann hatte er die Stimme noch weiter gesenkt und mit noch mehr Zärtlichkeit zu ihr gesagt: »Geht es dir schlecht dort?« Und als sie nicht antwortete, meinte er: »Wir sind keine Christen. Verstehst du, Michal? Wir sind überhaupt nicht gläubig. Ich will, dass du dort eine gute Ausbildung bekommst. Ohne Englisch und Französisch geht gar nichts.« – »Und Russisch?« – »Russisch ist auch eine wichtige Sprache, ohne Frage. Eines Tages wird sie vielleicht die wichtigste Sprache auf der Welt sein, ich weiß nicht, wann. Willst du denn Russisch lernen?« – »Nein. Ich will kein Russisch lernen. Überhaupt nicht.« Sie drehte sich zur Wand. In der Dunkelheit strich er ihr übers Haar. Ihr schien, als weinte er, aber er weinte niemals, und anstatt zu erzählen, wie er und Mutter im Krieg dank der Roten Armee gerettet worden waren, sagte er leise: »Wir können schon nicht mehr anders, sind verpflichtet, wie bei einem Darlehen, aber du wirst nicht mit uns kommen.« Da fragte die Tochter ihren großen Vater flüsternd: »Bist du ein Spion der Russen, Avram?« Worauf er lachte und sie mit Küssen bedeckte: »Gute Nacht, Michali, träum schön.« Und als er sie und Natascha, ihre Puppe, mit ihrer Decke zudeckte, brummte er: »Ich? Nicht mal fürs Spionieren bin ich gut.« Nachdem er am Fenster stehen geblieben war und ihre Jalousie geschlossen hatte, drängte sie: »Aber wenn sie dich bitten würden?« Vielleicht betrachtete er sie in der Dunkelheit, wollte vielleicht antworten, antwortete aber nicht.

Sie ging zum Fahrer und zahlte. Jeden Moment muss sie jetzt ihre Tage bekommen, deshalb fühlt sie sich schlecht, immer ist sie überrascht davon. Der Fahrer hatte kein Wechselgeld und murrte. Meinte zu ihr, sie solle ihm Kleingeld geben, aber sie hatte kein Kleingeld. Sie verzichtete auf das Wechselgeld. Doch als sie bereits verzichtet hatte, stieg er aus, ging zum Aufenthaltsschuppen der Fahrer, wechselte den Schein, sprach mit seinen Kollegen, deutete auf sie – sie starrten zu ihr hin –, kam zurück und brachte ihr das Wechselgeld bis zu ihrem Platz. »Sind Sie sicher, dass Sie wissen, wohin Sie fahren wollen?«

»Mein lieber Herr Busfahrer, ich bin Doktor Michal Eybeschitz, Leiterin des Fachbereichs Psychologie an der Universität. Wissen Sie das?«

Der Fahrer zuckte mit den Achseln und fuhr los. Er hätte sich entschuldigen müssen. Andererseits, es hatte auch schon Fahrgäste gegeben, die hatten ihm gesagt: »Mein Herr, ich bin

Bismarck, Kaiser von Österreich, wissen Sie das?« Der Bus füllte und leerte sich, nur um sich abermals zu füllen. Michal stieg im Stadtzentrum aus. Auf der Beerdigung ihres Vaters war sie nicht gewesen, war auch niemals zu seinem Grab gefahren. Und warum denke ich nicht an Mutter? Ich könnte ihr so viele Fragen über Vater stellen, aber sie will nicht mit mir reden. Mit niemandem.

Café Kafka

Der Wind auf der Straße fegte einem Mann den Hut vom Kopf wie die Taube, die dem Zauberer davonfliegt. Michal sah durch das Busfenster, wollte auch fliegen, wusste nicht, wo sie war. Sie stieg an der Haltestelle aus. Der Busfahrer folgte ihr. »Einen Moment«, herrschte er die Fahrgäste an, die sich hineindrängten. Vorgeblich war er ausgestiegen, um etwas am Reifen zu kontrollieren, aber in Wahrheit verfolgte er sie. Seit sie auf das Wechselgeld verzichtet hatte, machte er sich Sorgen um sie. Doch sie schien in Ordnung, überquerte wie alle anderen die Straße bei Rot, ein Wagen hupte in wütendem Protest und als Einzige trat sie den Rückzug auf den Bürgersteig an. Dann sprang die Ampel auf Grün und sie wechselt hinüber. Sie hatte Sehnsucht nach dem ersten Regen. Der Geruch von Wurzeln stieg ihr für einen Moment in die Nase. Oh, was sehnte sie sich nach diesem Regen. Jemand ging an ihr vorüber, zog seinen Hut und machte eine leichte Verbeugung. Wer hat mich immer Michali genannt? Sie versuchte, Leute durchzugehen, die sie in der Vergangenheit »Michali« gerufen hatten. Fand niemanden. Wolken hingen wie Papierdrachenfetzen zwischen den Baumkronen. »Professor Eybeschitz? Darf ich Ihnen einige Neuerscheinungen empfehlen? Wir haben gerade eine Sonderaktion.« Leute drehten den Kopf – bis in alle Ewigkeit wird man bei Nennung des Professorentitels ehrfurchtsvoll den Kopf wenden. »Nein, danke, ich wollte nur ein paar Zeitschriften anschauen. Sie sind wirklich immer zu freundlich hier, danke.« Sha'ul hasste Buchläden. Namen, die er verachtete, hatten hier ihren großen Auftritt in den Regalen. Keinen Verrat an ihm begehen. Einen Dichter grüßte sie sogar nicht mehr wegen Sha'ul. Jahre schon, dass ich nichts mehr lese außer Fachliteratur. Allen an der Universität ergeht es so. Anfangs ist keine Zeit, und danach geht der gute Geschmack verloren. »Ich muss ohnehin gehen. Sie sind sehr freundlich hier. Danke.« Ihr Gesicht glühte. Wieder trat sie hinaus in den Wind – jener gute Wind, der sich durch die Ritzen in den Mauern unserer Stadt stiehlt und hinter dem Rücken ihrer die Schönheit hassenden Erbauer nicht davon abbringen lässt, uns Labsal zu spenden – und auf seinen Schwingen vergaß Michal die Buchhändlerin, ließ ihr Hunger sie ein großes Café finden, das Café Kafka. Sie trat ein, erinnerte sich, wie sie mit ihrem Sohn Auffressen gespielt hatte, »Jonathan, ich fresse dein Bein auf.« – »Nein«, hatte der Kleine gebrüllt und mehr gewollt, hatte »Nein« gebrüllt und gewollt, dass sie weitermachte. Eine Kellnerin in vanillegelber Bluse und hellblauer Schürze kam zu ihr, lächelte wie eben noch die Buchhändlerin bei Steimatzky, fragte, was sie wünsche. »Essen«, flüsterte Michal. Dann fügte sie matt hinzu: »Etwas Leckeres, bitte, etwas ganz, ganz Leckeres«, und wurde von einer Woge der Freude überspült, schließlich hat sie eine Kreditkarte, kann so viel essen, wie sie nur will, und etwas Kaltes trinken, Limonade. »Also, was haben Sie?« Die Kellnerin fing an, die Wunder der hauseigenen Küche herunterzubeten, aber Michal hörte nichts, versank in Hunger und dem Glücksgefühl, gleich dies alles zu essen. »Wie kommt es überhaupt, dass ihr alle dermaßen freundlich seid? Zwingt man euch dazu?« Hätte sie genauer hingesehen, hätte sie bemerkt, wie müde die Kellnerin in Wahrheit war, die zudem auch noch austreten musste, sodass sich ihre untere Körperhälfte ungeduldig hin und her bewegte. Die eine ging und schon erschien lächelnd eine andere in hellblauer Schürze und vanillegelber Bluse. »Sind Sie Frau Doktor Michal Eybeschitz?« Wobei sie auf ein junges Mädchen in Schwarz deutete, das am anderen Ende der Caféterrasse saß, sie ansah, die Zigarette in einem Glas ausdrückte, aufstand und zu Michal kam. Erstaunen breitete sich auf Doktor Eybeschitz' Gesicht aus. Mit großen Schlucken trank sie von dem Wasser, das man ihr gebracht hatte. »Ich hab lange auf Sie gewartet«, meinte das junge Mädchen. »Ich bring die Sachen von meinem Tisch her.« Michal betrachtete den sich entfernenden Rücken des Mädchens. Sollte Jonathan sterben, werden Sha'ul und ich uns trennen, werden uns in Luft auflösen. Eine lächelnde Bedienung in pastellfarbener Bluse und hellblauer Schürze brachte einen Teller, randvoll mit Salat, und warmes italienisches Brot. Meine Einsamkeit ist größer, weil ich keine Tochter habe. Du wirst zwischen Joni und mir vermitteln. Wirst ihm Dinge erklären, die ich nicht zu erklären vermag. Ich habe auf alles verzichtet. Sei auch ein bisschen der meine, Joni. Aber ich werde dir nichts unterschreiben. Ich kann nicht.

Jonathans Freundin kam zurück, hielt in ihren fahlen Händen zwei Bücher, eine Packung Zigaretten, ein Notizbuch, einen Füller und einen Textmarker. Hätte beinahe alles zu Boden geworfen, deponierte den ganzen Berg auf Michals Tisch, als auch schon eine Kellnerin kam, um zu fragen, was sie bestellen wolle. »Ich hab schon bestellt, da drüben.« Sie wies auf den Tisch, von dem sie gekommen war, und Michal sagte, noch über ihren Teller gebeugt, sorgsam darauf achtend, ihre Kleidung nicht zu beflecken: »Bestell dir noch etwas, schäm dich nicht, schließlich habe ich eine Kreditkarte, ich liebe Kreditkarten. Was liest du da?«

»Kafka.«

»Tatsächlich? Du liest Kafka? Und streichst dir auch Sachen an? Unser Jonathan liest auch?«

»Sie sind hungrig, Frau Doktor Eybeschitz, was?«

Michal hörte auf zu essen. Sie hatte ein fein geschnittenes Gesicht. Mayonnaise schmückte ihre Oberlippe wie Lippenbalsam. Sie legte die Gabel aus der Hand. »Ich esse zu schnell, ich weiß. Bin den ganzen Tag herumgerannt.« Dennoch schob sie sich noch eine Gabel in den Mund, fast verstohlen, kaute und hörte wieder auf, aus Verlegenheit. »Mein Junge ist schon kein kleiner Junge mehr. Oder?« Das junge Mädchen antwortete nicht. Einmal hatte sie eine Frau im Stehen pinkeln sehen, in einem kleinen Dorf hatte die Frau breitbeinig auf dem Weg zu einem Lupinenfeld gestanden und uriniert. Das Mädchen hatte auch gewollt, aber Hosen angehabt. Michal aß von neuem. An der Mauer, hinter der Terrassenbrüstung des Cafés, nur wenige Meter von dem lärmenden Verkehr getrennt, rankten sich zwei Bougainvilleen – die eine in flammendem Orange, die andere in Weiß – wie bunte Papierketten in die Höhe. Michals Augen verfingen sich in den Kletterpflanzen, wurden von der prachtvollen Blüte gefangen genommen. Sie wollte über ihren Sohn sprechen, sagte: »Ich, ich möchte …«, verstummte, setzte erneut an: »Ich bin hungrig. Es stört dich doch nicht, wenn ich esse, oder? Ich hätte gern ein Haus mit einem kleinen Innenhof. Einem Innenhof mit solchen Kletterpflanzen. Schau, wie schön sie sind.« Das junge Mädchen drehte den Kopf, nahm die Sonnenbrille ab, musterte die Sträucher und sagte: »Sie sind wirklich schön«, wandte ihre Augen wieder Michal zu und wollte die Sonnenbrille aufsetzen, doch Michal packte die Brille. »Ich möchte deine Augen sehen. Sie sind schön. Dir gefallen die Bougainvilleen? Ja? Manchmal bedaure ich, dass wir kein Haus mit kleinem Garten haben. Wenn ich einen Garten hätte, würde ich morgens dort lesen, oder spätabends, wenn alle schlafen … Ihn am Morgen durch das Fenster betrachten. Dabei gibt es an der Universität gerade so ein Projekt, bei dem man günstig Grundstücke in Jaffa erwerben kann. Wenn wir doch nur teilgenommen hätten.«

»Haben Sie Jaffa schon mal gesehen? Haben Sie schon mal gesehen, wo die Kinder aus Jaffa spielen? Was noch wollt ihr den Menschen dort antun?«

Michal bereute. Das junge Mädchen sah sie an und sagte: »Wenn ich doch nur an eine Strafe glauben könnte, die für all dieses Unrecht vom Himmel kommen wird. Lasst sie endlich wie Menschen leben.« Michal lächelte schwach. Sie wird nichts über ihre Jaffa-Vergangenheit sagen. Wird auch kein Haus dort kaufen. Sie hat ohnehin kein Geld dafür. Jetzt bereute das Mädchen seine Moralpredigt. »Diese Büsche sind wirklich schön, besonders der weiße, ich liebe weiße Blüten.«

»Du hast fast durchsichtige Haut. Man sieht deine Blutgefäße wie Flüsse auf einer Landkarte.«

»Hat Jonathan Ihnen das gesagt?«

»Jonathan redet nicht mit mir.«

Ein blinder Greis kam an ihren Tisch, geführt von einem kleinen Jungen. Michal fuhr zurück und das Mädchen zog hastig seinen dicken Notizblock an sich. Der Blinde sagte zu dem Jungen: »Sag ihr, dass ich ein Almosen will.« Der Junge schwieg, sah das Mädchen an, und sie zuckte mit den Achseln. »Ich hab keinen Cent, hab alles für die heiße Schokolade ausgegeben.« Der Junge streckte Michal die Hand hin. »Warum geben Sie ihm nichts, Frau Doktor Eybeschitz? Geben Sie ihm etwas! Wenn ich etwas hätte, würde ich es ihm geben, aber ich bin selbst bettelarm.« Der Blinde sagte zu dem Jungen: »Sag ihr, dass ich weiß, warum sie nichts gibt.« Michal hätte es überhaupt nichts ausgemacht, etwas zu geben, aber stumm betrachtete sie die junge Freundin ihres Sohnes. Der Junge geleitete den Blinden im Kreis um ihren Tisch. Der Leiter der Serviceschicht kam, die beiden zu vertreiben. »Tausend Mal hab ich dir schon gesagt«, brüllte der Inhaber des Cafés von seinem Platz aus, »keine Bettler zu vertreiben. Sollen sie doch die Kundschaft nerven. Was kümmert es dich? Das ist dann eben mein Almosen.« Der Bettler sagte zu dem Jungen: »Sag ihr, sie ist eine schlechte Frau. Sie ist in der Lage, an einem Epileptiker vorüberzugehen und ihm nicht die Zunge aus dem Hals zu ziehen, auch wenn er dran verreckt.« Michal wühlte aufgeregt in ihrer Umhängetasche. Das Mädchen wartete, dass sie endlich Geld fände. Leute sahen sie an. Der Junge wurde müde, blieb stehen und ließ die Hand sinken. Der Blinde – eine scharfes Husten zerschnitt seine Brust – drückte kräftig die Schulter des Jungen, worauf dieser abermals die Hand hob und das Umrunden des Tisches weiterging. Michal fiel ein, dass sie von dem Busfahrer Wechselgeld bekommen hatte. Jemand erhob sich, wandte sich an die Bettler und bat sie, die beiden Damen in Ruhe zu lassen. Jonis Freundin fuhr ihn heftig an: »Anstatt etwas zu geben, vertreiben Sie sie?« Der wackere Bürger kehrte zu seinem Platz zurück. »Man sollte nicht mehr in diesem Café sitzen, eine Schande für Kafka«, sagte eine andere Frau, gleichermaßen erzürnt über das junge Mädchen wie den Bettler, der Michal ansah und für einen Moment seine Sonnenbrille abnahm. Michal schreckte zurück und auch das junge Mädchen schlang auf seinem Platz die Arme um sich. »Sie ist ein Aas«, rief der Bettler dem Cafébesitzer zu, und dieser entschied, es sei nun an der Zeit, den Bettler mitsamt dem Jungen zu einem Tisch in der hintersten Ecke des Cafés zu führen, weit weg von den anderen Gästen, wies jedoch eine der Kellnerinnen an, dem Mann ein Essen zu bringen. Der Junge hielt sich abseits. »Wo ich heute überall schon gewesen bin, und jetzt treffe ich auch noch dich«, sagte Michal. Der Bettler aß schnell. Der Junge setzte sich auf den Boden und sah ihm zu. Michal streckte die Hand aus und versuchte, das Handgelenk des Mädchens zu berühren.

»Meine Mutter ist bei meiner Geburt gestorben«, sagte das Mädchen. »Ich weiß nichts über sie. Vor lauter Angst und Schmerz. Manchmal hasse ich mich selbst deswegen.«

»Deine Hand ist kalt. Meine ist verschwitzt. Wir schützen uns vor zu schmerzhaften Erinnerungen. Erfinden uns selbst eine akzeptable Erinnerung. Genau hier kommt das nationale Gedächtnis ins Spiel. Auch darin gibt es plausible Lücken. Was wir den Palästinensern bereits angetan haben – damit kann man unmöglich leben, ohne es zu verdrängen. Je größer das Grauen ist, desto weniger weiß man, desto mehr wird vergessen.«

»Und die Palästinenser können es auch vergessen?«

»Ich weiß nicht. Vielleicht vergessen auch sie ihre tatsächliche Ohnmacht, weil sie nicht in der Lage sind, diese Tag für Tag zu durchleben. Ich denke, sie sind nicht fähig, uns vor lauter Schmerz überhaupt wahrzunehmen.«

Unter der Sonnenbrille lief eine Träne über die Wange des Mädchens. Es deutete auf Kafkas Tagebuch, wollte etwas sagen, blieb aber stumm, blätterte, nahm den zweiten Band zur Hand und verzichtete. Michal wollte sagten, ›Sei nicht so unendlich traurig‹, sagte dann: »Wir werden gut miteinander auskommen, oder?« Und bereute sogleich. »Wenn ihr in Jonis Zimmer seid«, versuchte sie, das Gespräch zu retten, »bin ich immer derart befangen, und andererseits freue ich mich, freue mich, dass ihr zwei Jungverliebte seid, und euer Sexualleben ... Ich vermag nicht, mehr zu sagen, aber alles ist so leicht, so einfach, ein Teil der Jugendliebe, wie sehr ich mich für Joni freue, wie soll ich das erklären, und auch für dich, manchmal scheint mir, mein Leben hätte ein anderes sein können, wenn nur ... wenn ich nur meine Liebe nicht von Kindheit an verpasst hätte. Ich rede Unsinn, halt mir später nicht vor, was ich gesagt habe.« Stille stand zwischen den beiden. Das Mädchen blätterte in dem Buch und sagte dann mit verhaltenem Zorn: »Unter all dem, unter der Haut habe ich einen jämmerlichen Vater. Sie können das nicht verstehen. Man sieht Ihnen an, dass Sie in so vielen Schutzvorrichtungen leben.« (Zuweilen hörte Michal ihre Nachbarin, Gabi Ojerbach, nachts weinen, ein bitteres, unterdrücktes Weinen, wagte aber nicht, an deren Tür zu klopfen. Einmal hatte Gabi ihr im Treppenhaus gesagt: »Ihretwegen hat man mir den Job im Fachbereich gekündigt. Weil Sie eifersüchtig auf mich sind. So eine Stille dringt aus Ihrer Wohnung. Wissen Sie, was sie mit Antebi machen? Vertreiben ihn vom Dach. Das wird nicht gut enden. Ich merke das, wenn ein Unglück naht. Bin aus demselben Material gemacht wie das Unglück, und wenn eines heraufzieht, beginnt dieser Stoff, aus dem ich gemacht bin, zu kochen, weil ich es schaffe, alles zu verschmelzen, nichts wird bewahrt. Sie sind das Gegenteil. So verkrampft. Wie der Hintern eines gefrorenen Hähnchens. Sie hätten so viel von mir lernen können. Deshalb haben Sie mich rausgeschmissen.« So Gabi Ojerbach im Treppenhaus.)

»Mein Sohn … Er redet nicht mit mir, weil ich nicht … weil ich nicht bereit bin, ihm die Unterschrift zu geben … dass er zu einer Kampfeinheit gehen kann. Verstehst du? Er ist Einzelkind … und ich bin nicht einverstanden, dass er zu einer Kampfeinheit geht. Ich … ich habe Angst, dass er stirbt.«

Michal wollte ein Stück Papier in Fetzen reißen, fand aber keine weitere Serviette. Die Serviette, die sie zuvor zerknüllt hatte, war vom Schweiß ihrer Finger vollkommen durchnässt. Sie nahm eines der Bücher des Mädchens in die Hand und legte es wieder weg. Jetzt, da sie es ausgesprochen hatte, war sie ruhig. Ein Schatten irrt durch ihr Haus. Das junge Mädchen drehte den Kopf zur Seite und sagte: »Ich habe mit Jonathan Schluss gemacht, Frau Doktor Eybeschitz.« Alles war abgetrennt wie mit einem Messer, dieses ganze Glücksgefühl, was für eine Art Glück ist das, das plötzlich verloren geht, da es aus ist. »Er hat mir nichts gesagt. Er redet nicht mit mir. Kein Wort. Ihr wart ein so schönes Paar. Es tut mir Leid, ich hatte nicht die Absicht, so zu schreien. Warum starren die mich alle an?« Doch das junge Mädchen steuerte weniger steinige Gesprächsfelder an, sodass die Schmerzen unter den Worten zermalmt wurden: »Ich denke, man sollte überhaupt nicht zur Armee gehen. Jonathan wird hingehen und irgendeinen Job als Bürohengst oder in der Adjutantur kriegen, und jemand anderes wird dafür zum Killer werden oder sterben, also was haben wir gewonnen? Schon wieder halte ich Ihnen eine Moralpredigt. Mein Vater hat in der Armee einen Arm verloren. Irgendjemand, der jetzt General ist, hat ihn damals gerettet, und mein Vater, die ganze Zeit rennt er jetzt für diesen Mistkerl durch die Gegend und kommt nicht zur Ruhe. Warum lassen sich Menschen versklaven? Man sollte die Armee in die Eier beißen, das schon. Ihre Angst ist zu egoistisch. Lassen Sie ihn erwachsen werden, Frau Doktor Eybeschitz.« Da trat ein gut aussehender Mann an ihren Tisch, in Michals Alter, die Schläfen ergraut. »Was ist los?«, sagte er ungehalten zu dem Mädchen. »Verschwinde, ich will nicht, dass du wiederkommst«, entgegnete das Mädchen. Michal betrachtete die Bougainvillea, in der Spatzenjungen versuchten, den Himmel in ihre Schnäbelchen zu saugen. Der Silberhaarige verschwand und ließ sich am Eingang nieder. »Ein Freund von dir?« Das Mädchen antwortete nicht. »Hast du schon mit Jonathan geschlafen?« Das Mädchen schwieg, schluckte, war aufgewühlt. »Ich weiß überhaupt nicht, was dieser Mann von mir will. Und ich schlafe mit gar keinem, Frau Doktor Eybeschitz. Ich bin zu jung für Sex.« Michal wusste nicht, was sie erwidern sollte. »Sie glauben mir nicht, Frau Doktor Eybeschitz, richtig?« Schweigen stand zwischen ihnen. Michal sah ihr Spiegelbild in den Sonnenbrillengläsern des Mädchens, hatte Angst vor ihr und wusste nicht, warum. »Ich möchte nur, dass Joni mit mir redet. Liebst du ihn wirklich nicht?« Zwei weitere Tränen rannen unter der Sonnenbrille hervor, rannen langsam über die dunklen, blassen Wangen. »Mein ganzes Leben«, stammelten ihre Lippen, »werde ich nur ihn lieben, selbst wenn ...« Michal wandte den Kopf ab. Etwas ekelte sie. Vielleicht hatte Gabi Ojerbach ja Recht. Der Abend senkte sich herab. Der Junge hockte vor dem Blinden, der genüsslich aß. Die Mutter sagte: »Es ist mir unangenehm, das zu sagen, aber ich muss zur Toilette ... Ich brauche einen Tampon. Ich fühl mich so blöd.« Die Tochter fragte die Kellnerin: »Hast du einen Tampon in Reserve?« Darauf die Kellnerin: »Hab ich nicht, aber ich kann eins von den Mädels fragen.« Sie brachte einen Tampon und Michal ging zur Toilette. Als sie zurückkam, traten zwei junge Frauen zu ihr und eine von ihnen sagte: »Frau Professor Eybeschitz, wir wollten Ihnen sagen, dass wir heute auf Ihrer Seite waren. Wir wussten nur nicht, wie wir das äußern sollten. Der Holz ist wirklich ein fürchterlicher Kerl.« Sie zuckte mit den Schultern und gönnte den beiden ihr unschuldiges Lächeln. Der Herbstabend legte sich über die Stadt. Michal trat auf die Straße, machte dann kehrt, um sich von ihrer verhinderten Schwiegertochter zu verabschieden, da ein großes Bedauern in ihr nagte, vielleicht wollte sie die Unterhaltung des Mädchens mit dem grauhaarigen Mann unterbinden. Doch sie fand sie nicht. Sah sich um. Solche Männer werden Joni umbringen, dachte sie, sah dann das junge Mädchen in einem anderen, beängstigenden Licht, eine Hure, nein, wie rede ich über sie. Der Bettler hatte aufgehört zu essen und der Junge nahm sich der Reste an. Das Mädchen rief ihr vom Tisch des fremden Mannes aus zu: »Frau Doktor

Eybeschitz, suchen Sie mich?« Michal zuckte mit den Schultern, war verlegen, wollte sagen, ›Werd keine Sexsklavin‹, und sagte: »Mir schien, ich hätte einen Cousin meines Mannes gesehen. Es ist nicht gut, dass ich hergekommen bin. Ich hatte einen schweren Tag und irgendjemand hat mich ›Rosa Luxemburg‹ gerufen, aber das alles schrumpft zu Bedeutungslosigkeit, und ich sehne mich nach meinem Sohn, alles, was ich will, ist, dass alles wieder so wird, wie es war.« Der Abend senkte sich tatsächlich herab, und Joni saß am anderen Ende der Stadt auf einer Bank in einem Wäldchen zusammen mit seinem Vater.

Sha'ul

Nach Art der Geschichtenerzähler werden wir zurückspringen, um die Dinge in ihrem Entstehen zu vermitteln, da wir kein Recht haben, nur Tatsachen kundzutun. Denn wie gefährlich ist das bloße Sein, wenn es nicht entsteht.

Der Junge spielte in ihrem Schlafzimmer mit einer Puppe. »Ohne fließende, brodelnde, schmerzhafte Lava ist nichts«, sagte Sha'ul. »Fließende Lava geht der Bedeutung voraus.« Ihr Hals tat weh. »Danach kommen die Worte und legen die Bedeutung fest. Wenn man nicht begreift, dass die Worte, in ihrer Wiederholung, gerade schmerzhaft sind, weil sie bereits erkalten, sich wiederholen, wobei sich gleichzeitig aber auch etwas in ihnen widersetzt, immer *dasselbe* zu sein – ist es unmöglich, sie zu wiederholen, ohne Schmerzen zu empfinden. Wenn man das nicht begreift, begreift man das in der Sprache verborgene Grauen nicht. Der Junge schläft gleich ein. Merkst du das? Schade drum. Heute Abend wird er nicht einschlafen können. Du verstehst mich nicht. Die Worte vernichten etwas, die Stimme läuft barfuß über glühende Asche, hält nicht inne, aber sie – die Worte – suchen nach einem kühlen Ort, um stehen zu bleiben, wieder und wieder und wieder. Und manchmal, wenn jemand genug Glück oder Begabung hat«, (»Ich habe kein Glück und vielleicht auch keine Begabung«, so pflegte er zu ihr zu sagen, doch sie hatte aufgehört, darauf zu antworten, nicht, weil sie niederträchtig war, sondern weil, wenn sie versuchte, ihm etwas über seine Begabung zu sagen, er sie anfuhr: »Du bist eine dumme Kuh, eine dumme Kuh«), »verdichten sich seine Worte in der Lava zu Basalt. Aber sie vergessen das Ätzen nicht. Das Sprechen ist eine Art Verfestigung. Und diese Stabilität ist zugleich auch eine Einladung zum Wahnsinn, verstehst du? Man spricht aus dem Feuer heraus, als gäbe es kein Feuer. Aber das Feuer ist da. In Gedichten, in Lügen, in Wahrheiten, Geschichten, Monologen ist etwas, das keine Ruhe gibt. Jeder Eckpfeiler bricht in sich zusammen, weil darunter etwas Wahrhaftes strömt; alles ist belastet, zum Zusammenbruch verurteilt, und der klare Verstand ist das einzige Bollwerk gegen Vergnügen, Poesie und gute Prosa.« Er beschließt seinen Diskurs, um in einem anderen Raum schlafen zu gehen. »Ich irre und führe in die Irre.« Der Junge schaut ihn an, liebt ihn, wenn er doch nur begreifen würde, wie sehr der Junge ihn liebt, würde er sich über seinen Misserfolg hinwegtrösten. Er ist kein Misserfolg. Warum denke ich so. »Das Wort innerhalb des Satzes, der Satz innerhalb des Abschnitts, der Abschnitt innerhalb des Monologs, der Monolog innerhalb der Geschichte – alles versucht, das Strömen einzubinden, um etwas Kaltes zu sein, aber etwas bleibt stets glühend, sinnlos, flüchtig. Hab kein Mitleid mit mir. Ich beneide Akademiker. Sie haben keinerlei Fantasie, etwas Eigenes zu sagen. Rindviecher eben.« Wie du.

An jenem Herbsttag, an dem seine Mutter Michal durch die Stadt irrte oder streifte oder floh, kam Jonathan vom Gymnasium und aß im Stehen von einem Teller auf dem Tisch in der Küche (einmal in der Woche kochte sein Vater für sämtliche Tage). Vor dem Boykott hatten beide zusammen gegessen und Michal, wenn sie zu Hause war, hatte sich dazugesellt. Jetzt aß Jonathan allein, die gekochten Karotten schüttete er in den Abfalleimer, ging in sein Zimmer, um sich auszuruhen, blätterte in einem Buch, das er auf dem Tischchen neben der Toilette gefunden hatte, und ging zur festgesetzten Stunde duschen, wusch sich die Haare und zog sich an, kehrte in sein Zimmer zurück und packte im Sitzen auf dem Bett das Trikot in die grüne Tasche, den Trainingsanzug und die Schuhe (an der Wand hing ein vergrößertes Foto von Soldaten mit Kampfhelmen und Sturmgewehren in den Händen, die mit aufgerissenem Mund durch ein brennendes Feld stürmen), und als er die Wohnung verlassen wollte, hörte er seinen Vater leise sagen, nicht weit von der Küchentür entfernt (Sha'ul schlief im Wohnzimmer, aber tagsüber lag er auf dem Bett im Schlafzimmer und las): »Warte auf mich, bitte, Joni ...« Jonathan antwortete nicht. Sein Vater wollte leise fragen: »Joni, wie bist du ...«, brach dann ab. Seine Frau kann vielleicht diesen Boykott ertragen, er nicht. Die Schatten der Blätter tanzten auf dem Haus gegenüber, drei Stunden vor ihrem Versinken in der Dunkelheit, die ein einziger großer Schatten ist. Jonathan zog die Tür hinter sich zu, stieg die Treppe hinunter, betrat eine Telefonzelle und rief seine Freundin an. Seine Stimme war belegt vor Verlegenheit. Er hatte nicht geglaubt, dass er nochmals anrufen würde, und jetzt war es bereits das vierte Mal in zwei Tagen. Abermals hob ihr Vater ab. »Sagen Sie ihr, dass ich angerufen habe?«

»Mach ich, Joni, tu ich andauernd. Aber sag mir was ...«

»Was?«

»Wie gehts dir? Was macht der Fußball?«

»Alles okay, ich muss gehen, Schalom.«

Er legte auf und beschimpfte sich selbst, bemerkte seinen Vater, genau, als der aus dem Schlund des Hauses trat und wie ein Ichneumon über die Brandwunde der beleuchteten Straße huschte. Wenig später war Joni im Umkleideraum der Sporthalle seiner Schule, von wo aus sie mit dem Bus zum Stadion fahren würden. Immer lauschte er den Anweisungen. In diesen Momenten strahlten seine Augen, war er Teil der fünfzehnköpfigen Mannschaft. Wenn die Spieler gefragt wurden, »Habt ihr verstanden?«, nickte er, und seine Augen funkelten vor Begeisterung. Die Arbeit als Team, der Trainer, die Selbstverleugnung seiner Kameraden vor der Bedeutung des Stars der Truppe, seine eigene Selbstverleugnung, all dies erregte ihn, auch wenn er keinerlei Absichten hegte, eine Karriere als Spieler einzuschlagen. Einmal hatte er zu seinem Vater gesagt: »Wir sind beide keine Karrieretypen.« Und sein Vater darauf: »Sag nicht solche Dinge über dich, Joni. Alles steht dir offen, und du hast auch keine Ahnung, was für einen Namen deine Mutter hat.« Jonathan hatte nicht geantwortet. Seine Mannschaftskameraden sprachen leise miteinander. So hatte es ihnen der Trainer beigebracht, der Kommandos in sanftem Tonfall verteilte. Eine Stunde zuvor hatte der Junge das Haus verlassen und Sha'ul war ihm heimlich gefolgt. Der Busfahrer begrüßte den Vater herzlich und lautstark: »Noch ein Spiel, was?« Der Vater nickte und beeilte sich, sich ganz hinten im Bus zusammenzukauern und die Stirn an die warme Scheibe zu legen. Jahre, dass er schon nicht mehr arbeitet, außer Hausarbeiten, Kochen, Einkaufen, Wäschewaschen, und dennoch hat er aus diesen langen Jahren des Leides Goldstaub gewonnen, ist barfuß über glühende Kohlen gegangen, ohne ein

Wort zu sagen, als sei er eine nur für die eigenen Ohren hörbare Saite, ohne zupfenden Finger. Manchmal redet er mit sich selbst, das heißt, er bewegt den Kopf, als würde er reden. Und eines gehört wirklich ihm – sein Sohn. Auf der Straße, durch die Scheibe des Busses, sah er seine Frau gehen mit einer Tasche in der Hand. Wie unendlich weit weg von mir sie ist. (»Kommt der Vater von dem Amerikaner heute nicht?«, fragt der Trainer seine Jungs. »Nein, er kommt nicht.« – »Nu, dann werden wir verlieren.«) Aber Sha'ul war bereits auf dem Weg zum Spielfeld. Er würde bis zur Endstation fahren, dann zu Fuß weiter, vorbei an der lärmenden Buswerkstatt, würde durch die Felder zum alten Stadion eilen. Nicht ein einziges Spiel versäumte er, erfreute sich an Jonis Einsätzen, selbst wenn er nur zehn Minuten spielte. Bis zum Anpfiff saß und las er, und wenn das Spiel begann, ließ er die Lesebrille in die Hemdtasche gleiten und konzentrierte sich auf das Geschehen auf dem Spielfeld. Nur mit Mühe hielt es ihn auf der Holzbank. Seine Hände zitterten, er fixierte den Jungen, und wenn dieser schoss oder sogar ohne Ball lief, schärfte sich sein Sehvermögen noch mehr. Wenn er gefoult wurde, sprang er nicht auf, ließ aber die Kopie eines Fachaufsatzes aus den Händen gleiten, oder so etwas in der Art. Jonathan wusste selbstverständlich, dass seine Kameraden sich über seinen Fan lustig machten, schließlich war er nur ein mittelmäßiger bis unterdurchschnittlich begabter Spieler, aber nach jedem Heimspiel duschte er, kam dann zu Sha'ul, der am Ausgang wartete, und gemeinsam traten sie den Heimweg an, machten Station in einem kleinen Café in einem Außenbezirk der Stadt, aßen Kuchen, tranken Saft und unterhielten sich manchmal über das Spiel. Einmal hatten sie sich über den Nachbarn, der auf dem Dach wohnte – Antebi hieß er, hatte sich mit Jonathan angefreundet –, und seine Versuche unterhalten, seinen Vornamen in Ismael ändern zu lassen. »Aber wie heißt er wirklich?«, hatte der Vater gefragt. »Willst du ihn in deinem Tagebuch verewigen oder was?« Sha'ul schlug die Augen nieder. Die Grobheit seines Sohnes schmerzte ihn. »Ich schreib schon kein Tagebuch mehr, Joni.« – »Warum?« Der Vater konnte es nicht erklären. »Michal hat sicher eine Erklärung.« Sha'ul verteidigte sie in demselben Tonfall, mit dem er sie immer vor dem Jungen in Schutz nahm: »Das ist nichts Ungewöhnliches, dass dein Mitmensch eine bessere Erklärung für die Bedeutung deines eigenen Tuns hat.« (In den USA, in jeder Stadt, in der sie gelebt hatten, hatte er beharrlich nach Vereinen gesucht, in denen Fußball gespielt wurde; hatte den Jungen mit dem Wagen acht Jahre lang zweimal in der Woche zum Training gefahren, hatte mit ihm immer über den Fußball in Israel gesprochen. Über seine Jugend hatte er nur wenig geredet, auch über Israel.)

»Auf jeden Fall hat Antebi einen vollkommen verrückten Schriftwechsel mit dem Innenministerium geführt. Sie bewilligen nicht, dass er seinen Vornamen in Ismael ändert.«

»Das ist sonderbar, vor allem, wenn man daran denkt, dass einer der wichtigsten Tanaiten Ismael geheißen hat. Es steht zum Beispiel geschrieben: ›Und als Rabbi Ismael verblich, stimmten die Töchter Israels ein Klagelied an und sagten: Die Töchter Israels weinen um Rabbi Ismael.‹ Schön, nicht?«

Joni lächelte, zuckte mit den Schultern und sagte nichts. Nichts von dem, worüber sein Vater sprach – vor allem, wenn es um seine heiß geliebte hebräische Sprache ging –, interessierte ihn, und dennoch sah er ihn an und nickte. Unterbrach ihn nie. Nur ihm gegenüber verfiel sein Vater ins Dozieren. Die anderen Spieler sahen sie aus der entgegengesetzten Ecke des Cafés an. »Sonderbar, dass man einen Familiennamen hier mit Leichtigkeit ändern kann, einen Vornamen zu ändern aber sehr schwer ist«, sagte Joni und fragte: »Wie ist das in den USA?« Danach unterhielten sie sich über die Zeit in der

Armee, die auch dieser Antebi vom Dach abgeleistet hatte. »Und du bleibst dabei, mir nicht zu sagen, wo du gedient hast?«

»Im Nachrichtendienst, Joni. Ich war einfacher Soldat beim Nachrichtendienst.«

Er zahlte und beide traten sie auf die Straße. Das Geld hinterließ Michal Sha'ul auf der Kommode im Wohnzimmer. Woche für Woche. Er war nicht verschwenderisch. Wenn ihm noch etwas im Portemonnaie übrig blieb, nahm er das Geld nicht, das sie ihm für die kommende Woche hingelegt hatte.

Der Boykott

Einmal, bei einem der Spiele, verhängte der Schiedsrichter einen Elfmeter zugunsten von Jonis Mannschaft. Wie groß war die Überraschung des Vaters – sein Herz machte einen Satz wie eine Heuschrecke –, als sein Sohn zur Ausführung gerufen wurde. Kalter Schweiß lief ihm den Rücken hinunter. Alles dauerte nur wenige Sekunden: das Foul, der Pfiff des Schiedsrichters, die Entscheidung des Trainers, die Panik des Vaters, der Fehlschuss, das Auf-die-Knie-Fallen des Sohnes, die wegwerfende Handbewegung des Trainers. Die Mädchen auf der Tribüne bekamen gar nicht mit, was unten auf dem Spielfeld passierte, weil sie mitten in einem großen Lachanfall steckten, aber Sha'ul brachte das Gelächter mit seinem Sohn in Verbindung. Ein heftiger Schmerz durchfuhr seine linke Niere. Er überlegte, hinzulaufen und den Jungen in den Arm zu nehmen, setzte sich dann wieder. Am Ende verlor Jonathans Mannschaft. Danach, im Café, meinte der Sohn mit traurigem Lächeln: »Die einzige Gelegenheit, die ich hatte, und ich versieb sie.« Der Vater entgegnete nichts. Er schaute auf die Lippen seines Sohnes, suchte nach Worten und fand keine. »Hör zu, Sha'ul. Ich brauche eure Unterschrift, weil ich der einzige Sohn bin. Ich gehe zur Kommandoeinheit.« Sha'ul murmelte: »Und wir müssen unterschreiben?« – »Ja. Ganz einfach.«

»Ich werd mit Mama reden.«

»Auf einmal redest du mit ihr?«

Der Junge war erbost. Er hatte bereits mit seiner Mutter gesprochen, die ihm mit stiller Entschiedenheit mitgeteilt hatte, sie werde niemals unterschreiben. Jetzt stand Joni auf, versuchte, ruhig zu bleiben, aber seine Stimme verriet ihn: »Bis ihr nicht unterschrieben habt, rede ich nicht mehr mit euch.« Sha'ul wollte noch ein paar Augenblicke der Aussprache erbitten, bemerkte aber die verschlossene Miene seines Sohnes und verstummte. »Es gilt von jetzt an«, sagte Joni und verließ das Café. Sha'ul blieb noch einige Zeit am Tisch sitzen, seine Hände zitterten, dann ging er zu Fuß nach Hause, erschrocken über die Strafe, die sein Sohn gegen ihn verhängt hatte, sodass ihm nicht mal in den Sinn kam, das Ganze könnte vielleicht bloß eine Drohung sein. Am Abend sagte er zu seiner Frau: »Er sagt, er werde nicht mehr mit mir sprechen, wenn ich nicht unterschreibe.« Michal erwiderte leise: »Ja, damit droht er auch mir. Aber ich werde nicht nachgeben, und du auch nicht, ich bitte dich inständig, nicht nachzugeben. Versprich es mir.«

Die Tage zogen sich in die Länge. Die Stille in der Wohnung war unerträglich. Auch vor dem Boykott hatte Sha'ul nur selten mit Michal gesprochen. Sha'ul hasste sie nicht. Ab und an las er ihre Veröffentlichungen und war beeindruckt von ihrem breiten Wissen. Sie hatte ein gutes Gedächtnis. Niemand im Fachbereich verfasste einen Aufsatz, ohne sie um ein paar Quellenangaben zu bitten. Sie war präzise und gewissenhaft. Er wollte keinen Sex von ihr, und wenn er sie manchmal an allen möglichen Orten betrog, erinnerte ihn eine Katze, die ihm dabei zusah, an seinen Sohn und nicht an sie. Nach zwei Wochen Boykott vereinbarten die beiden Ehepartner ein Treffen, aber nicht zu Hause. Michal sah ihn zärtlich an.

»Seit er mich schneidet, ist alles Draußen für mich, habe ich keinen Ort, an dem ich innerhalb bin.«

»Weißt du, was der Unterschied war zwischen Ismael und Isaak? Isaak hatte wirklich keinen Beschützer. Ismael wurde von seiner Mutter beschützt.«

Seine Unterlippe bebte. Michal schlug die Augen nieder. Auch er dachte nicht an Gott als Beschützer. Ich werde der Widder an meines Sohnes Stelle sein, dachte er.

»Wovor hast du Angst, Sha'ul?«

Er schüttelte den Kopf, um zu sagen, dass er keine Angst habe, oder nicht wisse, wovor er Angst habe, und betrachtete ihren entblößten Arm. Vor einem Jahr hatte er versucht, sie zu streicheln, aber sie war teilnahmslos geblieben, wie ein Kadaver.

»Ich kann Hagar verstehen. Nicht verstehen kann ich Abraham. Weil ich eine Frau bin.«

»Red keinen Unsinn!«

Die Gäste im Restaurant sahen sie erschrocken an. Michal bat ihn flüsternd, leiser zu sprechen. »Was für einen Unfug du redest«, sagte er. »Ich, als Mann – was mir von einem Mann noch geblieben ist –, ich kann die Geschichte von Hagar nicht verstehen?« Für einen Moment überlegte sie, ihn zu berühren. Sie würde nicht diskutieren. »Ich weiß, wie sehr du ihn liebst, aber versuch, über diese Liebe nachzudenken, über die Augenblicke hinaus, die du mit ihm verbringst ... Er wird zu keiner Eliteeinheit gehen, und wenn du einknickst, werde ich ihnen von seinem Asthma berichten, und dann werden sie ihm nicht nur die Eliteeinheit nehmen, sondern gleich den ganzen Militärdienst.« Ihre Stimme war ruhig, selbstsicher. Sha'ul nickte. Doch wir müssen vorgehen, wie Geschichtenerzähler es immer gehalten haben, und Dinge, die im Entstehen begriffen sind, versetzen mit Dingen, die zwar vergangen sind, aber die Gegenwart nicht in Ruhe lassen. Einmal, in Amerika, hatten Michal und Sha'ul im Fernsehen einen Film gesehen über einen Mann, der – zu seinem Unglück – herausfindet, dass sein dreizehnjähriger Sohn nicht sein Sohn ist, weshalb er schweigend das Haus verlässt und nie wieder zurückkehrt. Sha'ul hatte Michal damals angesehen und gelächelt. Der kleine Joni schlief in seinen Armen. Michal fühlte sich unbehaglich. »Ängstigt dich das?« Worauf Sha'ul erwiderte, leise: »Ängstigen? Nein. Schließlich liebt er den Jungen, also was ändert das für ihn?« Michal sagte: »Du bist so ein guter Vater, Sha'ul, aber wenn du die Gefühlswelt dieses Vaters nicht verstehst, dann ist etwas bei dir verloren gegangen.« Und Sha'ul: »Gut, dass es verloren gegangen ist.« Besorgnis mischte sich in ihre Stimme. »Was meinst du?« Er trug seinen Sohn zu dem kleinen Bett und sagte: »Das, was verloren gegangen ist.« Auf dem Bett des Jungen saßen Teddys in allen Größen aufgereiht. Wie armselig ihre Psychologie ist, wenn sie nicht begreift, was ich gewonnen habe und was verloren. All dies hatte er nicht in seinem Tagebuch vermerkt – sieben Kladden, gefüllt mit winziger Schrift.

Auch in der Zeit des Boykotts verfolgte Sha'ul die Ergebnisliste, die neben dem Bett des Sohns hing. Vielleicht hatte der Sohn diese Tafel ja extra für den Vater hängen lassen. Zu seiner Freundin meinte Jonathan: »Er ist erbärmlich, nicht? Wie er zu meinen Spielen rennt. Dabei bin ich ein beschissener Spieler.« Auch Michal hatte indirekt mit Fußball zu tun. Immerhin studierte Jonis Trainer bei Holz. Holz interessierte sich für ihren Sohn, kümmerte sich um ihn, hasste sie, dachte, sie sei ein Feigling, war bereit, bei einem Studientag, den sie organisierten, einen Vortrag zuzulassen über Normen in der Waffen-SS und in unserer Armee. Obschon er politisch rechts steht. Und sie, mit all ihrer linken Gesinnung, hat Angst, richtet sich nach der goldenen Mitte aus, einer scheinbaren Mitte, in der sich ohne weiteres Rassisten, Militaristen, Liberale und heimliche Linke sammeln lassen. Darüber hatten sie gestritten und er hatte sie sogar eine Hure genannt. Das alles war noch vor seiner Degradierung gewesen. Sie war rot geworden und hatte ihn aus ihrer Wohnung geworfen. Der Vortrag war selbstverständlich abgesetzt worden, was gut so war.

Ein sehr kurzer Roman

Lasst uns noch ein bisschen weiter zurückgehen. Sha'ul und Michal lernten sich in Europa kennen, zufällig offenbar. Sie war auf dem Weg in die Vereinigten Staaten, war vorzeitig aus der Armee entlassen worden und aufgeregt angesichts ihres bevorstehenden Studiums. Als ihr Flugtermin näher rückte, wurde ihr klar, dass ihr Freund es nicht geschafft hatte, ein Einreisevisum zu besorgen, vielleicht weil er den Antrag nicht in Israel, sondern in Europa gestellt hatte – nachdem er Michal begegnet war, verliebte er sich in sie, klammerte sich an sie, wollte sie verlassen, überlegte es sich anders, versuchte sie zu überreden, nicht nach Amerika zu fliegen, gab nach, beantragte in Paris ein Visum für die USA, scheiterte, versuchte sein Glück in Amsterdam, war auch dort nicht erfolgreich, vielleicht waren da noch andere Sachen, von denen sie nichts wusste, da sie nicht wusste, was ihn überhaupt nach Europa verschlagen hatte – und am Ende flog sie alleine, um eine akademische Karriere zu beginnen, während er sich in Amsterdam herumtrieb, ihr Briefe schrieb, ihr auch ein Gedicht verfasste, der Versuchung nicht widerstand, es aber nie abschickte, schließlich, nach eigener Aussage, in einer der Gassen der Stadt einen Pass kaufte, in die USA einreiste und nach Chicago fuhr, zitternd vor der Kälte seiner Geliebten. Sie war erfreut, ihn zu sehen, umarmte ihn, wieder und wieder, bis sie peinlich berührt mit einem Mal aufhörte. Noch nie hatte sie eine solche Wärme ihm gegenüber gezeigt. Einen ganzen Abend lang saßen sie in ihrem Zimmer im Studentenwohnheim. Er redete, sie redete, verstummte, er bat, sie möge weiterreden, ihre Stimme hatte ihm sehr gefehlt in den Tagen der Einsamkeit in Amsterdam. Sie lächelte. Ihre Augen waren still, die Augen einer zukünftigen Wissenschaftlerin, freundschaftlich, nicht ausforschend. Sha'ul fand für sich Arbeit an allen möglichen Orten, wurde als ihr Mann registriert, nahm ihren Familiennamen an, und bis sie die Promotion beendet hatte, ernährte er sie, arbeitete als Fahrer, Packer, Nachtwächter und Hebräischlehrer an Schulen der jüdischen Gemeinden. Noch vor Jonathans Geburt wurde ihnen klar, dass der Pass, den er in Amsterdam gekauft hatte, nicht gefälscht war, wie ihm der Verkäufer versichert hatte, und auch nicht der Pass des Verkäufers, sondern vielmehr gestohlen war. Michal sagte einmal: »Wenigstens hast du hier ein richtiges Thema für einen Roman, zier dich nicht, verarbeite es.« (Abermals war es zum Streit gekommen, wie jedes Mal, wenn sie versuchte, über seine Begabung zu sprechen und über die Zufälligkeit seines Scheiterns, und wieder hatte er sie angeschrien.) In seinem Tagebuch notierte er damals: »Die Minderwertigkeit der Geschichte gegenüber einem prägnanten Vergleich. Die Minderwertigkeit eines prägnanten Vergleichs gegenüber dem Schweigen. Die Minderwertigkeit des Schweigens im Vergleich zu was? Was ist größer als das Schweigen?« Und er hatte auch geschrieben: »Was will das Gedicht sein? ›Preise meine Seele meinen HERRN.‹ Alles andere ist vergebliche Mühe.«

Eines Tages klopfte ein fremder Mann an ihre Tür und fragte, ob hier ein Adam Milgram wohne. Michal sagte: »Nein, wir haben keine Ahnung, wer das ist.« Als er gegangen war, trat sie ans Fenster, um sicherzugehen, dass er tatsächlich verschwunden war. Kinder spielten auf der Straße, schrien auf Englisch, auch ihr Sohn Johnny. Dann holte sie von zuunterst aus ihrer Unterwäscheschublade Sha'uls versteckte Tasche mit der Pistole darin. Milgram war der Name des Mannes, auf den der Pass ausgestellt war. Beide hatten sie Angst. Sha'ul überlegte, den Pass der Leiche eines Toten zuzustecken, die sich auf der Straße finden würde. Möglich, dass er – zu guter Letzt – eigenhändig einen umgebracht und den Pass der Leiche untergeschoben hat. Er ist ein harmloser Mann, hat nie jemandem wehgetan, sagte Michal oft, ein guter Vater, guter Ehemann. In seinem Tagebuch schrieb Sha'ul: »Die Wahrheit, mein Sohn, ist verborgen in der Begierde, gefasst zu werden. Zwischen diesen beiden Bestrebungen – dem sich Verstecken und der Begierde, gefasst zu werden – findet sich die Wahrheit, das heißt, das Verlangen nach Wahrheit.« Als sie beschlossen, nach Israel zurückzukehren, wandte sich Sha'ul an das israelische Konsulat in Huston, Texas. Er sei unschlüssig, so sagte er zu Michal, ob er den Status eines Neueinwanderers als amerikanischer Jude namens Milgram beantragen oder den Verlust seines Passes mitteilen und ein zurückkehrender Israeli sein solle. Wie auch immer, er hatte nicht ein Dokument, das ihn als Sha'ul Eybeschitz auswies. Michal spornte ihn weiterhin an, einen Roman zu schreiben, dessen Held sich zwischen zwei vagen möglichen Identitäten bewegt. Er antwortete nicht auf ihre Vorschläge, beschimpfte sie jetzt aber auch nicht mehr, weshalb sie dachte, er ziehe den Vorschlag ernsthaft in Erwägung. Doch das Thema erschien ihm abgeschmackt. Es gibt so viele Identitäten. Welcher Roman zerfällt nicht wegen einer Fülle möglicher Identitäten? Warum gab Michal es nicht auf, über seine Begabung zu reden? Dachte wohl, sie würde ihn retten. Wie ist Sha'ul nach Israel zurückgekehrt? Unklar. Er hörte auf, Angst zu haben.

Etwas in ihm verhärtete sich, als er zurückkehrte. Er lebte nur für seinen Sohn. Das ist mehr oder weniger Michals und Sha'uls Lebensgeschichte bis hierher.

Klistier

Doch zurück zu dem herbstlichen Match, zu dem sich Sha'ul an jenem Wochenanfang stahl, in dem wir uns bereits zur Genüge gesuhlt haben, dem 21.10.1990 – dem Tag des Semesterauftakts, dem Tag, an dem Michal aus ihrem Propädeutikum vertrieben wurde und mit dem Bus bis in das armselige Jaffa ihrer Kindheit fuhr (dort jedoch nicht ausstieg, fürchtete, an die Schmerzen erinnert zu werden, was hatte sie Angst vor den einfachen, privaten, vulgären, schwärenden Schmerzen). Als die Jungen das Stadion erreichten, sagte einer von ihnen: »Der Vater von dem Ami ist doch gekommen.« Jonathan ignorierte seinen Vater. Die Trennung von seiner Freundin beschäftigte ihn. Warum hab ich keine Angst gehabt, bevor sie gegangen ist, als ich ihr gesagt habe, sie soll gehen, und warum hab ich jetzt solche Angst? Auch der Torwart war noch nicht da, weshalb sich der Anpfiff verzögerte. Dann erschien die kleine Schwester des Torwarts und überreichte dem Trainer einen Brief. Der Trainer las, nickte und eröffnete ihnen in der Umkleidekabine: »Wir haben keinen Torwart.« Jonathan sagte: »Ich geh ins Tor.« Sie sahen ihn misstrauisch an. Der Trainer fragte: »Bist du sicher? Ich erinnere mich nicht, dich schon mal im Tor stehen gesehen zu haben.« Joni sagte: »Ich bin sicher.« Er sah sich schon seine Größe ausnutzen, geschmeidig hechten. Die ihren Besitzer irreführende Vorstellungskraft wird ja allgemein als segensreiche Kraft angesehen. Ganz und gar angespannt, kauernd, die Hände auf den Knien, lauerte Jonathan auf den Ball, wehrte sogar ein, zwei Schüsse ab. Da brüllte der Trainer der gegnerischen Mannschaft: »Distanzschüsse, der Torwart von denen hat Angst.« Auch Sha'ul auf der Tribüne hatte Angst. Der Schuss ließ nicht lange auf sich warten, fand den Jungen unvorbereitet. Er fiel hin und der Ball zappelte im Netz. Zwei Spieler des Gegners setzten im Sprung über ihn hinweg. Joni verkrampfte sich vor Angst, aber sie hüpften nur vor Freude, um den Ball erneut ins Netz zu treten, und noch einmal, und einer von ihnen brüllte: »Klistier!« Joni wusste nicht, wie er aufstehen sollte, stand aber auf. Niemand sagte ihm, er solle das Spielfeld verlassen, aber er machte sich davon, ohne einen anzusehen. Der Trainer beeilte sich, einen Einwechselspieler ins Tor zu stellen. Das Spiel ging weiter. Auf halbem Weg bemerkte er seinen Vater. »Bist du jetzt zufrieden?«, fuhr er ihn an und ging schnell weiter. Sha'ul eilte ihm nach, von der Umkleidekabine zum Haupteingang, dort holte er ihn ein, schaffte es sogar, ihn an der Hand zu ziehen. Der Junge versuchte, sich aus der kräftigen Hand seines Vaters loszureißen, schaffte es nicht oder wollte es nicht schaffen und brach in Tränen aus. So standen beide vor der von Moos und Rost wie mit Aussatz bedeckten Stadionmauer. Joni warf seinem Vater alles Mögliche vor, unter anderem das Leben in Amerika und dass sie ihm die Unterschrift nicht gewährten, alles, alles hing mit der Memmenhaftigkeit seines Vaters zusammen. Der Vater sagte: »Ich werds dir unterschreiben, Joni, ich werde es unterschreiben, genug, ich bitte dich, hör auf, hör auf.« Was passiert, dass ein Mensch plötzlich begreift? Nicht plötzlich. Auch nicht begreift. Ein schmelzendes Fließen. Nur die Geschichte ist auf unvermittelte Halte angewiesen, Rechtecke, Rechtecke. Bis zu jenem Augenblick war Sha'ul überzeugt, dass er bei seiner Weigerung bleiben würde. Der Junge beruhigte sich. Vielleicht war er beschämt über die Art und Weise, wie das Einverständnis erpresst worden war. Sie gingen langsam, überquerten schweigend das aschgraue Feld, bald würde es Regen geben und danach würde alles knospen. Sha'ul wollte seinen Sohn in die Arme schließen. Alles ist, wie es war, du und ich für immer. Auch Mama, Joni, wir drei.

Geburtstag

Hinter ihnen funkelten die Lichter des Stromkraftwerks. Über eine kleine Holzbrücke passierten sie einen Bach. Blieben für einen Moment auf der Brücke stehen, lehnten sich auf ihr morsches Geländer. Unten, im Wäldchen am Ufer des Baches – im Hintergrund die Stadt mit ihren allmählich aufflammenden Lichtern, sich versammelnden Familien, Vätern, die ihre Kinder wie Vögelchen aus dem Fenster werfen, alles zerfällt – saß eine Gruppe von neunjährigen Kindern im Kreis und verspeiste mit Heißhunger Süßigkeiten. Ein älterer, hoch aufgeschossener und hagerer Mann überragte sie, stand außerhalb des Kreises und erzählte ihnen mit komischem Akzent über die Geburt von Gadi, dem Geburtstagskind, auf den Tag genau vor dreizehn Jahren. Das war der Junge im Mittelpunkt des Kreises, dessen großen Kopf ein Kranz aus rosafarbenen Nelken schmückte. Gadi aß nichts von den Süßigkeiten. Seine Mutter, die auf einem Stuhl abseits des Kreises saß und mit Geschenkpäckchen beschäftigt war – sich immer wieder vom Stuhl zur Erde bückend –, erlaubte es ihm nicht, redete in einem fort laut auf ihn und ihren Mann ein, sodass Gadi gehorchte und die Kinder ansah, die Karamellbonbons kauten und glücklich schmatzten, sich fröhlich unterhielten. Der Vater bat sie, ihm noch ein wenig zuzuhören, ehe er resümierte: »Und so ist unser Gadi anders groß geworden, ganz anders, ganz anders als ihr alle, aber er ist euch auch ähnlich, weil wir ihn genauso lieb haben wie wir jedes Kind lieben, richtig?«

Die Kinder nickten zustimmend – von ihrem Kinn tropfte Obstsaft – und kauten ausgelassen.

Sha'ul und Jonathan überquerten die Brücke und ließen sich auf einer Holzbank nieder, nicht weit von der Feier entfernt. »Was soll ich Michal sagen?«, meinte Sha'ul plötzlich. Sein Sohn schwieg, drehte den Kopf weg. »Ich bin kein mutiger Mensch, Joni.« Jonathan schwieg weiter. Der Vater von Gadi, dem Geburtstagskind, hatte sich vor den Kindern aufgebaut, ermunterte sie, Ringelreihen zu spielen, aber die Kinder wühlten in Überraschungstüten. Seine Frau hatte ihm gesagt, er solle mit den Überraschungen warten, und der Vater hatte sich vertan, aber vielleicht würden sie trotz allem noch spielen, nachdem sie die Plastiküberraschungen endlich aus den Tüten geklaubt hätten. Gadis Eltern hatten sie am Vortag mit Leckereien gefüllt, nachdem der Junge endlich eingeschlafen war, ganz aufgeregt wegen seines Geburtstags, da sie ihm versprochen hatten, dass normale Kinder zu der Feier kommen würden.

»Als wir dich beschnitten haben, warst du einen Monat alt. Ich war damals erfüllt von Angst. Wir hatten nicht den Mut, dich nicht beschneiden zu lassen. Warum benötigen säkulare Juden Mut, um ihren Sohn nicht beschneiden zu lassen? Ich verstehe es wirklich nicht. Andererseits, ich habe auch nicht gewagt, dich in meinen Händen zu halten. Auch dafür hatte ich nicht den Mut. Konnte dich nicht leiden sehen.«

Jonathan hasste die Geschichten seines Vaters über seine Kindheit. An keine Wohnung, in der sie gewohnt hatten, erinnerte er sich wirklich, vor lauter Ortswechseln. Kein Teddy hatte sich seiner Erinnerung eingeprägt. Jetzt, da das Gespräch wieder dahinplätscherte und sein Vater alle möglichen Dinge gestand, als hätte es in all diesen Monaten keinen Streit gegeben – eine übersättigte Liebe, eine alte Kränkung, die noch immer nistet wie Eier in einem von der Taube längst verlassenen Nest, seine Angst vor dem Augenblick der Begegnung mit Michal –, würde Joni Sha'ul erzählen müssen, worüber er in den Tagen des Boykotts gern geschwiegen hatte: Er selbst hatte seine Einberufung vorverlegt, in vier Wochen würde er die Schule verlassen und zur Armee gehen, komme was wolle. Am Picknicktisch unter den Kiefern hatten sich die Kinder inzwischen bewegen lassen, ›Wir haben einen Geist in unserer Mitte‹ zu spielen, wobei sie miteinander wetteiferten – die einen verhalten, die anderen wagemutig –, das sehr viel ältere Geburtstagskind zu streicheln, weil dessen Vater jedem noch eine Überraschungstüte versprochen hatte. Der mongoloide Junge schmolz vor Wonne dahin, klatschte in die Hände und redete laut, vor allem zu seiner geliebten Mutter, die sich außerhalb des Kreises mühte und ihm ebenfalls lautstark antwortete. Ein Teil der Kinder verstand, was der glückliche Gadi sagte, ein Teil übersetzte den anderen, was er gesagt hatte. Gadis Vater verhandelte unterdessen aufgeregt mit einem der Kinder, das bereits gehen wollte, hatte Angst, dass auch die anderen ihm folgen würden, aber die Kinder freuten sich im Gegenteil, weiterzuspielen, waren besser, als der Vater angenommen hatte, großzügiger, als er erwartet hatte, während die Mutter auf ihrem Stühlchen, die mit ihrem Mann russisch oder vielleicht deutsch sprach, Brotschnitten mit Schokoladencreme bestrich, ehe die Eltern kommen würden, ihre Kinder abzuholen.

»Warum in aller Welt hast du dich freiwillig ins Tor gestellt, Joni?«

»Manchmal hat man diesen Wunsch, zu verschwinden wie ein Vogel, weißt du? Ich war überhaupt nicht dort. Außerdem, ich verlasse die Schule. In einem Monat gehe ich zur Armee. Um all das in Ordnung zu bringen, was ihr mir angetan habt, dass ihr mir Land, Sprache, Familie genommen habt, genommen und auch wieder nicht genommen, dass ihr nicht den Mut hattet zu entscheiden, hierhin oder dorthin.«

Abermals sah Sha'ul auf die Lippe seines Sohnes. Was will er von mir? Dass ich ihn einfach gehen lasse. Der Abend senkte sich über die große Stadt. Sie gingen nach Hause. Kurz bevor sie ihr Haus erreicht hatten, meinte Joni: »Ich muss noch was in der Gegend erledigen.« – »Soll ich auf dich warten?« – »Nein. Geh du nach Hause. Ich komme später.« Der Junge entfernte sich. Sha'ul sah ihm nach und wie immer – kaum hatte sich der Sohn entfernt, schon malte sich der Vater die Freude des Wiedersehens aus. Irgendwann hatte er aufgehört, ihm nachzuwinken, irgendwann auch, ihn zu küssen, doch in seinem Herzen fuhr er fort, ihm zu winken und ihn zu küssen.

Die Verbannung

Die Wohnung war leer. Auf dem Schreibtisch stand ein Farbfoto des Jungen, aufgenommen zwischen grünen, sich schon gelb verfärbenden Ähren und Mohnblumen. Der süße Monat Juli. Fünf Jahre alt. 1977.

Sha'ul legte seine Schürze um, das Leben ohne mich, bückte sich zu dem Beutel mit Zwiebeln im Schrank unter dem Gaskocher, nahm eine Zwiebel und schnitt sie klein. Er wusste noch nicht, was er kochen würde. Michal würde schreien, Joni würde schreien, beide würden sie ihm sagen: ›Du Null! Du hast die Armseligkeit über uns alle gebracht.‹ Die Zwiebel war scharf. Er wischte sich mit dem Hemdsärmel über die Augen. Schnitt eine Sellerieknolle klein und schälte Karotten. Vielleicht eine Gemüsesuppe. Seine Gestalt, in all den Jahren, die er jetzt schon kochte, immer mit Schürze, nach Zwiebeln und Knoblauch riechend, vergnügte ihn. Er mochte sich selbst nicht. Im Gegenteil. Die Kraftlosigkeit, das Kochen oder Lösen des Kreuzworträtsels in der *New York Times*, ein langes

Solitärspiel, das Aufräumen der Küche, Abstauben der Bücher – nur so hatte er sich abgefunden mit seinem runden Rücken, seinem Schmerbauch. Der Schlüssel drehte sich im Schloss und Michal kam herein. Sie sagte lächelnd: »Ich bin es nur. Was erschrickst du so?« Ein langer Tag lag hinter ihr, von der Universität nach Jaffa, dann ins Café und zurück nach Hause, doch sie hat nichts zu erzählen, nur die Demütigung durch das Schweigen des Jungen verletzt sie, bereitet ihr Schmerzen. Sha'ul lächelte, spülte sich die Hände ab, wischte sie an der Schürze ab, setzte Wasser auf. »Setz dich, Michal, ich mach dir einen Tee.« Wie immer sagte sie mit müdem Lächeln: »Nein, lass nur, ich mach mir selbst einen.« Joni hatte sich daran gewöhnt. Sha'ul würde sich nie daran gewöhnen. Nicht ihr Körper ist verschlossen, sondern ihre Seele, nicht ein Loch gibt es, von nirgendwo kommt man herein, sie weiß nicht zu empfangen. Ich hasse dich. Michal streifte im Wohnzimmer die Schuhe ab, kam zurück in die Küche, lächelte ihm zu. Sein Gewissen quälte ihn wegen ihres Dahinwelkens. »Schade, dass wir nach Israel zurückgekehrt sind«, sagte er. Sie wollte ihn zu einem Ausflug einladen. Jahre, dass sie schon keinen Ausflug mehr unternommen hatten. »Er leidet mehr als wir, Michal. Joni leidet sehr.«

»Gibt es irgendwas Neues, was ich wissen sollte?«

»Ich habe vor, ihm die Unterschrift zu geben. Ich hab bereits versprochen ...«

Er sah sie nicht an, als sie aufstand und in ihr Arbeitszimmer ging. Tausende von Worten dröhnten in ihr, Millionen von Ameisen krabbelten in ihrer Kehle hoch, ihre Hände brannten wie mit Stacheldraht umwickelt, ihr Hals schmerzte. Sie kam zurück, setzte sich, stand auf, goss sich einen Tee ein, gab kalte Milch hinzu. »Ich wusste es«, sagte sie leise, ohne etwas hinzuzufügen. Hast du noch mehr Kinder? Ich will wissen, ob du noch mehr Kinder hast. Wieder mal habt ihr euch gegen mich verbündet. Sha'ul wollte sagen, dass ohnehin nichts geholfen hätte, Joni wird in einem Monat die Schule verlassen und sich zum Militärdienst melden, und was wir bekommen hätten, wäre nicht nur ein Soldat in einer Kampfeinheit, sondern ein Sohn, der nicht nach Hause kommt, aber er sagte: »Er hat ein Tor gekriegt. Ich hab ihn am Boden gesehen. Er hat geweint.« Sie war aschfahl. »Hagar hatte einen Sohn. Abraham hatte zwei. Verschwinde!« Er antwortete nicht.

»Ich will dich nicht mehr sehen. Seit Jahren stiehlst du mir mein Kind. Verschwinde von hier. Ich werde der Armee von seinem Asthma berichten.«

Einerseits war es angenehm, die Schürze abzulegen und zu flüchten. Andererseits – eine solche Verantwortungslosigkeit, sie allein zu lassen. Auch wollte er Joni sehen, ehe er ginge.

»Verschwinde oder ich liefere dich ans Messer, verstehst du? Das ist die beste Lösung. Ich werde dich anzeigen.«

Sie schrie. Nie hatte er sie so schreien hören. Er hatte keine Angst, wollte in ihrer Nähe bleiben. Ihr Geschrei wurde lauter. Er legte die Schürze ab und verließ die Wohnung. Nahm keine Schlüssel mit, um nicht in Versuchung zu kommen, sich ohne ihre Erlaubnis Zugang zur Wohnung zu verschaffen. Aber wie sehr wollte er seinen Sohn in die Arme schließen.

Sein Rücken schmerzte. Es regnete. Er ging und ging, bis er vor einem unbeleuchteten Haus stehen blieb. Gerberas blühten im Vorgarten, oder was immer zu Herbstbeginn blüht. An der Rückseite des Hauses ragte ein verputztes Fallrohr in die Höhe. Leise kletterte er daran bis in den zweiten Stock, öffnete mit Leichtigkeit das nach hinten gehende Fenster und schlüpfte ins Badezimmer. Der Badeanzug einer Frau hing dort zum Trocknen und verströmte Algengeruch. Er berührte ihn. Ein feuchter Aufnehmer lag vor der Badewanne. Er roch nach Schlamm. Dann hörte er flüsternde Stimmen. »Warum flüstern wir?«, lachte die Frau laut. Die andere Stimme murmelte etwas. Sha'ul stieß gegen einen Besen. Die beiden im Bett verstummten. Die Frau sagte: »Steh auf, sieh nach.« Sha'ul machte sich leise aus dem Staub so wie er gekommen war. Vom Fallrohr sprang er in den Garten, ging den Strand entlang, vielleicht eine Stunde, vielleicht mehr, suchte nach einem öffentlichen Fernsprecher. Wählte schließlich mit zitterndem Finger. Michals müde Stimme fragte: »Joni?« Er legte auf. Wenig später erreichte er eine Gasse, die er sehr gut kannte unter all den Straßen, die ihm nichts mehr sagten. Wie viele Jahre muss ein Mensch fort sein, damit er in seiner Stadt nichts wiedererkennt? Ein Mann mit Bart saß im Eingang seines Hauses, die Stirn auf einen Stock gestützt. Als Sha'ul näher kam, schlug der Mann ein Auge auf und sagte: »Ich bin hier, du kannst mich töten.« Sha'ul schwieg einige Zeit, sagte dann: »Ich werde dich nicht töten.« Trat noch näher heran. Als er das gleichmütige Lächeln des Alten sah, ließ er von ihm ab und ging. Die ganze Nacht kehrte er nicht nach Hause zurück. Schlief auf einer Bank im Park an der Straßenecke ein.

Adam

Ein paar Stunden zuvor, kurz nachdem sich Joni von seinem Vater getrennt hatte, antwortete ihm Jiftach am Telefon: »Nein, Joni, sie ist nicht zu Hause, aber ich werd ihr Bescheid sagen, sicher. Und, wie war das Spiel?« Joni kehrte nach Hause zurück, hasste sich selbst dafür, dass er sich hatte verleiten lassen anzurufen, stellte sich vor, wie sie neben ihrem Vater saß und Grimassen schnitt – immerhin hatte sie ihm mal gesagt, am allerliebsten brächte sie ihren Vater zum Lachen. Viele Jahre hatte er sie allein großgezogen, und als sie in der Grundschule war, hatten sie ihn zu jedem Gedenktag eingeladen, um von dem Gefecht zu erzählen, bei dem er seinen Arm verloren hatte. (»Ich wünschte, du könntest sehen, in wessen Hände sie die Armee legen. Im Stab dieses Generals, der meinen Vater gerettet hat, hängt eine Karte von Italien, und wenn er alle möglichen Sachen in den besetzten Gebieten ausheckt, erklärt er das anhand der Toskana. Außerdem spielt er italienisches Monopoly, kauft Hotels, Häuser, Straßen in Florenz, Rom oder weiß der Teufel, was bei denen noch auf dem Spielfeld ist, und er zwingt seine Sekretärinnen mitzuspielen, ich sags dir.«) Er wollte nicht nach Hause zurück, überlegte, gleich zu Antebi hochzusteigen, meinte dann, seinen Vater durch die Gegend wandern zu sehen, auf der anderen Straßenseite, langsam, allein, die Schaufenster betrachtend. Überlegte, zu ihm zu gehen. Brüderchen, auch dich liebt keine Frau. Da blieb Sha'ul stehen, um mit einer Blondine zu reden, doch die verscheuchte ihn mit einer vulgären Geste. Joni eilte nach Hause, hob die Hand, als suchte er nach einem imaginären Fenster. In Amerika, als Sha'ul verschwunden war, saßen Joni und seine Mutter zu Hause, aßen und schwiegen. Joni liebte seine Mutter, vor allem ihren Körper, und nachts wartete er immer auf sie, dass sie in sein Zimmer käme, um ihn zuzudecken, streifte manchmal absichtlich die Decke ab, und sie ließ nicht ein Vorübergehen an seiner Tür aus, ohne ihn zuzudecken oder seine Schlafanzugjacke zurechtzuziehen, aber nahm ihn weder in den Arm noch küsste sie ihn jemals, so zumindest erinnert er sich, auch wenn Sha'ul ihn gelehrt hatte, die Gewissheit des Erinnerungsvermögens in Zweifel zu ziehen. Jetzt saß Michal im Wohnzimmer und las. Als er hereinkam, nahm sie ihre Lesebrille ab. »Ich hab eine Frage«, stieß er hervor. »Gut, deine Stimme nach so langer Zeit zu hören.« Er war beleidigt, dass sie sein Versöhnungsangebot derart aufnahm, wandte sich ab und sie rief ihm nach: »Joni, komm her.« Dann folgte sie ihm in sein Zimmer und sagte: »Ich habe eine solche Behandlung durch dich nicht verdient.« Vom Bett aus sah er sie an. »Wer von euch beiden hat wem den Laufpass gegeben, du Sha'ul, oder Sha'ul dir?«

Na bitte, den ganzen Abend hatte sie überlegt, was sie ihrem Sohn sagen würde, wenn er nach Hause käme, und jetzt muss sie reden. »Komm mit ins Wohnzimmer, Joni, ich möchte mit dir reden.« Er folgte ihr. Schaute auf ihren Hintern. Dachte an ihren Slip. Nur einen Sekundenbruchteil lang. Michal ließ sich in einen Sessel sinken und sagte: »Bist du bereit, deine Frage zu wiederholen?« Er senkte die Augen. »Hast du einen Liebhaber?« Tränen schossen ihr in die Augen. Ihre Schultern bebten, sie vergrub das Gesicht in den Händen. »Es tut mir Leid«, meinte er, wagte aber nicht, näher zu kommen. Michal ging ins Badezimmer und kam wieder. Schweigend saßen sie sich gegenüber. (Als er elf war, hatte er sie gefragt: »Michal, liebst du Sha'ul?« Und sie hatte gesagt: »Aber sicher, was für eine Frage? Er ist mein Mann.« Doch der Junge war hartnäckig geblieben: »Warum sagst du ihm das dann nie?« Und sie: »Es gibt Dinge, Joni, die sagt man nicht, aber es gibt andere Wege, Liebe zum Ausdruck zu bringen.« Da hatte er gefragt: »Denkst du, man braucht überhaupt Liebe?« Und sie hatte ihm damals geantwortet: »Braucht man, mit ganzer Kraft, Joni, ganz sicher, wie Wasser in der Wüste braucht man sie.«)

»Meine Freundin hat mich verlassen, Mama.«

Er bemerkte das Zittern, das sie durchlief (Jahre, dass er sie nicht mehr Mama genannt hatte), und sagte, ungewollt, mit noch stärker bebender Stimme: »Ständig rufe ich sie an, aber sie will nicht mit mir reden.« Sein Leid war unverkennbar, und dennoch betete Michal, dieser Augenblick der Gnade möge niemals vergehen. Vielleicht hatte sie gut daran getan, ihren Mann aus der Wohnung zu werfen. (Einmal hatte seine Freundin erzürnt zu ihm gesagt, nachdem sie sich wieder einmal gestritten hatten über das, was nicht zwischen ihnen passierte: »Ich lass dich nicht ran, aber andere lasse ich schon, weil ich die nicht liebe, aber dich liebe ich, ich liebe dich, will dich an jeder Stelle meines Körpers, in meiner Scheide, im Po, im Mund, in den Ohren, der Nase.« All das hatte er Antebi erzählt, weil er sich schämte und ihr nicht glaubte, vergessen wollte und vielleicht tatsächlich vergaß.) »Sag, was haben Mädchen lieber, dass man sie immer wieder anruft, oder dass man sie …« Ein Kloß steckte in seiner Kehle. Er blätterte in ihrem Buch, ohne hinzuschauen.

»Hast du Papa überhaupt jemals geliebt?« – »Sha'ul ist einer der wunderbarsten Menschen, die ich je kennen gelernt habe, der wunderbarste überhaupt.« – »Denkst du wirklich so?« Sie wollte – und wusste nicht wie – die Art und Weise beschreiben, wie bei ihr Joni Sha'ul abgelöst hatte, wie beide zusammen den Platz ihrer Gefühle zu Sha'ul besetzt hatten. Seit du zur Welt gekommen bist, bin ich nicht mehr wirklich verheiratet, aber dich habe ich im Gegenzug nicht bekommen. »Ich hab dir nie von meinem Vater erzählt.« Sie wollte auch, dass Sha'ul anriefe, sie würde ihn bitten zurückzukommen, hier zu sitzen. »Niemand mochte ihn. Ich wuchs in einer Umgebung auf, in der niemand meinen Vater mochte.«

»Sag, dieser Professor, der dich angeschrien hat …«

»Wer hat mich angeschrien?«

»Du weißt schon, der, der dich hier angeschrien hat, hier zu Hause, dass du eine Hure seist, und den du rausgeworfen hast.«

»Holz. Morris Holz. Ein schrecklicher Mann.«

»Schrecklich oder nicht, ist was gewesen zwischen euch?«

»Nein, wie kommst du darauf, Joni? Er hat mich beleidigt, wegen unserer Kontroverse um eine Vorlesung am Studientag, und guck, was du gleich denkst.«

»Die Wahrheit ist, dass er teuer dafür bezahlt hat.«

Er lächelte sie an. Jetzt wollte sie tatsächlich wissen, was er meinte. »Erinnerst du dich, dass jemand ihm alle Reifen aufgestochen hat?« Dabei hatte Joni in Wahrheit noch Schlimmeres getan. Er hatte Holz geschlagen, von hinten, an seinem Wagen, kräftig, hatte ihn getreten, und der Typ hatte um Gnade gewinselt. Nie hatte der Junge gewagt, irgendjemandem von dem Ereignis zu erzählen, hatte Angst, war aber stolz darauf, und jetzt endlich weihte er sie ein. Lediglich Antebi hatte er es erzählt. Hatte sogar noch übertrieben. Antebi war böse auf ihn geworden, zu seiner Überraschung.

»Joni, er hat mir Schreckliches angetan. Vor allem heute. Er hat mir die erste Stunde meiner neuen Einführungsveranstaltung zerstört. Aber ich bin nicht sicher, dass er eine solche Rache wert ist. Er ist ein bemitleidenswerter Mann. Früher war er von Verehrerinnen umgeben. Geblieben ist ihm eine einzige Examensstudentin, eine nette. Ich hoffe für ihn, dass er …«

Sie hätte noch ein Kompliment hinzufügen sollen und wusste nicht, wie. Erneut saßen sie sich schweigend gegenüber. »Wo ist Sha'ul?«, fragte er und sie sagte: »Ist weggegangen.« – »Ich geh aufs Dach.« Er fürchtete sich vor dem Warten auf den Anruf.

»Warum gehst du zu ihm nach oben? Du weißt nicht, wer der Mann ist, weil du noch nie was von der Antebi-Affäre gehört hast.«

»Antebi ist wie ein großer Bruder für mich. Mehr noch. Und nimm zur Kenntnis, dass ich im nächsten Monat ausziehe. Und dass Sha'ul für mich unterschrieben hat.«

»Ich weiß, Joni, und ich rege mich nicht auf, weil ich das stoppen kann. Ein Anruf und ich kann das stoppen.«

»Versuchs, wir werden ja sehen. Versuchs bloß …«

Sie quälte sich aus dem Sessel, auch ihr Rücken schmerzte, und suchte nach einer Zigarette. Als sie eine gefunden und angesteckt hatte, redete sie auf ihn ein. Wie sehr wollte er, dass sie redet, dass sie niemals damit aufhörte, wie sehr liebte er sie.

»Als ich in der ersten Klasse war, war ich in einen Jungen verliebt. Adam hieß er. Als wir älter wurden, brachte sein Vater ihn außer Landes, damit er nicht zur Armee geht, und ich hab geweint. Ich hab ihn sehr geliebt. Sein Vater blieb hier und sorgte dafür, dass der Junge weit weg war, dort, bei Verwandten, nur weil er irgendeinen Vortrag gehört hatte über einen großen Krieg, der fünf Jahre später ausbrechen sollte.«

Joni zog ein warmes Flanellhemd über. »Fast hätte ich dich Adam genannt, als du geboren wurdest.« Wo ist Sha'ul?

»Ich muss gehen, Michal. Kommst du klar?« Sie wollte ihn aufhalten. »Interessiert dich überhaupt nicht, was in der Armee mit dir passieren wird?« Er sah sie mit hochmütigem Lächeln an. »Was wird passieren?«

»Guck dir deinen Vater an. Seit dreißig Jahren kann er nicht zur Ruhe komme. Nachts kommen sie zu ihm, brüllen. Und er bittet um Verzeihung. Geh nicht zur Armee, Joni. Geh nicht. Mein Vater ...«

Sie ergriff seine Hand. Eine warme Hand hatte sie. Joni schreckte zurück, sah sie an und machte mit dem Finger eine kreisende Bewegung an seiner Schläfe. Sie sagte: »Ich bin nicht verrückt«, aber Joni floh. Sie starrte auf den Fernseher, um nicht zu weinen. In den Nachrichten war der Knessetabgeordnete Bloomberg, sonderbarerweise ein Cousin von Sha'ul.

»Die Leopardin gehört liquidiert«

Der Herbst brachte keine Linderung für die Familie Eybeschitz, aber es gab noch mehr bedauernswerte Familien im Lande. Die israelischen Sicherheitskräfte töteten auf dem Tempelberg sehr viele Demonstranten, genauer gesagt Araber, also kein Blutbad. Für ein Viertel davon, genauer gesagt Juden, also ein Massaker, bombardierte die Luftwaffe Schulen und Wohnviertel an allen möglichen Orten, weil irgendeine Lehre erteilt werden sollte, wobei nicht klar war, welche, und auch die Affäre um die Leopardin kam nicht zur Ruhe, obgleich die Presse dazu überging, die Meldungen über sie dort zu platzieren, wo über die getöteten Palästinenser berichtet wird, im Mittelteil am unteren Ende der Seite. Dann aber platzte der Skandal um die Rekrutin Hagar Bloomberg, die Adjutantin von General Eres Rezef. Man hatte sie gezwungen, als Teil ihrer Adjutantentätigkeit die Leopardin zu füttern, und auch hier irrte die politische Kaste, der es wohl allein ihrem Wesen nach bestimmt ist, falsch zu liegen: Noch bevor man Hagar zum Militärdienst eingezogen hatte, wurde ihr Vater in die Knesset gewählt, überraschend und entgegen allen Prognosen der Presse. Seine Partei hatte ganz zuoberst auf ihr Wahlprogramm die Forderung gesetzt, in den Städten unentgeltlich auf Bürgersteigen parken zu dürfen, und natürlich – wie alle – Zionismus mit großem Z, ohne Gestammel; auf dem zehnten Listenplatz führte sie sogar einen ehemaligen Dissidenten aus Russland und sammelte erfolgreich Gelder von jüdischen Spendern in Amerika. Ihre Stimmen kamen hauptsächlich von drei Beduinenstämmen, die sich danach sehnten, eine eigene Säuglingspflegestation zu bauen von den Geldern, die ihnen die Aktivisten von Bloombergs Liste versprochen hatten, wenn sie geschlossen für die Parkerlaubnis auf städtischen Bürgersteigen stimmten. Und dann, unmittelbar nach den Wahlen – abermals entgegen allen Prognosen in der Presse, die jetzt, wie es Siegern zusteht, dieser Partei große Ehrerbietung zollte –, spaltete sich die Fraktion in drei Einzelfraktionen. Eine Fraktion schloss sich der Koalition an und bekam als Gegenleistung den Posten eines stellvertretenden Ministers für die Belange des Hebräischen in der Diaspora, eine zweite Fraktion schlug sich auf die Seite der Opposition, während der Parteiführer, Shamai Bloomberg, zum Zünglein an der Waage wurde zwischen Koalition und Opposition, die sich die Sitze in unserem ehrwürdigen Parlament pari pari teilten. Zur Überraschung aller verlangte Bloomberg für das Stimmen mit der Koalition zum neuen Etat lediglich ein Fernsehinterview. Ins Studio brachte er eine ärztliche Bestätigung über die Toxoplasmose, die seine Hagar während ihrer Schwangerschaft bekommen hatte, eine Krankheit, die schwangeren Frauen nur von Katzen oder Leoparden übertragen wird. Dies war ein schwerer Schlag für die Armee. Niemand aus der Entourage des Generals hätte geglaubt, dass Bloomberg über die Schwangerschaft reden würde, wegen der Blamage, so zumindest nahmen sie an, als sie ein Kriegsspiel über die Angelegenheit durchführten, aber der Knessetabgeordnete brachte alle Szenarien durcheinander und verzieh nicht. »Sie ist schwanger geworden, na und?«, brüllte er und schlug auf den Studiotisch. »Ob sie schwanger ist oder nicht geht einen Frauenarzt etwas an und sonst niemanden. Genau darüber haben wir in unserem Wahlprogramm gesprochen. Und ob sie schwanger werden darf oder nicht, ist meine Sache, ganz allein meine, meine, meine. Auch darüber haben wir in unserem Wahlprogramm gesprochen. Die Leopardin gehört liquidiert. Sie hat eine Fehlgeburt erlitten wegen dieser Leopardin.« Nach diesem hochnotpeinlichen Interview – wer in den Nachtredaktionen der Zeitungen, die die öffentliche Meinung des nächsten Tages kreieren, war nicht geplatzt vor Lachen – wurde Bloomberg durch die Medien zur lächerlichen Figur, doch feingeistigere Meinungsbildner, von denen fünfzehn Prozent sogar einen akademischen Titel führen, waren erneut überrascht herauszufinden, dass Bloomberg bei dem, der in ihrer Beobachtungspostensprache ›der Mann auf der Straße‹ genannt wird, zur verehrten Persönlichkeit geworden war. In den großen Städten tauchten Wandparolen auf, die forderten: »Die Leopardin gehört liquidiert«. Unterdessen saß Adam Lotem in jenen Nächten in seinem Wagen vor Michals Haus, wartete, dass Joni aus dem Haus käme, wollte ihn sehen, wie sehr wollte er ihn sehen. Seine Kameraden im Generalstab dachten, er sei deprimiert, weil er vorhatte, der nächste Oberbefehlshaber zu werden, aber er wollte bloß heiraten und einen Sohn bekommen, fürchtete sich zudem vor Shulamits fülligem Körper, dessen Geruch ihn abstieß. Manchmal saß er in seinem Wagen zusammen mit einer schönen Soldatin und erzählte ihr, dass auf dem Dach, ganz oben, ein Mann wohne, der ihn töten will, und vielleicht bat er sie zuweilen auch um etwas und bekam es vielleicht auch. Der Herbst kam, ein wirklich kalter Herbst, und amerikanische Kriegsschiffe füllten den Golf. Der Krieg musste ausbrechen, denn eine so große Armee holt man nicht nach Hause, ohne sie eingesetzt zu haben, denn alte Munition verdirbt wie Käse, wenn man sie nicht benutzt.

Herbst, Antebi spricht zu Jonathan

»Hat deine Mutter Angst, du gehst ihr drauf, oder hat sie Angst, du wirst Kriegsverbrecher? Das ist mir nicht klar, Johnny. Aber du kannst ihr sagen, die Frage ist eine andere: Wie steht man in der Scheiße und bleibt sauber; nicht, wie viel Übles ein Mensch anrichten kann, sondern wie er es schafft, wieder damit aufzuhören. Von morgen an, Johnny – warum nenn ich dich Johnny? Ich weiß nicht, vielleicht such ich nach einem Namen, den dir noch niemand gegeben hat – werden sie euch die ganze erste Woche lang beibringen, ›Jawohl, Herr Kommandant‹ zu brüllen, wieder und wieder, und ihr werdet euch begeistern lassen durch eure vereinte Stimme, durch die genagelten Stiefel, den Rhythmus, und nachts, wenn ihr in den Zelten liegt und euch die Zehen jucken, wenn ihr versucht zu schlafen, werden sie plötzlich kommen, um euch zu wecken, und ihr werdet begeistert sein aufzustehen, werdet Witzchen machen, und genauso, wie ihr euch begeistern werdet, zu marschieren und irgendein stumpfsinniges Marschlied zu grölen, werdet ihr auch die ganze erste Woche mit heiserer Kehle ›Jawohl, Herr Kommandant‹ brüllen. Aber denk dran, Johnny, was ich dir gesagt hab: Die Frage ist immer, wie sich das Ganze aus der Warte eines Unbeteiligten sehen lässt, nicht nur den Pöbel, der ›Jawohl, Herr Kommandant‹ brüllt, die Schnauzen aufgerissenen und die Stimmen, die daraus kommen – versuch, die auseinander driftenden Stimmen herauszuhören, wie ein Musiker –, sondern auch die Offiziere, die nach einem hochmütigen Blick Ausschau halten, einem hysterischen, hochmütig und hysterisch, nach einem, der durcheinander gerät und den sie mit kompletter Ausrüstung auf den Hügel schicken, damit er dort ›Jawohl, meine hässliche Schwester‹ brüllt. Du wirst dir den Offizier begucken, Abiturient auch er, der etwas abseits steht als sähe er nichts, an den Fingernägeln kaut als hege er den Wunsch, mehr zu tun, nicht weiß, was er mit sich anfangen soll, hier ist er der Ranghöchste und bei den Offiziersbesprechungen der Rangniedrigste – und wirst mit all den anderen brüllen, voller Stolz, was wirst du brüllen, Johnny? ›Heil, Hitler‹? Nein, Johnny, du wirst ›Jawohl, Herr Kommandant‹ brüllen und aus dem Augenwinkel nach dem schüchternen Zugführer suchen, der vor sich hin stampft im Staub, gelangweilt, verlegen, betreten, bis eure Strafaktion beendet ist. Vielleicht wirst du sogar nach dem Kompanieführer Ausschau halten, der, von dem die Spieße euch heimlich erzählen werden, von all den geheimen Kommandoaktionen, an denen er beteiligt gewesen ist, voller Verehrung werden sie euch berichten, denn in all der Hysterie

Verehrung zu empfinden ist das größte Vergnügen, Johnny. Nicht von ungefähr liegen auf hebräisch die Begriffe Arizut – Tyrannei – und Ha'araza – Verehrung – eng beieinander. Hast du schon mal was von einem Gadi Panela gehört? Der hat uns unseren Sold immer auf einem hohen Baum ausgezahlt und wir sind raufgeklettert, jeder von uns, in voller Kampfmontur, und haben oben auf dem Baum salutiert, ›Jawohl, Herr Kommandant‹ haben wir gebrüllt. Warum sind wir raufgeklettert? Nicht des Geldes wegen. Auch nicht, weil wir uns geschämt hätten zu kneifen. Wir wollten seinen Erwartungen entsprechen. Was auch die Antwort auf die Frage ist, warum wir ihm bei den Schießübungen nicht in den Arsch geschossen haben, obwohl er hunderte von Löchern in seinen Allerwertesten verdient gehabt hätte, wie ein Sieb. Und das ist auch die Antwort auf die Frage, warum die armen Schweine von Soldaten mir nicht in den Arsch geschossen haben. Diese Offiziere, nach deren Blicken du Ausschau halten wirst, werden nicht reden, und du wirst ihre Augen suchen, wirst brüllen, rennen und ihre Augen suchen, und wenn einem von ihnen ein Finger fehlt, wirst du dich noch mehr hypnotisieren lassen.«

Jonathan saß gern auf Antebis Dach, auch wenn er nicht vorhatte, einen Bruchteil von all dem zu tun, was dieser ihm riet – aber er saß an Herbstabenden auf dem Dach, verfolgte erstaunt Antebis lautstarke Ausfälle gegen Jehoschua Pippano vom Hauskomitee, beobachtete Antebis heimliche Beratschlagungen mit allen möglichen Gestalten, vor allem mit Ali, Rafi und dessen schöner Freundin Iris Cohen, die aus Jonis Klasse. Joni hockte in der Dunkelheit, sein Körper versank in der Matratze, und wenn sie gingen, sagte jeder zu ihm, »Good bye, Johnny«, »Pass auf dich auf, Johnny« und »Nimms leicht, Johnny«. Und Johnny, der Junge Joni, den wir alle von Herzen lieben, weil er unsere Hoffnung ist, unsere ganze Hoffnung in diesem unseren Unglauben an die Möglichkeit, von hier zu fliehen, nicht Unglauben sondern im Gegenteil Hoffnung, warum auch fliehen, schließlich ist es möglich, das Leben hier zu etwas anderem zu machen – Joni jedenfalls hockt in der Ecke des Dachs im Schein des Novembermondes, der sich müht, nicht in der Wolkenbrandung unterzugehen, streckt die Hand aus, wenn sie zu ihm kommen, aufgeregt angesichts des großen Tages, auch sie sind aufgeregt, vor allem Antebi. »Tu, was du willst, denn du weißt, was du willst, stimmts?« Joni war dankbar, weshalb er aufs Dach flüchtete vor seinen Schlafstörungen, vor dem Onanieren, den lästigen Fragen des weichlichen Sha'uls, dem schweigenden Telefon dieser Hurentochter, dem nervenzerrenden Warten auf einen Anruf von ihr, dem verärgerten Schweigen seiner Mutter und dem großen Streit mit ihr – jenem Streit, nach dem er beschlossen hatte, die gesamte Rekrutenzeit über nicht nach Hause zu kommen. Und was hätte er Antebi sagen können am Abend vor der Einberufung, nach dem langen Vortrag über die verachtenswerte Lust am Gehorchen? Nach langem Schweigen fragte Joni mit einem Mal: »Sag mal Antebi, erscheint dir mein Vater lächerlich?« Antebi sah ihn an, suchte nach Worten, stand auf, ging zur Brüstung, bückte sich, kam zurück und schaute ihn an – es war bereits sehr spät in der Nacht, der Regen tröpfelte, die Hündin stand abseits und kratzte sich am Ohr –, Antebi zog Jonathan von seiner Matratze hoch, presste die Stirn des Jungen gegen die seine, legte ihm die Arme um den Nacken und sah tief in seine verschüchterten Augen. Er stank nach Tabak und Haschisch.

»Johnny, hör einem einsamen und kaputten Mann gut zu. Jahre über Jahre werden vergehen, du wirst Söhne und Enkel haben, und doch wirst du dich erinnern, was er für dich war, ohne dass irgendjemand dir etwas vorsülzt. Und eines Tages, er wird schon nicht mehr sein, dein Vater, Sha'ul oder wie immer er in Wirklichkeit heißt – lustig, dass du nicht gewusst hast, wie er den Familiennamen deiner Mutter angenommen hat und warum er nicht mit seiner Schwester redet. Sie ist die einzige Nachbarin, die mir in diesem Haus nie Schwierigkeiten gemacht hat – unwichtig, eines Tages wirst du von deinem Vater nur noch seine Hände in Erinnerung behalten, nein, bloß die Wärme seiner Hände, den Schweiß, der ihm plötzlich auf die Stirn trat, wenn er seine Brieftasche öffnete, um im Restaurant euer Essen zu bezahlen, und nichts, aber auch gar nichts darfst du zwischen dich und diese Erinnerung treten lassen, keinen Anwalt der Sprache, niemanden. Was ein Mensch über seinen Vater weiß ist nur das Wenige, das er wirklich braucht: der Körper, das Flüstern, das Lied, das er vielleicht gesungen hat und an das man sich unmöglich erinnern kann ...«

An dieser Stelle brach Antebis Stimme. Er ging, um sich in eine Ecke des Dachs zu setzen, und seine Hündin folgte ihm. »Hab ich Recht, Gretchen?«, fragte er sie. »Gretchen, morgen wird Johnny eingezogen. Was sollen wir ihm wünschen?« Aber es gelang ihm nicht, die Fassung wiederzugewinnen. Ein dunkler Ballon ist der Himmel, errötet durch das Purpur der Stadt unter ihm, fliegt tief, langsam, voll gesogen mit Regen wird er jeden Augenblick platzen. »Komm, Johnny, setz dich zu uns.« Jonathan erhob sich von seinem Platz und ließ sich ein bisschen abseits von ihnen nieder. »Du hast einen wunderbaren Vater, Punktum. Und außerdem, geh jetzt zu ihr, denn du bist sicher nicht in der Lage zu begreifen, wie unbedeutend die Kleine ist, die dich verlassen hat, also geh jetzt zu ihr, klopf an ihre Tür und sag ihr, dass du morgen zur Armee gehst und dass sie aufhören soll, Spielchen mit dir zu spielen. Und dann steckst du ihn ihr rein bis zum Anschlag, wie du es kannst, Johnny, ja?«

Diesmal war sie am Telefon. »Hallo? Gefreiter Eybeschitz? Bist du noch wach?« Und da seine Vorstellungskraft die ganze Zeit einen anderen, traurigen Tonfall gehört hatte – ihre Stimme würde zittern, hatte er geglaubt, gehofft, würde bereuen –, brach jetzt sein Herz, wahrhaftig, zumindest für eine Sekunde, er schwieg und meinte dann erbittert: »Du möchtest dich nicht mit mir treffen, richtig?« Noch eine Spur kühler fragte sie ihn missmutig: »Vielleicht bei Antebi auf dem Dach?« Es fiel ihm schwer zu sprechen, und dennoch empfand er eine Art Glücksgefühl. »Warum quälst du mich? Warum tust du …« Er vergaß tatsächlich, was er die ganze Zeit gedacht hatte, wie sie neben ihrem Vater gesessen und ihm bedeutet hatte zu sagen, sie sei nicht zu Hause, aber sie sagte mit kalter Nüchternheit, bemüht, nicht zu weinen: »Weil ich keine Frau bin, Joni. Ich bin Jungfrau. Ich hab Angst. Ich bin eine von denen, die bloß dreckiges Zeug reden, ich hab Angst, ich verkrampfe und kann nicht.« Sein Herz machte einen Satz. Wieso versteht sie nicht, dachte er, wie sehr er sich freute. »Aber ich liebe dich. Ich liebe dich wirklich.« Sie wurde laut. »Aber warum? Ich bin überhaupt nichts für Männer, was klammerst du dich an mich?« Und trotzdem empfand er so etwas wie Beglücktheit, dass sie am Telefon war, gewöhnte sich sogleich an eine neue Ausgangssituation zwischen ihnen beiden, eine gänzlich neue, eine neue Existenz, sollte sie nur reden, wie sie wollte. »Ich gehe morgen zur Armee. Interessiert dich das denn überhaupt nicht?« Danach, es war bereits spät in der Nacht, trafen sie sich auf der Straße, nicht weit von ihrem Haus. Sie kam in einem gelben Herbstkleid, das ihr Haar noch dunkler machte, und wie immer nahm er ihre weiche Hand in seine; sie standen da wie zwei Kinder.

»Ich werds nicht schaffen, deine Hand zu vergessen, niemals, niemals.«

Schweigend gingen sie zum Strand, saßen im Sand und betrachteten die in der Ferne blinkenden Fischerboote. Weiter südlich von ihnen, wie eine Öllampe in einer kleinen Hütte, leuchtete Jaffa. Zufällig berührte ihr Ellbogen die Wölbung in seiner Hose. »Oho, Jonathan, ich erlaube das nicht.« Dann sagte sie etwas über ihren Vater, der Bauprojekte in Jaffa geplant habe, sagte, schamlos saugen sie denen das Blut aus. Jonathan sagte: »Mein Vater hat meine Mutter irrtümlich geheiratet. Sie hatten ihn beauftragt, sie zu verfolgen. Und er dachte, der beste Weg sei, sie zu heiraten. Das klingt komisch, aber es stimmt.«

»Wärst du bereit, mich zu heiraten, auch wenn ich mit einem anderen verheiratet wäre?«

»Versprich mir, dass du mir schreibst.«

Sie schwieg und auch als sie sprach, war sie nicht mehr wie vor einem Monat. Wie schnell alles vergeht, sich verändert. Nie wieder würde er eine solche Liebe haben. Ja, sie wird ihm schreiben. »Wirst du mir erotische Briefe schreiben?« Auch diesen Satz hatte er sich vor dem Treffen überlegt.

»Jonathan, wir haben uns bereits getrennt.«

»Warum?«

»Weil du mir das Leben zur Hölle gemacht hast. Weil ich nichts wert bin.«

Ihre Schönheit schmerzte ihn. Ihre Distanziertheit, ihre Fröhlichkeit. »Jetzt werd ich dir ein Abschiedsgedicht vortragen, eh du zu einer Fallschirmjägerausgeburt wirst.« Und mit bebender Stimme trug sie die wundervollen Reime vor: »Zuweilen, das Herz sich sehnt nach den Jahren / still und friedlich, einst die unsren waren / einer Zeit, da der Kosmos still ruhte und die Menschheit / gesättigt von Ruhe und Milde entschlummert zur Schlafenszeit.« Dann deutete sie mit schmaler Hand auf ein stummes Flugzeug, das im Westen am Horizont dahinzog. Wie viele Dinge wollte sie ihrem Jonathan sagen, wie sehr hatte sie jeden Abend auf seinen Anruf gewartet, und als sie ihr Schluchzen überwunden hatte, fuhr sie fort: »Gefangene der Trägheit wir alle vor lauter Mühe / Feuer das Geld wird verzehren, die Haut verspeisen das Eis / längst vor Trostlosigkeit umgekommen wir alle / wenn nicht das bisschen Liebe, das unser war.« Jetzt weinte sie tatsächlich, vergrub den Kopf zwischen den Ellbogen und weinte, wegen der Schönheit, dem Leben, das sich in diesen Momenten auftat, wegen des Gedichts, vielleicht wegen eines Bildes, das sie vor Augen hatte, einer Wahrheit, die bis an die Schwelle der Sprache vorgedrungen war, Einlass begehrte, und als er sie berühren wollte, machte sie sich los von ihm. Danach beruhigte sie sich, und beide blickten sie wortlos aufs Meer. Wie nah der Tod ist. Jenseits der Mauer, der Haut, der Worte. (Einmal, im Kunstunterricht, hatten sie sich ein Dia von Caravaggios *Die Geißelung Christi* angeschaut und Keren Silber sagte: »Zum Fürchten.« Und einer der Jungen, Gadi hieß er, sagte mit dünner Stimme: »Wir müssen sterben gehen, und diese Lehrerin schafft ihren Sohn ins Ausland«, denn das war es, was die Vertretungslehrerin Shulamit ihnen erzählt hatte. Worauf Iris Cohen ihn abkanzelte: »Was hat das damit zu tun, Schwachkopf?« Die Lehrerin schaltete das Licht wieder an. Gadi sagte: »Ich, zum Beispiel, hab meinen Vater nie kennen gelernt.«) Bald schon, wenn sie Jonis Leichnam würden identifizieren müssen, vor der Beerdigung, werden Michal und Sha'ul nicht imstande sein, den Raum, in dem die Toten aufgebahrt liegen, zu betreten, sodass seine Freundin hineingeht. Wenige Augenblicke danach wird sie aschfahl wieder herauskommen, werden unzählige Augenpaare sie anstarren. »Das ist nicht er«, wird sie sagen. Seine Stimme hallt in ihren Ohren wider, ›Die Wahrheit ist das Ende‹, denn das war es, was er ihr auf einem Ausflug, den sie zum Carmel gemacht hatten, gesagt hatte, als ein arabischer Hirte starkes Mitleid in ihr weckte, in ihm dagegen rein gar keins, oder vielleicht ja doch, aber Joni hatte geschwiegen. Und vielleicht hatte er ihr damals, auf dem Friedhof, gesagt, ›Das Ende ist die Wahrheit‹, doch ihre Ohren füllen sich mit schrillem Pfeifen, mit Schreien, und alles, was sie will, ist, dass ihr Vater sie mit beiden Armen umfängt, dann wird sie ohnmächtig und als sie wieder aufwacht, wird der Kopf ihres Vaters ganz nah bei ihr sein.

Sie kehrten vom Strand zurück. Im Treppenhaus, als er versuchte, sie zu befummeln – ihr Rücken drückte auf die Gegensprechtasten bei allen Nachbarn, deren Stimmen sich nacheinander meldeten, verschlafen, erbost, sodass sie vor Lachen keine Luft mehr bekam, sich von der Klingeltafel löste und auch er lachte –, holte sie ein Stück Papier aus ihrer Hosentasche. »Heb das als Andenken an mich auf«, sagte sie. Wie sehr sie seine unschuldige Liebe wollte. Wie sehr sie sich vor etwas fürchtete und nicht wusste, wovor, wobei sie durchaus auch Angst vor seinem Jähzorn hatte, jedes Mal, wenn sie sein Knutschen unterbrach. Unter seinen Habseligkeiten, nachdem man seinen Eltern alles zurückgegeben haben würde, alles, bis auf ihn, wird sich auch dieses Stück Papier finden, auf dem seine Freundin für ihn das Gedicht von Bialik aufgeschrieben hatte. Gadi, sein Zeltgenosse, wird seinen Eltern das Stück Papier bringen, wird denken, Joni habe das Gedicht verfasst. Und bis zu ihrem letzten Tag auf Erden wird Michal in dem Glauben leben, Joni habe diese Zeilen bei sich getragen wegen seiner heimlichen Liebe zu ihr.

Als Joni von dem nächtlichen Ausflug zurückkam, schlief sein Vater im Sessel, die Brille bis auf die Nasenspitze verrutscht, sein Mund aufgerissen wie bei einem Toten. Leise huschte er an ihm vorbei. Der Abschied am Meer war schön gewesen. Der Geruch ihrer Haut war stärker als jedes Wort und als das Salz. Er freute sich, dass er seine Eltern nach Israel zurückgebracht hatte. Ich gehöre hierher, sagte er sich, bevor er einschlief, und im Traum bekam er von einem Mann, der seinen Vater verfolgte, einen Fußball. Alles klärte sich auf im Traum und flog davon wie ein Ballon aus der Hand beim Erwachen.

Armee

Als er aufwachte und auf die Uhr neben dem Bett sah, war es bereits halb sechs am Morgen. Er döste noch für einen Moment vor sich hin, als schwämme er unter der Decke des Schlafs, stand dann aber sogleich auf und zog sich leise an. Sha'ul schlief noch immer in dem Sessel, in dem er eingenickt war. Joni warf einen Blick ins Schlafzimmer. Seine Mutter schlief, die Hand neben dem Kopf zur Faust geballt, das braune Haar fiel ihr in die Augen. Im Flur steckte er ein, was sein Vater ihm zubereitet hatte, und schlüpfte leise aus der Wohnung. Er glaubte, sein Vater rufe nach ihm, ›Joni?‹, war versucht sich umzudrehen, drehte sich nicht um, sondern trat auf die Straße, blieb an der Bushaltestelle stehen, nervös. Sein Mund fühlte sich trocken und klebrig an. Die Sonne ging bereits auf. Es war kalt. Er hatte nicht einmal ein Sweatshirt mitgenommen, zitterte, meinte, er habe sich bereits daran gewöhnt, allein zu sein, oder zumindest war es das, was ihm angesichts der in einer Glasfassade gleißenden Sonne in den Sinn kam. Er verscheuchte das Bild seiner zum Frühstück erwachenden Eltern. Seine Hände waren sehnig. Ein weißer Pkw hielt neben der Haltestelle. »Schalom, junger Mann, weißt du, wie man zur Rekrutierungskaserne kommt?« – »Ja, ausgerechnet da will ich auch hin, was für ein Zufall.« Er stieg ein und erklärte dem Fahrer den Weg. Der Mann schwieg die ganze Zeit bis zum Schlagbaum des Armeelagers. Eltern standen dort und umarmten ihre Söhne, Schwestern küssten, Mütter weinten, Autos parkten wild durcheinander, Militärpolizisten schafften Ordnung und eine große Sonne brannte im Osten. »Ich muss hier aussteigen, nicht?« Der Fahrer antwortete nicht. Ein Soldat öffnete ihm das Tor und ließ den Wagen durch, ohne Fragen zu stellen. Als sie den eigentlichen Ort des Geschehens erreichten – eine sehr lange Schlange junger Burschen drängte sich dort bereits –, sagte der Fahrer zu ihm: »Ich bin Adam.« Joni zögerte einen Augenblick und sagte dann begeistert: »Sind Sie der Adam meiner Mutter? Der, den man außer Landes geschmuggelt hat, damit er nicht in den Krieg gehen muss?«

»Nein, nein. Ich bin der Adam, der deine Mutter außer Landes geschmuggelt hat.«

Lotem streckte Jonathan die Hand hin. Aller Mut, der den Jungen in der Kühle der nackten und leeren Straße erfüllt hatte, vor den Glasscheiben eines Wolkenkratzers und der sich darin reflektierenden Sonne, war wie weggeblasen. Er wollte noch weitere Fragen stellen, ließ es aber bleiben. Er wird von vorn beginnen: wird zerstören, aufbauen, abbrennen, löschen, rennen, robben, springen und aufsteigen.

Der Winter zwischen Ende 1990 und Anfang 1991 war ein böser Winter, nass und kalt. Nur wenige Frühlingstage leuchteten darin mit Kreuzkraut und angenehmer Sonne, mit Schneckenschleim auf dem hier und da mit Mohnblumen sich bedeckenden Erdboden. Nicht nur, dass Jonathan es schaffte, einen ganzen Monat die Bronchitis zu verheimlichen, die ihn befallen hatte, nicht nur, dass er zu niemandem soziale Kontakte knüpfte, immerzu rannte und sich stählte – er ließ sich auch auf keinen Fall zu Geständnissen verführen, und genau in jenen Momenten, in denen er etwas über sich selbst erzählen wollte, riss er sich am Riemen, dachte an Antebi, während ihn die Gestalt seines Vaters schmerzte, die armseligsten Auftritte des Vaters sich in Jonathans Augen vermischten mit jenen Momenten, in denen er dessen großes Geheimnis verehrt hatte – und genau dies, die Geheimnisumwittertheit seines Vaters, die ihn niemals hatte ruhen lassen, die diesen in seinen Augen zur abscheulichsten Person überhaupt gemacht hatte, genau die wollte er sich zur zweiten Natur machen, da er sicher war, dass sein Vater nicht bloß Hausmann oder selbst ernannter Privatgelehrter war, sondern ein außergewöhnlicher Mensch, und gerade deshalb hasste er diese Geheimniskrämerei, peinigte sie ihn, weil es ihm weder gelang, an sie zu glauben, noch gelang, nicht daran zu glauben. Er schrieb auch nicht nach Hause und rief nie an. Die Seele ist wie Rotze, entweder man spuckt aus oder schluckt es herunter. Eines Nachts schlief er ein und wachte wegen eines nicht enden wollenden Hustenanfalls und Atemnot auf. Seine Stirn glühte. Er warf einen Blick auf seine Zeltkumpane, niemand hatte etwas mitbekommen. Dann trat er hinaus in die Dunkelheit, machte ein paar Schritte, wollte ausspeien, was sich ihm mit dem Husten im Mund gesammelt hatte. Die Luft war kalt. Er zitterte. Einer der Wachposten sah ihn. »Was ist los, Johnny?« Joni würgte den Schleim hinunter. Nichts. Er hatte nur einen Ort mit etwas Licht gesucht. Wozu ein Ort mit etwas Licht, Johnny? »Um an meine Alten zu schreiben.« So reden bei uns die Männer auf dem Weg von der Mutterbrust zur M-16.

Jeden Morgen um sechs stand Michal auf, korrigierte leise Arbeiten, machte sich lange Notizen, da sie nur knapp bemessene Zeit hatte, neue Fachaufsätze zu lesen. Sie hatte ein großes Forschungsstipendium bekommen, und ringsumher bereitete man sich auf den Krieg vor, Gasmasken und Wasserflaschen verteilen, Fenster abkleben. Holz wollte ihr durch die Fakultätssekretärin mitteilen lassen – die Gerüchte um ihre bedrückte Gemütslage hatten schnell die Runde gemacht –, er könne ihren Sohn vom Militärdienst befreien lassen, und außerdem solle sie sich daran erinnern, dass er es auch gewesen sei, der dem Jungen zur Aufnahme in das Fußballteam verholfen habe, so die Sekretärin. Michal reagierte nicht. Hielt eisern durch. Sie hatte einen Fehler gemacht, als sie aus der Einberufung eine große Sache gemacht und ihrem Sohn nicht nachgegeben hatte, und außerdem den Irrtum begangen, die Armee nicht über sein Asthma zu informieren. Nach allem versuchte sie sich jetzt zu beruhigen, was war schon groß passiert? Der Sohn von Michal Eybeschitz war zu einer Kampfeinheit gegangen wie sämtliche Söhne aller Dozenten an der Universität, und niemand machte daraus solch eine große Sache wie sie. So nahm sie sich in Acht, nicht über alle ihre Ängste zu sprechen. Begnügte sich mit ihrer Sorge um sein physisches Wohl. Hinsichtlich ihrer Angst, er könnte zum Mörder werden, schwieg sie. Die Angst vor seinem Tod war wichtiger als die um seinen Charakter. Sie dachte viel an ihren Vater. (An einem jener Tage war sie auf der Straße unterwegs, als ein Junge rief: »Die Frau da redet mit sich selbst, Mama.« Seine Mutter entschuldigte sich bei ihr und Michal suchte das Weite. Der Junge riss sich aus der Hand seiner Mutter los, ging hinter Michal her und imitierte ihren Gang. Die Mutter befahl dem Jungen zurückzukommen, doch er gehorchte nicht, sondern fuhr fort, Michal nachzuäffen, bis sie einen Bus bestieg. Aus dem Fenster sah sie, wie die Mutter den Jungen schlug. Der Junge weinte.)

Zu Hause ist es still, sie und Sha'ul bemühen sich, miteinander zu sprechen. Einmal sagte er zu ihr: »Ich, Michal, hab nicht hierher zurückkommen wollen, richtig?« Es stimmte, dass er nicht hierher hatte zurückkehren wollen. Andererseits hatte er es nicht geschafft, dort zu leben. Im Fernsehen wird mit wachsender Begeisterung über die Truppenkonzentration am Golf geredet, eine Art Vorfreude auf das Blutbad. Was haben wir hier aufgebaut? Ein Leben auf ihrem Blut. Die Nachrichten sind beendet. Sha'ul kommt zurück. Er kann keine Nachrichten sehen. »Wenn es Krieg gibt, wer weiß, ob sie nicht plötzlich israelische Soldaten hinschicken, um dort mitzumischen, sie würden sich über die Gelegenheit freuen«, meinte sie zu ihm. »Weißt du, was das ist, das ›Ausschöpfen eines Freibriefs‹?« Sie wusste es nicht. Bat ihn, er möge es noch mal wiederholen. Er lächelte, entschuldigte sich für seine Aufdringlichkeit, kehrte zurück zu seinem Buch, beschämt, sie gestört zu haben. Sie dachte, er sei beleidigt. »Mach nicht aus allem so ein Gewese. Erklärs noch mal.«

»›Ausschöpfen eines Freibriefs‹ ist auf Befehlsebene die Bezeichnung für etwas Verschwörerisches, grünes Licht für eine Aktion – sogar von gewaltigem Ausmaß – in der Annahme, dass es einem erlaubt ist, das zu tun, was man tun wird, selbst wenn nichts Dergleichen gesagt wurde, ja beinahe das genaue Gegenteil der Fall ist, aber im Nachhinein niemand mehr Fragen stellen wird, es sei denn …«

»Es sei denn was?«

»Deshalb haben sie Rabin in der Armee verehrt. Er hat diese Falschspielerei zur Regel gemacht. Die ganze große Okkupation von 67 war das Ausschöpfen eines Freibriefs durch die Amerikaner. Das ist das Modell von Freiheit, das mir Angst einjagt. Die Freiheit der Mächtigen.«

Er wusste, dass sein Gerede sie nicht interessierte, weshalb er alles Weitere unhörbar zu sich selbst sagte. Wenn Joni etwas zustieße, könnte er seinem Leben ein Ende setzen. Die Vorstellung seiner eigenen Beerdigung und die seines Sohnes ließ ihn Grauen empfinden, wie das Grauen, das ein Stummfilm seinem Betrachter verschafft, nachts, im Bett, vor dem Fernseher.

Am 15. Januar 1991 begann der Golfkrieg, der größte Krieg in der Geschichte unseres Volkes, und die ganze große und gewaltige Armee mitsamt ihren Panzern, ihrer Luftwaffe, ihren Atombomben und weit reichenden Geschützen, diese ganze Armee saß da wie ein Golem und tat nichts. Ab und an trat irgendein für die Disziplin in der Truppe zuständiger Stabsfeldwebel aus seiner Baracke und scheuchte eine x-beliebige Einheit auf, um die Sauberkeit im Feldlager zu kontrollieren, aber in der Regel verkrochen sich auch die Stabsfeldwebel vor lauter Schande in ihren Behausungen. Wenn es eine Armee gibt, möge sie sofort auf den Plan treten, stellte Professor Blut fest, doch wenn es keine Armee gibt, wozu dann Bürgersteige sauber machen? Aber in den besetzten Gebieten fuhr man fort, auf Demonstranten zu schießen, und Lotems Einheiten entführten, verhafteten und schlugen unverdrossen weiter und bereiteten sich vor allem pausenlos auf einen wirklich großen Volksaufstand und die Vollendung des Kriegs von 1948 vor.

Heimlich spuckte Joni grünlichen, eitrigen und Unheil verheißenden Schleim. Er hatte Fieber, zitterte, sagte aber trotzdem kein Wort, schaffte es, sein Geheimnis zu bewahren. Zu seinem Glück führten sie an jenem Tag keine Übung durch und warteten wie alle Soldaten und Kommandeure dieser Armee auf Befehle. Exakt an jenem Tag, dem 15. Januar 1991, fuhr Sha'ul Joni besuchen. Er stahl sich auf den Stützpunkt, schlich bis zu den Mannschaftszelten, suchte noch ein paar Minuten, fand dann seinen Joni und fragte ihn fröhlich: »Wie gehts Joni?« Joni sagte: »Ich bin krank, Papa.« Sha'ul legte seine Hand auf die Stirn des Jungen. Joni fuhr zurück und überlegte es sich dann anders, die Berührung war ihm angenehm. »In einer Stunde bin ich zurück«, versprach der Vater und eilte in die nächstgelegene Stadt. Als er den leeren Bus bestieg, bemerkte er von dort, wo er stand, eine junge Frau, die allein etwa in der Mitte des Busses saß und aus dem Fenster sah. Er blieb einige Zeit neben dem Fahrer stehen, war unschlüssig und setzte sich zu guter Letzt ausgerechnet neben sie, holte ein Buch aus der Tasche seiner Jacke und las. Sie erreichten die Stadt. Sie stieg vor ihm aus. Er sah sie von hinten. Ihr Hintern war wohlgeformt, ihre Hose war neu und betonte die Ritze in ihrem verführerischen Po. Nach einer Stunde, ohne sich die geschlossenen Läden angesehen zu haben, war er in das Armeelager zurückgekehrt und brachte Joni, der wie alle in seinem Zelt lag, die sorgfältig eingepackten Tabletten und den Sirup. Joni kam ihm entgegen. Seine Beine waren schwach. Sha'ul wies ihn an, die Medizin nach den Mahlzeiten zu nehmen und viel zu trinken. »Wie lassen sie dich jedes Mal hier rein?«, wollte der Sohn wissen, die Stimme von Auswurf belegt. Sha'ul lächelte, sein Gesicht war in den Monaten des Getrenntseins gealtert. »Das bin gar nicht mehr ich. Ich bin ein alter Vogel, der zurückbleibt, nachdem die Seele sich aus dem Staub gemacht hat.« Es kümmerte ihn nicht, was der Sohn über sein Selbstmitleid sagen und ob er ihm danken oder nicht danken würde. Es war viel Verbitterung in ihm wegen seiner verlorenen Liebe, und nachdem er Joni noch ein paar Instruktionen gegeben hatte, wollte er ihn eigentlich ganz fest in den Arm nehmen, drückte dann aber nur seine Hand und ging. Joni wollte ihn zurückrufen, ihm danken, aber etwas hielt ihn davon ab.

Sha'ul kehrte nach Hause zurück und informierte Michal über die Bronchitis, sagte, Joni werde mit der Krankheit ganz toll fertig und vielleicht sei es gut, dass er auf diese Weise lerne, Schwierigkeiten zu meistern. Er dachte an die junge Frau im Bus. Er hatte sie nicht angesprochen. Aber was war sein Leben vor der Geburt seines Sohnes? Er konnte sich sein Leben ohne ihn nicht vorstellen und manchmal dachte er sich sein Leben von neuem aus, wenn Jonathan und Michal sterben würden. Dann schreckte er zurück und stellte sich selbst als toten, aufgedunsenen Vogel vor, rücklings auf der Straße liegend, dem der Wind die Federn auf der Brust zerzaust.

»Bei einer Übung mit unserem Zug, in al-Sindiyana, hatte ich einen Feldwebel, der mich ständig fertig gemacht hat. Ich wollte ihn töten. Habs versucht. Hab ihn nicht erwischt. Manchmal denke ich, die glücklichsten Momente sind die des Verfehlens.«

Michal betrachtete ihn ernsthaft. Er hatte eine Tiefe in sich, die andere Menschen, die sie kannte, nicht hatten. Aber warum vergleicht sie immer?

Semesterende

Am Mittag des 21. Januar 1991 – auf dem Höhepunkt des so genannten »Golfkriegs«, dieser Riesenposse zu Ehren des ausklingenden zwanzigsten Jahrhunderts, dieser hektischen Parodie auf seine Schrecken – bevölkerten Studenten paarweise die Pfade des Campus, hielten Gasmasken und erörterten in kultivierter, klarer Sprache simple Probleme. Manchmal setzte einer von ihnen eine Maske auf. Niemand lachte. Eine Art Eingeständnis der allgemeinen Lächerlichkeit von uns allen. Michal verließ die Universität, in der einen Hand ihre Tasche und in der anderen eine Gasmaske, und ging zur Bushaltestelle, schön wie immer. Die Studenten verehrten sie, einer von ihnen ging neben ihr her. »Ich kann Sie fahren. Ich hab noch einen Helm, im Topcase.« Sie ließ sich anstecken, lachte laut. »Ach, Sie meinen mit dem Motorrad? Nein. Das ist schon nichts mehr für mich, außerdem habe ich einen Rock an und will sie nicht von hinten umklammern.« Sie dachte an Joni und lachte. Da kam wieder diese Stimme von damals, rief sich mit einem Mal ins Gedächtnis – wann war das gewesen – »Michali, Michali«. Wie viel in einer Stimme liegt. Sie drehte sich zu ihm um. Der Student bestieg sein Motorrad und brauste mit röhrendem Auspuff davon. Ein hünenhafter, übergewichtiger Mann hievte sich aus einem weißen Pkw als klettere er an einem Seil hoch, blieb vor dem Wagen stehen, die Hände in den Hüften, lächelte nicht, wirkte ein wenig verschüchtert. Michal überlegte, ob sie weitergehen sollte, als sich plötzlich aus der massigen Gestalt des Mannes eine jungenhafte schälte. Sie stellte ihre Tasche und den Karton mit der Gasmaske auf den Bürgersteig, nahm ihre Brille ab, um diese anzuhauchen, wischte sie mit dem Saum ihres Pullovers ab, setzte die Brille wieder auf, nahm Tasche und Schutzmaske auf, wartete nicht, dass er auf sie zukäme, sondern überquerte langsam die Straße, um ihn sich näher anzusehen. Er streckte ihr die Hand hin. Sie lächelte höflich. »Ich kann mich nur mit Mühe erinnern.« Obwohl er glaubte, sie verstelle sich, sagte er nichts. Feiner Regen setzte ein, benetzte ihre Brillengläser. Da lachte Michal und sagte verwundert: »Adam, was machst du hier?« Sie war nicht etwa reserviert. »Adam? Du bist doch Adam, oder?« Lotem war ihr zutiefst dankbar für diesen Tonfall. »Schalom, Michali. Du fährst mit dem Bus nach Hause, mit dem 45er. Der Bus ist brechend voll. Und alle haben Gasmasken dabei. Ich fahr dich. Ich kenne den Weg.« Sie zuckte mit den Schultern und lächelte. Er öffnete ihr die Beifahrertür, lief ausgelassen um den Wagen herum auf die andere Seite. Die nackte Michal vom Schießstand, nachts auf der Decke, zwischen all den Paaren, wie Würmer, die Michal verschwand, wurde geschluckt von der wunderbaren Frau, die jetzt neben ihm saß, und gut.

Er schaltete das Gebläse ein, aber die Wärme benebelte ihn. Kurbelte das Fenster herunter, sah nicht zu ihr, kalt, warm, keine Luft, Wind, er wusste, dass sie seine hektische Geschäftigkeit bemerkte. Wie jeden Abend begann die Massenflucht aus der Stadt. Michal schien, als bemühe sich ihr Fahrer, einen Schleichweg für sie zu finden, und wollte nicht stören. Er schloss das Seitenfenster wieder, drehte die Heizung an, schaltete das Radio ein, machte die Heizung wieder aus, und als sie auf einer Seitenstraße waren, meinte sie zu ihm: »Also, Adam, erzähl mir von dir. Bist du verheiratet? Hast du Kinder? Was machst du überhaupt?« Lotem sagte aufgeräumt, als erzähle er von seinen Erfolgen: »Oh nein, ich bin nicht verheiratet und Kinder habe ich keine, und was ich mache? Nun, das ist jemandem, der mich nicht wirklich kennt, schwer zu erklären, im Grunde genommen gar nichts, ein großer, verfetteter Mann, der eine Glatze kriegt, ein komischer Kauz.«

»Also hast du keine Frau, die dich aushalten muss, immerhin, das heißt ... Kinder ... du warst doch so ein beliebter Typ.«

Sie bereute, selbstverständlich, derartige Fragen. Andererseits wusste sie nicht, wie sie ihn anders zu einem Gespräch animieren sollte, er war schließlich nicht ihr Chauffeur. Lotem schwieg. Michal dachte, sie habe ihn beleidigt.

»Nein, Kinder habe ich keine.«

»Bist du geschieden?«

»Nein, ich bin einfach kein erfolgreicher Mensch. Du erinnerst dich sicher.«

»Du wolltest Agronom werden, nicht?«

Erneut fanden sie sich in der Fahrzeugkarawane wieder. Rollten langsam dahin. Die sie umgebenden Wagen waren mit ganzen Familien gefüllt, bis auf den letzten Platz. »Wir haben ohnehin kein Auto, also bleiben wir zu Hause. Denkst du, es ist gefährlich, in der Stadt zu bleiben?« Noch immer ohne sie anzusehen, sagte er leise: »Dieser Krieg ist der größte Bluff unserer Geschichte. Das ist etwas, das es zu erinnern gilt, aber es ist zu idiotisch.«

»Die Angst der Leute ist kein Bluff.«

»Wenn das, was ich sage, zutrifft, Michali, dann ist hier – trotz aller Angst – an der ganze Sache nichts Wahres dran.

Die Wahrscheinlichkeit, bei diesem Angriff zu Schaden zu kommen, ist gleich null, jedenfalls geringer als die Wahrscheinlichkeit, in dem Stau hier in einen Unfall verwickelt zu werden.«

»Und was denkst du über diesen Angriff?«

»Nun, Michali, der Kommunismus liquidiert sich selbst, und wir werden Teil der Vereinigten Staaten sein, eine Art Berserker nach ihrem Gusto. Dein Vater wird diese Ära nicht überleben. Was wir mit den Palästinensern während der Intifada gemacht haben, werden die Amerikaner von jetzt an mit dem gesamten Nahen Osten machen, oder mit der ganzen Welt.«

»Ich muss nach Hause. Sha'ul wartet auf mich.«

»Sha'ul ist dein Mann, richtig? Der Mann mit Glatze?«

»Ja, Sha'ul ist mein Mann. Mein einziger Freund, der beste Freund, den ich je hatte.«

Ein Junge im Wagen vor ihnen zog Grimassen. Das Gespräch erstarb. Lotem wusste nicht, was er sagen sollte.

»Du heißt noch immer Eybeschitz. Und er?«

»Er auch ...«

»Wir sind da. Bitte, hier hab ich monatelang mit dem Wagen gestanden.«

Er übertrieb, selbstverständlich, und sie ihrerseits fragte nicht, warum er dort monatelang im Wagen gesessen hatte. Sie fragte auch nicht, wieso er den Weg kannte. »Wo bist du all die langen Jahre gewesen, Michal?« Er wollte sie ein weiteres Mal Michali nennen, schreckte aber zurück. »Ach, in den Staaten, ich dachte, du wüsstest das.« Aus der Tür ihres Haus trat Sha'ul, ging mit einem alten Einkaufskorb, blieb stehen, hob eine zusammengedrückte Konservendose auf, las die Aufschrift und warf die Dose dann in die Büsche vor dem Nachbarhaus. »Sha'ul meint, man sollte keine Plastiktüten verwenden«, entschuldigte sie ihn, bedauerte aber, dass er ausgerechnet jetzt aus dem Haus gekommen war. Sie würde ihn rufen müssen, schwieg trotz allem aber.

»Hier hab ich Nacht für Nacht mit dem Wagen gestanden.«

»Lebst du hier, in der Stadt?«

»Du liebst mich schon nicht mehr, hab ich Recht?«

»Dich lieben? Ich hab dich doch zwanzig Jahre nicht gesehen, Adam.«

»Etwas an unserer Vergangenheit macht dir zu schaffen?«

»Unserer Vergangenheit?«

Etwas kroch in sie hinein. Sie will nicht bleiben, und zwar aus dem Grund, dass sie eigentlich bleiben will. Deshalb wird sie nicht bleiben. »Ganz nebenbei, mein Vater ist gestorben, lange bevor die Sowjetunion abdankte. Schade, dass ich ihm nicht genug Wertschätzung entgegengebracht habe, als er noch lebte.« Sie sagte noch ein paar Dinge, Akademisches zwar, aber empfindsam, über ihre Karriere. Ihre Stimme gab nichts preis außer Schöngeistigkeit, denn das war es, wovon sie im Überfluss besaß. Sie dachte an ihren Sha'ul, war stolz auf ihn, dass er mit dem Korb losgegangen war, mit seinem verletzten Stolz, dachte an Joni, wo war er? »Soll ich dir die Wahrheit sagen, Michali?« Sie antwortete nicht. »Willst du die Wahrheit hören?«

»Nein, sag mir gar keine Wahrheit. Mir scheint, als ob … als ob du versuchst, mir irgendeine Unterhaltung über uns beide aufzunötigen, als würden wir zu ›wir beide‹, wenn wir über uns beide reden.«

Stille stand im Wagen. Michal beschloss, nicht weiter auf sein hässliches Flehen einzugehen, sprich sein Schweigen. Aber er fragte: »Kann ich dich hin und wieder anrufen?«

»Sicher.«

»Und Sha'ul?«

»Adam, Adam, man merkt, dass du nicht verheiratet bist. Es gibt ein Alter, da Menschen sich nicht mehr schämen zu fragen, wer das war am Telefon. Weil es unwichtig ist, weil man vergessen hat, eifersüchtig zu sein, weil man müde wird, zwischen Eifersucht und Scham zu zappeln.«

»Du klingst nicht optimistisch.«

»Im Gegenteil. Nach dem Dickicht öffnet sich das weite, freie Feld. Eine große Zukunft zusammen. Ein gemeinsames Kind. Mein Sha'ul sagt immer: Wir haben ein gemeinsames Körperteil, so schön, dass man weinen möchte. Und man weiß: Wir werden zusammenbleiben, nicht aus Resignation wie die Paare bei Hanoch Levin. Nein. Eine Art Stolz darüber, dass wir ein gemeinsames Stück Weg zurückgelegt haben.«

»So glücklich ist dein Leben?«

»Im Moment ist es eher traurig bei uns. Wir haben es nicht geschafft, unseren Sohn vom Militärdienst befreien zu lassen. Ich muss gehen. Wir haben nicht gewagt, ihn befreien zu lassen.«

Sie küsste ihn auf die Wange und wollte schnell aussteigen. Es gelang ihm noch, ihren Ellbogen zu fassen, ehe sie aus dem Wagen geschlüpft war. Vielleicht ist es Fünfzigjährigen tatsächlich nur möglich, Frauen aus der Vergangenheit zu lieben, ohne an die Vergangenheit zu denken. Er fuhr los. Hatte ihre Telefonnummer nicht bekommen. Er könnte ihr anbieten, in den Semesterferien mit ihm nach Italien zu fahren, aber etwas an ihrer Zugeknöpftheit verletzte ihn.

Sie wollte nicht auf einen Anruf von ihm warten, wartete aber dennoch. Etwas war in ihr erwacht, eine Sehnsucht, etwas Beängstigendes. Sha'ul erzählte sie nichts, obgleich sie vorgehabt hatte, es zu tun, und nach einer Woche oder mehr, Lotem hatte nicht angerufen, wuchs ihre Erwartung, wusste sie nicht, wie sie ihn finden sollte, hatte nicht die Absicht, ihn zu finden, und dennoch war da diese fantasierende, sich sehnende, in die Irre führende Kraft, die sie verleitete, an das Klingeln des Telefons zu denken, als müsse es jeden Moment kommen. Sie hasste diese Erwartung und noch mehr verlangte es sie, diese

Erwartung mit jemandem zu teilen, doch sie hatte niemanden. Sich stattdessen um Joni zu sorgen war eine andere Möglichkeit, und auch hier hatte sie niemandem, mit dem sie darüber hätte reden können.

Und warum rief Lotem Michal nicht an? Vielleicht dachte er an ihr Wohl und sagte sich, am Ende verliebt sie sich noch in mich. Es stimmt nicht, dass sie wegen ihres Vaters aus der Armee geworfen worden war. Sie hatte wegen Lotem einen Zusammenbruch erlitten, war sogar stationär behandelt worden, er war sie nicht besuchen gefahren, und mit einem Mal denkt er an sie wie an eine Gefahr, erinnert sich auch, wie sie im Sand unter ihm gelegen hatte, auf dem Schießstand, nachts, ohne sich zu bewegen. Er auf ihr, bringt ihre Hände, ihre Beine in Position, als sei sie gelähmt, und nur ihr Atem kommt ganz allmählich schneller, leise, leise, sie erregt ihn, gurrt wie eine Taube, und er lässt sich mitreißen. Abscheu kam in ihm hoch, er würde nicht mehr mit ihr reden. Warum hat er sie dann verfolgt? Er hat sie verfolgt, na und? »Deine Angst vor ihrem Zorn rührt aus einer Überbewertung deiner selbst«, hatte ihm Shulamit gesagt, und vielleicht hatte sie ja Recht. Sollte Shulamit sagen, was sie wollte, eine solch ferne Erinnerung, die den Körper weckt, hat etwas Optimistisches an sich.

Golfkrieg, Resümee

Krieg am Golf, und aus dem Radio sabbern die Nachrichtensprecher, schließlich sind sie der Speichel des Staates. Die Nacht senkt sich über Tel Aviv. Auch über Bagdad, aber Tel Aviv macht Bagdad zu einem verschwommenen Bild mit Schnauzbart, doch in jener Nacht sterben in Bagdad vierhundert Menschen. Ein kleines Mädchen namens Shadija stirbt, während es noch eine Puppe hält, die es am Tag zuvor unter den Trümmern des Nachbarhauses gefunden hat, während man Jazid vor ihr verbarg, der noch einen Tag zuvor gestorben war, auch er bei einem Bombenangriff, dabei hatte die Kleine ihm doch versprochen, ihn zu heiraten, und aus demselben Gebäude, in dem Jazid starb, konnte Umm Suheil sich gerade noch retten, mit Suheil, ihrem Sohn, vergaß dabei jedoch sein Asthmaspray. Er schlief auf dem Rücksitz in ihren Armen, im Wagen von Herrn Muchssin, und sie wusste vor lauter Unbehagen nicht, ob sie diesen bitten sollte umzudrehen oder nicht, doch der Junge bekam noch während der Fahrt einen Anfall, wie ihm erklären, dass sich der Anfall ohne das Asthmaspray nicht kontrollieren ließe, denn vielleicht geriete Muhssin wegen des Anfalls in Panik und würde sich weigern, sie weiter mitzunehmen, und als der Junge blau anlief, bat sie trotz allem den Nachbarn, der abgrundtiefen Hass gegen ihren Mann hegte, weil dieser einen Laden direkt neben dem seinen aufgemacht hatte, umzukehren, worauf er anhielt, sich umwandte, nicht zu ihrem Sohn und auch nicht zu ihr, sondern zu dem Haus, das sie in der Ferne zurückgelassen hatten, und sagte: »Schau« – auf Arabisch, selbstverständlich – »wir haben nichts mehr, wohin wir zurückkehren könnten, Umm Suheil«, und weiterfuhr. Die Straßen standen in Flammen, sie versuchte, den Jungen zu beruhigen, und alles, was in jenen Momenten in ihr brannte, war der Wunsch, ihrem Kind die eigenen Lungen zu geben. Unterdessen also werden in Tel Aviv Lobeshymnen auf den amerikanischen Angriff verfasst, weil man nichts von Umm Suheil weiß, nichts von Suheil und von Jazid, da die Bilder nur verschwommen gesendet werden, und außerdem – auch die Stadt Tel Aviv macht panische Angst durch, auch in einem ihrer Außenbezirke erleidet ein Junge einen Asthmaanfall. Und überhaupt, Einzelheiten lassen sich leicht vergleichen, das große Ganze dagegen ist schwerer zu beschreiben, und wer einstmals schrieb, »Die Welt ist alles, was der Fall ist«, hat vor lauter Unbekümmertheit vorgeschlagen, stillschweigend über alles hinwegzugehen, was sich nicht beschreiben lässt, aber unser Roman ist auch in Tel Aviv schon lang genug, und Bagdad ist nichts als ein Punkt auf der Mattscheibe, nicht einmal ein Bild, denn ein Bild ist eine Tatsache, hat wer auch immer mal geschrieben, das wie ein Lineal an die Wirklichkeit angelegt wird, ehe die Sprache auf den Plan tritt, um zu lügen, auszuradieren und zu verfälschen, Berechnungen anzustellen, die den Schmerzen kein Gehör schenken, den millionenfachen Schreien, die allesamt in den einen münden, »Mein Gott, mein Gott, warum hast du mich verlassen«. Und was ist mit den Toten am Straßenrand, den Mund aufgerissen, nicht zum Schrei, schon nicht mehr, vielleicht aus Entsetzen, vielleicht auch nicht, vielleicht wollte der noch lebende Mann nur ein einziges Wort sagen, eine Tatsache unter all den Tatsachen, welche die Welt zusammensetzen, und die zur Faust geballte Hand neben dem Kopf könnte vieles sagen, ohne Worte. Hat sie sich im Angesicht des Todes verkrampft? Und der von Fliegen bedeckte Junge, dessen Hand zu schwach ist, sie zu verscheuchen, wo ist er in dem Bild? Was sagt er über die Fakten, die die Welt ausmachen? Was weiß er über die (Fakt gewordene) Leiche der Mutter, die dort liegt, ist sie noch immer dieselbe Mutter, seine Mama, oder schon nicht mehr, und wann wird er den Unterschied begreifen, und wie sollen wir über das sprechen, was unaussprechlich ist? Wie dem Leser den Tod in Worte fügen, der Tag für Tag über Kinder kommt, die nicht die seinen sind?

4

Jiftach

Der heilige Joni

Sie war böse gewesen auf Joni, all die Tage, die er vor seiner Einberufung anrief, während ihr Vater sie bekniete, ihm doch irgendetwas zu sagen, will heißen, etwas Eindeutiges, aber sie bewahrte sich ihren Zorn; weil er sie nicht nur beleidigt hatte, als er sagte, sie solle verschwinden, da sie darauf bestanden hatte, sich nicht auszuziehen, sondern weil auch eine beängstigende Wut von ihm ausging, da sie sich nicht erweichen ließ, zur Sache zu kommen, weil sie eine richtig gute, ja sogar eine ganz, ganz enge Freundin sein wollte, aber eben nicht nur bloß Körper. Alles, was sie wollte, war, seine beste Freundin zu sein, weil Joni so ein unverbogener Typ gewesen war, als er zu ihnen in die Klasse kam. Gemeinsam hatten sie Ausflüge unternommen, er wollte die Blütezeit erleben, sagte, in Amerika setze die Blüte später ein und dass sein Vater ihm erzählt habe, wie schön die Blumenpracht in Israel sei, im Frühling, zu Beginn des Frühlings, wobei seine Augen lachten, aber seine Begierde, ein heldenhafter Soldat zu werden, hatte sie schon immer eine Art Überdruss empfinden lassen, Verzweiflung, Trauer, und auch sein Beharren, über Sha'ul, seinen Vater, zu sprechen, der wie ein Waschlappen wirkte, in Wahrheit aber ein Held war – oder auch nicht. In den langen Tagen und Nächten ihres unaufhörlichen Streits wollte sie, dass er sich etwas anhörte, was sie nicht auszusprechen wagte: dass sie ihn liebt und dass sie ein Leben lang zusammen sein werden, das ganze Leben, sich niemals trennen werden – unter der Bedingung, dass er ein guter Freund sein würde, sie nicht ängstigen, ihr nicht wehtun, ihr zuhören und mit ihr sprechen würde. »Sprich mit mir«, bat sie ihn jedes Mal, wenn er versuchte, sie auszuziehen, »Sprich mit mir, Joni«, aber er verhärtete sich, zog sich in sich selbst zurück, weigerte sich, etwas zu sagen, und nur einmal gestand er ihr zögernd: »Ich erinnere mich an die Zeit, da ich sprechen gelernt habe, als meine Eltern irgendeinen Gegenstand benannten und sich der Stimme folgend in seine Richtung bewegten. Ich hab damals begriffen, dass ein Gegenstand mehrere Bezeichnungen hat, nicht nur Namen, sondern auch Tonlagen. Immer war ein Unterschied zwischen dem, was meine Eltern untereinander sprachen, und jenem, was ich hören sollte. Nicht einmal zu den Dingen, zu denen sie sich äußerten, passte irgendetwas, von ihren schmallippigen Streitereien gar nicht zu sprechen. Ihre vordergründige Absicht stand immer in Widerspruch zu den Bewegungen ihres Körpers, als pflegten alle Leute um mich herum eine Geheimsprache, die man erst entschlüsseln musste, um sie zu verstehen; es Zeit kostete, zu verstehen, zu übersetzen, zu entscheiden und zu antworten: Der Gesichtsausdruck, das Spiel der Augen, Bewegungen anderer Körperteile. Der Klang ihrer Stimme brachte nicht zum Ausdruck, was sie dachten in Bezug auf eine Sache, einen Wunsch, seine Ablehnung oder Genehmigung, ganz im Gegenteil. Ich hörte nie Worte an den richtigen Stellen in Sätzen, die ich verstand, lernte nicht, Dinge zu begreifen, ohne zu wissen, dass die ihnen angemessene Sprache so oder auch genau gegenteilig sein konnte. Ich lernte nicht, mich zu irgendetwas eindeutig auszudrücken, abgesehen von meinem Glauben an das Schweigen.« Sie versuchte zu verstehen, was er da gesagt hatte. Er reagierte nicht. Ihre Augen füllten sich mit Tränen. Aber so war er immer. Als redete er, um ihr die Finger unten reinzuschieben, und wenn sie nicht einwilligte, schwieg er, war erzürnt, redete dann mit einem Mal ein bisschen, versuchte es erneut und schwieg abermals. So zumindest erinnert sie sich. Und wenn sie an jene furchtbaren Monate denken muss, fühlt sie sich schlecht, weil sie gehofft hatte, ihn bis an ihr Lebensende zu lieben.

Joni bestrafte sie, indem er die Liebesbriefe in Fetzen riss, die er ihr an den Wochenenden schrieb, wenn seine Kameraden nach Hause fuhren und er auf dem Stützpunkt blieb, so als sei dies Teil der manischen Abhärtungsübung, die er sich selbst auferlegt hatte. Anfangs wartete sie auf seine Briefe, begriff dann, dass er sie vergessen hatte oder aber Machtspielchen mit ihr trieb. Gut möglich, dass sie ihm – nur wenn er ihr geschrieben hätte, selbstverständlich – von ihrer Entscheidung berichtet hätte, nach Italien zu fahren, wie ihre Vertretungslehrerin geraten hatte, (die den Geschichten, die ihr die Schüler über sich selbst erzählten, sehr viel Aufmerksamkeit widmete), aber über die verstörenden Wachträume hätte sie nichts geschrieben. Denn nachts kam, zum Beispiel, eine große elektrische Säge und schnitt sie entzwei, der Länge nach, von unten nach oben, weshalb sie Angst hatte, schlafen zu gehen, und einmal hatte sie auch ins Bett gemacht, hatte sich viel Mühe gegeben, dass ihr Vater das Ganze nicht bemerkte, und sich von neuem nach ihrer Mutter gesehnt. Auf jeden Fall traf sie sich nicht mit Leuten, und eines Nachts träumte sie von Iris und wie sie sie küsste, Iris Cohen aus ihrer Klasse – warum ausgerechnet von ihr, verstand sie nicht –, sie erzählte ihr am Telefon von dem Traum, worauf Iris kam und bei ihr übernachtete. Sie schliefen eng umschlungen. Jiftach wusste nicht, was er sagen sollte, schämte sich und sagte nichts, weil er sich stets selbst die Schuld gab an allem, was schief lief. Und am Morgen, als Iris aufbrach, sagte sie an der Tür zu ihr: »Du verrätst keinem was?« Und Iris erwiderte: »Wem soll ich denn was verraten?« Dann fügte sie mit spöttischem Lächeln hinzu: »Und was gibt es schon zu erzählen?« Abermals verkroch sie sich in ihrem Zimmer, tagelang, ohne herauszukommen, betrachtete Kunstbände, beäugte nackte Frauen, männliche Nacktheit. Etwas machte ihr Angst, und vielleicht stimmt es gar nicht, was sie Joni erzählt hatte und was Freude in ihm weckte, in jener Nacht, bevor er zur Armee ging, dass sie noch Jungfrau war, aber zutreffend ist, dass sie Angst vor Männern hatte, und diese Angst wuchs beständig, denn je mehr sie sich mit Männern anfreundete, desto mehr fürchtete sie sich, bis sie sich völlig zurückzog, um lieber Musik zu hören, das *Stabat Mater* von Pergolesi, von Vivaldi und von Dvořák (sie hatte die Aufnahmen von Shulamit ausgeliehen bekommen, der Vertretungslehrerin für Kunstgeschichte). Wie sehr wollte sie in jenen Momenten, in den Stunden, da die Musik das Zimmer erfüllte, eine Mutter haben, und manchmal schien ihr, ihre Mutter sei Musik, also, nicht genau, ein bisschen anders, nämlich dass sie zusammen mit ihrer Mutter dieser Musik lauscht und beide einander zulächeln oder weinen. Jiftach, ihr Vater, kam an einem dieser Winterabende in ihr Zimmer, um sie zu fragen, warum sie nicht ein bisschen ausgehe, um Freunde zu sehen, warum sie sich sogar an Freitagen verkrieche. Worauf sie zu ihm sagte: »Ich bin religiös und kann nicht am Vorabend des Schabbat ausgehen, die Militärpolizei ist hinter mir her.« Seit wann ist sie denn religiös? Also, in der vergangenen Woche ist sie in der Musterungsstelle angetreten und hat dort dem Armeebeamten erklärt, sie sei in jeder Beziehung strenggläubig, natürlich, um nicht zur Armee zu gehen. In Wahrheit hatte sie dem Verwaltungsmenschen sagen wollen, sie sei Araberin, denn sie wäre tatsächlich bereit gewesen, sich zur Armee des Feindes zu melden, sprich zu der Armee, die als der Feind bezeichnet wird, doch am Ende half ihr nur ihre Strenggläubigkeit, vom Militärdienst befreit zu werden, und jetzt muss sie vorsichtig sein, da sie den vorgeblich Religiösen nachstellen. Vielleicht hatte sie ja wirklich Angst vor der Jagd nach Drückebergerinnen, vielleicht verspürte sie Sehnsucht nach Joni und sehnte sich jetzt sogar nach den verfluchten Nächten bei ihm, vielleicht. Jenseits der Wand hatte seine Mutter gesessen und Vorlesungen vorbereitet, weshalb sie sich flüsternd unterhielten, und auf der anderen Seite desselben Wohnzimmers, genau genommen hinter eben jener Wand, aber auf große Distanz zur Mutter, saß sein Vater wie eine alte Wanduhr und las Bücher. Sie hatte Angst, Joni gegenüber auch nur eine scherzhafte Bemerkung über seine Mutter zu machen, obgleich er selbst schlimme Sachen über sie sagte, die er danach bereute, immer. Und über seinen Vater wagte sie nicht die kleinste Kritik zu äußern, obschon Joni ständig darauf beharrte zu wissen, was sie über ihn dachte. In ihrer Liebe zum eigenen Vater war etwas Furchteinflößendes: Solange sie zurückdenken konnte, war er einarmig gewesen, hatte ihr Kleidungsstücke gereicht, die er gewaschen und sogar gebügelt hatte, hatte in der Küche gestanden und mit einer Hand gekocht, auch noch, als er schon ein gemachter Mann war. Und bei den Gedenktagen, wenn er auf der Bühne in ihrer Schule stand und freudig oder mit idiotischem Lächeln auf dem Gesicht von seinem Gefecht erzählte, wurde sie immer von Scham erfüllt, sah aber, dass er es liebte, vor den Kindern zu stehen – die Großen kannten alles auswendig, die Kleinen verstanden nicht, krümmten sich und hielten Pipi zurück –, während sie stocksteif und leichenblass dastand, jedes Jahr, und furchtsam die nicht Zuhörenden beäugte, die Lächler, die Gleichgültigen, und gleich nach dem Schlussakt (wie viele Male all das passiert war, weiß sie nicht mehr), wenn sie sah, wie er nach ihr Ausschau hielt, wischte sie die Tränen fort, trat zu ihm und umarmte ihn, umfing er sie mit einer Hand, warm und kräftig, flüsterte ihr Zärtlichkeiten zu, dachte, ihre Augen seien rot vor Aufregung oder vor Schmerz, denn schließlich schmerzte auch ihn seine Behinderung, über die er niemals zu sprechen wagte außer bei diesen Gedenkveranstaltungen, als annehmbare Form der Vermittlung von etwas Ekelerregendem, Erschreckendem. Er dachte, damit verschaffe er seiner Tochter große Befriedigung. Sie ähnelte ihrer Mutter wie ein Wassertropfen dem anderen, weshalb er sie mit zu den Treffen mit dem Vater seiner verstorbenen Frau nahm, bis der Kontakt irgendwann abebbte. Die Tochter mochte den Großvater nicht und der Großvater mochte Jiftach nicht, gab ihm die Schuld am Tod seiner einzigen Tochter, und beide, der Vater wie die Tochter, zogen es vor, den Großvater zu vergessen, der um seine Tochter trauerte, die nicht auf ihn gehört und jung geheiratet hatte, anstatt zu studieren und erwachsen zu werden.

Und so erzählte ihm seine Tochter, dass sie nicht zur Armee gehen würde, um dann plötzlich hinzuzufügen: »Es reicht, dass sie dir den Arm genommen haben, Papa.« Er war verletzt, sagte kein Wort, doch sein Schweigen regte sie auf, weshalb sie ihm entgegenschleuderte, sie verabscheue seine Geschäfte in Jaffa, selbst wenn er dort nur aus dem Grund Erfolg gesucht habe, damit sie in Wohlstand aufwachse, sodass er erneut verletzt war, als sie ihm schließlich aufgebracht vorhielt, er hätte längst heiraten sollen, damit eine Frau im Haus wäre. Aber er hatte nicht geheiratet, weil er niemals aufhörte, Sehnsucht nach seiner Frau zu haben, und auch Schuldgefühle wegen ihres Todes, da sie schwanger geworden war, überlegt hatte, gegen seinen Willen eine Abtreibung vornehmen zu lassen und später bei der Geburt gestorben war. Doch damit war Jiftachs Martyrium für jenen Winter noch nicht beendet, denn wenig später waren er und seine Tochter gezwungen, vereint in dem hermetisch abgeklebten Zimmer zu sitzen, aus Angst vor Raketenangriffen auf Tel Aviv. Die schmerzlichste Episode aber begann mit jenem Gespräch über die Einberufung. »Warum genießt du es überhaupt, Lotem zu Diensten zu sein? Stimmt doch, dass du es genießt, ihn von vorne und hinten zu bedienen?«

»Lot ist der einzige Freund, den ich habe, und ich möchte nicht, dass du solche Sachen über ihn sagst, wie kannst du … du weißt doch …«

»Aber über ihn sage ich ja gar nichts. Ich sage etwas über dich.«

Da hatte er sie geohrfeigt, das erste und einzige Mal, dass er so etwas tat, und sie hatte sich in ihrem Zimmer eingeschlossen, hatte geweint, geschwiegen und war für Stunden nicht herausgekommen. Einen ganzen Abend lang, vor der Tür ihres Zimmers, hatte er gebeten, sie möge ihm verzeihen, möge zu ihm herauskommen. Spät in der Nacht hatte sie die Tür geöffnet und war in seinen Schoß gefallen. Er hatte dort auf sie gewartet, auf einem Stuhl neben der verschlossenen Tür. Hätte er zu weinen vermocht, hätten sich ihre Tränen vermischt. Er fuhr fort, sie um Vergebung zu bitten, während sie flehte, er solle ihr verzeihen. Das ist das Allerschlimmste an Zerwürfnissen, dass nicht im Mindesten klar wird, wer schuldig und wer unschuldig ist.

Ein kleines Glück

Jiftach tat für Lotem tatsächlich alles, worum er gebeten wurde. Überwies jeden Monat für ihn Geld auf ein Konto in Deutschland, an eine Frau und ihren kleinen Sohn, ermittelte für ihn die Adressen von allen möglichen Frauen, inklusive Michal Eybeschitz, besorgte ihm alle paar Monate eine Putzfrau, wenn dessen Wohnung im Dreck versank, hatte Freude an seinen Geschäften, auch weil er alles brüderlich mit Lotem teilen würde – Lotem hatte ihm unter feindlichem Beschuss das Leben gerettet und seine Frau gekannt, die Mutter seiner geliebten Tochter –, wenn dieser aus der Armee entlassen wurde. Nach dem Streit mit seiner Tochter beschloss Jiftach, Lotem zu einem Abendessen einzuladen, damit er sähe, wie ähnlich sie ihrer Mutter sah (– die Tochter war jetzt in dem Alter, in dem er die Mutter geheiratet hatte). Dies war nicht die erste Einladung, gewiss nicht, auch nicht die zweite oder dritte. Jiftach lud ständig ein und Lotem versprach immer zu kommen, kam aber nie. Seit Jahren schon beendete Jiftach seinen Part bei ihren Telefonaten mit der Frage: »Vielleicht treffen wir uns mal irgendwann?«, während Lotem seit Jahren die Gespräche mit Antworten beschloss wie: »Vielleicht, ja. Warum nicht?« Wesentlich ist, an dieser Stelle zu sagen: Lotem ruft Jiftach regelmäßig an, manchmal einmal am Tag, zuweilen öfter. In der Regel ruft er an, wenn er niemanden zum Reden hat, aber dennoch reden will. Manchmal liegt er auf seinem Bett – einzuschlafen gelingt ihm nicht – und alles, was er zustande bringt, ist eine kurze Anfrage bei Jiftach. »Wie gehts, Jiftach? Alles in Ordnung? Die Tochter, alles bestens? Die Geschäfte, okay? Alles in Ordnung, ja? Das wars schon, wir sprechen uns.« Lotem rief Jiftach nicht als Gegenleistung für dessen Dienste an. In diesem Punkt irrte die Tochter. Andererseits, es ist schwer, alle Fasern zu isolieren, aus denen sich das Bewusstsein bündelt, und sie auf einen Schlag zu übermitteln, und auch, jedes Telefonat zu erklären, selbst wenn sein Wortlaut dem eines anderen Anrufs ähnelt. Manchmal bricht es aus einer Sehnsucht hervor, oder einer Schuld, einer Verpflichtung, oder aus allen drei Faktoren gemeinsam, oder nur aus zweien von ihnen, so widersprüchlich diese auch sein mögen – genau dieselben Worte, derselbe Tonfall: »Wie gehts, Jiftach? Alles in Ordnung? Die Tochter, alles bestens? Die Geschäfte, okay? Alles in Ordnung, ja? Das wars schon, wir sprechen uns.« Ihr müsst zugeben, ein solch alltägliches Gespräch führt ein Sohn mit seiner Mutter im Pflegeheim, mal angenommen, aber Lotem sprach nicht mit seiner Mutter, die in einem Pflegeheim untergebracht war, weil er ihr nichts zu sagen hatte, und da sie alt wie ein Fluch zu werden drohte, häuften sich die Tage und die aufgeschobenen Gespräche. Jiftach hingegen vergaß er nicht, sorgte sich auch nicht wirklich um ihn, freute sich aber, seine Stimme zu hören, hypothetisch gesprochen, und sei es nur als Routinekontrolle der Welt, die sich wie gewöhnlich um sich selbst drehte. Jiftach, seinerseits, ließ sich nicht verletzen durch diesen mechanischen Ablauf. Er war glücklich, Lotems Stimme am Telefon zu hören, spürte, wie sehr er diesen guten Mann brauchte, und manchmal konnte er, spät am Abend, dem Klingeln nach erraten, dass der Anruf von Lotem kam. Jiftach sah sein Verhältnis zu Lotem nicht so, wie es seine Tochter tat. Er – Lotem – war sein ganzes Glück. Doch von dem Moment an, da seine Tochter ihm mit fürchterlichem Geschrei ihre Vorhaltungen gemacht hatte, drohte etwas in dieser langen Freundschaft aus den Fugen zu geraten. Was passiert, dass ein Mensch plötzlich versteht? Das lässt sich tatsächlich unmöglich wissen. Es ist etwas Vergiftetes in der Erzählkultur, wenn man die Absicht verfolgt, auf derartige Fragen zu antworten, aber Jiftach sagte eines Abends, als Reaktion auf einen von Lotems uninspirierten Anrufen, nachdem er bereits die Standardantwort zur Möglichkeit eines Besuchs bekommen hatte: »Lot, ich hab dich noch nie in dieser Form gebeten. Diesmal kommst du. Ich hab ein schönes Haus. Sieh mal, du wirst es nicht bereuen.« Und Lotem, wie immer, versicherte »Ja, ja«, aber diesmal beschloss Jiftach, sich nicht zu genieren und erneut an die Einladung zu erinnern, jetzt und bei folgenden Gesprächen, wobei er zweimal eigenhändig anrief, um nach dem General zu fahnden, in dessen Wohnung, in seinem Stab, wo nicht, und wie eine schwärende Wunde einmal sagte: »Diesmal kommst du, nach all den Malen, die du nicht gekommen bist.« Und was erwiderte Lotem? »Ja, ja.«

Freitagabend, Schabbes

An jenem Freitagabend, dem Beginn des Schabbats, versuchte Lotem, zu Jiftach zu gelangen, kleidete sich eine Stunde lang an, na ja, vielleicht ein bisschen weniger; waschen tat er sich nicht. Im Sitzen dachte er nach, schnaufte, legte sich hin, setzte sich auf, stand einsam am Fenster, sah auf die Straße, Laternen gingen an und der Abend senkte sich über die Stadt. Die Sirene eines Streifenwagens heulte in der Dunkelheit auf und verschwand wie ein Nachtvogel. Warum will er nicht gehen? Er dachte an Jiftachs verstorbene Frau. Hatte er ihn damals verachtet ihretwegen? Weil sie noch minderjährig gewesen war? Wegen ihrer Schönheit? Ihres zierlichen Körpers? Ihrer großen Brüste? Unter seinem Fenster spielte ein Mädchen in langem Rock Himmel und Hölle, allein, hörte auf, malte sich noch ein Feld auf, doch die Kreide brach ab, sodass die Kleine nach einem Stein suchte, keinen fand, erneut versuchte zu hüpfen und schließlich aufgab. Durch die Fensterscheibe wirkten ihre Bewegungen wie ein stotterndes, gebrochenes, kollabierendes Ballett. Sie ließ sich auf der äußersten Ecke einer Parkbank nieder, umfing ihre Knie und zog sie an den Körper, sah in die Ferne. Dann stand sie wieder auf, hüpfte und setzte sich abermals. Ihre Schenkel waren schmal. Für einen Moment stellte er sich vor, wie er mit ihr schlafen würde, und schreckte zurück. Wenn ich eine Tochter hätte. Dann war ein Klopfen an der Tür zu hören. Na'ama, die

Frau von Dudu, seinem Freund seit Kindertagen. Warum er nicht ans Telefon gehe, wollte sie wissen, und warum er sie und ihre Kinder nicht besuchen komme. Sie schalt ihn auch wegen des Gestanks in seinem Zimmer. »Sag mir, wie es meiner Mutter geht«, sagte er. Sie machte sich daran, den Abfall aus dem Waschbecken in einen schwarzen Müllsack zu füllen. »Warum gehst du nicht los und besuchst sie?«, meinte sie dann, als ginge es um ihre eigene Mutter. »Sie erkennt mich ohnehin nicht«, klagte er. »Sie erkennt überhaupt niemanden, aber sie würde sich freuen. Auch dir würde es nicht schaden, jemandem unter die Augen zu treten, der dich nicht erkennt. Das würde dir ganz gut tun.« Er fuhr fort, auf die Straße zu starren. Na'ama meinte es gut mit ihm. Verzieh ihm, dass er ihre Kinder nicht besuchen kam, obgleich sie sich nach ihm sehnten. »Sie stiert einfach und sagt nichts, kein Wort?« Na'ama räumte weiter auf, beeilte sich, hatte ihren Jungen versprochen, vor Einbruch der Dunkelheit zurück zu sein. Lotem bewegte sich nicht vom Fenster weg. »Du bist mir noch die Geschichte über Bilha schuldig. Hast es versprochen.« Er sagte: »Ich werd dir eine Sache sagen: Sie hat sich nicht an die süßeste Begebenheit erinnert, an die ich mich erinnere.« – »Wann hast du sie getroffen?« – »Zehn Jahre her.« – »Vor zehn Jahren und du hast mir nichts erzählt?« Danach sprachen sie über andere Angelegenheiten. Na'ama war nicht böse. »Zehn Jahre?«, fragte sie plötzlich. »Ja«, bestätigte er ihr, »jetzt, da ich darüber nachdenke, erscheint es mir ziemlich schmerzlich. Sie konnte sich nicht an die süßeste Sache von allen erinnern.« – »Adi, hör auf mit deiner Banalität. Und das schmerzt dich noch immer?« – »Es hat mich nicht mal einen Augenblick lang geschmerzt. Ich hab dagesessen und mich selbst betrachtet, gleichgültig für den süßen Moment, der versank.« Sie nahm die beiden Müllbeutel und eilte zu ihren Kindern. Lotem stand am Fenster und blickte auf die in die Dunkelheit treibende Stadt.

Dann klingelte sie abermals an der Tür. »Bist du sicher, dass du nicht zu uns zum Abendessen kommen willst?« Und er: »Nein, nein.« Darauf sie: »Zehn Jahre hast du ein Geheimnis vor mir bewahrt? Hast dich geschämt, was Adam?« Und er wieder: »Nein, nein.« – »Warum hast du es mir dann nicht erzählt? Ah?«

Als er Bilha vor zehn Jahren ausfindig gemacht hatte, nachdem er sich jahrelang mit dem Gedanken an ein Wiedersehen amüsiert hatte – Jiftach war es, der ihre Adresse für ihn herausfand –, trafen sie sich. Sie war über vierzig, schöner noch als in ihrer Kindheit, groß gewachsen, blond, mit üppiger Brust und langen Fingern. Sie erzählte über sich selbst, das heißt, über ihren Mann, das Geschäft, auch zwei Kinder füllten eine Stunde zwangsloser Unterhaltung, und vor allem über ihre wahre Leidenschaft: Volkstänze. Lotem wollte nicht, dass sie aufhörte zu reden. Wider Erwarten sah sie dem Mädchen von damals ähnlich, in weißem Trägerhemdchen und blauen Turnhosen mit Gummibändern an den Oberschenkeln. Er verzichtete auf seine sexuellen Absichten. Und erzählte ihr dennoch die süße Erinnerung an den Kinobesuch, wie sie beide gemeinsam in einen Film gegangen waren und während einer erotischen Szene – sie waren zehn damals, der Film die Nachmittagsvorstellung – sich als Einzige geduckt hatten, gleichzeitig, nach unten, vor lauter Scham, und sie ihn auf dem Boden kauernd, zwischen den Sitzreihen angelächelt hatte. Bilha wiederum erinnerte sich an ihre Liebe zu einem Jungen, wollte seinen Namen nicht verraten, als sei von einer Peinlichkeit die Rede. Lotem beharrte darauf, erfreut, seinen unvergänglichen Glauben an ihre Liebe zunichte zu machen. Er hatte wirklich an ihre Liebe geglaubt. »Du hast keine Ahnung, wie sehr ich dich geliebt habe, wie sehr ich dich bis auf den heutigen Tag liebe, wie ich bei allem, was ich gemacht habe, auch an dich gedacht habe.« Sie zuckte mit den Schultern, lächelte, mehr nicht.

Lotem fuhr fort, an das Auf-dem-Boden-Kauern während der erotischen Sequenz zu denken, an die unschuldige und behagliche Erinnerung. Die Begegnung schmerzte ihn nicht. Der Junge, den sie geliebt hatte, hieß Amos oder Amnon. Oder Avi. Er hatte es vergessen.

»Ich muss gehen, Adi. Heute ist Schabbatanfang und die Jungs sind allein. Fahr zu deiner Mutter, Adi. Unser aller Gesicht wird zerstört, der Körper zerfällt, die Finger wirken wie vertrocknete Baumwurzeln. Allein die Augen bleiben ohne Alter. Sie erkennt niemanden, aber sie wird sich freuen, wenn du zu ihr kommst. Auch dir wird es nicht schaden, jemandem unter die Augen zu treten, der dich nicht erkennt. Das wird dir ganz gut tun, wird dir das beugen, was noch aufrecht geblieben ist.«

»Sie stiert nur und sagt nichts? Kein Wort?«

»Treffer. Auf Wiedersehen, mein teurer Freund.«

An jenem Freitagabend saßen Jiftach und seine Tochter und warteten auf den Gast. Die Tochter wusste natürlich nicht, wen sie erwarteten. Eine Überraschung, beschied der Vater. Auch die Anrufe bei Lotem, die ganze Woche über, führte er von seinem Zimmer aus, nachdem er sich versichert hatte, dass sie nicht lauschte. Schweigen stand zwischen ihnen. Er wusste doch, dass Lotem nicht kommen würde, warum hatte er ihn dann auf die Probe gestellt? Seiner Tochter wegen, die Zweifel gesät hatte – als glaubte er aus ganzem Herzen, dass sich seine Tochter irrte. Eine Stunde verstrich. Sie aßen alleine, wie gewöhnlich, und dennoch – ein Platz blieb leer. »Sie kommt also nicht, Papa«, sagte die Tochter. »Nicht weiter schlimm. Das Essen war toll und sie hats verpasst«, spottete sie und musste sich beherrschen, um keine Tränen zu vergießen. Vielleicht glaubte sie tatsächlich, es sei von einer Frau die

Rede, vielleicht wollte sie nur, dass es eine Frau sei. Später dann, in seinem Zimmer, nach einem traurigen Abend, rief er Lotem an: »Du bist kein Mensch, Lot. Du bist wirklich kein Mensch.« Und legte auf, hatte vielleicht Angst, seine Tochter könnte etwas hören, schämte sich vielleicht seines Ärgers, warum hatte er auch von Lotem etwas verlangen müssen, das Lotem nicht leisten konnte, warum hatte er sich selbst Schmerzen zufügen müssen? Lotem, seinerseits, wälzte sich in jener Nacht unruhig auf seinem Lager, schlief nicht ein, hörte auf, Anrufe zu beantworten. Ich bin es leid, etwas schuldig zu sein, sagte er sich. Hinterher bereute er, hatte aber Angst zurückzurufen, damit der andere womöglich einfach auflegte. Lotem war Jiftach Salmans rettender Engel bei der Übung zum Abschluss der Grundausbildung gewesen, hatte einmal auch zwei Soldaten verprügelt, die seinen kleinen Freund provozieren wollten. Jiftach wurde von allen verspottet. Für sich selbst kaufte er nichts. Zigaretten schnorrte er bei Kameraden, weshalb er auch ›Jiftach, der Geizkragen‹ genannt wurde, aber geizig war er nicht. Er sparte das Geld, um Telefonmünzen zu kaufen und jedes Wochenende seine junge Frau anzurufen. Am Schabbat, wenn sie ihn besuchen kam, gingen sie Arm in Arm über den Hindernisparcours. Bei einem saudummen Feuergefecht rettete Lotem Jiftach, der eine Salve in den linken Arm bekommen hatte, vornüber fiel und seinen Freund mit glasigen Augen ansah. Lotem schleppte Jiftach auf seinem Rücken, rannte mit ihm von rechts nach links, schnell, unter schwerem Beschuss, so zumindest schien es ihm. Beide überlebten sie, aber Jiftach verlor den Arm. Bereits im Verwundetensammellager ihres Regiments wurde der Arm amputiert von einem jungen Arzt, der in seiner Entscheidung vielleicht nicht einmal falsch lag, auf jeden Fall hätte man Jiftach besser verbinden müssen, noch im Unterstand, ehe man ihn aus dem Beschuss geschafft hatte, sagte der Arzt. Lotem war offenbar in Panik geraten oder hatte sich mit Verwundungen nicht entsprechend gut ausgekannt, weshalb er es vorzog zu rennen und seinen kleinen Freund an einen sicheren Ort zu bringen. Wie auch immer, Jiftach verdankte Lotem sein Leben, und Lotem, sofern ihr denn bereit seid, seine eigene ironische Pointe zu akzeptieren, eine reichlich verkommene Ironie nach alldem, verdankte Jiftach die Tapferkeitsmedaille und den Arm. Wir, unsererseits, mögen derartige Ironien nicht, wenn sie irgendeine Unumstößlichkeit zugrunde legen, über die hinaus sich keinerlei Ironie betreiben lässt, aber Lotem, um die Wahrheit zu sagen, bemühte sich sehr, ironisch zu sein, immer wieder. Und dennoch, nach jenem abrupt beendeten Anruf machte ihm Jiftachs Schweigen zu schaffen, setzte ihm wirklich zu, und von Mal zu Mal, wenn er ihn anrufen wollte, schreckte er davor zurück. Wusste die Tochter, was ihren Vater verletzt hatte? Nein. Aber ihre Liebe zu ihrem Vater war zu schmerzlich, zu komplex, manchmal wollte sie, dass er endlich glücklich würde, manchmal wollte sie, dass er tot wäre, und manchmal dachte sie überhaupt nicht an ihn, eine Art Amnesie, von der sie eines Tages, wenn er schon nicht mehr auf dieser Welt wäre, nicht verstehen würde, wie sie möglich gewesen war.

Ein großes Glück

Eines Nachts – Lotem schlief in seinen Kleidern, es war kalt, er hatte die Decke nicht finden können (er lag auf ihr) – schreckte ihn ein Anruf aus dem Bett hoch. Gerade hatte er von Jiftachs Frau geträumt, sie war nackt, zerbrechlich. »Jiftach?«, fragte er bang. »He, Adam, was gibts. Wir müssen uns irgendwann mal treffen.« Wochen, dass sie nicht angerufen hatte. Sogleich verspürte er den Drang, ihr die kalte Schulter zu zeigen, zu fragen, ›Wer ist da?‹, befürchtete aber, sie würde auflegen, was sie bereits getan hatte, als er etwas weniger Pikiertes gefragt hatte. »Immer sagst du, wie müssen uns treffen, aber du gibst mir keine Gelegenheit. Genießt du es, mich zu erniedrigen, oder was hast du?«

»Also, Adam Lotem, General oder nicht General, dein Trübsal ist an sein Ende gelangt, ist vorbei. Finito! Ich bin in Begriff, dir ein großes Glück zu offerieren, und wenn du ein unglücklicher Mann bist, ein unglücklicher Krieger, dann liegt das daran, dass du noch niemals eine vollkommene Aktion durchgeführt hast, eine eigene, etwas, das ganz allein dein war, mit Anfang, Mitte und Ende – und großes Glück, großes, mit der vollkommenen Aktion einhergehendes Glück, ist dir nie zuteil geworden, weil du zurechtgestutzt wurdest, sie haben dir einfach deine Aktion zusammengestutzt. Mithin – ich liebe es, gewähltes Hebräisch zu sprechen, zuweilen –, wenn du tatsächlich Berufssoldat bist, musst du versuchen zu verstehen, warum der Erfolg einer Aktion großes Glück bewirkt; und solltest du kein Berufssoldat sein – nebenbei bemerkt, wenn du keiner bist, liebe ich dich noch mehr, weil ich dann nicht mehr derartige Anstrengungen in deine Veränderung investieren muss, obgleich diese Zwangsbekehrung, das muss ich gestehen, auch ein gewisses Vergnügen mit sich bringt –, wenn du also kein Militär bist … Unwichtig, wir treffen uns an der Universität, in unserer Signorelli-Ecke. Verkleide dich nicht als Soldat. Komm in Zivil. Du weißt ja, solltest du noch mal in Uniform kommen, werde ich dich wegen meines Defektes nicht erkennen können. Ha, ha, ha.«

Ihre heuchlerische Nettigkeit war nicht ironisch, sondern eine Art kühler Herzlichkeit, und in seiner Liebe zu ihr, verschlampt im Bett liegend, war etwas Ermutigendes. Er würde sie flach legen. Sie ficken. Nicht sexuelle Begierde war hier am Werk, sondern die Angst, es könnte ihm nicht gelingen, sich ihr zu nähern. Und es brannte das Verlangen in ihm, dass sie wenigsten ein Mal nicht entfleuchte wie ein Vögelchen.

Am nächsten Tag wartete er in der Bibliothek, in der Ecke, versunken in *Die Beweinung Christi*, als sie sich von hinten näherte, er spürte, dass sie kam, aber er drehte sich nicht um, wartete angespannt bis zum Äußersten auf das Streicheln, das tatsächlich auch kam und dessen Berührung sich wie eine Droge in seine Haut ergoss, gebe Gott, dass ihr dieses wunderbare Gefühl kennt, werte Leserinnen und Leser, denn dies ist das Glück – sie streichelte sein Haar und presste ihre kühlen Lippen auf seinen Nacken, murmelte auch, »Ich liebe dich, Adam«, worauf er zurückfuhr, sich sogleich aber eines Besseren besann und der Lieblichkeit ergab, doch da hatte sie ihre Hände bereits von seiner Stirn gelöst. »Na, Adam, wartest du schon lange hier?« Von ihrem Tresen aus warf ihr die Bibliothekarin einen erbosten Blick zu, hatte bereits mehrfach beschlossen, sich zu beschweren, wusste aber nicht, zu welchem Fachbereich diese nicht zu überhörende Frau gehörte, vielleicht war sie ja bei den Naturwissenschaftlern, den Herren der Universität.

Wieder verleitete sie ihn, Kaffee zu trinken. Noch immer war es Winter und der Golfkrieg schon fast beendet, die humanitäre Sorge um die irakischen Kurden hatte eingesetzt und zeitgleich damit das unumgängliche Massaker des Westens an den Kurden in der Türkei.

»Man müsste einen Roman schreiben, vielleicht auch ein philosophisches Traktat, über das Verschwinden der Notwendigkeit zu lügen – niemand versucht mehr zu lügen, alles ist offensichtlich, und dennoch schert sich keiner darum.«

Sie umarmte ihn, weil sie ihm allem Anschein nach beipflichtete. Auf dem Vorplatz der Bibliothek holte ein älterer Mann sie beinahe ein, das Gesicht von grauen Bartstoppeln bedeckt, auf dem Kopf ein schwarzes Barett. Seine Hände zitterten. »Sind Sie General Lotem?« Lotem blieb stehen, wandte den Kopf nach dem Mann, befürchtete, wenn er mit Ja antwortete, würde Shulamit ihm weglaufen, und vielleicht deshalb bestritt er, General zu sein.

»Ich weiß, dass Sie General Lotem sind. Mein Sohn war bei der Sondereinheit, die sich als Araber verkleiden. Wissen Sie, wer mein Sohn ist?«

Aber wie kann ein General seine Soldaten anhand ihrer Eltern identifizieren, ohne ihren Namen oder ihre persönliche Kennnummer zu wissen oder zumindest ein Foto von ihnen zu sehen, ein Junge auf dem Schoß seines Vaters, oder seine Hand in der seines Vaters auf dem Weg zur Schule? Shulamit, auf jeden Fall, stand und verfolgte mit verhaltenem Lächeln die Unterhaltung zwischen dem schmächtigen, zitternden Vater und ihrem Hünen. Der alte Mann stand gebeugt, seine Augen suchten die des Generals, aber dieser sah zur Seite. »Sie wissen sehr wohl von dem U-Unfall. Die Kameraden von G-Gadi haben ihn getötet, aus V-Versehen. H-Haben ihm einundzwanzig Kugeln in den Kopf gejagt, aus nächster N-Nähe, ›Fangschuss‹ nennt man das w-wohl. Als wäre er ein Araber. Und er war gerade erst neunzehn.«

»Ich habe keine Ahnung, wovon Sie reden.«

»Mein Sohn ist wie ein H-Hund gestorben. Warum wird all das t-tot geschwiegen? Er hätte das Kaddisch für mich s-sagen sollen, und nun spreche ich das Totengebet für ihn, er wird k-keine Kinder und keine Enkel mehr haben, keine neuen S-Socken zu Chanukka. Und er wird den Eiffelturm nie sehen …«

Da meinte Shulamit zu dem um seinen Sohn trauernden Vater mit bebender, vor Hass grauer Stimme: »Warum ist Ihr Sohn überhaupt zu dieser Einheit gegangen?« Der Vater wusste nicht, ob er sie oder den General ansehen sollte, weshalb sie dachte, vielleicht nicht richtig verstanden worden zu sein, und erneut ausholte: »Warum ist Ihr Sohn überhaupt zu dieser Einheit von Verbrechern gegangen?« Der Vater war entsetzt. Er schlug die Augen nieder. Shulamit fasste Lotem am Ellbogen, um ihn von dort wegzuziehen, aber es gab auch eine Grenze für das, was Lotem ertragen konnte. Er machte sich von ihr los und kehrte zu dem Vater zurück, der mitten auf dem Bibliotheksvorplatz stand. Lotem wollte sich entschuldigen, stotterte. »Mein Herr«, sagte er sanft, berührte ihn am Revers seiner Jacke. Das Barett des Alten fiel zu Boden, Lotem bückte sich, um es aufzuheben – Shulamit ließ ihn nicht aus den Augen –, er legte sich die passenden Worte zurecht, verzichtete auf die Entschuldigung und reichte dem Vater seine Kopfbedeckung: »Sie verwechseln mich mit jemand anderem.« Damit war er wieder bei Shulamit, zog sie einen Moment lang gewaltsam mit sich, wie er es zu tun verstand, ja genoss es sogar. »Du hättest ihm das nicht sagen dürfen, ein bisschen Herz würde dir nicht schaden.« Dann ließ er ihren Arm los. »Weißt du, was du ihm hättest sagen sollen, Adam?« Er schwieg. War vielleicht eingeschüchtert. Machte sich abermals klein vor ihr. Dachte an Michal im Sand des Schießstands, dachte an Michals Joni, die Angst, der Junge könnte bei einer Aktion getötet werden, verfolgte ihn, er wollte sich davonmachen und hatte auch davor Angst. Der Alte fuhr fort, Passanten auf dem Campus nachzustellen, suchte Gehör und fand es nicht. Wer jüdische Geschichte lehrt, kann nicht verstehen, was dort geschehen ist, und wer allgemeine Geschichte lehrt, hat schon von Schlimmerem gehört.

Über die Kunst der Erzählung

Adam und Shulamit saßen und tranken Kaffee, schauten einander nicht an. Er war perplex über ihre Grausamkeit und sie wartete offenbar, dass er klein beigäbe. Er mochte auch keinen Kaffee, wusste nicht, wie er aufstehen und sich einen Tee mit Zitrone holen sollte. Rührte in seinem Kaffee, versuchte, einen Schluck zu nehmen, stellte ihn ab, während Shulamit mit vorsichtigen Schlucken trank. Er versuchte, ihre die Tasse umklammernden Finger zu küssen, und wich zurück, worauf beide abermals schwiegen. Er dachte an seinen fehlenden Finger. Da betrat ein Dozent die Cafeteria, gekleidet in einen kostspieligen dreiteiligen Anzug, beige mit Krawatte, eine Koryphäe für irgendwas. Shulamit setzte ihre Tasse ab und sagte für alle vernehmlich: »Oh, Schalom! Sie werden es nicht glauben, ich habe ihren Aufsatz gelesen, wunderbar, wunderbar.« Lotem nickte, pflichtete ihr bei. Der Doktor war ein wenig verlegen und fragte mit aufgesetzter Heiterkeit: »Welchen denn?«

»Den letzten, selbstverständlich. Wunderbar, wunderbar. Meiner Ansicht nach ein Meilenstein, und geben Sie das Thema bloß nicht auf, machen Sie ein Buch daraus, überlassen Sie die ungelösten Fragen ja nicht den geistigen Zwergen, die in Ihrem Gefolge auftauchen werden, lassen Sie nichts unbeantwortet. Monografien, das sage ich, sind ungleich wichtiger als Aufsätze. Vorwärts.«

Ihre lautstarke Jovialität steckte nicht nur Lotem an, der erneut mit dem Kopf nickte und zurückhaltend »Ja, ja« murmelte – diese Jovialität hob die Stimmung in der gesamten Cafeteria. Für einen Moment vergaßen sie sogar ihren Neid, auch jene, die den Mann im beigefarbenen Anzug hätten umbringen können für das, was er veröffentlicht hatte, und für das, was er noch nicht veröffentlich hatte, aber prahlte, bald zu veröffentlichen. Für einen Moment feierten alle die Überlegenheit des Buches über den Aufsatz, die Überlegenheit des Aufsatzes über die Rede und die Vorherrschaft der Rede über das Schweigen. Den jungen Dozenten im dreiteiligen Anzug (vielleicht nicht beigefarben, sondern eher ein heller Senfton) erfüllte Stolz. Er war ziemlich berühmt hierzulande, und verhasst, wegen seiner Auftritte in Fernsehserien, auch während des Krieges, und dank seiner legendär gewordenen Reportage eines Fußballspiels, bei der er gebrüllt hatte: »Thomas Jefferson hätte es nicht für möglich gehalten.« Seither wurde er Thomas Jefferson genannt. Und dennoch waren jetzt alle erfüllt von Sympathie für ihn, nur Lotem war erfüllt von Verehrung für ihr humoristisches Können, verzieh ihr, und wäre sie nicht mitten in ihrem großen Auftritt gewesen, hätte er ihre prächtigen Brüste gepackt wie zwei Elixierkolben. Verehrung ist Liebe, sagte er sich. Der seines Sohnes beraubte Vater war vergessen, zurück blieb nichts außer einer lastenden Besorgnis, vielleicht wegen Jiftach, vielleicht wegen dieses Alten, seiner zerbrechlichen Erscheinung, vielleicht beiden geschuldet. »Ich muss mit dir reden«, sagte er zu ihr. »Ja, ich weiß«, erwiderte sie leise. »Nein, du weißt gar nichts. Hör endlich auf mit diesem ›Ich weiß‹«, murrte er. »Doch, ich weiß, Adam, deshalb hab ich dich angerufen. Ich rufe nicht jeden an. Du, zum Beispiel, hast mich nicht angerufen, und ich verzeihe dir, weil du ziemlich unglücklich bist, weshalb ich beabsichtige, dir eine echte Aktion vorzuschlagen, mit Anfang und Ende, eine Aktion, die dein armseliges Leben verändern wird. Du führst ein reichlich armseliges Leben, Adam, und du weißt das.« Anstatt ihr zu sagen, ›Wie kann ich dich anrufen, wenn du mir nicht erlaubst, dich anzurufen?‹, sagte er verzagt, er habe gar nicht vorgehabt, über sich selbst zu sprechen, sondern über etwas anderes, das ihm zusetze, etwas, das mit seinem guten Freund Jiftach zu tun habe, er müsse über ihn reden, weil er ihn verletzt habe. Er wollte tatsächlich über Jiftach reden und darüber, warum er sein Zimmer nicht in Ordnung halten konnte, aber auf jeden noch so kurzen Satz – etwas zu entwickeln, hatte er gar keine Zeit – antwortete Shulamit mit einem »Ich weiß«, sodass er verstummte, zornerfüllt, sie erwürgen wollte, kein Wort mehr sagte, abgesehen von einer plötzlichen Tirade, in der er sie nachäffte, »Ich weiß, ich weiß«, und danach keinen Ton mehr. Sie war entsprechend sanft, ihr Tonfall verhalten: »Ich weiß, Adam, und auch deshalb plane ich etwas in Sachen al-Sindiyana. Aber warum schweigst du?« Er versuchte erneut, etwas über seine Vergangenheit in al-Sindiyana zu sagen, worauf sie abermals ungeduldig, »Ich weiß, ich weiß«, einwarf, er von neuem Zorn gepackt wurde, und sie aufrichtig sagte: »Adam, du weißt doch, dass ich persönliche Geschichten nicht mag, das hab ich dir bereits gesagt.« Jetzt wurde er laut: »Du bist bereit, der ganzen Welt zu helfen, und mir kannst du nicht zuhören, du dumme Kuh?« Sie stand auf und ging. Er blieb sitzen wie ein unbehauener Felsblock, folgte ihr mit den Augen. Draußen bat sie jemanden um eine Zigarette, rauchte. Die Dozenten starrten ihn erbost an. Denn nicht nur war es so, dass Thomas Jefferson nicht der Einzige war, der in Shulamit eine sehr kluge und schöne Frau sah, und auch alle anderen den frischen Wind mochten, den sie in die Cafeteria gebracht hatte, sondern es war schon ein paar Jahre Usus, dass es Männern grundsätzlich untersagt war, irgendeine Frau »dumme Kuh« zu nennen, unabhängig von ihren tatsächlichen Eigenschaften. Dann, zu seiner Freude, kam sie zurück, trat an seinen Tisch, lächelte schwach – auch er lächelte, aus Erleichterung – und gab ihm eine schallende Ohrfeige, ließ sich ihm gegenüber nieder und sagte leise: »Jetzt steh auf und komm mir nach.« Er stand auf und ging hinter ihr her, als machte sich niemand über ihn lustig. Sie hatte ihre Herzen im Sturm erobert. (Hätte er sie geohrfeigt, wäre sie ihm gefügig hinterhergelaufen, hätten sie sie bemitleidet.)

Draußen sagte Shulamit: »Wozu musst du mir persönliche Geschichten erzählen, wenn nicht, um dich in mich hineinzumogeln, damit ich mit dir in meinem Inneren durch die

Gegend laufe? Du bist kein Opfer.« Er wusste nicht, was er tun sollte. Einerseits hätte er ihr nach allen Kriterien der Billigkeit eine fürchterliche Ohrfeige verpassen und sie nie wiedersehen sollen. Andererseits war es genau das, was ihm Angst machte. Er wollte sich nicht von ihr trennen. »Ich bin gezwungen, dir ein Geheimnis zu erzählen ...« Dieser Umschwung bei ihm erfreute Shulamit sehr: »Jetzt kommst du zur Sache! Militärische Geheimnisse, Adam! Geheimnisse, die ich noch nicht kenne, denn es gibt Dinge, die ich noch nicht weiß, obwohl du den Eindruck hast, ich wüsste alles. Im vergangenen Frühjahr, im Fußballstadion von Tulkarm, haben deine gedungenen Mörder Djamil Ranem umgebracht. Dreiundzwanzig Jahre. Er hat in der Mannschaft aus Shweika gespielt. Zu Beginn der zweiten Halbzeit gab es einen Eckball zugunsten seines Teams. Er stand drei Meter vom gegnerischen Torwart entfernt. Genau in dem Augenblick sind vier Typen in Zivil aufs Spielfeld gekommen. Das war nicht etwa die Führungsetage des gegnerischen Vereins, Adam. Sie spielten nicht in einem amerikanischen Gangsterfilm mit und auch nicht in einem Film über die deutsche Besetzung Frankreichs, Adam.«

»Schrei nicht so, bitte. Sie gucken nach uns.«

»Oho, und ob, und ob ich schreie. Oder schämst du dich für irgendwas, Adam? Das wäre nachgerade ein gutes Zeichen. Hör mir zu und sag mir, wo ich nicht präzise bin: Kaum hatten sie das Spielfeld betreten, zogen sie Pistolen und rannten auf Ranem zu. Und was hat der Stürmer gemacht? Du wirst es nicht glauben, er hat versucht, sich hinter dem Schiedsrichter zu verstecken, Adam. Aber der Schiedsrichter ist geflüchtet. Auch das Publikum hat versucht, zu fliehen. Doch Soldaten hatten die Stadionausgänge abgeriegelt. Sie gehörten allesamt zu deinen Todesschwadronen, Adam. Die vier Killer haben Ranem fünfzig Meter vor dem Kabinengang erwischt. Siehst du, dass ich viele, viele Geheimnisse kenne? Aber du wirst mir noch mehr Geheimnisse erzählen, je mehr desto besser. Anderenfalls bist du nicht der meine, und ich will doch, dass du der meine bist, Adam, nur mir alleine gehörst und keiner Armee.«

Sie stand auf Zehenspitzen und küsste ihn auf seinen unrasierten Hals. Er war ein wenig perplex, vielleicht schockierten ihn ihre detaillierten Kenntnisse. Und schön war sie, genau so, wie er sie beim ersten Mal gesehen hatte. Er wollte sie fassen und umarmen, aber sie entwischte. Durch das Fenster der Cafeteria war die Fakultätsspitze zu sehen. Selbstverständlich hatten sie von dem Gespräch nichts mitbekommen, aber ihnen bot sich ein Traum aus Liebe, Versöhnung, Zorn und Begierde, wie der Klappentext auf dem Einband eines Romans. »Ich weiß alles über die Kirsch-Akte, Lotem. Das ist eine Akte zu Kriegsverbrechen, und du solltest schon mal was arrangieren, um deinen Arsch zu retten.« Sie ging, drehte sich um, betrachtete ihn mit stiller Wut und sagte: »Ja, auch das noch, du hast dich um das Projekt gebracht, das gedacht war, dich glücklich zu machen. Das ist deine Strafe dafür, dass du mich dumme Kuh genannt hast. Denn so schnell verzeihe ich nicht.« Sie ging weiter, drehte sich nochmals um und schenkte ihm ein warmes Lächeln. »Kommst du nicht mit mir? Was ist los? Bist du erschrocken?« Er ist gezwungen, Michal anzurufen. Vielleicht muss er sie ja tatsächlich anrufen. Vielleicht erscheint ihm ihre Sanftheit alarmierend, wirkt etwas daran verloren? »Ich sehe, du tauchst tief in deine Vergangenheit ein. Planst du schon deine eigene Beerdigung? Begreifst du jetzt, warum ich mit der Rückführung der Flüchtlinge beschäftig bin? Ich liebe die Wiederauferstehung. Ruf sie von meiner Wohnung aus an.«

Wie eine Ratte dem Flötenspieler folgte er ihr. Er hatte Angst, sie aus den Augen zu verlieren, und etwas an seiner Angst weckte Abscheu in ihm, doch trotz allem konnte er nicht damit aufhören. Und sieh an, wer kommt da aus der Dozentenmensa gestiegen? Professor Wolfsfeld Barsel, der Leiter des Instituts für strategische Studien. »Haben Sie ihn gelesen?«, fragte er mit belegter Stimme. Lotem brummte bejahend. »Und Sie haben gesehen, dass ich Sie zitiert habe, ja?« Wartete auf eine weitere Bestätigung, denn wozu sonst hatte er zitiert? Lotem bejahte erneut lakonisch und meinte, den um seinen Sohn trauernden Vater auf einer Decke auf dem Rasen sitzen zu sehen, umgeben von seinen kleineren Kindern. Shulamit kam zurück zu ihnen. Lotem sagte zu dem Strategen: »Darf ich vorstellen, Shulamit.« Shulamit nickte und gab selbstverständlich ihre Hand nicht dem bebrillten Gnomen, eine Kapazität für internationale Beziehungen, der daraufhin seine ausgestreckte Rechte peinlich berührt wieder zurückzog. »Gerade sprachen wir, Lotem und ich, über den Niedergang der Panzerwaffe. Vielleicht wissen Sie dies nicht, aber es hat bereits eine vergleichbare Krise gegeben, in den Siebzigerjahren.«

»Ja, ich weiß.«

Er war hocherfreut, dieser Wolfsfeld Barsel. Sein profunder Aufsatz beschäftigte sich mit der Krise der Hubschrauber, wobei die Frage der Panzerabwehrraketen nur als historisches Präludium berührt wurde, als Vorwegnahme der gegenwärtigen Krise. »Die Panzerabwehrraketen haben die Macht der Panzerwaffe getilgt.« Ja, sie weiß. Und auch auf alles, was Professor Barsel über das Dilemma der Panzerabwehrraketen dozierte, erwiderte Shulamit: »Ja, ich weiß.« Ein kompletter historischer Abriss wurde dort geboten. »Wir haben selbstverständlich geglaubt, die Sache sei gelöst, doch dann kamen die Hubschrauberverbände und wurden zur effektivsten Feuerwaffe, das heißt als Unterstützung beim Vormarsch der Infanterie.« Shulamit sah ihn an und sagte dann trocken in Richtung ihrer Schuhe: »Ich weiß, ja.« Sie trug gewöhnliche braune Schuhe, aber ihre Strümpfe waren violett und verschwanden irgendwo hoch oben unter ihrem blauen Strickrock. Der Experte für internationale Beziehungen war gefangen von ihrem Zauber. »Lotem war der Einzige, der es gewagt hat, offen über all das zu reden, in den verschiedenen Gremien des Generalstabs. Es gehört viel Mut dazu, die ganze Angelegenheit neu zu überdenken. Kurzum, und das ist, was ich in meinem Aufsatz sage, der Panzer hat seine Rolle eingebüßt. Endgültig. Unwiederbringlich.« Sie war auf bewundernswerte Weise nachsichtig. »Ja, selbstredend, ich weiß.« Lotem lachte nicht. Im Gegenteil. Dieses »Ja, ich weiß« erfüllte ihn mit Rachegelüsten, weshalb er hoffte, Wolfsfeld würde Shulamit fragen, was genau sie weiß, aber der Direktor des Instituts für strategische Studien war gefangen von der Aura ihres Wissens. In der akademischen Welt besitzt Wissen eine wundervolle Eigenschaft. Nur die Welt der Schönheitsköniginnen ist ihr darin ähnlich. »Das ist exakt, was ich in meinem Aufsatz geschrieben habe, vielleicht haben Sie ihn ja gelesen – Sie sind aus dem Bereich Planung, richtig? Ich erinnere mich an Sie, ein Gesicht wie das Ihre lässt sich schwerlich vergessen, wenn das nicht zu unverschämt für Sie klingt – wie auch immer, ich glaube nicht, dass der Panzer noch einmal die Stellung einnehmen wird, die er in der Vergangenheit innehatte. So siehts aus, die Tage eines Rommel, Abrahams, Patton oder Tals sind ein für alle Mal vorbei. Schade, aber *illi fat mat* – was vergangen ist, ist tot –, wie unsere arabischen Cousins sagen, selbst wenn sie diese Weisheit nicht wirklich verinnerlicht haben.«

»Ich weiß, ja.«

»Weshalb ich Lotems Standpunkt nachdrücklich unterstütze, eine begrenzte Konfrontation und multifunktionale Truppenverbände. Bedenken Sie: Um Dörfer und Flüchtlingslager zu zerstören, ja sogar, um eine gesamte Bevölkerung zu vertreiben, braucht es keine astronomisch teuren Panzerverbände. Eine gut gehende Wirtschaft ist nicht weniger wichtig als die Panzerwaffe.«

Shulamit hob den Kopf und versicherte ihm ein letztes Mal: »Ja, ich weiß«, nahm dann Lotems Hand, beugte sich vor, berührte seinen Ellbogen und schnitt ihn von dem interessanten Dialog ab, sodass er nicht einmal mehr dazu kam, dem guten Professor für seine Erwähnung in der Fußnote zu danken oder sich, wie es an unseren Universitäten Sitte ist, bei ihm zu entschuldigen, dass er noch keine Zeit gefunden hatte, den Aufsatz einzusehen. »Wir müssen gehen. Komm, Adam.« Und Wolfsfeld Barsel erklärte sie: »Wir haben eine intime familiäre Angelegenheit zu klären, eine wenig angenehme, aber wichtige Angelegenheit.« Damit ließ sie Lotems Hand sinken und ging ihres Weges, überzeugt, er werde sich beeilen, ihr zu folgen. Wolfsfeld rief ihr nach: »Angenehm, Sie getroffen zu haben«, und zu Lotem, der mit den Schultern zuckte, weil er versuchte, sich aus dem Staub zu machen, sagte er: »Sie haben eine wunderschöne und kluge Frau. Eine seltene Kombination. Sie arbeitet in der Planungsabteilung, richtig? Ich kenne sie von dort. Sie heißt Tamar, richtig?« Lotem nuschelte Zustimmung, glaubte nicht, dass Shulamit eigentlich Tamar hieß, aber wer weiß. Der Institutsleiter setzte hinzu: »Ich wollte von Ihnen eigentlich ein bisschen Tratsch über die Leopardin hören. Wer steht tatsächlich hinter dem Skandal? Aber ich sehe, dass Sie ...« Lotem hatte das Weite gesucht, überlegte nicht, ob sie wohl tatsächlich aus der Planungsabteilung war. Mehr als alles erfüllte ihn diese Frau mit Bewunderung und er stolperte ihr nach wie ein linkischer Bengel.

Als dann das Sommersemester begann, hatte unsere Universität Holz und sein Propädeutikum vergessen. Stattdessen hatten wir einen neuen Skandal. Eines Tages, mitten in der Vorlesung von Doktor Moulin, öffnete eine Frau die Tür zum Vorlesungssaal. Das Ausbeinmesser der Zeit hatte von ihrer Schönheit genommen und ihr im Gegenzug keinen Charme verliehen. Die offen stehende Tür warf einen Lichtstreifen auf den Dozenten, der sich beeilte, seine Karteikarten einzusammeln, als hätte der Dekan sie als Vertretung geschickt. Sie sagte gehetzt zu einem Studenten, der im Halbdunkel der ersten Reihe saß: »Merken Sie denn nicht, dass Sie auf dem Platz von jemand anderem sitzen?« Moulin erstarrte. Der junge Mann war zu verängstigt, um zu antworten. Daraufhin wandte sich die Frau an die einzige Studentin in der ersten Reihe, die sie unverwandt ansah: »Und Sie? Spüren Sie nicht, dass Sie auf dem Platz eines anderen sitzen?« Moulin kam zu sich: »Ich möchte dich wirklich bitten, nach Hause zu gehen. Wir hatten doch vereinbart, dass du nicht mehr herkommst.« Die Frau nahm die Stufen am Rand der ansteigenden Sitzreihen. »Das ist schrecklich«, rief sie, als sie oben angelangt war, »Sie alle belegen die Plätze anderer Menschen und Sie wissen es nicht einmal.« – »Doch, sie lernen etwas darüber«, versuchte Moulin seine Studenten zu verteidigen, aber sie schrie: »Lernen etwas darüber von wem?« Damit hastete sie wieder nach unten, auf seinen Tisch zu. Er stand auf. Sie wich zurück, schützte ihr Gesicht mit dem Arm. Moulin sagte leise zu ihr: »Was willst du?« Die schwere Tür des Saals war noch immer weit aufgerissen. Das Sonnenlicht sah aus wie der Balg eines alten Fotoapparats. »Was ich will?«, schrie die Frau. Die Studenten stellten nach und nach das Grinsen ein.

»Was ich will? Er fragt, was ich will. Ich will meine Jahre

zurück, die Jahre, in denen du deine Doktorarbeit geschrieben hast und ich die Kinder großgezogen, das Haus geputzt habe, zu einer langweiligen Frau geworden bin, gib mir zurück, worauf du hockst.«

Moulin sagte leise – wobei er seine Tasche packte, mit langsamen Bewegungen, vielleicht hoffte, die Studenten würden sie vertreiben: »Warum bist du hergekommen? Hab Mitleid mit deinen Kindern.« Sie verfiel beinahe in Flüsterton: »Mitleid mit meinen Kindern haben«, wiederholte monoton die Worte mit zusehends lauter werdenden Stimme, »Mitleid mit meinen Kindern haben, Mitleid mit meinen Kindern haben.« Dann wandte sie sich an die Studenten: »So übt er Macht über mich aus. Bittet mich, Mitleid mit ihm zu haben, mit den Kindern, sodass meine Beine, mein Kopf, die Hände, der Bauch, die Brüste sich mit Mitleid füllen, und wenn ich schon kein Mitleid mehr habe, füllen sie sich mit Schuldgefühlen, und ich vergesse, was ich gehabt habe, was ich sein wollte.« Stille stand im Auditorium. »Schaut ihn euch an, er ist aus meinem Schweiß, meinen Tränen und meinen Nächten ohne Schlaf gemacht, meinen, meinen, meinen. Schaut ihn euch an. Das ist, was ich wert bin. Er hat von mir getrunken und mich ausgesaugt und jetzt grüßt er mich nicht einmal mehr auf der Straße.« Sie brach in Tränen aus. Übertriebene Emotionen stehen, selbstverständlich, in Widerspruch zu allem, was wir über Literatur gelernt haben, und Zweifel sind angebracht, ob unsere Literatur noch imstande ist zu retten, was in den Jahren, in denen sie es ablehnte, sich mit dem Leid Unschuldiger zu identifizieren, in ihr verkümmert ist, aber Sybilles Anschuldigungen hinsichtlich des Nichtgrüßens auf der Straße waren ungenau. Schließlich hatte Moulin ihr sogar vorgeschlagen, sich in aller Freundschaft zu trennen, und auch, dass er und seine neue Frau – eine ehemalige Studentin, die sich in eben dieser Einführungsveranstaltung in ihn verliebt hatte –

gemeinsam zu Besuch kommen würden. Sie war es, die quer gestellt hatte. Es schmerzte sie, auch nachdem endlich die Scheidung arrangiert war – sein Dekan hatte Professor Mosche Ben-Mosche angerufen, eine internationale Kapazität für Scheidungsfälle, um die Angelegenheit abzuschließen –, doch sie konnte die Fassung nicht wahren. Als er noch studierte, hatte sie gearbeitet, für ihr Auskommen gesorgt, und nachts hatte er gemurmelt: »Noch ein kleiner Kraftakt und wir haben ausgesorgt. Ich hab einen guten Draht zum Lehrstuhlinhaber. Jahrelang bin ich über die Flure geschlichen ohne Bezahlung, aber jetzt ist es so weit.« Am Ende verließ er das Haus und veröffentlichte ein paar sehr persönliche Liebesgedichte – anfangs dachte man, die Gedichte seien über sie, rief sie sogar an, um sie zu beglückwünschen, aber sie sagte: »Er? Er liebt mich? Seit der letzten Geburt hat er mich nicht mehr angerührt, als sei meine Möse eine Art Kaninchen, dem man das Fell abgezogen hat.« Auch schätzte man ihn wegen seines romantischen Wagemuts, sich aufzuraffen, das Haus zu verlassen und ein neues Liebesleben zu beginnen. Überflüssig zu erwähnen, dass ihre ordinären Antworten Misstrauen nährten hinsichtlich ihrer Befähigung, Gattin eines hoffnungsvollen Dozenten zu sein. »Du störst mich bei der Arbeit«, brüllte Moulin mit einem Mal von der Höhe seines Katheders. Ihn bei der Arbeit zu stören war das schlimmste Vergehen gewesen in all den Jahren, jenen glücklichen Jahren, die auf einen Schlag zu jenen elenden Jahren geworden waren – wenn die Kinder Krach machten, schrie er, wie sehr sie ihn bei der Arbeit stören, und sie nahm den Krach auf ihr Gewissen, sammelte die Kinder ein und schaffte sie aus dem Haus, ging in den Garten oder den Supermarkt oder einfach so auf die Straße, damit er arbeiten konnte, arbeiten, denn das ist es, was ihr Glück zusammenhält. »Du störst mich bei der Arbeit.« Wie eine treue Hündin erkannte sie den Satz, erschrak – und entschied dennoch, jetzt zu erwidern, es ist mein Recht, dich bei der Arbeit zu stören, aber etwas raubte ihr die Stimme, nahm ihr die Antwort, die sie sich in schlaflosen Nächten zurechtgelegt hatte. Auch der Richter war ihrer Argumentation nicht gefolgt – dank der Gegenargumentation von Professor Mosche Ben-Mosche, der ganz zufällig auch der Lehrer des Herrn Richters gewesen war. Außerdem hegte der Richter eine Art Sympathie für Jakob Moulin, denn wer konnte wissen, ob nicht auch er eines Tages an der Reihe sein würde, mit ein bisschen Glück? Wer will schon zur Lebensmitte sterben, wer will nicht ein zweites Leben? Und dennoch, der Faktor Mitleid siegte. Der Richter sprach Sybille die Wohnung zu, die ihr vor der Heirat ohnehin schon gehört hatte, und wies Moulin an, nicht nur den Kindern, sondern auch ihr Unterhalt zu zahlen, bis sie wieder heiratete, aber sie wollte überhaupt nicht heiraten. Sie wollte ihr Leben zurück. Verschüchtert wandte sie sich an die Studenten. »Störe ich ihn bei der Arbeit?«, fragte sie leise, und als ihre betretenen Zuhörer nicht wussten, auf wessen Seite sie sich schlagen sollten, ungeachtet der Bedeutung der Noten, ausgerechnet da sagte Sybille: »Hier war einmal ein palästinensisches Dorf, hier waren andere Kinder, haben Frauen sie unter Schmerzen zur Welt gebracht und Väter sie vor Freude hoch in die Luft gehalten. Männer haben am Nachmittag gesessen und geraucht, haben aufs Meer geschaut, geraucht und genickt, als würde ein Garten Eden hier erstehen, an diesem Ort, ja, ja.« Sie machte ihnen vor, wie die Dorfbewohner im Angesicht des Meeres und der Paradiesvögel mit den Köpfen genickt hatten. »Ihr werdet zu Schuften werden«, schloss sie verbittert, »werdet zum Reservedienst gehen und in Kriege ziehen, werdet euren eigenen Angelegenheiten nachjagen und nicht auf das Weinen lauschen. Hört hin. Hört einen Moment zu.« Sie hoffte, sie würden mit ihr schweigen und gemeinsam das Weinen hören können, aber sie wollten nicht schweigen. »Ihr müsst um Vergebung bitten.« Sie verbaute sich die eigene Argumentation mit ihrer Analogie, Sybille Moulin (seinen Familiennamen hatte sie beibehalten, wollte so heißen wie ihre Kinder, es sind ihre Kinder, sie hat sie zur Welt gebracht, und am Ende tragen sie seinen Namen, auch der Richter hatte sie gewarnt, den Nachnamen der Kinder nicht zu ändern). Moulin rühmte sich nicht seines Sieges in der soeben geschilderten Auseinandersetzung. Es war auch keine große Ehre, mit solch einer Frau verheiratet gewesen zu sein. Wobei es durchaus sein kann, dass ihr Geheul Holz um sein Propädeutikum gebracht hat. Die Universität ist sehr sensibel in Bezug auf die öffentliche Meinung, und wenn sie nur könnte, würde sie diese gänzlich abschaffen. (Übrigens, was war Jakob Moulins Ende? Eines Tages verschwand er. Niemand wusste, was ihm passiert war, auch nicht seine Frau und seine Tochter, seine Geschiedene nicht und nicht seine beiden Söhne. Die Studenten gingen nicht los, um zu klären, was mit ihm war, weil sie herausfinden wollten, wann die Universität entdeckt, dass ihre Dozenten verschwinden. Das Experiment der Studenten scheiterte, als Moulin selbst anfing, Postkarten aus allen möglichen Städten der Welt zu schicken. Die Fachbereichssekretärin heftete die Postkarten sorgfältig ab. Und das ist die Geschichte des Falls Sybille.)

Die Minnebeeren geben Duft aus

Wir müssen zurückkehren zu Shulamit. Sie war kein Mädchen mehr. Im Gegenteil, sie war eine Frau, füllig, in ihren Kleidern wirkte sie wohlgeformt. Ein schöner, langer Abgang, noch ein Mal, und danach würde er nichts mehr wollen, sagte sich Lotem. Fürs Erste war sie einverstanden, kleine Geheimnisse von ihm zu bekommen, bis zum nächsten Mal, da war sie nachgiebig. Auch wusste sie bereits das meiste von dem, was er ihr erzählte, so sagte sie auf jeden Fall. Andererseits, Lotem hatte noch nie mit einer fülligen Frau in ihrem Alter geschlafen. Ihre Brüste waren schon nicht mehr fest, ihre Brustwazren dafür sehr groß, rund wie zwei große, braune Münzen, und ihr Hintern schlotterte ein wenig. Ihr Körper zog ihn an und machte ihm Angst, sein Geruch war streng, und sie ließ ihn sich versuchen – warum viele Worte machen? Sie machte keine große Sache daraus, weshalb sollten wir es dann tun? –, doch er versagte, und auch das nahm sie nicht allzu tragisch, bedachte ihn mit einem nachsichtigen Lächeln, das er nicht vergessen konnte. Danach saßen sie nackt auf dem Sofa und redeten, genauer gesagt, sie redete oder wusste, was er versuchte zu sagen. Eine Weile betrachtete er ein Gemälde an der Wand ihm gegenüber. »Das ist gestohlen«, erklärte sie und er wollte sagen, ›Ja, ich weiß‹, traute sich aber nicht. »Ein echter Chagall. Jetzt geh, Adam, denn du bist dabei, einzuschlafen, und ich erlaube dir nicht, bei mir zu schlafen.« Er kam langsam, gedemütigt hoch, hatte tatsächlich in ihrem Schoß schlafen wollen. Etwas an ihrer Haut, ihrem Fleisch, ihrem Geruch, an das er sich noch nicht gewöhnt hatte; er muss sich daran gewöhnen, muss versuchen, morgens mit ihr zu schlafen, morgens wird alles angenehmer sein, wie sehr er die Nacht hasste. Er seinerseits – hier habt ihr die ironische Brechung – hatte noch nie in seinem Leben eingewilligt, bei irgendeiner Frau zu übernachten, ja hatte sich noch nie an den Geruch auch nur einer Frau gewöhnt, aber jetzt wollte er bleiben, denn es war unmöglich zu gehen nach solch einer Niederlage, nach einem derart langen Werben, nach diesem armseligen Auftritt seines verfetteten Körpers. Wie sehr wollte er, dass sie ihm verziehe, dass sie Mitleid mit ihm hätte, ihn ganz fest in den Arm nähme, und als sie in einem hellen Morgenmantel aus dem

Badezimmer zurückkam – ihre Wohnung war ganz in Weiß gehalten, ein Teil der Wände in blassem Gelb gestrichen; ihr Haar war feucht –, sagte sie erstaunt: »Aber Adam, du hast dich ja immer noch nicht angezogen. Vorwärts, los, du musst gehen, vorwärts.« Und ehe er die Wohnung verließ, gedemütigt wie ein Rekrut, meinte sie mit einem Lächeln zu ihm: »Übrigens, stimmt es, dass du für eine begrenzte Konfrontation bist?«

»Meinst du damit, dass ich ihn nicht hochgekriegt hab?«

»Ach, das hatte ich bereits vergessen. Mach dir keine Sorgen, Adam, das kommt, weil ich schön bin, zu schön. Aber du wirst dich daran gewöhnen.«

Er verstand nicht, was sie sagte, vielleicht war sie ironisch und er fürchtete sich jetzt vor ihrer Ironie, doch an der Tür ergriff sie seine Hände und sagte: »Außerdem, Adam, sobald du unseren Kuhhandel verinnerlicht hast, wirst du es viel leichter haben. Du musst aus der alten Funktion raus, die du zu viele Jahre bekleidet hast. Das ist nicht gut für dich und auch nicht für die Menschheit, was die beiden einzigen Möglichkeiten sind, die du anerkennst. Das verstehst du sicher, Adam.«

An unsern Türen allerhand Köstlichkeiten

Jeden Abend, wenn es Zeit für seinen Anruf bei Jiftach wurde, hielt er inne, wusste nicht, ob er zürnen oder sich entschuldigen sollte, und Jiftach wartete, blutenden Herzens, wie man so sagt, dass Lotem anriefe, um sich zu entschuldigen, wagte selbstverständlich nicht, seine Tochter an dem peinigenden Warten teilhaben zu lassen, wie Recht sie gehabt hatte, und sie verkroch sich in ihrem Zimmer, schlief ein Mal mit Iris und ein Mal mit Keren, stritt nicht mit ihnen, aber wollte auch nicht, was sie ihr vorschlugen, sehnte sich nach Joni und sprach nicht über diese Sehnsüchte, begann, sich schuldig zu fühlen, noch ehe er getötet wurde. Eines Abends dann rief Lotem an: »Jiftach, alles in Ordnung? Die Tochter, alles bestens? Die Geschäfte, okay?« Jiftach schwieg und Lotem brüllte: »Was hast du, Jiftach? Warum sollte ich mich schuldig fühlen?« Jiftach schwieg und Lotem brüllte noch mehr: »Was hab ich denn getan? Warum muss ich zu einem Familienessen kommen? Begreifst du nicht, dass ich zu keinem Essen gehe? Warum grollst du mir? Hab ich dir jemals was angetan?« Jiftach schwieg, Lotem wollte weiterbrüllen, wusste aber nicht, was er noch brüllen sollte, stellte sich Shulamits spöttisches Lächeln vor und dachte sogleich an seine kümmerliche Erektion. Dann flüchteten sich seine Gedanken an alle möglichen anderen Orte, wie eine geprügelte Hündin, und große Furcht flutete seine Kehle. »Lot, du willst doch nicht etwa, dass ich anfange, dir all die Abendessen bei allen möglichen Familien aufzuzählen, zu denen du gegangen bist? Ja? Du hättest kommen können, um meine Tochter zu sehen. Ja? Sie ist so schön wie ihre Mutter und du hast sie noch nicht ein Mal gesehen. Ja? Sie siebzehneinhalb und du hast sie noch nie gesehen. Und ich hab bei ihrer Erziehung versagt, Lot, denn sie geht nicht zur Armee. Ja? Also wollte ich, dass du mit ihr redest. Das ist alles. Ja? Und sie denkt außerdem, dass du mich wie Dreck behandelst. Ja? Ja? Das ist es, was sie mir schon seit Jahren sagt. Und ich, was wollte ich? Ich wollte, dass sie sieht, dass du mich nicht wie Dreck behandelst. Ja? Aber du behandelst mich tatsächlich wie Dreck. Du …« Er konnte nicht weitersprechen. Was geschieht mit einem Mal, dass ein Mensch versteht? Nicht plötzlich, sondern im Nachhinein. »Jiftach, ich behandle dich nicht wie Dreck.« Jiftach erstickte beinahe, als er sagte, was er – so schien es ihm jetzt – schon immer hatte sagen wollen: »Du warst in ihre Mutter verliebt, und ich bin nicht böse geworden, ja war sogar stolz darauf.« Lotem wollte lachen. Er erinnert sich nicht, ob er sie geliebt hat. Ist sich sicher, dass er sie nicht hätte lieben können. »Warum bist du nicht in mein Haus gekommen, Lot? Wirst du kommen oder wirst du es bleiben lassen?«

Ewige Liebe

Aber Lotem war beladen mit der panischen Angst, Shulamit zu verlieren. Von jenem Abend an ließ er sie nicht mehr in Ruhe. Manchmal rief sie ihn an, redete euphorisiert, als hätte ihre Beziehung eine neue Stufe erreicht, vertraute ihm ein Geheimnis an, sodass er versuchte, mit ihr Schritt zu halten, doch es war, als veralbere sie ihn, wie ein Fahrer, der eine Mitfahrgelegenheit offeriert und weiterfährt, anhält und weiterfährt, und Lotem, ein jämmerlicher Tramper, hörte nicht auf hinterherzurennen, so zumindest sah er sich, obgleich Shulamit die Dinge gewiss in einem anderen Licht sah, und in der ersten Nacht, in der sie ihm erlaubte, zu bleiben und bei ihr zu schlafen, war er bereits mit Verzagtheit gefüllt wie eine Kischke. Bei voller Beleuchtung lagen sie auf dem Bett. Ganz langsam öffnete er ihren Morgenrock, überrascht, dass sie ihn tun ließ, was er sich ausgemalt hatte, sodass er ihr Nachthemd unter dem Hausmantel hochschob. Wie ein tiefgefrorenes, ausgenommenes Hühnchen lag sie vor ihm, kicherte, machte zwei, drei Bemerkungen über seine ungeschickten Hände; und als er schließlich – nach der halben Nacht, in der er wieder und wieder kläglich gescheitert war und sie ihm nicht nur nicht geholfen, sondern ihn auch noch aus dem Konzept gebracht hatte mit ihrer Nervosität, die auf ihn wie Unverkrampftheit wirkte, dabei hatte er ihr doch bereits einen Teil der Ware geliefert, die sie gefordert hatte –, als er also schließlich zutiefst verletzt dalag, sagte sie leise zu ihm: »Adam?«

Und Lotem fragte unbehaglich: »Was?«

»Mach dir keine Sorgen, Adam, mach dir keine Sorgen.«

»Was meinst du?«

»Ich werde dich nicht verlassen, Adam, niemals werde ich dich verlassen.«

Hätte sie ihn jetzt in den Arm genommen, würde er ihr allem Anschein nach geglaubt haben, aber sie war warm und fremd. Dann stand sie auf, verließ das Zimmer, kam zurück und schlief ein, hatte vielleicht eine Schlaftablette genommen, als sie draußen war. Früh am Morgen, als er erwachte, lag sie bereits wach zwischen ihren pastellgelben Laken und betrachtete ihn aus weit aufgerissenen, dunklen Augen, vielleicht hatte sie ihn schon eine ganze Weile so angeschaut, vielleicht war er durch ihren Blick aufgewacht. Er war gerührt, in ihren Blick hinein zu erwachen, wirklich – und für einen Moment vergaß er seine Blamage. Ihr Blick war freundlich, voller Sympathie. Lotem lächelte ihr zu. Dann schob sich die Wolke der Erinnerung vor sein Lächeln.

»Adam, mach dir keine Sorgen. Wir werden unseren kleinen Verrat großziehen, bis er der schönste und klügste in der ganzen Klasse ist.«

Es war dies das erste Mal, dass er das Wort Verrat von ihr hörte, und er erschrak. Das Bett war duftig und durch das Fenster konnte man das Meer sehen. Eine milde Frühlingssonne beschien ihn und der Wind entlockte der Gardine die Bewegungen eines strampelnden Babys. Warum liebe ich sie so sehr? Warum genieße ich es, zu einer Null abgestempelt zu werden?

Er kam jeden Abend. Manchmal weigerte sie sich, ihm die Tür zu öffnen, manchmal lief sie durch die Wohnung, als sei er gar nicht da, und wenn er sie auszog – entgegen seinen Vorsätzen, da er gelobt hatte, zu kommen und in ihrem Schoß zu schlafen ohne irgendwelchen Sex –, enthielt sie sich nicht spaßiger Bemerkungen, machte ihn selbstverständlich nervös, bis er sich sagte, ›Ich bin vollkommen impotent.‹ Der Winter ging zu Ende, auch der lächerliche Krieg war vorbei. Einmal, bevor er am Morgen ging, ohne Uniform, selbstredend – die Uniform zog er im Wagen aus, wenn er kam, und wieder an, wenn er ging –, sagte sie laut zu ihm: »Adam, deinen Teil der Abmachung hast du noch nicht wirklich erfüllt, und ich mag es nicht, wenn man Abmachungen nicht einhält. Ich meinerseits, denke ich, bin sehr generös gewesen. Oder? Denk daran, was Mephisto zu Faust gesagt hat, ja?« Unklar, ob er ihr überhaupt zuhörte. Was Mephisto zu Faust gesagt hatte, wusste er ausnahmsweise. Er war traurig und sah zum Fenster, als habe nur ein Wunder seinen Wagen dort belassen, wo er ihn am Abend abgestellt hatte.

»Früher hab ich gedacht, dass die Trauer formlos ist und keine Gestalt hat. Jetzt glaube ich, dass ich die Abnahme vom Kreuz verstanden habe, die Hände der Mutter, die den Sohn nach seinem Tod erwarten. Die Frau ist Gott. Das ist kein Gleichnis. Die Trauer hat eine Gestalt. Sie lässt sich unmöglich abstrahieren zu einer reinen Form wie ein Quadrat, ein Kreis oder eine mathematische Formel.«

»Ja, ich weiß.«

»Und auch das wollte ich dir sagen, ich hab niemals gelernt, irgendjemanden zu halten – weder Frau noch Mann – mit dieser Zärtlichkeit einer Mutter, die ihren Sohn hält. Und es ist mir nie gelungen, mich ruhig und sorglos in liebende Hände zu geben.«

»Du hast so viele Menschen umgebracht in deinem Leben und du betrauerst dich selbst?«

»Ich betrauere meinen Schwanz, Shulamit, und dir ist sogar diese Trauer gleichgültig.«

Sie war auf sehr erstaunliche Art und Weise von beschränktem Horizont, zumindest vom Gesichtspunkt all jener aus, die sich wissenschaftlich oder von Berufs wegen mit der hebräischen Literatur beschäftigen, sie verfassen oder konsumieren. Der Mann hat es soeben fertig gebracht, aus sich selbst heraus – seiner Trauer wegen, na und? Aufgrund seiner ihn ihm Stich lassenden Erektion, in Ordnung? – einige der bemerkenswertesten Geistesblitze zur Geschichte der Trauer hinzulegen. Denn was haben die Juden mit der Trauer gemacht? Haben um den Tempel und die Zerstörung getrauert, haben die Mischna verfasst, den Talmud und alles, was in den Tossafot steht, nur um nicht dem Trug des Bildes zu erliegen – all das hatte er verstanden, weil er kein Christ war, und plötzlich stand er ihm nicht mehr, sehnte er sich nach den Händen der Frau, nach ihrem Körper. Und sie? Sie war nicht imstande, ihn zu küssen und ihm zu sagen, wie klug er ist, in jenem Augenblick dort an der Tür. Er wiederum vermochte auch nicht, sie nicht weiter anzurufen, obgleich ihm dieser Verrat – am Morgen, in ihren schwarzen, funkelnden Augen, die ihn in Unschuld wuschen, hatte er noch wie ein Glücksversprechen geklungen – jetzt, an der Tür, und noch mehr am darauf folgenden Abend, in seiner fiebrigen Erwartung, etwas von ihr zu hören, schauderhaft wie ein verletzter Rabe klang. Er muss sich von ihr fern halten, muss aufhören, sie um Erlaubnis zu bitten, zu kommen; wenn er anruft, ist sie nicht erreichbar, und wenn sie anruft, rennt er wie ein Straßenköter. Als er schließlich Michal anrief, antwortete ihm Sha'ul. Er erschrak und legte auf, versuchte es aber sogleich erneut, konnte es nicht sein lassen. Michal war aufgeregt, hatte gedacht, er würde schon nicht mehr anrufen, und wie war er überhaupt an ihre Nummer gekommen? Er wollte ihr zu gern sagen, ›Wir sind verheiratet fürs ganze Leben, Michali‹, vielleicht empfand er ja so, schließlich gibt es so etwas tatsächlich, eine Ehe fürs ganze Leben, schwer nur zu entscheiden, wann dieses Gefühl auftritt, oder zurückkommt, vielleicht ja immer da ist, oder sich zusammen mit jeder großen Liebe von neuem einstellt.

Erinnerungen bemächtigten sich seines Verstandes, er ließ sich verleiten zu glauben, Shulamit kastriere ihn, beharrte darauf, Michali zu lieben, geliebt zu werden, wie einst, auf ewig, flüsterte bei sich »ewige Liebe«, denn schließlich erwächst auch die ewige Liebe aus den Wörten »ewige Liebe«. Andererseits, ist nicht auch solche Hartnäckigkeit, wie Lotem sie an den Tag legte – in unregelmäßigen Abständen aus seinem Leben in das ihre zu treten – ist nicht Starrsinn dieser Art tatsächlich der Liebe näher als alles andere?

Sie trafen sich in einem Café am Meer. Sie kam geschminkt, war aufgeregt, und er bemerkte nicht, wie erbärmlich sie aussah, da er selbst keinen Geschmack hatte, oder aber weil sie unter ihrer Schminke, hinter der Furcht in ihren Augen, schön wie immer war, erst jetzt fiel ihm auf, wie groß sie war und ihr Gesicht noch immer dasselbe. Michali, Michali. Er wollte ihre Hände fassen und ihr sagen, wie teuer ihm die Erinnerung an sie wäre, blieb aber auf der Hut. Sie freute sich, dass sie sich hier in aller Öffentlichkeit getroffen hatten, braucht einen Freund, ihr Sohn ist in der Armee, ihr Mann beleidigt, ihre Kollegen geben sich gleichgültig. Lotem schaute sie an, lächelte, schlürfte von seinem Tee mit Zitrone und fragte: »Glaubst du an die Liebe?« Sie antwortete nicht gleich, dachte ein wenig nach. »Hallo, Michali, hier ist Adam.« Sie nickte und meinte leise, ihr einnehmendes Lächeln lächelnd: »Wie Wasser in der Wüste braucht man sie, mit ganzer Kraft, Adam, wie Wasser in der Wüste.« Abermals sprach er über das, was er als ihre Liebe bezeichnete, und sie sagte in verändertem Tonfall: »Adam, wir verirren uns in Gefilde, in die wir uns besser nicht verirren sollten.« Und als er schwieg, stieg in ihm eine Art sonderbares Gefühl von Zorn hoch, doch sie sagte sogleich sanft: »Also, was hast du denn nun von dir selbst zu erzählen? Wie hast du zum Beispiel meine Telefonnummer herausgekriegt? Fang mit irgendetwas an, Adam, und du schaffst sicher, mir irgendetwas zu erzählen. Wie hast du meine Adresse gefunden?«

»Ich weiß nicht mehr, ob du meinen Freund Jiftach kennen gelernt hast. Ich komme nicht einen Augenblick klar ohne ihn. Er hat deine Adresse für mich rausgekriegt. Hast du Jiftach kennen gelernt, als wir befreundet waren?«

Er freute sich, über Jiftach reden zu können, als sei es ihm gelungen, eine Kröte zu verscheuchen, die ihm tief im Rachen gesessen hatte, aber diese Kröte gebar nur noch eine Kröte und noch eine. »Adam, wir sind niemals befreundet gewesen.« Er hörte ihr nicht zu. Wollte erzählen.

Die Geschichte von Jiftach

»Jiftach war der Einzige in unserer Kompanie, der bereits vor dem Militärdienst verheiratet war. Er und seine Frau liebten einander wie zwei Wahnsinnige, telefonierten ununterbrochen. Die Jungs in der Kompanie provozierten ihn, ›Jiftach, Hurensohn‹, meinten ständig zu ihm, ›Jetzt macht sie ahhh, ahhh‹. Er hat ihnen nie geantwortet. Einmal hab ich einen von ihnen richtig zusammengeschlagen. Nach der Tracht Prügel ist er mein Diener geworden. Mein Pfand. Interessant, was?«

»Erzähl weiter.«

»Jiftach hat sich selbst nie was gekauft. Zigaretten hat er von Kameraden geschnorrt. Aber nicht aus Geiz. Er hat Geld gespart, um Telefonmünzen zu kaufen, weil er immer losmarschiert ist, sie am Telefon vögeln, jede Woche. Weißt du, was ich meine?«

»Adam, warum unterbrichst du? Das ist nicht angenehm.«

»›Sag mir, ich soll den Kopf zwischen deine großen Brüste legen, sags mir, bitte‹, hat er ihr immer gesagt, und dann: ›Ja, ich leg ihn dorthin, schön ist das, ich schlummere, wie ein kleiner Junge schlummere ich. Nur vor lauter Sehnsucht nach dir bin ich müde‹, so liebeskrank redete er immer mit ihr, Michali. Sie war siebzehn. Und nach dieser Telefonvögelei hat er sich in der Dunkelheit versteckt, damit seine Erektion nachließ. Es gab keinen Ort in unserem Zeltlager, um zu onanieren, und ich bin auch nicht sicher, ob er onanieren wollte. Er hatte ein Leuchten in den Augen nach den Telefonaten. Einmal fand ich ihn, wie er dasaß und ihr Foto küsste. ›Warum weinst du?‹, hab ich ihn gefragt. ›Ich glaub nicht daran, dass sie mir gehört.‹ – ›Warum?‹, hab ich ihn gefragt. ›Weil das so in der Liebe ist‹, hat er gesagt, ›es fällt schwer zu glauben, dass es in Wirklichkeit passiert. Immer sind wir zu dumm, zu hässlich, zu kleinmütig. Ich wollte, all dies würde immer so weitergehen.‹ Sie war wirklich schön, so klein, dass es einem beinahe wehtat, zierlich, schlank, mit schöner, runder Brust, sehr blass, schwarzes Haar und mit Grübchen in den blassen Wangen. Am Schabbat, wenn sie ihn besuchen kam, gingen sie Arm in Arm über unseren Hindernisparcours, und er stellte sie niemandem vor, vielleicht der anzüglichen Witze wegen, oder er hatte Angst, sie könnten ihn vor ihr Jiftach Hurensohn nennen. Nur mir stellte er sie vor, aber ich denke, sie hatte keine Ahnung, dass ich weiß, wie sie es am Telefon trieben. Stört es dich, wenn ich ein bisschen deutlicher werde?«

»Unterbrich nicht, um mir Fragen zu stellen, bitte.«

»Auf einer dämlichen Patrouille jenseits der Demarkationslinien kam er zurück, um mich zu rufen, weil ich panische Angst gekriegt hatte, als sie anfingen, auf uns zu schießen. Nur er hatte bemerkt, dass ich zurückgeblieben war. Ich hatte Angst, mich von der Stelle zu rühren. Sagte ihm, ich müsse scheißen. Und er: ›Scheiß dir in die Hose, aber komm, komm.‹ Ich weiß nicht, wie lange er über mich gebeugt stand, und ob ich mir schon da in die Hose geschissen hab, aber ich erinnere mich, dass er plötzlich eine Maschinengewehrsalve in den linken Arm bekam, genauer gesagt, ich sah, wie er fiel, hörte die Schüsse und sah ihn mich mit sich schnell verschleiernden Augen anstarren, er riss sie einen Moment lang noch auf und sagte: ›Das wars für mich, was?‹ Die ganze Zeit über schossen sie weiter auf uns. Also bin ich hoch, hab ihn mir auf den Rücken gepackt und bin im Zickzack gerannt, wie wir es gelernt hatten, und er hat gestammelt: ›Lot, rette dich selbst, ich sterbe.‹ – ›Jiftach, mein Jiftach‹, hab ich zu ihm gesagt, wusste nicht, wie ich ihn zwingen sollte, mir zu antworten – damit er am Leben blieb, musste er antworten, wie bei einer Schlafmittelvergiftung –, ›mein Jiftach‹, hab ich zu ihm gesagt, ›ich liebe dich, ich liebe dich, du wirst leben, wir werden ein Kind haben, ein Kind, schön wie du.‹ Der Weg schien endlos und ich wusste nicht, ob das Blut, das mich überströmte, sein Blut war oder meines. ›Jiftach, mein Süßer, mein Schöner, nimm meine Brüste, streichle meine Brüste, leg deinen Kopf zwischen meine großen, schönen Brüste.‹ Er verlor den Arm, den ganzen. Bereits im Feldlazarett haben sie ihm den abgenommen. Ich hab ihn einmal im Krankenhaus und dann noch mal im Rehabilitationszentrum besucht. Sie war wirklich schön, seine Frau, so eine Art Kindfrau. Einige Jahre danach, viel später, haben sie eine Tochter bekommen und die Frau ist gestorben. Ich danke dir, dass du mir zugehört hast. Ich habe niemanden auf der Welt, mit dem ich über Jiftachs Schmerz reden kann, diesen Schmerz, der meiner ist. Aber das ist auch schon alles, was ich über Jiftach sagen kann, ich hab nichts, worüber ich mit ihm reden könnte, nichts zu erzählen, niemals.«

Er redete, als sei er nach ein paar Monaten Isolationshaft aus der Einzelzelle gekommen, seine Augen waren an einem anderen Ort, nein, das ist nicht der richtige Ausdruck, seine Augen waren stumpf. Michal nahm die Bedrängnis war. Auf einen Schlag war das kurze Glück für diesen Abend beendet.

Schon beugte er sich über sie, und als er über Sex sprach, blieb ihr Gesicht gefroren. Nachdem sie einige Zeit geschwiegen hatte, meinte er enttäuscht zu ihr: »Du sagst nichts zu dieser Geschichte.«

»Ich habe einen Sohn in der Armee, bei den Fallschirmjägern. Ich hätte ihnen erzählen sollen, dass er Asthma hat. Mir fehlt der Mut. Er droht uns mit allem Möglichen. Sein Militärdienst ist wie ein Schatten, der mir überallhin folgt. Es tut mir Leid. Du brauchst eine bessere Zuhörerin als mich. Ich werd ein Taxi bestellen und nach Hause fahren. Gut, dass dieser Abend kurz sein wird, denn so werden wir den Wunsch haben, uns noch mal zu treffen.«

Sie saßen und schwiegen, tranken aus, schwiegen. Schließlich bat sie ihn, ihr ein Taxi zu bestellen. Als das Taxi kam, sagte sie zu ihm: »Adam, du wirst den Kontakt zu mir nicht abreißen lassen?« Er antwortete nicht. Das Taxi hupte. Michal sagte: »Ich bitte dich, Adam, ich weiß, ich bin keine gute Partnerin gewesen, aber stell den Kontakt nicht ein.« Leute sahen sie an und sie wusste nicht, warum. Sie trat hinaus in die Dunkelheit. Meinte, auf der anderen Straßenseite Holz' Wagen zu sehen. Ständig meinte sie, Holz an allen möglichen Orten zu sehen, und fing schon an, sich ihres Verfolgungswahns zu schämen. Auch die Geschichte mit den Prügeln, die Joni dem alten Bock verpasst hatte, machte ihr Angst, ja erfüllte sie vielleicht sogar mit Schuldgefühlen. Was würde Joni in der Armee tun? Prügeln? Wen? Vielleicht liebt er mich? Woher kommt diese Brutalität? Leichter Regen setzte ein. Sie winkte Lotem zum Abschied. Wie schön erschien sie ihm bei ihrem Aufbruch. Schon bedauerte er, dass er sie hatte gehen lassen. Er hätte sie nach Hause fahren können, sie unterwegs befingern. Aber er hatte keine Kraft.

Holz verfolgte Lotem tatsächlich. Wollte alles über Michal wissen und hasste den General. Wusste, dass der General ihr nachstellt. Hatte das ständige Uniformwechseln vor dem Haus dieser gefährlichen Schönheit mitbekommen. Vielleicht ist Holz der einzige Mensch in diesem Durcheinander, der beinahe alles über alle weiß. Aber was kann er schon mit diesem Wissen anfangen? Schließlich ist er vollkommen mit dem Wunsch beschäftigt, nicht mehr zu sein. Also, in jener Nacht, als er Michal aus dem Café treten sah, beschloss er, sie irgendwohin zu locken, um mit ihr zu schlafen. Ja, zur Hölle mit dem Anstand. Nur er weiß, wie wenig sie in Wahrheit weiß. Dafür hat er Beweise in seiner Akte. Aber Holz' Rachegelüste waren schnell verflogen. Stets. Dauerten nie länger als ihre Schilderung hier auf dieser Seite. Einige Zeit fuhr er noch Michals Taxi nach, beschloss dann, umzudrehen und den General zu verfolgen. Wie sehr wollte er mit einer Frau schlafen, jetzt. Seine Schultern schmerzten vor lauter Wunsch nach Zärtlichkeit. Was habe ich mir selbst das Leben versaut. Erst die Ehe mit Marcy und das Mitleid mit ihr, danach dieses Luder mit ihrer kalten Schönheit und dem Hass auf mich. Er stellte den Wagen in einer Straße am Strand ab, streifte ein bisschen durch die Straßen, als sich ein Penner an ihn heranmachte, ein Loblied auf Margarete, seine Mutter, anstimmte, die er geheiratet hatte, trotz des Widerstands ihres Mannes, sprich seines Vaters. Holz wusste nicht, wie er ihn loswerden sollte, schleppte ihn fürs Erste mit sich durch verwaiste Straßen. Ein Liebespaar begegnete ihnen und Holz befreite seine Hand aus der des Beichtenden. Das Pärchen knutschte vernehmlich. Der Mann fuhr Holz an: »Was glotzen Sie so? Haben Sie noch nie einen Mann seine Frau küssen sehen?« Holz genoss den Affront. Da sagte die Frau: »Professor Holz, richtig?« Sie zog ihre Bluse zurecht, wischte sich die Lippen ab. Ihr Begleiter kicherte peinlich berührt. Sie zerrte ihn zu Holz. »Darf ich vorstellen, mein Mann.« Holz seinerseits stellte den Tippelbruder vor. »Bitte, mein Sohn.« Der wiederum klagte: »Er macht sich über alles lustig, was ich ihm erzählt habe.« Aber Holz und das Ehepaar ließen ihn stehen. »Wir waren in den Staaten«, erzählte die Frau, »und in jedem Buchladen hab ich Ihre Bücher gesehen. Ich hab gar nicht gewusst, dass Sie so berühmt sind. Mein Mann hat im Silicon Valley gearbeitet, wir haben in Palo Alto gewohnt, und eines Tages war da eine Ankündigung für ihren Vortrag in Stanford, wir wollten hingehen, aber ...« Sie verstummte. Holz nickte. »Wir haben gefickt. Das will sie sagen. Und sie will sagen, dass Sie ihr beigebracht haben, zu kommen«, lachte ihr Mann schamlos.

»Er ist ein bisschen betrunken, beachten Sie ihn gar nicht. Wir hatten ein paar Probleme, aber jetzt endlich haben wir einen Sohn. Er lernt gerade sprechen, als würde er bei Ihnen studieren, genau nach dem Buch. Ein unverbrauchtes, frisches Gedächtnis, Wörter, Silben, Regeln, ein so aufregender Verstand, und bald werden die Metaphern kommen, wird sich die Syntax entwickeln. Manchmal möchte ich ihn den ganzen Tag lang auf Band aufnehmen, nicht eine neue Sache verpassen, die er zu sagen lernt, aber wer hat die Zeit dazu?«

Der Penner verfolgte sie noch eine Weile, wollte vielleicht hören, ob sie schlecht über seine Mutter redeten. Holz meinte, ein Schluchzen zu hören, aber das Pärchen schien nichts zu bemerken, und am Ende war der Vagabund in der Dunkelheit verschwunden mit der Glorie seiner Mutter, deren Alter weder ihre Schönheit noch ihre Sinnlichkeit zerstört hatte. Das Pärchen ging eng umschlungen und Holz schleppte sich hinter ihnen her, lauschte dem ausführlichen Bericht über das Sprachvermögen ihres Sohnes, gespickt mit Beispielen. Manchmal widersprachen die beiden einander, und wenn man tatsächlich die Geschichte der Sprachentwicklung dieses Jungen aufzeichnen müsste, wäre es absolut unmöglich, objektive Angaben von ihnen zu bekommen. Sie erreichten ein Gebäude in einer Seitenstraße, vor dem Zypressen bis über den fünften Stock hinaus wuchsen. Die Frau entschuldigte sich: »Hier wohnen wir. Sehen Sie, jetzt haben Sie uns ungewollt bis nach Hause begleitet. Hab ich Recht?« Und Holz darauf: »In welche Etage gehen Sie?« Sie waren verlegen. Eine Weile wartete er noch auf der Straße, stieg dann hoch und schellte an Tür Nummer fünfzehn.

Stunden vergingen. Er sah nichts. Nur wie ein Patrouillenboot ihre Silhouette, die ihn aus der Dunkelheit beäugte. Kühl ist es hier. Wenn ich die Augen ganz fest zumache, sehe ich Blutlilien durch die Lider. Einen Augenblick lang, beim Hereinkommen, hatte er sich zum Bett durchgetastet, war zurückgewichen, um sie nicht zu berühren, fett und klein wie sie war. Er hatte Angst zu stürzen. Seine Schenkel, bei Licht, dachte er, sind hager und weiß, verströmen Altersgeruch. Sich aus dem Grab erheben, ans Licht treten, in die Bibliothek, zu den Studentinnen, heute hat eine mit einem langen Haar sich zwischen den Zähnen gereinigt, die Stille dort ist heilsam, hier hängt der Geruch des Todes, schaler Samengeruch, Mottenkugelnmuff, der Rücken ist müde, nein, nicht der Rücken, die Schultern, nackt wie ein kleiner Junge ist er, sein Brusthaar schneeweiß, der Oberkörper eingefallen, der Fensterladen ist geschlossen, draußen ein Bus, es riecht nach Vaseline. »Du redest mit dir selbst, weißt du das?« Die Ziffern der Digitaluhr leuchten rot. Zählen heißt, die Zeit zügeln. Hinterher würde er zu Marcy fahren. Manchmal nimmt sie seine Hand in ihre zitternde Rechte und küsst sie. Seine Finger verströmten einen üblen Geruch. Er vergrub die Hand unter dem Kopfkissen. Marcy ist ihm dankbar, wenn er zu ihr kommt, die Tür mit dem Schlüssel, den sie ihm gegeben hat, öffnet, nachsieht, was noch im Kühlschrank ist. Marcy schläft jetzt, vielleicht auch nicht, vielleicht wälzt sie sich in ihrem Bett hin und her. Die Dicke war wach, sah ihn offenbar an. Er wollte sie nicht ansehen. Wenn das Licht anginge, würde er sehen, ob er etwas aus dem Bücherregal mitnehmen konnte. Er hat schon eine richtige Sammlung aus allen möglichen Wohnungen. Sie hatte keine Kondome, aber ohnehin rieb sie am allerliebsten den Rücken des Mannes mit Creme ein. Sie fing an, ihn einzucremen. Ihre Hand war angenehm. Wenn sie nicht so fett gewirkt hätte, als sie ihm die Tür geöffnet hatte – wäre er jetzt netter zu ihr? Keine Frau hatte ihm jemals angeboten, ihn einzucremen, und er hatte noch nie um so etwas gebeten. Vielleicht hatte seine Mutter ihn früher eingecremt. Erinnert sich der Körper an solche Dinge? Und warum widersetzte er sich? Warum schauderte es ihn? Warum war er ihrem Anruf gefolgt? Immerhin hatte er sie am Telefon verführt. »Nur in den After, Holz, in Ordnung?«, bat sie um Erlaubnis, und als er schwieg, schob sie ihm einen Finger rein, er wand sich, wusste nicht, ob er sich schämte oder Angst hatte, angewidert war oder neugierig, aber sie hatte eine zärtliche, sehr hingebungsvolle Hand, danach blies sie ihn und wischte mit einer Hand ab, lutschte noch einmal und wischte wieder ab. Er hörte die Lippen, verstand, dass das ihre Hand war. »Ich will in deinem Mund kommen«, bestand er. Sie hatte Angst, wegen der Krankheit. »Du hattest schon einen Vorerguss«, beschwerte sie sich. »Im Mund, oder ich rede nicht mit dir.« Er kam, wusste aber nicht, ob in ihrem Mund oder zwischen den feuchten Handflächen. »Ich muss gehen.«

»Richtig. Das musst du. Aber steh nicht auf, ehe ich weg bin, okay, Holz?«

Sie klaubte ihre wenigen Sachen vom Fußboden auf und eilte nach draußen. Die Tür ging auf, warf Licht auf ihn. Er hatte nicht vor, ihr nachzusehen. Da kam sie in ein schwarzes Minikostüm gekleidet zurück. »Niemand kriegt meine Brüste zu sehen.« Sie bestand darauf, dass er ihr in die Augen sah. »Du verdrückst dich, ohne mir einen Kuss zu geben?«

»Das war nicht vereinbart zwischen uns.«

Das stimme, entschuldigte sie sich, fragte, ob er wiederkommen werde, stand an der Tür, umklammerte die Klinke. Er wollte verschwinden. Wenn ich doch nur alles zu Staub zermalmen könnte, mein ganzes Leben.

Als er das Todeshaus verließ, war es kalt draußen, eine Jacke hatte er keine – wie viele Stunden war er schon von zu Hause fort? –, er stieg gebeugt die Treppe hinunter, erinnerte sich endlich an den kleinen Morris, der einmal am Kanal spazieren gegangen war. Zwei Kinder, ein Junge und ein Mädchen, saßen dort mit ihrem Vater. Es war Morgen, Ferienzeit, am Ende des Sommers. Der Vater brachte seinem Sohn das Angeln bei. Der kleine Morris blieb in einiger Entfernung von ihnen stehen. Er hatte eine alte Hose an, die seine Mutter in einem Laden für gebrauchte Sachen gekauft hatte. Das Mädchen, goldgelockt, sah ihn an, und er bewegte sich nicht von der Stelle, hasste vielleicht seinen eigenen Anblick. Auch er wollte angeln lernen, aber sein Vater stand niemals vom Bett auf. Der Junge fragte, welcher Köder besser sei, Brot oder Regenwürmer. Die Strömung hatte den Schwimmer abtreiben lassen. Der Junge zog die Schnur aus dem Wasser. Das Goldköpfchen sagte zu Morris: »Hallo«, und lächelte, doch er schämte sich seiner Hose und wusste nicht, ob er ihr Lächeln erwidern sollte. Der Vater zeigte dem Jungen erneut, wie der Haken ausgeworfen wird. Sie holten abermals die Schnur ein und warfen sie wieder aus. »Papa, du hast mir noch nicht gesagt, was besser ist, Brot oder Regenwürmer.« Und der Vater, der eine Tätowierung auf der rechten Schulter hatte, antwortete: »Ich hab tatsächlich vergessen, dir zu antworten: Manchmal ist es so und manchmal so, aber am liebsten haben sie Würmer.« Die Tochter fragte: »Warum?« Und der Vater erklärte dem Jungen: »Weil die Würmer im Wasser zappeln und die Fische von weit her kommen, um sie zu schnappen. Oho, die lieben Würmer.« Fünfundfünfzig Jahre sind seither vergangen, und plötzlich entschied er, dass Tami das Mädchen gewesen war, genau die Tami, die ihn in der ersten Klasse geliebt hatte, ihm Zettelchen schrieb, und er nicht wusste, ob sie ihn veralberte, aber all das belastet mich nicht, Chaim, ganz und gar nicht, auch nicht, dass ich ihr nie geantwortet und sie all die Jahre weiter geliebt habe, das bedrückt mich nicht. Er hatte keinen Zweifel an der Identität der beiden Mädchen, alle Ungewissheit war verflogen, wegen des großen Glücksgefühls, das ihn für einen Moment überkam. Vielleicht war es auch nicht ein und dasselbe Mädchen gewesen, sondern es waren nur die goldenen Locken der Kleinen am Kanal, zwischen den beiden alten Schleusen, die dem blonden Wuschelkopf von Tami aus der ersten Klasse ähnlich sahen. Erneut erinnerte er sich an das Bild der Ungeduld des Mädchens, während Vater und Sohn mit Angeln beschäftigt waren. »Wenn der Fisch zappelt wie meine Ader am Hals, hol die Schnur ein.« Tami wand sich. Vielleicht musste sie pinkeln, und es war ihr bereits untersagt, sich einfach unter die Büsche zu hocken. Wie gern hätte Holz Tami in der Hocke unter den Büschen pinkeln gesehen, ihre Scheide entblößt, das Gold des Harns, das Gold des Haars, das Gold der Erinnerung.

Ich bin nicht ich

Und Lotem? Auch er fuhr los von dem Café am Meer. Eine alte Frau stand am Ende der Straße, versuchte, die Fahrbahn zu überqueren. Er bremste jählings und stieg aus, um sie auf die andere Straßenseite zu geleiten. Ihre Hand war trocken und kalt. »Bringen Sie mich zu meinem Sohn«, sagte sie matt. »In der Straße … in der Straße …« Dann verstummte sie, als schämte sie sich. Ihre Stirn war feucht, ihre Hände jetzt auch. Adam führte sie zu seinem Wagen. Aber sie hielt ihn zurück und sagte: »Er kommt mich nicht besuchen.« Er wusste nicht, was er mit ihr machen sollte. Abermals versuchte sie sich zu erinnern, in welcher Straße ihr Sohn wohnte. »Wissen Sie nicht, wo er wohnt?« Verschrumpelt wie eine Brandwunde, helle Augen, murmelte sie: »Ich bin nicht ich.« Er unternahm den Versuch, einzusteigen und sich davonzumachen, aber sie fasste seine Hand, weshalb er sich erweichen ließ, ihr die Tür des Wagens öffnete und sie aus der Stadt herausfuhr. Sie schlief ihm ein, ihr Kopf sackte von Zeit zu Zeit gegen die Scheibe der Beifahrertür. An einem Polizeikontrollposten hielten sie ihn an, leuchteten ihm in die Augen und ließen ihn dann weiterfahren, hatten ihn möglicherweise erkannt oder vielleicht sah er ja jüdisch aus. Sie schlief. Murmelte hin und wieder Worte in fremden Sprachen. Durch die Zitrusplantagen in ein weißes, hell erleuchtetes Gebäude führte er sie. Ein vor sich hin dösender Sanitäter schreckte hoch, meinte, man habe nicht bemerkt, dass sie weggelaufen sei. Hier gibt es keine Zeit, beklagte er sich. Die Alten sind sich alle ähnlich. Das Gesicht verwüstet, der Körper zerstört. Nur die Augen bleiben alterslos.

Lotem ruft an

»Jiftach? Hier ist Lotem. Gehts dir gut? Die Tochter, alles bestens? Die Geschäfte, okay? Ich hab Michal getroffen. Sie war meine Freundin, in der Fallschirmspringerausbildung, glaub ich, du hast sie nicht kennen gelernt. Ich meine, sie war der aufregendste Sex, den ich je hatte. Ich kann das jetzt nicht erklären. Ich hab immer auf dem Schießstand gekniet und den Kopf auf ihren Bauch gelegt. Sie hat sich ständig umgeschaut, in ihrem Armeerock und drunter nackt, so hab ich ihr gesagt, soll sie kommen, ohne Slip. Anfangs hat sie sich noch beklagt, dass ich nicht mit ihr rede. Danach hat sie aufgehört, darum zu betteln. Wenn ich im Wagen vor ihrem Haus sitze – ich sitze viel dort – denke ich an ihren Sohn, als sei er von mir. Vielleicht kannst du mir einen Gefallen tun?«

»Ich war sehr enttäuscht von dir, weil du wie ein Vater für mich bist. Ja?«

»Ja, ja.«

»Was willst du, dass ich für dich tue, Lotem?«

»Schick dieser Michal Eybeschitz hin und wieder Blumen, von mir, ohne Namen, du weißt schon, nur die Initialen, nein, vielleicht besser nicht, nein, doch, das schreibst du. Ich weiß, dass sie mich braucht, und ich hab keine Kraft für Menschen, die mich brauchen, Jiftach. Auch du musst das verstehen.« Lotem ist jetzt an der Reihe, seinen Gefühlen freien Lauf zu lassen. »Schluss, aus. Wann wirds endlich Frühling, Jiftach? Ich hab diesen Winter satt.«

5

Lea

Frühling

Nach allem, was Lotem sich in seinem Schlaf zusammenfantasiert hatte, herrschte draußen die Trübheit des Spätherbstes, spuckte die Dachrinne Nägel zu Boden, brannte Licht hinter der Gardine. Er stand auf und ging zum Telefon, weil der Apparat geklingelt hatte – in seinem Traum oder eben nicht –, und sagte mit gewisser Heftigkeit: »Hallo?« Danach versuchte er, ins Bett zurückzukehren, überlegte, wo die Brüche zutage treten, die Verwerfungen seines Körpers, auch seine Stimme wähnte er entstellt, wie ein weit entferntes Radio. Er hasste sich selbst, hasste seinen Geruch. Schmerz meldete sich in der Nasenspitze, der Kälte wegen. Zuvor hatte er geträumt, er sei eingeschlafen. Viele Männer waren in einem Raum, saßen um einen Tisch, und er verschüttete unabsichtlich über irgendjemandem sein Glas mit Hochprozentigem, machte dann, aus Angst, irgendwelche Erklärungen über seine Müdigkeit, dachte aber, im Traum, an eine Erektion; und draußen, als er erneut erwachte, war mitnichten Herbst, sondern Frühlingsbeginn, der 21.3.1991, und der Abend war gerade angebrochen. Endlich stand er auf, erinnerte sich an den um seinen Sohn trauernden Alten, der ihn seit Wochen verfolgte, dann an die Telefonanrufe, die seinen Schlaf durchlöchert hatten, berührte sein Gesicht, stieß gegen seine Armeetasche, stolperte, kam hoch, fluchte, schaltete das Licht an, der Raum stank, machte es aus, in der Dunkelheit stank der Raum noch mehr, sodass er das Licht wieder anknipste. Ein offenes Buch lag auf dem Bett, sein glänzender schwarzer Einband zerknittert und der Länge nach geknickt. Er schaltete das Radio ein, seine Hände hasteten fahrig über die Taschen, eine Zigarette, ein schmerzhafter Hustenanfall. Das Telefon klingelte. »Wer ist da?«, fragte Na'ama, als habe er sie angerufen. »Ich«, sagte er. »Ja, ich verstehe, aber warum hast du mich angerufen?« Er wollte mit ihr reden, wusste nicht, was er sagen sollte. »Ich hab ein Kind. Ich ... ich muss ...« Sie klang heiser: »Herzlichen Glückwunsch, mein Bester, wie viel wiegt es denn?« Er hatte keine Kraft für ihre Art von Humor. Die Sirene eines Streifenwagens heulte in der Dunkelheit und verschwand wie ein Nachtvogel. Die Straßenlaternen brannten bereits. Unten auf der Straße ging ein Greis mit kleinen, schnellen Trippelschritten, kam mit fast eine Ewigkeit in Anspruch nehmender Langsamkeit vorwärts. Seine Frau ging voraus, blieb an der nächsten Straßenlaterne stehen, und streckte ihm, als er sich ihr näherte, schon von weitem die Hand hin, aber er lehnte erbost ab, winkte ihr aufgebracht, sie solle weitergehen, worauf sie ging, und er sich von neuem mit kleinen Schritten voranarbeitete, vorsichtig und langsam, bis die alte Dame abermals stehen blieb und er ihr wiederum, jetzt mit noch größerem Zorn, bedeutete, sie möge gehen. Die Finsternis häufte sich im Zimmer wie auf dem Boden einer Spinnerei. »Na'ama, ich muss gehen ...« Er wollte tatsächlich vor die Tür.

»Den Sohn suchen, der in deinem Kopf ist? Du weißt, dass er an der Tür auf dich wartet, tagein, tagaus. ›Papi, gut, dass du kommst, wir wollten gerade angeln gehen‹, wird er sagen. Und die Mami, ausgemergelt vor lauter Sorgen, wird sagen: ›Ich wusste, dass du eines Tages zu mir zurückkehren wirst, wie ein kleiner Sparer, der ein bisschen Geld zur Bank bringt, und eines Tages wiederkommt, um nachzusehen, und hoppla!, ein Vermögen besitzt.‹ Alle Väter sind Kleinsparer, Adi.«

Er hörte ihr zu, ohne sie zu unterbrechen, die gute Na'ama, nie ist sie beleidigt. Die Alten waren von der Straße verschwunden. Der Rebensaft der Luft war tiefdunkel jetzt. Er wollte raus. »Na'ama, ich will noch raus. Ich hab endlich das Auge gefunden.«

»Eine Sache hab ich in meinem Leben zustande gebracht, Adi. Ich hab meine Kinder beschützt, damit sie nicht Tiere werden wie du. Sie werden nicht zur Armee gehen, Adi. Und du kannst ruhig einmal zu uns Tee trinken kommen ... Sie lieben dich.«

»Ich muss hier raus, Na'ama ...«

»Ihr solltet den Weibern mal ohne Uniform nachstellen. Was würdet ihr euch angeln? Nicht eine wie mich.«

(Dudu hatte ihm einmal gesagt: »Meine Frau ist Nymphomanin.« Lotem war böse geworden. Dudu hatte gelacht: »Mach dir keine Sorgen, ich besorgs ihr nicht, sie kann so viel betteln, wie sie will.« Und dann hatte er hinzugefügt: »Na'ama hasst mich und erlaubt mir ohnehin nicht, in einem Zimmer mit ihr zu schlafen. Wenn ich mal nach Hause komme, schlafe ich im Wohnzimmer.«) Erneut klingelte das Telefon. Er nahm ab, da er nicht wirklich vermochte, sich Na'amas Schmerz zu entziehen. Aber es war Dudu: »Du wirst endlich glücklich werden, mein Ritter von der traurigen Gestalt. Ich komme eingeschwebt, um dich abzuholen, und wir beide fliegen, mit zwei jungen Hühnern einen draufmachen. Hör gut zu, jeder von uns beiden mit den zweien, unter der Bedingung, dass du versprichst, so lustig zu sein, wie du es früher verstanden hast.«

»Na'ama braucht dich, Dudu. Es geht ihr nicht gut. Wenn du einen Hubschrauber hast, komm auf einen Sprung nach Hause. Jetzt.«

»Und du kannst nicht zu ihr gehen?«

»Nein, sie braucht dich. Flieg nach Hause. Jetzt, Dudu.«

»Wir werden sehen.«

»Erinnerst du dich an meine Michali?«

»Sicher, die Hässliche.«

»Stimmt nicht, sie war schön und ist noch immer eine Schönheit.«

»Und was ist mit dieser Schönheit? Ist auch schon in die Jahre gekommen, oder?«

»Unwichtig. Flieg zu Na'ama, Dudu.«

Abermals klingelte das Telefon. Er stand und starrte es an, hob nicht ab, schloss die Wohnung ab, ließ das Telefon weiterschrillen, wartete noch einen Moment lang draußen vor der Tür und lauschte, so wird die Wohnung nach mir sein. Unten auf der Straße wartete, wie gewöhnlich, der trauernde Alte auf ihn, in der Hand einen Umschlag mit Fotos von Gadi, seinem erschossenen Sohn. Lotem beeilte sich, wegzukommen, aber der andere holte ihn ein, zog an seinem Hemd. Lotem drehte sich zu ihm um und erwiderte beinahe flehend: »Was wollen Sie von meinem Leben?« Der Mann sah ihn bestürzt an, wollte etwas sagen, aber die Worte sperrten sich ihm, als hätte er mit einem Mal etwas begriffen. Er wandte sich ab, um zu gehen. Lotem setzte ihm nach, packte ihn am Arm, zwang ihn, ihm sein Gesicht zuzuwenden: »Warum kommen Sie zu mir? Wer hat Ihnen gesagt, dass ich etwas darüber weiß? Ich habe nichts damit zu tun, glauben Sie mir.«

»Ihr denkt, wir sind alles Schwachköpfe, richtig? Man gibt euch einen Blankoscheck und ihr tragt die Namen ein ...«

In der lauschigen Nacht sammelten sich Passanten um die beiden Männer. Lotem sah zu, dass er wegkam, sein Auge schmerzte, er mochte Menschenansammlungen nicht. Der Alte unterdrückte sein Schluchzen und schrie: »Um Leoparden kümmert ihr euch, um Menschen – nicht.«

Der Besitzer des Bar-Restaurants kam im grellen Licht und allgemeinen Getöse zu ihm und bot ihm ein Gläschen an, wozu seine Finger etwas ganz, ganz Kleines andeuteten, aber Lotem, in Uniform und mit Rangabzeichen, wollte nur Tee mit Zitrone. »Keinen starken Kaffee?«, versuchte der Mann ihn zu überreden, peinlich darauf bedacht, leise zu sprechen. »Nein, danke. Tee mit Zitrone.« Soldaten auf Urlaub lärmten in der Ecke. »Tee mit Zitrone, für den Herrn«, rief der Besitzer in die Küche. Brachte eigenhändig den Tee. Lotem ließ sich unweit eines Tisches von drei Frauen um die vierzig nieder. Eine von ihnen – violette Ohrringe, schwarz gefärbtes Haar, violetter Lippenstift – suchte beharrlich seine Augen und schenkte ihm ein Lächeln. Und er, mit einer Kopfbewegung, wollte barsch wissen, was sie wolle. Sie hatte gute, blaue Augen und meinte mit einem vertraulichen Lächeln: »Zeigen Sie mal Ihre Hände.« Lotem wandte den Kopf zu den Soldaten auf Urlaub. Einer war neben seinem Stuhl auf ein Knie gestützt in Stellung gegangen und feuerte eine imaginäre Maschinenpistole Richtung Tür ab, brüllte dazu »rattattatta«, wie üblich. Die violett Beohrringte war verlegen, sagte zu ihren beiden Freundinnen: »Ich wollte nur sehen, in welche Hände ich meinen Sohn schicke.« Die Kleinste unter ihnen, raspelkurze Haare, Rachel hieß sie, tadelte: »Was ist mit dir los, Ora?« Und die Dritte – hoch aufgeschossen, schlank wie ein Knabe, die Haare mit einem Gummi zusammengefasst, einen langen Nacken entblößend – hatte die Augen bereits gesenkt, als er hereingekommen war. Lotem trank den Tee, stellte das Glas auf den Tisch und hastete raus, versank in der kühlen Luft. Vielleicht ist es zu spät, ein Kind zu machen. Ich hab keine Kraft, es großzuziehen. Orangen- und Pampelmusenbäume verströmten aus allen möglichen Gärten und

Hinterhöfen ihren Duft, erfüllten die Stadt wie Vögel, die aus abgedeckten Käfigen plötzlich singen. Er atmete tief ein, hustete. Jemand trat zu ihm. Lotem schreckte zurück. Aber der Stadtstreicher wollte nur eine Zigarette. Lotem gab ihm eine, zündete sie ihm sogar an. Die Finger des Mannes waren schwarz. »Hast du dich vor mir erschrocken?« Nein, ich hab mich nicht erschrocken.

»Menschen erschrecken. Ich erforsche das. Wie Menschen erschrecken, wenn jemand zu ihnen tritt, um etwas zu erbitten. Warum bist du erschrocken?«

Lotem zuckte mit den Schultern. Der Mann folgte ihm. Er hatte rötliche, sehr schmutzige Locken, schien von Zeit zu Zeit zu versuchen, eine auszureißen. Er blieb Lotem auf den Fersen. »Ich war hier, schon eine Stunde bin ich hier gewesen. Du bist es, der plötzlich aufgetaucht ist, aber du denkst, du seist die ganze Zeit hier gewesen und ich sei plötzlich erschienen. Richtig? Deshalb bin ich es, der auf einen Schlag verschwinden wird.«

Als Lotem sich in eine nahe Straße flüchtete, bemerkte er, dass der trauernde Vater ihm nachging. »Ich glaube euch nicht. Ich glaube keinem von euch«, sagte er. »Wenn Sie mir nicht glauben, warum wollen Sie dann mit mir reden? Außerdem, warum hat sich Ihr Sohn zum Dienst in dieser Einheit gemeldet?« Die Hände des Alten zitterten. Er zog die Fotos seines erschossenen Sohns aus dem Umschlag und riss sie in kleine Fetzen. Mitten auf der Straße ging ein großes Drama zu Ende.

Gadis Kopfkissen

»Hasst du ihn noch?«, fragte die Stoppelhaarige leise die magere, knabenhafte Lea, nachdem der General weg war. Ein Lächeln überzog Leas Gesicht: »Weißt du, wie viele Jahre seit damals vergangen sind?« Ora, die Frau in Violett, mischte sich ein: »Etwas, das ich nicht weiß?« Lea wand sich heraus: »Wer erinnert sich nach so langer Zeit überhaupt noch an solchen Unsinn?« Aber Ora bettelte, und die Kleine, Gedrungene bemühte ihren berühmten Zorn, um über etwas, das sich vor zwanzig Jahren ereignet hatte, zu reden, als sei es erst gestern gewesen. »Sie war seine Untergebene, als er noch nicht Berufssoldat war. Als er hier reingekommen ist, hab ich auf ihrem Gesicht gesehen, dass sie ihm nichts verziehen hat, nichts vergessen hat. Ja, ja, es gibt Wunden, die verheilen nicht. Basta!« Lea lachte, selbstverständlich. Ora verlangte: »Ein schnelles Geständnis: Ist was gewesen zwischen euch?« Ihr Haar tiefschwarz, Mutter von drei Kindern, hat sich eine ansehnliche Figur bewahrt, ihre Lippen sehr sinnlich, ab und an erzählte sie ihnen Anekdoten aus ihrem Sexleben mit ihrem Mann, Asher, auf der letzten Silbe betont, Rechtsanwalt mit Spezialgebiet Grundstücksverkauf, vor allem in den besetzten Gebieten, auf die Frage, ob sie ihn noch liebt, wüsste sie nicht zu antworten, aber diese Frage war nicht gestellt worden. »War da was oder nicht? Ich will wissen, ob da was war, und warum ich bis heute nichts davon gewusst habe!« Mehr als dreißig Jahre schon sind sie Busenfreundinnen, fast gänzlich ohne Unterbrechungen, nehmen am Leid der anderen teil, an Familienfesten, Beschneidungszeremonien, Bar-Mizwa-Feiern, Geburtstagen, sind im Krankenhaus bei dem kranken Bruder, oder der Mutter, immer gemeinsam. Jeden Monat, schon seit Jahren, treffen sie sich. Schwelgen schon nicht mehr in Erinnerungen, sondern plaudern nur noch. Lea arbeitet als Büroleiterin einer großen Anwaltskanzlei. Und Rachel, die herzensgute Scheinheilige, führt oft Schmähreden, beschimpft Geser, ihren Exmann, hält aber, da sie nicht wagt, ihren Eltern von der Scheidung zu erzählen, weiter Kontakt zu ihm, und er macht bei ihrem Versteckspiel sogar mit, obgleich er böse auf sie ist. Wenn einer von ihren Eltern sie zu Hause anruft, wo sie ja nicht mehr wohnt, verspricht Geser ihnen, dass ihre Tochter sofort zurückruft, ruft dann sie an und sie schließlich ihre Eltern. An den Feiertagen kommt er mit ihr zu den gemeinsamen Essen. Mit ihrer Kinderlosigkeit können sie leben, aber mit einer Scheidung? Das nicht. Sie lebt schon eine Weile mit einer Frau zusammen, bringt sie aber nicht mit zu den Treffen, auch Ora bringt Asher nicht mit und Lea hat niemanden, den sie mitbringen könnte. Rachel telefoniert oft mit Lea. Lea ist eine gute Zuhörerin. Einmal hatte sie ein schönes Abendessen für Rachel und deren Lebensgefährtin vorbereitet. Im letzten Moment wurde das Essen abgesagt. Rachel kam allein, war böse, sagte erst nichts, erzählte dann mit bebender Stimme von der Herrschsucht ihrer Lebensgefährtin und auch, dass ihr diese Art von Sex immer noch Angst mache. Später am Abend bezog Lea ihr ein Bett im Nebenzimmer. Beide schliefen sie schlecht in jener Nacht. Am Morgen tranken sie Kaffee in der Küche und die Kleinere lächelte: »Wir hätten zusammen wohnen können, Ora auch, und morgens in großen Schlafanzügen aufwachen.« Dann war Rachel zu den Bildern von Leas Eltern auf der Kommode getreten. »Lea'le, du hast schon keine Eltern mehr.« Sie hatte nicht gelacht.

Ora fühlte sich idiotisch, weil sie dem General in Uniform gesagt hatte, er solle ihr seine Hände zeigen. »Es heißt, so lässt sich feststellen, ob einer einen großen Schwanz hat. Aber daran hab ich überhaupt nicht gedacht. Doch das wird er von mir denken. Was für eine ordinäre Kuh ich bin.« Keine von ihnen wusste oder sagte zumindest nicht, dass sie wusste, ob große Hände tatsächlich in irgendeinem Zusammenhang mit der Größe des Schwanzes stehen. Lea wurde ein bisschen rot und Rachel stellte auf einen Schlag ihr Gekicher ein. »Auf jeden Fall, Asher hat einen kleinen«, verkündete Ora, hoffte, so ihre Dummheit von vorhin vergessen zu machen, doch erneut lachten sie nicht, sodass sie beschloss, es nicht weiter zu versuchen. »Im Grunde genommen, was weiß denn ich? Ich hab keine Ahnung, was andere haben. Ich hab noch nie hingeguckt, vor lauter Angst.« Jetzt lachten sie. »Und am Ende habt ihr mir noch immer nicht gesagt, ob Lea etwas mit dem Offizier hatte«, meinte Ora enttäuscht. Lea setzte ein Lächeln wie ein Fächer auf, ihre Wimpern waren lang, sie wurde ernst, zuckte mit den Schultern. Der Abend kam zum Ende. Ora musste noch fahren, raus aus der Stadt. Im nächsten Monat wird sie hier sitzen und ihr Sohn wird bereits wer weiß wo stecken. Wie ein kaltes Stück Metall im Lendenbereich drang dieser Gedanke in sie ein. Asher hat auch Angst, sagt aber kein Wort, doch sie schläft nachts nicht mehr und wenn sie mit ihm darüber reden will, sagt er: »Was soll ich machen? Sag mir, was soll ich machen? Ich kenne niemanden, der uns helfen könnte. Wäre dir ein kranker Sohn etwa lieber?« Und sie: »Ja, lieber einen kranken Sohn.« – »Ach, Ora'le, bring mich nicht um den Verstand«, sagte Asher. »Erinnere dich an die Jahre, als er krank war, erinnere dich, wie glücklich du warst, als er gesund wurde.« Er war von einer Ungeduld, die zuweilen wie Barschheit wirkte. Immer in Eile. Aber er ist nicht dumm, ihr Asher. Einmal hat er ihr gesagt: »Manchmal verstehe ich wirklich nicht, warum du nicht wenigstens von mir beeindruckt bist. Was hatten wir, als wir angefangen haben? Nichts. Weder du noch ich. Und guck dir an, was für ein Haus wir haben, und Garten, und unsere Söhne gehen auf eine gute Schule, alle werden sie Wohnungen haben, und ihre Kinder werden nie einen Vater sehen, der im Laufen isst und dem die Sesamsoße vom Kinn tropft. Glaubst du nicht, dass ich mich manchmal selbst hasse? Vielleicht hassen sogar die Kinder mich, weil ich ein Ochse bin. Aber ein gutes Wort von dir?« Er wollte, dass die Söhne am Schabbat und an den Feiertagen mit ihm zur Synagoge gingen, gab sich schließlich mit den hohen Feiertagen zufrieden. Tat, was seine rechtsgerichteten Freunde taten, schleppte beim letzten Neujahrsfest auch sie mit in die Synagoge, wo sie im Leben noch nicht gewesen war und auch kein zweites Mal hingehen würde. (Sie hatte verstohlen dem Priestersegen zugesehen, aber eine Frau hatte ihr gewaltsam die Augen zugehalten, hatte sie zweimal angeherrscht, nicht hinzusehen, und Ora hatte an ihren Wimpern die Hand gespürt.) »Wenigstens schleppt er die Jungs nicht zu Karatekursen«, sagte sie zu ihren Freundinnen. Kurzum, Asher war ein guter Ehemann, die Kinder liebten ihn, wussten nicht, dass er schon einmal verheiratet gewesen war, etwas schreckte ihn an dem Gedanken, es ihnen erzählen zu müssen, obgleich er keinerlei weitere Erben für das Geld, das Haus, die Grundstücke und die vermieteten Wohnungen hat. Er will nicht, dass sie es erfahren? Dann erfahren sie es eben nicht. Hier, zusammen mit ihren Freundinnen, jeden Monat, sieht sie wie in einem alten Heft ihre Handschrift sich verändern. Aber warum hat sie dem Offizier gesagt, er solle ihr seine Hände zeigen? »Ihr habt mir immer noch nicht erzählt, was dieses Etwas zwischen Lea und diesem Offizier war.« – »Erzähls ihr, erzähls ihr.« – »Wie soll ich mich an etwas erinnern, was vor mehr als zwanzig Jahren passiert ist?« Ora zahlte. Sie warfen einander einen Blick zu, als sie von der Toilette kamen, wie immer, und brachen in prustendes Gelächter aus. Die Zeit zwinkerte ihnen im Spiegel zu wie eine Putzfrau in der Krankenhausaufnahme. Lea trat auf die Straße, die Hände in den Hosentaschen. Rachel sagte: »Er hätte wenigstens an unseren Tisch kommen und Schalom sagen können.« Und Ora meinte mit ihrer klaren Stimme: »Generale, sind das nicht die, die am Leben bleiben, um von ihren getöteten Kameraden zu erzählen?« Früher war sie das scharfzüngigste Mädchen in der Klasse gewesen. Die Lehrer hatten ihre Sticheleien gefürchtet.

Lea zog die Schultern zusammen. Den ganzen Abend hatte

sie gesehen, wie sehr sich Ora Sorgen um ihren Sohn Gadi machte. Ihr Treffen ging zu Ende. Ein kühles Frühlingslüftchen wehte, meinte es gut mit den Wunden der Zeit, den bösen Gedanken, Verdächtigungen, der Panik, der plötzlichen Angst. Manchmal gingen sie zu dritt Hand in Hand bis zu Oras geparktem Wagen. Manchmal lief eine hinter den beiden anderen her, die eng umschlungen gingen, als wolle sie den Augenblick als Foto festhalten und sich sogleich wieder dazugesellen. Jetzt, am Wagen, nahm Lea Ora unvermittelt in den Arm und sagte leise: »Mach dir keine Sorgen, Ora'le. Wird schon schief gehen. Du kennst ja meine Spürnase. Hab ich dir nicht gesagt, du sollst Asher heiraten?«

»Das ganze Leben hab ich nur eine Karriere gehabt, Mutter zu sein, und jetzt sagen die mir: Gib uns dein Kind. Du kannst, wenn du willst, zur Abschlusszeremonie kommen. Er schläft nachts mit dem Kopfkissen im Arm, an die Brust gepresst, genau wie er mit seinem Teddy geschlafen hat.«

Lea zitterte, nickte, schob die Hände noch tiefer in die Taschen ihrer Jeans. Rachel sagte: »Wie kalt es draußen ist«, und fügte dann schulmeisterlich hinzu: »Er soll lange Unterhosen mitnehmen.« Ihr Geser war zu allem Überfluss auch noch Fallschirmjäger. Ora, schon hinter dem Steuer, ließ den Wagen an und kurbelte die Scheibe hinunter: »Ich wusste, dass ich es wieder vergessen würde. Angenommen, eine Lesbe will was mit mir anfangen. Wie weiß sie, dass ich vom falschen Ufer bin?«

»Aber du bist nicht lesbisch und hast nichts zu befürchten.«

»Nein, im Ernst, Racheli, wie wisst ihr es?«

»Was hast du für ein wundervolles Parfum.«

»Ich? Ich hab überhaupt kein Parfum benutzt. Das ist der Frühling.«

»Nein, meine Süße, das ist, was die Mädels sagen: Was hast du für ein wundervolles Parfum.«

»Tatsächlich? ›Was hast du für ein wundervolles Parfum?‹ Wie nett. Wie bei den Partisanen. Und was antwortet man?«

»Beim nächsten Mal, Ora'le. Jetzt fahr. Du hast schon zwei Dinge, die du Asher erzählen kannst: Wie Lesben Bräute aufreißen, und dass du mit einem Untermenschen von General gesprochen hast.«

Lea meinte aufgebracht: »Er ist kein Untermensch, Racheli.« Für einen Augenblick noch standen sie inmitten des Flusses, der den Scheinwerfern des Autos entsprang, nahmen winkend von Ora Abschied, die eine mager und hoch aufgeschossen, die andere untersetzt mit raspelkurzen Haaren. Alle drei waren sie in ein und derselben Straße geboren und aufgewachsen. Jetzt wohnte nur noch Lea dort. Rachel sagte in der Dunkelheit: »Du siehst so schrecklich müde aus.« – »Weil ich schrecklich müde bin.« Sie warteten auf ein vorbeikommendes Taxi. Lea fuhr weg. Rachel ging zu Fuß zu ihrer Wohnung. Manchmal hasste sie diese Treffen. Die eine hat eine Eigentumswohnung, die andere hat völlig ausgesorgt, und sie? Zahlt Miete, lässt für dieses feste Treffen eine Nachtschicht sausen und verliert Geld. Andersherum, es gibt keinen anderen Ort auf der Welt, an dem sie sich traut zu sagen, was sie denkt, außer diesen Treffen, überhaupt laut etwas zu sagen. Noch nie hat sie gewagt, dabei zu fehlen.

Der Besuch

Lea stellte den Wecker, las etwas Zeitung, streifte dann unruhig durch die Wohnung. Es war kalt, sie hatte den Pullover nicht ausgezogen. Nach einer halben Stunde war ein Klopfen an der Tür zu hören. »Wer ist da?«, fragte sie leise. »Ich bins«, antwortete er. Sie öffnete. Er kam herein, warf sich in den Sessel. »Sie wollte sich meine Hände angucken. Das war eine verletzende Geste.« Warum? »Sie hat Angst um ihren Jungen, nicht?« Sogleich dachte Lea daran, ihn zu bitten, Gadi irgendeine Versorgungseinheit in der Etappe zu besorgen, verzichtete dann aber. Schnitt in der Küche Zitronenschnitze für seinen Tee. »Wie ist dein Urlaub?« Er folgte ihr in die Küche. »Ich schaffe es nicht, auch nur eine Stunde mit mir allein zu sein.« An der Wand hing ein kleines Bild, das er ihr geschenkt hatte, eine Mutter, die ihren Kindern Äpfel schält. »Vielleicht ist das Buch, das du liest, einfach nur langweilig? Warum versteifst du dich darauf, es unbedingt zu lesen?« Das Wasser kochte. »Ja, es ist langweilig. Aber du flüchtest nicht aus deiner Wohnung, jedes Mal wenn dir langweilig ist.« Sie hatte wieder angefangen zu studieren, hatte ihm nichts davon erzählt, hatte ihn auch einmal auf dem Campus gesehen und sich davongestohlen. Jetzt setzten sie sich, um zu trinken. Sie hing an seinen Monologen wie Efeu. Seit zwanzig Jahren trafen sie sich heimlich. »Auch im Café hast du nichts gesagt. Meinetwegen?« Er war müde zu ihr gekommen. »Warum bist du überhaupt dort aufgekreuzt?« Er hatte vorgehabt, ihr an diesem Abend mitzuteilen, dass er eine feste Freundin habe.

»Anfangs hab ich gedacht, sie will wissen, ob ich einen großen Schwanz habe.«

»Ja, das hat sie in Panik versetzt, hinterher, als sie es kapiert hat.«

»Und hast du es ihr gesagt?«

»Ja, sofort. In *inches*. Naseweiß, werd endlich erwachsen!«

Er betrachtete sie, während sie lachte. Fühlte sich wohl hier. »Lea, meine Teuerste …« Er stockte, starrte sie an. Im Alter wird er vielleicht begreifen – so er denn das Alter erreichen sollte –, dass er nur sie geliebt hat, immer. Das Telefon schellte. Sie hob den Hörer ab. (Wenn er nicht da war, beeilte sie sich immer dranzugehen, und manchmal bekam sie zu hören: »Lea, du klingst enttäuscht, wer, hast du geglaubt, ruft an?«) Ein Fräulein suchte General Lotem. Lea reichte ihm den Hörer. Zuckte mit den Achseln und deckte den kleinen Tisch.

»Ja?... Sollte ich tatsächlich der General Lotem sein, den Sie suchen, müssten Sie jetzt schweigen, und falls ich nicht der General bin, warum wollen Sie mir dann telefonisch Mitteilung machen, Soldatin? ... Sie sind Offizier? ... Dann ist das Ganze noch viel schlimmer, Oberleutnant Wer? ... Oberleutnant Hagar ... Ich werd Ihnen erklären, warum man nicht sagt ... Nein, nicht die Geheimhaltung ... Sie verstehen nicht, oder? Sagen Sie mir, Oberleutnant Hagar ... Hagar Wer? ... Hagar Shamgar? Klingt wie ein Deckname, nicht? Wie auch immer, machen Sie manchmal am Telefon Liebe, Hagar? ... Nein? .... Alle machen das ... Ja, ich auch ... Nur Sie nicht? Gut, in Ordnung ... Hören Sie zu! Ich schreie, weil ich schreien will ... Dass Sie ja nicht anfangen zu heulen! Stillgestanden ... Stehen Sie still? Wie kann ich sicher sein ... Begreifen Sie? Hier kommen wir zur Sache an sich. Haben Sie verstanden? ... Nein? ... Ich werds Ihnen so erklären, stellen Sie sich vor, Sie machen jetzt am Telefon Liebe, nein ... Selbstverständlich, selbstverständlich ... Aber mal angenommen; und der, der mit Ihnen Liebe macht, fragt, ›Was machst du jetzt?‹ Ein sehr bekanntes Intermezzo, ich wundere mich wirklich, dass Sie noch nie davon gehört haben ... Ja, ja, auf jeden Fall wissen Sie schon nicht mehr, für einen Moment zumindest, ob er die warme Hand zwischen dem Nachthemd und Ihrem erhitzten Körper meint ... Sind Sie schlank oder füllig? ... Sie sind eher füllig? ... Wie kann ich Ihnen glauben? ... Macht nichts ... Kurzum, Sie wissen nicht, was er meint, wenn er fragt, ›Und was machst du jetzt?‹ Meint er die warme Hand zwischen Slip und Körper oder das, was Sie in Ihrer Fantasie tun; und dann sagen Sie ihm ... Mit zugeschnürter Kehle ... Ja? ›Meine Hand ist zwischen den Beinen, ich hab keinen Slip an‹, und er sagt, ›Nein, das nicht, was machst du in diesem Augenblick mit mir?‹ Da verstehen Sie, dass er Ihre Fantasie meint, ja? Und Sie sagen, ›Ich umklammere dich ganz fest‹, doch in einem solchen Fall fehlender Initiative Ihrerseits bevorzugt er bereits eine handfestere Schilderung und sagt zu Ihnen: ›Was machst du im Moment an dir selbst?‹ Und Sie wollen so etwas gar nicht, weil Sie solche Spielchen nicht mögen, richtig? … Ich weiß … Also sagen Sie: ›Ich mag das nicht, lass uns aufhören‹, aber er droht, das Gespräch zu beenden, und so zwingt er Sie, ihm zu erzählen, was Sie anhaben und was nicht, und wie sehr Sie ihn wollen und wie oft, aber das widert sie regelrecht an, richtig? … Hab ich gewusst … Und dann sagen Sie ihm, Oberleutnant Shamgar – haben Sie überhaupt was an? –, also, Sie sitzen und polieren einen alten Kerzenleuchter oder lesen das Feuilleton der *Ha'aretz* … Das lesen Sie? Tatsächlich? … Sie sagen ihm beim Leuchterpolieren oder Fingernägelschneiden: ›Jetzt streife ich meinen Slip ab‹, und er genießt es, wie sehr er das genießt, und dann folgt, manchmal, etwas noch Heißeres, etwas, das sich schwer erklären lässt, Sie wollen, ein verbaler Wunsch selbstverständlich, dass er zwischen Ihren Brüsten kommt – obgleich Sie gerade den Artikel von Yoram Bronowski lesen oder sich die Nägel lackieren –, und Sie beide genießen dieses Bild, ein rein verbales Bild, doch dies ist das Sonderbare, Oberleutnant Hagar, wäre dieses Bild nicht ausgesprochen worden, wäre es auch nicht visuell, dabei existiert es ja gar nicht … Verstehen Sie, was ich Ihnen sagen will? … Nein? … Nein, das ist nicht, was ich sage, stillgestanden wieder! Stehen Sie still? … Sind Sie sicher? Ich bin bereit, Ihnen zu glauben. Kurzum: Was ich Ihnen sage, ist, dass hier Rechtsanwalt Lotem spricht, ja, und ich würde sie gern an meine Frau weiterreichen, die sicher vor Lachen platzen würde, wenn sie hörte, dass Sie mich für einen General halten, aber sie ist gerade gegangen, unseren kranken Jungen zu beruhigen, der aufgewacht ist wegen Ihres Anrufs mitten in der Nacht ... Und wir haben noch nicht über die Schweigepflicht gesprochen, die Sie verletzt haben ... Staatsgeheimnisse am Telefon zu verraten, Oberleutnant Shamgar ... Oder möchten Sie noch mit dem Jungen sprechen?«

Lea freute sich für ihn. Er genoss diesen Jux so sehr. In der Bar, zu Beginn des Abends, hatte er jämmerlich gewirkt. Sie wollte wirklich nicht wissen, ob er es jetzt am Telefon mit einer seiner Freundinnen trieb oder bloß eine unbekannte Anruferin veralberte, und von allen Veränderungen, die sie durchgemacht hatte, war dies die ausgeprägteste: dass sie auf eine freudige Erregtheit wie diese mit einem großen Lächeln reagierte – na bitte, er findet zu sich selbst zurück. In den letzten Monaten hatte er den Boden unter den Füßen verloren. Kann sein, dass Lea eine Spur zu gleichgültig war angesichts des Leids, das er der Anruferin zufügte. (Aber verhielt sie sich etwa anders als jede Frau, die sich mit ihrem Geliebten identifiziert und nicht mit dessen Opfern?) »Wenn mir die Witze ausgehen, werd ich sterben.«

»Du wirst niemals sterben, Naseweiß. Das lass ich nicht zu.«

Sie hatte einen nachdenklichen, erwachsenen Blick. Konnte sich jetzt Sex mit Forderungen vorstellen – er sieht sie gern onanieren, zum Beispiel, während des Beischlafs; schließlich kann er nur einmal kommen, sie dagegen unglaublich oft – und vielleicht war es das, was ihr durch den Kopf ging, dass sie eine Exilantin in seiner verbalen Welt ist und deshalb nicht wirklich an seinem Leben teilhaben kann, denn warum sonst will er immer von ihr wissen, wie sie es am liebsten hat und wie er jetzt in sie eindringen soll, in welcher Form, und warum nötigt er sie, darum zu bitten? Vielleicht deshalb lächelte sie erleichtert: Was aus Worten gemacht ist, kann alles sein, das

Nichts mit eingeschlossen. Ihr Schweigen im Restaurant hatte ihn geschmerzt, ihre gesenkten Augen. »Was soll dieses Schweigen, das dich befallen hat, Naseweiß?«

»Wenn du mit mir schlafen wolltest, würdest du darum bitten?«

»*Never.*«

Ihre Beziehung war in sexueller Hinsicht sehr liberal. Sie lachte, wenn er sie ein »biologisches Phänomen« nannte und sagte, sie müsse ihren Körper der Wissenschaft vermachen, da es an ihrem Leib keine Stelle gebe, die nicht erogen sei, und manchmal wollte er auch wissen, im Spaß, natürlich, wer noch von diesen Dingen wusste. »Heißt das, dass ich immer bitten, betteln, befehlen muss?« – »Niemand befiehlt mir etwas, aber betteln – ja.« – »Vielleicht befiehlst einfach du mir? Befiehl.« – »Naseweiß, warum bist du gekommen?« – »Wenn du etwas Schönes siehst, überlegst du, was ich darüber denken würde?« – »Ich halte diesen Abend nicht aus. Was ist los mit dir?« – »Aber ich überlege ständig, was du denken würdest.« Ihr Schweigen schmerzte ihn. Die schönsten Augenblicke, die er mit ihr hat, wie winzige Perlen, sind die Momente, in denen er erfasst, wie wichtig ihm ihr Blick ist auf etwas außerhalb von ihnen, auf etwas, das ihnen gemeinsam ist. Aber nach zwanzig Jahren hatte ihr Schweigen solche Augenblicke zu etwas sehr Seltenem werden lassen. Distanziert, vorsichtig, schnell bereit, sich zu verteidigen, goss sie ihm noch Tee nach.

Eine sechs Jahre alte Erinnerung

Lea liebte das Theater, sah sich so gut wie alle Neuaufführungen an, und vor einigen Jahren, im Herbst 1985, hatte eine junge, gedrungene und rundliche Schauspielerin sie begeistert, die es verstand, auf fast unmerkliche Weise, abrupt oder allmählich, von behutsamer, sehr vorsichtiger Präsenz, wie ein bleicher, wandelnder Tod, in einen vulgären, beißenden, schreienden Gefühlssturm aus Worten zu verfallen, um sich dann wieder völlig zurückzunehmen, wodurch sie in jenem Moment ihren Mitspielern auf der Bühne in jeder Situation etwas Neues verlieh, was nur diese erfahren durften, während die anderen, die bereits abgegangen waren, nichts davon mitbekamen. In all dem hatten Lea und Lotem übereingestimmt, auch wenn er der Meinung war, dass es so etwas wie Charakter nicht gäbe, und nichts so geschaffen sei, dies unter Beweis zu stellen wie das wunderbare Spiel dieser Wie-war-noch-ihr-Name, wohingegen Leas Überzeugung nach sehr wohl so etwas wie Charakter existiere und nichts dies besser belegen könne als das wundervolle Spiel der Kleinen. Das Gespräch war dahingeplätschert, und en passant hatte er erzählt, wie vor nicht allzu langer Zeit, zwei Jahre zuvor, er rein zufällig in Uniform an besagtem Theater vorbeigekommen sei; es war gerade eine Demonstration der Schauspieler gegen irgendeine Gräueltat im Libanon im Gange, und ausgerechnet diese Schauspielerin hatte ihn angespuckt, aber sehr schnell sei die Katharsis erfolgt, habe die krakeelende Schauspielerin ihm im Wagen einen geblasen und so weiter. Er hatte damals ihren sich verändernden Gesichtsausdruck bemerkt, erst langsam, dann rapide. Mit einem Mal war sie in Tränen ausgebrochen, ein Schluchzen und hastiges Nasehochziehen angesichts seiner stechend kalten Augen, die er nicht von ihr nahm. Und im Unterschied zu vorherigen Malen wurde er jähzornig, schlug mit der Faust auf den Tisch, mit aller Kraft, wobei er sie ansah, als sei das Weinen in den unterkühlten Augen ein Beweis der Abwesenheit. Der Teller mit Gebäck fiel herunter, zersprang ganz dicht vor seinem Schuh. Er ging ins Nebenzimmer, beschloss, es sei Zeit zu gehen und auch nicht wiederzukommen, es war vorbei jetzt, aber da sie sich beruhigt hatte – der plötzlichen Stille in der Küche nach zu urteilen – erhob er sich aus dem Sessel, der in der Regel für ihn bestimmt war, kam zurück in die Küche, sah sie kniend die Scherben des Tellers vom Boden auflesen, wollte sie ansehen, ihr jedoch nicht helfen, kehrte schließlich zu seinem Sessel zurück und sagte ihr von dort mit unverhohlenem Verdruss: »Wenn du denkst, ich hätte auf Familienleben, auf Ehe und Kinder verzichtet wegen ...«, er wollte die Stimme heben, verzichtete dann aber, »... um mich an eine einzige Frau zu binden, dann hast du nichts verstanden. Meinst du, nur du hättest etwas aufgegeben? Nein. Ich auch. Aber ...« Sie antwortete nicht. Vielleicht ist es ja tatsächlich eine Art Unverfrorenheit von ihr, Schutz vor etwas zu verlangen, vor dem sie sich nicht schützen kann, vor ihrem Lotem, der nicht der Ihre ist, sodass es ihr nicht gelingt, die Seine zu sein, aber sie gehört ihm, und hätte er damals nur geschwiegen, wäre alles ruhig geblieben. Lea schlug ihre rot geheulten Augen auf und redete mit greisenhafter, kindlicher, sich beklagender Stimme: »Warum musstest du mir das erzählen?« ›Und worauf hab ich verzichtet, du Stück menschlicher Abschaum? Auf was hab ich verzichtet? Kapierst du wirklich nicht oder willst du nicht kapieren, auf was ich verzichtet habe?‹ – das ist es, was sie ihm an den Kopf hätte werfen sollen, aber wir können nicht einfach mutmaßen, was sie ihm tatsächlich sagen wollte und doch nicht sagte, einmal abgesehen von ihrer Angst, erneut in Tränen auszubrechen, doch ausgerechnet die Anstrengung nicht zu weinen verzerrte ihr Gesicht noch mehr, es wäre besser gewesen, endlich loszuheulen, um einmal über seinen Standpunkt zu reden, der eine wichtige Funktion in ihrer Beziehung erfüllte, obgleich sie niemals auch nur ein Mal mit irgendjemandem auf dieser Welt, Frau oder Mann, darüber gesprochen hatten, auch nicht untereinander – über die Schönheit ihrer kleinen Brüste sprach er ihr gegenüber schon, hauptsächlich, wenn sie miteinander schliefen, und auch über den Reiz ihres kleinen Hinterns –, sodass er (alles geschah unglaublich schnell) seine letzten Tropfen Öl ins Feuer goss: »Es tut mir Leid, Lea. Die Aufführung war schön. Ich bin froh, dass wir sie gesehen haben. Aber ich kann sie nicht sehen, ohne darüber zu reden. Mit wem sollte ich darüber reden, wenn nicht mit dir? Wirklich …« Und wirklich, hätte sie nicht die Augen zugekniffen aus Schmerz oder Anstrengung, die Tränen zurückzuhalten, (oder, seine Rede:) hätten ihre Wimpern so nicht noch mehr Krokodilstränen hervorgequetscht, hätte er gewiss sanftere Töne angeschlagen: Im Saal, in der Dunkelheit, während der Aufführung, vor dem Zauber des bunten Lichts auf der Bühne, hatte er an sie gedacht, wie sie in der Dunkelheit saß, dasselbe Bühnenbild verfolgte wie er, dieselben Farben, dieselben Übergänge von Register zu Register, dieselbe Frau auf der Bühne, wie er liebte sie das außergewöhnliche Spiel der jungen Darstellerin, er hatte an die Einsamkeit Leas gedacht, neben ihm, vier Plätze entfernt, (und auch an das Blasen im Wagen); ihrer beider Blicke hatten sich getroffen, sie hatten ein Lächeln gewechselt und waren nach der Vorführung zusammen nach Hause gegangen. Niemals gingen sie Arm in Arm auf der Straße.

Damals, in der Küche, verabscheute er sie, im wahrsten Sinne des Wortes. Warum war er nicht gegangen? Vielleicht hatte er Angst, sie allein zu lassen. Dennoch erfüllte ihn Zorn, denn was soll all dieses Die-Augen-vor-der-Wahrheit-Verschließen, als wüsste sie nicht, was zwischen ihm und allen möglichen Freundinnen von ihm ablief? Was sie sagen, was sie denken und was er ihnen gesagt hat, das ja – und nur was im Bett passiert, darf er nicht erzählen? Warum? Ein Mensch ist doch schließlich gezwungen, jemandem zu erzählen, was ihm widerfährt, anderenfalls geraten die Dinge auch ihm selbst, seinem einzigen Biografen, in Vergessenheit; immerhin ist sie seine engste Freundin, und was geht überhaupt in ihrem Kopf vor jedes Mal, wenn sie miteinander schlafen, alle die von beiden geliebten Stellungen durchspielen, für die hier nicht der Ort ist, sie ausführlich zu beschreiben, aber die sich nie auf nur zwei beschränkten? Er hatte keine größere sexuelle Liebe als die ihre – dank ihrer Liebe, selbstverständlich, und dank ihrer Ausdauer, wobei diese Ausdauer gewiss mit den Regeln in Verbindung stand, die sie sich auferlegt hatten. Der Libanonkrieg war, den Zeitungen zufolge, beendet. Hätte er damals die Anzeichen von Schmerz in ihrem Gesicht wahrgenommen und nicht abermals das belastende Verantwortungsgefühl bemüht, hätte er auch zu unterscheiden vermocht zwischen dem, was ihr etwas bedeutete, und dem, was ihr bereits nicht mehr wichtig war. Aber in versöhnlichem Tonfall sagte er zu ihr, ehe er ging: »Sieh mal, Lea'le, ich bitte dich ja nicht, zu dritt mit mir zu schlafen, obwohl ich schon nie mehr eine Frau haben werde, mit der ich leben kann, ohne an dich zu denken oder mich als Verräter zu fühlen – aber ich kann das nicht länger ertragen, ich kann das einfach nicht mehr ertragen, manchmal hab ich das Leben einfach satt. Du bist einfach nicht fähig, ohne mich zu leben, und das bringt mich um, jeden Tag.« Und damit war er nach Hause gegangen. Hin und wieder hatte er Schuldgefühle, das ja. Während des Libanonkriegs, zum Beispiel, hatte er Schuldgefühle empfunden wegen der langen Haftstrafe für einen Reservisten namens Antebi, der auf dem Weg nach Saida desertiert war, am 8. Juni 1982, wenige Augenblicke, ehe seine Kameraden im gepanzerten Mannschaftstransporter getötet wurden, als ihr Fahrzeug auf eine Mine fuhr. Doch erleichtert das Schuldgefühl nicht die Flucht vor der Verantwortung? Ist das Gefühlsleben eines Menschen nicht wie ein mit großer Umsicht angelegtes Buch, leicht lesbar, eingängig, bei dem auch die bittersten Erkenntnisse weder das Leben des Autors noch das des Lesers vergiften?

Lea war eine zu lange währende Affäre. Sie war achtzehn und er achtundzwanzig, als sie sich vor nun fast einem Vierteljahrhundert kennen lernten. Ein ehemaliger Kompaniekommandeur kam zu Besuch, fand eine neue Kompaniesekretärin namens Lea vor, blieb eine ganze Woche und bat sie am Ende jener Woche, noch eine Freundin mitzubringen. Sie sagte, sie werde es versuchen, habe es versucht und keine gefunden. Sie hatte es tatsächlich versucht, sprich, hatte nachts aufgewühlt im Bett gelegen und überlegt, welche bereit sein würde, hatte aber nicht geschafft, sich auch nur eine vorzustellen, vielleicht fürchtete sie, die, die mitkommen würde, würde ihn ihr wegnehmen, sie war noch fast ein Mädchen, war aber nicht böse auf ihn, denn alles war neu, dieser Hauptmann, das Lächeln, das verriet, anders zu sein, auch wusste sie noch nicht, was erlaubt war und was tabu, alles schien wie ein weites, offenes Feld, man läuft darüber und es findet keine Grenze, außer dem Schmerz, doch auch der Schmerz war kein Weltuntergang, denn sie vertraute ihm.

Maria-Luisa

Einmal, im Frühling des Jahres 1982, rief er von weit weg an. »Ich bin in Italien. Komm schnell. Los, los.« Verständlich, dass sie sich weigerte. Noch nie war sie ins Ausland gefahren. »Lea, werd endlich erwachsen.« Sie verabredeten, sich in einem Hotel in Rom zu treffen. Sie nahm einen zu großen Koffer mit. Wusste nicht, dass der Flughafen so weit außerhalb der Stadt lag, hatte überhaupt noch nie eine so große Stadt gesehen, fuhr mit dem Bus, versuchte, ihr Englisch zu verwenden, irrte mit dem Koffer durch die Straßen, Jugendliche belästigten sie, ihre Hand brannte von dem Gewicht, sie wollte alles wegwerfen, zum Flughafen zurückkehren, sollte er doch nach ihr suchen. Dann schnappte sich irgendein Strolch ihr Portemonnaie. Lea stellte den Koffer ab, versuchte, ihn zu verfolgen, kehrte zu ihrem Koffer zurück und ließ sich verzweifelt darauf nieder. Ein junger Mann verfolgte den Burschen, schnappte ihn, brachte ihr das Portemonnaie zurück und fragte sie in gebrochenem Englisch, wohin sie wolle. Sie sei doch genau richtig, meinte er, regelrecht unter dem Fenster jenes Hotels, unweit der großen weißen Piazza Venezia, deren Rösser im Sprung eingefroren schienen. Lotem wartete im Hotel, sorglos. Tränen standen ihr in den Augen. Sie saßen im Hotelzimmer, bis sie sich beruhigt hatte. Wohin sie gehen wolle? Er kenne die Stadt. Sie müsse wissen, was sie wolle. Er bestellte ein Taxi und sie fuhren zu den Katakomben. Ihre Augen konnten sich an den Schönheiten entlang des Weges nicht satt sehen. Schweigend saß sie, das Gesicht an die Scheibe gepresst. »Sieh mal!«– »Was?« – »Zu spät, wir sind schon vorbei, da war so eine Art großes Tor.« Er lachte. Schon vor langem hatte er ihr vorgeschlagen, nach Italien zu fahren, in das schönste Land der Welt. Am Abend, bevor sie essen gingen, duschte er, als ein Klopfen an der Tür zu hören war. Eine attraktive Frau, um einiges älter als sie, schwarze Haare, trat schnellen Schritts ein und sagte etwas auf Italienisch zu ihr. Lotem kam in eleganter Aufmachung aus dem Bad, küsste die Frau auf die Wange und stellte sie Lea vor. Maria-Luisa stellte er sie – auf Italienisch – als Rivka vor. Sie gingen essen. Mal sprach Lotem hebräisch mit Lea, mal italienisch mit Maria-Luisa. Es war kalt an jenem Frühlingsabend in Rom, 1982. Nach und nach verkroch sich Lea in sich selbst – wie eine Kröte, dachte sie –, versank in ihrem Becken. Sie bestellten Essen von einer Speisekarte, die sie nicht verstand. Eine englischsprachige Version wurde ihr gebracht. Auch das Englisch verstand sie nicht. Die Italienerin Maria-Luisa fragte Lotem, ob seine Freundin denn kein Englisch könne, und er verteidigte sie, sagte, sie spreche sehr wohl Englisch, brauche aber Zeit sich zu entscheiden. Lea war beleidigt, sagte kein Wort und bestellte am Ende Pizza, doch die beiden anderen ließen unter großem Geschrei ihren Wunsch nicht gelten. Lea schaffte es nicht aufzustehen. Wohin auch sollte sie gehen. Gekränkt bat sie Lotem, irgendetwas für sie zu bestellen, worauf die Italienerin für ihn und sich etwas bestellte, und für Lea etwas anderes. Sie aßen und redeten, je zwei auf Italienisch und zwei auf Hebräisch, und Lotem bemühte sich, von Zeit zu Zeit beiden Seiten das Wesentliche zu übersetzen, doch genau genommen sprach Lea nicht, er sprach zu ihr und sie antwortete, wenn sie gefragt wurde. Danach trennten sie sich, Maria-Luisa ging ihres Weges, während Lea und Lotem auf ihr Hotelzimmer gingen. Sie schämte sich ihrer Kleinlichkeit. Als sie miteinander schliefen, sagte er ihr Zärtlichkeiten auf Italienisch, und nachdem alles vorbei war, fragte sie: »Warum hast du mich Rivka genannt?« Und er: »Wann?« – »Vergiss es.« Am nächsten Morgen machten sie sich bereit, mit einem Mietwagen in die Toskana zu fahren. In einem kleinen Sträßchen, nicht weit vom Hotel entfernt, wartete erneut die Italienerin auf sie, winkte wie ein kleines Mädchen, stieg ein, setzte sich nach hinten, war liebenswürdig, und Lea verkrampfte, erinnerte sich daran, wie Unrecht sie gehabt hatte, dass sie am Abend zuvor böse geworden war. Wieder fuhren sie, erreichten erneut ein Restaurant, saßen in einem Innenhof und bestellten ihr, was sie gestern gegessen hatte. Die Italienerin fragte sie auf Englisch, »Good, good?«, Lea erwiderte lakonisch, »Good, good« und auch Lotem steuerte auf Englisch seine Zufriedenheitsbekundung bei. Ihr war bereits aufgefallen, dass die Italiener sehr fröhliche Menschen sind, aber diese Fröhlichkeit ging ihr auf die Nerven. Lotem, der ihr gar nicht versprochen hatte, dass sie nur mit ihm alleine reisen würde, meinte leise zu ihr, damit Maria-Luisa es nicht hörte, sie verhalte sich sonderbar, um dann sogleich etwas auf Italienisch zu sagen – Gegenstand des Satzes, das hörte sie heraus, war Rivka. In der Nacht, nach einem halben Tag im Restaurant und einem weiteren halben Tag in Cafés, gingen sie zu ihrem neuen Hotel. Lotem war ausgelassen. Er verteilte seine Aufmerksamkeit zu gleichen Teilen auf beide Frauen, fragte, »Wer duscht zuerst?« Auch auf Italienisch fragte er etwas. Lea ging duschen, das warme Wasser beruhigte sie. Ihr schlanker Körper war schön, aber sogleich dachte sie an den fülligen Körper der Italienerin im Nebenraum. Lotem hatte es immer nach Frauen verlangt, die beleibter waren als sie, so sehr er auch ihre Brüste, ihren Po und ihre schlanken Hüften lobte, pries und rühmte. Nach Lea verschwand die Italienerin Maria-Luisa unter der Dusche. Lotem stand über eine Karte der Toskana gebeugt, studierte sie und schwieg. Bevor er duschen ging – im Gegensatz zu den beiden Frauen zog er sich im Zimmer aus –, sagte Lea zu ihm: »Ich geh noch mal raus.« Er sah sie erstaunt an, wohin wollte sie zu dieser Stunde, bei solcher Müdigkeit, ohne die Landessprache zu können und die Stadt zu kennen. Sie vermochte nicht zu antworten. Dann überwand sie sich. »Wie lange muss ich draußen sein?« Er regte sich auf: »Hab ich dir gesagt, du musst draußen sein?« Sie ging unter Türenknallen. Auf der zugigen Straße wurde sie von Reue erfüllt, schließlich hatte sie auch in der Armee mit anderen Soldatinnen in einem Raum gewohnt. Dennoch wollte sie nach Israel zurückkehren, suchte nach einer Telefonzelle, um ihre Mutter anzurufen. Was sollte sie ihr sagen? Ob sie auch darauf achte, nichts Gesalzenes zu essen? Wie wenig attraktiv ich bin. In den Boden eingelassene Scheinwerfer tauchten die Kirche in gleißendes Licht. Auf den Treppenstufen saßen junge Leute und unterhielten sich lautstark. Permanent gut gelaunt, dachte sie verärgert. Ging durch enge Gassen. Gelangte zu einem dunklen Geländer, am Abbruch zu einem großen Talkessel, in dem kleine Lichter funkelten. Sie berührte das kalte, feuchte Eisen. Ich könnte in die Tiefe springen, um ihn zu bestrafen. Schlafen. Eine warme Hand. Sie erschrak. Ein kleines Mädchen, in einem Mantel, sagte leise, »Signorina«, und fragte etwas. Zweimal. Lea beugte sich zu dem Mädchen herab und streichelte es, wusste nicht, wie man Kinder streichelt. Das Mädchen sagte: »Non piangere«, und fragte dann: »Ha fame?« Nahm die Hände zu Hilfe. »Ham-ham-ham?« Lea lächelte. »No.« Aus der Dunkelheit rief die Stimme einer Frau: »Maria-Luisa, Maria-Luisa.« Das Mädchen küsste Lea die Hand, sagte erneut zu ihr, »Non piangere«, brüllte dann zu seiner Mutter, »Vengo, vengo«, und stürmte davon. Auf das Geländer gestützt versuchte Lea in der dichten Finsternis zwischen den kleinen Dörfern unten im Tal zu unterscheiden, wann hörte ein Dorf auf, wann begann ein neues? Ein kalter Wind wehte. Sie hatte keine Jacke mitgenommen, wusste nicht, ob bereits eine Stunde vergangen war. Die Zimmertür im Hotel war verschlossen. Sie ließ sich auf den Boden im Gang sinken, neben der Tür. Nickte vielleicht ein. Ein Hotelpage meinte auf Englisch zu ihr: »What are you doing here?« Und sie: »I don't have key.« Er ging und kam wenig später mit dem Direktor zurück. Der fragte nach ihrem Namen und wies den Pagen an, ihr die Tür zu öffnen, fügte dann hinzu, sie hätte zum Empfang kommen sollen, um den Schlüssel und einen dort für sie hinterlegten Zettel entgegenzunehmen, ehe er sanft ausführte, dass man für gewöhnlich hier nicht auf dem Fußboden zu sitzen pflege. Sie hätten viele Gäste aus Deutschland und sogar aus den Vereinigten Staaten. Das Zimmer war leer. Der Page brachte den Zettel, der erklärte, wie man zu einem Restaurant fände. Sie kroch ins Bett. Die Decke war für zwei bestimmt. Sie stand auf und nahm sich eine scheußliche Wolldecke aus dem Schrank. Leute gingen über den Flur. Wohin gehen alle? Sie stellte sich

Lotem und die Italienerin vor, wie sie ins Zimmer kämen, Maria-Luisa würde betrunken sein und singen. Lea sang schön. Einmal hatte Ora sie auf der Gitarre begleitet und beide hatten sie bis Mitternacht gesungen. Sie sehnte sich nach Ora. Morgen würde sie sie anrufen. Wie heißt diese Stadt? Der Trainer hatte sie gebeten, vor allen anderen zum Spiel zu kommen, um alles zu organisieren. Warum ausgerechnet ich, hatte sie fragen wollen. An sie knüpfte er all seine Hoffnungen. Sie ist hoch aufgeschossen, sie wird treffen. Sie wachte auf. Registrierte, dass beide im Zimmer waren. Die Italienerin sagte etwas und Lotem machte »Schsch«, schlüpfte vorsichtig ins Bett, legte sich in die Mitte. Warum hab ich die Wolldecke nicht auf ihrer Seite gelassen? Sie wusste nicht, ob die Italienerin in Unterwäsche oder im Nachthemd schlief. Lea hasste sie, weil sie im Schlaf redete, doch vielleicht träumte Lea dies auch nur. Sie wachte früh auf. Die beiden schliefen, jeder für sich. Sie stahl sich ins Bad. Wusch sich das Gesicht unter dem dünnen Strahl aus dem Wasserhahn. In der Zwischenzeit waren die beiden anderen aufgestanden, sprachen leise miteinander. Sie würde den ganzen Tag im Hotel bleiben, dachte sie. Die beiden wünschten ihr selbstverständlich einen Guten Morgen. Maria-Luisa brachte ihr bei, »buongiorno« zu sagen. Lotem meinte: »Wir haben uns gestern Sorgen um dich gemacht, wohin bist du verschwunden?« Zu dritt gingen sie frühstücken. Fuhren dann weiter, bis sie eine neue Stadt erreicht hatten. Stellten den Wagen ab und gingen zu Fuß. »Ich muss scheißen«, sagte er. »Warum hast du das nicht im Hotel gemacht?«, fragte sie, besorgt wie gewöhnlich. »Weißt du, warum ich nie geheiratet hab?« – »Du hast viele Erklärungen gehabt, mit den Jahren sind es immer mehr geworden.« – »Weil ich nicht fähig bin zu scheißen, wenn im Nebenraum eine Frau sitzt und mein Gefurze hört. Nicht davon zu reden, wenn es gleich zwei sind.« – »Also das ist es, was dich stört?« Soll er ihr doch eine Moralpredigt halten und nicht postwendend alles übersetzen. Maria-Luisa, die vor ihnen ging, rief nach Lotem, wie ein kleines Mädchen, und deutete auf ein riesiges Werbeplakat, auf dem eine Frau mit zwei monströsen Brüsten zwei kleine Männer hielt. Lotem seufzte: »Kennst du solche Partys, wenn einer allen die Stimmung vermiest? Wir reisen durch Italien. Du bist noch nie hier gewesen. Versuch, fröhlich zu sein!« Die Italienerin wollte eine Übersetzung und Lotem wiegelte säuerlich ab. »Niente.« Lea wusste nicht, was sie tun musste, um mit den beiden besser auszukommen. Sie kamen über einen kleinen Markt. Frauen kauften Käse und riefen ihr ihre Mutter in Erinnerung. Räucherfleisch hing an Haken. Ein alter Mann verlas gemächlich Porreestangen. Maria-Luisa hatte es eilig. Lotem wartete auf Lea, lächelte ihr liebevoll zu. Sie versuchte, zurückzulächeln. Er fragte einen Händler, was die von ihm angebotenen dunklen Knollen kosten sollen. »Trüffeln«, erklärte er Lea und kaufte nichts. Sie betraten ein Museum. Besucher traten von den Bildern zurück und näherten sich ihnen wieder, um dieses oder jenes Detail in Augenschein zu nehmen, während andere Besucherschlangen ihren Weg querten, sich entschuldigten, Japaner sich neben einem Gemälde ablichten ließen und Maria-Luisa die Kunstwerke gemeinsam mit Lotem begutachtete, einer Meinung mit ihm war und er mit ihr. Dann bemerkte Lea, dass Lotem vor einem großen Gemälde auf dem Stuhl des Wärters saß und einige Frauen mit ausgestreckten Händen betrachtete, die auf etwas warten, während ein junger Mann an einem Kreuz stirbt. Wie mager er ist. Seine Augen sind geschlossen. Der Blick der Frauen um ihn herum ist erstarrt. In einem der Säle spitzte sie nach einer halb nackten Frau, die auf der Seite lag. Trat dann zu einer großen schwarzen Metallskulptur, doch sie mit der offenen Hand zu berühren, der Wärter sah zu ihr herüber, wagte sie nicht, verdrückte sich stattdessen, etwas sagte ihr, sie solle kehrtmachen, doch der Wärter ließ sie nicht aus den Augen und so fehlte ihr der Mut. Aus einem der auf die Straße gehenden Fenster vermochte sie eine kleine, gewölbte Brücke zu sehen, die über einem Flüsschen hing. Daneben hüpfte ein alter Ballonverkäufer vor ernsthaften Kindern herum. Am Abend, im Hotel, vollkommen erschöpft, saß sie mit hängenden Schultern auf der Bettkante. Versuchte nicht, zu sprechen. Ihr Hals tat weh. Maria-Luisa ging zur Toilette, urinierte und einmal furzte sie auch. Lotem sagte: »Siehst du, was ich meine?« Dann kam die Italienerin in einem violett-weißen Kleid mit einer violetten Schlange an der Seite heraus und sagte auf Italienisch etwas zu ihm, das mit dem Wort »bene« begann, worauf auch er etwas zu ihr sagte, sie antwortete und er sich an Lea wandte, die die beiden nicht angeschaut hatte, während sie sich austauschten: »Sie möchte für eine Stunde nach draußen, wie du es gestern gemacht hast.« Maria-Luisa küsste Lea auf beide Wangen, Lotem auch – und ging. Lea saß und redete nicht. Lotem saß und redete nicht. Lea legte sich hin, gähnte, er legte sich hin und las Zeitung, blätterte geräuschvoll um, und je länger die Zeit wurde, die Nacht das Hotel bedeckte, die Stimmen der aus den Restaurants heimkehrenden Gäste im zwanglosen Gespräch anschwollen, wurde ihr die Abwesenheit der Italienerin tiefer bewusst. Sie zog sich aus. Er betrachtete sie. Es dürste ihn nach ihrem Körper, sagte er. Sie beeilte sich, ihren großen, geliebten Pyjama überzustreifen, schlüpfte ins Bett, der festen Meinung, dass man eine Schandtat an ihr begangen hatte. Ihr Bauch drückte. Sie hatte Angst, zur Toilette zu gehen. Wieder träumte sie. Ihr Vater informierte sie über seine abermalige Heirat mit ihrer Mutter. Ihr habt euch doch überhaupt nicht scheiden lassen, wollte das Mädchen sagen, aber ihr Vater klang ernsthaft, mit ordentlich getrimmtem weißem Schnurrbart. Die Mutter sagte nichts, war ebenfalls ernst, nickte. Beide standen sie vor ihrer Tochter wie vor einem Götzenbild, ihre Hände verschränkt. »Ja, ja«, sagte der Vater, »diesmal werden wir uns nicht trennen.« Und die Mutter: »Es war ein Irrtum, sich zu trennen.« Lea wachte mit einem großen Glücksgefühl auf, obwohl sie sogleich wusste, dass ihre Eltern sich nie getrennt hatten, bis zum Tod ihres Vaters.

Lotem begleitete sie zum Flughafen in Rom, war herzlich. Vor lauter Sicherheitsmaßnahmen hatte man die Passagiere, die von Rom nach Israel, in den Libanon und nach Libyen flogen, von den anderen Fluggästen, die in die Hauptstädte der sicheren Welt reisten, getrennt, sodass sich Erstere nach Herzenslust hätten abschlachten können, aber alle waren ohnehin mit Einkäufen und Preisvergleichen beschäftigt. Ein Junge trat zu ihr und sagte, vielleicht, weil sie nichts kaufte: »Es ist eine Schande, uns in diesem Konsumrausch zu sehen.« – »Wer sieht uns?«, fragte sie ihn mit einem Lächeln voller Sehnsucht nach ihrer Heimat. »Ich hab trotzdem das Gefühl, dass man uns sieht und sich lustig macht über uns, die ganze Zeit mit Einkäufen beschäftigt, als gäbe es all das in Israel nicht.« Lea lächelte. »Ich heiße Jonathan. Ich komme gerade zurück nach vielen Jahren in den USA. Genau genommen haben meine Eltern Israel schon lange verlassen und ich kehre nicht zurück, aber ich hab große Lust, das Land zu sehen. Denkst du, es wird Krieg geben?« Erneut nickte sie, freundlich, wohlmeinend. Merkte er nicht, dass sie ein Gespräch zu vermeiden suchte? Gut möglich. Er erzählte über den Flug aus den Staaten, über das *jet lag,* oder wie auch immer das auf Hebräisch hieß, und über seinen Großvater, der mit einem Schild am Flughafen auf ihn warten würde. Oho, er, der Enkel, wusste über das Leben in Israel bestens Bescheid. Er hatte in den USA gewohnt, aber im Grunde genommen in einer Art Kleinisrael gelebt, sprich, in seinem Zimmer. »So sind wir«, meinte er zu ihr, »nicht wahr?« Sie schwieg, es kümmerte sie schon nicht mehr, ob er redete. Er war mehr als zehn Jahre jünger als sie und wollte nichts als erzählen. Lotem rief nicht an, als er zurück war, wenn er denn zurückgekehrt war, und obgleich sie beschlossen hatte, jeglichen Kontakt abzubrechen, wartete sie auf einen Anruf. Danach schickte sie ihm einen schonungslosen Brief, geschrieben mit Hellsichtigkeit und Einfühlung. Er antwortete ihr schriftlich. Sie hatte Angst, den Umschlag zu öffnen, riss ihn trotzdem auf. In der Tat, er zürnte ihr. Was machst du bloß eine so große Sache darum? Wir sind nicht wegen Sex gefahren, sondern um gut zu essen, zu trinken und Ausflüge zu machen. Ich verstehe dich nicht. Sie ihrerseits antwortete ihm nicht, denn alles, was sie zuwege brachte, war banal und nicht gerechtfertigt: dass sie, nach zwölf Jahren heimlicher Beziehung, ein einziges Mal Arm in Arm mit ihm durch die Straßen einer Stadt hatte laufen wollen. Vielleicht war es nicht schön, sich nach etwas zu sehnen, was lediglich in ihrem gefangenen Bewusstsein existierte. Ja, das war das Begriffspaar, mit dem sie aus dem Ausland zurückkam. Ich gehe aus mir heraus, fliege zu ihm und er ist nicht da. Warum schaffe ich es, zu ihm zu fliegen, und alleine zu fliegen schaffe ich nicht? Sie würde ihn nie wieder anrufen. Sich an den Gedanken der Einsamkeit zu gewöhnen ist nicht schwer. Hätte sie jemanden gehabt, um ihm von all dem zu erzählen, wäre sie zusammengebrochen. Am nächsten Tag war sie bereits wieder im Büro, machte sich daran zu ordnen, was alles in Ordnung gebracht werden musste, klappte den Terminkalender der Anwälte auf und beseitigte alle Konfusionen. Die Partner der Kanzlei begrüßten sie, fragten, wie es in Frankreich gewesen sei, und flehten, beim nächsten Mal möge sie bitte nicht derart spontan reisen, ohne sie komme man nicht klar. Der junge Referendar Matalon meinte zu ihr: »Schalom, Lea. Ich hab gewartet, dass Sie zurückkommen.« – »Des Chaos wegen«, sagte sie lächelnd. Er zuckte mit den Schultern und sagte: »Ich war plötzlich allein mit all den Aschkenasim. Schlechter Witz. Warum bin ich schon wieder bei der ethnischen Frage?« Sie traf sich mit ihren Freundinnen. Erzählte verhalten von dem Museum, dem Markt, dem Essen. Ora sagte: »Ich hasse es, nach Italien zu fahren. Bei den Italienerinnen mit ihrer Riesenoberweite kriegt Asher Stielaugen, und ich sage ihm ... Egal ... Er ist ohnehin so dick, dass die ihn überhaupt nicht beachten, und ich bleibe mit dem schäbigen Gefühl zurück, dass er ein Jammerlappen ist.«

Das Kaddisch einer Waise

Einen Monat, nachdem sie von der Reise zurückgekehrt war, im Juni 1982, starb ihre Mutter. Ganz allein traf sie alle Regelungen für die Beerdigung. Am Telefon fragte man sie, ob sie eine sephardische Bestattung wünsche. »Was ist der Unterschied? Egal, Hauptsache es wird eine schöne Beerdigung.« Der Bestatter verstand nicht und Lea sagte: »Ein Kantor, der schön singt.« – »Das ist es ja gerade«, meinte der Bestatter, »deshalb hab ich nach der Landsmannschaft gefragt, weil unsere Intonation anders ist als deren. Die jaulen.« – »Ich möchte eine aschkenasische Bestattung.« – »Aber dem Namen nach sind Sie Sephardin, nicht?« Und Lea erwiderte mit der erstickten Stimme eines Menschen, der zum ersten Mal sündigt: »Eine aschkenasische Bestattung hab ich gesagt.« Dann nahm sie sich eine Ausgabe der *Haaretz*, schrieb sich ein Muster für eine Traueranonce raus und diktierte wenig später ihrer Freundin Rachel in der Anzeigenannahme der Zeitung eine Bekanntmachung im Namen der Familie über den Tod von Naomi Giselle Pinto, geborene Pippano, seligen Angedenkens. Zur festgesetzten Stunde kamen alle Anwälte der Kanzlei, auch ihre kleine Sekretärin, die sie mit verängstigten Augen ansah, sowie ihre beiden besten Freundinnen, Rachel mit ihrem frisch gebackenen Ehemann Geser und Ora mit ihrem Mann Asher, dazu noch einige Freunde aus ihrer Kindheit, die Ora bereits am Vortag eilends angerufen hatte. Sie waren alles wohlerzogene Kinder damals, und auch jetzt nutzten sie die Beisetzung nicht zu Gesprächen am Grab, vielleicht nur am Eingang, ehe sich die Prozession in Gang setzte. Es war heiß. Etliche Bestattungen waren angesetzt und der Lautsprecher schnarrte von Mal zu Mal, »Es beginnt jetzt die Beisetzung des Entschlafenen ...« und »Es beginnt jetzt die Beisetzung der Entschlafenen ...«, bis schließlich die Beisetzung der entschlafenen Naomi Pinto an der Reihe war und Leas Mutter auf einen Handwagen gehoben wurde – klein, in weißes Tuch gehüllt – und der Beerdigungsleiter Akavia Ben Mahalalel zitierte, »Siehe drei Dinge und du fällst nicht der Verfehlung anheim«, während die kleine Trauerprozession Rückkehrern von einer anderen Beisetzung begegnete und man einander beäugte. »Wisse, woher du gekommen«, fuhr der Bestatter fort, »und wohin du gehst und vor wem du künftig Rechenschaft abzulegen hast.« Die Grabstelle lag weit entfernt und vor der offenen Grube erschrak Lea, wusste auch nicht, wer sie erfasste, als ihr schwindelig wurde und der Oberbestatter fragte: »Wer sagt das Kaddisch?« Lea wusste nicht, was ein Kaddisch ist und wer was zu sagen hat – bei Beerdigungen hielt sie sich immer etwas abseits und lauschte nicht auf das, was gesagt wurde, und bei der Beerdigung ihres Vaters hatte man ihr nicht erlaubt mitzugehen, da sie noch sehr klein war und mit einer der Tanten zu Hause blieb –, weshalb sie zu dem bärtigen Zeremonienmeister meinte: »Ich.« Erneut fragte der Oberbestatter, der in der Zwischenzeit den Trägern Anweisungen gegeben hatte, hier Steine zu setzen, und hier, und den von der Erde verschluckten Körper zu bedecken wie eine weiße Raupe: »Wer sagt Kaddisch?« Nach ein paar Sekunden verlegenen Schweigens schob eine der Nachbarinnen ihren Sohn vor, der eine schöne Stimme hatte, und der Bestatter fragte: »Ist das der Enkel?« Sogleich bereute die Mutter, da das offene Grab etwas Furchterregendes an sich hat, Gott schaut dort heraus, oder noch schlimmer, der Engel des Todes, der kleine Körper, das Sterbegewand, ein Beweis für die Auferstehung der Seele – doch Oras herzensguter Asher sagte leise und geschwind, »Ich gehöre zur Familie«, und verlas das Totengebet der Waisen von einem kleinen Pappschild, das der Bestattungsleiter ihm reichte, und da sich seine Zunge wieder und wieder stieß und vergeblich abmühte an dem altertümlichen Aramäisch, das keiner von uns richtig versteht, half ihm der Zeremonienmeister weiter, ja drängte ihn sogar zur Eile, da das Wesentliche noch vor uns liege, doch ausgerechnet Lea versuchte, die Worte zu verstehen, was ist das, »unverweilt und in heraufziehender Zeit«, und wie kommt es, dass alle Asher nachmurmeln, woher wissen sie, dass ausgerechnet hier, an dieser Stelle, wenn sie die Worte nicht verstehen? Danach kam der eigentliche Höhepunkt, der Kantor stimmte sich ein, um seiner Aufgabe nachzukommen, doch als er die biografischen Angaben gereicht bekam, ging ihm auf, dass hier von einer sephardischen Frau die Rede war, wohingegen er doch nach aschkenasischem Ritus sang, aber er wich und wankte nicht, und nach der Einleitung, »An DEN voller Erbarmen, DER da wohnt in der Höhe«, ließ er seine wohlklingende Stimme tremolieren, bis er zu den Worten gelangte: »So finde ewige Ruhe unter den Schwingen der Gegenwart GOTTES, auf einer Stufe mit den Geheiligten und Reinen, die da strahlen wie der Glanz des Firmaments.« Und vielleicht, weil sie ihre Freunde aus Kindertagen weinen sah, um ihre Mutter weinten sie, ihre Mutter, die sie geliebt hatten, hielt sie nun ihre Tränen nicht länger zurück und weinte bitterlich und still vor sich hin. Dann war alles vorbei, bedeckten sie die Grube – nicht sie, sie hatte zwar die Absicht zu helfen, aber der Oberbestatter wies sie an, zur Seite zu gehen, nur Männer, und ordnete die Trauergemeinde in zwei Reihen, die eine Männer, die andere Frauen, damit sie Oras Asher ihr Beileid aussprachen; worauf Asher, die gute Seele, einen Packen Schekelscheine zückte, dem Bestattungsunternehmer sagte, er solle verschwinden, dann zu Lea trat und sie ganz fest in den Arm nahm. Ora selbst schaffte es vor lauter Tränen gar nicht bis zu ihr, schließlich hatte sie Giselle ihr Leben lang geliebt, liebte Lea noch mehr, aber Asher sagte zu Lea: »Du sollst kein Leid mehr erfahren, Lea'le, und du sollst wissen, wir sind deine Familie, und auch, dass deine Mutter eine wundervolle Frau gewesen ist, wir waren bei ihr im Krankenhaus, und sie hat uns nicht erlaubt, dich in Italien anzurufen, weil sie wollte, dass du einmal richtig ausspannst.« Er war ein hochherziger Mensch, Grundstücksmakler, seine Eltern waren schon lange tot, vielleicht sogar im Holocaust ermordet worden, leise sprach er zu ihr, als sei sie jetzt aufgenommen in eine Familie der Waisen, die sich untereinander bestens verstehen. Auch waren doch jede Menge andere Hände, die sie drücken musste. Danach gingen sie. Sie wollte nicht, dass man auf sie wartete, flehte Ora an, sie allein zu lassen, gedachte, von ihrer Mutter Abschied zu nehmen, aber dann, allein, am Grab, ein frisch aufgeworfener Hügel mit drei bescheidenen Blumensträußen, wusste sie nicht, was sie sagen sollte, was sagt man in diesem Augenblick, und vielleicht dachte sie auch, Lotem würde plötzlich auftauchen, aber er kam nicht, wusste von nichts – denn der Libanonkrieg hatte bereits begonnen, über den wir bereits in einem anderen Buch alles geschrieben haben, was zu schreiben ist, bis nicht die für ihn verantwortlichen Verbrecher vor Gericht gestellt sind, denn anderenfalls werden wir sie als Strafe immer wieder vorgesetzt bekommen –, und wäre er erschienen, hätte sie ihn ohnehin ignoriert. Sie dachte an die Skulptur im Museum, als hätte sie sie mit der Hand berührt, und vielleicht hatte sie sie ja tatsächlich berührt.

Ein Momentschmerz

Der Libanonkrieg war in vollem Gange. Lea zog in die Wohnung ihrer Eltern. Rachel kam, um zu helfen, erzählte von ihrem festen Entschluss, sich von Geser scheiden zu lassen. »Alle reden immer von einem langen Schwanz, als ob das was wäre. Bitte sehr, Geser hat einen langen und ich kann das nicht leiden. Und wenn ich ihn nicht ranlasse, dreht er sich um und onaniert im Bett, hättest du das geglaubt?« Lea fuhr fort, Sachen in einen großen Sack zu werfen. »Du stellst dir nicht vor, wie sehr ich ihn hasse.« Auch Rachel holte Dinge aus den Schränken, plapperte vor sich hin, schätzte voller Erstaunen ihren Wert ab, während Lea schweigend sortierte, was aufgehoben und was weggeworfen werden sollte, Papiere vernichtete, Unterlagen, Fotoalben ihrer Eltern. »Warum wirfst du so was weg?« Was fängt man mit Alben an? Rachel war eine leidgeplagte, fröhliche junge Frau. »Sie haben das alles doch nur für dich aufgehoben.« Jetzt verstand Lea besser, warum sie die Alben wegwerfen musste. »Kapierst du, warum es Mädels gibt, die mit dem langen Ding ihrer Männer angeben, als wäre es ihrer? In dem Augenblick, in dem er sich auf mich legt, selbst wenn ich nur meine, dass er dabei ist einzudringen, spüre ich bereits, wie er mich auseinander reißt, und möchte am liebsten sterben. Anfangs hab ich gedacht, ich würde mich dran gewöhnen, müsste mich beruhigen und die Beine nur ganz weit aufmachen, doch dann hat er plötzlich die Hand voll

Spucke gemacht und mir zwischen die Beine gerieben, ganz schnell, und ist rein.« Lea arbeitete rasch. Für einen Moment sehnte sie sich nach Lotem, genau nach jenem Moment, den Rachel verabscheute, aber in derselben Sekunde, Hand in Hand mit der Sehnsucht, kam auch die große Angst vor ihm, nicht vor dem, was er ihr angetan hatte, sondern exakt vor diesem Moment, dem sie so viele Male ausgewichen war. Etwas schmerzte sie und sie wusste nicht, was. Seine Abwesenheit, ihre Liebe zu ihm, ihr Verlangen, die endlose, besser ungeschehene Tat, zu der sie sich doch hatte hinreißen lassen, ihre verfluchte Affäre. Alles. Nichts. Etwas, das weder ein Vorher noch ein Nachher hatte. Rachel machte sich schließlich auf den Weg zu ihrer Nachtschicht, und Lea sortierte erneut zwischen dem, was sie behalten wollte, und allem, was nicht, warf die Sachen in einen großen Karton und ging runter zu den Mülltonnen, kehrte zurück in die Wohnung, zu dem, was sie aufgehoben hatte, und sortierte wiederum, was sie behalten und was sie vernichten wollte, ging abermals zu den Mülltonnen und machte sich nochmals an die Restbestände, sortierte von neuem aus und warf jedes Mal weitere Gegenstände weg, bis sie für sich nur noch ein altes weißes Porzellanservice aufhob, mit Goldverzierungen an den Rändern und einer violetten Blume am Grunde jedes Tellers, jeder Schüssel und jeder Tasse – niemals hatten sie das Geschirr benutzt –, außerdem ein paar Regierungsobligationen ihres Vaters und auch drei Fotografien, eine von ihrem Vater als kleiner Junge mit seiner neugeborenen Schwester, jener, die in Mauthausen gestorben war, groß war sein Schmerz, und alle Verbrechen der Deutschen, möge ihr Name und ihr Andenken ausgelöscht sein, reduzierten sich für ihn auf die Ermordung seiner Schwester, an deren warme kleine Hand er sich erinnerte – sie schlief in ihrem Körbchen, er stahl sich in ihr Zimmer, berührte ihre Hand, wollte, dass sie aufwachte, dass sie ihn anlächelte, und er warte bis heute, sagte er immer, denn nur ihr Lächeln und ihre warme Hand waren ihm wie ein Andenken geblieben, und auch das gemeinsame Foto von ihnen beiden; dazu hob sie noch ein Foto von ihrer Mutter und ihrem Vater auf, stehend, jung und ernsthaft vor dem Fotografen, ihr Vater mit Schnurrbart; und schließlich auch noch ein Foto von ihrer Mutter als junges Mädchen. Sie betrachtete die Aufnahme, ihre Hände zitterten ein wenig, sie führte das Bild zögernd zum Mund, küsste das Gesicht ihrer Mutter auf dem Foto und bat um Vergebung, im Herzen, wobei uns nicht klar ist, für was, denn sie war doch eine gute Tochter gewesen, eine wirklich gute Tochter.

Adi

Sie gewöhnte sich an die alte Wohnung. Ihre Eltern sprachen zu ihr aus den Wänden. Das Schweigen ihrer Mutter hörte sie, die Stimme ihres Vaters hatte sie schon fast vergessen, seine Gestalt wurde dem Foto auf der Kommode immer ähnlicher, und schon bald würde auch ihre Mutter ein Foto anstatt einer Erinnerung sein. Einmal hatte Lea sie auf Band aufgenommen, als Überraschung, hatte sie etwas gefragt, die Mutter hatte geantwortet und danach gelacht, als sie ihre Stimme hörte. Die Kassette war verloren gegangen, doch vielleicht verkrampft sich auch bei den Menschen, die Tonbänder aufheben, das Herz, wenn sie eine Erinnerung in Form einer Aufnahme anhören. Viele Dinge wollte sie ihre Mutter fragen, über ihren Vater, wie sie sich kennen gelernt hatten. Warum hatte sie nicht gefragt, wie hatte sie nicht daran gedacht zu fragen, und was hast du gesagt, als du mich zum ersten Mal gesehen hast, als sie mich dir gebracht haben? Hätte sie ein Eckchen ganz allein für sich, hätte sie den Mut zu sagen, ›In dieses

Zimmer geh bitte nicht‹, würde sie dort ein Gedicht aufhängen, das sie einmal aus einem Buch abgeschrieben hatte: »Ja, gebrochen werd ich kommen und nicht fragen nach deinem Befinden. / Werd nicht in deinem Schoß weinen, nicht flüstern ›Mama‹! / Du wirst wissen: Der mich verlassen, mir teurer gewesen als du / und frag mich nicht: ›Wer?‹« Und es gab ein anderes Gedicht von derselben Dichterin, das Lea nicht gewagt hätte aufzuhängen, weil sie es vor lauter Schmerz kein weiteres Mal lesen konnte. Überhaupt, verheiratete Frauen, haben sie ein Eckchen für sich? Wo verbirgt Ora ihre Sehnsüchte nach Adi, dessen Eltern das Land verlassen hatten? Einmal hatte Ora zu ihr gesagt: »Erinnerst du dich noch an meinen Adi? Wie sehr ich ihn vermisse.« Manchmal, in ihrer Fantasie, zeigt sie ihm das Haus und ihre Aquarelle. »Und der Pfad – erinnerst du dich an den Pfad zur Ruine? Ich geh da nicht mehr hin, aber in meinem Kopf zeige ich ihm den Pfad, wo er plötzlich meine Hand genommen hat. Großer Gott, was war seine Hand zart, wie von einem Mädchen, und ich weiß, dass ich wie eine dumme Kuh klinge, aber diese Berührung hat sich mir eingebrannt. Lea'le, denkst du, eine Ehe ist etwas Besonderes?« – »Du musst mich nicht immer bemitleiden.«

»Aber wer bemitleidet dich denn? Ich spreche über mich selbst. Über die Sehnsüchte. Jetzt fache ich das Feuer an, danach vergesse ich es wieder, und plötzlich, weißt du, wie an einem wolkenlosen Himmel, im Winter, wenn ein großer weißer Mond das Land erstarren lässt, wir ihn wie einen Ballon immer höher treiben mit den Schwaden aus unseren Mündern, und nichts hilft, alles eiskalt ist, und schön, schmerzlich, taucht er plötzlich bei mir auf, und hinterher vergesse ich ihn wieder, bis ich mich irgendwann abermals an ihn erinnere. Was red ich für dummes Zeug … Das ist bestimmt das Valium, das mir der Arzt verschrieben hat. Asher ist ein guter Mann. Und dieser Adi, wer weiß? Vielleicht ist er fett und hat eine Glatze wie Asher, und nur seine Hand ist zart geblieben. Eigentlich kann ich keine andere Hand ertragen. Sag mir, wohin sind all die Leute verschwunden, die wir gekannt haben, und vergessen haben, dass wir sie gekannt haben, und vergessen haben, dass wir sie vergessen haben? Wohin ist die Ora'le verschwunden, die keine dumme Kuh war?«

»Sie ist hier, vor mir, ein Wahnsinnsmädchen.«

»Tschechow, zum Beispiel, wie hätte er über uns geschrieben?«

»Mich hätte er Sonja genannt.«

»Warum ausgerechnet Sonja?«

Vielleicht wird sie ein Zimmer für sich in Beschlag nehmen, nur für sich allein, und von dort aus ein Leben beginnen ohne Schweigen, das etwas Hässliches und nicht enden Wollendes verdeckt. Dort könnte sie, zum Beispiel, zur Musik, die sie hört, singen. Sie singt ganz und gar nicht falsch, während es viele Frauen gibt, die nicht singen können und es trotzdem tun.

Die Trennung verlief glatt

Die Trennung verlief glatt. Der Libanonkrieg half dabei. Sie dachte nur in jenen Augenblicken an ihn, in denen sie plötzlich nichts zu tun hatte, aber ihr Leben war angefüllt mit Arbeit, Erledigungen und auch mit der Partei, sprich der Arbeitspartei, die zum Leben erwacht war und sich danach sehnte, wieder einmal bei den Wahlen zu siegen – Lea ging dort helfen, und manchmal, wenn das Telefon klingelte und bevor sie den Hörer abnahm, überlegte sie, was sie ihm sagen würde, kein Wort würde sie ihm sagen. Und nachts, selbstverständlich, während der Stunden, in denen andere daliegen und die Sorgen an sich fressen lassen wie Adler, dachte sie nicht an die Arbeit im Büro und nicht an die Arbeit in der Partei, nicht an die Überweisungen, die sie für sich oder die Kanzlei zu tätigen hatte, auch nicht an die Probleme, die Rachel hatte, mit ihren Eltern, ihrem Mann – nichts von alldem kam ihr in den Sinn in den Stunden des Sich-im-Bett-Herumwälzens, wenn die lange Nacht kam, die Zeiger über das Zifferblatt krochen, und sie an Lotem dachte, an seine Stimme, einmal hatte er ihr sogar etwas vorgesungen mit seiner heiseren Stimme, die vor lauter Zigaretten zu kippen drohte, hatte neben ihr gesessen und *Bella ciao, bella ciao* gesungen, bis sie eingeschlafen war, und erst danach war er gegangen, ein paarmal hatte er ihr ferne Erinnerungen erzählt, die er an seinen Vater hatte, wie der am Kopf des Tisches gesessen und sich eine Clownsnase aufgesetzt hatte, eine Art rotes Bällchen, und von seinem Tod erzählte er ihr und seiner Mutter, die ihm versichert hatte: »Du, Adaminke, wirst niemals sterben.« Auch erzählte er ihr, wie er als Sieger bei einem Sechzigmeterlauf nach Hause gekommen war und wie sein Vater gejubelt hatte, er war damals bereits erkrankt und es gab nur dieses eine Mal, dass er ihn so freudig erregt sah, nichts machte ihm solche Freude wie das Laufen, sagte er verwundert – sein Vater hatte einen Doktortitel und konnte Latein, obwohl er nur auf der Post gearbeitet hatte, sagte seine Mutter. Lotem erzählte Lea auch von der Zeit, als er aus dem Militärdienst ausgeschieden war, von seinen Reisen rund um die Welt ohne einen Cent und von seiner Rückkehr zur Armee: Nach einer spektakulären Aktion im feindlichen Hinterland, die er wie gebannt am Radio verfolgt hatte, war er losgelaufen, um Einzelheiten zu erfahren, bis ihn der Verdacht beschlich, die ganze Aktion sei nur ausgeheckt worden, um ihn zurückzuholen. Wie groß war ihr Verlangen nach seinem Sanftmut in jenen langen Stunden. Und wie um sich selbst Schmerzen zu bereiten, sehnte sie sich nach seinem Körper, da ihre sexuelle Kommunikation als außerordentlich gelungen zu bezeichnen ist, denn bei jedem ihrer Treffen – in ihrer Wohnung oder in der seinen oder im Wagen – schliefen sie zwar jeweils nur ein Mal miteinander, aber er war sehr stolz auf ihre Fähigkeit, viele Male zu kommen, ehe er das eine und einzige Mal fertig wurde; möglicherweise ist »stolz sein« nicht der passende Ausdruck, sollte man sagen, er freute sich wie ein Halbwüchsiger, derart effektiv zu sein; und der Wahrheit zuliebe, Lotem war erfolgreich, vielleicht dank der langen Jahre, die sie sich miteinander vergnügten, vielleicht auch dank der Isoliertheit des Geschlechtsaktes, seiner Besonderheit als etwas vom restlichen Gefühlsleben Abgeschiedenes, wer weiß, denn Lotems und vielleicht auch Leas Seelenlage ist etwas ganz anderes als zum Beispiel das gemeinsame Gehen auf der Straße, unendlich weit entfernt vom Sitzen im Zimmer und dem Reden, den Telefongesprächen, ihrem Inhalt, entleert von Liebesgeflüster, unterlegt mit wenigen atemlosen Seufzern der Begierde, von der Sorte wie man sie beim Verspeisen einer Delikatesse von sich gibt und die nicht im Mindesten zum Alltag gehören. Tatsächlich, vielleicht war es diese Eingrenzung, die ihren Sex zu etwas Exquisitem machte, denn es gibt kein besseres Rezept für die Zerstörung eines funktionierenden Sexuallebens als die Vermengung von Entkleiden zum Baden oder zum Anziehen des Schlafanzuges, von skeptischem Begutachten eines Rings um die Hüften oder einer erschlafften Brust und der Anbetung des Körpers im Bett oder auf dem Rücksitz eines Fahrzeugs. Lea Pinto versuchte, nicht zu grübeln, warum der Mann, den sie liebte und so sehr hasste, sie nicht wollte, und schon vor langem hatte sie entschieden, dass solche Gedanken sie verletzen, ihr Schmerzen zufügen, sie erschüttern, und es vielleicht besser war, zu denken, er sei verheiratet und basta. Es war aus. Er war für immer zu seiner Frau zurückgekehrt. Es gibt Gedanken, für die keine Notwendigkeit besteht.

Auch sie hörte von seiner Verwundung. War schockiert, rief ein paarmal in seiner Wohnung an, ohne eine Antwort zu erhalten, und gab erleichtert auf. Seine Verwundung hatte etwas Komisches an sich. Davon stand nichts in der Zeitung, war nicht berichtet worden wie er, gegen alle Befehle, in ein Haus eingedrungen war, dessen Bewohner man gerade mit Handgranaten und automatischen Waffen ausgelöscht hatte, und er, im Herzen eines feindlichen Landes, in einem rauchenden Haus, in dem keiner mehr am Leben war, den Kühlschrank geöffnet und eine Flasche mit gärendem Dattelsaft herausgeholt hatte. Nicht der Durst brachte ihn dazu, die Flasche mit seinen neun kräftigen Fingern und mithilfe einer Gabel zu öffnen, auch nicht Naschsucht, sondern Neugierde. Der Kronkorken flog direkt in sein linkes Auge. Nichts half und am Ende verlor er es. »Das nächste Auge wird das letzte sein«, meinte Lotem zu Shlomo Parkinson, dem Verteidigungsminister, derjenige, der die Armee aufgebaut und gefestigt hatte, gerade weil er ein ökonomisches Genie und kein Militär war. »Es tut mir Leid, ich weiß, wie viel in Generäle investiert wird und wie gedankenlos und verschwenderisch ich mich verhalten habe.« Der Verteidigungsminister blickte auf Lotems Lippen und sagte: »Dank Männern wie Ihnen können wir weitermachen.« Er sagte nicht, womit. Lea versuchte nicht herauszufinden, wo er lag, besuchte ihn auch nie in seiner Wohnung ohne seine Erlaubnis. Mit der Zeit jedoch wurde sie von Schuldgefühlen erfüllt, und sogleich stellte sich jene Beklemmung ein, als sei er gerade bei ihr gewesen und wieder gegangen, wie immer, sie zurücklassend, damit sie hinter ihm die Tür abschloss und wieder ins Bett schlüpfte, um zu schlafen. Italien rief sie sich nicht in Erinnerung, auch nicht die Beerdigung ihrer Mutter, da sie ihm niemals etwas aufrechnete, und ihr, werte Leser, auch wenn euer Urteil über sie als ein Opfer ihrer selbst nicht weit von der Wahrheit entfernt ist – vergesst keinen Moment lang ihren Edelmut, nicht nur in allem, was sie nicht sagte, sondern auch in allem, was sie nicht dachte.

Drei Monate später, 1983, rief sie an und sagte abweichend von der eigentlichen Variante eines Eröffnungssatzes, die sie sich zurechtgelegt hatte: »Schalom, hier ist Lea, bist du okay?« Und er sagte: »Lea'le, gut dich zu hören, wie gehts?« Dann, noch am Telefon, sagte er, das Geheimnis seiner Verletzung stehe mit der Art der Verletzung in Verbindung, wenn sie verstehe, und sie dachte, er spaße, was er aber nicht tat, und als sei sie ebenso wenig je weg gewesen wie er lud er sie ein, in seine muffige Behausung zu kommen (anfangs hatte sie vor, abzulehnen, höflich, aber dann hätte er gefragt, warum, und alles wäre von neuem aufgebrochen, im Reden und im Schmerz) und sie sagte nur: »Aber denk dran, dass ich auch ein Mensch bin.« Und er: »Sind wir das nicht alle? Na ja, einige von uns etwas weniger, ich zum Beispiel.« Als sie kam, empfing er sie mit einer schwarzen, scheußlichen Augenklappe, lachte, imitierte Moshe Dayan. Sie lachte nicht. Und als sie Tee mit Zitrone auf der Bettkante tranken (einen Tisch hatte er nicht in seinem Zimmer), meinte sie vorsichtig zu ihm: »Meine Mutter ist gestorben.« Er war überrascht, schwieg, doch ausgerechnet jetzt wollte sie wissen, was er dachte. Schließlich sagte er: »Nur meine Mutter lebt noch. Aber ihre Seele ist tot. Auch das Gehirn wird bald tot sein. Doch ihr starker Körper lässt die Seele nicht entweichen. Das ist der Fluch meines Vaters, allem Anschein nach. Das Einzige, was mich tröstet, ist meine Erektion.« Nachdem sie miteinander geschlafen hatten, sagte er: »Jetzt bin ich ein Zyklop. Dabei wollte ich einmal ein gut aussehender, attraktiver Mann sein, dachte, im Alter würde ich wenigstens stattlich sein, und was ist mir geblieben?

Ein Auge, das durchs Zimmer huscht wie eine Maus. Manchmal, wenn ich eine Frau wie Maria-Luisa sehe, große Brüste, aber nicht zu groß, ziemlich schmale Hüften, schwarzes Haar und sehr dunkle Augen, fällt mir ein, wie hässlich ich bin, zu groß, zu fett, und vielleicht renne ich gegen etwas an, gegen das ich nicht anrennen dürfte.« Er erging sich weiter in Reminiszenzen und Lea versank erneut in seinen Erinnerungen, als existierte sie nur, um diese aus dem Abgrund des Vergessens zu holen. Es gelang ihr nicht, seinen wirren Redefluss zu unterbrechen. Er verstand nicht, was sie nicht aussprach, seine Rücksichtslosigkeit war untrennbarer Bestandteil ihrer Sprachlosigkeit. Sie lebte im Gefängnis seiner Abwesenheit, und in diesem Gefängnis – das begriff sie auf dem Weg nach Hause – musste sie ihr Leben einrichten; daher musste er gesund werden, musste sich Operationen unterziehen, sich ein hochwertiges Glasauge anfertigen lassen, durfte den Ärzten nicht nachgeben. Sie begann, in der Bibliothek der medizinischen Fakultät an der Universität über Augenprothesen nachzulesen, und die Bibliothekarinnen sprachen flüsternd miteinander, als seien sie heiser, selbst wenn sie das Gebäude verließen – das genaue Gegenteil von Lehrerinnen. Nur die Müdigkeit war dieselbe.

Innen und Außen, ein Kompromiss

Von Zeit zu Zeit verschwand er, tauchte auf, rief regelmäßig an und für Momente schien es, als widmete er ihr jetzt mehr Zeit und Zuneigung. Er ließ sie an den Komplikationen der Verletzung teilhaben und an der Sonderbarkeit der teilweisen Erblindung, und sie, aus Erfahrung, sagte sich nicht: »verfrühte Freude«, denn so etwas wie verfrüht gibt es gar nicht, aber sie achtete auf ihre Frisur, in die sich erste graue Haare stahlen, wie bei ihrer Mutter, vorzeitig. Sie lernte kochen, hauptsächlich Tomatensoße zu Spaghetti, las mehr, und als eines Tages die von der Partei anriefen und ihr sagten, »Wir brauchen dich, es geht unmöglich ohne dich«, wurde sie von Wut erfüllt und sagte zu demjenigen, der angerufen hatte: »Schick mir den Generalsekretär!« Der Generalsekretär rief tatsächlich zurück und sie sagte ihm, sie sei nicht bereit, weiter ehrenamtlich zu arbeiten, worauf er stotterte, zur Zeit sei kein Geld da, andererseits, wenn sie bei den Wahlen gewinnen würden, und das hing selbstverständlich auch von ihrer Mithilfe ab, sei ihr eine Stelle als Sonderberaterin eines Ministers sicher, gutes Geld, eine politische Zukunft, alle prophezeiten ihr eine politische Zukunft. Daraufhin beschloss sie, eine Gehaltserhöhung bei der Arbeit zu verlangen. Sie waren sprachlos, die Teilhaber, aber Lea hatte beschlossen zu kündigen, wenn sie ihr nicht gäben, was sie verlangte. Was war es, was sie plötzlich anspornte? Der große Kompromiss. Zum ersten Mal in ihrem Leben war sie zu dem Entschluss gekommen, sich selbst so zu messen, wie Menschen sich für gewöhnlich taxieren – von außen, ganz und gar von außerhalb ihrer selbst. Wir haben keine bessere Erklärung für dieses Draußen als die Art und Weise, in der sie mit einem Mal begriff, dass sie sich viel mehr im Draußen befand als sie gedacht hatte. Zum Beispiel, ihr Sexualleben mit Lotem war kein Innen; zuweilen die Gespräche mit ihm, ausgerechnet die, sie waren ein Innen, ja, und vielleicht auch die Gespräche mit Ora, mit Rachel nicht, und ihr morgendlicher Abstecher ins Café, vor Dienstbeginn in der Kanzlei, war ein echtes Innen, vor allem im Winter, wenn sie durch die Scheibe die Passanten betrachtete, die durch den Regen hasteten, aber auch an allen übrigen Tagen des Jahres, ein Ort, an dem sie niemand kannte, war das Café mit seinem lautstarken Treiben ein großes Innen; kurzum, Lea schloss einen Kompromiss, sagte sich, wenn schon im Draußen, dann richtig, und verlangte von ihren Bossen, was ihr zustand, da sie endlich ein paar Grundregeln kapiert hatte. Die Partner hielten eine Besprechung ab und kamen zu einer einstimmigen Entscheidung, marschierten schnurstracks in ihr Zimmer, mit Siegeslächeln auf den Lippen, um ihr zu sagen, sie hätten beschlossen, ihr einen leistungsbezogenen Vertrag zu geben, der große Hit im kapitalistischen Garten Eden, mit dem man Schwachen den Gnadenstoß versetzt und Starke protegiert. In ihrem Sondervertrag wurden alle möglichen Furcht einflößenden Dinge gesagt. Sie wusste nicht, ob sie richtig handelte, als sie ihn unterschrieb, fragte Lotem aber nicht und war trotz allem ein wenig stolz, weil ihre Aufgabe neu definiert wurde und ihr fortan erlaubt war, ein Taxi zu jeder mit der Arbeit in Verbindung stehenden Fahrt zu ordern. An der Universität schlug sie Professor Morris Holz vor, eine Arbeit über Außen und Innen in der seelischen Entwicklung zu schreiben, und er antwortete mit Unflätigkeiten: »Gute Idee. Die Brust, die Brust, die dem Säugling in den Mund gestoßen wird, ist sie innen oder außen? Und die Erektion, die in die Frau eindringt? Innen oder außen? Das möchte ich von einer Frau wissen, ein für alle Mal.« So begann sie, an ihrer Studie zu arbeiten, ohne Lotem davon zu erzählen und auch ohne sich vor dem allmählich zugrunde gehenden Greis zu fürchten, vor Holz. Lotem rief jeden Abend an. Vielleicht, weil er sich elend fühlte und ihm die Operation in den USA nicht gefiel, er nicht fahren wollte, klang er ein bisschen mehr von ihr abhängig als sonst, aber zumindest fühlte er sich nicht schuldig oder machte sich Vorwürfe. Sie wählte die Einsamkeit. Die Trennung verlief glatt. Lotem wurde befördert. Das libanesische Desaster ließ ihn die Dienstgradleiter hochklettern. Er hatte es prophezeit, hatte daran Anteil gehabt und in seinem Verlauf auch sein linkes Auge verloren.

Die Jahre häuften sich wie vertrocknende Blätter. Nichts rief Lotem so sehr die totengräberschnelle Zeit in Erinnerung wie sein Anblick nackt im Spiegel und manchmal sagte er sich, vor allem wenn er von seiner Wohnung in die ihre unterwegs war und danach zu anderen Wohnungen, in denen er sich vergnügte, »wenn sie sich doch bloß in irgendeinen verlieben würde, ihn heiraten«, wobei er auch überzeugt war, dass, hätte sie eine Chance gehabt zu heiraten, sie längst geheiratet hätte – so sehr hinkte er im Verständnis der menschlichen Situation hinter ihr her. Es versteht sich von selbst, dass seine Zeit im Wesentlichen der Armee geweiht war, so sagt man; auch nachdem er ein Glasauge bekommen hatte, dessen Farbe mehr oder weniger dem Auge ähnelte, das er verloren hatte, las er Nachrichtendienstberichte, verfasste ein Memorandum zu gezielten Kommandoeinsätzen geheimer Einheiten gegen einen palästinensischen Volksaufstand, falls denn ein solcher ausbräche – und da dieses Konzept erneut als eine sich selbst erfüllende Prophezeiung gesehen wurde, da der Aufstand tatsächlich ausbrach und die geheimen Kampfeinheiten (jene Terrorgruppen des Staates, die Lotem höchstpersönlich erdacht und aufgebaut hatte) Erfolge einheimsen konnten, stieg sein Stern, verfasste er ein neues Memorandum, »Die Göttliche Komödie«, traf sich mit Waffenexperten, wählte sich junge, ambitionierte Offiziere aus, nach Lektüre ihrer Personalakten und persönlicher Tuchfühlung, denn er liebte es, seinen Zöglingen nachzustellen, ihnen Mitfahrgelegenheiten anzubieten, in Zivilkleidung selbstverständlich, um sie auszuhorchen. So sehr war er mit dem beschäftigt, was er »mein Projekt« nannte. Niemand wusste, was dieses Projekt war, mit dem er sich nun, nach dem Erfolg seines Projektes »Kirsche« amüsierte, und es fragte auch niemand. Gegenüber den Soldaten der geheimen Kampfeinheiten, die er selbst ersonnen hatte, den als Araber verkleideten Spezialkommandos, hegte er ein Gefühl tiefen Abscheus, nannte sie Mörder, Totschläger. Und warum wohnte er in einem kleinen, stinkenden Loch, anstatt sich eine großzügige Wohnung zu kaufen? Warum schreckte er vor Besuchen bei seiner Mutter zurück? Warum überwies er, Monat für Monat, viel Geld an eine Bank in Malmö, Schweden, zu Händen einer Frau namens Margarete Gärstein, die in Deutschland wohnte? Niemand fragte. Niemand wusste davon. Lotem führte viele geheime Leben. Würde er eines Tages verurteilt werden? Nein. Für eine Geschichte, die mit einem Prozess endet, muss man etwas von allem wissen, oder alles über eine Sache, und die Diskretion hat keinen Platz in unserer Geschichte, außer um Leas Inbesitznahme durch Lotem zu beschreiben, über Tage, Wochen, Monate, Jahre, vielleicht ein ganzes Leben lang.

Zurück in der Gegenwart, Abschied

Jetzt, da wir viel von dem kursorisch abgehandelt haben, was zwischen ihnen vorgefallen war bis zu jener Frühlingsnacht am 21. März 1991, in der er erneut bei ihr aufkreuzte, nachdem sie ihm aus dem Bar-Restaurant entwischt war, und er bereits den Anruf von Oberleutnant Hagar Shamgar mit einer frivolen, burlesken Antwort abgeschmettert hatte, die Lea als Anzeichen wertete, dass sein Zustand sich trotz allem gebessert hatte – jetzt also hatte er endlich vor, nach Hause zu gehen, hatte sie schon genug aufgehalten, da fiel ihm plötzlich ein Traum ein, er marschierte in einer Reihe von Soldaten mit roten Baretten, eine Parade zum ersten Mai, aller Wahrscheinlichkeit nach, und nur er trug ein weißes Clownskostüm, mit kleinen, roten Strichmännchen und funkelnden goldenen

Pailletten darauf, als er im selben Augenblick seinen Sohn auf sich zugerannt kommen sah und eine Frau dem Jungen zurief, »Guck mal, Adam«, der Junge rannte und lächelte, genauso gekleidet wie sein Vater, ein kleiner Clown, und Lotem aus der Marschformation ausscherte, um seinen Sohn in die Arme zu schließen.

»Kann ich noch ein bisschen bleiben?«

»Was musst du mir andauernd solche Fragen stellen, Naseweiß?«

»Ich muss reden. Ich bin ein zerfallender Mensch, Lea.«

Wenn er beabsichtigte, ihr von der linken Gesinnung dieser Shulamit vorzujaulen oder schon wieder über seine verflossene Michal, würde sie ihn bitten zu schweigen, leise, ohne sich aufzuregen. In dem Moment, da sein massiger Körper abermals in dem Sessel landete, erinnerte er sich an einen weiteren Traum, über seinen Vater. Sie hörte zu, versuchte zu lächeln, war müde. Zu guter Letzt sprach er über einen um seinen Sohn trauernden Alten, der ihn verfolgte, verurteilte seine Soldaten, schämte sich aber zu erzählen, wie Shulamit ihn abgekanzelt hatte. »Unsere Einheit, eine Einheit, die in der Regel nachts Araber tötet, hat irrtümlicherweise einen von uns erwischt. Der Vater des Soldaten will eine Untersuchung, lässt mich nicht in Ruhe.« Lea bemühte sich, wach zu bleiben. »Warum ausgerechnet du?«

»Sie haben ihm einundzwanzig Kugeln in den Kopf gejagt, seine Kameraden. Haben ihn umstanden und sichergestellt, dass er tot ist. Sie dachten, er sei Araber.«

»Und dann?«

»Hat es einige Erschütterung gegeben.«

»Ja, aber warum bist du erschüttert?«

Er verlor die Lust zu erzählen. Stand auf. »Mir scheint, Lea, mein Schatz, ich benötige ein anderes Ohr, das mir lauscht.« Er kehrte zurück in die Mitte des Raums, dann wieder zum

Sessel, ließ seinen Schmerbauch vorragen, zuckte mit den Schultern, sah sie nicht an und vermaß seine Hände, als suchte er nach dem fehlenden Finger. Nicht die Eifersucht verletzte sie jetzt, sondern seine Jämmerlichkeit. Eine ganze Karriere unterwarf er dem Urteil einer Spötterin. Einmal hatte sie ihn bereits angeschrien: »Was hast du denn geglaubt, was ihr bis heute vollbracht habt?« Danach hatten sie aufgehört zu diskutieren, war sie ihrem Lotem treu geblieben, er seinem Lotem, und beide gemeinsam unserer Armee. Und dennoch, von Zeit zu Zeit sagte er: »Dafür hab ich Karriere gemacht? Um Soldaten beizubringen, Kinder zu entführen?« Versuchte sich selbst zum tausendsten Mal den Unterschied zu erklären, die Macht muss sich schon nicht mehr unter irgendeiner Hülle verbergen, es gibt keine Ausflüchte mehr, alles ist offensichtlich. »Lea'le, du liebst mich, weil ich ich selbst bin ... Und diesmal werd ich es schaffen, das zu sagen, ohne dass du gleich anfängst zu weinen ... Aber in den letzten Jahren hatte ich das Gefühl, zuweilen, dass du in einen Mann verliebt bist, der ich nicht bin, weil ich gebrochen bin, noch vor diesem ganzen Zirkus des Golfkriegs, auch durch die Intifada ... Bald wird eine neue Generation von Offizieren ans Ruder kommen, denen diese Kacke wie richtiger Krieg erscheinen wird, ich kann sie schon jetzt ausmachen, kleine Himmlers, aber ich kann nicht ... Lass mich weiterreden: Du ermutigst mich, stärkst mich, baust mich auf und ich brauche keine Erbauung, obgleich ich zerfalle. Vielleicht drücke ich mich nicht klar aus, vielleicht verdächtige ich dich, weil ich dich nie gefragt hab, warum du mich liebst, was du an mir findest. Fang nicht an, Tränen zu horten, ich schaff es nicht, all die Dinge zu sagen, die man eben sagt. Sieh mal, ich hab mehr Menschen umgebracht als du ...« Sie ging in die Küche, putzte sich die Nase, kam zurück. Die Anspannung war verflogen. Er küsste sie auf ihre langen Wimpern. Der Tränengeschmack ließ auch danach nicht von ihm ab. Ich werde sie beißen. Am Ende werd ich dich heiraten, sagte er nicht. Einmal hatte er ihr ein Kind versprochen. Sie war damals vierundzwanzig. Stets erinnerte er sich an das Versprechen, bekam Herzklopfen bei dem Gedanken, sie könnte womöglich noch immer auf die Einlösung des Versprechens warten. Er will ihr kein Kind machen. »Und sag mir nur noch eines: Wie kann es sein, dass du all die Jahre nicht schwanger geworden bist? Wenn du schwanger geworden wärest, hättest du es mir erzählt. Nicht?« – »Ich hab mir die Gebärmutter rausnehmen lassen.« – »Was?« – »Nein, das stimmt nicht, richtiger ist zu sagen, du bist impotent und zudem ein schlechter Mensch, und ich bin ein ärmlicher Feigling ...« – »Ich war nicht immer schlecht zu dir.« – »Das stimmt. Du bist gut zu mir gewesen. Manchmal.« – »Ich werde für einige Monate verschwinden.« Sie umarmten sich zaghaft. Er ging. Jahrelang hatte er darauf geachtet, nicht in ihr drin fertig zu werden, und vielleicht hatte sie die Wahrheit gesagt. Sie schloss die Tür, nachdem er gegangen war. Das ist alles, was ihm in jener ersten Frühlingsnacht widerfuhr, bis er auf die Straße trat und es bereits nach Mitternacht war. Er kann sie nicht um hundertachtzig Grad drehen und danach um hundertachtzig Grad in die andere Richtung. So dachte Lotem über all dies.

Nocturne

Ein junges Paar stand auf der Straße und küsste sich ausdauernd. Lotem trat zu ihnen, wollte etwas stammeln, verzichtete, sagte: »Ich küsse schon seit Jahren nicht mehr.« – »Das sollten Sie aber«, sagte das Mädchen. Der Junge und das Mädchen gingen weiter und Lotem folgte ihnen, befahl ihnen: »Jetzt, küssen!« Der Junge schwieg einen Augenblick lang, verstand, dass er nicht gehorchen konnte, aber die Kleine beeilte sich, ihren Freund zu küssen. Lotem blieb an einem öffentlichen Fernsprecher stehen, holte aus seinem Portemonnaie eine handgeschriebene Liste mit Telefonnummern, konnte sie nicht entziffern und rief nach dem Jungen: »Komm her und hilf mir.« Der Junge murrte: »Du hast überhaupt nicht gemerkt, was er uns mit dem Befehl, uns zu küssen, angetan hat, stimmts?« Sie hatte nichts gemerkt. Nur Männer bemerken solche Dinge, als gäbe es eine Frequenz, die nur sie hören. »Bist du nicht die Tochter von Jiftach?«, rief ihr Lotem nach. Sie drehte sich nicht um.

Er wollte Shulamit anrufen, fürchtete sich aber vor ihrer Unbekümmertheit (›He, Adam, was gibts? Wir müssen uns irgendwann mal treffen.‹). Dennoch rief er an, und sie sagte müde, als hätte er sie aufgeweckt: »He, Adam, was gibts? Wir müssen uns irgendwann mal treffen.« Er sprach ihr nach wie ein Volltrottel. »Ja, ja, wir müssen uns irgendwann mal treffen, ja, ja.«

»Adam? Du klingst, als schulde ich dir irgendetwas. Nein?«

»Nein, nein.«

»Wir haben nicht mal miteinander geschlafen, Adam.«

»Nein, nein.«

»Und die Hauptsache, Adam: Du hast mir kein richtiges Geheimnis anvertraut. Verstehst du, was das ist, ein richtiges Geheimnis?«

»Nein, nein.«

»Beinahe hätte ich vergessen, es dir zu sagen. Irgendeine hat nach dir gesucht. Von der Armee. Wie konntest du es wagen, denen meine Nummer zu geben?«

»Nein, nein.«

Seine Beine waren schwer und sein Magen knurrte. Jemand folgte ihm und er meinte, es sei jener Alte, der ihn bis ans Ende seiner Tage verfolgen würde, doch es war ein junger

Mann, grau, der zu ihm sagte: »Ich bitte Sie, ich bitte Sie.« – »Um was bitten Sie?« Der junge Mann antwortete nicht, starrte Lotem an, taxierte ihn, als wollte er herausfinden, ob er ihm ein strenges Geheimnis anvertrauen könne. Lotem wurde von Ungeduld erfüllt, sagte aber vorsichtig: »Was? Um was möchten Sie bitten?« Der Mann nickte: »Reden.« Lotem sagte: »Aha«, und ging. Der junge Bursche fuhr fort, mit sich selbst zu reden, während er Lotem nachging: »Ich habe schreckliche Dinge getan und man hat mich nicht verurteilt. Aber ich bin dennoch wichtig. Ich werde wahnsinnig über dem, was ich getan habe.«

Dudu ist gegangen

Als er schließlich seine Absteige erreichte, müde, mit schmerzendem Kopf, wollte er sein Auge herausnehmen und schlafen gehen, zog sein Hemd aus und schlief vielleicht im Sitzen ein, als das Telefon klingelte. Er erschrak, hatte vielleicht geträumt, hatte den Alten, der ihn verfolgte, gehört, ging dann ans Telefon. »Hör gut zu«, sagte eine männliche Stimme. Es war der Kopf des militärischen Abschirmdienstes, der junge General Zeffi Shewer. »Hör endlich auf, wegzulaufen. Dudu ist verunglückt. Alle sind hier. Man hat dich überall gesucht, ich hab ihnen gesagt, sie sollen dich in deiner Wohnung suchen, aber daran haben sie nicht gedacht. Ich hab natürlich Recht gehabt. Dudu ist tot. Verstehst du, was ich sage? Tot. Fahr zu ihm nach Hause, jetzt gleich.« Lotem sagte: »Hallo? Wer spricht denn da?« Aber die Leitung war tot. Daraufhin rief er Na'ama an, legte aber sogleich wieder auf, zog sich an und fuhr schnell dorthin, ohne an Ampeln zu halten.

Auf halbem Weg sagte er sich, ›Ich werd niemals ohne Dudu sein können‹, und bis zu Dudus Haus fuhr er fort, sich selbst immer und immer wieder nur diesen einen Satz aufzusagen, ›Ich werd niemals ohne Dudu sein können.‹ (Von Zeit zu Zeit hatte sein Freund aus gemeinsamen Kindertagen ihn angerufen, um zu fragen: »Alles in Ordnung, Adam? … Bist du sicher? … Und deine Mutter? … Okay, also willst du, dass wir uns sehen? … Nein? … Nicht weiter tragisch … Wenn du mich nicht anrufst, rufe ich dich an … Ich weiß, dass du in einer Krise bist … Oder nenn es, wie du willst … Na und? … Wer nicht? Weißt du, wie sehr ich dich liebe? … Weißt du das? … Dann sag schon, dass du es weißt … Das wars … Wir sehen uns … « Und immer so weiter.) Dies ist die richtige Stelle, Leas kurzes Intermezzo zu beenden. Lotem überfuhr auch rote Ampeln. Einfach so. Auch an Kreuzungen.

6

Na'ama

Umstände

Zu Beginn jenes frühlingshaften Abends hatte, wie wir uns erinnern, Dudu versucht, Adam, seinen Freund von Kindesbeinen an, zu überreden, mit ihm nach Eilat zu fliegen, um zwei Hühnchen zu besuchen, die sich extra für Lotem der Herausforderung einer Orgie stellen wollten, aber der seinerseits hatte den Vorschlag abgelehnt, worauf Dudu aus dem Norden losgeflogen war mit Kurs auf unsere Stadt. Vielleicht hatte er ja, nach dem Gespräch mit Lotem, beschlossen, seine Frau zu besuchen, die an jenem Abend verzweifelt war. Als Dudus Tod bekannt wurde, suchte die Armeeführung den ganzen Abend lang nach Lotem, aber nach Mitternacht entschied unser Generalstabschef eigenmächtig, die Suche einzustellen, da Lotem nicht aufzuspüren sei, so zumindest berichtete Oberleutnant Hagar Shamgar (sie hatte ihn unter all den Telefonnummern zu erreichen versucht, die man ihr gegeben hatte, doch keine der Frauen am anderen Ende der Leitung wusste, wo Lotem steckte oder wer der Mann überhaupt war, und beim einzigen Mal, dass ein Mann ihr antwortete, hatte es sich um einen Perversen gehandelt, oder um einen Rechtsanwalt). Dudu war ein guter Ehemann. Und obwohl er Na'ama nach Strich und Faden betrog und darüber auch in jeder Runde plauderte, ließ er nicht zu, dass seine Frau sich verletzt fühlte. Als ihr Vater starb, flog er zu ihr nach Eilat, nahm ein Taxi vom Flugfeld direkt zum Hotel am Strand des Roten Meeres, wo sie mit den Kindern Ferien machte, umarmte sie aufgeräumt, als schaute er nur für einen Moment vorbei, gab Jonathan eine Unmenge Kleingeld, bat ihn, mit seinen beiden Brüdern rauszugehen und ihnen dreien etwas zu kaufen, vor allem auf den Kleinen aufzupassen, der eine Umarmung wollte von seinem Papa, den er schon drei Monate nicht mehr zu Gesicht bekommen hatte, und erst als die Jungen gegangen waren, sagte er: »Meine liebe Na'ama, ich habe schlechte Kunde, dein Vater ist gestorben. Es tut mir Leid.« Mehr sagte er nicht, obgleich er sich den ganzen Weg über vorgenommen hatte, andere Dinge zu sagen, bat sie auch nicht eindringlich, das Weinen sein zu lassen, sondern saß nur vor ihr (weil sie sich von ihm gelöst hatte und wie zum Gedenken an ihren Vater aufhörte, sich dem Mann anzubiedern, den dieser verabscheut hatte), und fuhr fort dazusitzen mit der Reglosigkeit eines Mannes, der weiß, dass seine Worte keinerlei Wert haben. Danach ging er raus zu den Kindern, die hinter der Tür gewartet hatten, und nahm den kleinen Eran an die Hand. Der Dreijährige wollte wissen (sein großer Bruder hatte das Geschehen im Hotelzimmer belauscht und den beiden Jüngeren gesagt, Opa Said sei tot): »Wie lang wird er tot sein?« Sein Vater antwortete nicht, sagte stattdessen zu dem Ältesten: »Joni, du bleibst hier bei Mama im Hotel«, und dann zu seinem Zweitgeborenen: »Du, Matan, holst einen Pullover für den kleinen Eran, und wir drei gehen Pommes frites mit Ketchup essen.« Jonathan war ein bisschen beleidigt – erst war er aus dem Zimmer verbannt worden und jetzt wollte auch er mit dem Papa-in-Uniform mitgehen –, aber er tat, wie ihm geheißen, denn so sind wir nun mal.

Dudus Haus war unbeleuchtet. Mehrere Personen standen draußen, im vernachlässigten Vorgarten, ohne ein Wort zu sagen. Dudu hatte seinen Garten geliebt, hatte bedauert, dass sein Ältester sich nicht darum kümmerte. In seiner Erinnerung schienen die roten Geranien immer lichterloh zu brennen, als sei dies das alte Haus, in dem er aufgewachsen war. Schattenrisse ergossen sich aus den Fenstern der Nachbarn auf den Gehweg. Auch auf der Straße standen Menschen und verfolgten den Aufmarsch rund um das Haus des nebenan wohnenden Generals. Der Regierungschef lehnte sich mit seinen hundertzwanzig Kilo an die Hauswand, versuchte wieder und wieder, seinen Atem unter Kontrolle zu bringen, wollte rauchen, sprach so gut wie gar nicht mit seinen Begleitern, da jedes Wort ihn Schmerzen kostete: »Ich fahr nicht eher weg von hier, bis sie mit mir geredet hat.« Unser Generalstabschef trat zu Lotem, klopfte ihm auf die Schulter und versuchte, ihn zu umarmen. Dudu hatte er geliebt, hatte ihm sogar eine Beförderung versprochen. Lotem dagegen hasste er. Lotem fragte unseren Oberbefehlshaber, was passiert sei.

»Sie hat uns aus dem Haus geworfen, mich und den Premierminister zusammen. Das ist passiert. Rezefs Leopardin ist ein Kätzchen gegen die, Lotem. Sie hockt mit den Söhnen auf so einem grünen Puff mit goldfarbenen arabischen Stickereien und sagt zu uns, wie wir reinkommen, gefasst auf eine Szene – okay, wir haben in unserem Leben schon so manche Witwe besucht, nicht? Und der *Prime Minister* fängt auch gleich mit seinem schrecklichen Gehuste an, nur Schleim und Pfeifen –, also sie sagt zu uns, ›Geht mir aus den Augen‹, das wars, was passiert ist. Anfangs hab ich nicht kapiert. Der Premier hat mich angeguckt, hat so eine Art grässliches Keuchen von sich gegeben, das von unterhalb seines geschlossenen Mundes kam, einen Mordsschrecken hab ich gekriegt, sag ich dir, und hab die Augen von dem ältesten Sohn gesucht, instinktiv – er sieht Dudu sehr ähnlich, meinst du nicht? –, und wie sie sieht, dass wir uns nach Stühlen umschauen, brüllt sie noch mal: ›Verschwindet von hier!‹ Den gesamten Generalstab hat sie rausgeworfen. Siehst du sie dort im Hof stehen? Also, so wars. Und jetzt muss ich bei ihm bleiben, ansonsten verreckt er mir hier jeden Moment. Und dazu noch sein Rauchen. Wo war ich? Ja, sie hat weitergeschrien, ›Ich will, dass Lotem herkommt‹, und der Regierungschef fragt mich: ›Wo steckt Lotem?‹ Und was soll ich ihm sagen? Dass du dich durch die Gegend fickst? Was ist los mit dir? Er war dein Freund. Ihr wart wie Brüder. Immer hat man euch Brüder genannt ... Ich erinnere mich, wie auf so einem Übungsmarsch, bei dem die Verwundeten geschleppt werden, du weißt schon ...«

»Erzählst du mir endlich, was passiert ist?«

»Mensch, gerade hab ich es dir erklärt, warum hörst du mir nie zu? Sie hat uns rausgeworfen. Der Finanzminister ist erbost nach Hause gefahren. Die Gesundheitsministerin, oder die für Erziehung, ich kann die nicht auseinander halten – wozu braucht man auch Zwillingsschwestern in ein und derselben Regierung? –, auf jeden Fall ist eine von den beiden mit ihrem Mann zu Fuß nach Hause gegangen und hat gebeten, wir sollen sie benachrichtigen, sobald sich die Lage irgendwie ändert. Mensch, weißt du, wie lange wir nach dir gesucht haben? Denkst du, ich hätte nicht gewusst, dass es Probleme mit der Witwe geben würde? Ich habs gewusst, hab aber nicht gedacht, dass es so schlimm werden würde. Ja?«

Unser Oberbefehlshaber, mit seinen wundervollen blauen Augen und seinem berühmten Blondschopf, war vor Lotems Ruhm auf der Hut. Lotem brüllte, ohne es zu wollen: »Du Volltrottel. Ich frage dich, was Dudu zugestoßen ist, nicht, was dir passiert ist. Was dir passiert ist, will ich nicht wissen. Was ist mit ...« Der große, gequälte Mann verstummte. Aus der Dunkelheit starrte man ihn an. Er beugte sich zu dem Generalstabschef hinab. Hätte seine Faust ohne weiteres in dessen Barett versenken können. Man sagt über ihn, er beneide den anderen um dessen gutes Aussehen, aber nach eigener Aussage verachtete er ihn, weil er sowohl strohdumm als auch ein Schleimer war. Also berichtete der Generalstabschef in aller Kürze: Der Hubschrauber sei gegen einen Schornstein geprallt, Dudu und die beiden Mitglieder seiner Besatzung seien auf der Stelle tot gewesen, zur Stunde sei weder klar, warum er geflogen sei, noch, wohin.

»Lotem, geh mit ihr reden und sag ihr, sie soll mit dem Regierungschef sprechen. Wenigstens mit ihm, wenn schon nicht mit uns. Ich bin sicher, Dudu wäre mit einem solchen Benehmen nicht einverstanden gewesen. Er war ein guter Freund von uns allen.«

Auch der Premierminister wollte, dass Lotem bei der Witwe ein gutes Wort einlegte. »Ich will mit ihr reden«, sagte er, hustete und zog eine Zigarette aus der Tasche. Sein Militärsekretär bekniete ihn, nicht zu rauchen, der Premier ließ sich ein weiteres Mal erweichen und der Adjutant nickte von neuem erfreut. Der gesamte Generalstab wartete in der Dunkelheit auf Lotem, alle wollten sie ins Haus, hatten Dudu geliebt und liebten Na'ama und die Kinder. Dudu hatte sie auch alle geliebt, kannte ihre Kinder beim Namen (zuweilen war er bei einem von ihnen aufgekreuzt und hatte dem Kind ein Geburtstagsgeschenk mitgebracht, »Aber heute hab ich nicht Geburtstag«, hatte der Kleine gelacht und Dudu darauf: »Dann hast du es ab jetzt, in Ordnung?«). Sie hatten beschlossen zu warten, bis Lotem alles geregelt haben würde und sie hineinriefe. Lotem blieb bei ihnen stehen. Der Chef des militärischen Abschirmdienstes hatte gerade erzählt, wie sie Lotem am einzigen Ort gefunden hatten, an dem sie nicht gesucht hatten, und die Frau des Artilleriegenerals sagte: »Wollt ihr mir sagen, sie hat es nicht gewusst?« Lotem bedachte sie mit seinem Furcht erregenden Blick. »Was hat sie nicht gewusst?« Ihr Gatte beeilte sich, sie zu schützen: »Antworte ihm nicht!« Lotem lächelte ihr zu und fragte abermals, diesmal ganz sanft: »Sag mir, was hat sie nicht gewusst?«

»Dass er ... dass er flatterhaft war, du weißt schon.«

»Sie ist nicht wie du. Sie hat ihren Mann geliebt, noch ehe er bei der Armee war. Er war so klein, als sie sich in ihn verliebt hat.«

Sie verstand die Antwort nicht, obgleich ihr Lotem demonstrierte, wie klein Dudu damals gewesen war. Ihr Gatte sagte leise: »Ich hab dir gesagt, du sollst ihm nicht antworten. Hab ich dir das nicht gesagt?« Aber Lotem fuhr fort: »Was liebst du an deinem Mann? Was bist du bereit, von ihm abzuziehen, und dann immer noch zu sagen, das ist der Mann, den du liebst?« Sie wollte erwidern, ›nach so vielen Jahren – alles, ohne besonderen Grund‹, hielt sich jedoch an die Anweisung ihres Gatten, nicht zu antworten, und vielleicht hätte sie noch beifügen sollen, ›nach so vielen Jahren – nichts, ohne triftigen Grund.‹ Der Artilleriegeneral sagte: »Lotem, verschwinde, geh.« Lotem fixierte sie noch einen Moment lang mit seinem beängstigenden Blick, bot ihr seine gequälte Visage. Der Streit brachte etwas Schreckliches, was in seinem Inneren widerhallte, zum Schweigen und während er von dort wegging, murmelte er: »Warum müssen Offiziersfrauen immer so dämlich sein?« Jemand warf ihm hinterher: »Und was ist mit der Schönheit, Lotem? Wir haben gehört, du treibst dich nur mit hässlichen Weibern rum. Dudu hat das gesagt. Er wirds gewusst haben. Nicht?«

Mama

Im Wohnzimmer, gegenüber vom Eingang, saß Na'ama im Halbdunkel mit Eran in ihren Armen – Licht kam von der Essecke und warf Schatten in den großzügig geschnittenen Raum – auf einem grünen Sitzkissen saß sie, verziert mit vergoldeten Arabesken (Dudu hatte es ihr von jenseits der Grenze mitgebracht). Zuvor hatte sie begonnen, ein Wiegenlied zu singen, das Dudu seinem Sohn immer vorgesungen hatte, weil es ihr das Herz zerriss vor Sehnsucht nach Dudus Anblick beim Singen dieses Liedes, aber nach der ersten Strophe hörte sie auf, da der achtjährige Eran ohnehin bereits in ihrem Arm schlief, sodass sie ihre Sitzposition veränderte, vorsichtig, um ihn nicht aufzuwecken, als wollte sie ihn stillen. Als sie Lotem bemerkte, sagte sie leise, mit gesenkter Stimme: »Adi, Dudu ist tot.« Der Kleine schlug ein Auge auf, drehte den Kopf, sah Lotem an und schloss die Augen wieder. Jonathan mit seinen siebzehn Jahren saß neben ihr. Er erhob sich, um Lotems Hand zu drücken. Lotem umarmte ihn. Matan, der mittlere Sohn, dreizehn Jahre alt, tauchte aus einer unbeleuchteten Ecke des Raumes auf: »Papa ist tot, Adam.« Lotem stand vor den Kindern, zitterte für einen Moment. Na'amas Schultern bebten und ihr jüngster Sohn streichelte ihr Gesicht: »Du musst nicht weinen, Mama, weil du mich hast, und auch Matan und Joni.« Jonathan beäugte den massigen Mann, mit dem ihre Mutter am Telefon immer redete, als sei sie verrückt, und sagte leise: »Es hilft alles nichts mehr, sie haben die Leiche gefunden.« Lotem sah die Kinder an. Ich kann nicht ohne Dudu. »Vielleicht kann ich euch etwas zu trinken machen?« Na'ama lehnte ab: »Setz dich her zu uns. Ich möchte gar nichts.«

»Ich stinke, hab mich schon seit zwei, drei Tagen nicht mehr gewaschen, welcher Tag ist heute?«

»Es ist bereits morgen, Adi.«

Der kleine Eran lachte, weil er dachte, Na'ama mache Witze. Der älteste Sohn dagegen war nicht glücklich über das Verhalten seiner Mutter gegenüber dem gesamten Generalstab und dem Premierminister, hoffte, Lotem werde mit ihr über die Leute draußen reden. Matan glaubte, sein Vater schlafe nur, für lange Zeit, und war besorgt. Einmal hatte er ihn im Wohnzimmer schlafen sehen, hatte ihn freudig geweckt, war aber angefahren worden: »Matan, weck mich nicht, ich bin müde.« Damals war der Junge vor Schreck zusammengefahren. »Tod ist wie Schlafen, nicht?«, fragte er jetzt still, aber niemand antwortete ihm, weshalb er sich wieder in die dunkle Ecke verkroch, in der er zuvor gehockt hatte, und einen Rugbyball in die Hände nahm, den Lotem ihm mal gekauft hatte – Dudu habe ihm den Ball als Geschenk geschickt, hatte er ihm seinerzeit gesagt. »Er ist geflogen, um bei Mama zu sein, weil sie keine gute Laune hatte.« Jonathan sagte: »Lotem, kann ich einen Augenblick allein mit dir reden?« Na'ama hörte den Unterton, riss die Augen auf und jammerte: »Was ist mit dir los, Joni?« Die beiden anderen Jungen starrten sie verschreckt an. »Komm in die Küche, Joni, ich mach dir einen Tee mit Zitrone und du fragst, was immer du willst, in Ordnung?« In der Küche meinte Jonathan: »Sind all die Politiker und Offiziere noch draußen?« Jetzt fielen Lotem die Leute wieder ein, die draußen auf ihn warteten. Ruckzuck würde er sie verscheuchen, gar kein Problem. Aber Joni dachte daran, sie hereinzubitten. Er schluckte heftig, als stecke ihm ein Klumpen Blei mitten im Hals. »Eran hat mich gefragt: Papa ist zerbrochen, stimmts?« – »Und was hast du ihm gesagt?« Joni weinte jetzt, heulte richtig, bekam sich dann wieder in den Griff: »Ich hab ihm gesagt: Ja, Papa ist total kaputtgegangen, und er hat gefragt: Man kann ihn nicht mehr heile machen, oder?« Joni hatte ihm geantwortet, nein, das könne man nicht, aber sie könnten ihm Briefe schreiben, worauf Matan sagte: »Er wird uns nicht antworten.« Und der kleine Eran feststellte: »Auch bevor er tot war, hat er uns nicht geschrieben.« Lotem sagte zu Joni: »Du weißt, dass er keine Zeit hatte.« Der älteste Sohn wusste dies, selbstverständlich. »Aber was sollen wir mit all den Leuten draußen machen? Unmöglich, Papa solch eine Schande zu bereiten. Und morgen schreiben sie darüber in den Zeitungen.« Lotem erzählte ihm sogleich von dem Tritt, den er mal einem Journalisten in die Eier verpasst hatte, dachte, der Junge würde ein bisschen lachen, aber Joni interessierte sich nicht für Lotems Heldensaga. Er überlegte, wie sie aus dem Schlamassel wieder herauskommen konnten, in den Mama sie gebracht hatte.

»Joni, am allerwichtigsten ist, dass alle nach Hause gehen und ihr ein bisschen schlaft. Im Moment hast du keine andere Aufgabe, als deiner Mama zu helfen, und morgen wird dann die Beerdigung sein. Wenn sie Dudu begraben ...«

Lotems Stimme brach, und der Junge kehrte enttäuscht ins Wohnzimmer zurück, folgte dem Kindheitsfreund seines Vaters. Na'ama war eingenickt. Ihre Mundwinkel hingen nach unten. Eran flüchtete sich aus ihrem Schoß in Lotems Arme: »Sie ist auch tot, Adam.« Er wurde nicht laut, um Na'ama nicht zu wecken. »Wie kommst du nur auf so was, Eran? Wie kommst du nur darauf? Guck mal, wie sie atmet.« Na'ama wachte auf, fröstelte. »Wo ist Eran?« Aber Eran hatte Angst, sich ihr zu nähern, worauf Lotem ihn zu seiner Mutter führte, sich neben die beiden setzte und leise sagte: »Ich denke, man muss was unternehmen im Zusammenhang mit all den Schmocks, die draußen warten.« Joni protestierte, Schmocks habe er nicht gesagt. Na'ama schaute ihn an und sagte zu Lotem: »Na bitte, mein Sohn hat beschlossen, allein den Esel zu besteigen, vorwärts zum Berg Moriah.« Der Sohn begehrte auf: »Das stimmt nicht«, aber was nutzt das schon, sie ist so stark und er so schwach.

Glühwürmchen

Lotem trat zu den draußen Wartenden. In der Zwischenzeit hatten sich dort weitere Minister, Berater und Stabsoffiziere eingefunden. Der Chef des Abschirmdienstes berichtete gerade über seine These in Sachen Intuition. So etwas wie Wahrscheinlichkeit gibt es nicht, und er hat ein gutes Beispiel aus dem Bereich Zielortung. Bitte sehr, Lotem hätten sie unter zwanzig verschiedenen Telefonnummern gesucht, und er habe Lotem in dessen Wohnung mit einem einzigen Anruf aufgestöbert. Die Frau des Fallschirmjägerkommandeurs meinte zu ihrem Mann: »Wenigstens reißt sie sich nicht die Haare aus, das ist auch was wert.« Ihr Mann erwiderte leise: »Auch dir würde es nicht schaden, ein paar Haare auszureißen, wenn ich tot bin. Aber wie ich sie kenne«, wandte er sich an seine Kameraden, von denen einige wuterfüllt über diese Schnepfe waren, schließlich waren sie noch ganz fassungslos über den plötzlich Tod, »wird sie was zu knabbern reichen. Ich kenne sie, sie wird was zu knabbern reichen und denken, das hilft mir, befördert zu werden.« Lotem dachte an Dudus weit aufgerissene Augen. »Seht mal Kameraden, am besten, ihr fahrt nach Hause. Ist schon entschieden, wann die Beisetzung sein soll? Wer ist für all das zuständig?« Untermalt von den Gedanken an die erstarrten Augen seines Freundes lärmte in ihm jenes lang zurückliegende, kopflose Hin- und Herlaufen im Hause seiner Eltern. Ihn hatten sie keine Fragen stellen lassen. Seine Mutter hatte mit ihrem Bruder zusammengesessen, der seinen Vater verehrt hatte als sei es sein eigener, und Adam hatte verstört draußen gestanden, unter den Kiefern. »Die Wahrheit, Lotem, was passiert da drin? Ist sie durchgedreht oder was?« Lotem sah den Fragesteller an und antwortete nicht. Einer von den Generälen hatte es geschafft, sich ins Haus zu stehlen, kam zurück und rief die anderen, »Pssst, pssst«. Einer nach dem anderen schlich sich der gesamte Generalstab samt Ehefrauen ins Haus. Nach ihnen quälte sich der Premierminister herein, auch wenn sein ersticktes Husten nicht zu dem ganzen Manöver passen wollte. Lotem blieb draußen im Freien. Die Frau des Artilleriegenerals wollte ihm etwas sagen, aber ihr Mann zog sie hinter sich her. Sie befreite sich aus seinem Griff und sagte leise zu Lotem: »Warum genießt du es, andere zu demütigen?« Lotem antwortete nicht. »Hast du mal überlegt, wie weh das tut, nach solch einer Bloßstellung durch die Gegend zu laufen?« Ihr Unglück erschien ihr in diesem Moment schmerzlicher als alles andere. Lotem sagte zu ihr: »Es tut mir Leid.« Sie schaute ihn mit gequältem Blick an und sagte: »Manchmal hab ich den Eindruck, du bemühst dich sehr, mich als beschränkt dastehen zu lassen.« Ich wollte Dudu zu Na'ama zurückbringen und hab ihn umgebracht. »Sag mir noch mal, wie heißt du?«, bat er. Sie setzte ein spöttisches Lächeln auf und ging zum Haus. Sie hätte ihn verletzen können, sagte aber nichts. Ihre Beine zitterten vor Angst. Aus dem Wohnzimmer kam kein Laut. Ich wollte Dudu zu Na'ama zurückbringen und hab ihn umgebracht. Die Journalisten waren nach Hause gegangen. Kalt war es. Auch der Regierungschef war aufgebrochen, gestützt auf seinen Militärsekretär. Seine Leibwächter gingen zu ihren Wagen. Bei der Zeitung hatten sie bereits die komplette Geschichte fertig: »Der General flog zu seiner Frau, die sich unpässlich fühlte«. Das Konkurrenzblatt titelte: »Der General starb auf dem Weg zu einer Orgie«, doch glücklicherweise setzte der Chefredakteur die Geschichte ab und formulierte höchstpersönlich die neue Schlagzeile: »Seine Na'ama fühlte sich unwohl und Dudu eilte zu ihr«. Die Morgenröte zog im Osten auf, rosig, schön wie immer, gleichgültig gegenüber der Wahrheit, die zwischen Menschen, die zu sich selbst oder zu anderen sprechen, oder in den druckfrischen Zeitungen begründet wird. Na bitte, der Tag bricht an und der große Zweifel der Nacht ist vorüber. In der Adjutantur bereiteten sie drei Beisetzungen mit allen militärischen Ehren vor. Ein kalter Wind wehte von Westen und ließ das Hemd am vor Angst schwitzenden Leib kleben.

Lotem zitterte, stand am Tor, seine Beine schmerzten. In jenem Moment trat General Zemach Shekel, der Oberbefehlshaber der Luftwaffe, aus dem Haus, knirschten seine Halbschuhe über den Gehweg.

»Hör mal, Lotem, sie hat sich mit den beiden Kleinen im Schlafzimmer eingeschlossen und weigert sich herauszukommen. Ich hab versucht, durch die Tür mit ihr zu reden. Alle sitzen und warten dort auf sie wie vor dem Kreißsaal. Ich gehe. Würde noch bleiben, aber ich hab in zwei Stunden ein Treffen. Übrigens, weißt du, dass ich Direktor beim Arzneimittelkonzern Bayer werde? Ich kann nicht bleiben. Sorg dafür, dass sie ihren Kindern nichts antut.«

»Ich vermisse ihn so, du hast keine Ahnung, wie sehr ich ihn vermisse.«

»Wir alle, Lotem, wir alle. Aber jetzt hör endlich auf, vor der Verantwortung zu fliehen und versuch herauszufinden, was sie da drin treibt. Ja? Du hättest uns in der Sache mit der Leopardin mehr helfen können, aber du drückst dich vor der Verantwortung. Jetzt geh rein. Ja?«

Shekel ging und hinterließ eine Wolke aus Eau de Cologne. Sein Fahrer tauchte wie eine Motte aus der Dunkelheit auf – hatte zusammen mit den anderen Fahrern gewartet, still vor sich hin rauchend wirkten sie von weitem wie Glühwürmchen – und öffnete ihm die Tür des Wagens. Shekels Frau kam ihm hinterhergeeilt und rief leise: »Alles ist so Furcht erregend im Morgengrauen, fehlen nur noch die Hexen aus *Macbeth* hier.« Und zu Lotem gewandt, als sie an ihm vorüberkam: »Gut, dass du diesem Aas eine verpasst hast, diesem Schandmaul.« Ihr Mann rief ihr zu: »Komm, komm schon«, und sie zuckte mit den Schultern, schauderte und ging.

Nicht nur Dudu wurde getötet, und wenn wir uns auf den kommenden Seiten auf den Schmerz seiner Angehörigen und Freunde konzentrieren werden, dann nicht nur, weil unsere Geschichte dorthin führt, und ganz sicher auch nicht, weil die Angehörigen und Freunde der beiden Unteroffiziere der Luftwaffe, Oberfeldwebel Gadi und Oberfeldwebel Jonathan, in den Abendstunden nicht vor Schmerz und Angst geschrien hätten, mit dem Eintreffen der Gesandtschaft barmherziger Engel, losgeschickt vom zuständigen Stabsoffizier, und nicht trockenen Auges geweint hätten bis zum bösen Morgen, an dem es gilt, noch einen letzten Rest Kraft für die Beerdigung aufzubringen – gleich werden sie ein jeder für sich nach Hause gehen, wird das Haus versinken in der Finsternis, werden Menschen nicht einschlafen können, werden im Dunkeln aufstehen, um allein zu sein, und wenn einer ins Bett zurückgekehrt ist, wird ein anderer aufstehen, damit es nicht Nacht ist, damit der Tag nie kommt, schlafen, schlafen –, und wenn wir uns nicht näher mit ihnen beschäftigen, dann nicht, weil ihr Schmerz aus literarischer Sicht weniger interessant wäre. Nein, nein, nicht weniger interessant, aber weniger wichtig, dieser Überzeugung zumindest ist das ganze Land, das zu dem erschütternden Aufmacher im Radio erwachen wird, ›David Rotem, Befehlshaber Nord, getötet‹; später am Morgen dann werden die Zeitungen voll von farbigen Einzelheiten aus dem Leben des Generals sein, Gefechte, an denen er teilgenommen hat, ehe er die Dienstgradleiter emporgeklettert ist, werden ausführlich geschildert werden, auch, was er im Sechs-Tage-Krieg gemacht hat, nach dessen Ende er befördert worden ist, und im Jom-Kippur-Krieg, nach dem er ebenfalls befördert worden ist, um im Libanonkrieg weiter rasant aufzusteigen, und so weiter, und so weiter; und bei der Lektüre all dieser Geschichten werden wir erfahren, dass er die Schlacht von Khirbet-Kharta überlebt hatte – zu unserem Glück haben wir daran nicht teilgenommen –, ausgerechnet jene Schlacht, in der Jehoschua, ein Freund von uns vom Gymnasium, gefallen ist, beinahe hätten wir ihn vergessen, unseren Freund Jehoschua, hätten wir in der Zeitung nicht aus Anlass von Dudus Tod die Geschichte dieses Kampfes gelesen, und wer hätte gedacht, dass der subalterne Kommandeur des toten Jehoschuas später einmal jener General werden sollte, der erst jetzt ums Leben gekommen ist; oder wir erinnern uns an Oded, der in der Schlacht von Tis ad-Dole al-Wuskhe gefallen ist, einem Gefecht, das ebenfalls in der Zeitung von morgen erwähnt werden wird, weil der General auch dieses überlebte, als rangniedriger Offizier; und so werden wir uns auch an Atzmon erinnern, dessen Familiennamen wir schon nicht mehr parat haben – schließlich ist er vor so vielen Jahren getötet worden, wir waren jung damals und er ein Jüngelchen, schlaksig, sehr dünn, und jetzt werden wir allmählich alt, haben Angst zu fragen, für was und warum sie gestorben sind, nur Mütter wagen, diese Frage herauszuschreien, Nacht für Nacht, doch eine Antwort finden sie nicht und auch keinen reuigen Sünder – und nur auf den Schulfotos tauchen sie auf, alle drei, der eine auf dem Bild, das im Flur des städtischen Gymnasiums hängt, oben, vor der 12b, genau unter dem Direktor findet man ihn, der Zweite auf dem Jahrgangsfoto der Landwirtschaftsschule, direkt neben Hanna'le Schmuklarski, und der Dritte auf dem Bild aus der ersten Klasse, in dunklem Hemd, die Hände in den Hosentaschen vergraben, nur ein Strich in der Landschaft ist er, lacht so ausgelassen, allem Anschein nach kitzelt ihn jemand und er versucht an sich zu halten, um die Aufnahme nicht zu verderben. All diese Toten haben gemein, dass an allen Schauplätzen ihres Todes auch ein junger Offizier zugegen war, anfangs ein namenloser Rotschopf, dann Feldwebel David Rotem, Oberfeldwebel David Rotem, Leutnant David Rotem, Generalmajor David Rotem, ohne dass wir damals gewusst hätten – auch unser toter Freund vom Foto in der Schule nicht –, dass er eines Tages General sein und sterben würde, nicht in der nächsten Schlacht, auch nicht in der darauf folgenden oder der Schlacht, die auf die darauf folgende folgen musste; und jeder Zeitungsleser wird morgen einen Verwandten haben, irgendjemanden, der plötzlich zum Leben erwachen wird, bloß für einen Moment, eine Rakete, die das Vergessen erhellt, sein unschuldiges Gesicht in der Unwissenheit um das jähe Ende, denn nur General David Rotem setzte seinen eigensinnigen Weg fort, nur noch eine einzige Karrierestufe blieb ihm, wäre da nicht das entsetzliche Ende gewesen, und weder für seine Witwe, seine drei Söhne und seine Kameraden, seine Soldaten noch für das ganze zeitungslesende Volk gibt es Trost. Seine Karriere – so fasste die Nachrichtenredakteurin die unfertige, nachlässig aufgesetzte Meldung zusammen – sei grausam abgeschnitten worden. Aber Dudu hat die beiden Soldaten, die mit ihm flogen, sehr geliebt, nannte sie immer »meine beiden Räuber, der eine zu meiner Rechten und der andere zu meiner Linken«, weshalb wir uns hiermit entschuldigt haben, wobei es selbstverständlich neben allem, an was wir uns hier erinnern und was wir in Erinnerung rufen, auch Tote gibt, die keinen Jahwe lobpreisen und nicht einmal den Dienstgrad der beiden Soldaten, die mit Dudu unterwegs waren, erreichen, deren Tod aber dennoch unser Trost ist, wie uns der Armeesprecher, die reine Wahrheit spricht er und Wahrheit ist sein Name, von Zeit zu Zeit wissen lässt: »Unsere Verbände haben drei Tote zu beklagen, *sie* aber viel, viel mehr«, doch auch diese Toten sind nur Teil der Schöpfung – und nicht mehr. Oder, wie es Rabbi Jochanan genauer ausgedrückt hat: »Da der Mensch stirbt, wird er frei von der Thora und den Geboten.« Und Nissim Philosoph, Lotems Fahrer, sagte: »Wer keine Ware bringt, ist auch keine Ware wert.«

Na'amas Bedingungen

Ein Teil der Armeeführung nickte im Wohnzimmer sitzend ein, mit flachen Atemzügen, wie sie es während des Golfkriegs zu tun gelernt hatten, als man sich schämte, in der Öffentlichkeit gesehen zu werden, und es vorzog, gemeinsam zu schlafen, nachdem man Luftkämpfe am Flugsimulator oder Dame gespielt hatte. Jonathan machte mit einer Schale Erdnüsse und Waffeln die Runde zwischen den noch Wachen. Auf Geheiß des Oberbefehlshabers der Luftwaffe fragte Lotem, als er wieder hereinkam: »Wo steckt Mama?« Joni erwiderte: »Sie ist im Zimmer von Eran. Sie will nicht rauskommen. Sie …« Mehr sagte er nicht. Er hätte bei ihr sein müssen aber er musste auch hier sein. Lotem kämpfte sich durch das wohlvertraute Haus, bei unvertrauter Dunkelheit, klopfte an Türen, stieß gegen eine Topfpflanze, auch eine hohe Stehlampe fiel um, bis ihm schließlich Matan aus einem der Zimmer antwortete: »Wer ist da?« – »Adam.«

»Adi, ich hab ihnen gesagt, ich will sie nicht hier haben. Das ist mein Haus. Es ist mein Recht, jeden hinauszuwerfen, den ich will. Und sag Joni, er hat nicht die Erlaubnis, hier irgendjemanden zu bewirten.«

Matan machte die Tür einen Spaltbreit auf und beäugte Lotem misstrauisch. Die beiden Kleinen warteten auf Joni. Hatten, ein jeder auf seine Art, Angst vor einem Streit. Na'ama saß da mit einem Foto in der Größe einer Ansichtskarte und sagte: »Sieh mal, Adi.« Andere Aufnahmen lagen auf dem Fußboden verstreut. Dudu hatte sich viel fotografieren lassen.

Halbdunkel herrschte im Zimmer. Durch den Vorhang drang Licht, als wäre dort draußen der Operationssaal und hier warte man auf die Wahrheit. Lotem nahm die Fotografie, um sie am Vorhang zu betrachten. Vor dem Fenster hingen Blumenkästen mit roten Geranien. Matan trat zu ihm: »Das ist euer Foto aus der ersten Klasse. Da ist Papa, als er noch klein war.« Lotem beugte sich über die Aufnahme, die erste Klasse. Suchte nach Dudu, fand ihn nicht, sodass der Junge ihm half, auf Dudu zeigte, sitzend, unten, in der ersten Reihe. Lotem hielt nach sich selbst Ausschau, fand sich aber ebenfalls nicht wieder. Betrachtete Dudu, und die Gestalt des Jungen von einst überlagerte die Gestalt seines Freundes, auf dem Rücken liegend mit weit aufgerissenen Augen. Er versuchte, andere Kinder zu identifizieren. Schaffte es nicht, lediglich Bilha entdeckte er. »Da ist Mama«, sagte Matan und streckte die Hand aus. Auch Eran wollte gucken. Lotem gab Na'ama das Bild zurück. Na'ama sagte: »Adi, bring mir Joni zurück!« Um zu rauchen, hätte sie Eran aus den Händen geben müssen, weshalb sie es sich verkniff. »Und schmeiß die Junta raus!«, befahl sich noch. Ihr war kalt. »Ich möchte, dass du alle Kinder aus der Klasse zusammentrommelst, alle. Ansonsten gibt es keine Beisetzung.« Fünfundzwanzig Rangen standen auf dem Klassenfoto. Das Wohnzimmer hatte sich geleert. Ungewissheit und Verlegenheit hatten den Aufbruch bestimmt. Stellt euch ein stilles, beleidigtes Auflösen einer Versammlung vor, vielleicht wäre Räumung das richtige Wort.

Der Militärsekretär des Premierministers

Lotem trat aus dem Haus des Verstorbenen. Von der Ecke kam der Militärsekretär des Premiers auf ihn zu, ein hünenhafter, bärtiger Offizier im Range eines Oberst. Er sagte: »Der Regierungschef hatte einen schweren Anfall. Im Grunde genommen hat er Asthma.« Lotem murrte: »Dann soll er aufhören zu rauchen.«

»Sie haben leicht reden. Sie rauchen ja nicht. Er bestand darauf, auf die Beisetzung zu warten. Aber sie haben ihn überredet, sich in stationäre Behandlung zu begeben, weshalb er gewartet hat, bis die Journalisten weg waren, und dann ins Krankenhaus gefahren ist. Man sagt, er will keinen Frieden, aber das stimmt nicht. Er ist ein versöhnlicher Mensch und denkt viel an seine Familie, doch es fällt ihm schwer, immer allein zu sein. Wie auch immer, abzunehmen hat der Premier bisher nicht geschafft, und auch nicht, das Rauchen aufzugeben … Ein Asthmaanfall ist eine schreckliche Sache. Ich weiß nicht, ob Sie etwas davon verstehen. Als ich Rekrut war, bin ich einmal zu dem Kibbuz meiner Freundin gefahren. Ich hab sie sehr geliebt. Nachts ist mir dann eingefallen, dass ich mein Inhalationsgerät im Camp vergessen hatte. Das war nicht das heutzutage übliche Terbutalin, sondern etwas viel Stärkeres, ja sogar ganz angenehm, Medihaler hat das geheißen, mit viel Adrenalin drin. Die Beine haben gezittert nach jedem Inhalieren. Mitten in der Nacht bin ich mit einem Anfall aufgewacht und hab mich geschämt, sie zu wecken. Sie wusste überhaupt nicht, dass ich Asthma habe. Ich wollte auch nicht losgehen und die Kibbuzkrankenschwester stören. Hab befürchtet, sie würden über mich sagen, dass ich nicht nur zu oft bei ihnen zu Besuch bin, sondern mitten in der Nacht die Schwester aufwecke und obendrein auch noch kränklich bin. Ich hab mich also leise angezogen und beschlossen, es aus eigener Kraft bis zu unserem Stützpunkt zu schaffen, um einen tiefen Zug von dem Medihaler zu nehmen und die ganze Sache unter Kontrolle zu bringen, bevor ich richtig Schwierigkeiten bekommen würde. Meine Freundin hat tief und fest geschlafen und im Traum irgendwas gemurmelt. Sie hatte ein kurzes gelbes

Nachthemd an und hatte große, feste Brüste. Sie war sechzehneinhalb. Ich ging auf der Hauptstraße los, inmitten von Feldern. Maisfeldern. Es war eine Mondnacht, entsinne ich mich. Mein Anfall wurde schlimmer, ich bekam buchstäblich keine Luft mehr. Es waren nicht viele Fahrzeuge auf der Straße unterwegs und auch die wenigen hielten nicht an. Ich wusste, dass ich nie mehr zu ihr zurückkehren würde. Es kümmerte mich auch schon nicht mehr, wenn sie mich aus der Einheit warfen, ich dachte, ich würde sterben, und wollte leben. Am Ende hat schließlich ein Wagen angehalten und ich hab mit erstickter Stimme zu dem Fahrer gemeint, er solle mich in die Notaufnahme bringen. Meine Stimme hat die hastigen Atemzüge nicht übertönen können. ›Was hast du?‹, hat er gefragt, und ich hab ihm gesagt, ich hätte einen Asthmaanfall. Er ist böse geworden. ›Das ist nicht in Ordnung, dass du in dem Zustand nachts durch die Gegend läufst und Autos anhältst.‹ Er hat sich genauso beklagt wie die hier heute Nacht über den Premierminister, als habe er eine Wahl. Danach hat er mich in der Notaufnahme abgesetzt und ist schnell weg. Ich bin rein, hab gesagt, ich brauche eine Spritze. Das Adrenalin läuft in die Vene, die Hand wird warm, ganz, ganz langsam kommt es im Kopf an, ich glaube, so fühlt man sich bei einer Hinrichtung durch Injektion, angenehm ist das, man schläft mit so einer Art Schwere ein. Heute hab ich sogar Angst, eine Schlaftablette zu nehmen, dabei tue ich mich sehr schwer mit dem Einschlafen. Damals hab ich keine Angst gehabt. Ich hab mir niemals Drogen gespritzt. Sie schon. Morgens bin ich aufgewacht mit entsetzlichen Kopfschmerzen. Schwestern gingen zwischen den Kranken umher und weckten sie. Jetzt, wenn ich darüber nachdenke, vielleicht hat auch mich eine der Schwestern geweckt. Ich erinnere mich nicht. Eine Schwester hatte riesige Brüste. Ich glaube, sie trug keinen BH. Vielleicht hatte man sie eilig zu ihrer Schicht geweckt, und sie hatte keine Zeit mehr gehabt, einen anzuziehen. Ich wollte ihre Brüste berühren. Habs nicht getan. Bis heute erinnere ich mich an meinen Wunsch, als hätte er sich nie von ihren Brüsten getrennt. Meine Frau, nebenbei bemerkt, hat eine kleine Brust, eine zu kleine, eine sehr kleine. Ich bin vorsichtig aus dem Bett aufgestanden, hab mir langsam die Stiefel angezogen und bin geflohen. Mein Kopf hat wehgetan. Ich bin per Anhalter gefahren. Hab onanieren wollen wegen der Krankenschwester, hab aber keinen Ort dafür gehabt und auch keine Kraft. Schließlich bin ich beim Tor zum Camp angekommen. Sie, Lotem, haben am Tor gestanden. Sie waren Ausbilder in unserem Kurs. Sicher erinnern Sie sich nicht an mich. Ihre Hände waren auf der Brust verschränkt. Sie haben eine Soldatin angebrüllt und die hat gelacht. Ich hatte Angst, Sie würden anfangen, mir Fragen zu stellen. Ich kann nicht lügen. Fragen Sie nicht, wie ich es geschafft hab, die ganze Kampfausbildung trotz meines Asthmas zu überstehen. Deswegen wollte der Premierminister auch, dass ich sein Militärsekretär werde. Eine interessante Aufgabe, aber trotzdem, das ist nicht, was ich sein wollte. Ich wollte weiterkommen, aber der Mensch muss sich mit dem begnügen, was er im Leben erreicht hat. Zuweilen denke ich bei mir an jene Krankenschwester mit dem Riesenvorbau, aber dann rufe ich mir die beschämende Flucht aus dem Kibbuz in Erinnerung, mitten in der Nacht, durch die Felder. Sie haben das alles nicht gewusst, oder? Wissen Sie, dass die Soldaten Sie ›Adolf‹ genannt haben? Ja, so haben wir Sie unter uns genannt, ›Adolf‹. Es gab da einen Feldwebel bei uns, Antebi, erinnern Sie sich an ihn? Man hat ihn in Verdacht gehabt, Mobutu einen Gewehrlauf in den Hintern gesteckt zu haben, erinnern Sie sich? Er hat dann einen anderen Soldaten ans Messer geliefert, der das gemacht haben soll. Übrigens, Antebi hat die Bezeichnung ›Eichmann‹ für diesen Fallschirmübungsplatz erfunden, wissen Sie? Ein sehr populärer

Name, der wegen des Eichmannprozesses gleich gut angekommen ist. Dieser Prozess ist enorm wichtig gewesen für unser aller Bewusstsein. Andererseits, es hat auch solche gegeben, die Sie verehrt haben. Ich auch. Manchmal erzähle ich dem Premierminister alle möglichen Sachen über Sie. Sie werden fragen, warum ich eine so flachbrüstige Frau geheiratet habe, wenn ich doch üppige Oberweiten liebe? Ich hab geglaubt, ich würde mich daran gewöhnen, und ihre Schönheit hat mich einfach umgebracht. Außerdem, ich hab zwei schöne Kinder. Das eine hat einen sehr hohen IQ, ist ein richtiges Genie, und dazu bildhübsch. Dem anderen Sohn ist während der Geburt ein bisschen die Luft ausgegangen. Er hat Probleme. Was sage ich, Probleme? Er ist zurückgeblieben. Ich liebe beide, aber auf unterschiedliche Weise. Mit dem Kleinen habe ich Mitleid, nein, nicht Mitleid, aber ich denke die ganze Zeit daran, wie sehr er mich braucht, und den anderen will ich zur Schau stellen, nein, nicht unbedingt zur Schau, voller Stolz, das ja, ich erzähle viel von ihm, und jedesmal, wenn ich von ihm erzähle, beeile ich mich, auch über den Zurückgebliebenen zu erzählen, weil ich nicht wage, ihn zu unterschlagen, nicht einmal in meinem Innersten. Er wird zwar nicht zur Armee gehen, und er wird auch nicht für sich selbst sorgen können, wenn wir nicht mehr da sein werden, denn irgendwann gehen wir alle und lassen Menschen zurück, die für sich selbst und nicht unbedingt bloß für unsere Gräber sorgen. Meine Frau opfert ihm viel Zeit, und wir haben es ganz schön lustig zusammen. Der Große, das Genie, liebt den Kleinen, den Zurückgebliebenen. Beide sind sie bildhübsch. Jetzt ist es bereits Morgen. Meine Frau braucht mich. Sie gibt sich selbst die Schuld an dem Zustand des Kleinen, als seien die Schwierigkeiten während der Geburt ihretwegen aufgetreten. Sie hatten nicht das Geringste mit ihr zu tun. Warum erfinde ich bloß immer diese Komplikationen bei der Geburt? Er ist zurückgeblieben und Schluss. Andererseits, ich wollte General sein, und mehr als Oberst werd ich nicht mehr werden. Und auch das erscheint mir jetzt idiotisch, vielleicht, weil mir kalt ist, ich keine Lust habe, nach Hause zu gehen, und an die großen Brüste jener Krankenschwester denke, als sei sie nicht älter geworden, als sei meine kleine Freundin von damals, aus dem Kibbuz, nicht längst vollkommen runzlig wegen irgendeiner Darmerkrankung, die sie sich ziemlich jung aufgelesen hat. Ich bin hierher gefahren. Habs gesehen. Könnten Sie mich vielleicht mitnehmen? Die haben den Premierminister ins Krankenhaus mitgenommen. Ich hab ihnen gesagt, das sei in Ordnung und ich hätte eine Möglichkeit zurückzukommen, aber ich habe keine, und den ganzen Weg zu Fuß gehen kann ich nicht. Ich fühl mich nicht gut.«

»Sie will keine militärische Bestattung, Dudus Frau.«

Sie standen in der Morgenkälte. Palästinensische Arbeiter trafen ein, um die Mülltonnen raus auf die Straße zu schaffen. Nur das Haus des Befehlshabers Nord ließen sie aus. Vielleicht fürchteten sie, Ärger zu bekommen, wegen der beiden Offiziere, die vor dem Haus standen und in ihre Hände hauchten. Schade, dass sie nicht innegehalten und ihre verzweifelte Lage erklärt haben. Denn später verfrachtet man alle Reinigungskräfte wieder zurück in ihre Flüchtlingslager, zugunsten der Neueinwanderer aus Russland. Was sollen sie essen? Andersherum, wie ließe sich die jüdische Geschichte aufhalten? Aus diesem Grund fuhren die einen fort, den Müll aus den Hinterhöfen zu karren, während die anderen weiter über ihren Kummer sprachen, genauer gesagt dachte der Militärsekretär des Premierministers, seine Familie würde glücklicher sein ohne ihn, da er zu Hause immer so gereizt war. Doch dann überlegte er, dass sie ihn trotz seiner Gereiztheit dort bräuchten, und alles, was er tun müsse, sei, an seinem Verhalten zu arbeiten, so wie Freitagabend bei Tisch, wenn sie singen und auch dem Kleinen beibringen zu singen. »Ich bin müde. Wie heißen Sie?« Der Militärsekretär war nicht beleidigt. Der Premierminister vertraut auf ihn, trifft keine Entscheidung, ohne zuvor mit ihm gesprochen zu haben, und er bleibt immer bei der Wahrheit. »Gärstein ist mein Name, ich bin der Militärsekretär des Premierministers. Er hat großes Vertrauen in mich.« Ja, ja. Lotem fuhr Gärstein nach Hause. Gärstein nickte ein, den Kopf zurückgeworfen und den Mund weit aufgerissen, wie bei einer Leiche. Dann weckte Lotem ihn, wusste nicht, wie er anders mit ihm reden sollte, sodass er ihm kühl beschied: »Ich weiß nicht, wo Sie wohnen, Gärstein.« Oberst Gärstein entschuldigte sich. Er sei müde. Drei Nächte habe er nicht geschlafen. Eine Nacht aufgrund eines diplomatischen Zwischenfalls, in der zweiten Nacht habe sich der Vater seiner Frau schlecht gefühlt und einer habe bei ihm in der Dialyse sitzen müssen und jetzt die ganze Katastrophe mit der Frau des Befehlshabers Nord. Er erklärte Lotem, wie viele Ampeln es zu passieren galt und an welcher Kreuzung er rechts oder links abbiegen musste. Die Erklärungen waren präzise. Lotem weckte ihn abermals. »Gärstein, wir sind da. Vielleicht haben Sie eine Idee, wie sich Dudus Klassenkameraden aus der ersten Klasse finden lassen?«

»Sie finden als Erstes heraus, welche von denen nicht geheiratet hat. Rufen sie an. Die bewahrt alles auf, all die Fotos und noch so kleinen Erinnerungen.«

Er war müde, aber effektiv. »Woher wissen Sie das?« Nu, zuvor sei er beim Nachrichtendienst gewesen, meinte Gärstein mit einem Schulterzucken. Lotem murrte, das reicht nicht, um alles zu erklären, schließlich ist auch Lotem mal beim Nachrichtendienst gewesen und hat keine Ahnung, dass man bei der Unverheirateten in der Klasse anfangen muss.

»Wir hatten einen Regimentskommandeur, der getötet wurde. Ich weiß nicht, ob Sie sich erinnern. Die haben in Gaza eine Molotowflasche auf ihn geworfen. Erinnern Sie sich? Seine Frau wollte keine militärische Bestattung. Sie saß mit dem Jahresfoto aus der ersten Klasse da und wollte, dass wir alle zur Beisetzung einladen. Sie war damals schwanger. Und genau so haben wir das Problem gelöst. Hier steig ich aus. Ich versuche, einen Förderverein zugunsten von Asthmakranken zu gründen. Man diskriminiert uns. Lässt uns nicht zur Armee gehen, vor allem nicht in Kampfeinheiten. Ja? Werden Sie klarkommen? Soll ich dem Premierminister irgendetwas ausrichten?«

Lotem wusste nichts, was er dem Premierminister hätte ausrichten lassen sollen, weshalb er sagte: »Nein, nein.« Gärstein stieg aus und winkte ihm von seiner Gartenpforte noch einmal zum Abschied zu. In mindestens jeder fünften Villa unter all den Reichen wohnt ein hochrangiger Armeeoffizier. Einst haben sie in diesen Villen aus Angst vor der Revolution gezittert, doch jetzt schon nicht mehr, dank der Offiziere, die dort wohnen.

Die Schule von Dudu und Adam

Doch der Oberbefehlshaber ließ Lotem nicht schlafen. Er befahl ihm am Telefon, alles Notwendige zu unternehmen, damit die Verrückte alles bekäme, was sie wolle, aber auch wirklich alles. Lotem verzichtete auf ein noch so kurzes Schläfchen. Vielleicht schließt man ihnen doch die Augen. Wer schließt wem die Augen? Er würde auch Shulamit anrufen. Nein. Auch nicht Lea. Michal? Nein. Miri nicht. Shosh? Nein. Jiftach. Jiftach hatte Dudu geliebt. Ihm würde es wehtun. Wie ließ sich die Junggesellin der Klasse finden? Er rief Nissim Philosoph an, seinen Fahrer, entschuldigte sich bei Frau Philosoph, dass er sie zu einer derart frühen Stunde geweckt hatte. »Hör zu, Nissim, du musst mich fahren. Ich bin müde. Krieg kaum noch die Augen auf.« Nissim war erfreut, hustete. Lotem meinte zu ihm: »Du rauchst wieder, richtig?« Aber Nissim Philosoph sagte ihm, er sei bloß erkältet. »Heut Nacht haben sie von der Armee angerufen und nach Ihnen gesucht«, sagte er, »aber ich hab denen gesagt, ich sei nicht dran, sondern mein Bruder, und er wisse weder wo ich stecke noch Sie.« Er fuhr ihn, hustete den ganzen Weg über und keuchte schwer. Sie erreichten die landwirtschaftliche Siedlung, in der Adam Lotem und Dudu Rotem geboren und aufgewachsen waren. Die Häuser sind noch dieselben Häuser, aber der Putz blättert von den Mauern, die Höfe sind ungepflegt und das kreisrunde Zentrum hat sein Aussehen verändert; auf dem Hof der örtlichen Bibliothek wächst Gestrüpp, dem Café im Zentrum hat man zwei zusätzliche Stockwerke verpasst. Im Erdgeschoss verkaufen sie jetzt Gemüse, im ersten Stock Küchengerätschaften mit großen Preisnachlässen und im zweiten Bücher mit noch größeren Rabatten. »Was ist dieser Platz hässlich.« Nissim stimmte zu, selbstverständlich, und wollte wissen, warum sie hergekommen waren. Erst jetzt erzählte ihm Lotem von Dudus Tod. Nissim war erschüttert. »Was machen seine Kinder?« Lotem antwortete nicht und betrachtete nur wie gelähmt die Straßen seiner Kindheit. Sie stellten den Wagen neben der Schule ab. Das Tor war verschlossen. Lotem nickte ein und wurde geweckt durch das Weinen eines Kindes, das am Tor geschlagen wurde. Weitere Kinder trafen ein. Philosoph sagte: »Was für Tornister sie hier noch haben, ganz alte, wie früher.« Und Lotem: »Unser Direktor ist schon lange tot. Seine Frau ist ihm weggelaufen. Sie hat gelitten. Wollte nicht in solch einem Kaff leben. Man hatte ihr ein reiches Kulturleben versprochen und außer Kino gab es hier nichts, und im Kino waren hauptsächlich indische Filme zu sehen.« Nissim liebte indische Filme, seine Eltern auch.

Die sind voller Gefühl und zudem noch lustig. Ein schmächtiges, dünnes Männchen mit schlohweißem Bart kam angelaufen und versuchte, ins Gebäude zu schlüpfen. Der Schuldiener vertrieb ihn.

»Er war ein herzensguter Mann, der Direktor. Mit einer kreisrunden Glatze mitten auf dem Kopf, wie ein Franziskanermönch. Weißt du, was das ist?«

»Sicher, haben Sie mir schon mal erklärt. Er hat in den Pausen mit euch Volleyball gespielt. Er war ein guter Mann. Wie hat er noch geheißen, Lotem?«

»Ich vergesse zu viele Dinge, Nissim.«

»Ich an Ihrer Stelle würde mir deshalb keine Sorgen machen. Alles kommt irgendwann mal wieder, früher oder später. Auf was warten wir, Lotem?«

»Dudu ist getötet worden, mein Freund Dudu.«

»Und Sie wollen sicher eine Traueranzeige in der Schule aufhängen, stimmts?«

»Nein, nein.«

»Als mein Vater gestorben ist … Sie wissen, dass mein Vater gestorben ist? Das Erste, woran ich gedacht hab, war, Anzeigen dort aufzuhängen, wo ich geboren bin, ich weiß nicht, warum, hatte auch keine Möglichkeit, wie ich hätte hinkommen sollen. Doch ich habs hingekriegt.«

Er wollte sehr, dass Lotem ihn fragte, wie er es hingekriegt hatte. Dann wies der Schuldiener die Kinder an, sich in drei Reihen aufzustellen, schickte Kinder ans Ende, andere nach vorn, scheiterte, gab auf, und die Kinder stürmten unter Geschrei ins Gebäude, während es klingelte. Nissim sagte: »Ich sehe gern Kinder in eine Schule stürmen. Das Gebäude verschluckt sie wie eine großer Walfisch.« Lotem wollte wissen, ob Nissim von Zeit zu Zeit vor einer Schule parke, um sich Kinder anzusehen. Nissim stritt ab. »Das ist das erste Mal, bei meinem Leben.« Lotems Kopf sank ihm zweimal auf die

Brust und einmal auf Nissim, aber jedes Mal wachte er sogleich wieder auf. Dudus weit aufgerissene Augen ließen ihm keine Ruhe. Nissim sagte: »Ich werd reingehen, und Sie ruhen sich in der Zwischenzeit aus. Haben Sie eine fertige Anzeige?« Lotem sagte: »Bleib im Wagen, Nissim. Dein Gekeuche hört sich furchtbar an. Sie mögen es nicht, wenn man die Kinder mit Bazillen eindeckt.«

Nissim Maimon

Und Joni Rotem? Ausgerechnet er schlief und träumte nichts. Wachte auf und erinnerte sich sogleich, dass jetzt alles anders war. Verließ sein Zimmer im ersten Stock und linste in das Schlafzimmer seiner Eltern. Das Bett war leer. Wo war Mama? Der kleine Eran und Matan schliefen in Matans Zimmer, in einem Bett. Die Hand des jüngeren Bruders lag auf Matans Gesicht, und er atmete schwer. Joni ging nach unten ins Wohnzimmer. Na'ama war dort, stellte Stühle wieder an ihren Platz, wollte keinerlei Trauergäste. »Guten Morgen, Mama.« Sie drehte sich um, betrachtete ihn mit guten, verquollenen Augen, lächelte ein wenig. »Hast du nicht geschlafen?« Und sie: »Noch nicht.« – »Gar nicht?« – »Ich werds schon durchstehen, Joni. Möchtest du eine heiße Milch?« Wieder saß er in ihrer blitzsauberen, großzügig geschnittenen Essecke, und sie mühte sich schweigend um ihn herum, kein Scherz, kein Parodieren von irgendwelchen Persönlichkeiten, nichts von all dem, was dieses Haus einmal so lärmend und fröhlich gemacht hatte. Er aß die kleinen Omeletts, die ihm seine Mutter zubereitete, und wusste nicht, wie sie dem ganzen Durcheinander entkommen sollten. Papa wäre damit nicht einverstanden gewesen, sagte er sich, obgleich er sich dessen noch nicht sicher war. Eine Stunde später trafen in einem Armeebus

Dudus Mitarbeiter aus dem Stab des Befehlsbereichs Nord ein. Niemand hatte sie angewiesen, nicht in Uniform zu kommen, sodass sie des Hauses verwiesen wurden, bis auf den letzten Mann. Joni versteckte sich in der Küche und verfolgte das Geschehen durch die Durchreiche. Na'ama war eine unduldsame Frau, und obgleich die Stabsleute vor Trauer wie vor den Kopf geschlagen waren und die Fahrt ins Landesinnere unter vielen Mühen selbst organisiert hatten, traten sie dennoch den Rückzug an. Eine große Sonne ging auf. Wie hübsch unser kleines Land aussieht, wenn es ein europäisches Äußeres anlegt. Wie hübsch die roten Ziegeldächer in unseren Nobelvierteln sind, als warteten sie auf Schnee aus den Alpen. Der Befehlsstab Nord verkrümelte sich, und nur Dudus Fahrer, Nissim Maimon, betrachtete die roten Schornsteine, aus denen niemals irgendwelcher Rauch aufsteigen wird, und weinte bitterlich. Nicht einmal, dass Joni ihn durch die Gardine seines Zimmers sah, half ihm, und auch das Wissen nicht, dass Na'ama ihn liebte und sogar von Schuldgefühlen erfüllt war, weil sie seine Dienste in Anspruch nahm, damit er sie zum Einkaufen oder zum Friseur fuhr. Trauergäste in Zivil fanden Einlass und saßen in den Ecken des Wohnzimmers. Abermals wurden Stühle aus allen möglichen Räumen geholt. Na'ama war verschwunden. Gastgeber war Joni. Und während Nissim noch an der Straßenecke ausharrte, rief ihm einer der Nachbarn aus seinem Rosengarten zu: »Pssst, pssst.« Der Fahrer wischte seine Tränen fort und murmelte: »Er war wie ein Vater für mich. Mehr noch.« Der Nachbar sagte: »Sagen Sie mir, was tut sich da drüben?« Der Fahrer blaffte: »Sie wollen Tratsch, richtig? Für welche Zeitung schreibst du, du Stück ...« Aber er stoppte seine Tirade. Und außerdem, der Nachbar war bloß Importkaufmann. Journalisten wohnen nicht in diesen hübschen Gegenden, auch wenn sie zuhauf darüber herziehen. »Sie lassen einen nur in Zivilkleidung rein.« Worauf der Nachbar den Fahrer einlud, sich bei ihm umzuziehen. So betrat Nissim Maimon die Villa und musterte misstrauisch all den Tand – ein großes Gemälde von einer traurigen Frau in Schwarz hing an der Wand, im Regal verloren sich wenige Bücher und in der Ecke thronten ein Videorekorder und ein mächtiger Fernseher. An einer Wand hing ein Foto des Importkaufmanns selbst, wie er die Hand eines bekannten Exportkaufmanns drückt, vielleicht ja Amos Oz. Für einen Augenblick verspürte Nissim Lust, gegen eine chinesische oder persische Vase zu treten, doch ohnehin traten sie sogleich auf den Balkon. Auf einem Regal, das dort stand, lagen zusammengefaltet die Uniformen von ungefähr zehn Armeeangehörigen unterschiedlicher Dienstgrade, Soldatinnen inklusive. Darunter, auf dem untersten Brett, standen Armeeschuhe, immer paarweise, die Zungen heraushängend und Fußgeruch verbreitend. Nissim zog sich schnell aus. Wahrscheinlich hatte er, aus Gewohnheit, bereits vergessen, dass er keine Unterhose trug, wie es damals alle Jungs auf dem Fahrerlehrgang in Beit Naballah beschlossen hatten, 1988 schon. Der Importkaufmann beglotzte ihn aus der überbauten Ecke des Balkons: »Sie haben ein ganz schön großes Gerät, was?« Nissim konnte nicht gebührend antworten, weil seine Füße sich in der Hose verfangen hatten, während der Glotzer fortfuhr, zu würdigen, zu preisen und zu rühmen: »Ein so großer und dicker Schwanz, und Sie tragen sechsunddreißig, komisch, nicht?« Nissim, Dudus Fahrer, nickte aus Verlegenheit, vielleicht freute er sich auch über das Kompliment. Er war klein und schmächtig und erst vollkommen nackt sah man, was für ein Mann er war. Der Importkaufmann wühlte in dem Stapel Zivilkleidung, der in der Ecke des Balkons aufgetürmt lag. »Ich hab nur achtunddreißig oder vierunddreißig, das ist, was noch übrig ist.« Nissim wählte selbstverständlich die größere Größe. »Dreißig Schekel und noch fünfzig als

Pfand. Wenn Sie mir die Sachen zurückbringen, kriegen Sie die fünfzig zusammen mit Ihrer Uniform wieder.« Nissim wollte ihn einen Hurensohn nennen, sagte aber: »Ich hab nicht einen Cent bei mir. Sie kriegen es, wenn ich wiederkomme.« Der Nachbar kaufte ihm den Bluff schon nicht mehr ab. »Alle haben das gesagt und sind nicht zurückgekommen. Haben mir ihre Uniformen dagelassen und sich aus dem Staub gemacht. Was soll ich mit all den Uniformen anfangen? Außerdem, Sie haben so geweint, dass ich annahm, Sie hätten ihn für mehr als läppische dreißig Schekel geliebt.« Der Importeur war ein gewiefter Geschäftsmann, während Nissim – einmal abgesehen von unbedeutenden Kungeleien auf dem Gebiet der Materialversorgungsabteilung – eine solche Verhandlung nicht zu führen wusste, weshalb er klein beigab, denn tatsächlich sehnte er sich bereits danach, Dudus Zuhause zu besuchen, vor allem den kleinen Eran. Der Nachbar sagte: »Wissen Sie etwas über die Beerdigung?« Nissim antwortete nicht, zahlte den geforderten Betrag und das Pfand, ging und versank in den Sachen, die ihm ungefähr drei Nummern zu groß waren. »Das ist nicht achtunddreißig«, beschwerte er sich bei dem Nachbarn. »Achtunddreißig, ich sage Ihnen, Sie sehen fabelhaft aus. Sie sollten immer größere Sachen tragen. Aber auch Unterhosen. Sonst fangen Sie sich noch einen Pilz ein.« Als er in seinen zu großen Sachen eintrat, brach Na'ama in Tränen aus, als hätte sie ihn nicht schon zuvor bemerkt, da er dort wie ein Hausierer in seiner hautengen Uniform gestanden hatte. Sie liebte ihn. Einmal hatte sie zu einer Freundin gesagt, wie sehr Nissim sie an ihren kleinen Bruder Fu'ad erinnere, der auf dem Weg zur Schule überfahren worden war. Jetzt sah sie, dass Nissim zitterte aus Angst oder Trauer, und bat ihn, sich neben sie zu setzen, auf das arabische grüne Sofa. Nissim saß und betrachtete die Anwesenden. Alle waren sie in Zivil. Er wusste nicht, wer von ihnen vonseiten der Armee und wer vonseiten der Familie war, wer sich bei dem Importkaufmann umgezogen hatte und wer zu Hause, wer Unterhosen trug und wer nicht, sodass er Na'ama bat, ihm zu sagen, wo Dudu liege. Na'ama antwortete nicht und er verstummte. Dann kam Eran zu ihm, und Nissim nahm ihn in die Arme, machte ihm zu Ehren komische Grimassen, blies die Backen auf, rollte mit den Augen und verknotete seine Finger, bis Eran glucksend lachte. Du findest keinen besseren Menschen als Nissim, um mit ihm solch einen Tag durchzustehen, und tatsächlich verbrachte er den ganzen Tag mit den Kindern und auch die darauf folgenden Tage.

Der Sohn des Direktors

General Lotem betrat das Zimmer des Direktors jener Schule, an der er mit Dudu vor sehr vielen Jahren gelernt hatte, wenn auch unter einem anderen Schulleiter. Der Direktor erhob sich und salutierte. »Früh am Morgen, gleich nachdem ich die Nachrichten gehört hatte, habe ich sämtliche Lehrerinnen der ehemaligen Abschlussklassen angerufen. Verehrtester können sicher und beruhigt sein, wir werden sowohl einen Kranz als auch eine Gruppe Kinder schicken. Sie werden verstehen, nur große Kinder werden zu der Beisetzung kommen. Es ist nicht ratsam, kleine Kinder zu Militärbegräbnissen zu schicken. Nachher identifizieren die Sprösslinge unsere Armee noch mit dem Tod. Es gibt etliche Untersuchungen darüber. Ich habe am Seminar darüber studiert.« Sein Sohn war umgekommen und er der Meinung, sein Leben habe keinen Sinn mehr, denn was sonst hatte er in seinem Leben noch? Anstatt dass sein Sohn irgendwann einmal für ihn das Totengebet sprechen würde, hatte er das Kaddisch über der steinernen Grabplatte sprechen müssen, die seinen Sohn bedeckte. Doch er gestattet sich nicht, zu Hause zu weinen, seiner Frau wegen, die ihrerseits seinetwegen Angst hat, zu Hause zu weinen. Zuweilen fragte der Direktor sich, warum nicht jeder auf der Welt ein Eckchen für sich hat, wo er trauern kann, ohne auf seine Mitmenschen Rücksicht zu nehmen, und außerdem ist da auch noch Hagar, die jüngere Schwester, die selbstverständlich mitbekommt, dass ihre Eltern um ihren großen Bruder trauern, und bereits ihren Selbstwert herabsetzt, und auch über diese Herabsetzung des Selbstwerts hat man Untersuchungen angestellt. »Andererseits, Verehrtester werden verstehen, wir können unmöglich immerzu derart für unsere Taten verantwortlich sein. Nicht nur zu weinen ist untersagt, sondern auch Fragen zu stellen, auf die es keine Antwort gibt. Er versteht? Mein Sohn ist bei einem Verkehrsunfall ums Leben gekommen, nicht im Kampf. Wäre er im Kampf getötet worden, würde es vielleicht leichter sein.«

»Ja, ja. Haben Sie ein Archiv aller Absolventen?«

»Ein Archiv nicht, aber es gibt eine Gedenkecke. Unsere Schule hat zweiundfünfzig ihrer Absolventen geopfert.«

»Ja, ja.«

Lotem ging dem dürren Schulleiter nach und versuchte sich vorzustellen, wie Dudu auf dem Schulhof spielt. Doch alles, was in ihm hochstieg, war der Anblick seines Freundes mit weit aufgerissenen Augen, unter allen möglichen Toten, und den Schulhof sah er, wie er war, eine knorrige, uralte Eiche, die nur hier und dort noch Blätter ansetzte. Dann trat ihm das Bild von Na'ama vor Augen, die ihren Säugling stillt. Am Mitteilungsbrett hing eine große Todesanzeige, aufgesetzt in schwarzer Tusche mit schöner weiblicher Handschrift: »Unsere Schule trauert zutiefst um ihren ehemaligen Zögling, Generalmajor Adam Lotem, der sein Leben für die Verteidigung der Heimat gegeben und uns durch seinen Tod das

Leben anbefohlen hat, möge sein Andenken gesegnet sein.« Der Schulleiter erstarrte. »Die haben sich geirrt«, sagte er, zog einen Filzstift aus der Tasche, strich das »Major« aus der Rangbezeichnung und meinte verstimmt: »Alles muss ich selbst machen.« Dann trat er einen Schritt zurück, musterte die korrigierte Traueranzeige und kam wieder näher heran, um noch ein bisschen zu retuschieren. Lotem sagte behutsam zu dem Direktor: »Hier liegt vielmehr ein Irrtum hinsichtlich des Namens vor. Es muss heißen: David Rotem.« Der Schulleiter betrachtete ihn ungerührt, befingerte seinen Schnurrbart: »Unmöglich. Mir wurde versichert, dass es sich um Adam Lotem handelt, einen Absolventen unserer Schule.« Lotem rührte sich nicht und rückte auch nicht von seiner Meinung ab.

»Ich werde die Angelegenheit klären. Verehrtester können derweilen in meinem Zimmer ausruhen. Sollte es zu einem bedauerlichen Irrtum gekommen sein, dann ist es allein mein Fehler. Ich habe selbstverständlich einen Grund. Sobald das Radio eine Meldung über neuerliche Verluste bringt, stelle ich das Gerät leiser, meiner Frau zuliebe, damit sie es nicht hört. Alles, unser ganzes Unglück, ist bei ihr wieder präsent in dem Augenblick, da sie so etwas hört. Es gibt etliche Untersuchungen darüber. Aber ich, ich versuche stärker zu werden. Jedes Mal, wenn es Tote gegeben hat, ja selbst wenn ein einfacher Rekrut ums Leben gekommen ist, gehe ich in alle Klassen und rede mit den Kindern. Tatsächlich David Rotem? General oder Generalmajor?«

Während er noch im Begriff war, die Heftzwecken aus der Tafel zu ziehen, bemerkte er den kahlköpfigen Mann mit dem grauen Flaum im Gesicht, der sich zum Flur stahl. Der Schulleiter gab seine Stellung auf, stürzte auf den Eindringling zu und brüllte: »Verschwinde von hier, du Kretin. Ich will deine widerlicher Visage hier nicht mehr sehen. Hast du verstanden, was ich dir sage? Wag nicht, noch mal herzukommen. Deine Schule ist aus und vorbei.« So brüllte der Direktor, und der Störenfried sah Lotem an. Seine Wangen waren bedeckt von dünnem altersgrauem Vlies, das sich am Kinn zu einem Bart verdichtete, welcher jedoch nicht vollkommen weiß war, wie es von weitem ausgesehen hatte. Ein viel zu großes Khakihemd verdeckte seine Hose. Seine Füße waren klein und schmutzig und steckten in alten Sandalen. Die Zehennägel waren weiß, wie getüncht. Er wirkte sehr arm und versuchte, zu Lotem zu gelangen. »Adi«, kreischte er, aber der Schulleiter stieß ihn durch die große Tür nach draußen, wischte sich die Hände an der Hose ab, kehrte zu Lotem zurück und meinte entschuldigend: »Das ist ein fürchterlicher Kerl, man kann sagen, ein Perverser. Er will in den unteren Klassen sitzen und alles noch einmal von neuem lernen, so behauptet er. Die Kinder verfolgen ihn, bewerfen ihn mit Steinen, dabei kann es nicht angehen, dass sie solche Gewohnheiten bereits in der Schule erwerben.« Abermals ärgerte sich der Direktor über sich selbst, der Traueranzeige wegen, mühte sich jetzt, die Heftzwecken herauszubekommen, stach sich dabei sogar einmal am Daumen und schüttelte die Hand, um den Schmerz zu vertreiben.

Zur Feier des Tages

Ein Junge trat zum Direktor, der die Anzeige abnahm: »Also ist er nicht tot, stimmts?« Der Schulleiter dachte einen Moment lang nach und erwiderte dann: »Er ist tot, doch zu unserem Leidwesen haben wir uns in seinem Dienstgrad und seinem Namen geirrt.«

»Mein Papa sagt, dass er nicht tot ist, dass das nur ist, um die Araber für dumm zu verkaufen. Er wird jetzt Chef des Mossad sein. Fast bei allen Toten, die sie bekannt geben, ist das, um die Araber in die Irre zu führen über die Größe unserer Armee.«

Der Schulleiter beugte sich zu dem Jungen hinab, strich ihm übers Haar und meinte mitten auf dem Flur ganz sanft zu ihm: »Gebe Gott, es möge immer so bleiben, mein Junge, und all unsere Toten dienten dem Mossad, aber in diesem Fall ist eingetroffen, was wir befürchtet haben. Ein großes Unglück für das Volk und den Staat. Warum bist du nicht in der Klasse? Wie ist dein Name?« Der Junge erwiderte: »Mein Papa sagt, dass man Literatur ohnehin nicht lernen muss«, und ging.

»Hat weder an die Tür geklopft noch um Erlaubnis gebeten, eintreten zu dürfen, und ich weiß ja, dass es Distanz zu wahren gilt, aber ausgerechnet das gelingt mir nicht. Ich liebe sie zu sehr. Manchmal bekomme ich Angst vor dieser Liebe. Die Eltern ziehen, wie Verehrtestem bekannt sein dürfte, Lehrerinnen vor. Denen ist es erlaubt, die Kinder zu lieben, uns dagegen ist es untersagt. Ich auf jeden Fall bin vorsichtig. Meine Liebe zu ihnen ist rein. Glauben Sie mir. Mein Sohn war ein sehr hübscher Junge, hat vor allem gern Schiffe gebaut und wollte sich zur Marine melden. Ich habe ihn angefleht, er möge nicht zu dieser Waffengattung gehen. U-Boote machen mir Angst, seitdem dieses U-Boot, dessen Name mir im Augenblick nicht einfällt, gesunken ist und man seine Besatzung nie gefunden hat. Und jetzt sagt meine Frau: ›Unwichtig, wo sie begraben liegen, sie sind tot und er ist es auch.‹ Und was hat es genutzt, dass ich ihn überredet habe, nicht zur Marine zu gehen? Nicht ein U-Boot ist seither mehr gesunken, und er ist bei einem Verkehrsunfall getötet worden.«

Im halbdunklen Flur stand der Schulleiter vor Lotem. Die fehlerhafte Traueranzeige in den Händen, wusste er nicht, ob er die Anzeige zerreißen sollte oder aufheben, bis ihr Tag käme, als ein Mädchen von vielleicht zehn Jahren weinend auf ihn zuging. Die Kleine hatte sehr wohl an die imaginäre Tür geklopft. »Herein bitte, wie ist dein Name?« Das Mädchen sagte: »Ich heiße Vered Zomet und bei mir kommt Blut aus dem Pipiloch.« Der Schulleiter ging auf die Knie. »Aber was weinst du?« Sie schluchzte: »Ich will nicht sterben.« – »Du wirst doch nicht sterben«, tröstete der Direktor die Kleine und wischte ihre Tränen mit einem großen Taschentuch fort, das er aus der Tasche seines Jacketts zog. »Du denkst bestimmt, das ist Krebs, richtig?« Sie beruhigte sich ein wenig, nickte, doch in ihrem Gesicht zuckte es weiter unkontrolliert. »Das ist auf gar keinen Fall Krebs. Hier bei uns steht ein General aus der Armee, ein General, beinahe der allerhöchste Dienstgrad. Er wird es dir sagen.« Der Schulleiter sah hoch zu Lotem. Das Mädchen schaute unverwandt den Direktor an, wollte vielleicht, dass er ihr abermals die Tränen fortwischte. Diese waren bereits wie Pigmentflecken auf ihrem Gesicht getrocknet. Lotem wusste nicht, was er sagen sollte. »Nein, das ist kein Krebs.« Das Mädchen sah ihn an und unwillentlich wiederholte er, was er gesagt hatte, wollte ihr sogar zulächeln, aber nahm sich in Acht, um sie nicht zu verängstigen. »Was ist es dann?«, beharrte sie erhitzt. »Ich blute und mir tut der Bauch weh, nicht das Pipiloch, der Bauch, hier«, sie deutete auf ihren Bauch, vage, selbstverständlich, »bald hab ich kein Blut mehr. Und wenn kein Blut mehr da ist, stirbt man«, meinte sie verzweifelt zum Direktor, schaute jetzt ab und zu auch zu Lotem. Der Schulleiter erwiderte gerührt: »Das bedeutet, dass du ganz gesund bist. Dass du Mutter sein kannst, verstehst du?« Das Mädchen klammerte sich mit seinem Blick an den General, und auch der Schulleiter sah Lotem an, als er sowohl zu diesem als auch zu der Kleinen sagte: »Wahrhaftig, mein teures Mädchen, du wirst für viele Jahre Mutter sein können. Es gibt Mädchen, die warten auf dieses Blut bis sie vierzehn sind, und es kommt doch nicht. Du hast alle überholt, bist die Erste unter all deinen Klassenkameradinnen, hast gewonnen.« Lotem nickte, als sie zu ihm sah, braune Flecken auf den Oberschenkeln. »Und werd ich ein Baby haben?«, wollte sie wissen. Der Direktor bestätigte: »Wenn du heiratest, wirst du ein Baby haben. Sicherlich.« Er kam hoch und reckte sich, ein sehr groß gewachsener, hagerer Mann. »Jetzt geh bitte zur Schulkrankenschwester und sag ihr, dass sie dich nach Hause bringen soll.« Warum zur Krankenschwester, wenn sie nicht krank ist? »Weil du deinen Schlüpfer wechseln musst.« Den hatte sie bereits weggeworfen. »Geh, geh mit der Schwester nach Hause, und deine Mama wird dir einen sauberen Schlüpfer geben, zur Feier des Tages.« Das Mädchen ging, wandte noch einmal den Kopf und beäugte die beiden Männer misstrauisch. Der Direktor entschuldigte sich, Nissim, der Schuldiener, werde die neue Todesanzeige aufhängen. »David Rotem, gesegneten Andenkens, ja?« Auch fragte er abermals, zur Sicherheit, nach dem Dienstgrad des Verstorbenen. Adam wollte sich davonmachen, hielt aber den Schulleiter einen Augenblick lang noch fest, um ihm zu sagen, er solle mit den Kindern nicht über die Toten reden. Er zögerte, wusste nicht, wie er sich entscheiden sollte, er darf sich nicht einmischen, was besser wäre, weiß er nicht, vielleicht ist es ratsam, ihnen doch jetzt schon Angst zu machen.

»Schade, dass Verehrtester zugelassen haben, dass ich mich derart selbst erniedrige. Verehrtester sind schließlich ein sehr hoher Kommandeur. Unser Gadi, seligen Angedenkens, ist nicht in der Armee umgekommen. Bei einem Verkehrsunfall ist er getötet worden, einfach so. Ganz kurz vor Beginn seines Wehrdienstes. Alles andere entspricht der Wahrheit. Bitte, bringen Sie die Angelegenheit nicht vor die Sitzung des Offizierskorps und auch nicht der Leitung des Erziehungsministeriums zur Kenntnis. Ich kann Verehrtestem versichern, dass wir am Gedenktag alle, meine Frau und auch meine Tochter

Hagar, die ihrem Bruder ähnlich sieht wie ein Wassertropfen dem anderen, obgleich sie nicht so hübsch ist wie er, sein Grab besuchen werden, gemeinsam mit den anderen Eltern. Ich hatte wirklich nicht die Absicht, die Armee irrezuführen. Meine Frau besucht jeden Freitag das Grab von Gadi, unserem Sohn, schon seit Jahren, singt ihm ›Frieden über euch, ihr Engel des Friedens‹ vor, aber ich, ich warte am Tor im Wagen auf sie, draußen, aus Scham. Ich habe einen verantwortungsvollen Posten und darf nicht wie jemand erscheinen, der den Verstand verloren hat. Meine Frau, die kümmert das nicht im Mindesten. Und am Gedenktag ziehen wir mit dem ganzen Volk zu den Gräbern unserer Söhne. Wie viel Gutes haben wir in den Boden dieses Landes gesät. Nicht umsonst. Manchmal vergesse ich, wie er ausgesehen hat, wäre nicht das Foto von ihm …«

Sein Stimme brach, er wandte sich ab, um zu gehen, riss die Traueranzeige in Fetzen. Die Augen verändern sich nicht, sagte sich Lotem, bleiben immer dieselben. Das Gesicht wird faltig, das Haar weiß, um die Augen graben sich schon mit vierzig die ersten Fältchen, aber die Augen bleiben dieselben. Und nicht das, was zum Mund kommt, verunreinigt den Menschen, und auch nicht das, was aus dem Mund kommt.

Eli

Lotem ging, um Wasser aus dem alten Bronzewasserspender zu trinken. Doch die Hähne waren trockengelegt, die Griffe abgeschraubt und die grünlichen Verfärbungen am Beckenboden schwarz angelaufen. Eine Gruppe Kinder umringte ihn. Ein Junge, sehr klein, mit Glupschaugen und dicken Brillengläsern, die die Hälfte seines Gesichtes bedeckten, brüllte mit geschwollenen Halsadern: »Wo ist der Schabbat?« Auch die anderen sprangen dem wilden Bürschchen bei: »Wo ist der Schabbat? Sag, wo ist der Schabbat?« Ich weiß nicht. Sein Zwillingsbruder, auch er mit vortretenden Augen, krakeelte noch lauter: »Was soll das heißen, ›Ich weiß nicht‹? Du hast den Schabbat weggenommen. Gib ihn zurück, gib ihn auf der Stelle zurück.« Ein Mädchen in weißem Trägerhemdchen und kurzen blauen Turnhosen mit Gummibändern an den Oberschenkeln, nur eine Seite ihres Hemdchens wölbte sich wie über einer jungen Brust, deklamierte laut, wobei der Speichel durch seine Zähne sprühte: »He, Offizierfreak, wann kommt der nächste Krieg?« Und die anderen brüllten: »Verlaust, Holocaust, weggebraust«, einzeln und im Chor. Sie waren ungefähr elf Jahre alt. Grinsen verzerrte ihre Gesichter. »Warum stellt ihr mir überhaupt solche Fragen?« Ein dickliches Mädchen antwortete ihm: »Weil du lebst und wir schon nicht mehr.« Worauf der ganze Schwarm davonstob wie kleine Zephire. Von irgendwoher kam der Mann, dem weißer und grauer Flaum im Gesicht spross, auf Lotem zugerannt, zog ihn behutsam in Richtung der alten Tischlerei, hielt dort inne, spähte verstohlen nach dem Zimmer des Direktors im dritten Stock, auf der anderen Seite des Schulhofs. »Adi.« Adam schaute in das Furcht erregende Gesicht und meinte zu ihm: »Dudu ist umgekommen.« Der Bärtige lächelte Lotem traurig zu. Er hatte gütige grüne Augen. »Und du bist hergekommen, um eine Kerze für ihn anzuzünden. Ich wusste, dass du kommst. Wie ich sehe, erinnerst du dich nicht an mich.« Lotem leugnete, wusste aber tatsächlich nicht, wer der Mann war. Er hatte einen großen, plattgedrückten Busen unter dem Khakihemd, sein Hals war behaart und weiche graue Locken rahmten seinen Hals ein. Ein starkes Ekelgefühl kam in Lotem hoch.

»Erinnerst du dich an Ela?«

»Ja, ja.«

»Das bin ich gewesen. Jetzt bin ich Eli und so werd ich genannt. Ich hab eine Hormontherapie für eine Geschlechtsumwandlung gemacht. Einen Schwanz brauch ich nicht und hab ich auch nicht. Aber ein Bart ist mir gewachsen. Ich bin jetzt sehr behaart, Gott sei Dank.«

»Warum hast du das gemacht?«

Der Mann antwortete nicht, vielleicht, weil Lotem ihn als Frau angeredet hatte. Lotem erinnerte sich an keine Ela, selbstredend. Schweigen stand zwischen ihnen.

»Ich hab diese Schule geliebt, wollte Landwirtschaftskunde unterrichten. Du erinnerst dich sicher, dass das unser beider Lieblingsfach war. Genau genommen auch das von Dudu. Wir haben zusammen im Schulgarten gearbeitet, Atzmon auch. Deiner Mutter – was hast du sie geliebt, ohne dich im Mindesten zu schämen, hast du sie geliebt, wer sonst hat wie du über seine Liebe zu seiner Mutter gesprochen? Niemand! –, ihr hast du jeden Freitag blaue Kornblumen gekauft. Erinnerst du dich? Es gab blaue Kornblumen und hellviolette. Du hast sie immer von deinem Taschengeld bezahlt. Jeden Freitag blaue Kornblumen. Ich erinnere mich, an alles.«

Lotem erinnerte sich an überhaupt keine Kornblumen. Die Kreatur begleitete ihn, aber keiner von ihnen beiden wusste, wohin sie gehen sollten. Lärm drang aus den Klassen. Lehrerinnen befahlen schreiend, das Lärmen einzustellen, drohten mit Prüfungen, mit Briefen an die Eltern, mit Strafen, wie sie noch nicht verhängt worden waren. Ein Schellen war zu hören. Der Lärm nahm zu. »Was hat dir der Direktor über mich gesagt?« Nichts, nichts. »Sie haben mich rausgeworfen. Als sei ich krank. Aber ich bin nicht krank.« Adam schleppte sich hinter dem Bärtigen her, der sein Lamento wiederholte: »Als sei ich krank. Aber ich bin nicht krank.« Adam wusste nicht, wo er seine Suche beginnen sollte. Sein Körper bewegte sich beharrlich weiter, aber sein Verstand war ausgetrocknet vor Müdigkeit oder Panik. Dudu ist tot. Seine weit aufgerissenen Augen im Leichenschauraum. »Ich sehne mich einfach nach unserer Kindheit zurück«, sagte der Mann, »das ist keine Krankheit, Sehnsucht zu haben, oder doch?« Nein, nein. Er wollte weg, wusste nicht, ob er sie in der weiblichen oder männlichen Form ansprechen sollte. Dann überlegte er, dass ausgerechnet sie ihm behilflich sein könnte, eine Unverheiratete zu finden. Versuchte, den Blick geradewegs in ihre grünen Augen zu richten. »Erinnerst du dich, Ela... erinnerst du dich, Eli, an die Namen der Kinder aus unserer Klasse?« Selbstredend. An alle. Er, Eli, hatte die Klasse sehr gemocht. Nichts von dem, was sie gelernt hatten, hatte er behalten, obwohl man alle möglichen Sachen in Erinnerung behalten sollte.

»Hast du irgendwas über Niederschläge behalten? Tau, Nebel, Hagel, Regen – alle sind sie so aufregend. Aber ich erinnere mich nicht an die Gründe, die sie uns beigebracht haben. Erinnerst du dich?«

»Nein, nein.«

»Der Landwirtschaftskundeunterricht und die Sportstunden waren am allerschönsten, voller Licht, das ist, woran ich mich erinnere, selbst an Regentagen klarte der Himmel plötzlich auf und von den Blumen tropfte Wasser. Karotten, zum Beispiel. Schieres Gold, das aus der Erde gezogen wird und dessen Geruch trunken macht. Auch die Pausen. Du weißt sicher noch, dass ich von allen am besten Völkerball gespielt hab. Erinnerst du dich, was für Kracher ich gelandet hab? Ich bin sicher, du erinnerst dich noch, wie die Schwester den Mädels die Monatsblutung erklärt hat, ihr habt draußen gespielt, und dann bin ich zu euch raus und hab euch alles brühwarm erzählt. Apropos, die Periode bin ich dank der Hormonbehandlung los. Das ist wirklich eine wunderbare Sache. Ich hatte ohnehin keine regelmäßige Monatsblutung.«

»Du hattest behaarte Hände, Ela, richtig?«

Sie antwortete nicht, vielleicht, weil Lotem sie erneut als Frau angesprochen hatte, und außerdem – auch Lotem hatte behaarte Hände. Er ließ sich von Ela-mit-den-behaarten-Händen weiter in den Schulgarten schleppen. Ein Mann mit Spitzhacke näherte sich ihnen. »Das ist der Lehrer für Landwirtschaftskunde, er kommt, um mich zu vertreiben. Das zum Beispiel schmerzt mich. Ich hab hier gelernt, Umgraben, Düngen, Aussäen, Bewässern, Unkrautjäten, Pflücken, und jetzt behandeln sie mich, als sei ich krank. Erinnerst du dich, wie sehr wir die Landwirtschaftskunde geliebt haben, obgleich bei solchem Unterricht nichts rauskommt?« Der Lehrer für Landwirtschaftskunde hatte derweil beim Anblick der Armee den Rückzug angetreten.

»Sei mir nicht böse, aber zur Armee bin ich jedenfalls nicht gegangen. Sie haben mich gezwungen, Soldatin zu sein, bis sie mich dann wegen irgendeines Paragrafen entlassen und mich auch noch Drückeberger genannt haben. Schlimmer noch. Sie haben mich ›Drückebergerin‹ genannt, um mich zu beleidigen. Ich bin danach ins Ausland gefahren, nicht in die Staaten, sondern nach Europa, der Kultur wegen. Hab als Nutte gearbeitet, hab an allen möglichen Straßenecken gestanden und ihnen einen geblasen. Manchmal muss ich mich übergeben, wenn ich daran denke. Es tut mir weh, darüber zu reden. Auch anal haben sie es mir gemacht. Es tut mir sogar weh, mich daran zu erinnern, und manchmal auf der Toilette – wir werden bald dreiundfünfzig, Adi – du weißt, wenn es ein bisschen schwer geht wegen falscher Ernährung und so, fällt es mir ein und ich muss weinen. Du wirst gleich sagen, ›Aber du warst doch das unschuldigste Mädchen in der ganzen Klasse‹. Ja, ja. Das unschuldigste Mädchen hat in einem Striplokal gearbeitet. Ich musste mir vor Publikum mit aller Kraft in meine kleinen Brustwarzen kneifen, und alle möglichen Typen, die mich auch kneifen wollten, haben mir Geld zugeworfen. Vor meiner

Nummer ist immer ein Kerl aufgetreten, der nackt auf der Bühne saß und einen hochgekriegt hat, ohne sich selbst zu berühren, und nachdem er fertig geworden ist, ohne im Geringsten nachzuhelfen, ist er mit blödem Blick von der Bühne runter. Immer ist er stolz gewesen, dass er es auch diesmal hingekriegt hatte. Und vor dem Auftritt ist er immer nervös gewesen und hat Konzentrationsübungen gemacht. Wenn er die Bühne verlassen hat, haben sie geklatscht und dann hat der Conférencier verkündet: ›Und jetzt tritt auf – *das Kind.*‹ So haben die mich da genannt. Nach ein paar Jahren bin ich zurückgekehrt. Hab mein niedliches Gesicht gehasst. ›Das Kind‹ haben sie mich genannt. Verstehst du? Dein Vater war aus Deutschland. Ein vernünftiger Mann, dem die Idee nicht gefallen hat, dass du auf ein Militärinternat gehst. Ich erinnere mich an alle. An jeden, aus welchem Land seine Eltern kamen und was sie für die Zukunft von ihm erwarteten.«

Die Informationen, die sie von sich gab, waren so fehlerhaft, dass man unmöglich wissen konnte, ob sie sie frei erfand oder bloß weitergab, und vielleicht war es Lotem selbst, der irrte, auf jeden Fall diskutierte er nicht mit ihr, wollte nicht, dass sie ihn ansah. Sie gingen zwischen Tomatensträuchern hindurch. Wunderbarer Duft stieg von den Pflanzen auf. Eli war freudig erregt. Für einen Moment wollte er eine Tomate abpflücken und sie Lotem reichen, rot mit grünen Wangen, doch dann fuhr er zusammen, fürchtete den Lehrer mit der Spitzhacke. Dennoch deutete er auf die in den üppigen Büschen verborgenen Tomaten, als wären sie seltene Vögel – natürlich waren sie schöner als seltene Vögel –, sprach mit großer Liebe über den Schulgarten, über das erfolgreiche Hochbinden, trat einmal näher heran, um Hundszahngras zu zupfen, war auf der Hut, riss aber dennoch das Unkraut aus, kam dann auf Schwertlilien zu sprechen, auf Gurken, die man genau am richtigen Tag ernten muss, da sie sonst aufgehen wie Kürbisse, sprach dann über den Kürbis, vor allem über dessen Schönheit, wie schön sie sind, wenn sie wie Löwinnen in der Sonne liegen. Nur die Araber, falls Lotem ihm nicht böse sei, wüssten diese Schönheit richtig zu schätzen, sagte er und sprach auch über die Sonnenblumen, über ihre Vornehmheit. »Das Gelb Signorellis«, sagte Lotem. Eli widersprach nicht. Von Waffen verstehe er nichts. Sie traten aus dem Schultor, gingen über die Straßen der Siedlung. Die Mitteilungsbretter waren bedeckt von Traueranzeigen zu Dudus Tod, im Namen der Lokalverwaltung, des Arbeiterrates, der Krankenkasse, zweier Banken, der Feuerwehr, der Organisation ehemaliger Angehöriger der britischen Armee, der Organisation ehemaliger Angehöriger unserer Armee, des Rotary Clubs, des Konservatoriums, eines örtlichen Hotels sowie im Namen der regierenden Partei, der Opposition und auch dreier Jugendbewegungen. Die Mehrzahl aller Anzeigen trauerte um Dudu, eine Minderheit um Adam. Jemand kam auf einem Fahrrad vorbei und krakeelte: »Hallo Eli, wie gehts dir?« Eli war befriedigt. »Meine Eltern sind hier begraben. Auch meine Großeltern. Wenn ich sterbe, sollen sie auf meinen Grabstein schreiben, was sie wollen, kratzt mich nicht, ich werds schließlich nicht mehr miterleben.« Er versank in Grübeleien. »Und was ist, wenn sie ihre Zustimmung verweigern, mich zu bestatten? Irgendjemand wird mich schließlich begraben müssen. Ich werd nicht irgendein toter Straßenköter sein. Wo soll ich herumliegen und auf die Bestattung warten? Wie lange dauert es, bis das Fleisch verfault, weißt du das?« Lotem hielt ihm das Foto hin, das Na'ama ihm gegeben hatte. Eli nickte, kannte es bestens. Wenn er irgendwann mal Geld hätte, würde er sich so eins vergrößern lassen.

»Das ist Bilha, sie war sehr schön. Sie wird sehr traurig sein zu hören, dass Dudu tot ist. Er hat sie geliebt. Wie sehr du mich geliebt hast, weißt du das noch?«

Der Plakatkleber brachte noch eine Traueranzeige herbei, suchte nach einem freien Platz auf dem Brett, schob Anzeigen beiseite, deren Leim noch nicht angetrocknet war, summte sich schwer atmend irgendein Liedchen vor, versuchte, seine trägen Atemzüge unter Kontrolle zu bekommen. Na'ama wartete, Dudu auch.

»Das ekelt dich an, dass ich dich geliebt habe. Deshalb ist es dir lieber, dich nicht an mich zu erinnern.«

»Nein, nein.«

Beide setzten sie sich auf den Bürgersteig und betrachteten das Foto. Ela zählte aufgeregt Namen, Berufe und über die ganze Welt verstreute Wohnorte auf. Möglich, dass sie sich etwas zusammenfantasierte. Lotem selbst war gar nicht auf dem Bild.

»Vielleicht wolltest du dich nicht fotografieren lassen, du warst ein kränkliches, problematisches Kind, viel Weinen und Naselaufen. Und das ist Jiftach. Du hast ihn mal ordentlich beleidigt, weil er einer von den Irakern war, und sein Vater ist in die Schule gekommen, um dich zu verprügeln. Erinnerst du dich?«

»Von welchem Jiftach redest du?«

Ela berührte seinen Arm. Er schrak zurück. Sie zog ihre Hand schnell zurück, sprach aber weiter, als sei nichts geschehen.

»Der kleine Iraker, Jiftach Salman.«

»Er war in unserer Klasse?«

Eli nickte. »Yes«, sagte er, »yes, he was in our very class, indeed he was.« Lotem schwieg.

»Vielleicht kannst du ein paar von den Leuten anrufen und sie bitten, zur Beisetzung zu kommen. Komm du auch. Na'ama wird sich freuen, alle zu sehen. Sie braucht uns.«

Schwer, jemanden zu finden, sehr schwer. Lotem holte sein Portemonnaie heraus und streckte ihr schnell alles Geld hin, das er bei sich hatte. Eli zierte sich. Das habe er überhaupt nicht gemeint, wollte das Geld nicht nehmen. Lotem legte seine Hand auf die ihre. Sie hatte tatsächlich eine behaarte Hand wie früher, glattes flachsfarbenes Haar. Jetzt erinnerte er sich an sie. Sie hatten Völkerball gespielt und schon damals hatte er behaarte Hände nicht leiden können. Sie hatte um sich getreten und es geliebt, auf allem zu reiten, worauf sich nur reiten ließ.

»Nimm alles, Ela, ich hab genug. Schließlich hab ich keine Familie.«

»Wenn du mir Geld gibst, redest du mich schon wieder als Frau an, das beleidigt mich sehr.«

Lotem bat um Verzeihung und lächelte ihr zu. Ihre Hände waren braun von Erde. Er hatte ein kleines Gärtchen rund um seine Hütte, jene Hütte, in der seine Eltern gelebt hatten, bevor sie gestorben waren. »Es gibt nichts Wundervolleres«, meinte Eli jetzt, »als im Haus deiner Eltern zu wohnen.« Er nahm das Geld, war unschlüssig, zählte und wollte einen Teil zurückgeben. Lotem weigerte sich, es zu nehmen, und der Mann lächelte mit seinen gütigen grünen Augen. Lotem sah ihr in die Augen, wandte dann seinen Blick ab. Sein Auge tränte vor Schmerz. Ela sah seine Verlegenheit, berührte ihn am Arm.

»Ich bin nur im Schritt sehr behaart, vom Bauch bis zu den Knien. Das wird dich sicher abstoßen. Ich verstehe das, obgleich ich selbst frei von Vorurteilen in Sachen Schönheit bin. Aber meine Brüste sind geblieben, wie sie waren. Nicht ein Härchen. Ich brauche keinen Sex. Aber ich kann dich glücklich machen. Werd deinen Schwanz nehmen und ihn mir zwischen meine schönen Brüste stecken. Eigentlich hatte ich vor, sie mir abnehmen zu lassen. Aber die Operation ist teuer. Du kannst zwischen meinen Brüsten kommen, wenn du willst.«

Lotem glaubte nicht, dass Elis Brüste nicht behaart waren. Zumindest um die Brustwarzen hatte sie Haare, ganz sicher, aber er schaute sie an, um sie nicht zu verletzen. Sie lächelte schelmisch: »Letzte Gelegenheit, Adi, eine neue Erfahrung.«

»Dank dir, Mann, aber ich bin wirklich schon oft zwischen Brüsten gekommen. Und jetzt kann ich nicht, bin in Eile. Dudu liegt allein in der Totenkammer und Na'ama ist zu Hause mit den Kindern, beruhigt den Kleinen, während die Großen durchs Fenster die Leute beobachten, die vor ihrem Haus stehen. Ehe nicht die Klasse da ist, sagt sie, wird es keine Beisetzung geben. Sei ein Mann, trommle wenigstens zehn Leute zusammen. Du kannst auch Schüler nehmen, die eine Klasse unter uns waren, oder eine darüber, niemand wird was merken. Sag, bist du wirklich sicher, dass Salman in unserer Klasse gewesen ist?«

Eli war ganz sicher und Lotem zuckte mit den Schultern, ließ es gut sein. Danach begleitete Eli Lotem zum Wagen, als der Postbote ihnen entgegenkam, auf seinem ausgeklügelten Postrad, gekleidet in eine neue Uniform und mit roter Schirmmütze auf dem Kopf. Im Vorbeifahren fragte er: »Wie stehts Eli? Haben sie dich im Country Club schon aufgenommen?« Eli stand in regem Schriftwechsel mit der Leitung des Country Clubs. Sie hatten ihn nicht reingelassen, weder in die Duschen der Frauen noch in die der Männer, dabei wäre er zu gern schwimmen gegangen, liebte seine Kindheit als Junge und hasste die Pubertät.

»Erinnerst du dich an den Eukalyptus, der eine Öffnung wie eine Höhle hatte?«

»Nein.«

»Du erinnerst dich an rein gar nichts mehr. Das ist wirklich entnervend. Wie auch immer, an dem Baum sind bis heute die Initialen der Namen von Dudu und Bilha eingeritzt, in einem Herz mit Pfeil. Kann überhaupt sein, dass er sie angestochen hat. Sie war schön. Stimmts? Sich zu freuen, dass jemand tot ist, gehört sich nicht, aber ich bin so aufgeregt. Seit der Hormonbehandlung hab ich keinen mehr getroffen. Erinnerst du dich an Atzmon?

»Nein.«

»Atzmon ist tot. Ich wundere mich, dass du das nicht weißt. Schließlich hast du das Gefecht befehligt … Aus irgendeinem Grund hab ich mir immer vorgestellt, er liegt verwundet in einem Feld, einem Mohnblumenfeld, die Lippen schon bleich, und du kommst zu ihm, beugst dich herab, erst jetzt erkennst du ihn, unseren hageren, blassen Atzmon, und du sagst zu ihm: ›Ich werde dich retten, Atzmon. Hab keine Angst.‹ Aber du hast nicht mal gewusst, dass er dort war. Sieh an, sieh an. Er war bereits Reservist. Wurde getötet, kurz bevor seine Tochter zur Welt kam. Ich wollte, dass du ihn rettest. Hab mir ausgemalt, wie er in deinen Armen stirbt und die anderen zur Seite schauen, um nicht hinsehen zu müssen. Ihr wart zusammen in der ersten Klasse, habt im Naturkundeunterricht eine Arbeit zusammen gemacht, habt Bohnen auf feuchte Watte gelegt, damit sie keimen. Erinnerst du dich? Auch er hat die Landwirtschaft geliebt. Ach, wir hätten nicht auseinander gehen dürfen. Hätten zusammenbleiben müssen. Niemand wäre gestorben.«

Lotem bat Eli abermals, mit der Arbeit zu beginnen. Nach allem war er kein übler Kommandeur, wusste das Beste aus seinen Untergebenen herauszuholen. Bevor er fuhr, sagte Eli zu ihm: »Schau, ich bedaure meinen Vorschlag. Verzeih mir. Das war eine Art Wunsch, dir für deine Liebe zu danken. Sie hat mir das ganze Leben sehr viel Kraft gegeben, vor allem, als du berühmt wurdest. Ich danke dir.« Lotem rief unseren Oberbefehlshaber an und sagte ihm, er solle einen Bus schicken, um die Trauergemeinde abzuholen. Der Oberbefehlshaber sagte: »Ausgezeichnet, ausgezeichnet.« Die Angelegenheit nahm etwas mehr Zeit in Anspruch als erwartet, aber Eli leistete die Überzeugungsarbeit eines Mannes, war dabei entschlossen und hingebungsvoll wie eine Frau, rekrutierte Menschen, mit denen er vielleicht niemals in irgendeiner Klasse gewesen war, da in jenen lang zurückliegenden Jahren die Menschen kreuz und quer durchs Land gezogen waren, einwanderten und das Land wieder verließen, kamen und gingen, und vor allem war all das so lange her, dass jeder, an den sich Ela mit der Frage wandte, »Vielleicht erinnerst du dich noch an irgendeinen oder irgendeine?«, ihr antwortete: »Sag mir, wer kann sich schon erinnern? Auch an dich erinnere ich mich nicht. Wenn du sagst, wir hätten zusammen gelernt, dann glaube ich dir. Aber ich erinnere mich an niemanden mehr außer an Lotem und Rotem, weil die beiden nun mal berühmt sind, nicht?« Denn dieses ganze Sich-einen-Runterholen von Kinoregisseuren und Schriftstellern, Söhnen landwirtschaftlicher Siedlungen, die sich ihrer Kindheit erinnern und in ihren Romanen darüber schwadronieren – nu, es ist schon lange Zeit, dem mal ein Ende zu machen. Auch jene beiden – Lotem und Rotem – werden schnell vergessen sein.

Der greise Offizier

Auch am nächsten Morgen wusste niemand, was sein würde. Leute kamen und gingen. Lotem war noch nicht eingetroffen. Gut zehn Gestalten hockten im Wohnzimmer, wiegten traurig die Köpfe und schwiegen. Der kleine Eran saß in der Küche neben Nissim Maimon, Papas Fahrer, und Na'ama und ließ seine Mutter nicht aus den Augen. Am Nachmittag des Vortages hatte Jonathan ihn und seinen Bruder Matan zusammengerufen und sie instruiert: »Du, Eran, passt auf Mama auf, bewegst dich nicht weg von ihr. Verstanden? Wenn sie in ihr Zimmer geht, um sich auszuruhen, gehst du ihr nach, wie immer. Wenn sie zur Toilette geht, folgst du ihr. Verstanden?«

All die Jahre war der kleine Eran seiner Mama ins Badezimmer nachgegangen, bis Dudu dieses Ritual unterband, weshalb Eran jetzt erfreut war, dass es ihm wieder erlaubt sein sollte. »Und du«, sagte Jonathan zu Matan, »stehst am Tor und rufst mich jedes Mal, wenn jemand in Uniform aufkreuzt, bevor Mama ihn verscheucht. Verstanden?« Die beiden Jüngeren gehorchten mit einer Hingabe, die schwer erklärlich ist. Na'ama spürte etwas und sagte zu ihrem Erstgeborenen: »Ich hab so gehofft, du würdest etwas anderes werden.« Und er: »Aber ich bin etwas anderes, Mama.« Da erschien am Tor ein sehr betagter Armeeoffizier. Matan rief panisch vom Tor: »Joni, komm schnell!« Joni erhob sich von seinem Platz.

»Er verliert den Verstand, mein ältester Sohn. Kapiert nicht, dass ich nicht nachgeben werde. Es wird ihnen nicht gelingen, mich mit ihrem ›Dudu hätte es so gewollt‹ zu überzeugen. Dudu will überhaupt nichts mehr, überhaupt nichts. Er ist tot, Nissim, weißt du, dass er tot ist? Und er ist hergeflogen, weil er von irgendjemand gehört hatte, ich sei in schlechter Verfassung. Wenn ich rauskriege, wer der Kerl ist, der ihm gesagt hat, er solle herfliegen, erwürge ich ihn.«

Unterdessen war Joni an der geschlossenen Gartenpforte angelangt und besah sich den greisen Offizier. Ein langer weißer Bart zierte sein gerötetes Gesicht. Die Barthaare waren ordentlich gekämmt und zeigten alle in eine Richtung, obgleich der Bart die Wangen nicht vollständig bedeckte und man sehen konnte, wie rosig deren Haut war. Die Lippen des Alten waren blutrot wie Klatschmohn. Jonathan wusste nicht, wer der Mann war. Seine Stimme zitterte, als er ihn bat, sich auszuweisen. »Isch bin dor Ormeeoberrobbiner. Wie konn es sojn, doss do mich nischt konnst?« In allen seinen siebzehn Lebensjahren hatte Jonathan noch nie eine solche Sprache gehört, die nichts weiter besagte als ›Ich bin der Armeeoberrabbiner, wie kann es sein, dass du mich nicht kennst?‹ – auf

Aschkenasisch. Der Junge erschrak und lud den alten Mann ins Haus ein, ungeachtet der Uniform. Matan dachte, das sei der Prophet Elias, während Na'ama sich – der Uniform wegen – aufgebracht in ihr Zimmer trollte und den kleinen Eran hinter sich herzog. Nissim Maimon, für seinen Teil, gesellte sich zu den Trauergästen im Wohnzimmer. Gebeugt nahm der Rabbiner die Anwesenden in Augenschein, gewinnend und mit traurigem Lächeln, versuchte, sich an das Halbdunkel im Wohnzimmer zu gewöhnen, hatte vielleicht Na'amas Flucht nicht bemerkt, bat dann die Trauergemeinde, gesondert zu sitzen, Frauen und Männer für sich, und wartete, auf dass man seinen Anweisungen Folge leistete. Alle gehorchten, selbstverständlich. Auch ein als Rabbi verkleideter Scharlatan hätte vermocht, solches in einem Trauerhaus zuwege zu bringen. Der Rabbiner wechselte von einer Seite auf die andere und wieder zurück, suchte einen Platz, um sich zu setzen, und seine Hände zitterten. Sie ihrerseits wussten nicht, ob der Rabbiner mit ihrer neuen Sitzordnung einverstanden war, machten es sich aber trotz allem erneut auf ihren Stühlen bequem und schwiegen. Jonathan sagte zu Matan: »Bring ihm was zu trinken, aber dass es ja koscher ist, schnell.« Matan wusste nicht, was koscher ist, und Jonathan nicht, was unkoscher. Schließlich blieb der Rabbiner in der Mitte des Raums stehen, sah sich suchend um, trat dann zu der schönsten Frau und sagte zu ihr: »Doss du nischt erfährst a noch mohr Leid. Er wor ein Hold.« Unser guter Bialik, der wahre Wiederbeleber der hebräischen Sprache, hätte diese Beileidsbekundungen wohl verstanden, und auch der Großvater der schönen Frau, der – wie alle – ein großer Zaddik im westlichen Polen gewesen war, hier aber verstarb, aus Trauer um seine erste Familie, die sie samt und sonders dort ermordet hatten, sodass er sich niemals die Gründung einer neuen Familie – sprich: die der schönen Frau – verzieh, obschon der gute GOTT es so gewollt hatte.

Der Oberrabbiner der Armee war ein Mann von scharfem Verstand und kannte die Halachot, die religiösen Gesetze, ebenso wie die Befehle des Generalstabs, sodass sein guter Geschmack ihn annehmen ließ, die Rotlippige im schwarzen Kleid sei die Frau des Generals – nicht, weil sie über viele Jahre die heimliche Geliebte des Verstorbenen gewesen war und sich geweigert hatte, bis zur Beisetzung zu warten, wie es seine anderen Freundinnen taten, weshalb sie mit ihrem Bruder gekommen war, der so tat, als sei er ihr Liebster und neben ihr saß, bis der Oberrabbiner sie trennte und der Bruder mit ein paar Offizieren in Zivil vorlieb nehmen musste, begierig, weiter die Rolle des Ehemanns seiner schönen Schwester zu spielen, sondern schlicht, weil sie die schönste Frau im Wohnzimmer war. Nebenbei bemerkt, wenn Dudu eine Frau kennen lernte, die er begehrte, redete er immer mit ihr, fragte sie, was sie so mache, interessierte sich für ihr Tun, als gäbe es auf der ganzen Welt nichts Wichtigeres, und dann, wenn er nach seiner Meinung gefragt worden war, geantwortet hatte und Antwort erhalten hatte, pflegte er, ein herzliches Lachen anzustimmen und zu sagen: »Was würdest du dazu sagen, wenn wir ins Bett gehen?« Sodass, wenn die Umworbene nachgab, er vor Freude lachte und das vorbestimmte Bett eigenhändig bezog, und falls sie ablehnte, lachte er weiter und kehrte zurück zum Gespräch, als sei nichts geschehen, war nie beleidigt, wenn er einen Korb bekam, und hegte keinen Groll gegen diejenige, die sich sträubte, weshalb es viele Frauen gab, die sich im Stillen – und zuweilen sogar ihren Männern gegenüber – doppelt rühmen konnten: Sowohl, dass Rotem, der ums Leben gekommene General, ihnen nachgestellt habe, als auch, dass sie ihn nicht rangelassen hatten. Er war ein einfühlsamer Mann, schlief gelegentlich mit zwei Frauen auf einmal und manche sagen sogar mit dreien. Mit einer Schwarzen und einer Japanerin war ihm nicht mehr vergönnt gewesen. Der Armeeoberrabbiner, General Sabba, begann, der Rotlippigen und allen, die mit ihr im Raum saßen, die Trauerbefehle zu erklären: »Wem ein Toter verschieden und dieser von den Toten, um die zu trauern es sich ziemt, Paragraf B (Unterparagraf a), muss als Zeichen der Trauer um diesen einreißen. Es bedarf, dass er stehend einreißt. So er denn sitzend eingerissen, er nicht Genüge getan (und muss erneut einreißen), und zuvorderst er muss einreißen, ehe das Gesicht des Toten er verschließt.« Es versteht sich von selbst, dass niemand verstand, was der Rabbi sagte, da die Sprache unserer Väter sehr verschieden ist von der unserer Vorväter, weshalb die Anwesenden dasaßen und zustimmend nickten, der Rabbiner für einen Moment über seinen Bart strich und bedeutete, man möge ihm ein Glas Wasser bringen, dann fortfuhr, wobei er im Raum auf und ab ging und zu erraten versuchte, wer von ihnen die Söhne des Toten und wer dessen Verwandte waren. Nissim Maimon, Dudus Fahrer, sagte »Amen« und alle anderen, auch diejenigen, die wussten, dass die Rede war von Generalstabsbefehlen, taten es ihm nach und einige brummten sogar, »Amen, SEIN Wille geschehe«. Auch die Frau mit den roten Lippen nickte, weil ihr die ganze Maskerade, in die sie geraten war, inzwischen Angst machte. Viele Male war sie an diesem Haus vorbeigegangen, vor lauter Sehnsucht. Nie hatte sie vermocht, mit ihm über seine Frau zu reden und dabei deren Namen auszusprechen, immer hatte sie gesagt »sie«, als hätte Na'ama ihr etwas weggenommen, und jetzt gehört Dudu keiner mehr, aber nicht das war es, was sie bedrückte, sondern der Gedanke, dass er im Zimmer oben war, allein, und ihr in einem fort sagte: »Ich liebe dich, ich liebe dich, ich liebe dich.« Der Armeeoberrabbiner fuhr fort, im Wohnzimmer auf und ab zu marschieren. »Eine große Glaubenspflicht fürwahr, den Toten gebührend zu betrauern. Und des Frommen Pflicht, dass er erhebe seine Stimme, zu sagen über diesen

Worte, die brechen das Herz, um der Tränen zu mehren und des Toten lobend zu gedenken. Unstatthaft es ist, sich zu ergehen über Gebühr in seinem Lob, es sei denn, er erinnere an gute Eigenschaften, die jenem zuteil gewesen, und füge ein wenig hinzu, nur, dass er nicht übertreibe darob. Und sollten jenem keinerlei gute Eigenschaften zuteil gewesen, er seiner überhaupt nicht erinnere. Der Gelehrte und der Fromme, ihnen nachgesagt ihre Gelehrsamkeit und Frömmigkeit. Und ein jeder, der an einen, dem nichts zuteil gewesen, erinnert oder hinzufügt und sich über Gebühr ergeht in dem, was ihm zuteil gewesen, tut Unrecht an sich selbst und an dem Toten.«

Ruth

Die ganze Nacht, bis zum nächsten Morgen, starrte Lotem auf das Fenster seines Zimmers. Unten stand dieser komische Professor, der ihn regelmäßig auf dem Campus beschimpfte, Holz, oder wie auch immer sein Name war. Warum hatte er Dudu bloß zu Na'ama gehetzt, und was musste er tun, um sie vor der Gerüchteküche und der Unwissenheit zu schützen? Vielleicht wäre es überhaupt besser, aufzuhören, sich in die Angelegenheit anderer einzumischen, und den Dingen ihren Lauf zu lassen? Dudus lachende Augen verfolgen ihn, nein, nicht verfolgten, begleiteten ihn, für einen Moment wollte er zu ihm fahren und sich zu den Toten legen. (Lea ihrerseits saß in ihrer Wohnung und fragte sich, was Lotem gerade machte und ob er sie wohl brauchte, während unterdessen in Na'amas Haus sich die Trauergäste die Klinke in die Hand gaben und der Rabbiner fortfuhr, die Anweisungen zu zitieren: »Der Reichen und Gelehrten Söhne, man füge ein wenig hinzu zum Lob ihrer Taten.«) Sehr müde, unfähig einzuschlafen, rief Lotem Miri an. »Uri?«, fragte ihre vom Rauchen heisere Stimme, und Lotem sagte: »Hier ist Lotem. Er ist nicht zurückgekommen, was? Ich brauche dich, bitte.« Sie erhörte ihn. Er wusste nicht, ob sie tatsächlich all das tat, was sie ihm am Telefon sagte, dass sie täte, und hin und wieder irrte Elas Gestalt durch seine Gedanken, mit Brüsten und Bart. Er kam schnell, ohne auch nur ansatzweise eine Erektion zu haben. »Ich geh schlafen, Miri, danke.« Er legte auf, hatte nicht vor einzuschlafen, wollte nur nicht mehr mit ihr reden und schlief – wie sehr er seinen Schwanz hasste – trotz allem ein. Elis Anruf weckte ihn. »Welcher Eli?« – »Eli, der mit dir in der Volksschule war.« – »Ach ja.« Der Armeefahrer, der ihm zur Verfügung gestellt worden war, hatte *sie* geschlagen. Warum? »Weil er pervers ist, deshalb, ich bin zweiundfünfzig, Lotem. Und er zwanzig. Ich hab schon nicht mehr die Kraft, die ich hatte, als wir Völkerball gespielt haben.« – »Hol ihn ans Telefon, sag ihm, er soll dem Befehl Folge leisten, sonst werd ich ...« Er war müde, bemerkte die Feuchtigkeit im Schritt und erinnerte sich seines kümmerlichen Schwanzes. »Du hast ihm nicht angeboten, dir zwischen den Titten zu kommen?« Eli war beleidigt. Lotem diktierte ihm die Privatnummer des Oberbefehlshabers, für alle Fälle, der würde schon wissen, was zu tun wäre, die Sache mit dem Fahrer eingeschlossen, und konnte sich abermals nicht beherrschen: »Nur, dass du unserem Oberbefehlshaber nicht so schmutzige Angebote machst, wie du sie mir gemacht hast, Süße. In Ordnung?« Und legte auf. Lotem wollte nicht leben. Seine Rechnung war einfach: Dudu wurde gebraucht, also durfte er nicht sterben. Ich werde nicht gebraucht, deshalb muss ich verschwinden. Er fuhr zum Krankenhaus und stieg die Treppe zur Leichenkammer hinab, aber der Wächter ließ ihn nicht herein, sodass er sich auf den Treppenstufen vor dem Keller niederließ und beobachtete, wie eine Rollbahre mit einem von einem weißen Laken bedeckten Häuflein Mensch herausgeschoben wurde, danach ebensolch eine Bahre hinein- und abermals eine andere herauskam. Die Aufzüge gegenüber vom Keller öffneten sich und Rabbiner kamen heraus und traten ein, Sanitäter kamen und gingen, Leichenbeschauer, manchmal auch Familienangehörige, die dann vor dem Wächter Reißaus nahmen. Sie haben hier nichts zu suchen. Hier werden Leichen seziert, wartet man auf Absegnung, auf Totenscheine. Dunkel war die Pforte zum Hades und der Wächter trug gelbe Kleidung und Gärtnergaloschen, und wenn er niemanden hatte, den er verscheuchen konnte, spülte er den Fußboden mit einem roten Schlauch ab. Eine Frau trat zu Lotem, an der Treppe: »Wartet man hier auf Dudu?« Ja, hier wartete man auf Dudu. Sie hatte eine winzige Brust und das Gesicht eines kleinen Mädchens, Falten auf den Wangen, war um die fünfzig und trug eine enge Jeans. »Sie kennen mich nicht, aber ich Sie«, meinte sie liebenswürdig. Ja, ja. »Ich bin Ruth, Dudu hat Ihnen sicher von mir erzählt. Er hat mir auch von Ihnen erzählt. Dudu hat mich sehr geliebt, noch bevor er dann geheiratet hat. Danach war ich nicht bereit, seine Geliebte zu sein, es sei denn, er würde mit seiner Frau über mich reden. Er wollte nicht mit seiner Frau reden. Jetzt bereue ich das.« Erneut wurde eine Bahre mit einem Toten aus dem Keller geschoben. Sie dachte, man müsse sich erheben, blieb selber stehen und fragte: »Was sagen die?« Lotem sagte zu ihr: »Das Reden ist vorbei. Das Schweigen beginnt. Geh nach Hause.« Erneut kam ihm der Gedanke an seinen gequetschten Penis. Vielleicht ist es sexuelle Gewalt, die mich reizt, dachte er, und bei Shulamit hab ich nicht vermocht, gewalttätig zu werden, ihr kräftig in die Brustwarzen zu kneifen, zum Beispiel. Sie sah ihn an. »Sie sind neidisch auf Dudu, richtig?« Genau in jenem Augenblick brachten sie einen sehr beleibten, mit einem Laken bedeckten Toten, der von einer ganzen Phalanx von Polizisten eskortiert wurde, als sei er in Begriff zu fliehen.

»Mein Stolz hat ihn umgebracht. Ich hab ihm gesagt, ich müsse mit seiner Frau über all diese Jahre sprechen. Er hat einen mächtigen Schreck gekriegt, hat gesagt, er werde kommen, um mich umzustimmen, ist losgeflogen und abgestürzt. Er wäre nicht bereit gewesen, ihr wehzutun, auch nicht für alles Geld der Welt. Niemals haben wir miteinander geschlafen. Haben nur immer geredet und geredet. Ich hab mich all die Jahre für Dudu aufgehoben, hab Beweise.«

»Du hast gar keine Beweise. So viel ist klar. Außerdem, ich will nicht, dass du jemals wieder irgendwo auftauchst, um über Dudu zu reden; dass du dich nicht bei ihnen zu Hause blicken lässt und seine Kinder niemals erfahren, wer du bist. Verstanden? Ich hab schon viele Menschen getötet.«

»Frauen?«

»Frauen auch.«

»Und Kinder?«

»Kinder auch.«

Sie ging. Ihn überkam tatsächlich Verlangen nach ihrem Anus. Er stellte ihn sich schön vor, rosig, nicht zu ihr gehörig, etwas jenseits von ihr, jenseits von allem, ein Glanz, und er wollte ihr wehtun, das ja.

Spätregen

Am Morgen des vierten Wochentags ballten sich Wolken am Himmel, krächzten Raben, flatterten Vögel aufgeschreckt hin und her, als ein letzter Regen niederging und die Kartoffelblüte auf den Feldern welkte, während sich in der guten Erde bereits Knollen bildeten, der Duft der Wurzeln aus der Kindheit aufstieg. Matan rührte sich nicht vom Tor weg. Am Morgen war er ins Haus gerannt, hatte bereits dreimal gemeint, sein Vater sei nach Hause zurückgekehrt, und war dreimal von seinem älteren Bruder gescholten worden. Doch jetzt sah er seinen Papa klar und deutlich, und im Gegensatz zu den drei vorherigen Malen hatte er keinerlei Zweifel, dass er endlich gekommen war. Deshalb rannte er erneut ins Haus, sagte kein Wort zu Joni, sondern nahm seine Mutter bei der Hand und zog sie wortlos nach draußen, zur Straßenecke, von wo aus die große Straße zu sehen war, und deutete stumm auf Papa, der verschwunden war, trotz aller Eile, was den Sohn großen Schmerz und Kränkung empfinden ließ. Sie sagte: »Was denn, mein Küken?« (Sie nannte ihn »Küken«, auch als der dritte Sohn geboren wurde, fuhr sie fort, den mittleren »Küken« zu nennen, denn das bringt ein Kosename nun mal so mit sich, einen Bund fürs Leben.) Und er erwiderte enttäuscht: »Ich war sicher, ich hätte Papa gesehen, aber ich wollte nicht, dass Joni es hört. Er will überhaupt nicht, dass Papa wiederkommt, stimmts?« Na'ama hob ihn hoch, er war schwer, dreizehn Jahre alt, und es gelang ihr nicht, in ganz so hoch zu heben, wie sie eigentlich vorhatte, küsste dann wieder und wieder seine Stirn, und ihre Tränen vermischten sich mit dem segensreichen Regen, vielleicht ja wirklich der ersehnte Spätregen, und seine kleine Brust, das darin heftig pochende Herz, schlug gegen die ihre. Der Junge seinerseits spürte ihr Herz, das gegen seinen Brustkorb hämmerte.

»Ich glaube nicht, dass Papa noch mal zurückkommen wird.«

»Wie soll ich ihn dann in Erinnerung behalten? Ich meine, was passiert, wenn ich plötzlich vergesse, wie er ausgesehen hat?«

Sie setzte ihn ab, stellte ihn auf den nassen Bürgersteig, nahm seine Hand und ging mit ihm die Straße entlang, nicht tragisch, wenn man ein bisschen nass wird – die Rosenblüten erfüllten die Luft mit dem Duft von Glücksseligkeit und Reichtum –, und zu seiner Verwirrung fügte sie hinzu:

»Erschrick nicht, Küken. Auch ich bin fähig zu vergessen, manchmal, denn die Erinnerung besteht aus so vielen sonderbaren, komischen Sachen, ich kann mich zum Beispiel an Dinge erinnern wie ... völlig absurde Sachen ... und vergesse ... andere Sachen.« Sie hatte kcine Beispiele und auch keine Worte mehr, da die Hand ihres Sohnes in der ihren brannte. »Matan, behalte in Erinnerung, dass, selbst wenn du seine Stimme vergisst« – der Junge versicherte, in der Regel vergesse er Stimmen nicht – »trotzdem«, beharrte sie, »ihn selbst behalte in Erinnerung, mein Küken.« Ihre Stimme bebte, sie waren mitten auf der Straße, Nachbarn zischten ihren Familienangehörigen zu, schnell aus der Küche ans Fenster zu kommen. »Und manchmal wird er in deinen Träumen zu dir kommen.« Sie gingen langsam, sie in ihrem weiten Morgenmantel und den Gummischlappen, er in seiner roten Dreiviertelhose, dem alten T-Shirt seines großen Bruders und der nach hinten gedrehten Baseballkappe. Der Regen hatte aufgehört und der Himmel riss auf, ein Regenbogen zeigte sich nicht, aber die Vögel in den Bäumen des Viertels zwitscherten.

»Und in den Träumen wirst du mit ihm reden, über alles, wozu du keine Gelegenheit mehr hattest, oder über das, worüber du nicht mit mir reden möchtest. Sieh mal, Adi hat mir mal von einem seiner Träume erzählt. Adi träumt viel, weißt du. Einmal sind sie in die Dünen gegangen, Adi und sein Vater, und Adis Vater hat zu ihm gesagt: ›Schon bald muss ich zurückkehren, aber ich will dir die Höhle zeigen, durch die ich komme und gehe.‹ Und er führte ihn zu einem Wüstenginster in den Dünen, einem besonders stark duftenden Busch, und dort verwandelte sich Adams Vater in einen großen Vogel und verschwand. Du musst wissen, dass sein Vater gestorben ist, als er noch kleiner war als du jetzt, und dennoch vergisst er ihn nicht, weil sein Vater in seinen Träumen zu ihm zurückkehrt, manchmal zumindest, und auch ...«

Matan lauschte gefesselt, wollte vielleicht den Augenblick der Rückkehr nach Hause hinauszögern. »War das in Wirklichkeit?«, fragte er, als sei er noch fünf, und Na'ama wusste nicht, ob er das im Traum Erzählte meinte oder ihre Geschichte, bückte sich aber, umarmte ihn und sagte, dass alles Wirklichkeit sei. Diese Umarmung würde ihm sehr viele Jahre erhalten bleiben, mithin ist sie die Wirklichkeit. »Vielleicht verstehst du, was der alte Offizier, dieser Rabbiner, die ganze Zeit sagt?«

»Nein, ich verstehe nicht, was dieser Offizier sagt, und ich bin auch nicht im Mindesten daran interessiert, was dieser Offizier sagt. Wir leben weiter unser eigenes Leben, Matan. Erinnerst du dich? Was sie von uns wollen, interessiert überhaupt nicht. Wir heben jetzt einen ganz, ganz tiefen Graben zwischen unserem Haus und ihnen aus, damit sie uns nicht erobern können.«

Er liebte seine Mutter sehr und jetzt noch mehr. Dann konnte er sein Geheimnis nicht mehr für sich behalten und vertraute ihr an: »Ich muss am Tor bleiben, aber sag Joni nicht, dass ich dir das gesagt hab.« Seine Mutter betrachtete ihn mit einem Lächeln. Da, ihr Herz wird weich, meinen wir, sie rüffelt ihn nicht wegen seines Gehorsams gegenüber dem neuen starken Mann in der Familie. Urteilt nicht negativ über sie, geschehe auf den nächsten Seiten, was da wolle.

Und es naht ihr Messias

Als Lotem eintraf, setzte ihn Na'ama über die neuerliche Änderung in Kenntnis, ohne diese zu begründen: Bei der Beisetzung werde kein Offizier in Uniform den Sarg tragen. Sie sah ihn an, lächelte ein trauriges Lächeln und er schämte sich, wollte ihr einen Augenblick lang sagen, dass er anstelle Dudus tot sein wolle, dass sein Leben nichts wert sei, doch dann registrierte er, dass seine Anwesenheit erneut mit grobem Tritt durch eine unsichtbare Tür befördert worden und kein Platz mehr für ihn war. Frieden über dich, du neues Geheimnis, noch ein Stein auf der Seele, unter dem Gewürm sich tummeln und vermehren wird. »Ja, ich weiß, dass es so üblich ist«, meinte sie jetzt, als versuchte er, sie zu überzeugen, von ihrer neuesten Kaprice Abstand zu nehmen, doch Dudu sei allein ihr Mann und sie werde ihn so beisetzen lassen, wie sie wolle, so als habe er nicht sein Leben und das seiner Opfer sinnlos vergeudet, kleine Kinder gingen ihr durch den Kopf, die aus irgendeinem Grund alle ihrem kleinen Bruder Fu'ad ähnlich sahen, den sie sich als überfahrenen Köter auf der Straße vorstellte. Lotem zuckte mit den Schultern, sagte ihr, von seiner Warte aus sei das in Ordnung, wirklich, als er über ihre Schulter Jonathan bemerkte. Der Junge war erregt: »Sie macht einen Zirkus um Papa«, sagte er leise. Na'ama nahm Eran auf den Arm. Matan beäugte den Armeerabbiner, der ihm Angst machte.

Nur der Rabbiner und sie fünf waren jetzt hier, am Morgen der Beisetzung. Sie ließen den Rabbiner im Wohnzimmer allein und gingen in die Küche, Na'ama wischte den Esstisch ab und setzte Tee auf. Eran malte. Jedes Mal, wenn er ein Bild fertig hatte, ging er – weil Papa nicht mehr ist – zu Mama, um zu fragen, wie sie das Bild finde, und Mama sagte jedes Mal, das Bild sei schön, während Papa ein bisschen pedantisch gewesen war und immer Noten verteilt hatte. Matan stand neben der Durchreiche, durch die Papa, wenn er auf Urlaub gekommen war, die Teller serviert und sie hatte anstehen lassen, Mama hatte gesessen und er hatte Befehle erteilt, nur so zum Spaß, selbstverständlich. Lotem legte eine Hand auf Jonis Schulter. Er hatte ein weiche Schulter, ein Junge von gerade mal siebzehn, wie ähnlich er seinem Vater sah. Abermals mischte sich Lotem in Sachen ein, die ihn nichts angingen. »Komm, lass uns in dein Zimmer gehen, nur wir beide, und reden. Okay?« In seinem Zimmer brach Joni in Tränen aus, verkroch sich in Lotems breite Schultern. »Weine nur, ja, weine, Dudus kleiner Joni.« Man hätte nicht darüber sprechen sollen, aber Lotem wusste sich nicht zu benehmen, während Joni, so sehr er sich auch anstrengte, sich nicht zu beherrschen vermochte und noch hemmungsloser schluchzte. »Soll ich dir eine lustige Geschichte über deinen Vater erzählen?« Der Junge nickte und Lotem bat ihn, einen Moment noch zu warten, nahm das verfluchte Glasauge raus, befeuchtete es mit Speichel, wischte es mit einem Taschentuch ab, schob es zurück in die Höhle und schüttelte den Kopf.

»Ja, also wo soll ich anfangen? Weißt du, dass dein Vater überhaupt nicht in der Armee bleiben wollte? Er ist nur in der Armee geblieben, weil ich geblieben bin, aber damit du nicht falsch verstehst, ich bin geblieben, weil er geblieben ist. Unser Leben war die ununterbrochene Spannung eines Wettkampfs, und wir hatten auch Angst, einer den anderen zu hassen, denke ich. Das ist gar nicht, was ich sagen wollte ... Ich hab gar keine lustige Geschichte, Joni, ich hab gesucht und kann keine finden. Was erzähl ich dir für einen Quatsch. Du hast deinen Vater verloren. Heute werden wir ihn endlich bestatten. Das ist der schlimmste Tag im Leben jedes Mannes.«

Lotem schnürte es die Kehle zu. Aus irgendeinem Grund meinte er, Dudu vor sich sitzen zu sehen, redete aber mit Joni als spräche Dudu zu ihm, also zu Lotem.

»Dudu hat bei jeder Angelegenheit deine Mutter gefragt, Joni, hat nicht eine Sache in seinem Leben entschieden, ohne sie vorher zu fragen. Du wirst sicher sagen: ›Gut und schön, aber im Moment ist meine Mutter ein bisschen durchgedreht.‹«

Der Junge glaubte Lotems Geschichte. »Sie weint nicht. Sie weint überhaupt nicht.« Er wollte sagen, ›Sie hat ihn nicht geliebt‹, hatte aber nicht den Mut dazu.

»Ich denke, am wichtigsten ist im Augenblick für sie, eine klare Grenze zu ziehen zwischen dem Leben der Armee, die sie gehasst hat, immer, zu Unrecht vielleicht, und der Familie, die ihr geblieben ist, also ihr, ihr drei, und vielleicht auch ich, wenn ihr einverstanden seid, mich einzuladen.«

»Du wirst ohnehin nicht kommen.«

»Ich werd kommen, ich schwöre es.«

Lotem machte das Zeichen für ein großes Pfadfinderehrenwort, wie Dudu es immer gemacht hatte. Weshalb er erschrak. Aber der Junge schaute besorgt in Richtung Wohnzimmer.

»Lass sie entscheiden. Vertrau ihr. Vertraust du mir? Also, ich sage dir, du kannst ihr vertrauen.«

Lotem fand nicht einmal ansatzweise Gelegenheit, über den Umkehrschluss dieser Konstruktion nachzudenken. Er wollte dem schleichenden Elend ein Ende machen, der Bedrohung, die über dieser Familie, die ihm heilig war, hing. Sie sollten leben und Lieder singen oder was immer eine Familie bei Tisch so macht. Joni beklagte sich, dass er das Kaddisch nicht verstehe. Nicht ein Wort, worauf Lotem zum Rabbiner ins Wohnzimmer ging: »General Sabba, kommen Sie bitte mit mir.« Er geleitete den Armeeoberrabbiner, Israel Sabba, in Jonis Zimmer und bat ihn, dem Jungen das Totengebet für Waisen zu übersetzen. Ohnehin hatte der Rabbiner allein im Wohnzimmer gesessen, gekleidet in eine zu große Uniform. Der Rabbiner kam also in Jonis Zimmer und fing an, das Kaddisch aus dem Aramäischen zu übersetzen. »Ich versteh rein gar nichts«, beschwerte sich Joni. »Das ist die aschkenasische Aussprache«, sagte Lotem, »General Sabba hat schon so gesprochen, als er noch ein Kind war. Richtig, Sabba?« Der Armeerabbiner nickte und fuhr fort, Lotem das Kaddisch aus dem Aramäischen in aschkenasisches Hebräisch zu übersetzen, und Lotem übersetzte aus dem aschkenasischen in unser geläufiges Hebräisch. Joni hielt das Militärgebetbuch in Händen, das der Rabbiner ihm gegeben hatte, sprach die aramäischen Worte nach und lauschte gleichzeitig Lotems Übersetzung, und als das dreistimmige Deklamieren geendigt hatte – der Rabbiner mit seiner klaren, reinen Stimmen, Lotem mit seiner heiseren und Jonathan Rotem, die Waise, zögerlich und unsicher –, war der Sohn enttäuscht und meinte zu Lotem, als wäre der Rabbiner nicht mehr anwesend: »Hier ist nicht ein Wort über meinen Vater, als wenn Gott derjenige wäre, der Beileid braucht, und nicht wir.« Der Rabbiner verließ das Zimmer. Er war ein sensibler Mann, aber nicht beleidigt. Tatsächlich ist es unmöglich, die Realität Gottes zu beweisen, und ein Gebet aus dem Munde von Freigeistern gleicht einem Concerto für ein Widderhorn. Einst, in seiner Jugend, hatte er mit dem Gedanken gespielt, zum Protestantismus zu konvertieren. Das ist sein großes Geheimnis. Warum hatte er eine solch schreckliche Tat erwogen? Gottes wegen, aus dem unstillbaren Verlangen nach dessen Gegenwart. Und warum war er letztendlich doch nicht zum Christentum übergetreten? Aus Angst, der beunruhigenden Abwesenheit Gottes wegen. Und was hatte ihn überzeugt? Ein Satz, den er in der Gemara als Rabbi Jitzchak zugeschrieben gelesen hatte: »Ein Schrei des Menschen Zierde, sei es vor dem Urteil, sei es danach.« Andererseits, unser Rabbi hatte noch nie geschrien.

Jiftach Salman

In der Zwischenzeit hatte Eli auch Jiftach angerufen. Jiftach erinnerte sich an Eli, sicher, wie nicht? Alle erinnern sich an Eli. Eli war sehr erfreut. Wusste, dass Jiftach äußerst entgegenkommend sein würde. »Sag, erinnerst du dich an Adam Lotem?« Jiftach sagte: »Sicher, er hat mir das Leben gerettet.

Hast du nicht davon gehört?« Mehr sagte er nicht, weil er nicht wusste, wer dieser Eli war. Nachdem sie ihm seinen jungen Arm abgenommen hatten, hatten sie ihn an irgendeinem Ort, den er aus Angst vor dem Schmerz zu suchen fürchtete, verscharrt. Eli sagte vorsichtig zu Jiftach, um ihn nicht zu kränken: »Sag, wenn du dich so gut an ihn erinnerst, wie du sagst, kann es dann überhaupt sein, dass er sich nicht an dich erinnert?« Jiftach schwieg. »Ich sage nicht, dass er sich nicht an dich erinnert. Er erinnert sich schon an dich, aus der Armee oder was weiß ich woher, wenn er überhaupt in der Armee ist und kein Scharlatan, aber er erinnert sich nicht, dass du in unserer Klasse warst. Wie ist das zu erklären?« Jiftach antwortete nicht und Eli resümierte: »Ein kaputter Mann, wenn du mich fragst, er hat null Chance, Generalstabschef zu werden. Dudu hätte Generalstabschef werden können. Aber jetzt ist Dudu tot. Wer weiß, wer der nächste Generalstabschef werden wird, auf jeden Fall, unsere Klasse hat das ihre getan. Schade. Man hätte sie nicht auseinander gehen lassen dürfen. Hätte in Kontakt bleiben müssen. Wir hätten einer für alle und alle für einen sein können. Gut, ich muss Schluss machen, ich hab schließlich dem Generalstabschef Bericht zu erstatten. Also, du kommst zur Beisetzung. Brauchst du eine Mitfahrgelegenheit? Nein? Du wohnst ja da in der Nähe. Nicht?«

Und Zion wird ein Erlöser zuteil

Am Morgen der Beerdigung ging der kleine Eran, als er aufgewacht war, zu Na'ama ins Zimmer, fand sie nicht, kam im Pyjama ins Wohnzimmer (der Vater hatte nicht gewollt, dass sie im Pyjama schlafen, weil er selbst nie im Pyjama geschlafen hatte, doch die Kontroverse darüber hatte mit einem Sieg für Na'ama geendet, fürs Erste). Seine Mutter saß im Wohnzimmer und stierte vor sich hin. Dies ist der Tag, an dem ihr Dudu noch ein Mal zu ihr zurückkehren wird, ehe er auf immer entschwindet. Wie viele Jahre sind sie zusammen gewesen. Nicht einmal sich selbst vermag sie zu erklären, warum sie sich seit der Volksschule nicht für einen Augenblick mehr getrennt hatten. Einige Jahre waren sie zusammen gewesen, ohne Kinder zu haben, und viele Jahre waren sie eine lärmende Familie mit Kindern gewesen. Der kleine Eran sagte zu ihr: »Du musst ein wenig schlafen, Na'ama.« Noch nie hatte er so geredet. Sie sah ihn an und er lächelte, verhalten, mit sanftem Nicken, suchte nach Einverständnis, wartete, dass sie mit einem Kopfnicken antwortete, doch sie lächelte nicht, versuchte etwas zu sagen, aber er legte seine weiche Hand auf ihren Mund, wie ein zärtliches Streicheln, und meinte in noch erwachsenerem Tonfall: »Was hab ich Angst. Ich hab solche Angst.« Man ließ ihn zu Hause, obgleich auch er mitgehen wollte. Joni sagte ihm, er solle dableiben, vielleicht werde Papa plötzlich zurückkommen. Bei ihm blieb die philippinische Pflegerin einer der Nachbarinnen, die englisch-hebräisch-philippinisch mit ihm sprach, wie hübsch die philippinischen Dienstmädchen sind, die so viel für so wenig opfern zugunsten unserer Generation, der letzten einer Hoffnung auf Erlösung, der ersten der Versklavung. Oh, ihr Philippinerinnen, wer zollt euch Lob, vor allem eurer Fähigkeit zu verschwinden, wenn man euch nicht mehr braucht. Mit einem Mal taucht ihr auf und verschwindet wieder, ein bunter Schmetterling, ein Diadem der Schöpfung.

Der Trauerzug setzte sich vom Friedhofstor in Bewegung. Unter dem Schutzdach am Eingang hatten sich acht Generäle in Paradeuniform eingefunden, welche sie für gewöhnlich nicht spazieren führten, es sei denn bei Reisen in die USA –, bereit, den mit einer Fahne – zwei blaue Streifen und in der Mitte die Hydra des Davidsterns – bedeckten Sarg zu tragen.

Sie standen beieinander, sortierten sich der Größe nach, vereinbarten, wer tragen sollte und wer nicht und gerufen werden würde, um einen abzulösen, wenn man müde würde. Doch da, wer bittet sie jetzt, sich aus der Ecke zu entfernen, in der der Sarg aufgebahrt steht? Jonathan Rotem. Ja, er bittet nicht nur, er verlangt, mit ernster, stiller Bestimmtheit. Das war der Augenblick, da heftiges Bedauern Lotem auf die Brust schlug, auf die Augen – das lebende wie das tote – und aufs Zwerchfell. Vielleicht wollte er, dass Dudu seinen Sohn sähe, stolz auf ihn wäre, vielleicht verstand er aber auch, dass etwas Bedrohliches hier im Gange war. Der Oberbefehlshaber umkurvte Joni wie ein Kinobesucher ohne Karte den Platzanweiser und kam zu Lotem: »Was geht hier vor, Lotem? Was hast du bloß gemacht?« Lotem antwortete ihm leise: »Verschwinde von hier!« Der Oberbefehlshaber trollte sich zum Regierungschef, der abgefüllt mit Kortison und Antibiotika gekommen war, und fragte ihn: »Was geht hier vor, *Prime Minister?*« Aber dieser zuckte bloß mit den Schultern, er ist der Letzte, der etwas erfährt. Einst wurden bei uns Regierungschefs nur vor Kriegen hinters Licht geführt oder in deren Verlauf, aber vor ihm hält man auch weniger Schicksalsträchtiges als solches verborgen. Ein Krankenwagen wartete neben den Fahrzeugen des Inlandgeheimdienstes. Die Geheimdienstleute waren unmöglich von der Rettungswagencrew zu unterscheiden, alle hatten sie denselben angespannten Blick. Ein Armeebus traf ein, hielt, parkte ein, setzte zurück, hielt erneut, die Türen sprangen auf und aus der vorderen Tür, gekleidet in schwarze, glänzende Sachen und hohe Stiefel, stieg – Eli. Und wie ein Trupp von Wanderschauspielern folgten ihm, ernst und verwirrt, einer nach dem anderen die ehemaligen Klassenkameraden, während Nissim Berkowicz, der Busfahrer, zusammen mit noch einem Mann von ungefähr sechzig und Elis Hilfe, unsere Miriam, groß und blass, auf ihrem Rollstuhl aus dem

Bus hob. Schon vor langem ist sie an multipler Sklerose erkrankt und ihr Mann fährt sie zu allen möglichen Kongressen, Vorträgen und Beerdigungen, und wenn sie zu Hochzeiten eingeladen ist, dann auch zu Hochzeiten, in eben jenem Rollstuhl, ihr Kopf bewegt sich langsam auf und ab, wie bei einer Puppe, aber von nahem kann man dasselbe schüchterne Lächeln auf ihrem Gesicht sehen wie einst, und wer sie als schüchternes, zartes Mädchen gekannt hat, wird wissen, dass dieses Lächeln keines der Beschämung über ihren Zustand ist, sondern das ihr eigene, das sie immer hatte, und auch jetzt weicht es nicht von ihren Lippen, vielleicht, weil ihr Mann sie nicht alleine lässt, wenn sie auf ihn angewiesen ist, und ihre Kinder ebenso. Weitere Personen stiegen aus und einer, Rami, war betrunken, hatte den ganzen Weg über getrunken, hatte die Angst nicht ausgehalten.

Eli suchte sogleich nach dem Generalstabschef. Auf seinem Kopf thronte eine große blaue Kippa mit einer Stickerei aus Goldfäden, die verkündete: »Und Zion wird ein Erlöser zuteil.« Man sollte ihn nicht verurteilen wegen seiner Freude. Er freute sich, dass er die Beisetzung erfolgreich organisiert hatte und seine Männlichkeit endlich Anerkennung erfuhr. Von nahem beäugte er (als Mann war er ziemlich klein geraten) die Mitglieder des Generalstabs, versuchte, einige von ihnen zu identifizieren, was ihm nicht besonders gelang, sodass er zum Kommandeur der Luftwaffe trat, ihm die Hand drückte und sagte: »Sie erkenne ich wegen der Uniform. Sie sind Pilot, stimmts? Ich liebe Piloten sehr, obgleich ich nur ein einziges Mal nach Holland geflogen bin, danach per Anhalter nach Deutschland gefahren und direkt von Deutschland nach Hause zurückgekehrt bin ... mit dem Flugzeug ...« Zemach Shekel drehte sich zum Oberbefehlshaber der Marine, der in ein Gespräch vertieft war mit General Semer Dekel, dem leitenden Erziehungsoffizier. Alle drei dachten sie, dass Eli zur

Familie des Verstorbenen gehörte, seiner schwarzen Aufmachung wegen. Eli lauschte auch ihrer leisen Unterhaltung, war einer Meinung mit dem Kommandeur der Luftwaffe und uneins mit dessen Gesprächspartnern, bemerkte den Oberbefehlshaber, entschuldigte sich bei Ersteren und eilte zu Letzterem: »Schalom, mein lieber Herr Oberbefehlshaber, ich bin Eli. Schauen Sie, welch wundervolle Klasse wir haben.« Der Generalstabschef sah instinktiv in die Richtung, in die Eli deutete, sah aber nichts, auch wenn seine Rekruten ihn vor Jahren einmal »Adlerauge« genannt hatten, auf seine Bitte hin. Seine Frau, die neben ihm stand, wies unmerklich mit dem Kinn auf Eli und fragte entsetzt: »Wer ist die?« Er sagte: »Wie kann ich das wissen? Weißt du, wie viele Leute jeden Tag zu mir kommen?« Erst da bemerkte Eli den schwer keuchenden Premier und sagte laut und vernehmlich zu ihm: »Wie fühlen Sie sich? Gut? Fühlen Sie sich gut?« Der Regierungschef erwiderte mit Mühe: »Nicht gut, nicht gut.« Und Eli: »Ich denke, mein Herr, Sie sollten ins Sanatorium Zauberberg fahren, das ist in der Schweiz, glaube ich, und sich dort endlich einmal auskurieren. So kann es nicht weitergehen. Sie zerstören Ihr eigenes Leben, dabei brauchen wir einen starken Führer.« Und dem Generalstabschef flüsterte er zu: »Das Volk wartet auf Sie, Sie sind unser Kommandeur! Sie brauchen nicht viel, nur Glauben. Und an was glauben? Dass Sie etwas haben, was jedem von uns fehlt, und dann herrschen Sie ohne Probleme. Sie geben dem Volk einfach das, was Sie mehr haben, wobei Sie nicht wirklich etwas an sich haben müssen, selbstverständlich. Es muss nur jeder in Ihren Worten das finden können, was ihm selbst fehlt.« Im Gegensatz zu ihrem Mann, dessen Augen über die Gesichter der sich versammelnden Trauergesellschaft glitten wie ein Radar, hoffend, die Fotografen würden ausbleiben, oder noch besser, dieses Schreckgespenst würde sich in Wohlgefallen auflösen, war die

Frau des Generalstabschefs mächtig erschrocken. Sie besah sich Elis Gesicht und meinte zu ihrem Gatten: »Ich glaub, das ist einer aus den Konzentrationslagern. Dabei hab ich gedacht, solche gibts nicht mehr.« Der Generalstabschef herrschte sie an, ohne sie oder Eli anzusehen: »Wir sollten uns auf Dudu konzentrieren, Teuerste.« Eli war verletzt: »Das wars? Der Mohr hat seine Schuldigkeit getan, der Mohr kann gehen?« Seine Hochstimmung war dahin. Einige Zeit blieb er noch bei der oberen Befehlsebene stehen, vor lauter Angst, sie würden hinter seinem Rücken feixen, wenn er sich davonstahl. Dann ging er und sagte sich, er habe übertrieben, man dürfe sich eben nicht zu früh freuen. Auch wenn sich einiges geändert hat, das Leben ist noch immer voller Kränkungen.

Auch Jiftach traf ein, seine junge Frau gab ihm eine Kippa – sie war schön wie vor Jahren, schmale Hüften, schwarzes Haar –, küsste ihn auf die Stirn und ging. Er winkte ihr nach, hatte vielleicht Angst, sie könnte erneut verschwinden, und sie warf ihm eine Kusshand zu, wie einst auf jenem Hindernisparcours, als sie sich voneinander verabschiedet hatten. Danach gesellte sich Jiftach zu der Klasse, begrüßte Bilha. Miriams Mann schob ihren Rollstuhl über den Kiesweg. Ein feister, hünenhafter Mann mit hohem Hut kam von hinten angeeilt. Bilha küsste ihn innig. Sie gingen einer hinter dem anderen her, zu zwölft, vielleicht mehr, ganz gemächlich, blieben ab und an stehen, um auf Miriam zu warten. Und einer nach dem anderen drückten die ehemaligen Mitschüler und Mitschülerinnen auch Na'ama und ihren beiden Söhnen neben ihr die Hand. Na'ama fragte: »Warum sehe ich Lotem nicht?« Alle drehten sich um, um Lotem unter den Offizieren des Generalstabs zu suchen, die unseren Oberbefehlshaber und den auf seinen Militärsekretär gestützten Premierminister umstanden, aber Lotem kam angelaufen, um sich unter sie zu mischen, ohne Uniform: »Hier bin ich.« Er war erregt von Bilhas Schönheit, als sei diese unvermittelt aus dem Staub des Weges auferstanden – vor Jahren sah ich eine Knospe und jetzt ist die Blüte noch schöner. Sie lächelte ihm schelmisch zu, ihre Zähne waren schneeweiß, du hast mich geliebt, Schönste, was hast du mich geliebt. Na'ama hielt Matans Hand umklammert. Lotem fragte Jiftach leise: »Warum hast du mir gesagt, deine Frau sei tot?«

»Meine Frau ist tot, Lot.«

»Und wer ist dann die Frau, die mit dir gekommen ist?«

»Das ist meine Tochter, Lot.«

»Seid ihr überhaupt in unserer Klasse gewesen?«, fragte Na'ama. Sie nickten. Dann sah Na'ama Eli an und sagte: »Du hast einen Bart bekommen, Ela.« Und Ela sagte: »Sicher, deshalb heiß ich jetzt auch Eli.« Darauf Na'ama: »Aber wo ist Rafi?« Und Eli: »Wer ist das, Rafi?« Na'ama antwortete nicht. »Du hast keine Ahnung«, beeilte sich Eli zu erklären, »wie viele Leute schon nicht mehr sind, und niemand weiß, wo sie sind.« Und wo ist Absalom? »Absalom ist getötet worden, das ist sicher. Er wird nicht kommen, weil er umgekommen ist.« Doch wie eine Lehrerin fuhr sie fort, die Namen der Kinder aufzurufen, an die sie sich erinnerte. Ein Teil hatte Gründe für ihr Fehlen, ein Teil hatte keinerlei Gründe, sodass man einfach auf sie verzichten musste, ohne sich zu ärgern, denn wenn sie gekonnt hätten, wären sie sicher gekommen, ohne jeden Zweifel. Von Zeit zu Zeit lösten die Sargträger einander ab – in feierlicher Kleidung, alle um die fünfzig, nicht wirklich prominent, aber Menschen – wie Na'ama sie eingeteilt hatte. Ein bärtiger Leichenbestatter ging vor ihnen her und rief: »Gerechtigkeit ihm schreite voran«, und die Sargträger stöhnten unter ihrer Last. Lotem war zu groß gewachsen, während Jiftach nicht nur zu klein war, sondern seine eine Hand ihm auch Schmerzen bereitete. Matan sagte: »Bestimmt leidet Papa.« Na'ama streichelte ihn und erfand: »Im Gegenteil, er freut sich, weil man ihn gleich schlafen lässt.« Joni dachte bei sich, dass die Prozession hinter ihm gespickt war mit den Geliebten seines Vaters, und vielleicht hatte sein Vater noch mehr Kinder – Brüder und Schwestern von ihm, die er nicht kannte. Ich werde mich um sie kümmern. Um alle. Dass es zu Ende geht, dass all dies zu Ende geht.

Der Tod ist nicht kurz. Das ist noch so eine Lüge, mit der man uns und die Kinder abspeist, die in der Dunkelheit in ihren Betten sitzen, hellwach, in der unendlich langen Nacht vor dem Begräbnis ihrer Väter. Na'ama lauschte nur ihrem Sohn, als dieser das Totengebet sprach, und kaum hatte sie die Worte vernommen, »Erhoben und geheiligt werde SEIN großer Name auf der Welt«, sperrte sie den Mund weit auf, als rissen unsichtbare Hände, ihre Hände, die Kiefer auseinander, und als wer auch immer murmelte, »SEIN großer Name sei gepriesen in Ewigkeit und Ewigkeit der Ewigkeiten«, warf sie einen Blick auf die Umstehenden und sah nichts, denn ihre Augen waren verschleiert, stets hatte sie Dudu versprochen nicht zu weinen, weshalb sie sich jetzt sehr bemühte, nicht zu weinen, für ihn, ihren einen, einzigen Lebensgefährten seit der siebten Klasse. Namen, eine Grube, Erde, Stimmen, wir gehen nach Hause, mögest du kein Leid mehr erfahren, du hast wundervolle Kinder. Lotem stand am Grab seines Freundes und sagte sich: Na'amas Zirkus ist nichts gegen das, was ich tun werde. Ihr Zirkus ist rein gar nichts gegen das, was ich anstellen werde. Sei meine Mutter.«

El-Kader

Ein Schaufelbagger, der bis eben ein neues Grab ausgehoben hatte, hat seine Arbeit eingestellt, der Beisetzung des Generals auf dem angrenzenden Gräberfeld wegen. Der Fahrer, der im Schatten der überdimensionalen Räder des Baggers sitzt, wird in der Zwischenzeit sein in Papier gewickeltes Fladenbrot essen. Die Häuser, die er baut, stehen bis zum Tag des Jüngsten Gerichts, aber er, er hat andere Sorgen. Ein anderer Mann steht ebenfalls neben dem Bagger, staunt über den Anblick der Beerdigung, seine eine Hand ruht auf seinem Kopf und dann sagt er zu dem Fahrer, der ihn anfangs nicht bemerkt hat und sich jetzt beeilt, die Reste des Fladenbrots zurück in das Papier zu stopfen, als sei ein Vorgesetzter gekommen, um zu kontrollieren, warum er seine Arbeit eingestellt hat: »Sie haben mir den Sohn getötet. Einundzwanzig Kugeln in den Kopf. Haben ihn bei einer Aktion getötet, verstehen Sie? Sie hätten einen Araber töten sollen und haben stattdessen meinen Sohn getötet.« Der Baggerfahrer würgte hinunter, was er noch im Mund hatte, doch auch dann wusste er noch nicht, was er antworten sollte – während einer Beisetzung arbeiten kann er nicht, da gibt es klare Anweisungen, andererseits jedoch verzögert sich das Ausheben des Grabs für den berühmten Literaturkritiker Gabriel Ischkariot. Der Vater wiederholte seine Elegie, der Fahrer fuhr fort zu nicken, drei Töchter hat er, trotzdem haben sie beschlossen, er und seine Frau, keine weiteren Kinder zu bekommen. Einmal werden sie es vielleicht noch versuchen, aber dann ist es genug, und er teilt den Schmerz des Mannes, der seinen Sohn beweint.

»Einundzwanzig Kugeln in den Kopf, als sei er ein Araber. Ein von braunen Locken bedeckter Kopf. Nachts bin ich immer in sein Zimmer, um ihn zu streicheln, er hat im Schlaf geschwitzt, als würde er sich im Traum anstrengen, und ich hab den Schweiß von seinen Haaren gewischt.«

Von Mal zu Mal wechselt der Vater die Hand als Kippa über seinem Kopf, jetzt ist es seine Rechte, die den Kopf bedeckt, und der Baggerfahrer will, dass alles vorübergeht, was soll er dem Vater sagen? Dass die Untersuchung ihm den Sohn nicht zurückgeben wird? Schließlich weiß ein Vater, der seinen Sohn verloren hat, solche Dinge.

»Ich erinnere mich an ihn seit dem Augenblick, da er geboren wurde. Ich hab vor dem Kreißsaal gewartet. Wir wussten nicht, ob es ein Sohn werden würde oder vielleicht eine Tochter. Plötzlich ist eine Schwester gekommen und hat gesagt: ›Sie haben einen kleinen Sohn, richtig niedlich, herzlichen Glückwunsch‹, und ich hab angefangen zu tanzen, wie ein Verrückter hab ich getanzt, auf dem Gang, hab vollkommen vergessen, dass da auch noch andere Leute waren. Das ist meine Strafe. Genau so. GOTT bestraft mich, weil ich vor Freude getanzt habe. Einige dort waren nervös. Wem würde ein Sohn geboren, wem eine Tochter, vielleicht würde die Frau sterben, Leute warten voller Angst und ich tanze. Ich bin schuld.«

Der Baggerfahrer wollte sagen, das könne nicht sein, Gott bestrafe solche Dinge nicht mit derartiger Grausamkeit, aber er sagte nichts.

»Ein Vater war da, der wollte nicht rein, seine Frau sehen, wollte nur noch nach Hause, sie hatten ein behindertes Kind bekommen, und ich hab auch das geküsst, vor lauter Freude. Ein Egoist bin ich. Habs verdient. Aber mein Junge hat das nicht verdient. Überhaupt nicht. GOTT ist blind, vielleicht zittert ihm auch die Hand, wenn er seine Entscheidungen schreibt.«

»Das darf man nicht, das nicht.«

»Sie sind Araber, was?«

»Was soll ich machen? Araber, sicher bin ich Araber.«

»Wie heißen Sie?«

Der Baggerfahrer sagte: »Abd el-Kader, Ali Abd el-Kader.« Da meinte der Vater zu dem gegen einen Reifen gelehnten Fahrer: »Die Nacht der Bestimmung ist weit besser als tausend Monate«, und der Fahrer schaute auf seine von schwarzen Furchen durchzogenen Hände, schwieg und sagte dann zu dem um seinen Sohn trauernden Alten, wobei beide Jonathan betrachteten, der jetzt sein Kaddisch sagte: »In ihr stiegen die Engel und der Geist, mit Erlaubnis ihres Herrn, mit den Anordnungen Allahs über alle Dinge herab.« Dann stand der Fahrer auf und erklomm den Sitz des Baggers. Niemand hatte ihm gesagt, dass hier ein solches Durcheinander herrschen würde. Der Vater hob sein Gesicht zu dem Fahrer hoch oben hinterm Steuer und beschied ihm mit zitternder Stimme: »Friede und Heil bringt diese Nacht bis zum Erglühen der Morgenröte«, womit er abermals die Hand auf seinem Kopf wechselte, doch dem Fahrer schien, der Vater richte seinen Finger gegen die eigene Schläfe, und er erschrak, ließ die Maschine an und fuhr fort, das neue Grab auszuheben.

7

Die Aufhebung

Das entführte Baby

Als Lotem noch Regimentskommandeur war, hatte er seine Soldaten eines Tages losgeschickt, ein entfernt gelegenes Ziel einzunehmen, unter Verwendung von Karten und Skizzen, doch am Ende des Orientierungsmarsches fanden sie sich in einem leeren, unbeleuchteten Fußballstadion wieder, wo er ihnen hoch oben von der Tribüne befahl, über Lautsprecher, die italienische Mannschaft anzufeuern, die dort überhaupt nicht spielte und die die israelische Nationalmannschaft, von der ebenfalls nichts zu sehen war, vernichtend schlug. Das gähnend leere Spielfeld lag vor ihnen wie ein Massengrab. »Feuert die Starken an, nicht die Schwachen, nur so werdet ihr Soldaten ohne Schuldgefühle«, lachte er, und sie liebten ihn dafür in der Dunkelheit, schworen diesem Mann Gefolgschaft, auf ewig. Inzwischen ist Lotem schon nicht mehr die große Flamme wie seine Fallschirmjäger sie geliebt haben, doch ihren Kindern haben sie erzählt – und diese werden noch ihren Kindern davon erzählen –, dass ihnen vergönnt war, ihm zu gehören, ihm, ihm, nur ihm allein. Stellt euch nun den Ort auf der Zeitschiene unserer Geschichte vor: Eine große Flamme verlöscht, klammert sich an die wispernde Glut, blüht für einen Augenblick auf, bläulich, rot und gelb, bricht aus, wie auf dem Höhepunkt ihrer Macht. Von Mal zu Mal erlaubte ihm Shulamit, zu ihr zu kommen, und wenn er eintraf, setzte er sich ins Wohnzimmer, blätterte in Kunstbänden, versuchte, über Dudus Kinder zu sprechen.

»Hast du vor, mit mir über sämtliche Waisen zu sprechen, die er hinterlassen hat, oder nur über die, die aus Na'ama geflutscht sind?«

Er schwieg und nach einer Viertelstunde, in der er nicht einmal versuchte, das Gespräch wieder aufleben zu lassen, sagte er: »Noch nie hab ich in einer Frau ersaufen wollen, wie ich in dir ersaufen will.« Wieder war sie kühl, wir würden sagen, sogar zu prosaisch: »Was ist mit den Geheimnissen, die du mir versprochen hattest?« Und so packte er aus. Als Araber verkleidete Soldaten eines Sonderkommandos waren in das Flüchtlingslager el-Bureij im Gazastreifen eingedrungen. Jeden Tag streiften sie in ihrem Zivilfahrzeug durch die Zitrusplantagen. Einmal, gegen Mittag, bemerkten sie einige junge Männer aus dem Lager, die Parolen an die Wand eines Hauses sprühten. Sie kamen näher, schossen auf einen. Der Bursche wurde getroffen, floh humpelnd. Vier Soldaten und ein Offizier in Verkleidung machten sich daran, ihn in den Gassen des Lagers zu verfolgen. Der befehlshabende Offizier brüllte – so der Untersuchungsbericht – »Wakef, Djeesh!«, was nichts weiter als »Stehen bleiben, Armee!« heißt, danach schossen sie – so heißt es im Untersuchungsbericht – in die Luft, dann erst – wie dem Untersuchungsbericht zu entnehmen ist – auf die Beine und zu guter Letzt – sagt der Untersuchungsbericht – auf den jungen Mann selbst, weil dieser seine Waffe auf sie gerichtet hatte – so der Untersuchungsbericht –, sodass ihnen keine andere Wahl blieb als ihn durch einen Schuss in den Rücken zu töten. Eine Kugel kam, wie eine U-Bahn, auf der Herzseite wieder zum Vorschein. Das gehetzte Tier fiel auf den Bauch. Die Eindringlinge sammelten den glühenden Leichnam ein und flohen vor dem Zorn der

Menge, so heißt es. Ein Armeearzt stellte in der Militärverwaltung den Tod des achtzehnjährigen Maher el-Kadme fest, aufgrund von Herzversagen selbstverständlich. Seine Leiche war bereits kalt. All dies las Shulamit von einem Blatt ab, das er ihr, vielleicht als Eintrittskarte zu ihrem Bett, mitgebracht hatte. Immer wieder versuchte er anhand ihrer sich bewegenden Lippen zu erraten, bei welcher Zeile des Untersuchungsberichts sie gerade war. Für einen Moment freute er sich. Aber ihre Hände zitterten, ihre Lippen murmelten unhörbar vor sich hin, sie war leichenblass. Da überkam ihn die Angst. Vielleicht begriff er das Grauen durch ihre Augen. Vielleicht kam ihm der Anblick des leblosen Körpers in den Sinn, der im Laufschritt zum Wagen gezerrt wurde. Im ursprünglichen Plan hat er ein solches Wegschleifen noch als »Kontaktabbruch mit dem Kunden« bezeichnet, und jetzt bestürmte ihn das Bild durch ihre Augen. Er lag auf ihrem Bett, bedeckt mit einem leichten Laken. Sie hatte ihn genötigt, sich die Füße zu waschen, bevor er in ihr Bett stieg. Sie lief ruhelos durch die Wohnung, las den Untersuchungsbericht wieder und wieder. Warum hast du das getan, Adam? Ganz einfach, Dudu, ich will ein Kind von ihr. Warum von ihr? Weil ich sie liebe. Weshalb? Weil sie schön ist. Sie ist eine Schlampe. Das stimmt nicht, Dudu, sie ist keine Schlampe. Shulamit telefonierte gerade im Nebenraum, auf Französisch. Das tat sie jedes Mal, wenn er bei ihr war, bis er aufhörte zu glauben, dass am anderen Ende der Leitung tatsächlich jemand zuhörte. »Warum gehst du nicht zur Zeitung und gibst denen die Informationen?«, rief er ihr zu. Sie antwortete nicht. Ließ ihn sich auf sie wälzen, blieb distanziert, die Lust erstarb, ein Vergnügen war es nicht. Sie schlief die ganze Nacht nicht, antwortete nicht, wenn er mit ihr sprach, lag mit offenen Augen da. Hätte sie ihm bloß gesagt, worüber sie nachdachte. Denn so beschloss er, die vertraulichen Informationen selbst unters Volk zu bringen.

Bei dem Treffen mit dem Chefredakteur der Zeitung sprachen die beiden Männer über ihre Jugend. Wie ähnlich sie sich waren. Nicht zu glauben. So stellte sich heraus, dass sie beide Patrice Lumumba verehrt hatten, den Ministerpräsidenten des Kongo, der vorzeitig ermordet worden war. Der Redakteur geriet sogar wegen der Ähnlichkeit zwischen ihnen beiden ganz aus dem Häuschen und schlug vor, höchstpersönlich die Biografie des Generals zu verfassen. Schon seit langem wollte er sich mit etwas Kreativem beschäftigen. In seinen Augen war Lotem von einer Komplexität, die sich schwer definieren ließ. Ein Mann der Schlachten, gepaart mit einer Art Moralität. Auch der Redakteur hatte diese Komplexität an sich. Einerseits herzlose Kündigungen und andererseits unzählige einfühlsame Gespräche mit den entlassenen Mitarbeitern. Er war sicher, dass sich durch Lotems Biografie das kollektive Ego unserer Generation freilegen ließe. Liebte es, »unsere Generation« zu sagen. »Ich rufe Sie an. Ich brauche Zeit, um zu entscheiden«, meinte Lotem, als er das Zimmer verließ und dort die Akte mit den Einzelheiten einiger Hinrichtungsaktionen vergaß: Muhammad Abd el-Rachman Salame, neunzehn Jahre, Kafr Malik (Ramallah), getötet durch Soldaten, die verkleidet in sein Dorf gekommen waren und sich beim Malen von Parolen beteiligt hatten. Muhammad schrie plötzlich, »Djeesh, Djeesh!«, und einer der fünf ungebetenen Gäste zog eine Pistole und schoss aus einer Entfernung von anderthalb Metern auf ihn. Muhammad kroch noch zweihundert Meter und verblutete. Ein Armeesprecher teilte mit, Muhammad sei trotz Aufforderung nicht stehen geblieben, aber die Akte, die Lotem hatte liegen lassen, bekundete das genaue Gegenteil. Es fanden sich darin noch ein paar Fälle, recht grausige mitunter. Warum wollte Lotem eine Biografie? Weil er alles zerlegen wollte und von neuem zusammensetzen, was sich nicht zusammenfügen lässt, eine neue Geschichte über sein Leben erzählen, aber weder einen Zuhörer noch eine Zuhörerin hatte, denn er hatte keine Frau, keinen Sohn und keine Tochter, und auch keine echte Freundin, auch nicht Lea, die einen anderen Lotem liebte. Später dann, im Supermarkt – vielleicht, um Teebeutel und Zitronen zu kaufen – sah er einen Säugling im Kinderwagen. Die Mutter wollte noch Milch holen und bat ihn, Acht zu geben, dass sie ihren Platz in der Schlange an der Kasse nicht einbüßte. Er hob das Baby vorsichtig hoch, lächelte es an. Die Kleine erwiderte sein Lächeln. Die Wärme ihres Körpers und der Milchgeruch, den sie verströmte, zwangen ihn, das Baby mitzunehmen. Er drängte sich an der Kasse vorbei, wähnte Schreie in seinem Rücken, verließ den Laden, stand auf der Straße, überlegte, wohin er gehen sollte, wandte sich nach Norden, dann doch nach Süden, kehrte schließlich in den Supermarkt zurück und legte die Kleine wieder in ihren Wagen. Die Mutter sah ihn panisch an. »Jemand hat versucht, das Baby zu entführen«, wollte er stottern. Stotterte nicht. »Ich danke Ihnen«, stieß die Frau hervor und errötete vor Scham. Ließ ihren Einkaufswagen einfach stehen und stürmte mit der Kleinen auf dem Arm aus dem Laden, den Kinderwagen mit der anderen Hand hinter sich herziehend. Lotem wollte ein Kind und dann sterben. Es ist eine Lüge, dass nachts die Toten kommen. Nachts sieht man sie von weitem, sich immer mehr entfernend. Nach einer Woche kam ein Anruf von dem Redakteur. Er tat geheimnisvoll, wollte sich unter vier Augen treffen, schlug vor, in die Wohnung des Generals zu kommen. Lotem zog es vor, zur Zeitung zu kommen. Aufgeregt wie ein Verräternovize traf er in der Redaktion ein. Gleich zu Beginn der Unterhaltung reichte der Redakteur ihm die Akte, in buntes Geschenkpapier verpackt. »Die Verzögerung tut mir Leid. Ich trage mehr Verantwortung, als Sie meinen. Meine geschiedene Frau kommt nicht mit ihrem Neuen zurecht und besteht darauf, wieder meinen Familiennamen zu tragen. Doch meine zweite Frau ist nicht einverstanden damit. Aber gleich, als Sie gegangen sind, hab ich die Akte in den Tresor gelegt. Haben Sie bereits eine Antwort hinsichtlich der Biografie? Nicht schlimm, nehmen Sie sich Zeit und entscheiden Sie dann.« Lotem verließ das Zeitungsgebäude und ging zu Shulamit, die ihn nicht reinließ. Er umarmte sie an der Tür. »Ich bitte dich um Verzeihung für alles.« Sie sagte: »Ja, ich weiß.« Er löste seine Arme von ihrem unbeteiligten Körper, worauf sie in die Wohnung schlüpfte und die Tür verschloss. Lotem machte sich auf einen langen Weg, von dem er niemals zurückkehren sollte. War er es, der in den Redaktionen der großen Zeitungen die Brände legte, in jener Woche, als in allen drei führenden Blättern niederträchtige Artikel über Dudu und dessen Beisetzung erschienen? Wir wissen es nicht. Unwesentlich, Zeitungen gehen in Flammen auf und entstehen neu, wie die Welt. Vielleicht sind sie ja die Welt.

Papa Lotem

Lotem und der Oberbefehlshaber hatten ein frühlingshaftes Arbeitstreffen. Sollten euch die beiden im weiteren Verlauf der Geschichte wie zwei Vollidioten erscheinen, oder zumindest unser Oberbefehlshaber, Generalstabschef Kedem Eden, dessen Bild Gemüsestände im ganzen Land ziert, versucht diesen Geisteszustand als das auf Beute lauernde Dösen eines Krokodils zu lesen. Eine Stunde war für das Treffen angesetzt, am Ende sollten es deren drei werden. Allgemein gesprochen sagte der Generalstabschef ein paar zu Herzen gehende Sachen. Lotem, seinerseits, nickte und wurde dann nach seinem Anliegen gefragt. Sagte, was er zu sagen hatte hinsichtlich der Bewilligung für etwas, das sowohl eine Kommandoaktion, ein Ausflug oder ein Manöver werden konnte, und der Oberbefehlshaber sicherte zu, was er konnte, gegen das Versprechen, der General, also Lotem, der älter und gebildeter war als er selbst, werde ihm zur Seite stehen, genau wie Dudu ihm zur Seite gestanden hatte, denn jetzt, ohne Dudu, fiel es ihm schwer, dem Oberbefehlshaber, sehr schwer, allein vor einen feindlich gesinnten Generalstab zu treten. Es war dies das erste Arbeitstreffen des Generalstabschefs Kedem Eden seit Dudus Tod. Alle Treffen seit dem Absturz waren wieder und wieder verschoben worden und manchmal war die Protokollchefin des Generalstabs, Hauptmann Hagar Rosenberg-Schostakowitsch, gezwungen, höchstrangige Offiziere am Telefon abzuwimmeln, indem sie allen Nörglern mit genau dem einen trocken-kühlen Satz beschied: »Haben Sie einen besseren Vorschlag?« Die Artillerie, zum Beispiel, wartete drei geschlagene Tage, bis sie von ebendieser Hagar die Erlaubnis erhielt, das Feuer zu eröffnen, sodass es am Ende allen Bewohnern des Dorfes Kabrisa, oder Shabricha, gelang, unversehrt zu entkommen, sogar den Alten – ein Teil floh mit dem Taxi, die Matratzen auf das Wagendach getürmt, weshalb das schreckliche Weinen, das von dort zu hören war, bloß das Weinen eines kleinen Jungen war, der in der Hast des Aufbruchs seinen Teddy verloren hatte, mehr nicht. Nebenbei bemerkt, Hagar verstand es, die Handschrift des Generalstabschefs mit großem Erfolg nachzumachen. Sicherheitshalber führte sie ein Tagebuch unter dem Titel »Das echte Tagebuch«, dem sie auf der linken Seite die Version anvertraute, die sie in dem offiziellen Bericht geschrieben hatte, und auf der rechten Seite die Wahrheit. Manchmal vermerkte sie auf der Wahrheitsseite fabrizierte Fakten, und manchmal – genau umgekehrt.

Obgleich bis auf den heutigen Tag alle Verwüstungen, die unsere Armee auf dem Kerbholz hat, als Riesenerfolge gezählt werden – die Militärfriedhöfe reichen nicht aus, diese zu resümieren –, glaubte Lotem in der Lage zu sein, noch einmal eine Feuersbrunst zu entfachen und in einer Riesenaktion alle in den besetzten Gebieten tätigen verdeckten Einheiten ans Messer zu liefern. Genauer gesagt plante er, alle Spezialeinheiten, die er erdacht und aufgebaut hatte, zusammenzuziehen und sie in das größte Fiasko zu führen in der Geschichte der modernen Armeen. Diese Einheiten hegten selbstverständlich nicht den geringsten Verdacht. Dort hielt man große Stücke auf Papa Lotem, ihren geistigen Urheber und Gründer, der stets aufgefordert war, Vorschläge zu unterbreiten, von Erfolgen und Pleiten zu hören, von neuen Initiativen, Ausweitungen, Abspaltungen und Verschmelzungen. Vorzuwerfen ist Lotem, dass er niemals begriff, dass die Dinge auch ohne ihn weiterlaufen würden und seine Vaterschaft sich somit in nichts von jeder anderen Vaterschaft unterschied. Zu seiner Entlastung jedoch sei gesagt, dass er sich seines großen Anteils am strategischen Denken der Armee bewusst war und an dem moralischen Verfall, der zu einem Verwischen jeglicher Unterschiede zwischen Kriegführung und bloßem Verbrechen geführt hatte. Kurzum, weil er hinter sein Lebenswerk einen Schlusspunkt setzen wollte, hatte er vor, eine Riesenkommandoaktion durchzuführen – und scheitern zu lassen. Und deshalb wartete er während dieser langen Unterredung auf den passenden Augenblick, um sich von dem Generalstabschef die Aktion absegnen zu lassen. Das Gespräch zog sich in die Länge. Der Generalstabschef selbst war nicht wirklich ein Idiot, anderenfalls wäre er ja nicht zum Oberbefehlshaber ernannt worden. Er brachte seine Absicht und die seiner Frau zur Sprache, Na'ama Rotem vorzuschlagen, ihnen Joni, den Sohn des getöteten Generals, zur Adoption anzuvertrauen. Selbst kinderlos, andererseits aber glücklich und materiell sorgenfrei verheiratet – nach seiner Entlassung würde er als

Direktor bei einem Unternehmen für Satellitentechnologie unterkommen –, während Na'ama nun allein stehende Mutter dreier Söhne war, könnte welcher Schritt auch immer hin zu einem Ausgleich zwischen den beiden Familien nur allen Beteiligten nützen. Der Generalstabschef, der wusste, wie nah Lotem der Familie des verstorbenen Generals und besonders dem zur Adoption vorgesehenen Sohn stand, wollte herausfinden, ob nicht auch Lotem der Ansicht war, dass, ganz abgesehen von der biologischen Gerechtigkeit, Joni eine normalere Elternschaft bevorzugen würde, eingedenk der anstößigen Form von Trauer, die dieses Haus an den Tag legte. Lotem bejahte einsilbig und erläuterte dann die Einzelheiten der Aktion: In der Ortschaft Yazbek – auf die Erfindung dieses Namens hatte er sehr viel Nachdenken verwandt – in den Bergen des Libanon würde zu einem bestimmten Datum der Befehlshaber des syrischen Abschirmdienstes aufkreuzen, Ali Aslan – ein tatsächlich existierender Name, eine offene Wunde bei jedem israelischen General –, um in den dortigen Thermalbädern auszuspannen. Seine Liquidierung komme selbstverständlich der Begleichung einer lange offenen Rechnung gleich. Für diese Exekution würden alle erforderlichen Einheiten aufgeboten werden müssen – und Lotem zählte Einheiten auf, zum Teil existierende, zum Teil frei erfundene, denn dies ist die bewährteste Form der Kunst des Scherzens. »Überhaupt kein Problem«, meinte der Generalstabschef. Die Minuten tröpfelten dahin, Erwägungen wurden ausgetauscht, man sprach über Dinge, an die man keine Gedanken verschwendete, und dachte nach über Dinge, die man nicht aussprach, wie in der Sauna. Dann fragte der Generalstabschef: »Sag mir, denkst du, diese Idee mit Dudus Sohn ist ein Hirngespinst?« Und nach kurzem Zögern fügte das Krokodil hinzu, als könne es Lotems schnelle Antwort nicht mehr einholen: »Grundsätzlich, meine ich selbstverständlich. Grundsätzlich.« Lotem nuschelte Zustimmung, räusperte sich, sann nach, grunzte beinahe, machte abermals »Ja, ja«, und der Generalstabschef wollte das Treffen noch und noch in die Länge ziehen. »Sag mal, Lotem, wie kann es sein, dass es in Jerusalem neben den Grabstätten für die Großen der Nation keine für die ehemaligen Oberbefehlshaber der Armee gibt?«

»Vielleicht, weil die Oberbefehlshaber nicht zu den Großen der Nation gehören.«

»Ja? Dann gibt es so etwas wie die Großen der Nation überhaupt nicht. Guck dir nur unseren Premierminister an. Was hat der Mann ein Asthma. Weißt du, welche Krankheit Golda gehabt hat? Herpes. Und wo? An der ... Nun, wie soll man sagen? Peinlich. Und Begin? Der war geisteskrank, alle haben das gewusst und geschwiegen, bis zu der Geschichte im Libanon ... und dann hat man das als Vorwand gegen ihn benutzt. Das sollen die Großen der Nation sein? Hab ich dir schon mal erzählt, warum wir kein Kind in die Welt gesetzt haben? Nein? Wir hatten Angst, ein Kind zu bekommen, das nicht gesund ist. Ist Dudus Sohn gesund? Der Älteste, meine ich, weil der Jüngste ja Asthma hat, soweit ich verstehe.«

»Ja, ja.«

Dieses ständige »Ja, ja« machte den Generalstabschef verrückt, aber er sah sich vor, weder seinen Ärger zu zeigen noch nervös zu werden, bedauerte sein freimütiges Geplapper, ich schwenke zu schnell von Misstrauen auf Zuneigung um, werd ihn bitten, das Ganze zu vergessen, vielleicht hat er ja überhaupt nicht zugehört, ich erzähle ihm, was mich schmerzt, und er hört überhaupt nicht zu. Lotem, seinerseits, hatte Angst, den Oberbefehlshaber zu verletzen. Er musste volle Rückendeckung bekommen, gestand daher sogar, dass die Beerdigung einen bitteren Nachgeschmack bei ihm hinterlassen habe und er tiefe Sorge um das Wohl der Kinder empfinde. Er stotterte nicht, obgleich er eigentlich hätte stottern wollen, stotterte gern, dachte immer daran, zu stottern, aber hatte sich noch nie getraut. Glaubte auch an eine saubere Aktion, eine *reine Tätigkeit,* wie es bei Goethe heißt. Der Generalstabschef war erfreut. Endlich bekam er ein paar zusammenhängende Sätze, fand sogleich eine Bestätigung darin für alles, was er bisher gesagt hatte, drängte Lotem auch, keine Schuldgefühle zu entwickeln wegen der Beisetzung, da er, wie allen bekannt, nur dem Wunsch der Witwe entsprechend gehandelt habe, während diese, dem Bericht zufolge, vor ihm wie vor allen anderen Mitgliedern des Generalstabs und besonders vor dem Oberbefehlshaber (so hieß es ausdrücklich in dem Bulletin) im Wesentlichen alles, was hinterher auf dem Friedhof geschehen sollte, geheim gehalten habe. Lotem ließ seine Karten Karten sein. Ihr Treffen war ein stilles.

»Schon Jahre, dass ich zu Hause oft mit einer Aufnahme der Siebten Sinfonie von Bruckner, Anton Bruckner, stehe und dirigiere, vor allem das Finale mit der Spielanweisung *Bewegt, doch nicht zu schnell.* Ich verstehe diese Bezeichnung nicht, aber ich liebe das Dirigieren sehr, fast als hätte ich diese Musik geschrieben. Nick nicht ständig mit dem Kopf, das geht mir auf die Nerven. So viele Jahre ich auch mit meiner Frau schon verheiratet bin und so viel wir beide auch übereinander wissen, alles, beinahe zumindest – noch nie hab ich gewagt, vor ihr zu dirigieren. Wir befehligen eine riesige Armee und können nirgendwo mit ihr hinfahren. Was wird man über uns sagen? Warum nickst du die ganze Zeit? Du kannst nicht zuhören, Lotem. Wo war ich? Ach ja, Kinder habe ich keine. Du hast welche, an allen möglichen Orten, ich weiß, aber ich will, dass irgendjemand erzählt, was ich getan habe, mit meinen Worten. Wie sehr ich mich nach Dudu sehne. Er hat immer zu mir gesagt: ›Wenn wir wirklich Volltrottel wären, wer hätte uns dann eine ganze Armee anvertraut?‹ Und hat er nicht Recht gehabt? Hat er. Ich hab ihm am Telefon gesagt, dass ich die Leopardin satt hab und sie erschießen werde. Sie macht uns zum Gespött. Uns alle. Auch er mochte die Leopardin nicht, aber er liebte mich und hatte Angst, ich könnte mir Ärger einhandeln, weshalb er hergeflogen ist. So ist er umgekommen, durch meine Schuld. Jetzt sag mir, was du von der Adoptionsidee hältst, denn ich glaube, mit Dudus Joni könnte ich mich öffnen. Gemeinsam werden wir Bruckners Siebte dirigieren. Das ist toll. Kennst du die?«

Lotem versprach, sich die Sinfonie Nr. 7 von Bruckner einmal anzuhören – Beethovens Siebte hatte er früher mal geliebt und dann irgendwann mit einem Mal verabscheut, etwas zu Überladenes und Durchorganisiertes haftete ihr an –, sodass sich schon jetzt zusammenfassen lässt: Ausgerechnet dem Generalstabschef gelang es nicht, Lotems unverändertem Wesen zu entkommen, und auch, wenn er trotz allem eine Veränderung erahnte, will sagen, etwas Neues wahrnahm, das er vielleicht ersehnte, so sprach er aus Furcht und Verehrung dennoch mit der altbekannten, gegen Veränderungen gefeiten Gestalt, die ihn in schlaflosen Nächten heimsuchte, wozu auch fiktive Gespräche mit seiner Frau und ein gemeinsam gehegter Hass der Eheleute gegen diesen Lotem beitrugen, denn Kedems Frau hasste jeden, der ihren Mann ängstigte, was andererseits ihre Größe ausmachte, sodass er sich manchmal nach ihren zärtlichen Händen sehnte, denn wie gern hatte er es, wenn sie ihn streichelte.

Nicht der große Zirkus interessierte Lotem, worin er sich von der Witwe Na'ama Rotem unterschied, und auch nicht die politische Tat oder der Selbstmord. All dies war zu simpel. Schließlich hatte sich Dudu ja umgebracht. Mit einem Mal wurde ihm dies klar. Ein Mensch kommt auf die Welt, begeht Taten, nimmt sich das Leben – und seine Taten überdauern ihn. Was hatte die Welt durch seinen Freitod gewonnen? Er dachte an Goebbels' Selbstmord. Schüttelte sich dann vor Abscheu, vor allem wegen des Bilds der Frau und der sechs toten Kinder. Ausradieren hingegen bedeutete, eine Tat zu vollbringen, nach der keine der Handlungen vor der Tilgung mehr Bestand haben würde. Dem Generalstabschef gegenüber sprach er jedoch nur von der Leichtigkeit, mit der seine saubere Aktion über die Bühne gehen würde: Man macht kurzen Prozess mit dem Syrer, zwei Spezialeinheiten, die auf zwei verschiedenen Straßen vorstoßen, nachdem man zuvor noch Einheiten zur Abriegelung und für alle Fälle Kräfte als Rückendeckung in Stellung gebracht hat, außerdem irgendwo im Hinterland einen Sammelpunkt für die Verwundeten eingerichtet hat, ehe alle wohlbehalten von dort in Hubschraubern nach Hause zurückkehren. Niemand braucht davon etwas zu wissen, auch nicht die Regierung, vor allem nicht die Regierung. Der Generalstabschef wollte lediglich wissen, warum die Aktion die Bezeichnung »Die göttliche Komödie« tragen sollte. Weil sie aus drei Akten besteht, erwiderte Lotem. Aha, meinte der Oberbefehlshaber und nickte.

Iris Cohen und Keren Silber werden entführt

Hagar kam herein, legte einen Zettel auf den Tisch, und als sie den Raum verließ, wurde ihr Rücken von Blicken durchlöchert. Sie wusste, dass ihr diese nichts anhaben konnten, aber sie bereiteten ihr trotzdem Schmerzen, wie ihr BH, wie diese Fantasie, seitdem das Treffen festgelegt worden war, eine Wahnvorstellung, in der Lotem ihr an den Hintern fasst. Sie hatte die Fantasie verscheucht, aber diese kam immer wieder und erregte sie, gab keine Ruhe, als sei sie nicht gleich bei ihrem Auftauchen empört in die Flucht geschlagen worden, als sei ihr bloßes Auftreten allein nicht schon verachtenswürdig. Und als Lotem vor einer Stunde mit den Karten ins Büro gekommen war und sich eine Serviette gegriffen hatte, um sein Glasauge damit zu putzen, hatte sie ihre Augen wie einen Wimpernpinsel (so dachte sie über ihre Wimpern) über seine Hände gleiten lassen, um dann, schnell und verächtlich, den Blick auf den schwarzen Terminkalender zu senken. Lotem sah sie nicht an, dennoch wurde sie mit einem Mal an ihr knochiges Hinterteil erinnert. (»Sag mir, ist dein Hintern sehr weiß?«, hatte Lotem sie während des Telefonats gefragt, als sie ihn zu dem Treffen bestellte, und als sie nicht antwortete, vor lauter fassungsloser Bestürzung, hatte er hinzugefügt: »Sag, sind kleine bläuliche Blutgefäße darauf wie winzige Blumen nach dem Regen?« Als sie weiter beharrlich schwieg, fest entschlossen, das Treffen mit diesem furchtbaren Mann unter Dach und Fach zu bringen, wie der Generalstabschef ihr aufgetragen hatte, sagte Lotem: »Und möchtest du, dass ich dir einen Finger dort reinschiebe, sanft, ganz langsam, tief, tief rein? Ja? Wie auch immer, du solltest wissen, dass das Rektum mit den Jahren, nach konsequenter Befreiung von allen Ängsten, eine erogene Zone werden kann wie die Vagina, sogar noch mehr, doch man darf die Unterschiede sich nicht verwischen lassen.« Anstatt beleidigt zu sein oder ihm etwas über seine Grobheit zu sagen – sich über ihn zu beschweren wagte sie nicht, man würde von ihr sagen, sie habe alles nur erfunden –, beeilte sie sich, alle anderen Treffen, die für diesen Tag angesetzt waren, zu streichen, und vermerkte im Tagebuch: »L. bittet um ein Treffen mit O.«)

»Sag mal, Eden, fickst du deine Stabsleiterin?«

»He, Lotem, ich bin nicht wie du oder wie Dudu. Ich bin der Mann nur einer Frau, fürs ganze Leben. Mehr hab ich in dieser Sache nicht zu sagen.«

Lotem breitete die große Landkarte aus und wies auf jene Punkte, die die Soldaten von Einheit A abriegeln würden, im

Bereich des Hotels und der Absperrungen auf dem Weg dorthin, auf das kleine Haus am Rand der Schnellstraße und so weiter. Wir werden ihn nackt erledigen, sagte er. Sprach außerdem über Yazbek, jenes Yazbek, das eine assyrische, vorarabische, ja nichtarabische Geschichte habe, und auch eine byzantinische, wobei er aber die ganze Zeit ein viel größeres Desaster im Sinn hatte, und an einem anderen Ort. Ach, die Wunder der menschlichen Sprache. Er spürte die Nervosität des Generalstabschefs und beschloss daher, auf Tuchfühlung zu dessen Seele zu gehen, Witterung aufzunehmen, weich zu klopfen und sich die Genehmigung zu holen.

»Sag mal, Kedem, kannst du dir eine Aktion vorstellen, die sich jedweder Geschichtsschreibung entzieht? Eine Aktion, über die kein Historiker jemals Gelegenheit haben wird zu schreiben, keine Zeile, kein Wort, nicht einmal eine Andeutung, sodass keinerlei Auslegung ermöglicht wird, einfach eine klinisch saubere Sache.«

Es versteht sich, dass die Nervosität des Oberbefehlshabers nur noch größer wurde. Seine Augen irrten umher wie ein Vögelchen auf dem Balkon. »Sieh mal, Lotem«, sagte er hastig, noch ehe er wusste, was er erwidern sollte, bloß um mit einem Mal das neue Thema abzuhaken, das Lotem ihm aufgegeben hatte. Die Liebe ist ein Wunsch, den ein Gespräch niemals unterbinden kann.

»Schau, wenn etwas wirklich geheim ist, aber wirklich, dann darf nichts darüber geschrieben werden, die Vertreibung eines ganzen Dorfes zum Beispiel, nachdem man zehn Männer erledigt hat, du weißt schon, oder man bringt alle Hütten über ihren Bewohnern zum Einsturz, wie es Asriël in Kibya gemacht hat oder Sha'ul in Jenin, oder die Tötung von Gefangenen, zum Beispiel, ja? Dann ist anzunehmen, dass kein verantwortungsbewusster Historiker bereit sein wird, darüber zu schreiben, ja? Und auch in der schönen Literatur, die ich sehr, sehr schätze, werden sie nicht darüber schreiben, denn schließlich sind sie auf unserer Seite. Bleibt nur noch das Problem eines Historikers vonseiten der Opfer, und dazu meine ich …«

»In Ordnung. Es hat ein Dorf gegeben. Am Ende der Aktion gibt es kein Dorf mehr. Auch kein Zeuge ist mehr übrig. Das ist eine ziemlich saubere Aktion. Andererseits, vielleicht ist irgendjemand, aufgrund seiner bloßen Teilnahme an der Sache, ja doch gezwungen, irgendwann irgendwo davon zu erzählen, so eine Art Bodensatz, Überbleibsel treibt ihn um. Ob du willst oder nicht, immer bleibt eine Erinnerung übrig, die über die Aktion nachdenkt, du und deine Vergangenheit, deine Zukunft und das, was du danach tun wirst, ohne Ende, ohne Anfang. Mit anderen Worten ergibt sich daraus, dass eine wirklich lupenreine Aktion nur möglich ist, wenn alle daran Beteiligten dabei umkommen, derjenige, der sie ersonnen hat, der den Befehl gegeben und von ihr gewusst hat mit einbegriffen.«

»Aber am allereinfachsten ist doch, Lotem, auf den gesunden Menschenverstand der Leser zu vertrauen, die dir nicht glauben werden, sie werden es einfach nicht glauben oder bald vergessen.«

Wer von den beiden war nun der größere Idiot? Nicht eindeutig zu sagen. Wirklich nicht klar. Andersherum, wenn so viele Mütter ihre Söhne in deren Hände geben, nachdem sie in die Gesundheit und das Wohlergehen ihrer Kinder all ihr Wissen investiert haben, möglich, dass die beiden aus einem bestimmten Blickwinkel dennoch richtige Schlauköpfe sind. Wie auch immer, Lotem ließ seinen Fingerstumpf über die Wege gleiten, die den ausersehenen Landeplatz mit der Kirche auf dem hohen Hügel verbanden, führte von dort einen anderen Finger den Berg hinunter, zum Hotel, gab mit bellendem Geräusch einige Salven ab – früher hatte er es geliebt,

Salven blind in Räume, Säle, Überreste von Häusern zu jagen –, brachte den Finger geräuschlos zurück zum Landeplatz, hob von dort mit der ganzen Hand ab und brachte sie wohlbehalten nach Hause, als wäre sie ein Raumschiff.

»Lotem, sag mal, bist du es nicht irgendwann mal leid, alles auf Karten von Italien zu machen?«

Lotem faltete seine Karte der Toskana zusammen und lächelte. Bewusstseinstrübung interessierte ihn sehr. Auch der Generalstabschef sprach langsam, in seinen Sessel gegossen, dachte an seinen neuen Sohn, den siebzehnjährigen Joni, dachte daran, wie sie gemeinsam mit Jagdflinten schießen und Bruckner dirigieren würden, vielleicht auch Mahler. Nur nicht Berlioz. »Dudu hat gesagt, du hättest noch nie mit zwei Frauen geschlafen, stimmt das?«, fragte Kedem dann und Lotem meinte beinahe entschuldigend: »Ja, ja.« Auch Eden wollte sich entschuldigen. »Und stimmt es auch, dass du richtig erpicht darauf bist?« Lotem erwiderte mit leiser, verschämter Stimme: »Ich hätte nichts dagegen, aber das beschäftigt mich nicht ständig. Ich wusste nicht, dass Dudu darüber gesprochen hat.« Der Generalstabschef bewies seine Reife, indem er mit feinem Lächeln bemerkte: »Er hat das nur mal so nebenbei erwähnt, und ich, mit meinem phänomenalen Gedächtnis, hab mich jetzt plötzlich daran erinnert. Du wirst mir helfen, Joni zu adoptieren, das weiß ich. Und ich werd dir die Aktion absegnen, auch wenn es keinerlei Zusammenhang gibt und niemand davon wissen muss. Wir werden alles abstreiten, Notizen wird es keine geben, eine wirklich saubere Aktion, wie du sie liebst. Meine Frau, ganz nebenbei bemerkt, hat vor, Psychologie zu studieren, und das wird uns helfen, ihn großzuziehen.«

»Ich kenne einen Soldaten, einen Rekruten bei den Fallschirmjägern, der schon seit ein paar Monaten nicht mehr nach Hause fährt und seine Eltern boykottiert, sie nicht mehr als

Eltern will. Ich denke, er wäre glücklich, einen Generalstabschef als Vater zu haben, ja selbst einen ehemaligen. In dem Fall könnte ich dir das mit Leichtigkeit organisieren. Versprich mir nur, dass er hierhin versetzt wird, in den Generalstab. So könntest du ihn auch jeden Tag sehen.«

»Sieht er gut aus?«

»Ich denke ja, ziemlich gut.«

»Hat sein Vater Glatze?«

»Das ja.«

»Ist er gesund?«

»Er hat Asthma, aber sonst nichts.«

»Dann denke ich eher nicht, Lotem. Schau, du musst mir einfach in der Sache mit Dudus Sohn helfen. Und ich werd dir diese Aktion überlassen, weiß der Teufel, wozu wir die nötig haben.«

»Um der Sicherheit willen.«

»Ja, ja. Ich sag auch schon ständig ›Ja, ja‹. Ist dir das aufgefallen? Ich hab nur so gesagt, meine Frau würde Psychologie studieren. Sie ist mal dort gewesen und ein Professor, so ein Fossil, hat sich über sie lustig gemacht, hat sie schlicht veralbert, als man ihm gesagt hat, sie sei meine Frau, worauf sie heulend nach Hause gekommen ist. Alle pissen sie auf uns, Lotem.«

Lotem wusste nicht, ob der Oberbefehlshaber meinte, man pisse auf ihn und auf seine Frau oder auch auf Lotem, aber in der Zwischenzeit hatten zwei junge Frauen, Iris Cohen und Keren Silber, die Grenze überquert. Beide teilten sie den Bewohnern des Dorfes Kabrisa mit, sie seien gekommen, bei ihnen auszuharren, bis ihre Armee aufhören würde, Dörfer zu bombardieren, und alle, auch die Auslandsreporter, sollten wissen, dass sie bereit seien zu sterben, sollten die Israelis das Dorf beschießen. Und obschon der Kommandeur der Artilleriebatterie diese beiden verfickten Weibsbilder umbringen wollte, erging im Namen des Generalstabschefs der Befehl, das Feuer umgehend einzustellen, wozu Hagar Rosenberg-Schostakowitsch im offiziellen Dienstbuch vermerkte: »16:05, Beobachtungsposten melden, dass zwei Frauen, I. Cohen und K. Silber, durch eine Terrorgruppe entführt worden sind und als Geiseln im Dorf Tabricha festgehalten werden. G. befiehlt, das Feuer einzustellen.« Sie liebte das Wort »befiehlt« in seiner perfekt nachgemachten Handschrift. Niemand hätte sagen können, wer von ihnen beiden denn nun befohlen hatte. Nicht einmal sie selbst. Hauptmann Hagar kam herein und verschwand wieder, und kaum war sie weg, erschien in der Tür, wie eine Wolke, die mit einem Mal die Sonne verdeckte, der Kopf des Inlandsgeheimdienstes.

Die Schrift an der Wand

»Tust du dich etwa mit dem Wahnsinnigen zusammen? Hat er mit dir schon über eine ›reine Tätigkeit‹ gesprochen? Und wenn schon? Ich sehe auf deinem Gesicht die Befriedigung aus dieser intellektuellen Unterhaltung. Und wenn schon? Vielleicht fragst du dich mal selber, warum du deine Frau gezwungen hast, Psychologie zu studieren, trotz der Belästigung durch diesen Professor. Ich weiß das nicht? Alles weiß ich! Du weißt, dass Lotem jeden Monat Geld, viel Geld auf das Konto einer Deutschen überweist? Einer D e u t s c h e n, ja. Ihr Vater war SS-Offizier und sie setzt sich für die Belange von Flüchtlingen ein, wobei uns noch nicht klar ist, welche. Und du weißt, dass er Antebi, den Durchgeknallten, der in den Knast gewandert ist, nachdem er seinen Rechtsanwalt umgebracht hat, zweimal aus dem Militärgefängnis geholt hat? Und das ist noch nicht alles, Kedem, nein, das ist noch nicht alles. Er hat was mit einer Frau, die gleichzeitig was mit einem

Araber hat. All das weißt du, Kedem, oder muss ich dir das in einem Sonderbericht nach dem nächsten Debakel schreiben, wie dieser Beisetzung, die du dir entgegen allen Warnungen von mir eingebrockt hast?«

Kedem Eden und D. Z., der Kopf des Inlandsgeheimdienstes, hatten im Leben die längstmögliche Wegstrecke gemeinsam zurückgelegt, die sich vorstellen lässt, vom Kindergarten bis zum Kurs für Regimentskommandeure, wie Zwillinge, und D. Z. wäre weiter in der Tür stehen geblieben, hätte sich Lotem nicht auf seinem Stuhl umgedreht, den anderen für einen Moment mit dem müden Ausdruck eines Angeklagten angeschaut, sich dann wieder dem Generalstabschef zugewandt und genickt, als würde er alles gestehen. Der Oberbefehlshaber betrachtete von seinem Platz aus seinen seit der Kindheit verhassten Freund. Zu gern hätte er Lotem, der erneut die Ellbogen auf die Tischplatte gestützt hatte und den Rücken der Tür zuwandte, gebeten, aufzustehen und D. Z. zu verprügeln, und er, Kedem, würde sich anschließen. Gemeinsam würden sie Hackfleisch aus diesem Koloss machen. Aber Kedem beließ es bei einer kleinen Garstigkeit: »Lass dich nicht beleidigen, Lotem, das ist nur Zensor. Du kennst ihn ja.«

»Ja, ja.«

»Vielleicht ›Ja, ja‹, aber so gut, wie man Freunde aus Kindheitstagen kennt, kennt niemand …«

Eden hörte erst auf zu reden, als er überzeugt war, Zensor würde den Mund nicht mehr aufmachen. Stille stand im Raum. Zensor, der Chef des Inlandsgeheimdienstes, meinte einen Mann weinen zu hören, vielleicht seinen Vater. Er blieb stumm, machte ein paar Schritte in den Raum hinein, öffnete schweigend die Schnalle seines Gürtels, zog den Reißverschluss seiner Hose herunter, zerrte sein Glied aus der Unterhose und begann nach kurzem Zögern zu pinkeln, ein sehr langes Pinkeln. Lotem sah, wie die Augen des Oberbefehlshabers den Chef des Inlandsgeheimdienstes fixierten, weshalb auch er sich zu Zensor umdrehte, der ihm mit unverhohlener Freude sagte: »Das ist für die Sprüherei an meiner Wand. Auch die hab ich auf deine Rechnung gesetzt.« So sehr ihr ihn auch hassen mögt wegen seines unfeinen Betragens, gebt zu, dass auch ihr – irgendwann einmal und wo auch immer – mit jemandem gern so verfahren wärt, euch jedoch nicht getraut habt. Genau deshalb hat er es auch zu seinem Amt gebracht und ihr nicht. Und je länger die Pinkelorgie dauerte, desto größer wurde die Bereitschaft des Generalstabschefs, Lotem grünes Licht für die Aktion zu gewähren.

In der vorangegangenen Nacht waren auf den Hauswänden der Stadt große farbige Graffiti aufgetaucht. Ihr Inhalt ergab keinen Sinn, und obgleich sie eine umgehende Untersuchung hätten nach sich ziehen müssen, da sie Namen und Decknamen der Führungsspitze des Inlandsgeheimdienstes preisgaben, wurde in dieser Angelegenheit rätselhaftes Stillschweigen gewahrt. Außer Zensor wusste niemand um die wahre Größenordnung des Zwischenfalls, wie viele Graffiti in wie vielen Städten und wie vielen Ländern. Vor dem Fenster seiner Wohnung prangte der größte Schriftzug, in knalligem Blau: »Ein Golddiadem im Rüssel des Schweins«. Wer das geschrieben hatte, kannte zumindest einige von Zensors Pseudonymen. Aber statt eine Untersuchung zu veranlassen und wieder einmal die Namen aller namhaften Geheimnisträger, ihre Nummern und Adressen zu ändern, lag Zensor nur in seinem Bett. Zum ersten Mal in seinem Leben wollte er nicht aufstehen und stellte sich den lebenden Adam Lotem und seinen toten Lüstlingskumpan Dudu Rotem vor, wie die beiden in einem Jeep mit ihren kleinen Freundinnen nackt durch die Nacht brausen, Knutschflecken an Dudus Hals, während Lotem an den Brüsten einer Soldatin saugt und wie ein Irrwisch von einer Brust an die andere wechselt, ehe alle gemeinsam Graffiti an die Häuser der Köpfe des Geheimdienstes schmieren. Den Schriftzug an der Wand vor seinem Fenster hatte Zensor just in dem Moment bemerkt, als er auch seine durchnässte Unterhose wahrnahm. Er war wie betäubt. Seine Kindheit war ein nicht enden wollender Albtraum gewesen. Jeden Morgen wurden sein Laken und das entwürdigende Wachstuch im Freien über die Wäscheleine gehängt, um ihn vor allen bloßzustellen und ihn so zur Selbstbeherrschung zu erziehen. Zudem verpasste sein Vater jedes Mal, wenn er eingenässt aufstand, ihm jenen demütigenden Schimpfnamen, und seine Mutter nahm ihn nicht in Schutz. Als letztes Mittel hatten sie ihn dann auf das Militärinternat geschickt, wo er Todesängste ausstand, die er aber überwand, doch obgleich er es bis zum Chef des Inlandsgeheimdienstes brachte, verzieh er seinen Eltern nie. Außer seinen toten Eltern, möge ihr Name ausgelöscht sein, jawohl, ohne falsche Scham, kannte nur Edna Peri, seine Exfrau, die Wahrheit, da er ihr die Gespenster seiner Vergangenheit anvertraut hatte. Die ganze Nacht nach ihrer Hochzeit hatte er ihr erzählt, wie sehr er seine Eltern hasste. Und warum nicht schon vorher? Weil er natürlich Angst hatte, sie könnte ihm weglaufen. Auch die Scheidung ging schnell über die Bühne, da er fürchtete, sie könnte die Sache an die große Glocke hängen. Zwei Dinge ließen ihm keine Ruhe seit dem Moment, da er die Schrift vorseinem Fenster bemerkt hatte. Zum einen hatte er eine allgemeine Vorstellung davon, was an den Häusern von allen möglichen anderen hochrangigen Nachrichtendienstleuten los war, zum anderen prangte vor seinen Augen in grellem Blau die gegen ihn gerichtete Schrift, jene Schmiererei, von der er niemandem erzählte, auch später nicht, bis der ganze Spuk vorbei war und niemand sich je darum gekümmert hatte, dank seiner Umsicht.

Jetzt ließ er sich auf dem Stuhl nahe der Wand nieder, blickte auf Lotems sonnenverbrannten Nacken und in Kedems Augen. So sehr er auch seinen Freund aus gemeinsamen Kindertagen beknien wollte, er möge ihm verzeihen, was er gerade eben angerichtet hatte, und dass er aufhören solle, ihn zu beleidigen, und keine weiteren Geheimnisse aus ihrer gemeinsamen Kindheit erzählen – so sehr er also nur mit Kedem reden wollte, machte er doch den Mund auf und sprach ausgerechnet zu Lotem. »Übrigens, Lotem«, meinte er gleichmütig, »dir ist klar, wir wissen, dass du unsere Namen auf alle Hauswände in der Stadt gesprüht hast.« Lotem wandte den Kopf zu ihm, nickte, sah dann wieder den Generalstabschef an und nickte abermals. Zensor wurde rot und kam von seinem Stuhl hoch, begierig, den reifen Apfel zu pflücken. »Du gibst es also zu?« Stille stand im Raum und außer dem Urin, der sich langsam auf den tiefsten Punkt im Zimmer zubewegte, wie die gelbe Blase einer riesigen Wasserwaage, regte und rührte sich nichts dort, wie im Märchen. Der Chef des Inlandsgeheimdienstes kehrte zu seinem Stuhl in der Ecke zurück, mit Blick auf Lotems Nacken, seine Hände waren bleiern, er bereute sein Pinkeln, hatte Angst, wieder jenen Schimpfnamen verpasst zu bekommen, wollte weiter resolut auftreten, wusste aber nicht, was er noch sagen sollte. Hätte er sein Ich-rede-wie-ein-Verhörspezialist-Gehabe gegen einen Ich-rede-wie-ein-Verhöropfer-Duktus getauscht, wäre es ihm gelungen zu sprechen, aber eine solche Metamorphose ist nicht einfach, vor allem nicht bei Männern mit starkem Charakter.

»Du weißt sehr gut, wovon ich rede, Lotem. Letzte Nacht ist vor dem Haus meines Stellvertreters ein Graffito mit seinem Decknamen aufgetaucht, und vor der Wohnung seines Stellvertreters eine Schmiererei mit dessen Decknamen, und im Norden der Stadt, vor den Wohnungen von allen möglichen hochrangigen Mitarbeitern, ähnliche Sprühereien. Wir wissen, dass du das gewesen bist, und wenn wir Beweise haben, werden wir dir dein Rektum ficken, Lotem.«

»Ja, ja.«

»Du sagst mir nicht ›Ja, ja‹ … Kedem, ist dir schon mal aufgefallen, dass Lotem ständig ›Ja, ja‹ sagt, um sich über uns lustig zu machen, auch über dich?«

Wie mit weichem Pinsel, gleichgültig für die Leiden der Männer in diesem Raum, färbte die untergehende Sonne mit ihren Strahlen durch das nach Westen gehende Fenster des Büros den Fußboden und die Überreste der Pfütze ein. »Was sagt er?«, fragte der Generalstabschef Lotem. »Nun, er sagt, ich hätte irgendwelche Sachen an die Hauswände vor ihren Wohnungen gemalt.« Zensor versuchte, sich einzumischen, aber der Generalstabschef befragte nur Lotem: »Warum weiß ich nicht, dass so etwas passiert ist?« Und als sei Lotem verantwortlich für derlei Untersuchungen, vertraute er ihm seine Einschätzung an: »Das ist sehr unerfreulich. Wann ist das passiert?« Zensor sagte: »Warum fragst du nicht mich?« Worauf der Generalstabschef Lotem fragte: »Weißt du, wer das gemacht hat?« Lotem spekulierte: »Vielleicht ist es jemand, der bei euch gefoltert worden ist?« Und der Oberbefehlshaber, beipflichtend: »Absolut, das erklärt alles.«

»Ihr habt keine Ahnung, was ihr da redet. Schließlich ist keiner der bei uns Verhörten … hinterher in der Stimmung, Schabernack zu treiben. Was für einen Unsinn ihr quatscht …«

Sie hörten ihm nicht zu und er verstummte. Der Generalstabschef sprach nur zu Lotem, hatte ihn, ganz offenkundig, all die Jahre sehr gemocht, auch als Lotem ihn regelmäßig beleidigte, denn er sprach mit sehr viel Wärme in der Stimme: »Verstehst du? Die hocken in ihren Kellern, Wochen, Monate, kommen mehr oder weniger als Menschen rein und gebrochen wieder raus, Amnesty schreit, aber wer hört schon hin? In der Zwischenzeit bekommen sie dort alles zu hören, alle Namen und Adressen, und wenn sie rauskommen, bis oben voll mit Informationen, kaufen sie sich ein bisschen Farbe und decken der ganzen Welt alles auf. Das kommt bei diesen Verhören raus.« – »Ja«, sagte Lotem. Der Generalstabschef wartete auf noch ein »Ja«, aber Lotem murmelte: »Andererseits«, und schwieg. Der Generalstabschef wollte sagen, ›na, sag endlich‹, aber Lotem zog eine Zigarette hervor und steckte sie an. Der Generalstabschef hatte Angst ihm zu sagen, dass es nicht gestattet sei, in seinem Büro zu rauchen. Sehr verbittert holte auch Zensor seine Schachtel Zigaretten raus, wagte aber nicht zu rauchen. Es war bereits klar, dass das Pinkeln seine Stellung geschwächt hatte. Da rief der Kommandeur der Artilleriebatterie an und wollte die Erlaubnis, Tabrika trotz Iris Cohen zu beschießen. »Wer ist das, Iris Cohen?« Der Artilleriekommandeur mochte solche Ausflüchte nicht: »Hör endlich auf, dich zu verstellen, Kedem. Du hast schließlich angeordnet, den Beschuss ihretwegen einzustellen, hast auch noch ›Ich befehle‹ geschrieben, wie ein König.« Der Generalstabschef genoss es jetzt zu schreien, etwas ging in ihm vor, ohne jeden Zweifel, etwas Bruckner'sches: »Warum rufst du mich dann an, wenn ich bereits befohlen habe, und noch dazu, während Lotem bei mir im Zimmer sitzt … Ja, ja, Adam Lotem, wir planen eine Aktion … Ich kann nicht näher darauf eingehen, was für eine … Ich kann nicht, und Schluss. Ich kann nicht.«

Das war aus Lotems Sicht der richtige Augenblick. »Unterschreib«, sagte er. Der Generalstabschef zögerte, sah dann, wie sehr Zensor, in seiner Ecke, darauf beharrte zu erfahren, wovon die Rede sei, und unterschrieb. »Und hier auch.« Er unterschrieb. »Und hier auch.« Abermals unterschrieb er, als hätten sie ihm ein neues Bankkonto eröffnet. Dann griff sich der Generalstabschef den Telefonhörer, wählte und sagte laut: »Hagar, Zensor hat sich erleichtert. Es muss einer eine Putzfrau besorgen ... Ja, schon wieder ...« Bevor Zensor abtrat, sagte er: »Dass ihr nicht wagt, über meine Zwillinge zu sprechen, weder über die Hübsche noch über die Hässliche. Ihr versteht nicht, was für ein Schmerz das ist, den ein Vater wegen einer hässlichen Tochter empfindet, beide versteht ihr das nicht.« Seine Stimme bebte. Er war außer sich vor Schmerz und Wut, andererseits aber sicher, sich im richtigen Moment davongemacht zu haben. Hagar kam herein, um aufzuwischen, und zischte: »Was habt ihr nur für eine verweichlichte Art, euch zu prügeln.«

Eine Absage an das Schreien und ein Hymnus auf das Schreiben

Die meisten über die Stadt verteilten Graffiti haben ihren Ursprung in der Lust, gegen die Welt zu polemisieren, damit diese endlich lese – von dem Sekundenbruchteil an, da die Farbe aus der Spraydose spritzt, und auf ewig –, was es zu sagen gilt. Dann erwacht im Herzen des Sprayers Stolz, größer als der im Herzen von einem, der vom Balkon seiner Wohnung »Es reicht!« brüllt, denn sein Schreien geht unter in einem Schwall anderer Schreie wie etwa »Okay baby, okay baby«, das bei einem mittäglichen Beischlaf ertönt, dem sämtliche Nachbarn gereizt lauschen, er soll endlich fertig werden, jeden Tag um halb zwei mühen die sich ab; oder das Schreien eines siebenunddreißigjährigen Junggesellen, der alte Waschmaschinen auf dem Balkon der mütterlichen Wohnung sammelt, in der auch er wohnt, seiner Mutter jedoch nicht erlaubt, die Maschinen anzurühren, fünfzehn stehen schon dort, seit Jahren, und jedes Mal, wenn er meint, irgendein Teil sei abhanden gekommen, brüllt er seine Mutter vom zur Küche hin offenen Balkon an: »Dass du es bloß nicht wagst, hörst du, was ich dir sage? Du alte Schachtel, dass du sie ja nicht anrührst.

Ich bring dich um.« Und die Straße lauscht auf die Stimmen, schnell fallen die Grenzen des Erlaubten, die Mutter schämt sich schon nicht mehr, ist vielleicht nur nicht mehr zu beleidigen, hat vielleicht auch keine Angst mehr, und – Teufelswerk – just, als sich erneut aus dem Mund des Junggesellen der Schrei »Es reicht!« bricht und das amerikanische Schäferstündchen voranschreitet, »Baby, baby, okay, okay«, ausrechnet da brüllt nicht nur der sammelwütige Sohn seine Mutter an, die einen großen Topf in der Küche schrubbt und nicht wagt, sich zu beklagen, da er sonst womöglich auszieht. Nein, im selben Moment hupt der Fahrer eines blauen Wagens seinem Teilhaber am gemeinsam betriebenen Restaurant zu, endlich zu kommen, rhythmisch hupt er, in dieser Stadt gibt es eben keine Parkplätze; und auch ein Häftling in der Polizeistation brüllt »Mama«, damit sie kommt und ihm beisteht, denn sie verprügeln ihn, weshalb es sich von selbst versteht, dass sie alle dem »Es reicht!«-Brüllenden jetzt noch verhasster sind, nicht nur sein eigenes Leben ödet ihn an, sondern auch der Gastronom hinterm Steuer, der seinen Schrei zertritt wie die Füße der Toten des Nachts auf seinem Kopfkissen seine Träume. Das Kissen stinkt vor Schweiß, also steht er mitten in der Nacht auf, benommen von der Schlaftablette, die der Arzt ihm verordnet hat, seine kleinen Opfer verschwinden sogleich, als er das Licht anknipst, den Kissenbezug wechselt und das Licht wieder löscht, doch auch der neue Bezug stinkt nach Blut, und am Ende, da der Totentanz immer weitergeht, ruft er seine große Schwester an, damit sie kommt und ihm den Kissenbezug wechselt, aber sie schläft und nur ihre Tochter antwortet ihm, die sich auf keinen Fall hinreißen lässt, ihn zu maßregeln, Mama erlaubt nicht, dass ihr Bruder gerügt wird. Die Nichte verspricht, die Nachricht weiterzugeben, denkt aber grundsätzlich nie daran, und schon bereut er, eingewilligt zu haben, alles zu gleichen Teilen zu teilen, denn seine Schwester lebt in geordneten Verhältnissen und er nicht, sodass es keinen Grund gibt, alles zu teilen, was Vater hinterlassen hat. Jetzt aber ist Mittag, er tritt ins Freie, in der Hand einen Becher mit trübem Kaffee, und brüllt – wie bereits geschildert – in den Lärm der Großstadt und ihr Schweigen hinein, »Es reicht!!!«, doch man hört ihn nicht mehr, als er selbst das anspornende Keuchen jenes Kerls hört, »Okay baby, okay«, oder das Geschrei der Jugendlichen, die von der Schule zurückkommen, oder die Freudenschreie in einem entfernt gelegenen Haus über das Abschlusszeugnis, das mit der Post eingetroffen ist, ein solch unermesslicher Stolz über einen Titel, der einem, der nicht begreift, wie beleidigend das Leben sein kann, so armselig erscheinen mag, dazu die Schmerzensschreie im städtischen Geburtshaus, wie viel Schmerzen, ehe eine rauschhafte Freude in die Welt tritt, wie viel Flüche, Tränen. Ein Mann tanzt über den Flur vor dem Kreißsaal, weil er einen Sohn bekommen hat, und vergisst den Mann im Nebenzimmer, der seine Frau anfleht, das behinderte Kind, das ihnen geboren wurde, hier zu lassen und es erneut zu versuchen, ohne Furcht, während das tränenerstickte Flüstern der Gebärenden zu hören ist, allesamt flüstern sie, sowohl diejenigen, die mit zu großer Leichtigkeit in die Schwangerschaft geschlittert sind, als auch jene, die auf dem Weg dorthin sehr viel gelitten haben, alle bekommen sie jetzt die Säuglinge zum Stillen, denn es ist so weit, auch für die geflüsterten Glücksausbrüche des Mannes, der jetzt das Gefängnis verlässt und ausgerechnet zum Haus seiner Mutter strebt, ein Drittel hat man ihm erlassen, dem Vergewaltiger, ja, ja, doch nicht zu vergessen das Weinen der um ihren Job Gebrachten, der Enteigneten, der Vergessenen. Kurzum, dieser »Es reicht!!!«-Schrei, auf den wir zufällig gestoßen sind, geht unter in der lärmenden Weite einer Welt ohne Ursprung und Ziel.

Der Sprayer aber kommt jeden Tag still an seinem hingesprühten, bleibenden Schrei vorüber, seine Brust hebt und senkt sich wie immer, doch insgeheim sieht er sich weiter satt daran, da der Schmerz längst verflogen ist, er aber tagein tagaus seinen Schrei sieht, der real existiert, sodass er nicht schreien muss, nicht verlegen ist, da niemand weiß, dass sein Leid hier dokumentiert ist, sein Schmerz, der längst in sicherer Entfernung zu ihm ist. So führen auch wir hier einige der hingeschmierten Botschaften an, im Glauben an die Ewigkeit des geschriebenen Wortes: »Höre Israel: ER, unser Gott, er ist einer«, »Olssy Perry ward beschnitten und entwöhnt«, »Das Alpenveilchen ist die allerschönste Blume«, »Gebt mir meine Kindheit zurück«, »Iphigenie, wir sind mit dir«, »Mein Sohn Joseph! Mein Sohn! Mein Sohn Joseph! Wer gäbs, dass ich selber statt deiner gestorben wäre«, »Dina, Menachem Begin ist ein Esel«, »Wittgenstein, halt die Klappe«, »Wehe der Tochter, die Opfer ihres Vaters wird«, »Auch Nietzsche ist tot«, »Amnon, ich liebe dich, Tamar«, »So hat ER gesprochen: Der Himmel ist mein Stuhl, die Erde der Schemel meiner Füße«, »David, Supersex«, »Che Guevara lebt«, »John Lennon lebt«, »Weg mit der Besatzung«, »You'll never walk alone, Liverpool«, »Kein Schalten ist über den Tag des Todes«, »Ich habe sie seit ihrer Bat-Mizwa geliebt und jetzt ist sie tot, mit 65«, »Amos hat mich erkannt, aber ich bin keine Frau« – solche und ähnliche Behauptungen, zum Teil hanebüchen, dazu Schwüre, Verbote und Boykottaufrufe, Beschimpfungen und Schmerzensausbrüche, jedes Graffito zu einer anderen Zeit hingekritzelt, und eingegangen in die Ewigkeit, ein Teil des Universums, hat es unabhängig von Entstehungsdatum oder Umgebung seine Frische verloren und sich der großen Agglomeration zugesellt, hier herrscht nicht der eine Gott, sondern herrschen deren viele, Götter der Worte, der Sprachen und der Stille.

Geißelt Zensor nicht! Er machte gerade eine nicht ganz leichte Phase in seinem Leben durch. In der vorangegangenen Woche war eines der Folteropfer des Inlandsgeheimdienstes gestorben und jetzt lag auf seinem Schreibtisch ein Brief vom Rechtsberater der Regierung, der Erklärungen für das Verhalten der Ermittler verlangte, da der Verstorbene zwar Araber, aber auch Bürger der Vereinigten Staaten gewesen war. Wieso seien den das Verhör Führenden solche Tatsachen nicht bekannt, ehe sie sich an ihre Arbeit machten? Auch bei dieser Affäre stand ihm Kedem nicht zur Seite. An der Ampel ging ihm der Motor aus. Er wurde angehupt, ließ sich absichtlich noch zwei Grün- und zwei Rotphasen Zeit, um sie zur Strafe schmoren zu lassen. Er wollte die Zusammenkunft bei Kedem vergessen, die sich ohnehin bereits mit anderen Streitereien vermischte. Im Rückspiegel erinnerte sein Gesicht an das seines Vaters, das blutunterlaufen gewesen war, ehe er starb. Einmal waren Kedem und dessen Vater angeln gegangen und Zensor hatte ihnen bei ihrem Aufbruch zugeschaut, bis Vater Kedem zu ihm meinte: »Was guckst du, Dani? Kann dein Vater dich nicht zum Angeln mitnehmen?« Doch Vater Zensor hegte eine grundsätzliche Abneigung gegen das Angeln, weshalb sie Dani schließlich mitnahmen. Aber Abraham Kedem erklärte alles nur seinem Sohn, als sei Dani gar nicht da, während Dani sich ständig einmischte, Fragen stellte, doch nicht etwa, um jemanden zu ärgern – er wollte sich bloß hervortun, ihnen gefallen. All das hatte Eden Lotem nicht erzählt, behielt vielleicht die erniedrigenden Fakten ja tatsächlich für sich. Wie immer redete Zensor jetzt mit dem Wagen, spaßeshalber, wies ihn an, ihn zu seinen Töchtern zu bringen, parkte schließlich vor dem Haus, in dem er gewohnt hatte, als er noch glücklich war, dachte, er würde sie durchs Fenster sehen können, wie sie das Bett vorm Schlafengehen aufschlugen oder miteinander zankten oder durch die Wohnung rannten, mit Kissen warfen. Es gelang ihm nicht, sich vorzustellen, dass sie Sehnsucht nach ihm empfänden. Er wartete und wartete, sah aber lediglich das Licht im Fenster verlöschen und dachte schmerzlich daran, dass Edna ihnen jetzt einen Gutenachtkuss gab. Er hielt die Sehnsucht nicht aus, fuhr ins Büro, lief im Flur auf und ab. Eine Putzfrau hörte auf zu wischen, als er an ihr vorüberkam. Alle Putzfrauen dort unterzog man einem Aufnahmetest, um sicherzustellen, dass sie kein Hebräisch verstanden. Es gab alle möglichen Methoden, sie an der Nase herumzuführen, aber dennoch hegte er den Verdacht, ausgerechnet die hier verstehe Hebräisch, weshalb er ihr etwas Obszönes sagen wollte, dann aber schweigend sein Zimmer betrat und zu seinem Schreibtisch ging, fast auf Zehenspitzen. Ein Riss in der Wand erinnerte ihn an einen Autounfall. Der Unfall wiederum ließ ihn an seine nicht hübsche Tochter denken. Auf dem Tisch ruhte der Brief des Rechtsberaters der Regierung. Er rief seine Töchter an. »Sie sind nicht zu Hause«, sagte Edna mit müder Stimme, »ich war noch nicht los, sie von den Nachmittagskursen abholen.« Sie war ein bisschen eingenickt, musste sich beeilen. Sein Herz schlug heftig, er sehnte sich auch nach ihr, aber mehr noch nach den Töchtern. Und welches der beiden Mädchen vermisste er mehr? Er erschrak. »Fahr, fahr schon, Edna«, sagte er sanft. Wollte sie fragen, wie es ihr gehe, hatte aber Angst, sie würde dann von ihrer Schwangerschaft erzählen. Tatsächlich hegte er den Wunsch, die Mädchen würden kommen und ihn vor dem Schlafengehen umarmen, er hätte das in den Scheidungsvertrag setzten lassen sollen, genauso wie das Recht, zu kommen, wann immer er wollte, und sie vor dem Schlafengehen in den Arm zu nehmen, denn er sehnte sich nach den Händen an seinem Hals. Er rief nach Shifra, der kleingewachsenen Buchhalterin, die im Nebenraum bis spät abends arbeitete.

»Haben Sie schon mal darüber nachgedacht, dass wir im Grunde genommen nur reagieren? Wir hängen vollkommen von dem ab, was andere tun. Eigentlich sind wir eine Polizei, nur ohne Gesetz. Nicht? Aber auch die Polizei steht über dem Gesetz, oder? Wir sind komplette Nullen. Ich verstehe nicht, woher unsere Berechtigung rührt, wenn wir über dem Recht stehen. Und wenn man das Gesetz ganz und gar aufhebt, was sind wir dann noch wert?«

Shifra war wirklich müde. Jeden Tag geht sie mittags los, um sich mit ihrem Sohn im kleinen Park neben seiner Schule zu treffen, wo beide gemeinsam Sandwiches essen. Sie reichte Zensor einige Schecks zum Unterzeichnen, Informanten in Teilzeitjobs – Journalisten, Studenten, Professoren, Dichter, Autoren, Buchclubmitglieder. Kleingeld, wenig brauchbare Informationen, aber viele Kontakte auf lange Sicht.

Es fällt ein Schatten

Und während Hagar noch das Zimmer sauber machte, richtete der Generalstabschef aus dem Wunsch heraus, das abgestorbene Gespräch noch zu verlängern, an Lotem die Frage: »Sag mal Lotem, wolltest du nie ein eigenes Kind?«

»Ich hab jetzt eine schöne Frau. Nach der Aktion werd ich sie heiraten. Meine Aktion wird so eine Art Mitgift sein.«

»Über welche Aktion redest du, Lotem?«

»Die, die du mir bewilligt hast …«

»Und wer ist die Frau? Die Aktion, ich weiß wirklich nicht, Lotem …«

»Ich muss gehen.«

Wohin, wollte der Generalstabschef fragen. Aber Lotem

wusste ohnehin nicht, wohin. Zu Hause, auf seinem Bett, wälzte er sich von einer Seite auf die andere, rief dann Shulamit an, die sagte: »Hallo, Adam, ich ruf dich zurück, in Ordnung?« Er wartete. Sie rief nicht zurück, natürlich. Er rief Michal an. Die freute sich über den Anruf, meinte, ihr letztes Treffen sei traurig gewesen, was sicherlich ihre Schuld gewesen sei. Er versprach, sie zu treffen. Jetzt aber habe er keine Zeit mehr. Sei beschäftigt. »Das macht mir Mut, Adam. Aus irgendeinem Grund hatte ich den Eindruck, du wüsstest überhaupt nichts mehr mit dir anzufangen. Bist du sicher, dass du finanziell klarkommst? Wir können uns treffen, wann immer du willst. Ich verspreche auch, nicht zu viel zu tun zu haben.«

»Hast du mal daran gedacht, dich umzubringen, Michal?«

»Ich hab Bilder im Kopf von einem Dreifachbegräbnis, aber ich möchte darüber nicht reden.«

»Michali, möchtest du, dass ich deinen Sohn aus der Armee befreie?«

»Und selbst wenn ich das möchte, wie wärst du dazu imstande, Adam? Selbst bedeutende Professoren haben es versucht und nichts bewirkt. Gute Nacht, Adam. Versuch, ein bisschen zu schlafen.«

Spartakus

Die Gerüchte um die bevorstehende Liquidierung des Chefs des syrischen Abschirmdienstes in Yazbek sickerten durch, obgleich der Generalstabschef Lotem sowohl grünes Licht als auch das Versprechen gegeben hatte, nicht über die Sache zu reden, doch bei seiner Suche nach weiteren Verbündeten unter seinen Feinden im Generalstab, vor allem angesichts des zu erwartenden Skandals um die künftige Adoption von

Joni Rotem, hatte Eden das Geheimnis preisgegeben, worauf der Kommandeur der Fallschirmjäger, General Regesh Shoket, durch die Geheimniskrämerei verletzt Erklärungen verlangte, doch als ihm vertraulich Einzelheiten des Plans übermittelt wurden, traf ihn seine Abkanzlung noch mehr, und so wurde das Geheimnis einer ganzen Clique von Offizieren bekannt, unter deren Befehl eine Vielzahl geheimer Einheiten standen. Denn je weniger unsere Armee für tatsächliche Kriegsaufgaben benötigt wird, desto stärker vermehren sich in ihr die geheimen Kommandoeinheiten, die als Eliteeinheiten bezeichnet werden. Niemand weiß, was genau ihre Aufgabe ist, denn sie haben keinerlei Aufgabe bis zum Tag des Jüngsten Gerichts, wenn unzählige motorisierte Einheiten mithilfe geheimer Waffen und unterstützt von Hubschraubern irgendeinen x-beliebigen Ort einnehmen werden. Doch bis es so weit ist – nichts. Allesamt sprachen sie, untereinander, leise über die Absicht, den Chef des syrischen Abschirmdienstes abzuservieren und stürzten sich auf Lotems Plan, obgleich sie dessen Einzelheiten nicht kannten und auch nicht wussten, wo dieses Yazbek lag, weshalb sie eines Nachts zwei libanesische Urlaubsorte überfielen, um Ali Aslan zu töten. Einer Einheit gelang es, einen Geschichtslehrer zu erlegen, der in den Hügeln bei Baalbek spazieren ging. Der Mann war homosexuell und streifte in gewissen Augenblicken körperlichen Verlangens allein für sich über die Pfade. Und wen oder was liquidierte die zweite Einheit? Hier gerieten die Dinge ein wenig außer Kontrolle. Einer der Soldaten kam im Feuer seiner Kameraden um. Das Ende der Kolonne hatte auf deren Spitze geschossen, oder aber das Haupt auf den Schwanz, bei einem nächtlichen Marsch, der sich im Nachhinein als Marschieren im Kreis entpuppte. Ein Untersuchungsausschuss wurde eingesetzt. Nebenbei bemerkt, keine der Armeegrößen, die Lotems Abstieg betrauerten, berücksichtigte dabei die höchst eigenartige Sachlage. Nicht nur, dass sie tagein tagaus – Angst, Tränen und andere Begleiterscheinungen inklusive – von gerade mal dreihundert libanesischen Kämpfern vernichtend geschlagen wurden, um sich dann in der Intifada wiederzufinden, gegen Frauenorganisationen und Gymnasiasten Krieg führend – nein, jetzt war auch noch der Golfkrieg gekommen und hatte sie mitsamt ihren Dienstwagen, Chauffeuren und Pioniergeist verströmenden Lieder aus dem Radio zurückgelassen. Allein Lotem hatte begriffen: Es gibt keine Stärke. Wir sind einem Irrtum aufgesessen bei unseren Versuchen, diese zu verstehen, sie zu entschlüsseln, zu erklären und ihr ein Makel anzudichten. Es gibt einfach keine militärische Stärke. Bei einer Sitzung schlug er vor – so heißt es –, Arme und Beine mit Schlagstöcken zu brechen. Seine Ironie stieß auf Schweigen und Verlegenheit. Ist euch schon mal aufgefallen, sagte er, dass den schlimmsten Verbrechen in unserem Jahrhundert keinerlei Entscheidungen vorangingen? Auch die schlimmsten Verbrecher halten mithin irgendein Gesetz in Ehren. Übrigens, fügte er hinzu, der einzige Krieg, den wir zu erwarten haben, ist fortgesetzter Terror vonseiten des Staates. Jene von euch, die noch mehr Panzer, U-Boote, Kampfflugzeuge und Raketen wollen, verleugnen die Wahrheit. »Also was schlägst du vor, Lotem?«

»Mir hilft der Geist! Auf einmal seh ich Rat. Und schreibe getrost: Im Anfang war die Tat!«

Von seinem Vater hatte Lotem eine kleine Sammlung von Büchern über Aufstände im Römischen Reich geerbt. Bis auf den heutigen Tag bewahrte er eines davon auf, das sein Vater mit einer Widmung versehen hat: »Adam, mein Teuerster, mögest du kühn wie Spartakus sein.« Hatte Shulamit dies begriffen? Nein. War sie rüde? Von einem gewissen Standpunk aus – ja. Hinsichtlich ihres Festhaltens an der reinen Aktion verfolgte sie eine eiserne Logik. Lotem selbst war vollkommen beschäftigt mit der Auslöschung seines Lebenswerks. Entschlossen. Unbarmherzig. Der misslungene Anschlag in dem unbekannten Örtchen Yazbek erhöhte – wie immer – sein Prestige. Sie waren gescheitert. Er nicht.

Der Abschied

Es war Abend, Lea lag auf dem Sofa und stierte auf den Fernseher. Gerade war sie nach einer langen Busfahrt aus der Universitätsbibliothek zurückgekehrt. Junge Studentinnen hatten in großen, dunklen Wälzern gelesen, waren rausgegangen, um zu rauchen, zurückgekommen, hatten die Lektüre bei genau der Zeile wieder aufgenommen, an der sie vor dem Rauchen hängen geblieben waren, gingen abermals raus, kehrten zurück, alles wartete auf sie, und sie hatte an die Decke gestarrt, dort und hier zu Hause. Lotem rief an. »Dudu ist tot«, sagte er ihr. »Ich habs in der Zeitung gelesen. Es tut mir Leid, ich hab dich gesucht, um dir zu sagen …« Einige Tage danach trafen sie sich. Er bat, sie möge ihm einen blasen. Sie weigerte sich. Er war ihr nicht böse. Legte einen Arm um sie und meinte, sie sei der kostbarste Mensch in seinem Leben. Sie müssten jetzt fahren. Auf der Fahrt würde er ihr von seinem Vorhaben erzählen. Sie fuhren nach Galiläa. Ein willkürlich hingeworfener Blütenteppich lugte aus einer Schonung in den hohen Bergen. Ihr Kopf war gegen die Scheibe der Beifahrertür gelehnt.

»Dein Schweigen bringt mich um den Verstand, immer schon.«

»Streite heute nicht mit mir, Adam.«

Lotem liebte die arabischen Dörfer in Galiläa. Sie sind Teil der Landschaft, sagte er. Auf ihnen sind die jüdischen Siedlungen errichtet worden. »Wir veröden die Blütenpracht.«

Lea ereiferte sich: »Guck dir mal Fotos aus diesem Land vor dem Eintreffen der Juden an und du wirst verstehen, wie viel Wahrheit im Spruch ›die Wüste zum Blühen bringen‹ steckt. Du hörst dich an wie ein Gymnasiast, Lotem.« Sie aßen im Restaurant einer Tankstelle. Einer von denen, die an der Kasse standen, in der Ecke des Restaurants, schien unschlüssig, ob er zu ihnen treten sollte. Lotem sagte: »Man hat mich erkannt.« Der Mann kam an ihren Tisch und wandte sich an Lea: »Erinnern Sie sich an mich?« Sie sah ihn erstaunt an. »Sie heißen Lea, richtig? Ich kenne Sie aus der Partei.« Lea wurde rot. Als sie gingen, bestand sie darauf zu bezahlen. Lotem hatte gar nicht gewusst, dass sie aktiv in der Arbeitspartei war. Wind kam auf, strich durch die Wipfel der Bäume.

»Ich muss noch ein Mal lieben. Noch ein Mal und Schluss.«

»Du hättest gern, dass es mich nicht mehr gibt, richtig?«

Er antwortete nicht. Stellte den Wagen am Straßenrand ab, zündete eine Zigarette an, kurbelte das Fenster runter, hustete. Eine laues, duftendes Frühlingslüftchen hüllte sie ein. Was will er? Sein Leben vollkommen annullieren. Auch sie ist sein Leben. Er versucht, mich umzubringen. »Weißt du, wer Shulamit ist?« Ja, ja, spricht italienisch, hübsch, großer Busen, Grübchen, politischer Standpunkt, sie hat Lotem kennen gelernt und nicht gewusst, dass er Berufsoffizier ist. Sie fuhren weiter. Über den Hügeln, die das behaarte Herz der Nacht überblickten, zog ein riesiger Vollmond wie ein gigantischer Golddrachen am Himmel auf, umgeben von unzähligen Sternen, Maiskornhaufen, und in der Luft hing der Geruch der schnell verwelkten Frühlingsblüte, verräuchert wie Armeematratzen. Nur die Tiere der Nacht rührten sich, Schuppen eines dunklen Rochens, und ihre grünlichen Augen schlossen sich auf dem Boden zusammen mit Motoröldosen, leeren Konservenbüchsen, Schrauben und Nägeln. Lea war Lotems müde geworden. Eine kleine Anstrengung noch und er wird mich umbringen oder verlassen. Es war dunkel. Eine mennigefarbene Lampe, umtanzt von Nachtfaltern, goss spärliches Licht auf eine leere Konservenbüchse. Zwischen den Sträuchern mit einem Mal ein weißes Steintor. Lotem hielt an und stieg aus. Sie folgte ihm. Hatte schon keine Angst mehr. Sie konnte immer noch über ihn herfallen, ihn zu Boden werfen und fliehen. Grabsteine ragten auf wie die Trümmerlandschaft einer zerstörten Stadt. Sie gelangten zu einer alten Parzelle, einem verfallenen Grab. Lotem kratzte Moos ab und wischte Reisignadeln beiseite. Richtete sich auf. Der Mond bestrich den Friedhof mit Phosphor. Neben dem Grab seines Vaters wartete blind die letzte Ruhestätte seiner Mutter. »Närrin, hat nicht mehr geheiratet wegen des Grabs, das auf sie wartet, und Gott hat sie zu einem langen Leben verdammt. Sie ist eine gute Mutter gewesen, denke ich, solange mein Vater noch am Leben war.« Auf dem Weg nach draußen suchte er nach einem Wasserhahn, um sich die Hände zu waschen, fand aber keinen. Der einzige vorhandene Wasserhahn war verrostet und ohne Wasser.

»Aber sie war eine gute Frau, meine Mutter. In der ersten Klasse war ich in ein Mädchen verliebt, das Bilha hieß. Ich hab so viel von ihr erzählt, bis Mutter mich gedrängt hat, sie einzuladen. ›Was schämst du dich? Du liebst sie so sehr, also lad sie ein und basta.‹ Ich erinnere mich an ihre Stimme. Hab mich geschämt, es aber trotzdem getan, hab vor lauter Aufregung in der Hitze auf Bilha gewartet, zwei Stunden vorher, neben dem Tor zu unserem Haus, barfuß, in kurzen Hosen, ohne Hemd oder Unterhemd. Sie wohnte eine Stunde Fußmarsch entfernt. Als ich sie von weitem sah, in blauen Turnhosen und weißem Trägerhemdchen, wollte ich – vor lauter Freude – ins Haus rennen und ›Mama, Mama, Mama‹ rufen und ihr auch mit einer Umarmung und Küssen danken, dass sie mich gedrängt hatte, das Mädchen einzuladen, aber meine Füße klebten am Boden, denn am allerwenigsten wollte ich diesen Anblick versäumen, wie sie von weitem näher kam, sich nach und nach von all den anderen Gestalten unter den Johannisbrotbäumen neben der Backstube abhob. Wie viele Jahre schon, dass ich mich an ihren Anblick am Ende der Straße, am Ende des Kieswegs erinnere, neben der Tischlerei. Und dann, wir hatten noch keine Gelegenheit gehabt zu spielen, ja sie war noch nicht einmal auf unseren Hof gekommen, kam ihr Vater auf seinem Fahrrad von der Arbeit zurück, einen Hammer im Gürtel und einen gelben Bleistift hinter dem Ohr. Er war überrascht, seine Tochter so weit weg von zu Hause zu sehen, und hielt erfreut an, nur um mit ihr zu reden, lächelnd. Ganze fünf Minuten war sie vor meinem Haus und ich hatte nicht einmal Zeit, sie meiner Mutter vorzustellen, und dennoch, das ganze Leben ist diese Hoffnung in mir geblieben, dieser Durst, sie möge noch ein bisschen bleiben, denn damals ist sie auf das Fahrrad geklettert und mit ihrem Vater weggefahren. Bis heute erinnere ich mich, wie sie auf das Fahrrad gestiegen ist. Denkst du, es gibt noch ein Leben außer dem unsrigen hier?«

Lea vergrub die Hände tief in den Taschen, duckte sich weg, antwortete nicht, sagte dann leise: »Nein, das denke ich nicht. Selbst dieses Leben hier ist zu viel für mich.« Ihre Antwort machte Lotem schaudern, und anstatt zu schweigen, fing er auf dem Weg zum Wagen, auf der nachtschwarzen Zypressenallee, zu reden an. Vielleicht hatte dieser Satz etwas anderes bei ihm ausgelöst, vielleicht wollte er zerstreuen, was sie gesagt hatte, vielleicht war sie ihm zuwider geworden, plötzlich, schleichend. Hätte er noch einmal leben können, hätte er sich entschieden, nicht zu leben. Sie fuhren los. Den ganzen Weg über redete er. Sie wollte sich selbst nicht mit Shulamit vergleichen, aber als sie ihm zuhörte, meinte sie, in einem Wettbewerb zu stehen. Sie musste ihm lauschen und hatte keine Kraft dazu. Eine Zuhörerin, eine große Zuhörerin. Sein Mund war ausgetrocknet, aber er schwieg nicht. Noch nie hatte er für die eigenen Ohren so klar geklungen. Hätte er ein Aufnahmegerät gehabt, hätte er sich selbst aufgezeichnet. »Stell dir mal vor, ein Journalist hat beschlossen, meine Biografie zu schreiben. Ich werd ihn auf Schritt und Tritt hinters Licht führen, werd alles fingieren, um den Mythos zu demontieren.«

»Du allein kannst den Mythos nicht demontieren, Naseweis. Wann kapierst du das endlich?«

»Das vorsätzliche Leugnen der faktischen Wahrheit, sprich: die Fähigkeit zu lügen, und die Befähigung, Fakten zu verändern, sprich: die Gabe, zu handeln, sind miteinander verknüpft; beide schulden sie ihre Existenz derselben Quelle – der Fantasie. Ich will revidieren, was ich in dreißig Jahren Gegenwart begangen habe: denselben Weg gehen, den ich gegangen bin, bis zu dem Punkt, an dem ich all meine Irrtümer aufheben kann. Es genügt nicht, sich umzubringen. Könnte ich alles, was ich zu tun gedenke, gegen eine Erörterung meiner Motive schützen, wäre ich jetzt so ruhig wie ein gestillter Säugling.«

Sie wollte sagen: ›Du übertreibst, was deine Verantwortung für deine Taten angeht‹, sagte aber kein Wort. Vielleicht war sie sich ihrer selbst nicht sicher. Doch so wunderbar er auch in ihren Augen war, hätte er verstehen müssen, dass er keinen anderen Ausweg hatte, als von ihr zu lernen, ein bisschen zu schweigen, doch daran konnte sie noch nicht einmal denken, da sie sich niemals mit ihm verglichen hatte, was eigentlich schade ist.

»Mir ist schon nichts mehr wirklich wichtig.«

»Ich glaub dir nicht, Naseweis. Es ist dir wichtig, einen Fick zu finden, Shlomit ist dir wichtig, es ist dir wichtig ...«

Absichtlich hatte sie den Namen falsch ausgesprochen und

bereute. Noch eine winzigkleine Anstrengung und sie wäre raus aus dieser kontaminierten Zone, ihrem Leben mit Lotem, Lotem.

»Lea'le, er steht mir nicht mehr.«

»Warum erzählst du das und warum mir?«

»Was sind die treibenden Motive für deine Taten, Lea?«

»Ich hab noch nie irgendwas getan ...«

»Wie kann es sein, dass die Worte ›Ich will die Heimat verteidigen‹ mal wahrhaftig für mich geklungen haben und sich jetzt für mich anhören wie eine Rede von Mussolini? Etwas ist abgestorben. Das Bedürfnis zu lügen ist tot. Nicht das Bedürfnis nach Wahrheit.«

»Und hast du nichts von *Faust* gelernt? Hast du nicht verstanden, was Mephisto über das kleine anstelle des großen Bösen sagt?«

»Woher kennst du den *Faust?*«

Ihre Stimme bebte, ihre Lippen zitterten, sie schluckte den metallischen Geschmack hinunter. »Seit zwanzig Jahren lese ich jedes Buch, das du je erwähnt hast ...« Und nachdem ihm die Worte fehlten, fragte sie: »Was willst du tun, Naseweis?«

»Sie töten, allesamt, in einer großen Aktion, die scheitern wird. Alle. Bei einem Zusammenstoß mehrerer Hubschrauber vielleicht.«

Der Wagen fuhr schnell, die Scheinwerfer hasteten umher. Lea schluchzte. Lotem redete. Zum ersten Mal ließ er sich durch ihr Weinen nicht beeindrucken.

»Du wirst mich nicht verraten. Ich verlasse mich auf dich. So, da wären wir. Schalom. Wir werden uns nicht wiedersehen. Beklag dich nicht, dass ich nie mit dir über all die Dinge gesprochen habe, die mich belasteten. Ich konnte nicht. Du hast mich nicht gelassen. Nicht Gewissensbisse machen mir zu schaffen, sondern große Verachtung für mein Leben.«

Unklar bleibt, ob er sie bei jener Unterhaltung mehr hasste

als sich selbst. Die Einzige, die unter dem Gespräch litt, war Lea. Er selbst genoss es, sich etwas zusammenzufantasieren, oder ihr Angst zu machen, anstatt tatsächlich zu handeln.

Unserer Lea jedenfalls war es bestimmt, ihre Qualen allein zu ertragen. Sie wollte seinen Plan durchkreuzen, aber ohne ihm zu schaden. Zu wem sollte sie gehen, sie kannte schließlich niemanden, wer würde ihr glauben, dass sie Lotem und er sie kannte, und wenn ihr doch jemand einfiel, beeilte sie sich, ihren Geliebten zu verteidigen, hasste ihn danach dafür, dachte an die Soldaten, beeilte sich, den Gedanken abzuschütteln und zu meinen, es sei zu seinem Besten, nur zu seinem Besten, dass sie ihn aufhalten musste. Sie versuchte, seinen Stab anzurufen. Man sagte ihr, es sei unmöglich ihr mitzuteilen, wo er sich aufhalte. Sie sagte, sie sei seine Schwester. Sie wussten nicht, dass er eine Schwester hatte. Sie saß in ihrem Büro, stierte vor sich hin, ohne sich konzentrieren zu können. Selbst zu dem Treffen mit ihren Freundinnen vergaß sie zu gehen, und als es ihr wieder einfiel, hastete sie los, kam zu spät, saß allein im Café und schwieg. Am nächsten Morgen stand sie auf, zog sich an, schminkte sich, hatte vor, wieder zur Arbeit zu gehen, blieb aber zu Hause, rief seine Dienststelle an und fragte abermals mit belegter Stimme: »Wo ist Lotem?« Wieder wollten sie wissen, wer dran sei. Sie sagte, sie sei eine Freundin von Lotem. Die Telefonistin sagte: »Er hat hunderte. Davon abgesehen, wir wissen auch nicht, wo er steckt. Schon seit Jahren nicht mehr.« Eines Abends rief Rachel von der Zeitung an und kreischte, sie solle schnell den Fernseher anmachen. Wir werden mit solchen Anrufen in der Regel über Katastrophen in Kenntnis gesetzt wie Menschen in anderen Ländern über ein Interview mit einem Pfeife rauchenden Schriftsteller, und tatsächlich berichtete das Fernsehen über den Absturz von drei mit Elitesoldaten voll bepackten Hubschraubern auf dem Weg zu einem unbekannten Einsatzziel. Lea schrie auf vor Angst, dachte, sie habe alles verstanden, und am nächsten Tag, auf dem Universitätscampus, exakt in der Mitte der Rasenfläche, sah sie Lotem knien, den Kopf im Schoß einer Frau vergraben, und alles, was sie über die Jahre nicht ausgesprochen hatte, all das aufgestaute Leid, brach in einem gellenden Schrei hervor, sie stand da, hielt sich die Ohren zu und schrie ohrenbetäubend, schrie, bis der Schrei die Stimmbänder zerschnitt und die Kehle verletzte. Eine große Eiche, von der man sich erzählt, die ersten Prophezeiungen seien von ihr ausgegangen, stand ehern und ihre Blätter bewegten sich im Wind. Manch einer beäugte sie durchs Fenster, sah sie vor dem sich küssenden Paar stehen, das jedoch einen aufreizenden Anblick bot, während ihre schreiende Gestalt nicht zu hören war, nur ein wenig gekrümmt erschien, die Hände auf die Ohren gepresst. Keine Aktion. Nichts. Dann eilte sie, Professor Holz zu treffen, ihren Dozenten. Noch sei er an der Universität, meinte Holz zu ihr, und wenn sie sich beeile, werde sie es endlich schaffen, ihre Magisterarbeit zuwege zu bringen. »Das ist nicht viel«, sagte er, »sehr viel weniger als eine Doktorarbeit, zum Beispiel, aber es ist nun mal auch eine Handlung mit Anfang, Mitte und Ende, wie ein Beischlaf.« Damit verstummte er, hatte Angst, sie könnte sich abermals übergeben. »Andererseits, diese Handlung interagiert über derart viele Verknüpfungspunkte mit anderen Arbeiten, dass nur, wenn Sie eine komplette Arbeit fabrizieren, die keinerlei Verbindung zu irgendeiner anderen Arbeit hat, oder, mit anderen Worten, an der alles frei erfunden ist, Stellenangaben, die Titel von Fachzeitschriften, von Studien, die Namen der zitierten Wissenschaftler, die Bücher, einfach alles, erst dann werden Sie imstande sein, dies als Ihre höchsteigene Arbeit zu bezeichnen, eine Arbeit, die ausschließlich Ihnen gehört.« Er sah aus dem Fenster und sagte: »Daraus ergibt sich, dass uns nur bleibt, Komiker zu werden, wenn wir unabhängig sein wollen. Nicht wahr?« Aber mit der Zeit würde Holz nicht nur um sein Propädeutikum gebracht, sondern auch in Frühpension geschickt werden, obgleich er ein guter Mann war und beinahe jede Nacht zu seiner Geschiedenen fuhr, um ihr Gute Nacht zu sagen und an ihrem Bett zu warten. Sie bat ihn zwar um Vergebung, stets, für alles, was sie ihm angetan hatte, und er wartete, bis sie eingeschlafen war, während er seiner zweiten Frau niemals auch nur ein Sterbenswörtchen über dieses Zubettbringen erzählte.

Das Luftunglück – die Wahrheit

Das Land versank in Trauer. Das Hubschrauberunglück war menschlichem Versagen geschuldet und nicht etwa einer Naturkatastrophe. Tiefes Leid erfasste uns alle. Es wurden auch schwere Vorwürfe gegen die Herstellerfirmen der Hubschrauber erhoben – klar, dass niemand ihnen verzeihen würde, denn Blut ist nun mal kein Wasser und Geld nicht alles im Leben. Daher wurde ein Untersuchungsausschuss eingesetzt. Ein sehr bedeutender Bildhauer würde an der Unglücksstelle eine Gedenktafel errichten, deren bestimmendes Element ein stummer Schrei gen Himmel bilden sollte.

8

Die Aufhebung der Aufhebung

Die Besetzung Cortonas

Die Marschroute eines anderen, Joni L.s nämlich, Obergefreiter, beinahe Feldwebel, auf dem Weg vom Ort seiner Landung nahe dem sagenhaften Yazbek hin zum Sammelpunkt, der auf den Einsatzkarten als *Piazza Garibaldi* bezeichnet war, wird uns dienen, die Aktion »Göttliche Komödie« zu schildern. Joni ist, versteht sich, nicht allein. Zusammen mit seinen Kameraden stiehlt er sich auf der Hauptstraße, die in der Planung die Bezeichnung *Via Nazionale* trägt, in die Stadt. Enge Gassen winden sich von der Anhöhe des Berges zu ihr herab, so wie sich enge Gassen von ihr bis zur unteren Mauer schlängeln. Von dort sieht man – es dämmert schon über dem Tal – Bauern Maisstängel entzünden und Trauben, die auf ihre Winzer warten wie volle, dunkle Euter. Diese Hauptstraße ist Teil des Ganzen, jener simple Teil, mittels dessen auch die Eroberung von Nabi Samuel oder der Westmauer beschrieben worden ist. Joni L. arbeitet sich leise voran, geht in Deckung, hält Blickkontakt zu den anderen, man hört ihre Atemzüge, Atzmon, Oded, Jehoschua, sie stoßen bis zur *Piazza della Repubblica* vor, und dann, erneut schnell, gebückt, bis zur *Piazza Signorelli*. Was jedoch ihn, Joni, anbelangt – eine seiner Locken nervt ihn, er kämpft mit ihr, bleibt stehen, um sie mit seinem Bajonett abzuschneiden, setzt erst danach seinen Weg fort, verläuft sich, gelangt bis zur *Piazza Duomo*, lehnt sich dort auf eine Mauer, blickt hinab ins Tal und mit einem Mal begreift er die ganze Posse, breitet sich sein Leben wie ein Fächer vor ihm aus, das ist doch Italien hier und nicht der Libanon, nicht die Karten sind der Nepp, sondern das Augenzwinkern über deren angebliche Herkunft, Reue befällt ihn, da unter ihm wie ein riesiger Flamboyant eine rote, wunderschöne Kirche zu erblühen scheint. Der Dunst lichtet sich, und er gewahrt Oberleutnant Gadi S., kletternd, hinkend, hat sich offenbar bei der Landung mit dem Fallschirm den Fuß gebrochen, bemüht, die rote Kirche *Santa Maria Novella* zu erreichen, auch Oberleutnant Gadi begreift jetzt, was man mit ihnen angestellt hat, doch er ist aufgebracht und nicht still wie Joni, schließlich hat er vor, es viel weiter als nur bis zum Unteroffizier zu bringen. Die meisten Soldaten sind bereits auf der *Piazza Signorelli* versammelt und der große Lotem fordert sie über Lautsprecher auf, sich zu ergeben. Die Bewohner der Stadt nähern sich zögerlich der sonderbaren Streitmacht. Ein Mädchen ruft seiner Mutter verängstigt zu: »Mamma, i turchi!« Der Großvater bedeutet der Kleinen, leise zu sein. Man weiß nicht, ob die Kreaturen nun Menschen oder Tiere sind.

In der Tat, Lotems Plan war grandioser als alles, was er Lea anvertraut hatte: Er würde hunderte von Soldaten und deren Befehlshaber (Kriegsverbrecher nannte er sie in den schlaflosen Nächten auf seinem Bett, oder auf den Straßen) niedergehen lassen, würde sie rund um Cortona abspringen lassen und ihnen dann über Lautsprecher, mit gewaltiger, Furcht erregender Stimme, wie einst im Fußballstadion, zurufen, ihre Waffen abzugeben, kampflos. Er würde sie alle, alle vierhundert Mann, an die weißbemützten Polizisten der Stadt übergeben, unter den Augen des Priesters Francesco Meatini – dessen Onkel hat mal eine Ehrenmedaille bekommen, weil er drei ortsansässige Partisanen erschoss, die gewagt hatten, ihm nach dem Leben zu trachten. Morgens, und zwar jeden Morgen, liest der Priester im Café vor der Stadtverwaltung Zeitung, isst eine Brioche mit dem Gewerkschaftssekretär, und da, gerade als der Kellner die Bar am Eingang zum Signorelli-Theater gegenüber öffnet und den Sack mit den noch warmen Brioches von der Schwelle hebt, entdeckt er Soldaten mit dornenbedeckten Helmen, auch auf den Stufen der nahen Kirche hocken sie zuhauf. Er hat keine andere Wahl, der Kellner Agostino Paolodoni – sein Onkel ist im Krieg im Kampf gegen den Besatzer und dessen Handlanger gefallen –, er nimmt all seinen Mut zusammen und ruft den Parteisekretär an, Primo Ruggi, ein Kommunist, aber der weiß auch nicht, was in solchen Fällen zu tun ist, weshalb Ruggi den Bezirkssekretär anruft, Pasquale Fiorenzioni, ein mächtiger Mann, Guten Morgen Genosse Fiorenzioni – Pasquale bittet der Sekretär, möge man ihn nennen, auch ihm, einem Sohn Cortonas, ist bei dem Aufstand ein Onkel getötet worden, und auch ihn hat man nach diesem benannt. Pasquale gibt Ruggi Order, das Fernsehen anzurufen, RAI 3, als genau in diesem Moment, im Herzen der Stadt, Lotem über Megafon seine letzten Befehle erteilt: »Von jetzt an hört ihr auf, zu tun, was ich ausgebrütet habe.« Innerhalb von zwei Stunden wird die Groteske zu einer internationalen Gaudi, wird Lotem in den Morgennachrichten den Namen der Operation erklären und eine Zeile aus der *Göttlichen Komödie* zitieren, die er sich zurechtgelegt hat, »A l'alta fantasia qui mancò possa – hier schwand die Kraft der hohen Phantasie«, wird die israelische Botschaft abstreiten, wird versuchen, das Ganze herunterzuspielen und Zeit zu gewinnen, bis eine plausible Erklärung für dieses absonderliche Schauspiel vorliegt, dass ein komplettes israelisches Fallschirmjägerregiment den Versuch unternommen hat, ein hochbetagtes toskanisches Städtchen mitsamt seinen etruskischen Altertümern einzunehmen, um sich dann plötzlich kampflos zu ergeben. Ach, nichts wird helfen, die Sache wird sich jeder Möglichkeit entziehen, einen für den gesunden Menschenverstand akzeptablen Rahmen zu erfinden, denn darin liegt ja die ganze Schwierigkeit, etwas zu erfinden, was der gesunde Menschenverstand nicht wird erklären können, nicht erzählen kann im Kontext unserer Welt, die wie eine antike Flotte in den Fluten des Mittelmeeres versunken ist. Wie auch immer, die Kapitulation wird also erfolgen und bis zum November werden die Soldaten, all jene, die entführt, geschlagen, getötet, erniedrigt und drangsaliert haben, bis zum November werden sie als Spürhunde oder Schnüffelschweine bei der Trüffelsuche in den Wäldern helfen können – im Tal der Elsa, bei Castelfiorentino, in Montaione, San Miniato, Pataio, Capannori, in Fonssacco – zunächst in farbenfroher Prozession und dann mit A-capella-Gesang bis zum Wald, wo sie auf allen vieren gehen und schnüffeln, scharren, graben, buddeln, bellen werden, da ihnen verboten ist, miteinander zu reden, nur zu bellen. Eigentlich wäre es an uns, diese formidable Aktion zu beschreiben und das Buch frohen Mutes zu beschließen. Aber warum lassen wir es dann nicht mit der Schilderung der Eroberung Cortonas ausklingen? Es ist so: Wir fürchten nicht, der Leser könnte uns keinen Glauben schenken, dem könnten wir abhelfen, könnten das Unmögliche möglich machen, könnten ihm die alberne Stütze des Vertrauten entziehen. Darin liegt nicht die Schwierigkeit. Lotem machten praktische Erwägungen zu schaffen. Wie sollte man ein ganzes Regiment nach Italien fliegen? Wie unterwegs die Maschinen betanken? Es müssten so viele Personen in die Vorbereitungen mit einbezogen werden. Andererseits verspürt er nicht die geringste Lust, irgendjemanden an dem Geheimnis – oder der Freude – teilhaben zu lassen, sprich an der vollkommenen Aufhebung seiner Vergangenheit. Immerhin ist hier die Rede von seiner ihm eigenen Vergangenheit. Und mit einem Mal verlor Lotem den Elan, verzettelte sich, doch wir weigern uns, ihn so ohne weiteres zu verraten. Gut möglich, dass wir unsere Hoffnung auf eine Niete gesetzt haben, doch uns bleibt keine andere Wahl, als weiter auf ihn zu wetten. Er wollte die Armee verraten, aber er tat sich schwer. Vielleicht aber sind ausgerechnet wir es, die er zum Gespött gemacht hat, denn schließlich hätten wir dies Buch zu gern genau an dieser Stelle enden lassen, mit dem ergreifenden Bild der Soldaten, die brüllen »So es sei, so es sei, dass denn alles vorbei, vorbei, vorbei«, im toskanischen Herbstregen, auf den Stufen der Piazza della Libertà, im Herzen jener Stadt, die eine Überraschung für sie bereithält, ein Zusammentreffen mit den Familien ihrer Opfer, allen Familien ihrer Opfer – ihrer Kinder beraubte palästinensische Familien werden nach Cortona geflogen, auf dass sie die Mörder ihrer Söhne an ihr Herz drücken, vielleicht wird man diesen Eltern sagen, dass ihre Söhne dort auf sie warten, denn schließlich ist es den meisten von ihnen nicht vergönnt gewesen, den Leichnam des für immer entschwundenen Sohns zu küssen. Es wird regnen. Tränen und Wasser werden sich vermischen. Alles ist offen. Doch Lotem, wie viele Feldherren vor einer entscheidenden Schlacht, kurvte nervös durch die Straßen der Stadt, legte gut dreihundert Kilometer auf ihrem Asphalt zurück, blieb ohne Benzin liegen, hastete mit einem Kanister bis zur nächsten Tankstelle, kehrte zu seinem Wagen zurück, um den Motor anzulassen und abermals zur Tankstelle zu gelangen, parkte schließlich vor Dudus Haus und wartete dort bis zum Morgengrauen, schlief über dem Lenkrad ein, und als er aufwachte, sah er Dudu neben dem Wagen stehen und ihm mit einer Handbewegung bedeuten, er solle die Seitenscheibe herunterkurbeln. Lotem öffnete, wollte die Hand seines Freundes küssen.

»Jetzt kommst du angeschlichen? Was ist los mit dir? Hast auf einmal einen Schreck bekommen wegen der Zeitungsartikel über uns? Wir wollen dich in unserem Haus nicht mehr sehen. Selbst wenn meine Mutter dir verzeiht, ich erlaube dir nicht, reinzukommen. Hast du verstanden? Fahr, du Hund, fahr.«

Joni Rotem ging, drehte sich noch einmal um, machte eine Drohgebärde. Lotem hatte vor, auszusteigen und ihm nachzugehen, wirklich, hätte sogar zugelassen, dass Joni ihn schlug, aber der Junge verschwand. Schweren Herzens fuhr Lotem los, langsam, andere Fahrzeuge hupten ihn an, dichter Morgenverkehr herrschte. Gibt es etwas, das der Zeit mehr ähnelt als das Abrollen eines Rades auf der Straße? Was überrollt das Rad? Was wird überrollt und erscheint von neuem, nur um abermals überrollt zu werden, wenn nicht ein winzig, winzig kleines Äquivalent der gegenwärtigen Zeit? »Und also gehört die Rechenkunst unter die Kenntnisse, die wir suchten. Denn dem Krieger ist es seiner Aufstellungen wegen notwendig, dieses zu verstehen; dem Philosophen aber, weil er sich dabei über das Sichtbare und das Werden erheben und das Wesen ergreifen muss, oder er ist doch nie der eigentliche Rechner.« Lotem kam ein Gedanke: Die Gegenwart beherrscht das ins Dasein-Treten, das Rad ist stärker als der Weg und sein Sichdrehen hat keinerlei Bedeutung, im Grunde genommen dreht es sich überhaupt nicht. Die Schwäche hat keine Gestalt, die Trauer keine Form, die Gedanken, die aus der tiefen Schlucht des Todes geboren werden, sind nichts als Schimären, Botschafter, Mittler von etwas anderem. Und Lotem dachte über das Wort »plötzlich« nach, wie er es noch nie getan hatte. Er lauschte ihm nach, als sei es soeben geboren. Urplötzlich begriff er, was das ist – plötzlich.

Shulamit fragte: »Wer ist da?« Er antwortete leise: »Adam.« Darauf sie laut: »Wer?« Und er mit zittriger Stimme, »Adam«, doch sie nötigte ihn, seinen Namen zu wiederholen, zumal er den öffentlichen Charakter dieser Erniedrigung vor ihrer Tür hasste. »Shulamit, mach bitte auf, ich flehe dich an.« Sie öffnete die Tür einen Spaltbreit. Sah, dass er in Uniform war, schimpfte und versuchte, die Tür zuzuwerfen, aber er hatte bereits seinen Stiefel zwischen Tür und Rahmen geschoben.

»Geh weg!«

Die Zurückweisung erfüllte ihn mit einem angenehmen Gefühl. Er würde nicht gehen, bis sie ihn reingelassen hatte, sollten es doch alle hören. Er hatte diesmal keine Zivilkleidung im Wagen gehabt und deshalb nicht tun können, was er bei vorherigen Malen getan hatte – runterlaufen, sich aus- und wieder anziehen, alles im Wagen, und zurück zu ihrer Tür, um Einlass zu finden. Wieder versuchte sie, die Tür zuzudrücken, aber er wog seine hundert Kilo, vielleicht sogar schon mehr, und stieß sie zusammen mit der Tür nach innen. »Wenn du nicht gehst, schreie ich.«

»Es tut mir Leid, dass ich in Uniform gekommen bin, ich dachte …«

»Ali, viens m'aider!«

»Eine halbe Stunde, Shulamit, nicht mal. Ich muss reden.«

Sie gab nach. Sagte noch etwas auf Französisch zu dem Mann, der – allem Anschein nach – in ihrem Schlafzimmer wartete, nahm dann Lotem gegenüber Platz und bedachte ihn mit eisigem Blick. Wie ein Waschlappen fühlt er sich hier. Er hat eine schöne Frau gewollt, wie ein kleiner Junge, dessen Augen gebannt einer schönen Frau auf der Straße folgen. Nie wieder wird er ihm stehen. Er wird sich selbst den Schwanz abschneiden. Das ist das Ende, das er in Wahrheit will, ein

Schächten, untermalt vom abgerissenen Stakkato eines Schofars, ein großes Schächten. »Ich wollte dir etwas erzählen …« Wie eine Marktschreierin brüllte sie mit sich überschlagender Stimme: »Ich hab dir doch gesagt, dass ich keine Geschichte mag.« Er versuchte, sich zu setzen, aber sie war aufgesprungen und fixierte ihn kalt.

»Du hast mir so viele Male versprochen, du lässt mich nicht gehen.«

»Sag nichts von Versprechungen. Den Mut, so eine banale Sache wie ein militärisches Geheimnis zu opfern, hast du nicht. Du hast mich enttäuscht, Adam.«

»Ich habe dir mein bestgehütetes Geheimnis gebracht.«

Jetzt wagte er, sich zu setzen. Ließ sich vorsichtig in den Sessel sinken, wie ein Kind, wie Lea, als sie ihm hatte zeigen wollen, was für ein gutes Mädchen sie ist. Schweigen stand im Raum. Er reichte ihr seine Landkarten. Sie warf einen Blick darauf, verstand nicht. Auch sie dachte in Kategorien des gesunden Menschenverstands. Dann wies sie ihn auf die falsche Schreibweise einer Kirche hin. »Ein General sollte die richtige Schreibweise seiner Zielobjekte kennen, nicht?«

»Ein General? Ich bin kein General. Ich bin nichts.«

Dennoch erzählte er ihr von seinem Plan. In ihren Augen entzündete sich eine Funke, und er fand darin genau das, wonach er sich gesehnt hatte. Sie stand auf, sagte etwas auf Französisch in Richtung Schlafzimmer und meinte dann aus der Kochecke zu ihm: »Das ist wunderschön, Adam, aber du wirst es nicht tun.« Er war erbittert, lächelte, unendlich weit von ihrem gesunden Menschenverstand entfernt. »Du denkst, ich kann Cortona nicht erobern?« Sie taxierte ihn. Ging zum Fenster. Schaute hinaus und sprach dann zu ihm, ohne sich umzudrehen, unterkühlt.

»Du willst die Schönheit erobern. Kannst dich nicht damit abfinden zu wissen, dass es sie dort gibt und sie dir nicht gehört. Wenn du deine Einheiten zerstören willst, dann richtig, Adam. Du verstehst, was ich dir erkläre, ja? Ausmerzen bedeutet ausmerzen. Eine Geschichte auszuradieren heißt nicht, an ihrer Stelle eine andere Geschichte zu schreiben. Davon abgesehen, Adam, du warst es, der die Todesschwadronen eingeführt hat. Es werden noch Scharen von weiteren Henkern kommen. Du hast sie gelehrt, sich nicht zu schämen. Das ist alles. Das Recht, des Nachts zu töten, an jedem Ort, wird dir zugeschrieben bleiben, Adam. Mein Vater war einer der Köpfe des Mossad, ein armseliger Mann.«

Bei anderer Gelegenheit hatte sie ihm erzählt, ihr Vater sei ein untalentierter Maler gewesen. Vielleicht deshalb hatte er sich nicht für ihn interessiert. Lotem war kalt wie ein Oberschenkelknochen im Gräberfeld für gefallene Soldaten des Feindes. Ohnehin war er gekommen, ihr zu erzählen, dass er keinerlei Möglichkeit hatte zu tun, was er geplant hatte zu tun, für sie zu tun geplant hatte, das war ihm klar geworden, oder aber er war gekommen, um für immer zu bleiben, sie ganz bescheiden zu heiraten, ohne Sex. Außerdem musste die Aktion mit derart vielen Offizieren bei den Fallschirmjägern abgestimmt werden, und mit der Luftwaffe, dass er allein dies nicht würde bewerkstelligen können. Ihre Augen erloschen. Die Vergangenheit interessierte sie nicht, die Zukunft war in ihrem Gespräch zunichte gemacht und die Gegenwart nichts wert ohne Liebe.

Er sah zu, dass er fortkam. Nie hatte er gewusst, ob sie ihn tatsächlich liebte, und wenn sie ihn nicht liebte, warum hatte sie ihn dann ihren Körper begrapschen und ihn wieder und wieder den Versuch unternehmen lassen, mit ihr zu schlafen? Und warum sie ihm sanfte Sätze der Liebe gesagt hatte, verstand er nicht, und wenn sie ihn liebte, warum verachtete sie ihn dann, auch das begriff er nicht, und so weiter und so weiter. Ach, Adam Lotem. Er nahm sein altes Bajonett und fuhr zum

Kommando Mitte, wartete bis zum Anbruch der Dunkelheit, näherte sich dann der schlafenden Leopardin, wie jämmerlich sie aussah, und warf ihr ein Stück Wurst hin. Die Raubkatze erwachte und schlich zu dem Wursthappen, Lotem packte ihren Hals mit eisernem Griff und schnitt ihr blitzschnell die Kehle durch. Seine Hände waren blutbesudelt. Er fuhr los, weder freudig erregt noch betrübt. Mitleid mit der Kreatur hatte er keines, auch nicht mit sich selbst.

Hauptmann Hagar Bloomberg

Einige Tage zuvor, als Hagar Bloomberg aus der Narkose erwacht war, hatte ihr Vater, unser Knessetabgeordneter Shamai Bloomberg, an ihrem Bett gesessen und sie geküsst, sich über sie gebeugt und sie gestreichelt – sie wusste nicht, wie lange sie geschlafen hatte, wie lange ihr Vater schon neben ihr saß. Ihr Vater sagte ihr, sie müsse ihm verraten, wer ihr das Kind gemacht habe. Vielleicht wusste sie gar nicht, wer ihr das Kind gemacht hatte, aber vor lauter Freude über die streichelnde Hand ihres Vaters umklammerte sie seinen Arm und küsste ihn, brach in Tränen aus, denn es tat ihr weh, wie verdammt weh ihr das dort tat, und noch hatte sie nicht einmal Zeit gefunden, darüber nachzudenken, was in ihrer Gebärmutter übrig geblieben war und was man ihr angetan hatte, was sie dort umgebracht hatten – so verstört war sie durch die Schwangerschaft, die Erkrankung und den öffentlichen Skandal, dass sie noch keine Zeit zum Nachdenken gefunden hatte. Sie wollte auch nichts darüber sagen, dass ihretwegen ihr Vater in allen Zeitungen zum Gespött gemacht worden war. Aber alles erhielt mit dem Erwachen eine Ordnung, wurde zu einer einzigen großen Beleidigung. Dann meinte ihr Vater zu ihr, sie solle sich keine Sorgen machen, er werde sich General

Rasi Rezef vornehmen, dank der Koalitionsverhandlungen biete sich ihm die Gelegenheit. All dies sagte ihr Vater leise und gefasst zu ihr. Das Schicksal des Staates ruhte in jenem Moment zwischen dem Vater und seiner zerbrechlichen Tochter. Wollte Gott, es wäre immer so. Tatsächlich erhielt Hagar bald darauf ein Entschuldigungsschreiben mit der Unterschrift des Generalstabschefs und darin die Zusicherung, den General mitsamt seiner Leopardin aus dem Dienst zu entfernen und sie selbst in den Rang eines Hauptmanns zu befördern. Das Armeerabbinat hingegen war lediglich über die Schwangerschaft erbost und darüber, was in den Kasernen mit den Soldatinnen angestellt wird. Unsere magere Hagar jedoch, nach sieben Tagen Krankenstand, die ihr wegen der Ausschabung zuerkannt worden waren, kehrte mit einer schriftlichen Zusage des Generalstabschefs bewaffnet zum Dienst im Kommando Mitte zurück, hatte Angst einzutreten, holte trotz allem tief Luft und betrat ihr Zimmer, meinte, man sähe ihr an, wie wild ihr Herz schlug, wie die Halsschlagader pulsierte und die Hände zitterten. Doch entgegen allem, was ihr zugesichert worden war, ihr und dem Vorsitzenden des Koalitionsausschusses in jenem, vom Oberbefehlshaber der Streitkräfte eigenhändig abgezeichneten Schreiben, wurde sie sogleich losgeschickt, die Leopardin des Generals zu füttern, denn beide waren sie noch da, sie in ihrem Käfig und er in seinem Büro. Sie weigerte sich, selbstverständlich. Die blasse, schüchterne junge Frau war im Verlauf jener Woche sehr erwachsen geworden, zumal sie von jetzt an auch einen direkten Draht zu Journalisten hatte, die sich auf Meinungsumfragen stützten und außerdem das Potenzial wahrnahmen, das in einer Konfrontation zwischen Hagar und der Armeespitze lag. Leise und ohne in Panik zu geraten rief sie sie an, nicht einmal ihre Stimme bebte, wenn sie diese hinter den Mannschaftsküchen verschwörerisch senkte, eingehüllt vom Gestank der

Suppe mit Knödeln, die speziell für die Folteropfer des Inlandsgeheimdienstes zubereitet wurde – ein Studientag, den sie über den Roman *Die Stadt des Tötens* absolviert hatten, hatte nachhaltigen Eindruck bei ihnen hinterlassen –, und jedem der Journalisten erklärte, was genau ihr widerfahren war: Sie habe eine schriftliche Zusage vom Generalstabschef bekommen, in den Rang eines Hauptmanns befördert zu werden, und ausgerechnet diese Zusicherung habe sie zum allgemeinen Gespött gemacht. Nicht nur, dass sie die Beförderung nicht bekommen hatte, nein, man habe angefangen, sie in der Kommandantur »Hauptmann« zu rufen, sie zu hassen. Und warum sie die Leopardin nicht füttern könne, und wer denn schuld wäre, dass sie schwanger geworden sei, sie solle selbst auf sich aufpassen, solle ihre Ehre wahren oder die Pille nehmen, und warum ausgerechnet sie schwanger geworden sei und all die anderen nicht? Die Dinge spitzten sich zu. Hagar hörte alles, schluckte im Stillen ihre Kränkung, heulte nicht, weigerte sich beharrlich, die Leopardin zu füttern, ohne ein Wort zu sagen, obgleich ihre Ehre mit Füßen getreten, zerstampft und vernichtet worden war. Sie war nicht dumm, lauerte auf eine der Unflätigkeiten des depressiven Generals, und als dieser zu seinem Stabschef meinte, von ihm aus könnten sie die Leopardin mit den Knochen der kleinen Nutte füttern, zitierten die drei großen Zeitungen ausführlich dieses Bonmot, »Um der Ehre der israelischen Armee willen, die es gilt, sie von ihr fremden Elementen zu säubern«, wie der Leitartikel aller drei Blätter übereinstimmend die Beweggründe erläuterte, die Meldung in aller Ausführlichkeit zu bringen. Und so formierte sich eine große Demonstration an der Universität gegen »die sexistische Behandlung« von Soldatinnen. »Wir sind nicht Körper, sondern Seele, genau wie jeder andere Soldat auch«, rief die Führerin der Feministinnen, die geschiedene Frau des Militärattachés an der Botschaft in

Deutschland. Und ausgerechnet als es schien, als wehe endlich ein neuer Geist im Volke, als müssten die Militärs von nun an ihre Diktion ändern, vollzog sich eine plötzliche, unvorhergesehene Wendung in der Affäre. Eines schönen Sommermorgens fanden die Soldaten, die mit der Säuberung des Käfigs betraut waren, die greise Raubkatze, deren Kopf beinahe vollständig vom Rumpf abgetrennt war, wie informierte Quellen berichteten. Auch ein Veterinär wurde von den Medien interviewt (ein Sohn des deutschen Schriftstellers Franz Kischinew), der zu schildern wusste, wie dem Tier der Nimbus eines Importartikels aus Afrika abhanden gekommen sei, der Ruhm, ein Geschenk Mobutus zu sein, des Herrschers von Zaire, sprich Kongo, der – wie könnte es auch anders sein – genau wie Idi Amin einen Fallschirmsprungkurs bei uns absolviert hatte und dessen weiße Leibwächter über Funk auf Hebräisch miteinander sprachen, in eben jenem Hebräisch, um das sich Mendele Mojcher Sforim und Bialik so sehr bemüht haben. Warum viele Worte verlieren? Für uns alle war es ein schwerer Abend. Der Sprecher des Tierschutzvereins brach im Fernsehstudio in Tränen aus. »Das Leben einer Leopardin ist kein herrenloses Gut«, schluchzte er. Das Volk erlebte einen Moment der Disharmonie. Die Busenfreunde des Generals, Veteranen der sieben Kriege, Versehrte, alternde Kriegswaisen, Söhne der an der Westmauer zur Thora Aufgerufenen, ihrer Kinder beraubte Mütter, echte Ordensträger, die ihre eigenen Kameraden begraben hatten – alle vereint unterschrieben sie einen Aufruf gegen den Feminismus, dessen Hetzkampagne zum Fememord an der alten Raubkatze geführt habe. Aber die feministische Opposition weigerte sich, die Fassung zu verlieren. Bei aller Hochachtung für die Leopardin, Hagar Bloomberg, sie sei es, die man gedemütigt habe. Sie sei keine kleine Nutte. Der General selbst sei ein kleiner Stricher. Der Moderator bat, sich zu mäßigen, und das

Fernsehstudio kochte. Am Ende spalteten sich die Feministinnen auf, hielten dem Druck nicht stand, schlug sich ein Teil von ihnen auf die Seite des Generals. Schließlich habe auch die Leopardin eine weibliche Seele gehabt. Die Tierschutzorganisation bereitete ein Staatsbegräbnis für die Leopardin vor, als Teil der großen Kampagne »Es besteht kein Unterschied zwischen Tieren und Menschen«. Aufkleber in diesem Sinne wurden an allen Tankstellen der drei großen Gesellschaften verteilt, die sich im Besitz der drei großen Zeitungen befanden – oder umgekehrt. Und Lotem saß in seiner stinkenden Bude vor dem Fernseher und lachte, lachte, lachte. Warum lachte Lotem? Das Kehledurchschneiden war zwar spontan gewesen, aber endlich einmal eine richtige Handlung, eine faustische *reine Tätigkeit.* Zu Beginn des Abends hatte es noch eine Leopardin gegeben und jetzt gab es keine mehr. Täuschte er sich, wenn er dachte, die Aktion habe etwas beendet, was einen Anfang gehabt hatte? Plötzlich und mit einem Mal? Ungewiss. Wie auch immer, vor seinem armseligen Fernseher, in Schwarz-Weiß, kümmerte es ihn nicht, was Shulamit sagen würde, oder Lea, selbst Dudu vergaß er, lebte für einen Moment für sich selbst, ganz für sich selbst.

Die eigentliche Wendung aber vollzog sich noch in eben jener Woche, als ein palästinensischer Jugendlicher namens Ali Rasawi verhaftet wurde, der (so gestand er) die Leopardin gemeuchelt hatte. Der Junge, so wurde in allen drei Zeitungen berichtet, war zuvor viele Monate lang im Arrestflügel der Kommandantur Mitte festgehalten worden. Einmal war der Hauptbelastungszeuge nicht zur Verhandlung erschienen, da er ins Ausland gefahren war, weshalb Alis Haft verlängert worden war bis zum nächsten Mal, an dem der Richter selbst nicht eintraf, da er unterwegs eine Reifenpanne hatte und so weiter und so weiter. Von Zeit zu Zeit bekam der Junge mit einem

Stahllineal Schläge auf die Hände. Das schrieb die Zeitungsdreifaltigkeit nicht, nicht ein Wort darüber. Später dann traf der Richter ein, auch der Zeuge erschien und auch der Verteidiger, und Ali wurde auf freien Fuß gesetzt, dank unseres langsamen, aber gründlichen Rechtssystems. Seine Hände wurden in irgendeiner Praxisambulanz eingegipst. Und als bekannt wurde, dass niemand anderes als er der Schlächter der Leopardin war, stellte sich heraus, dass unsere Haftmethoden genauer sind als unsere Rechtsprechung: Auf seinen eingegipsten Händen fanden sich nationalistische Parolen für die Freiheit und wider die Okkupation, sodass es von da bis zum Eingeständnis der Tat nur noch ein kurzer logischer Weg gewesen sei, wie informierte Quellen zu berichten wussten.

Die öffentliche Meinung war, unnötig zu sagen, aufs Äußerste erregt. Die Forderung, den General in die Wüste zu schicken, wurde durch die Forderung abgelöst, den Jungen kaltzumachen, doch da es bei uns keine Todesstrafe gibt, wurde Ali (»der Schlächter«) Rasawi umgehend zu zwanzig Jahren Gefängnis verurteilt. Die Feministinnen kamen billig davon mit ihrem peinlichen Irrtum und erklärten in mehreren Interviews, dass, wenn vom Konflikt zwischen Juden und Arabern die Rede sei, wir alle Juden seien, Männer wie Frauen gleichermaßen, Menschen wie Tiere. Und was sagte Lotem zu all dem? Er rief Shulamit an. »Noch nie hab ich so oft im Bett versagt wie bei dir.«

»Das ist doch klar, Adam, ich bin zu schön.«

»Noch nie hab ich mich so jämmerlich gefühlt, von dem Moment an, da wir anfangen zu knutschen, hab ich Angst, dabei hab ich noch keine so geliebt ... Nachts, wenn ich in deinem Bett liege, und du bereits tief und fest schläfst, fang ich an, die Form meines Körpers zu verlieren.«

»Ja, ich weiß.«

»Warum bin ich so klein gewesen?«

»Das ist ganz einfach, Adam. Ich habe einen großen, reifen, schönen Körper. Ich bin füllig und meine Brust ist groß, aber du bist nur kleine Soldatinnen gewohnt, Achtzehn-, Neunzehnjährige. Sexuelle Beziehungen mit jungen Dingern sind kein wirklicher Sex, Adam. Und jetzt machs gut. Denk an das Heldentum eines Ali Rasawi, er hat Eier, und du solltest etwas von diesen jungen Burschen lernen. Schalom, Adam. Ruf mich nicht mehr an.«

»Warum?«

»Jedes Mal fragst du warum. Jedes Mal erinnere ich dich daran, dass die Sache zu Ende ist, und jedes Mal vergisst du es.«

Der kleine Adam

Ganz allmählich wurde in seiner Vorstellung sein Glied zu einer Blase aus Haut, Schweiß und Falten. Er konnte nicht mehr an Liebe denken, ohne an eine Katastrophe zu denken und wie er diese Sache überstehen würde, und mit einem Mal erwachte in ihm Sehnsucht nach etwas, das niemals ein Wunder gewesen war und ihm jetzt wie ein Wunder erschien. Die schnelle Erektion. Das unverzügliche Eindringen. Keinerlei Verwöhnen.

Er rief Michal an, sagte ihr, er vermisse sie. »Sagst du die Wahrheit, Adam?« Dann meinte sie, halb zu sich selbst, halb zu ihm: »Du bist schließlich nie ein Wahrheitsfanatiker gewesen, Adam.« Er war verletzt, fast als hätte er die Wahrheit gesagt. »Du bist tatsächlich nicht an einer Verbindung zu mir interessiert, richtig?« Sie schreckte vor seinem Zuviel an Nähe zurück: »Ich weiß es nicht, Adam. Etwas, das so völlig einfach schien, wirkt jetzt so unglaublich kompliziert.«

»Warum kompliziert?«

»Weil du … Ich weiß nicht, wie ich das erklären soll, Adam, weil du so sehr …«

»So sehr was?«

»Nein, ich rede Unsinn, Adam. Ich bin es, ich, die auf deine Anrufe wartet, ich, die das bereut, die von sich selbst angewidert ist. Ich brauche einen guten Freund. Du kamst mir bei unserem Treffen so …«

Im Grunde genommen wollte er sie fragen, wie sie ihn von damals in Erinnerung behalten hatte, ob sie sich an sein Glied in ihr drin erinnerte und wie genau, denn das war alles, was er sein wollte – ein erigierter Penis, dass sie über seine Erektion in ihr drin spräche, und wie es war, bloß, dass sie mit ihm über seine Sexualität von damals spräche, brennend, ungestüm, plötzlich, das Leben liebend, so hatte mal eine seine Begierde beschrieben, desjenigen, der er damals gewesen war. Sie trafen sich am Abend, im selben Café-Restaurant am Meer, in dem sie sich im Winter getroffen hatten. Sie kam mit dem Taxi. Die Dämme brachen. Aufgewühlt sprach sie über Jonis Boykott, über das Schweigen und die Wut und über Sha'ul, der daran zerbrach, über die Einberufung ihres Sohnes und ihre Absicht, sein Asthma zu verraten, über den Fallschirmjägerkurs und den nahenden Gewaltmarsch nach Jerusalem, um das ersehnte Barett der Elitetruppe zu erhalten, über ihre Resignation angesichts der Unfähigkeit, ein normales Leben zu führen. Jeden Tag habe sie vor, ihnen zu schreiben, ihnen mitzuteilen, dass sie ihr Einverständnis zurückziehe, doch ihr fehle der Mut, da sie Angst habe, ihrem Sohn das anzutun. Dann schwieg sie, warf einen Blick in die Speisekarte, putzte ihre Brille. »Sie nehmen uns die Kinder wie einen Blankoscheck und tragen ein, was sie wollen.« Sie wischte eine Träne fort, setzte die Brille wieder auf.

»Michali, wir verderben uns doch nicht den Abend mit dieser Geschichte, in der wir ohnehin nichts tun können?«

Warum sagte er das? Weil er über etwas anderes sprechen wollte. Vielleicht wollte er auch, dass eine so unbändige Lust in ihm erwachte, bis er mit ihr würde schlafen können wie einst.

»Und über meinen Schmerz reden, heißt das nicht, etwas zu tun?«

Hätte sie nicht Wein getrunken, wäre sie diesen belanglosen Abend längst leid gewesen. Auch Lotem amüsierte sich nicht. Ihm war jetzt klar, dass sein erniedrigendes Schweigen Teil seiner Begierde war, Geschichten zu erzählen, Teil jener Bewegung, rein raus, rein raus, und danach gehen. Und mit harter Stimme, als kehrte er zu dem Ort zurück, an dem sein Körper ihm noch gehorchte, sagte er: »Ja, aber letztendlich, Michali, hab ich noch immer nicht verstanden, ob du nun willst, dass Joni dort bleibt oder nicht.« Warum packte er sie so hart an? »Ich weiß nicht«, sagte sie, und er, erbost: »Es gibt kein ›Ich weiß nicht‹, Michali. Weißt du, ob du es willst oder nicht?«

»Ich will es nicht.«

»Was willst du nicht?«

»Dass er dort bleibt.«

»Schön. Weiter: Willst du, dass sie ihn vom Militärdienst befreien, oder nicht?«

»Das ist genau, was ich nicht weiß.«

Lotem dachte an Auseinandernehmen: »Du hast mir eben gesagt, ich zitiere, mit bebender Stimme hast du mir gesagt und sofort geweint: ›Sie nehmen uns die Kinder wie einen Blankoscheck und tragen ein, was sie wollen.‹ Hast du das gesagt oder nicht?« Sie lächelte. »Also ist der Scheck schon nicht mehr offen und die Wahrheit verpufft wie ein Furz?« Michal war fertig mit ihrem Fisch. Auf Lotems Teller lagen Gräten und Fischbrocken verstreut, die er nicht hatte essen können. Seine neun fleischigen Finger stanken. »Michali, ich könnte ihn jetzt gleich vom Dienst befreien lassen.« Sie glaubte ihm nicht. »Wie kannst du ihn überhaupt davon befreien lassen?« Für einen Moment sagte er bei sich: ›Lutsch ihn mir und ich lasse ihn freistellen‹, hätte beinahe gelacht, sagte sich dann: ›Lutsch ihn mir, bis er mir noch einmal steht.‹

»Michali, ich bin General Adam Lotem. Ich dachte, du wüsstest das. Jetzt weißt du es und ich wiederhole mein Angebot: Wann möchtest du ihn zu Hause haben? Es gibt nichts Leichteres für mich.«

Seine Hände gehorchten ihm nicht, er kämpfte mit der Brieftasche, wischte die Hände an seiner Hose ab, fand auch dann den Ausweis noch nicht, bemerkte stattdessen den Ausweis eines Palästinensers aus den besetzten Gebieten, Ali Ibrahim Barakat. »Wenn ich Uniform trüge, würdest du mir dann glauben?« Komm mit nach draußen, ich werd dir den Slip runterziehen und mich in den Sand setzen, und du wirst über mir stehen, wirst dich genieren dich zu bücken, wie damals, wirst dich umschauen, ob jemand uns sieht. Im Sand wird er mir stehen, er wird mir stehen, ohne dass du mir den Schwanz massieren müsstest.

»Willst du, dass ich ihn dort raushole, oder nicht?«

»Du machst mir Angst mit deinem Geschrei. Die Leute gucken schon.«

»Willst du, dass ich ihn dort raushole, oder nicht?«

»Ja. Tu es. Aber er darf nicht wissen, dass es meinetwegen ist, oder wegen Sha'ul.«

Der Besitzer des Restaurants kannte Lotem, selbstverständlich, und weigerte sich, von ihm Geld anzunehmen. Michal beäugte die vielen Zuschauer und sagte verstört, leise: »Du bist allem Anschein nach tatsächlich jemand. Alle starren dich so an.« Danach, im Wagen, eskortiert vom weißen Schaum der Wellenkämme, versuchte er, sie gewaltsam zu küssen. Sie drehte den Kopf weg und der Volltrottel versuchte erneut, sie zu küssen. Sie wollte reden und er versuchte es abermals. »Adam, ich kann nicht mit dir schlafen.« Als kratze ihn das, fragte er verletzt: »Und warum kannst du nicht?« Er machte sich über ihren Tonfall lustig, aber sie nahm die Kränkung als Teil des Selbstverständlichen hin.

»Von allem, was zwischen uns gewesen ist, erinnere ich mich nur an eine Autofahrt, nachts, in deinem Wagen. Ich wollte aussteigen. Du hast mich nicht gelassen. Jedes Mal, wenn ich versucht hab auszusteigen, hast du noch mehr Gas gegeben. Ich hab dir gesagt, ich wolle dich verlassen. Du hast gesagt, du würdest uns beide umbringen. Dann hast du angehalten. Ich hab versucht zu fliehen. Du hast mir den Slip bis auf die Knöchel runtergerissen. Und als ich geschrien habe, hast du mir eine Ohrfeige gegeben, oder zumindest meine ich das. Ich kann das nicht vergessen. Nachts hab ich von Hunden geträumt, die mich beißen. Viele Jahre lang, jedes Mal, wenn mir Sex in den Sinn kam, hab ich an dich gedacht und mich übergeben. Ich gebe dir keine Schuld. Ich hab dich nie geliebt und trotzdem mit dir geschlafen, und das ist meine Strafe gewesen. Der Kopf dreht sich mir vom Wein. Bring mich bitte nach Hause, Adam. Wir dürfen uns nicht mehr treffen. Du bemühst dich so sehr, meine Gefühle zu erreichen, und ich …«

»Du hast mich nicht geliebt?«

»Was bist du so panisch? Adam! Warum ist dir das so wichtig, Adam? Hast du überhaupt nie einen Kosenamen gehabt? Was für einen Kosenamen macht man denn aus Adam? Vielleicht Adi?«

»Du hast mich nicht geliebt? Antworte mir.«

»Schrei nicht, Adam. Ich werde dir ehrlich antworten: Nicht einmal ansatzweise. Niemals. Ich hab einen Jungen aus meiner Klasse geliebt, der verschwunden ist, er hieß Adam und ich hatte Sehnsucht nach ihm, heute weiß ich bereits, dass ich mich mein ganzes Leben nach ihm sehnen werde. Ich glaube, ich bin dir überallhin gefolgt, wohin du mir gesagt hast, weil dein Name Adam war, und manchmal meine ich, dass ich auch heute noch aufstehen würde, selbst nachts im Traum, und durchs Meer ginge, wenn der kleine Adam aus der 2a käme und zu mir sagen würde: ›Michal, komm.‹ Ich weiß nicht mal, wo er jetzt ist, doch da, auf einen Schlag sehne ich mich nach ihm, ich hab ihn aus ganzem Herzen geliebt. Sei nicht beleidigt, Adam. Ach, wirklich. Wie kindisch du bist.«

Das Land hatte sie damals verlassen, ohne sich noch einmal umzudrehen, ein Koffer, ihr Adressbuch und der feste Entschluss, nicht nachzugeben, nichts würde jemals wieder in Ordnung kommen, wenn es ihr nicht gelänge, wegzugehen. Sie wollte hier vergessen werden, wollte dort sein. ›Rosa Luxemburg, Rosa Luxemburg‹, riefen sie ihr auf der Straße hinterher, und Adam Lotem war ein großes Geheimnis, weil er eine Schmach war, und Schmach ist das einzige Geheimnis. Sie fuhren schweigend. Er lachte. Von Zeit zu Zeit lugte sie zu ihm herüber, um zu sehen, ob sie ihn wirklich verletzt hatte. Vor ihrem Haus hielt er an. Wieder beäugte dieser Pippano sie, der aus dem Hauskomitee. Und wie schon zuvor nahm er Reißaus, als Lotem ihn mit seinen Scheinwerfern anstrahlte. Michal verabschiedete sich von Adam, und er seinerseits versuchte noch einmal, sie zu küssen, obgleich er verärgert war oder gerade deshalb. Dann küsste sie ihn auf die Wange, klopfte ihm freundschaftlich auf den Arm und sagte: »Adam, Adam, ich hab mich so gefreut, dass wir uns getroffen haben. Und jetzt muss ich …« Sie stieg aus, ohne den Satz zu beenden. Sie war traurig und in ihm regte sich tiefer Abscheu. Etwas von dem kleinen Mädchen in der Bewegung der reifen Frau weckte einen Schauder in ihm, vielleicht sogar Ekel. Was wollte er von ihr? Alles. Dass sie seine kleine Perversion von damals wäre, jener süße Sex, mit kalter Verderbtheit, schnellem Eindringen, ohne einen Hauch von Mitleid, diese Wärme, die geblieben war, dass sie jetzt seine Frau wäre. Zusammen mit ihm leben würde. Dass sie ihn rettete. Und wie? Das wusste er nicht.

Joni Rotem unterhält sich mit Hanoch Levin

Diesen ganzen bitteren Frühling über verlangte der achtjährige Eran immer wieder von seiner Mutter, sie möge ihn waschen, weil er nicht alleine duschen wollte, erfand nicht einmal als Ausrede, er habe Angst zu fallen, obschon er derlei Ängste hatte, er könnte hinfallen und ›Mama, Mama‹ brüllen und seine Mutter würde ihn nicht hören – so wie sein Vater ›Eran, Eran, Eran‹ brüllte und niemand es hörte, niemand außer ihm. Einmal, als sein kleiner Sohn fünf war, hatte Dudu – bei einem seiner Kurzurlaube – Na'ama leise, aber bestimmt darauf hingewiesen, sie übertreibe, der Junge müsse lernen, alleine unter der Dusche zu stehen. Sie hatte ihm Folge geleistet und Eran hatte sogar gelernt, alleine zu duschen. Doch jetzt verlangte er, wieder gewaschen zu werden, mit dem Schwamm, ohne jegliche Scham und mit glückseligem Lachen. Sein Gesicht ging in die Breite, wenn er lachte, die Augen verengten sich, seine schneeweißen Zähne zeigten sich und er wurde vor lauter Lachen rot, auch seine Lider. Manchmal kam ihr ausgerechnet die Erinnerung an ihren toten Bruder, als er in der ersten Klasse war, und vielleicht hätte die Zeitung gerade darüber schreiben sollen, da alle möglichen Kinder beim Überqueren der Straße schon überfahren worden sind, vor Jahrzehnten bereits, und von ihren Geschwistern ganz allmählich vergessen werden, unter kleinen, verwitterten Grabsteinen zurückbleiben, Kinder, nach denen niemand je benannt wird, da ihr Name nicht von hier ist. In Na'amas Herz regte sich ausgerechnet jetzt, mit dem Nahen des Sommers, die Sehnsucht nach ihrem Bruder Fu'ad. Niemand hatte jemals an ihn erinnert, als habe er nie existiert, und auch Dudu hatte nichts von ihm gewusst. Dann kam ihr ältester Sohn, Jonathan, um sie zurechtzuweisen, wegen der Badegeschichte. Vielleicht hatte er gerade vorgehabt, sich die Zähne zu putzen, und hatte – peinlich berührt durch den Anblick seiner Mutter, die dem Knirps die kleinen Hodensäckchen wusch – den Rückzug angetreten, doch als er nachts, in der Küche, wo sie sich hin und wieder zu stillen Gesprächen trafen, versuchte, mit ihr darüber zu reden, meinte Na'ama nur mit müdem Lächeln zu ihm: »Was macht dir Angst, Joni? Dass der Junge das Babybad genießt? Warum mischst du dich ein? Lass ihm Zeit. Ein toter Vater ist etwas, das ihn beleidigt. Sei sein Bruder, Joni. Werd nicht sein Vater. Es gibt zu viele Väter auf der Welt und zu wenig Brüder. Geh mit ihm spazieren, nimm ihn an die Hand. Geh mit beiden spazieren.« Die Zeitungsartikel über den Tod seines Vaters, über dessen Geliebte, quälten den ältesten Sohn, aber auch er sprach nicht darüber. Na'ama wollte ihn in den Arm nehmen. Joni machte den Kühlschrank auf und trank Milch aus der Tüte. Ein bisschen Milch tropfte ihm aufs Kinn, aber das meiste floss seine Kehle hinab.

An den langen Abenden las er viel. Irgendeine von ihren Freundinnen brachte ihm die alte Ausgabe einer Literaturzeitschrift mit, damit er Hanoch Levins Gedicht über den Tod seines Vaters läse. Er las und las abermals, auch in der Küche, und einmal bemerkte Na'ama, dass ihr ältester Sohn weinte. Sie sagte kein Wort. »Ich würde ihn gern kennen lernen«, meinte er ein andermal zu ihr, worauf seine Mutter insistierte, ihm die Telefonnummer zu besorgen. »Mein Vater ist gestorben. Ich hab Ihr *Leben der Toten* gelesen und muss mit Ihnen reden.« Hanoch Levin lachte, aus Gutmütigkeit oder Verlegenheit, war zuvorkommend, warmherzig, wusste aber nicht, was er sagen sollte. Er ließ sich von Joni dessen Telefonnummer geben, und Joni sagte zu Na'ama: »Er wird nicht zurückrufen.« Und Na'ama: »Er wird. Ich bin sicher.« Sicher war sie nicht, hatte aber Angst vor Beleidigungen. Der große Hanoch Levin, ein bescheidener, sehr anständiger Mann, rief selbstverständlich zurück. Joni fragte ihn höflich, wie es ihm gehe, und Levin antwortete: »Nichts Neues«, mit starker Betonung auf dem letzten »es«, lachte dann sein unbekümmertes Lachen und sagte: »Sieh mal, Joni, ich weiß nicht, was ich dir sagen soll. Ich hab drüber nachgedacht, aber ich weiß es einfach nicht. Jeder erlebt diese Dinge auf unterschiedliche Weise. In Ordnung?« Schweigen machte sich zwischen den beiden breit. Levin lachte noch einmal schallend über irgendein Gestammel Jonis, dachte, Joni wolle ihn belustigen, und auch Joni lachte, danach herrschte wieder Schweigen, Levin wollte zum Ende kommen und sagte: »Gut, also sei ein Burschiko, ich wünsche dir, dass du ein Burschiko wirst.« In der Nacht träumte Jonathan, sein Vater laufe auf der Entbindungsstation herum, hebe alle möglichen Babys hoch und bringe sie in einem Container an einen geheimen Ort. Bei einem ihrer stillen Gespräche, in der Essecke, fragte er seine Mutter: »Hast du Papa mal betrogen?«

»Als du klein warst, Joni, vielleicht fünf, ist mein Vater uns besuchen gekommen. Wie immer wollte er dich in den Arm nehmen. Er hat dich sehr geliebt und hätte sehr gern gewollt, dass du Fu'ad heißt.«

»Fu'ad? Warum Fu'ad?«

»Aber du bist zu Papa geflüchtet, hast auf deinen Großvater gezeigt und gerufen: ›Er ist Araber.‹ Mir steckte ein Schrei im Hals. Aber mein Vater hat mir ein Zeichen gemacht, dir nichts zu sagen. Alles ging weiter, als sei nichts geschehen. Dudu hat dich nicht zurechtgewiesen. Ich wollte schreien, aber mein Vater – ich wünschte, ich hätte ihm all das gesagt, was ich jetzt über ihn denke –, mein Vater sagte mir, bevor er ging, ich sei zu ängstlich: ›Was wissen Kinder denn? Sie gehen nur dem Gesicht nach. Er wird groß werden und verstehen.‹ Jedes Mal, wenn er kam, wusste ich nicht, was ich mit dir anfangen sollte. Ihr seid gut miteinander ausgekommen. Aber ich hab dich immer im Auge behalten. Hab immer auch deinen Vater kontrolliert. Und meinen auch. Warum erzähle ich dir das jetzt? Was haben Schmerzen an sich, dass es wie unter einem Stein sich vermehrende Maden ist?«

Na'ama steckte sich eine Zigarette an. Auch ihr Ältester wollte rauchen, hatte aber Angst vor ihr. Sie war die Herrin in diesem Haus, auch schon, als sein Vater noch gelebt hatte. Was bleibt beständig? Was erinnert wird. Und was wird erinnert? Was sich einätzt. Alles Übrige kippt um wie Augenflüssigkeit, die zum größten Teil aus Wasser besteht und in der sich die Pupille wie ein Fötus dreht. Joni versuchte sich in Erinnerung zu rufen, wie seine Mutter mit seinem Vater gesprochen hatte, wenn er sie rügte – und es gelang ihm nicht. Sehr gut hingegen erinnerte er sich daran, dass seine Mutter mit seinem Vater gesprochen hatte, wie sie es jetzt mit ihm tat. Er liebte sie. Dennoch durchzuckte ihn eine Art Widerwillen, vielleicht, weil diese Zeitungsartikel ihr zu verdanken waren, nur ihr, der Komödie wegen, die sie auf dem Friedhof veranstaltet hatte.

»Hat die Geliebte auch ein Kind?«

Sie antwortete nicht. Für eine Sekunde schlug in ihr das Wort »Besitz« an. Dann sagte sie sich, dass auch das nicht von Bedeutung sei, und zündete sich noch eine Zigarette an. »Interessant zu wissen, ob sie europäischer Herkunft waren, alle seine Gespielinnen, oder so wie ich. Nein, auch das ist mir nicht wichtig. Ich vermisse meinen Vater so sehr und ich vermisse Dudu, Dudu fehlt mir.« Joni schwieg, vielleicht, weil er der Erstgeborene war. Am darauf folgenden Abend, die Kleinen schliefen bereits, brachte Joni seiner Mutter den Aschenbecher in ihre Essecke und setzte sich neben sie, nicht ihr gegenüber. »Adam Lotem der Hurensohn kommt bei uns nicht mehr rein. Ja?« Sie schwieg. Sie hatte ihren Vater gehabt, danach Dudu und jetzt hatte sie Joni. Und als sie nicht antwortete, meinte er zu ihr: »Ich hab ihn bereits vertrieben.«

»Du hast Adi vertrieben, Joni? Wie konntest du Adi vertreiben? Er ist mein bester Freund.«

»Ist er schon nicht mehr, Mama. So geht es nicht, nur denen böse sein, die einem passen, und dem verzeihen, der einem gelegen ist.«

Und dann nahm Joni die Einladung des Generalstabschefs an, am Schabbat mit ihm und seiner Frau zu Mittag zu essen. Na'ama weigerte sich, ihn zu fahren. Joni beharrte. »Du schreibst mir nicht vor, zu wem ich gehe.« Die Kleinen verfolgten den Streit von weitem. Sie sagte: »Such dir woanders einen Chauffeur.« Joni rief Kedem Eden an und sagte: »Ich hab keine Fahrgelegenheit«, sah dabei seine Mutter an und sagte kein Wort, saß nur neben der Eingangstür und wartete, bis ein Wagen der Armee ihn abholen kam. Von dem Tag an, da Joni dort essen ging, fiel es Na'ama schwer, sich mit ihm zu versöhnen, während er seinerseits sich noch mehr verschloss, wartete, dass Na'ama sich entschuldigte, doch sie entschuldigte sich nicht und er verschanzte sich gänzlich. Einen langen, stillen Abend hatten sie nach jenem Schabbat zu überstehen, nach besagtem Freitag, an dem Na'ama nicht ein Wort mit ihm sprach. Joni überlegt es sich nicht anders, dachte Matan und stahl sich in das Bett seiner Mutter. Sie nahm ihn in die Arme. Eran schlief bereits. »Weißt du, wovon ich geträumt hab?« Nach kurzem Schweigen dachte sich Matan einfach einen Traum aus und erzählte von Captain Cook, schilderte das

Erlebte wie ein Zehnjähriger, obschon er bereits dreizehn war. Die beiden Kleinen haben zusammen einen Rückschritt von sechs Jahren gemacht und der Große ist um drei Jahre reifer geworden, und ich, um wie viele Jahre bin ich gealtert? Was kann ich über mich selbst sagen? Dass ich für das Glück der Kinder lebe? Und ich? Ich bin nicht wichtig. Aber früher hab ich auch nur an ihr Glück gedacht. Wo ist der Unterschied? Dass Dudu tot ist? Oder dass ich mir früher solche Fragen nicht gestellt habe und jetzt keine Antwort habe, weil ich Dudu nicht mehr habe? Das hieße, Dudu war die Antwort, aber Dudu hat mir nie wirklich gehört, und wie kann es sein, dass ich nicht gewusst hab, dass Dudu die Antwort auf all die Fragen war, die nie gestellt wurden, solange er lebte? Sie schlief ein, während ihre Hand den Kopf ihres Sohnes streichelte, sein harter Schädel jagte ihr für einen Moment einen Schrecken ein, oder war es sein Stoppelhaarschnitt, alles zerbirst in den Augenblicken des Wegdämmerns. Der Junge schlief nach ihr ein, und als er erwachte, konnte er nichts sehen, alles war stockfinster, und für eine Sekunde schien ihm erneut, als sei sein Vater zurückgekehrt. Dennoch hatte er Angst aufzustehen, und ihm fiel ein, dass es unmöglich war, dass sein Vater wiederkommen würde, außerdem würde Joni ihn gleich anbrüllen, er sei nicht normal, weshalb er bis zum Morgen bei seiner Mutter blieb.

Eine Posse

Lotem fuhr, blieb in einem Verkehrsstau stecken, scherte aus, hupte, überfuhr eine Verkehrsinsel, durchquerte ein Blumenbeet, änderte die Richtung. Ein Streifenwagen bemerkte ihn, doch Lotem genoss die Verfolgungsjagd, justierte den Rückspiegel, und tatsächlich schaltete der Streifenwagen seine

Sirene ein, worauf Lotem mit rhythmischem, andauerndem Hupen antwortete. Passanten blieben stehen und drängten sich, um das Geschehen zu beobachten. Die Verfolgungsjagd ging mit großer Geschwindigkeit Richtung Meer weiter, bis Lotem mit einem Mal anhielt. Der Streifenwagen überholte ihn und stoppte ebenfalls mit quietschenden Reifen. Einer der beiden Polizisten, der altgediente Wachtmeister Philosoph, ein dicker, groß gewachsener Mann, der schwer atmete, kam zu Lotem und bat ihn streng um seinen Ausweis, erbost und schnaufend, als habe er gerade zu Fuß einem Verbrecher nachgestellt. Lotem reichte ihm den Personalausweis des Arabers aus den besetzten Gebieten, Ali Ibrahim Barakat. Der Polizist besah ihn sich und verglich die Gesichtszüge auf dem Foto mit denen im Wagen. »Reden Sie nicht viel, mein Herr.« Er wusste nicht, was von all den Dingen, die in ihm brannten, er sagen sollte, und biss sich auf die Lippen. Seine Halsschlagader klopfte wie ein Küken, das schlüpfen möchte. Lotem sagte: »Schauen Sie, Polizist A. ...« Erst da bemerkte der Streifenbeamte, dass er einen General in Uniform vor sich hatte, weshalb er mit zitternder Stimme meinte: »Auf jeden Fall, mein Herr, erlauben Sie mir, Ihnen zu sagen, Sie dürfen das Leben anderer Menschen nicht aufs Spiel setzen. Bei aller Hochachtung.«

»Danke Ihnen, Polizist A., aber ich habe tagtäglich viele Leben aufs Spiel gesetzt.«

Wachtmeister Philosoph wusste nicht, ob er sich aus dem Staub machen sollte, und wenn ja, wie, nicht einmal zu fluchen gestattete er sich. Er hatte einen kleinen Adoptivsohn. Holte ihn jeden Mittag aus dem Kindergarten ab. Der Junge betätigte gern die Sirene, weshalb sie Tag für Tag nach Jaffa fuhren, an den Strand, wo er ausgiebig die Sirene heulen ließ, unter den Augen der arabischen Kinder. Der Streifenbeamte machte ein paar Schritte rückwärts vom Wagen weg, kam dann aber trotz allem zu Adam zurück, erregt: »Mütter mit Kindern gehen hier über die Straße, es ist so leicht, jemanden zu töten.« Er wollte sich nicht beruhigen. »Haben Sie schon mal getötet, Polizist A.?« Der Beamte antwortete nicht. »Vorwärts, sagen Sie es mir. Sie haben sicher schon getötet. Nicht?« An der Brust des Polizisten prangte außer seinem Namen und seiner Dienstnummer auch das Abzeichen der Fallschirmjäger. Er wusste nicht, was er dem General antworten sollte. Nur eine Erinnerung aus der Armee hat er, die er vergessen möchte, und plötzlich werden die Schreie der Frau aus der Erinnerung lauter, will er zum Kindergarten laufen, vielleicht machen sich die anderen Kinder über den Kleinen lustig. Was ändert das schon, wenn der Junge adoptiert ist?

»Ich verstehe nicht, was das Problem ist. Wenn Sie getötet haben, ist der Mann tot. Wenn der Mann tot ist, haben Sie getötet. Wenn der Mann nicht tot ist, haben Sie nicht getötet.«

Der hoch aufgeschossene Polizist reckte sich, bereute sogleich und sackte wieder in sich zusammen, wusste nicht, was er sagen sollte. Immer meinte er, der Junge hätte panische Angst, wenn Papa auch nur eine Minute zu spät kam.

»Polizist A., ich frage Sie zum letzten Mal: Haben sie schon einmal getötet?«

»Ja, mehr als nur einmal. Sehr viel mehr als nur einmal, Herr Kommandeur.«

»Und wie war es?«

»Ich lebe. Das ist die Hauptsache. Nicht?«

Lotem nickte. »Ich verstehe«, meinte er mit einem Lächeln, wischte sich dann mit einem Mal das Lächeln aus der verzerrten Visage und brüllte: »Wenn das die Hauptsache ist, was kümmert es Sie dann, wenn ich hier irgendeine Mutter mit ihrem Kind umbringe? Ha?«

Wachtmeister Philosoph machte kehrt, stieg in den Streifenwagen. Bat seinen Kollegen, sich zu beeilen. »Wer war das, den du da so hast davonkommen lassen?« Polizist A. sprach nicht. Bevor er am Kindergarten ausstieg, fragte er seinen Partner: »Sag mal, Kalderon, hast du schon mal einen Menschen getötet?«

»Großer Gott, noch nie.«

Die Hand des Älteren zitterte. Er bat Kalderon anzuhalten, und beeilte sich auszusteigen. Kotzte auf einer Verkehrsinsel über die Petunien. Der Tod erschien ihm in jenem Moment wie eine starke Windbö, die alles aus dem Körper wirbelt, vor allem Blut. Danach kehrte er zum Streifenwagen zurück. »Die Luft ist voll durchsichtiger Seelen von Toten.« Kalderon sah ihn an und sagte nichts, berührte ihn nur am Ellbogen, und der Ältere fuhr fort: »Im Leben hab ich noch nicht getötet. Aber immer seh ich dieses Bild, dass ich getötet habe, ich versteh das nicht, und in den Träumen seh ich ständig dieselben Toten.« Kalderon wollte wissen, welche Toten, aber Philosoph war schon unterwegs zu dem Jungen im Kindergarten und in dem Glücksgefühl, das ihn überkam, vergaß er Wahrheiten und Lügen, denn die einzige Wahrheit, so sagte er zu seiner Frau, ist ihr Junge. Und was genau hatte ihm den Magen umgedreht? Wir sagten ja schon, unmöglich, alles zu wissen, aber das heißt nicht, dass man es nicht versuchen sollte.

Lotem schreibt an Shulamit

»Ich schreibe dir, weil du dich weigerst, mich zu sehen, und ich hoffe, du kannst meine Handschrift entziffern. Ich selbst habe manchmal Schwierigkeiten zu lesen, was ich schreibe. Ab und an vergleiche ich meine Handschrift mit einem Brief, den ich vor zehn Jahren nicht abgeschickt habe, und bin nicht sicher, ob beide von ein und demselben Menschen stammen. In Ordnung, ich werde nicht mehr kommen. Ich bin auch nicht verärgert, sondern versuche nur, dir einige Dinge zu sagen, ohne dein Lächeln, das mir so viele Male das Maul gestopft hat, ohne dass ich auch nur einmal wenigstens hätte brüllen können: ›Lass mich ausreden‹, denn du hast mich reden lassen, aber ich habe die Worte verloren und bin wie amputiert von dir weggegangen. Du kannst selbstverständlich lachen. Humor hast du ja. Zum Beispiel die hingesprühten Decknamen der Geheimdienstgrößen an den Wänden ihrer Häuser, ja, ich war in vollem Umfang an dem ›Verbrechen‹ beteiligt, aber jetzt weckt es eine Art Bedauern in mir. Ein Großteil der Späße, die du in meiner Gegenwart aufgeführt hast, war von dieser schalen Sorte. Ich spreche nicht nur über die Male, da ich in deinem Bett lag, nackt, meinen hässlichen, fetten, narbenübersäten und behaarten Körper mit einem Laken bedeckt, und du halb nackt durchs Zimmer marschiert bist, bekleidet nur mit meinem Hemd, im Stechschritt eines deutschen Soldaten, inklusive des kleinen Schnauzers, den du dir unter die Nase gemalt hattest. Ich verstehe, dass du mich aus in etwa demselben Grund auch gezwungen hast, auf allen vieren zu kriechen. Dabei muss ich anmerken, dass ausgerechnet jene Momente ihren Reiz hatten, vielleicht weil du halb nackt über mir gestanden bist, hoch, hoch über mir, und ich von unten dein dichtes Schamhaar betrachten konnte, während du mein Hemd wie die Flügel eines Engels ausgebreitet hast und ich alles gestanden habe, was du von mir wolltest, dass ich es gestehe. Und was sonst hat dort stattgefunden, in diesem Zirkus? Nichts. Nur Stoff für meine sexuellen Fantasien und das wars.

Jetzt zur Hauptsache: In meiner Brieftasche habe ich den Ausweis von irgendeinem Bürschchen namens Alī Ibrahim Barakat gefunden. Ich nehme an, mein Generalsausweis befindet sich bei ihm, als Fortsetzung jener Posse sozusagen. Ich denke, eine Posse sollte der Größe des Tatbestands entsprechen, den sie veralbern will, vom selben Maßstab sein oder zumindest die Tat unter dem Scherz hervorscheinen lassen. Aber der Tausch von Ausweispapieren zwischen dem Henker und dem Opfer genügt nicht. Ich, General Adam Lotem, kann mir Ausweispapiere besorgen von jeder Sorte, die ich will, ausgestellt auf jeden nur denkbaren Namen, ohne von einem Amt zum nächsten laufen zu müssen. Auch dann noch werde ich General Adam Lotem sein, ein mit einer Sonderaufgabe betrauter Armeeangehöriger in Zivil, unter welchem Decknamen auch immer, einem arabischen, holländischen, italienischen oder chinesischen. Aber der Bursche aus den Gebieten, Ali Ibrahim Barakat, stell dir vor, er wird mit meinem Ausweis geschnappt. Ist er dann General Adam Lotem? Wie lange wird es dauern, bis er ihnen seinen wahren Namen verrät? Ich verteile Namen, Shulamit. Ich nehme Namen und ich lösche Namen aus. Ich bin die Wahrheit, Shulamit, weil ich das Gesetz bin. Ich bin das Gesetz, weil ich die Macht bin. Ich bin das Gesetz und die Aufhebung des Gesetzes, und wenn du meinst, ich genösse es, dir das zu schreiben, dann irrst du dich (obschon ich es trotz allem genieße, eine Art Wahrheit aufzudecken, die mit all diesem Ekel zusammenhängt).

Wie auch immer, selbst wenn dies mehr als nur ein Spaß gewesen sein sollte, selbst wenn mein Ausweis euch zu etwas Größerem als einer Posse dient und es euch mit seiner Hilfe gelingen wird, irgendeinen von meinen Schurkenkameraden zu töten, auch dann wird dies nicht mehr sein als eine kleine Störung im Ablauf jener Maschinerie, die du aufhalten willst, doch die Maschinerie wird diesem Zwischenfall übermäßige Bedeutung verpassen und weitere Kräfte mobilisieren, um ihn zu bekämpfen, denn das ist es, was nach jedem Terroranschlag passiert, und genau das wird auch mit all deinen schönen Plänen geschehen, die nichts weiter als großes Theater sind, manchmal brillant in ihrer Logik, denen aber dennoch eine Erkenntnis fehlt: Was ist der Ursprung des Bösen?

Ich habe versucht, meine eigene Liquidierung und die des Bösen, das ich begangen habe, zu planen. Doch ich begriff, dass nicht ich dieses Böse verübt habe, sondern nur daran beteiligt war, als Vertreter von etwas Größerem. Ich habe mich an etwas beteiligt, was keinen Anfang hat. Das ist exakt, was Faust nicht verstanden hat, wenn er sucht, was zuerst da war – ein Wort, eine Idee, Macht oder eine Tat. Es gibt keinen Anfang. Ich will nicht die Schwere meiner Taten herabsetzen. Im Gegenteil, mein Leben ist eine einzige Verschwendung gewesen. Ich kann mir keine Tat vorstellen, die schrecklicher wäre als die Taten, die ich ungeschehen machen wollte. Ich bin ein Einzelner, einer unter vielen Generälen, Adam Lotem, mehr nicht, bin zufällig befördert worden, so scheint es mir, und habe eine passive Funktion in der Geschichte erfüllt. Ich kann nicht ungeschehen machen, was ich getan habe, weil ich nichts getan habe. Lebe wohl meine einzige Teure, der deine, Adam.«

Ein Brief von Shulamit

»Adam, der du mir teurer bist als alles, du hast mir einen Umschlag geschickt und darin zwei leere Seiten. Ich weiß nicht, was du sagen wolltest, und habe auch gar keine Zeit, es zu erraten. Wir sammeln gerade Familien von Flüchtlingen aus der Umgebung von al-Sindiyana. Unsere Aktion ist schwierig, wir haben nicht ausreichend Aktivisten. Ich habe eine wunderbare Frau namens Na'ima kennen gelernt. Sie ist Witwe deiner Armee und Mutter von drei Söhnen, spricht Arabisch und vermag Dinge zu tun, die ich, mit meinem italienischen Wissensschatz, nicht hätte zustande bringen können.

Die Renaissance ist vorbei, Adam, es beginnt die Auferstehung. Ich liebe dich wahrhaftig so, wie ich dich immer geliebt habe, und ich hoffe, die leeren Seiten waren nur ein lieb gemeinter Jux, von der Art, die du schon immer so gemocht hast. Die deine, auf immer, Shulamit.«

Über Ästhetik

Aus der Brusttasche seines verdreckten Armeehemdes zog Lotem zum wer weiß wievielten Male das Gedicht, das Antebi geschrieben hatte und das auf sonderbarem Weg in seinen Besitz gelangt war. Antebi war einst ein ausgezeichneter Soldat gewesen, dann Offizier bei den Fallschirmjägern mit glänzenden Zukunftsaussichten, ehe er für lange Zeit und wiederholt im Gefängnis gesessen hatte. Lotem liebte ihn. Liebte auch das Gedicht und hatte versucht, es in Antebis Namen an alle möglichen literarischen Zeitschriften zu schicken, war jedoch kläglich gescheitert. Die verantwortlichen Redakteure der Lyriksparten, Menschen ohne Begabung oder Mumm, schämten sich, und das Wochenblättchen der Armee erschien Lotem eines derartigen Poems nicht würdig.

An die Dichter
Von David Antebi

Hätt ich einen so großen Schwanz wie die Überland-
wasserleitung, würd ich auf die Armee pissen, /
sie genau in dem Moment mit meiner gelblichen Flüssigkeit
überfluten, da die Schießwut sie packt. Würd /
wie armselige Schildkröten auf den Rücken wälzen die Panzer,
die sie euch gegeben haben, zu zermalmen Dörfer und Weiden /
Würd um ihr Leben schwimmen lassen Soldaten und Komman-

deure, würd nicht aufhören zu pissen und zu zielen, selbst /
wenn die Gott dienenden Engel zu preisen aufgehört,
im Angesicht ihrer durch das gelbe Meer fliehenden Bundesgenossen. Oh, /
aus dem Bauch kommende Pisse, spül sie fort mir zuliebe,
wenn nicht ihnen zuliebe.

Hätt ich ein so großes Arschloch wie der Krater des Vesuvs,
würd ich furzen auf die Armee, /
euch die Ohren klingeln lassen, bis ihr nicht einmal mehr einen
halben Marschbefehl würdet hören, würd mit einem Furz /
eure Panzer gegen euren Blut saugenden Generalstab wenden
und mit einem weiteren Darmwind euch entwaffnen, bis ihr /
wie geblendet' Narren nach Haus zurückgekehrt, ein wenig beschämt über die Begierde dabei zu sein, die auch euch gepackt, /
um von neuem beim Pinkeln den Wasserhahn aufzudrehen, so
schüchtern ward alles wieder.

Aber was vermag mein Schwanz denn, so groß er auch sei,
wie viel pisst er denn an einem Tag oder während eines
gesamten Jahres, und dazu /
muss auch das Leben ein wenig er genießen,
ein Liter Pisse schließlich das ewige Feuer der
geheiligten Armeesau nicht löschen kann. /
Oh ihr Freiwilligen der Kampfeinheiten, ihr, die ihr euch
ihrer rühmt, euch mit ihnen rechtfertigt,
für sie predigt, eure Söhne schickt, /
in Kampfeinheiten zu sterben schickt, pfui euch, pfui
(doch was kann ein Mal ins Gesicht-Speien, so schleimig
es auch sein mag, schon groß löschen). /
Und wie soll sich messen der übelste Gestank, den auf dem
Papier ich mir selbst abringe, mit dem Pestgeruch /
der Leichen, die ihr von Rashidieh bis Beirut hinterlassen,
was anhaben das zotigste Gedicht /
den rosigwangigen Frömmlern, außer dem Zwang, zu leugnen, /
zu schelten und schnell zurückzufinden /
zur betrübten/
Ästhetik.

[Militärgefängnis 6, Herbst 1982]

Danach schlief er ein und sah im Traum seinen Vater in der Schlachterei seiner Siedlung mit dem Kopf nach unten in den Bluttrichter hängen und sein Blut in die Abwasserrinne laufen. Die Farbe des Bluts war dunkelgrün. Lotem wachte auf, nickte wieder ein und sah im Traum Sha'ul in einer Regenjacke durch die Stadt laufen, blind, barfuß irrte er umher, weinte, suchte irgendjemanden, und als er ihn gefunden hatte – allem Anschein nach war es Lotem –, zog er ein Messer. Am nächsten Morgen rief er Michal an und sagte ihr, er fahre jetzt los, Joni vom Militärdienst zu befreien, komme, was wolle. Er fürchte sich vor der Karriere, die der zarte Junge für sich selbst wünsche. Wartete, dass sie anfinge zu reden, aber sie sagte sehr wenig, und für einen Moment erinnerte er sich, dass er sie auf dem Weg zum Schießstand gehasst hatte, als sie mit ihm mitgegangen war wie ein gehorsames kleines Mädchen, das eine Impfung bekommen soll. »Ich glaube, du genießt es, Opfer zu sein. Aber dein Sohn ist das Opfer, denk immer daran.« Demütig sagte Michal Eybeschitz – eine so selbstsichere Frau an der Universität, zu Hause und in den Gesprächen mit ihm aber ein gebrochener Mensch, etwas Unerklärliches, als ließe sich ihr Leben nicht von dieser Vergangenheit reinwaschen: »Ja, das tue ich, befrei ihn, aber ...« Ein Stein fiel ihr vom Herzen. Doch schon lasteten andere darauf. Er fuhr los, überlegte, wie hässlich das war, was er ihr vorgehalten hatte, damit sie einwilligte, ihren Sohn freistellen zu lassen. Überlegte, dass er ihren Sohn für sie befreien lassen wollte; dass ihre Gestalt von damals ihn reizte und gleichzeitig Reue und Lust in ihm weckte. Überlegte, dass er noch eine Sache fertig bringen wollte, und Schluss.

Also fuhr er los, Joni, den Sohn der Michal, zu retten. Nicht der Fuß trat auf das Gaspedal, nicht die Hände hielten das Lenkrad umklammert und auch die Zähne waren es nicht, die auf die Lippen bissen, sondern die Begierde, den Wagen schneller fliegen zu lassen, als dieser imstande war, doch sein Körper überwand diese Lust, und kein Gefährt, auch kein Flugzeug, hätte erreichen können, was er erreichen wollte. Eines Tages hatte Lotem seinen Fahrer auf die Rückbank verbannt, und seither saß Nissim dort ohne Radio und ohne Zeitung. Er verehrte Lotem, liebte es zuzuhören, wenn dieser zu ihm sprach, oder zu irgendjemandem sonst, aber Lotem sprach überhaupt nicht, weshalb Nissim versuchte, zu Lotem zu sprechen, doch jedes Mal, wenn er den Mund auftat und irgendeine Unterhaltung anfing, beschied Lotem ihm: »Nissim, Nummer sieben«, und Nissim gehorchte, fühlte sich wie ein Stein, wusste nicht, was er mit sich anfangen sollte. Satz Nummer sieben hatte er sehr wohl verinnerlicht (»Wovon man nicht sprechen kann, darüber muss man schweigen«), und dennoch, er wollte Dinge sagen, bei denen Lotem einer Meinung mit ihm wäre, was, kümmerte ihn nicht, und zuweilen auch Dinge, denen Lotem nicht beipflichten würde, soll er ruhig schreien, denn der Wunsch zu sprechen ist stärker als der Gegenstand, über den man spricht, und auch wenn man schweigt, erlischt der Wunsch zu sprechen nicht, schreit etwas unaufhörlich. Eines Nachts träumte Nissim, Lotem säße auf ihm und furze ihm in den Mund, bis er keine Luft mehr bekam. Was ist an Vaters Namen, das mich in den Träumen umtreibt, brüllt ›Ich bin dein Vater, habe viele Namen, erinnere dich ihrer in jedem Augenblick‹? Und wenn Lotem ihm wirklich einmal zuhörte, würde sein Fahrer ihm sagen, ›Das Reden ist die eigentliche Sache‹. Lotem will sagen: Es gibt keine

Befehlsgewalt, die nicht auch Gehorsam ist, Antebi, keinen Gehorsam, der nicht das Legen des Körpers in die Hände deines Herrn bedeutet. Allein der Fuß, der das Gaspedal durchtrat, konnte etwas von der großen Leere nehmen, in die Lotem trat, da er niemanden hatte, dem er ein Vater hätte sein können.

»Sagen Sie, Lotem, aber nicht gleich sauer werden: Manchmal wirken Sie, als hätten Sie schon dreihundert Menschen umgelegt, und manchmal, als ob Sie nur noch einen einzigen Menschen erledigen wollten, und Schluss.«

»Du wirst Philosophie studieren. Ja?«

»Ich werd studieren, was Sie mir sagen, Lotem.«

»Und bis dahin?«

»Nummer sieben.«

»Nissim, hör zu, ich hatte wirklich nicht die Absicht, dir das Maul zu stopfen. Verstehst du? Niemals.«

Dem Fahrer kroch ein kurzes Aufschluchzen wie Blut beim Zahnarzt im Hals hoch. Lotem liebte ihn. »Einmal hab ich einen Hund langsam über die Straße gehen sehen und plötzlich hat er die Hinterbeine eingeknickt, sich auf seinen Schwanz gesetzt, hat den Kopf auf die Seite gelegt, gewartet und ist gestorben. Wie lange das ungefähr gedauert hat? Ich weiß nicht. Aber er war allein.«

»Die Zeit gehört dem Licht, Lotem. Bei Dunkelheit gibt es keine Zeit. Tief in der Dunkelheit existiert keine Zeit. Sagen Sie, Lotem, und nicht gleich böse werden, aber warum sind Sie nicht zur Beerdigung meines Vaters gekommen? Ich war sehr verletzt, meine Mutter auch. Die ganze Trauerwoche über haben wir auf Sie gewartet.«

Lotem schwieg. Was sein jungenhafter Fahrer ihm gerade gesagt hatte, hallte in ihm nach. Tief in der Dunkelheit gibt es keine Zeit. Ich hab auf dem Gang gehockt und mit der Ergebenheit eines frisch gebackenen Vaters gewartet, dass sie bewusstlos auf einer Trage rausgerollt wird, unter einem grünen Laken. Warum? Warum hab ich ihr nicht gesagt, ganz schlicht, ›Ich will diesen Jungen. Ich werd dir eine Niere dafür geben. Ein Auge. Alle Finger, die mir geblieben sind. Gib mir den Jungen‹? Fünfzehn wäre er jetzt, und er hätte auf seiner Bettkante sitzen und vor dem Einschlafen mit ihm reden können. Und wo ist sie? Er weiß es nicht. Sie war beleidigt damals, hatte sich ausschaben lassen und war gegangen. Wo auf der Welt sind all die Menschen verstreut, die wir mal gekannt haben und die sich unserer Biografie nicht angeschlossen haben? Längst schon war die Tachonadel jenseits von allem, was das Gesetz zuließ, doch Lotem hatte sich viele Male schon über das Gesetz gestellt, manchmal im Namen des Gesetzes, manchmal aus Lust an der Gerechtigkeit, zuweilen aus der Lust, das Gesetz mit Füßen zu treten, und dann wieder im Namen jener Lust, die keine Grenzen außer dem Spiel des Gaspedals hat. Früher hatte er mal die Erektion eines Hundes gehabt, schneller als ein Wimpernschlag, doch auch da bot das Geschlechtsorgan weniger, als der Körper gewollt, gekonnt, begehrt hatte; sein ganzer Körper ein Kiefer, der mit voller Kraft zubeißt, Kieferkörper, das Vergnügen wächst unaufhaltsam mit dem Vergessen, nur den Weg gilt es, nicht zu kennen, der muss im letzten Moment entdeckt werden, die Augen erwartungsvoll wie beim Schießen, Zielvorrichtung und Feuerstöße in einem, Kugeln und Ziel, denn der Bewegung wohnt tatsächlich kein Zweck inne außer der Bewegung selbst. »Was denkst du über dich selber, wenn du dich mit den Fallschirmjägern vergleichst, Nissim?«

»Wenn ich anfangen würde, mich mit allen möglichen Sachen auf der Welt zu vergleichen, was hätte ich davon? Sagen Sie, Lotem, diese schöne Frau, Shulamit, warum hat die Sie abblitzen lassen?«

»Sie sagt, ich fülle sie aus, wenn ich mit ihr zusammen bin, mehr, als sie sich selbst zugestehen kann, weil ich Solidarität verlange. Kapierst du das?«

»Lotem, ich könnte ein Buch darüber schreiben. Aber was ist schlecht daran?«

»Sag mal, Nissim, hast du dich schon mal durch mich verletzt gefühlt?«

»Reichlich oft, Lotem, aber ich an Ihrer Stelle würde mir deshalb keine Sorgen machen.«

Ein Lob dem Scheißen

Eine Straßensperre der Militärpolizei hielt sie auf. Ein Polizist salutierte. Sein Gesicht war mit Erde eingerieben. Er warf einen Blick auf den Rücksitz und musterte Nissim. »Was ist los, Gabriel?«, fragte Lotem. Der Soldat breitete die Arme aus, als wolle er etwas sehr Großes umarmen, und sagte: »Das Gebiet ist abgeriegelt, Herr Kommandeur.« Lotem sagte: »Wer riegelt wen ab, S'mael?« Der Militärpolizist wusste es nicht. Fahrzeuge der Einheimischen reihten sich still hinter ihnen auf, niemand hupte, niemand beschwerte sich. Ein Minibus mit Siedlern tauchte auf, fromme junge Frauen fingen an, in hysterischem Marschrhythmus Psalmen zu brüllen. Der Fahrer beorderte den Militärpolizisten zu sich: »Du bist hier, damit wir ohne Warteschlange durchkönnen. Ja?« Darauf der Polizist zu Lotem: »Was kann ich machen?« Und Lotem zu ihm: »Du bist die Wenigen gegen die Vielen, Rafael. Nissim, wie heißt es noch über die Vernunft im *Faust?*« Nissim zitierte: »Er nennt's Vernunft und braucht's allein, nur tierischer als jedes Tier zu sein.« Der Militärpolizist ging, den Einheimischen zu sagen, sie sollten einen anderen Weg nehmen, aber Lotem rief ihn zurück. Nissim wurde gebeten, den *Faust* abermals zu zitieren, diesmal auf Deutsch, wollte aber nicht. Am

Ende ließ er sich erweichen, doch der Polizist blieb unbeeindruckt. Der Siedlerfahrer hupte aufgebracht, als hätte irgendjemand die Ethik Jehoschua Ben Nuns in Zweifel gezogen. Die mannbaren Mädchen im Minibus sangen noch irgendein Lied über Scholle, Gott und Tempel, und die Einheimischen in den Autos saßen und warteten. »Welches Dorf ist das, Michael?«, fragte Lotem. Der Militärpolizist wusste es nicht. »Warum wird abgeriegelt?« Auch das wusste er nicht. Die Fahrzeugkarawane der Dorfbewohner hinter ihnen wurde zusehends länger, ein Säugling brach in enervierendes Wimmern aus, die Gottesjungfrauen machten sich unter ekstatischem Händeklatschen davon, sahen die Einheimischen gar nicht. Auf der Hügelkuppe parkte eine große Streitmacht, unzählige Militärvehikel. Auch Soldaten hockten auf den Hügeln. Ein Funkgerät quäkte. Ein Lautsprecher schnarrte. Der Militärpolizist kam ohne den Namen des Dorfes wieder. Lotem sagte ihm, er solle verschwinden. »Aber ich muss hier stehen, Herr Kommandeur, um denen ihren Verkehr aufzuhalten.«

»Schämst du dich wirklich nicht, Soldatiko?«

»Was weiß denn ich, Herr Kommandeur? Sie haben uns mitgenommen, als wären wir Araber, um drei Uhr morgens, haben uns auf alle möglichen Kreuzungen verteilt, uns vor den Augen der Araber die halbe Nacht lang gedemütigt, damit am Morgen die Fallschirmjäger einrücken können, und jetzt ist der Morgen schon vorbei und noch immer weiß keiner, was los ist. Wie Araber.«

Lotem wandte sich an die Karawane der Dorfbewohner und drängte sie auf Arabisch, ihre Fahrt fortzusetzen, aber sie glaubten ihm nicht. Sein Armeehemd war aufgeknöpft, der mächtige Bauch quoll unter dem Unterhemd hervor, und er sah aus wie ein Lastwagenfahrer. Der Militärpolizist dagegen hatte einen weißen Helm, einen roten Uniformärmel und glänzende Abzeichen. Vielleicht begriffen sie die Hierarchie nicht, vielleicht aber verstanden sie sie sehr wohl: Generäle kommen und gehen, Militärpolizisten bleiben. »Geh«, herrschte Lotem den Militärpolizisten abermals an, und während er noch dessen Rückzug überwachte, trieb er ihn mithilfe von Steinen, die er warf, zur Eile an. Dann kehrte er zu seinem Wagen zurück, holte seine Zivilkleidung heraus und schälte sich aus der Uniform. Ein großer Lautsprecher auf einem der Militärfahrzeuge übertrug irrtümlich die Gespräche mit der Kommandozentrale direkt aus den Funkgeräten. Irgendjemand musste die falschen Kabel miteinander verbunden haben, oder sollte die Ordnung der Schöpfung aufgehoben worden sein?

»Befehlslage zur Ausgangssperre unverändert, bitte bestätigen!«

»Bestätigt. Was ist mit den Frauen und Kindern?«

»Allah steht ihnen bei!«

»Was macht ihr am Wochenende?«

»Wir hatten vor, zu *Idomeneo* zu gehen.«

»Wer ist das?«

»Das ist eine Oper von Beethoven.«

»Nichts für uns. Was treibt ihr so? Ich hab dich schon eine Ewigkeit nicht mehr gesehen, schon seit einer Woche will ich es dir erzählen: Meine Frau ist schwanger.«

»Herzlichen Glückwunsch, ehrlich, herzlichen Glückwunsch.«

»Wieso Glückwunsch? Vier Kinder! Wer hat Kraft für so was? Und Geld?«

»Also, was macht ihr?«

»Wegmachen lassen. Sie war schon bei der Beratung.«

»Bei uns läuft schon seit dreieinhalb Jahren nichts mehr.«

»Wie hältst du das aus?«

»Ich hab eine nebenher, ein junges Ding, im Alter meiner Tochter. Die hats gern, wenns wehtut.«

In seiner zivilen Aufmachung trat Lotem zu dem Offizier, der am nächsten stand, und fragte ihn nach dem Namen des belagerten Dorfes. Der Offizier erkannte Lotem nicht und wusste auch den Namen des Dorfes nicht. Wusste nur, dass in der Nacht im Dorf eine als Araber verkleidete Spezialeinheit tätig gewesen war. Vom Dach eines der Häuser waren Pistolenschüsse abgegeben worden. Die Soldaten hatten umgehend das Feuer erwidert und einen alten Mann von dreiundsiebzig Jahren, der nach Aussage der Familie dort aus Furcht vor Dieben schlief, in den Kopf getroffen. Seine Söhne versuchten, einen Rettungswagen zu rufen, doch die Soldaten untersagten ihnen, das Haus zu verlassen. Zuletzt traf die Ambulanz doch noch ein, aber an einer der Straßensperren ließ man sie nicht passieren und es kam zu Handgreiflichkeiten. Als es dem Rettungswagen dann trotz allem gelang vorzufahren, wurden alle Bewohner des Hauses aufgefordert, einer nach dem anderen herauszukommen. Sechzehn Erwachsene und Kinder marschierten mit über dem Kopf erhobenen Händen ins Freie, wie verlangt. Der Alte starb im Krankenwagen. Man verhaftete seine beiden Söhne, um die Lage zu beruhigen, und um die Lage zu beruhigen, ließ man sie auch wieder frei. Adam brüllte, vielleicht, um den Schmerz in seinem Kopf zu übertönen: »Die haben seine Söhne verhaftet? Warum?« Der Offizier lächelte höflich. Seine Brille rutschte durch eine unvorsichtige Bewegung herunter, aber es gelang ihm, sie aufzufangen, während sie noch in der Luft war. Journalisten, die am Rand des Feldes den Regimentskommandeur umstanden, hatten Lotems Brüllen gehört und überlegten, näher zu kommen. Aber er stellte das Schreien ein. Sein Kopfschmerz war unerträglich, er wurde bleich. »Hast du einen Vater?« – »Mein Vater ist genau vor einem Monat verstorben.« – »Geh, ihn betrauern.«

»Ich denke, ich habe mich korrekt verhalten, obgleich Sie

Journalist sind. Doch jetzt kann ich nicht länger mit Ihnen reden.«

Lotem spaßte nicht. Der Kopf, über dem fehlenden Auge, schmerzte. Um ein Haus im Dorf drängten sich die Fellachen und ihre Frauen. Einige Frauen warfen die Hände in die Höhe, doch ihre Schreie wurden vom Wind verschluckt und zu sehen war allein die Bewegung, wie in einem Sandsturm. Der junge Offizier war müde. Den Wochenendurlaub hatten sie ihm gestrichen. Er hatte seiner Mutter versprochen, bei ihr zu sein, ließ sie nicht ihm Stich, rief sie von jedem verfügbaren Telefonapparat aus an. Seit sein Vater gestorben war, hielt sie es in dem leeren Haus nicht mehr aus, rief nachts nach ihrem Mann, meinte zuweilen, ihn durch die Räume gehen zu sehen, so viele Jahre hatten sie zusammengelebt und sie kam nicht zurecht damit. Lotem ging auf die Journalisten zu und schrie: »Goebbels hat sich umgebracht, aber vorher hat er noch seine Frau und ihre sechs Kinder getötet.« Da kam der Regimentskommandeur auf ihn zu und raunte: »Folg mir bitte, Lotem.« Lotem gehorchte. Kniff die Augen zu vor Schmerz. Das Licht bereitete ihm Qualen. Sie überquerten ein Feld von Anagallis. Kein Luftzug bewegte die Blumen, nur die Stiefel zertraten sie. Es war heiß. Lotem umging einen Käfer und trat in einen Kuhfladen. Blieb zurück, um den Stiefel am Gras abzuwischen. Schaffte es nicht. Der Offizier drehte sich zu ihm um. Ein Lautsprecher verkündete irgendwas auf Arabisch. Der Wind trug das Jammern der Frauen zu ihnen und verschluckte es gleich wieder. »Sauber gemacht?« Warum hab ich meinen Vater nie geliebt? Das Gewehr des zu kurz geratenen Regimentskommandeurs hing ihm an einem Gurt um den Hals, seine Hände stützten sich auf beide Enden der Waffe, mit deren Hilfe er sich selbst vorwärtszog. Eine Reihe Olivenbäume verbarg sie vor den Augen der Journalisten und der behelmten Soldaten. Der Offizier drehte sich zu ihm um.

»Hör mir zu, Lotem. Du steigst jetzt in deinen Wagen und verschwindest von hier, und dass ich dich auch nicht eine Minute länger sehe, wenn du deine Karre erreicht hast. Andernfalls gebe ich Befehl, auf dich zu schießen. Klar? Deine Sabotageakte reichen allmählich. Du hast die Unverfrorenheit, den Armeesprecher Göring zu nennen, und noch dazu in Anwesenheit von Journalisten?«

»G-Goebbels, G-Goebbels h-hab ich gesagt.«

»Halt die Schnauze. Du hast zu viel Kraft? Dann lass sie irgendwo raus, wo du sie rauslassen darfst. Du hässlicher, fetter Kerl, der hässliche Frauen von hinten fickt, wir haben Krieg hier.«

»Kannst du das auch auf Deutsch sagen?«

»Nein, bei uns kommt kein deutsches Produkt ins Haus, wird nicht ein Wort auf Deutsch gehört. Wir sind eine Familie von echten Holocaustüberlebenden. Nicht wie du.«

Lotem wollte nicht gehen. Es störte ihn nicht, erschossen zu werden. Andererseits, wenn er wirklich Armeegeneral war, dann hatte er bis zu jenem Tag auch nicht geglaubt, die Armee brächte arme Bräute unter die Haube und gäbe hungrigen Waisenkindern etwas zu essen. Die Beleidigung des Offiziers scherte ihn nicht. Etwas Großes kam näher, wie ein brennendes Raumschiff. Ein Blutschwamm, erstickend, verschleierte die Augen, füllte den Hals. Dieses Schachspiel konnte nicht unentschieden ausgehen. »Du vergeudest meine Zeit«, bellte der Regimentskommandeur, über dessen Chancen, die Karriereleiter hochzufallen, viel gesprochen wurde. »Verschwinde von hier.« Lotem sprach langsam, als sei sein Mund gelähmt. Die Grüntöne vermischten sich ihm. Er versuchte sich an etwas zu klammern, das in ihm widerhallte. ›Und auf alle Weise müsse, wer rede, nur dem Wahrscheinlichen nachjagen, dem Wahren immerhin Lebewohl sagend.‹ Er war aufgewühlt. Eines Tages würden sie vertreiben, zerstören, verwüsten, umpflügen, diesen Ort von der Erdoberfläche tilgen. Und er hatte nicht mehr Macht als die Rede. Die Streitmacht oben auf dem Hügel summte eine große Kakofonie auf dem Weg zur Einnahme des kleinen Dorfes. Noch mehr Fahrzeuge trafen ein. Ein Hubschrauber landete. Jemand äugte aus dem Unterholz, schiss, die Augen angstvoll aufgerissen. Lotem fürchtete, der Regimentskommandeur könnte auf den Scheißenden zielen. Shulamit hatte Recht. Etwas an der Solidarität verändert den sich Solidarisierenden. Nie hab ich wirklich die Augen von Arabern gesehen. Wie kann das sein? Der Regimentskommandeur zischte: »Vorwärts, verschwinde von hier. Beweg dich, beweg dich, vorwärts«, und stieß Lotem den Gewehrlauf in die Rippen. Da stürzte sich der General mit einem Mal auf den jungen Regimentskommandeur, entriss ihm sein Gewehr und schleuderte es so weit weg wie möglich, und da er wusste, dass die Kraft des Jüngeren die seine übertraf, biss er ihn kurzerhand ins Ohr, mit aller Kraft, ließ erst ab, als er spürte, dass zwischen seinen Zähnen ein Ohrläppchen hing. Der junge Offizier fiel hin, eine Hand bedeckte das Ohr, sein Gesicht war schmerzverzerrt. Lotem kam sogleich auf die Beine, strauchelte, stand wieder auf, spie aus, was er im Mund hatte, trat auf den Jüngeren – der ihn von unten ansah, nicht sprach, nicht schrie, vielleicht Angst hatte – und sagte: »Da dank ich Euch; d-denn mit den Toten hab ich mich n-niemals gern befangen. Am m-meisten lieb ich mir die v-vollen, frischen Wangen. F-Für einen L-Leichnam bin ich nicht zu Haus …« Er wollte fortfahren, stockte jedoch. Vielleicht wollte er auf den anderen pinkeln, wie Antebi es mal im Gefängnis getan hatte, so hatte man ihm berichtet, aber sein Kopf drehte sich. Abermals spuckte er aus, was ihm im Mund geblieben war, obgleich da schon gar nichts mehr war. Der Offizier versuchte hochzukommen. Doch seine Schmerzen überwältigten ihn, vielleicht hatte er zu viel Blut verloren. Lotem kehrte allein zum Sammelpunkt der Einheiten zurück. »Hat jemand Toilettenpapier?« Einer der Soldaten zog ein Stück aus seinem Gürtel. »Geh und bring das deinem Kommandeur. Er musste im Weinberg scheißen und hat nichts zum Abwischen.« Ein paar von den Soldaten rannten zu der Pflanzung. Lotem fing an, sich auszuziehen. Dann waren Stimmen zu hören. Auch Schüsse. Die Bauern dieses Dorfes hatten während der Intifada Heldenmut bewiesen und nicht einen ausgeliefert. Lotem war nie zuvor dort gewesen. Er hatte die als Araber verkleideten Spezialeinheiten erfunden, hatte berechnet und bedacht, wie es sich für einen Soldaten und Philosophen gehörte, doch vor Ort war er nie gewesen. Das Bewusstsein ist nicht mit Gold aufzuwiegen. Jetzt, neben einem der Häuser, ließ man eine ganze Familie sich ausziehen, aus Angst, einer von ihnen könnte Waffen unter seiner Haut tragen. Mit erhobenen Händen marschierten sie nackt zu einem provisorischen Gefangenenlager.

Caliban

Der General blieb vor seinem Wagen stehen, sein Kopf schmerzte heftig, und zog seine Sachen aus, dachte, er trüge Uniform, bemerkte dann, dass er dabei war, seine Zivilkleidung abzulegen, zitterte vor Fieber (oder was immer er haben mochte), schleppte sich nur in Unterhosen hoch zum Dorf und ging von Haus zu Haus, seine Hände und Lippen blutbedeckt. Von Mal zu Mal spuckte er aus. Hielt seinen Ausweis in die Fenster. Niemand öffnete. Die Menschen verbargen sich hinter den Fensterläden vor ihm als hätte er die Pest. Von irgendwoher tauchte ein kleiner Junge auf, kam angelaufen, barfuß. Der Junge hatte eine Schuhbürste und eine neue, runde Dose mit schwarzer Schuhcreme. »Shoeshine isse sehr gut.« Schmächtig, weiße Flecken bedeckten sein Gesicht, seine Augen schauten fröhlich, ausdrucksstark. Lotem wollte keine Schuhpolitur. Er hatte noch ein paar Münzen in der Hand, aber der Junge bestand darauf, ihm die Schuhe zu putzen, sodass sich Adam auf dem Pfad am Ende der Gasse niederließ, bemüht, sich so klein wie möglich zu machen, während der Junge seine roten Fallschirmspringerstiefel mit schwarzer Schuhwichse einrieb, seine ganze neue Schuhcreme auf das Umfärben der Stiefel verwandte. Als er fertig war, bekam er von Lotem dreißig Schekel und sagte: »Shoeshine isse sehr gut, eine Schekel.« Adam zeigte ihm seinen Personalausweis, fragte ihn, wo Ali Ibrahim Barakat stecke, worauf der Junge die Hand des Mannes in Unterhosen ergriff und ihn durch die schmalen Gassen führte. Von ferne schüchterten Lautsprecher die Dorfbewohner ein, verkündeten Ausgangssperre, und wer sich herauswage, werde sterben, das übliche Wiegenlied, das der Staat den Kindern der Einheimischen singt, auch am Morgen und am Mittag. Die Hand des Jungen war dem General in Unterhosen angenehm. Auf die Wände war mit roter Farbe gesprüht »Mne mne tkel ufarsin – Gewogen wardst du auf dem Schalenpaar und wurdest zu leicht befunden.«. Am Ende der schattigen Gasse – Adam war kalt – klopfte der Junge an eine Tür, die sogleich geöffnet wurde. Ein alter Mann stand dort. Er schaute auf die Soldaten weiter unten und auf den hünenhaften Mann, der ihm in Unterhosen gegenüberstand. »Oh, do not torment me!«, rief er mit sonorer Stimme. Der Junge deutete auf ihn und lächelte Lotem zu: »Ali Ibrahim Barakat.« Er blieb stehen, die eine Hand in der des Generals, stolz auf seinen neuen Freund und dessen schwarz gewichste Stiefel. Aber Ali lächelte nicht. Für einen Moment versuchte er, die Hand des Jungen aus der Adams zu lösen, doch der Junge gab die warme Hand nicht auf, zeigte dem Alten sogar voller Stolz den Schekel, den er verdient hatte, und auch Adam wollte nicht, dass die gute Hand des Jungen aus der seinen glitt. Vielleicht würde er ihn mitnehmen, ihn adoptieren. Der Alte schaute abermals auf die Soldaten, die sich von allen Hügeln dem Dorf näherten, lauschte auf das Lautsprechergeschnatter und sagte: »Ihr werdet nicht sein, wenn wir nicht sein werden.«

»S-Sehr richtig, Koexistenz, ich st-stimme zu.«

»Aber wir werden sein, auch wenn ihr nicht sein werdet.«

General Adam Lotem in Unterhosen wollte fragen, wer »wir« und wer »ihr« ist, aber ihm war kalt und seine Wahrnehmung verwischte sich. Der Junge sah erst ihn an und dann Ali.

»Thou dost me yet but little hurt, thou wilt anon. I know it by your trembling.«

Irgendwann schloss Ali die Tür. Adam war die Zeit abhanden gekommen. Als ob tiefe Finsternis herrschte. Seine Füße waren schwer, seine Zunge schmerzte. Der Junge wusste nicht, wohin er ihn führen sollte. Ab und an blieb er stehen, um seinen Herrn anzusehen. »Maya – Wasser?«, fragte der Kleine. Lotem antwortete nicht, aber der Junge brachte ihn zum Brunnen. Dort sah Lotem Na'ama auf den Umfriedungssteinen sitzen. »Der Eimer ist reingefallen, Adi. Jemand muss runtersteigen und ihn holen. Ich weiß nicht, wo meine Söhne sind.«

»Ich hab Menschenfleisch gegessen, Na'ama.«

»Ist das dein Junge, den du gesucht hast? Halt ihn ganz fest. Die rauben unsere Kinder.«

»Ich erinnere m-mich nicht, N-Na'ama. Ich b-bin heut Morgen l-losgefahren, um meinen S-Sohn vom Dienst bei den F-Fallschirmjägern zu befreien.«

»Warum nur ihn, Adam? Warum erst jetzt?«

Im Wagen hockte Nissim Philosoph, zitternd vor Angst. Lotem meinte zu dem Jungen: »G-Geh nach Hause. Hier i-ist es gut.« Er versuchte sich an das Wort »Imshi« zu erinnern, was »Geh« auf Arabisch heißt und das wichtigste hebräische Verhältniswort des Zionismus ist. Doch der Junge sagte voller Sehnsucht: »Tel Afif. Shoeshine isse sehr gut.« Oben, im Dorf, wurde geschossen, viel geschossen. Ein gellender Schrei war zu hören. Sicherheitshalber hatte man entschieden, eines der Häuser zu zerstören. Vielleicht war auch bloß die Quote der zu zerstörenden Häuser für dieses Jahr noch nicht erreicht. Eine Frau wurde an den Haaren zu dem geschlossenen Kastenwagen des Inlandsgeheimdienstes geschleift. Ihr nach rannten drei junge Burschen und versuchten, sie den Händen der Soldaten zu entreißen. Ein heulender Krankenwagen schaffte den seines Ohrläppchens beraubten Regimentskommandeur weg. Lotem schubste den Jungen ins Freie und warf die Tür zu, aber den ganzen Weg über zu Joni spürte er in seiner Hand die kleine schweißige Rechte des Kindes. Nissim fuhr. »Denken Sie, ich hätte nicht gewusst, was passieren würde? Wie ich gesehen hab, wie Sie ihm nachgehen, hab ich gewusst, dass Sie ihm eine verpassen werden.«

»W-Weißt du, dass ich d-das schon mal g-gemacht habe? Damals hab ich einen Orden d-dafür gekriegt. D-Das war in Beirut. Hab jemandem um s-sein Ohr gebracht. W-Weil ich keine M-Munition mehr hatte.«

Vor dem Rekrutenlager hielt Nissim in einer kleinen, staubigen Zypressenallee an. Gemeinsam pinkelten sie auf gelb und violett blühende Disteln, pinkelten immer synchron, und Nissim wollte wenigstens einmal Adams Schwanz sehen, hatte es jedoch noch nie gewagt. Sie schlackerten ab und verstauten. Lotem zog wieder seine Uniform an, setzte sein Barett auf und stopfte sich das Hemd in die Hose. »Lotem, Sie haben Blut an den Lippen«, sagte Nissim. »Ist es das Blut von Abel oder das von Kain?« Und der Fahrer erwiderte: »Die haben beide das gleiche Blut.«

[Achmed Aruri, Allah sei ihm gnädig]

Alle würden sich jetzt mit dem armseligen Ohrläppchenfetzen des Fallschirmjägerkommandeurs befassen und den toten Greis, Achmed Hamdan Wahib Aruri, vergessen, obgleich der in der ganzen Gegend mal Berühmtheit erlangt hatte, nachdem er bei einem Quiz des jordanischen Fernsehens gewann, das er den ganzen Abend in der Hoffnung geschaut hatte, seinen Bruder zu finden, der ihm aus den Händen geglitten war an jenem Tag, an dem die Juden gesagt hatten, man solle fliehen, wobei seine Mutter ihm noch befohlen hatte, die Hand seines Bruders niemals loszulassen. Und warum verfolgte er das jordanische Fernsehen und nicht – mal angenommen – das libanesische oder syrische? Weil man bei ihnen im Dorf nur das jordanische empfangen kann, anderenfalls hätte er bestimmt auch das libanesische, syrische und ägyptische Fernsehen geguckt. Das ganze Leben versuchte er zu erraten, wie sein kleiner Bruder jetzt aussehen mochte, und jetzt, und jetzt. In seiner Hand brannte noch immer die seines Bruders, die ihm in der allgemeinen Panik entglitten war, und insgeheim – dies hatte er weder seinen Söhnen oder Schwiegertöchtern, seinen Töchtern oder Schwiegersöhnen noch seinen Enkeln jemals offenbart – hoffte er, noch einmal zu heiraten, nachdem er Witwer geworden wäre, hatte vor, noch vierzig Olivenbäume zu pflanzen, was er sehr wohl erzählte, ja er hatte sogar bereits alles Erforderliche in die Wege geleitet, doch die Armee erlaubte es nicht. Und was noch hatte Achmed Hamdan Wahib Aruri alles tun wollen, ehe er durch einen derart präzisen Schuss getötet wurde, auf seinem Lager auf dem Dach seines Hauses? Er hatte seine Mutter im Garten Eden besuchen wollen, um ihr zu sagen, dass alles in Ordnung sei, dass man seinen Bruder gefunden habe, der ein Vermögen in Kuwait oder Abu Dhabi gemacht hatte. Und wie sollte er in dem ganzen großen Garten Eden ausgerechnet seine Mutter finden, die aus Schmerz über den Verlust des kleinen Jungen durch seine Schuld gestorben war? Auch darüber dachte Achmed Aruri in den Nächten nach, da er auf dem Dach lag. Er würde nach al-Sindiyana fahren und genau an dem Ort sterben, an dem er geboren worden war, denn in Wahrheit hat ein Mensch keinen anderen Wunsch in Bezug auf den Tod, als dem Schöpfer seine Seele durch die Hände seiner Mutter zurückzugeben, unter dem Baum, den sein Vater gepflanzt hat, aber er, Achmed Aruri, wurde einfach erschossen und starb, dreiundsiebzigjährig, und sein Tod geriet in Vergessenheit wegen Lotems Verhalten, der um sich selbst trauerte, so sehr trauerte.

Die Freistellung

Im Rekrutenlager der Fallschirmjäger waren hektische Vorbereitungen im Gange. Lastwagen standen bereit, schwere Maschinengewehre wurden auf Geländewagen montiert, Wasserkanister auf Patrouillenfahrzeugen festgezurrt, die drei neuen Krankenwagen mit Blutkonserven bestückt, während Soldaten in alle möglichen Richtungen hasteten. Lotem stieg aus dem Wagen, musste niesen und trat in den Vorraum des Büros des Lagerkommandanten, der gerade telefonierte. Der Ohren abbeißende Hüne legte seine Hand auf den Apparat und der Kommandant meinte: »Gut, ich muss aufhören. General Lotem ist gerade gekommen.«

»H-Hast du einen Rekruten namens Jonathan Ey-Eybeschitz? Steh auf, k-kontrollier die Listen. Ich w-will, dass du ihn vor d-dem Barsch freistellst.«

»Vor dem was?«

»Dem Marsch.«

»Du hast ›Barsch‹ gesagt.«

»M-Mach deinen L-Laden zu.«

Der Kommandant trat zum Schrank und zog den Reißverschluss seiner Hose hoch. Er mochte Lotem nicht. Aber wer tat das schon? Dann hatte er die richtige Akte gefunden. Die richtige Kompanie. Und schließlich den Soldaten. »Jonathan Eybeschitz, sagtest du? Und was soll ich mit ihm machen?«

»W-Wirf ihn raus.«

»Warum stotterst du auf einmal?«

»I-Ich wollte mein ganzes L-Leben schon stottern. W-Wirf ihn raus.«

Der Kommandant der Fallschirmjägerbasis las in Jonis Akte. Sah mittendrin noch mal nach, ob sein Hosenschlitz auch tatsächlich geschlossen war. »Ja, ich verstehe. Er ist kein überragender, aber ein guter Soldat, hat während der gesamten Grundausbildung erfolgreich sein Asthma geheim gehalten.«

Ein Stabsoffizier ging, Joni aus seinem Zelt zu rufen. Joni legte sein Gewehr erst aufs Bett, lief dann zurück, um es zu holen und dem Adjutanten nachzueilen, der die ganze Zeit über in niedergeschlagenem Tonfall zu irgendjemandem – vielleicht zu Joni – sprach, ohne sich auch nur einmal umzudrehen. Nachdem der Kommandant des Ausbildungslagers ihn degradiert hatte, ohne sich im Geringsten zu erklären, kehrte Joni ins Zelt zurück und ließ sich auf sein Feldbett sinken. Seine Kameraden hatten bereits alles zusammengepackt. Der große Marsch, an dessen Ende der Erhalt der Fallschirmjägerbaretts stehen sollte, begann. Wer würde durchhalten, wer nicht? Joni saß auf dem Feldbett, löste die Schnürsenkel seiner Stiefel. Alle waren rausgegangen. Er blieb. Gadi, sein einziger Freund, kam zu ihm, legte ihm eine Hand auf die Schulter. »Kommst du nicht, Johnny Guitar?« Er war beliebt. Half anderen. Joni schüttelte heftig mit dem Kopf. Eine Träne fiel ihm auf den roten, gewichsten Fallschirmjägerstiefel, den Stiefel, von dem er geträumt hatte, als er kein anderes Land als dieses hier hatte, unser Land. Der Ausbilder rief erneut nach ihnen. »Ich muss gehen, Johnny Guitar. Noch ein kleiner Kraftakt und wir sind durch mit der Sache.« Dann, als sie draußen standen und der Ausbilder sie voll quatschte über das rote Barett, das er hatte und sie noch nicht, fiel ein Schuss. Für einen Moment stockte der Ausbilder, fuhr dann fort, peinlich berührt ob seiner Panik, unterbrach alsdann abermals seinen gequirlten Mist und fragte: »Habt ihr einen Schuss gehört?« Sie ziepten wie Vogelküken. »Jawohl, Herr Kommandant.« Und er, vorwurfsvoll: »Dann geht nachsehen.« Es war Gadi, der Joni fand. Ein Junge ohne allzu große Träume, dessen hübscher Kopf jetzt auseinander geflogen war. Nichts peinigte ihn mehr, nicht einmal die Fliege, die über seine Stirn spazierte. Nun würde der lange, lange Prozess des Berichterstattens beginnen, vom Ausbilder zum Zugführer, vom Zugführer zum Kompanieführer, dann zum Arzt und weiter zum Kommandanten des Rekrutenlagers, Bestätigung, dann die Unterlagen zum Kondolenzoffizier bei der Adjutantur, ein Anruf des Kondolenzoffiziers beim zuständigen Stadtkommandanten, ein weiterer Anruf des Stadtkommandanten beim Dienst habenden weiblichen Offizier, ein Anruf des Dienst habenden weiblichen Offiziers beim Arzt, bei der Krankenschwester und dem Vertreter des Komitees der Eltern, deren Söhne im Dienst fürs Vaterland gefallen sind, und zu guter Letzt noch ein Anruf beim Taxistand unten am Meer, damit sie alle gemeinsam fahren konnten, den Eltern das Schlimmstmögliche zu übermitteln. Immer haben sie Angst vor diesem Augenblick, werden sich nie daran gewöhnen, denn daran darf man sich einfach nicht gewöhnen.

Bis dass der Wunsch aufkommt

Es gibt nichts Schöneres als den Tod: Geranien wie rote Falterschwärme, die sich auf einem und noch einem Ast drängen, Kohlweißlinge, die paarweise umherfliegen, ausgelassen wie Zephire. Dazu Stiefmütterchen, die Blumen der Demut, violett befleckt von Honig und Gold besprenkelt mit Schöpfungstinte, die stumm erschaudern. Mönchskappen, die die Wege in Gold tauchen, Bienen, die aus Blüten Honig saugen, flugs in die Waben. Zypressen, die wie einarmige Lanzenträger verharren. Hierher kommen Mütter, um im Schoße ihrer Söhne zu weinen, deren duftende Haut, das warme Fleisch es ist, was sie nicht fallen lässt, sondern gebeugt dasitzen, um von den Ereignissen in der Familie zu berichten, seit die Söhne begraben sind, wer geheiratet hat und wer ein Kind zur Welt gebracht, wie der kleine Laden vorankommt, den der Bruder eröffnet hat, und wie Großmutter – bevor sie Abschied von dieser Welt genommen – versprochen hat, dich zu treffen, geh sie suchen, sie wird sich freuen. Manchmal kommen auch Väter her, in süßester Hoffnung, können einfach nicht länger auf die Auferstehung der Toten warten – jenes Versprechen, das aussteht, wie viele Jahre schwören wir ihr schon Treue, und sie lässt auf sich warten, und falls sie trotz allem noch kommt, werden wir gemeinsam hierher zurückkehren, du und ich, mein Sohn, aber wenn sie nicht kommt, bin ich lieber bei dir als getrennt von dir zu sein, denn ich sehne mich so nach deinem erstaunten Blick, ausgerechnet mich hier zu sehen, hier bin ich, dein Vater, sitze Stunden auf deinem leeren Bett, denn vielleicht verzögert sie sich ja gerade deshalb, die Auferstehung, und hätten wir je gewagt – und sei es auch nur ein Mal –, an ihrer Existenz zu zweifeln, und ihr nicht all diesen Vorschusskredit eingeräumt, einen Blankoscheck haben wir ihr gegeben, dich haben wir ihr gegeben, vielleicht hätte sie sich dann um uns bemüht, hätte uns den Fitzel eines Beweises erbracht – manchmal also kommen auch Väter her, an den Ort, an dem rostiges Weinen zu schierem Gold wird, hier bin ich, mein Sohn, ich komme zu dir. Und Reden werden hier Jahr für Jahr gehalten, gewählte Sprache, ohne Gestammel, seit Generationen exerzieren die Rhetorikkünstler der hebräischen Literatur hier ihre Botschaft an die Lebenden im Namen der Toten und die Walküren reiten auf Feuer. Die Mütter, die still drei, vier Alpenveilchen auf dem Grab pflegen, können diese nicht sehen, doch die pickligen Jungen sehen sie umso deutlicher, schwören, dem Andenken der Väter, die unter von Veilchen und Krokussen geschmücktem Marmor vor sich hin faulen, würdig zu sein, und Trommeln dröhnen vereint, vereint, vereint, moralische Kampagnen nehmen hier ihren Anfang und Fahrradrennen, Fackelläufe, denn es gibt kein besseres Symbol als dieses für die Seelenwanderung, an die wir alle glauben – in ihrem Tod haben sie uns das Leben anbefohlen und wir werden unser Leben den nach uns Kommenden anbefehlen, so wie unsere Söhne den ihren, Kerzen flackern und große Stille herrscht, denn die Wahrheit wartet auf uns, eine große und mächtige Wahrheit wie der Wind, leere Stille, eine Welt ohne Menschen, beachte der Dinge drei und du wirst nicht fehltreten, wisse, woher du gekommen, und wohin du gehst und vor wem du künftig wirst sagen, Mama, Papa, mir ist kalt, so kalt. Denn im *Shulchan Aruch* fanden wir geschrieben: »Es sind nicht die Toten Seit an Seit zu begraben, so denn die Wand des Grabs zwischen ihnen trennt; und nicht der Tote neben Knochen; und nicht Knochen neben dem Toten. Aber es sei begraben der Mann mit seiner Tochter, und die Frau mit ihrem Sohn und dem Sohn ihres Sohnes. Denn so ist die Regel: Ein jeder, der zu Lebzeiten bei ihm gelegen, im Tode mit ihm begraben sei.«

9

Jiftachs Tochter

Tante Esther

Am Morgen, vor der Beerdigung, starrte Sha'ul regungslos auf die Anzeige in der Zeitung. »Unser Sohn, Jonathan Eybeschitz, möge sein Andenken gesegnet sein, ist nicht mehr. Die trauernden Eltern, Michal und Sha'ul Eybeschitz. Es wird gebeten, von Kondolenzbesuchen abzusehen.« Seine Hände zitterten, er versuchte, die Todesanzeige auszuschneiden, verzichtete dann, würde es tun, nachdem Michal sie gelesen hätte. Er schnitt also nicht aus, gab sich stattdessen selbst die Schuld, hatte Angst um seine Frau, die ihrerseits zutiefst besorgt um ihn war, ihn von dem Moment an nicht mehr aus den Augen gelassen hatte, da die Abordnung gekommen war, um ihnen den Tod ihres Sohnes durch einen tragischen Unfall während eines Einsatzes mitzuteilen, und ein Formular dagelassen hatte, in dem die Eltern gebeten wurden, zu bestätigen, was man für eine Beerdigung alles bestätigen muss. Michal füllte das Formular mit zitternden Händen aus, konnte ihre Lesebrille nicht finden, sodass er ihr half. Beide unterschrieben sie, und eine Offizierin namens Hagar blieb noch eine Weile bei ihnen, versuchte sogar, ihr Bestes zu geben, brachte Michal mehrfach Tee und Kaffee für Sha'ul – so hatte man es ihr im SHH-Kurs (Sofortige Hinterbliebenenhilfe) beigebracht –, aber sie tranken nicht und sprachen auch nicht in ihrer Gegenwart, weshalb sie ein letztes Mal fragte, ob sie noch etwas bräuchten, und, als sie mit den Köpfen schüttelten, rückwärts gehend die Wohnung verließ. Obgleich es immer von ihr hieß, sie sei dumm wie ihr Vater, fällt es schwer, allein ihr die Schuld zu geben. Die Sprache ist es, die sich tölpelhaft gibt und versucht, als Frage dorthin vorzustoßen, wo es keine Antwort gibt. Denn was soll das heißen: »Brauchen Sie noch etwas?« So also verschwand Hagar Mofaz aus unserer Geschichte. Michal sah Sha'ul an, der in seinem Sessel saß. Seine Lippen bewegten sich pergamenttrocken, und plötzlich rief sie mit heiserer Stimme, als säße sie fernab: »Gott aber hörte die Stimme des Knaben, Gottes Bote rief Hagar vom Himmel her zu und sprach zu ihr: Was ist dir, Hagar! Fürchte dich nimmer, denn gehört hat Gott auf die Stimme des Knaben ebendort, wo er ist.«

»Möchtest du, dass ich dir irgendwas zubereite? Vielleicht sollten wir schlafen gehen? Ich hab Schlaftabletten.«

»Ich hab Angst zu schlafen. Am Morgen wird die Wohnung still wie ein neues Unglück sein.«

Und schließlich die Beerdigung. Sie kehrten nach Hause zurück, allein, und Esther, Jonis Tante, kochte, fragte, was sie bräuchten. Nie hatte sie Sha'ul verziehen, dass er aus Amerika nicht zum Begräbnis ihres Vaters gekommen war, und noch verärgerter war sie gewesen, als sie erfuhr, dass er Michals Familiennamen angenommen hatte. Joni hatte kein einziges Mal mit ihr gesprochen, nicht einmal, als er erfuhr, dass sie seine Tante und nicht bloß ihre Vermieterin war. Er schämte sich, ausgerechnet von Antebi über die familiäre Verbindung zu hören. Eine sich hinziehende Familienfehde, hatte Michal gesagt, sei nichts Außergewöhnliches hier im Land, das müsse er wissen, und nicht immer gehe es dabei um Erbstreitigkeiten. Sha'ul hatte damals auf sein Erbteil verzichtet, weil er wie immer zu nachgiebig gewesen war, doch der eigentliche Streit hatte – so erinnerte sich Sha'ul – wegen der Raucherei am Schabbat begonnen und sich wegen der Nichteinhaltung von Speisevorschriften fortgesetzt. Seine Schwester hatte nicht mehr mit ihm geredet, nur weil er den Eltern etwas vorgespielt hatte, wobei sie irgendwann selbst aufgehört hatte, die religiösen Gebote zu beachten. Der Zorn indes war geblieben, und als die Eybeschitzens nach Israel zurückgekehrt waren, hatten sie über einen Makler eine Wohnung gefunden, doch erst, als sie kamen, den Vertrag zu unterschreiben, fanden sie heraus, dass die Eigentümerin der Wohnung Sha'uls Schwester war, die sich dem Makler gegenüber schämte, einen Rückzieher zu machen, obgleich sie sicher war, hinters Licht geführt worden zu sein. Nach all dem wusste Sha'ul nicht einmal ansatzweise, dass Michal nicht bezahlte, und auch nicht, dass seine Schwester mit Klage drohte. Michal hatte ihr damals leise zugeraunt: »Bitte, dann geh doch.« Hatte gepokert. Der Mann der Schwester, Avraham, bat seine Frau, die Sache auf sich beruhen zu lassen, damit sie sich nicht selbst schadete, und auch ihm, vor Gericht, da schlimmstenfalls am Ende noch sein frei erfundener Übertritt zum Judentum auffliegen würde. Jetzt hatten sie sich ausgesöhnt, da ihrem Vater ohnehin kein männlicher Nachfahre mehr geblieben war, der seinen Namen tragen würde. Verschlungen und finster sind die Wege der Apostasie, voller Furcht, Schuldgefühle und plötzlicher Panik, denn GOTT lässt sich nicht einfach beiseite wischen, er stellt nach, spioniert, befiehlt, verbietet und verrät einen. Jedes Jahr am Versöhnungstag geht sie in die Synagoge und ihr Mann sitzt und steht auf, sitzt und steht auf, dem Beispiel der ihn Umsitzenden folgend, und linst dabei hoch zu ihr, zur Frauenempore, wie viel sie weint, und jetzt kümmert sie sich um ihren Bruder und dessen Frau, als wäre die Mietschuld nicht von Jahr zu Jahr größer geworden, bringt Töpfe mit und hat in der ersten Nacht nach Jonis Selbstmord behutsam Jonathans

Zimmer abgeschlossen, damit es den Eltern nicht noch mehr Schmerz bereitet. Doch bevor sie die Tür hinter sich zuzog, betrachtete sie die Wände und wischte eine Träne fort, sie hatte das Zimmer nicht ein einziges Mal zu Gesicht bekommen, seit sie hier eingezogen waren, all die stumm schreienden Soldaten an den Wänden und der Fußball. Sie führte auch Telefonate mit Bekannten aus längst vergangenen Zeiten und dachte daran, mit der Armee zu sprechen und den Kommandanten zu warnen, auch ja mit keinem Wort einen Selbstmord anzudeuten, damit nicht vonseiten des Rabbinats Ärger drohte. Und der Wahrheit zuliebe – bis Esther nicht mit eigenen Augen gesehen hatte, dass sich das Grab von Jonathan, dem schönen Enkel ihres Vaters, tatsächlich auf dem Soldatenfriedhof befand, war sie nicht beruhigt. Und in der Nacht, als sie das Paar allein gelassen hatte und nach Hause zurückgekehrt war – sie stellte sich vor, dass die beiden jetzt zusammen schliefen, in einem Raum, ja dachte aus irgendeinem Grund sogar, dass ihr Bruder und seine Frau ein reges Sexualleben praktizierten –, lag sie auf ihrem Bett und weinte bitterlich, beweinte ihre armselige Familie, von Reue erfüllt über alle von ihr begangenen Frevel, bis ihr Mann aus dem Nebenzimmer kam, wo er geschlafen hatte, und bat, mit ihr reden zu dürfen, aber sie konnte nicht reden vor lauter Sehnsucht nach ihrer Mutter und ihrem klugen Bruder, der so jämmerlich gewirkt hatte, und auch nach Joni, wie oft hatte sie ihn durch den Türspion die Stufen hoch zu Antebi aufs Dach steigen sehen, und mit einem Mal waren ihr die Momente in Vergessenheit geraten, da sie herablassend über ihn gesprochen hatte, und so hütete sie sich auch, Michal die Schuld an seinem Tod zu geben. Ihr Mann kehrte in sein Zimmer zurück, doch um zwei Uhr nachts stand Tante Esther auf und suchte mit fahrigen Fingern im Regal mit den Rechnungen und Ordnern, bis sie die Papiere gefunden hatte und die Mietschulden ihres Bruders in Fetzen riss, obgleich sie die Wohnung von ihrem eigenen Geld und nicht von dem Erbe gekauft hatte, wie Michal immer behauptete.

Sehnsucht

Dafür erwachte in Michal eine plötzliche Sehnsucht nach Lotem. Wenn er es nur geschafft hätte, ihren Sohn vor dem Unfall freizubekommen, sie nicht gezögert, nicht so sehr mit sich gerungen hätte und nicht derart panische Angst vor ihrem beharrlich schweigenden, brutalen Sohn, der sie hasste, gehabt hätte – wäre der Junge gerettet worden. Sie rang die Hände, hörte aber sogleich wieder auf, weil Sha'ul sie ansah, nickte, als wollte er sagen, ›Wie verblendet sind wir gewesen‹, aber als sie seinen dümmlichen Blick sah, wollte sie erneut, dass Lotem sie in die Arme schlösse, erschrak jedoch augenblicklich über den Gedanken und sagte sich zum ersten Mal seit vielen Jahren, dass sie keine Kraft habe, denn wenn sie nicht mit Sha'ul spricht, wird er nicht mit ihr sprechen, dabei kann sie es sich ja nicht erlauben, zu schweigen und sich in seinen Blick zu hüllen, obschon sie trotz allem die ganze Zeit über wünschte, jemand nähme sie ganz fest in den Arm, das war es, was sie jetzt wollte, denn ihr Joni hatte monatelang nicht mit ihr geredet, sie seit Jahren nicht mehr umarmt, war nicht nach Hause gekommen, und insgeheim sagte sie sich wieder und wieder: Der Ärmste, der Ärmste, sein kurzes, manchmal fröhliches Leben, und wieder kam dieser Wunsch auf, dass Lotem bei ihr wäre, neben ihr säße, sie anschaute, wenn sie schwieg, sie nicht verstohlen beäugen würde, sondern mit seinem Blick voller Zuneigung umfinge, sie beruhigte. »Was suchst du, Sha'ul?« Er schüttelte mit dem Kopf. Fast hätte sie ihn angeherrscht, empfand jedoch Reue. Er sagte:

»Ich hab daran gedacht, in meinen Tagebüchern zu lesen, die Joni nie gemocht hat.« Sie wurde noch wütender, sah sich aber erneut vor, sie muss ihm verzeihen und er ihr ihren Zorn. Sha'ul hatte Joni geküsst, bei seinem letzten Besuch im Rekrutenlager. Wann war das gewesen? Aber Joni war seinem Kuss ausgewichen und hatte ihn nicht erwidert. Jetzt brannte auf seinem Fleisch der fehlende Kuss.

Bis Jonathan geboren wurde, hatte Sha'ul viel über Liebe geschrieben, mindestens einen Zyklus von Liebesgedichten, mindestens ein Schauspiel über enttäuschte Liebe, und dann – als er vor dem Wunder der Geburt des Jungen stand und seiner Erregung darüber kaum Herr wurde, Gewebepartikel verwandeln sich in eine Seele, Silben zu einer Sprache – begriff er, wie armselig sein Schreiben war, und gab es auf, beließ es bei Notizen. Jetzt endlich wandte er sich dem Stoß Tagebücher zu, befreite sie mit scharfem Messer, klaubte sie aus ihrer Verpackung, stierte auf einen Brief, den er Jonathan hinterlassen hatte, für den Fall, dass dieser nach dem Tod seines Vaters in den Tagebüchern würde lesen wollen, blätterte weiter und las nach anfänglichem Zögern Michal eine Passage daraus vor. Da traf ihn die Erkenntnis, wie einfältig das Ganze war, die Erinnerung. Michal sah ihn erstarrt an, wartete, dass er fortführe, und er gehorchte, blätterte: »7. Juni 1981: Steht fest, dass eine solche Unschuld befleckt werden wird? Werde ich ihn weniger lieben, wenn er älter wird? Joni, ich schreibe Tagebuch, um dir nicht zur Last zu fallen, vor lauter Liebe will ich dir unendlich viele Fragen stellen, wie sehr du Papa liebst, und dass du mit mir sprichst, vor zwei Jahren (Juni 1979) hab ich dich das gefragt und du hast geantwortet: ›Wie ein riesiger Ballon‹, das steht schwarz auf weiß bei mir, aber jetzt bist du schon acht und ich muss aufpassen, dich nicht zu nerven vor lauter Liebe. Ich hab gelernt, den Schmerz zum Schweigen zu bringen, die Eifersucht, den Hass, aber meine Liebe zu dir habe ich gelernt, ohne Worte zu feiern, tief in mir drin, in jedem Augenblick.« Seine Stimme bebte und er brach ab, weil er Michals Zurechtweisung fürchtete, aber die Nichtigkeit war längst vom Hass auf diese Kladden abgelöst worden. Vor dreizehn Jahren, im nördlichen Mittelwesten, als Jonathan fünf gewesen war, hatte er notiert: »Ihm wieder und wieder von seiner Kindheit erzählen? Wie endlos ich über ihn sprechen kann, ihn ansehen, ihn immer wieder von neuem betrachten, wie sehr liebe ich meinen Sohn und kann es nicht ausdrücken. Die Liebe hat keinen Weg, sich auszudrücken. Ist es möglich, Liebe durch den Kauf von Geschenken Ausdruck zu verleihen, Glück zu beeinflussen, einen Vorwand für einen gemeinsamen Tanz im Wohnzimmer zu finden? Ist das Sprechen über einen geliebten Menschen eine Lösung?«

»Warum hörst du auf?«

»Ich kann nicht.«

»Ich möchte es hören. Mehr. Hab nie gewusst, was du in deinen Tagebüchern schreibst.«

»Gestern ist dein Großvater gestorben. Ich habe dir nichts gesagt. Von meiner Schwester ist ein Eilbrief gekommen. Mein Schmerz über den Tod meines Vaters wird unbedeutend vor meinem Schmerz, dich krank zu sehen. Ich würde dir eine Niere oder ein Auge spenden, wenn man mich darum bäte, aber deine Nieren und deine Augen sind in Ordnung, du bist nur viel krank, das ist alles. Mehr als alles andere will ich dir dein hohes Fieber nehmen. Hab die ganze Nacht neben dir gesessen, dir Lieder vorgesungen. Du bist eingenickt. Hast gefiebert.«

Einmal, vor Jahren, als er diese Seite bei der Durchsicht zur Vernichtung überflogen hatte – er vernichtete regelmäßig Teile der Tagebuchaufzeichnungen, Liebesaffären, Streitigkeiten mit Michal, Neid auf erfolgreiche Autoren –, war ihm aufgefallen, dass er die damalige Erkrankung des Jungen völlig vergessen hatte, während er sich ausgerechnet an den Tod seines Vaters erinnerte. »Lies weiter«, meinte Michal in trockenem Tonfall, als wäre er ein Schüler.

»Ich lebe, weil ich Angst habe, dich allein ohne Vater auf der Welt zurückzulassen. Ich halte für dich durch. Die Kränkungen, die ich in meinem Leben eingesteckt habe, vermischen sich mit dem großen Glücksgefühl meiner Vaterschaft, vermischen sich und verschwinden.«

Ihr Leben war in stiller Beobachtung der beiden verlaufen, voller Erstaunen, auch wenn eine vage Angst sie beschlich wegen der Euphorie ihres Mannes (so bezeichnete sie seine väterliche Erregtheit). Sie fragte ihn, ob er noch etwas vorlesen wolle, er nickte, wollte nicht, wollte, dass Joni hier wäre, um ihm vorzulesen, anstatt ihm immer wieder zu sagen, wie sehr er ihn liebt. Warum hatte er nicht an den Jungen gedacht, als er Tagebuch schrieb? Warum nicht seine Locken beschrieben? Die Veränderung der Haarfarbe, das Ausfallen der ersten Zähne und das Nachwachsen der neuen? Das erste Wort, das er gesagt hatte, das zweite, die Neugier, die er an den Tag gelegt, die Trauer, die er verborgen, das Leid, das er erfahren hatte? Ein paar Tage nach Jonathans sechstem Geburtstag hatte Sha'ul in das dritte Tagebuchheft geschrieben: »Wie kann ein Vater seinen Sohn lieben? (Parenthese: Wie kann jemand lieben? [Parenthese: Wie ist es überhaupt möglich, irgendetwas zu lieben? Unmöglich, oder: Alles lässt sich lieben, aber in jämmerlichem Maße.]) Kann er über seine Kleidung streichen, in seinem Zimmer sitzen (wenn sein Sohn nicht zu Hause ist), sich das Fotoalbum anschauen, ihn im Schlaf betrachten oder mit dem Sohn über seine Liebe zu ihm sprechen? Bis zu welchem Alter darf er den Jungen umarmen, kitzeln, ihm feuchte Schmatzer geben und nicht von ihm ablassen? (Parenthese: Wie ist dein Sohn/deine Tochter zu lieben? [Parenthese: Wie liebt man ein Kind? Unmöglich, genetell unmöglich, oder ist alles möglich, in Relation?] [Einschränkung: Sind ›unsittliche Handlungen‹ an Kindern eine Art Zwang zu lieben, ohne zu wissen wie? »Ohne sich selbst gewiss zu sein?«] [Wichtige Parenthese: Braucht Liebe Sex, um sich irgendwie zu entladen – vor lauter Liebe?]) Oft hatte er notiert: »Jonathan, mein Sohn, wie sehr liebe ich dich.« Seine Handschrift hatte sich mit den Jahren verändert, aber diese eine Zeile fand sich in allen Heften, wieder und wieder. Jetzt erfüllte ihn Scham bei der Lektüre dieser Leere in seinen Tagebüchern. Dies ist seine Strafe für alles, was er in den letzten achtzehn Jahren getan hat: sich mit seiner Liebe zu seinem Sohn zu befassen, anstatt mit diesem selbst. So hatte er etwa in einem seiner Briefe an Jonathan (er schrieb ihm haufenweise Briefe, die er nie abschickte) über die Geschichte seiner Beziehung zu Michal geschrieben: »Wir haben nie verstanden, zu zweit zu sein, und von dem Moment an, da wir anfingen, drei zu sein, haben wir versäumt zu lernen, drei zu sein. Doch als du kamst, war keine Frage mehr relevant.« Dezember 1985: »Bräuchte die Liebe eine Bemessung, wären die meisten Eltern arm dran. (Parenthese: Wäre eine solche Bemessung nicht ein zentrifugaler Vorgang, der den Liebenden nach außen trägt? Hast du nicht angefangen zu messen, weil du kein anderes Mittel gefunden hast, dich auszudrücken? Maß und Mittel sind nicht von ungefähr [auf Englisch] ein und derselbe Begriff).« Januar 1986: »Braucht das Sein Liebe, um zum Ausdruck zu kommen? (Parenthese: Sind die Liebe und der Orgasmus, die Ekstase, das Tanzen und das stimulierende Lied bei der nächtlichen Fahrt auf einer unbekannten Straße – sind sie alle nur Mittel? Mittel zu was? Mittler zwischen was?) Und abermals wirst du herausbefördert, woraus du gar nicht herausgeschleudert werden möchtest – der Liebe. (M. war meine Geliebte. Was soll das heißen, *war* [meine Geliebte]?)« März 1988: »Speist sich Bewunderung aus Liebe? Ist sie ein Teil von ihr? Oder ein Synonym für Liebe? Ist sie eine Art von Liebe? Ich bewundere meinen Sohn. Warte nicht darauf, dass er mich bewundert. Ich liebe meinen Sohn. Mich selbst liebe ich nicht.«

Voller Verachtung für sich selbst blätterte er weiter. Heiße Tränen rannen ihm über die Wangen. Angst erfüllte ihn. Vor der Zukunft. Für einen Augenblick nur. Dann hörte er auf zu weinen und fragte sich, warum er Angst haben sollte? Jetzt würde er sterben können. Und was wäre mit Michal? Wüsste er, dass ihr Leben ohne ihn besser sein würde, würde er der Sache ein Ende bereiten. Und hätte er gewusst, wie viel Zärtlichkeit für Adam Lotem in ihr war, wäre er mit Sicherheit erfreut gewesen, sich das Leben zu nehmen und wie ein Aschenküken aus dieser Welt zu entfleuchen. Er stand auf, ging mit seinen Tagebüchern in die Küche und holte einen großen Topf aus dem Schrank. Michal rief ihm zu: »Koch nicht«, aber er legte seine Tagebuchhefte eines nach dem anderen in den großen Topf und verbrannte sie auf dem Balkon.

Eines Nachts ging er in Jonis Bett schlafen. Schaffte es nicht einzuschlafen, und für Momente erschien ihm sein Körper wie der von Joni, sein Gesicht wie das seines Sohnes. Alle Lichter in der Wohnung waren wegen eines Stromausfalls aus. Michal suchte nach ihm, lief mit dem Seelenlicht umher, das die Tante für nötig befunden hatte zu entzünden: »Wo willst du schlafen?« Ich muss neben ihr schlafen, doch vielleicht will sie ja allein schlafen. Sie kam an die Tür zu Jonis Zimmer, konnte aber nichts erkennen. Die Kerzenflamme beleuchtete ihr Gesicht. »Wo willst du schlafen?«

»Wo möchtest du, dass ich schlafe?«

»Warum kannst du mir nicht ein Mal einfach antworten?«

Sie ging ins Schlafzimmer und begann sich auszuziehen. Er ging ihr nach. Sie deckte sich mit einem Laken zu. Er legte sich angezogen aufs Bett. So lagen sie in der Dunkelheit. »Ich möchte nicht, dass du dir selbst die Schuld gibst, Michal, an nichts, an gar nichts.«

»Warum sagst du das?«

»Egal, nur so, ich dachte, du gibst dir selbst die Schuld.«

»Nein, ich gebe mir nicht die Schuld.«

»Ich hätte stärker sein sollen. Aber ich bin nicht stark. Bin es nie gewesen. Wenn du mich verlassen willst, dann tu es. Ich werde dich nicht verlassen, wenn du möchtest, dass ich hier bleibe.«

Sie hätte ihm etwas zu diesem Gesülze sagen sollen, aber ihr fehlte die Kraft. Eine lange Nacht wartete auf sie. Da klingelte es an der Tür. Es war weder Joni noch Lotem, sondern ein müder Soldat mit einem Asthmaanfall, Nissim Philosoph.

Ein Vögelchen

Dieser Nissim, Nissim Philosoph, kaum dass er irgendwohin kommt, wo er sich nicht auskennt, schon dreht sich sein Kopf hin und her, wie bei einem kleinen Vögelchen, als freute er sich und sei guter Dinge, dabei ist er verschreckt, kann nicht zwischen dem Namen auf einer Traueranzeige und dem an der Tür unterscheiden. Ein kluger Junge, aber es gibt Orte, da würde er, hätte er sich nicht – sein ganzes Leben schon – so vorzüglich bemüht, fröhlich zu sein, in einem Meer von Beleidigungen versinken, dabei strengt er sich sehr an, mit der Welt im Reinen zu sein, obschon die Welt sich ihm gegenüber niemals korrekt verhalten hat. Die Tür öffnete ihm eine nicht mehr ganz junge Frau in Pyjama und Morgenmantel. »Sehen Sie, Frau Professor«, stieß er sogleich tänzelnd wie eine Streifenprinie hervor, »kennen Sie vielleicht einen Adam Lotem?«

»Was ist mit ihm?«

»Äh, er ist im Krankenhaus und er braucht Hilfe. Vielleicht können Sie mitkommen? Jiftach hat gesagt …«

Sie ist viel weniger schön als Shulamit, älter als sie. Andererseits, Lotem sieht gar nichts mehr, also was ändert das. Aber Michal wusste nicht, was sie sagen sollte. Sie konnte Sha'ul nicht alleine lassen.

»Was ist Adam passiert?«

»Äh, also er hat das Bewusstsein verloren. Sie suchen eine, die ihn sehr gut kennt, wie Sie, damit sie mit ihm redet, vielleicht wacht er auf, Frau Professor. Sie wissens nicht, wissen gar nichts. Bei Ihnen ist irgendwas angebrannt, Frau Professor.«

Auch seine Stimme schwankte zwischen Selbstsicherheit und der Angst vor der Wahrheit. Sie sagte: »Ja, wir haben ein paar Papiere verbrannt.« Und dann: »Wären Sie bereit zu warten, bis ich sehe, ob ich mitkommen kann, Sie verstehen …« Michal musterte den Fahrer. Er hatte keine Ahnung, was in diesem Haus geschehen war. Sha'ul war in ihrem Bett eingeschlafen, hatte eine Tablette genommen. »Ich werde morgen kommen. Sagen Sie mir nur, wohin ich kommen soll.« Sie wollte jetzt mitkommen, wollte bei Sha'ul bleiben, während Nissim einzig und allein nicht ohne sie zurückkommen wollte. Seine Mission drohte zu scheitern. Er fuhr los.

Und was genau ist Lotem widerfahren? Nun ja, Lotem liegt dieser Tage im Koma.

Der Jüngste Tag

Als Lotem die Fallschirmjägerbasis verließ, bat er Nissim, in den Magen zu steigen, aber Nissim war sogleich klar, dass vom Wagen die Rede war. Lotem schwankte und sagte: »Ich denke, so was gibts.« Nissim hatte bereits begriffen, dass irgendetwas nicht stimmte. »Sicher, hab ich Ihnen das nicht vorhin gesagt?« Er half Adam in den Wagen, hastete zum Fahrersitz und preschte zum nächsten Krankenhaus. Lotem schlug noch einmal die Augen auf, alles verschwamm, sodass er sie wieder schloss. »Heute ist der Tag des Tages«, krächzte er. Nissim lenkte mit rechts, zog mit der linken Hand ein Blaulicht unter dem Sitz hervor und presste es aufs Wagendach, hupte wild, als chauffierte er eine Hochschwangere. »Geschnappt?«, fragte Lotem nach einer Weile. Nissim dachte, er müsse antworten, meinte, Lotem entgleite ihm, aber vor lauter Angst wusste er nicht, was er sagen sollte. Lotem schwieg erneut einige Zeit und meinte dann: »Ich denke, so was gibts nicht.« Nissim fragte: »Was gibts nicht? Was, Lotem? Sagen Sie es mir.« Doch Lotem lallte erschöpft: »An-te-bi.« Und Nissim: »Was sagen Sie?« Lotem stammelte noch mal: »An-te-bi«, und verstummte. In der Notaufnahme diagnostizierten sie gleich, dass es sich um einen Schlaganfall handle, dankten Nissim, baten ihn, auf dem Flur zu warten, baten ihn wieder, den Raum zu verlassen, nur um ihn gleich noch mal darum zu bitten. Er wollte das Telefon benutzen, und da sie ihn ignorierten, sagte er: »Wissen Sie, wer das ist? Das ist Adam Lotem!« Aber vielleicht, weil erst drei Stunden zuvor der Kommandeur eines Fallschirmjägerregiments mit abgebissenem Ohrläppchen hier eingeliefert worden war, wandten sie sich angewidert ab, ließen Nissim dann doch noch ein Telefonat führen. Er hockte sich vor den Apparat, wählte. Und als der beste Freund Lotems Zimmer endlich ausfindig gemacht hatte, waren zwei Krankenschwestern und ein Arzt gerade dabei, einen Katheter in seinen Penis einzuführen, der vorgestülpt wie ein Geflügelmagen war. Peinlich berührt verließ Jiftach den Raum. Schließlich kam, ganz gelassen, der Arzt heraus. »Nun, was hat er, Doktor? Herzinfarkt?« Der Arzt sagte: »Warten Sie vor meinem Zimmer, bitte«, und deutete auf das Ende des Flurs, wo der gelbe Streifen, der sich die Wand entlangzog, aufhörte – jedes Stockwerk hatte eine andere Farbe, so verlief man sich auch im Hades nicht. Als der Arzt nach endlos langer Zeit wiederkam, bat er Jiftach in sein Büro, las in seinen Unterlagen, hob den Kopf und fragte: »Und wer sind Sie, mein Herr?«

»Ich bin die rechte Hand von General Lotem.«

»Das ist sehr schön, aber wir können ausschließlich Familienangehörigen Informationen geben, verstehen Sie?«

»Das ist völlig in Ordnung, Doktor. Ich bin der Vater seiner Frau.«

»Und wo ist seine Frau?«

»Sie … sie kommt, sie kommt.«

»Woher stammt der Vater des Generals? Und seine Mutter? Waren seine Eltern miteinander verwandt? Zählt irgendjemand bei ihm in der Familie zu den Orientalen?«

»Meine Tochter.«

»Ja, das ist eindeutig, sieht man, aber die Eltern … Onkel, Tanten … Gibt es Erbkrankheiten in der Familie? Ich sehe, wir kommen hier nicht weiter. Also, mein Herr, er hatte einen Schlaganfall. Noch lässt sich unmöglich wissen, wie gravierend die Lage ist. Alles wird klarer werden, wenn wir ein CT und ein MRI bei ihm gemacht haben. Sorgen Sie dafür, dass Ihre Tochter an der Seite ihres Mannes ist. Jetzt ist nicht die Zeit für familiäre Streitigkeiten. Litt er an Bluthochdruck?«

»Er litt an gar nichts, an absolut gar nichts. Gesund wie ein Stier, abgesehen von dem Auge, das er verloren hat, im Libanon, und den Finger in Quneitra oder in Qantara. In Qantara, glaube ich.«

Der Lautsprecher rief Doktor Steinherz in die Notaufnahme. »Ich muss gehen. Sorgen Sie dafür, dass Ihre Tochter herkommt. Ist sie überhaupt im Land oder weilt sie etwa in der Schweiz? Wie auch immer, wenn Sie etwas Gutes tun wollen, sorgen Sie dafür, dass Menschen hierher kommen, die ihn lieben, die ihn wahrhaftig lieben.«

»Was soll das heißen? Alle lieben ihn.«

»Zweifelsohne. Auf jeden Fall werden wir für den Moment die Natur und ihre verhöhnte Mätresse, die Medizin, geduldig abwarten lassen, bis sich die Blutaufwallung im Gehirn beruhigt hat. Diesbezüglich herrscht eine Kontroverse unter Ärzten. Die einen glauben ausschließlich an Medikamente. Die anderen glauben auch an eine Stimme aus der Vergangenheit, ein Wiegenlied, ein Streicheln, die Bitte eines Kindes, das ›Papa, wach auf‹ piepst. Bald wird er aufgedunsen sein, ja, er wird sehr hässlich werden.«

Schweren Herzens ging Jiftach zu Lotems Zimmer und spähte ängstlich hinein, ehe er wagte einzutreten. Ein himmelblaues Laken bedeckte den Körper seines Freundes, der reglos schlief. Seine Zunge lag hingestreckt wie eine Schildkröte auf der Unterlippe. Am Fußende seines Bettes hing ein Schild. Jiftach hatte Angst, es zu lesen, fürchtete sich vor den Geräten, die Geräusche wie ein Vogelschwarm von sich gaben, vor allem der Monitor. Er berührte Lotems Hand, erkannte dessen Haut. Lotem rührte sich nicht. »Lot, hörst du mich?« Lotem reagierte nicht auf das Flüstern, sodass Jiftach noch einen Moment wartete, wie bei ihren Telefonaten, aber Lotem war tief abgetaucht. Aus dem Fenster war das gräuliche Meer wie galvanisiertes Blech unter einem farblosen Glutofenhimmel zu sehen. Auf dem Strand versuchten zwei barfüßige Fischer, ein Boot ins Wasser zu schieben, wechselten die Seiten, einmal zog der eine, einmal der andere. Draußen auf dem Flur quäkte der Lautsprecher: »Ali, in die Aufnahme.«

»Gleich wird meine Tochter kommen, Lot. Sie liebt dich sehr. Du wirst gesund werden und ihr werdet viele Kinder machen …«

Draußen war ein Streit zu hören. Jiftach verstummte, und als der Streit andauerte, trat er aus dem Zimmer, um für Ruhe zu sorgen. Ein Mann vom Sicherheitsdienst versuchte, Nissim zu vertreiben. »In der Armee können Sie sich aufführen, wie Sie wollen«, meinte gerade die schwangere Krankenschwester Edna zu Nissim, »aber dies hier ist ein Krankenhaus.« Der Sicherheitsdienstler raunte leise: »Soldatiko, komm her«, doch Jiftach seinerseits beharrte: »Nissim, komm her, Lotem liebt dich. Sprich zu ihm und hör nicht auf, verstehst du? Was immer du willst, das sagst du ihm. Das ist, was jetzt nötig ist, hat der Doktor gesagt.« Jiftach dachte an eine Krankenwache aus Plaudertaschen. Der Wachposten gab nach. Nissim bekam Mumm, verfluchte den Kerl, der als Antwort versprach: »Warte, warte draußen von Krankenhaus, ich fick dein Mutter.« Jiftach packte Nissim, denn das ist es, was man bei solchen Anlässen tut, während der Wachposten abermals auf seinen wenig inspirierten Part bei dem Ritual verfiel: »Komm, komm. Ich fick dein Mutter. Komm *Pisda*, komm schwarze *Dreck*, komm *Fränk*, ich fick dein Mutter.« Und widmete sich hernach wieder der Lektüre unserer einzigen Tageszeitung, Fußballspieler bekommen fette Verträge, die Araber wollen ein Tröpfchen Milch für ihre Säuglinge, die Beamten des Finanzministeriums wandern in die Privatwirtschaft ab, die Privatwirtschaft hat die Universität gekauft. Samira, die Flüchtlingsfrau, wischte den Flur, während der Neffe ihrer Mutter in einer Ecke wartete, aufpasste, dass keiner was mit ihr anfing, wofür er ein Salär bekam, das von ihrem Lohn abgezogen wurde. Edna, die schwangere Krankenschwester, ging Blut abzapfen und Nissim und Jiftach traten in Lotems Zimmer. Nissim warf einen Blick auf Lotem und sah dann verstört zu Jiftach.

»Was hast du ihm im Wagen sagen wollen, Nissim? Das musst du ihm jetzt sagen. Genau das. Er hat dich geliebt, richtig?«

»Sicher. Das hat er mir oft gesagt. Heute noch hat er mir das ausdrücklich gesagt. Wort für Wort.«

»Aber was hast du ihm gesagt?«

»Ich hätte ihm alles gesagt, aber er hat mir nicht geantwortet, nicht mal, als er gesund war. Glaub mir. Sag, Jiftach, wird Lotem sterben?«

»Was redest du denn da? Und noch dazu hier? Was ist los mit dir?«

Nacht senkt sich über das Krankenhaus. Besucher machen sich davon. Neben von schwachen Lämpchen beleuchteten Betten schlafen gekrümmt sitzend Frauen ein, die auf das Erwachen ihrer Ehemänner warten, Männer, die das Erwachen ihrer Frauen herbeisehnen. Auf der Kinderabteilung machen sich Eltern bereit, auf Matratzen neben ihren Kindern zu schlafen, verinnerlichen schnell ein neues Schicksal, eine ganz neue Zukunftsperspektive, ein krankes Kind, sind bereit, sich für das Kind zu opfern, bemitleiden sich nicht selbst, küssen, nehmen in den Arm, verspüren neue Kraft, die Stille der Krankheit ohne einen Gott, ohne Glauben an die Medizin, wollen nur, dass die ertrinkende Seele erwacht. Von Zeit zu Zeit kommt ein Arzt über den Flur, auch Krankenschwestern sind dort unterwegs mit auf Kärtchen festgehaltenen Instruktionen, verteilen Medikamente oder eilen zu Hilferufen. Unten treffen aus der Finsternis kommend lautlos Krankenwagen im Königreich des gleißenden Lichts ein. Hier müssen sie nicht insistieren, dass man ihnen Platz macht.

Jiftach und Nissim wechselten einander ab. Einmal ging der eine zu Lotem ins Zimmer, einmal der andere. Beide wussten sie nicht, was sie Lotem sagen sollten, und Jiftach verspürte große Beklommenheit, dass er die Weisungen des Arztes nicht umsetzte, bis er in einer Art Lebensresümee sagte: »Ich schulde dir alles, Lot, ich schulde dir mein Leben.« Dann fiel ihm ein, dass er den Oberbefehlshaber anrufen musste.

Dessen Protokollchefin, Hagar Rosenberg-Schostakowitsch, sagte: »Wie kann er Sie zurückrufen?«

»Lotem liegt im Sterben und Sie …«

»Haben Sie einen anderen Vorschlag?«

Hatte er nicht. Sagte ihr, auf welcher Station Lotem lag, und betonte noch einmal, dass er sehr krank sei, kehrte dann in das Zimmer seines Freundes zurück, weckte Nissim und bedeutete ihm, mit ihm nach draußen zu kommen, wo er ihm zuflüsterte: »Sag, Nissim, er hat meine Tochter geliebt, oder?« Die Wahrheit ist, dass Nissim nicht das Geringste darüber wusste, aber er sagte sogleich: »Ja, er hat deine Tochter geliebt, sehr, auch dich hat er geliebt, wirklich. Er hat mir immer gesagt: ›Nissim, Jiftach ist der Mensch, den ich am meisten auf der Welt liebe.‹« Morgen würden sie den jungen Joni seiner Tochter beerdigen. Er musste bei ihr sein. »Wen noch hat er geliebt?« Der Lautsprecher quäkte: »Ali, zum Röntgenraum mit einem Rollstuhl.« Nissim hätte beinahe etwas über die Frau gesagt, die Lotem den Kopf verdreht hatte, aber ihretwegen hatte er ja all das an den Hals bekommen. Ganz sicher. Jiftach ging wieder zu Lotem hinein, müde. Was war, war vorbei und würde nie wieder sein. Man fängt ein anderes, schweres Leben an. Er schlief ein neben seinem großen, guten Freund. Unter der dünnen Haut des Schlafes vermischte sich der Anblick des Zimmers mit anderen Bildern. Mit einem Mal raffte er sich auf, schüttelte den Kopf und sagte: »Erinnerst du dich, Lot, während der Rekrutenzeit, als du mir gesagt hast, dass wir …« Lotem gab einen Laut von sich. Jiftach stürzte nach draußen, um Edna Peri, die Schwester, zu rufen. »Er hat einen Laut von sich gegeben«, schrie er aufgeregt. Edna kam, musterte Lotem und sagte: »Er hat bloß gestöhnt, das ist okay, ein gutes Zeichen, aber tun Sie, was Doktor Steinherz Ihnen gesagt hat: Warten, warten und noch mal warten. Wer weiß, was dort im Gehirn vor sich geht? Das sind die Augenblicke, da gleicht das Hirn einem großen, fernen Planeten, der im Universum versinkt.« Und weg war sie. Jiftach nahm Lotems Hand und Lotem – das hätte er schwören können – erwiderte seinen Händedruck, weich, um Hilfe bittend, aber er schämte sich, erneut hinter der Krankenschwester herzulaufen. Dennoch eröffnete er ihr, als sie das nächste Mal einen Blick ins Zimmer warf: »Schauen Sie, er drückt ganz sanft meine Hand, ganz, ganz sanft.«

»Das ist gut. Er weiß ganz sicher, dass jetzt jemand neben ihm sitzt. Stellen Sie sich vor, wie groß der Unterschied zwischen jemandem ist, der weiß, dass man auf ihn aufpasst, und jemandem, der glaubt, alle hätten ihn im Stich gelassen. Rufen Sie mich bitte, wenn der obere Beutel leer ist.«

Im unteren Beutel sammelte sich Urin und der Schlauch dorthin war an seinem Ende rot verfärbt. Auch in dem Schlauch, der Flüssigkeiten aus dem oberen Infusionsbeutel in Lotems Handrücken leitete, war ein bisschen Blut. Dazu hatten sie Lotem noch zwei Kanülen für Blutproben gelegt. Eine Maschine pumpte Sauerstoff in seine Luftröhre und der Monitor piepte dazu. Angespannt saß Jiftach Wache, wusste, dass er mit ihm reden musste. »Euer Kind wird Joni heißen«, stieß er hervor, bereute aber sogleich, weil er solche Sachen nicht für seine Tochter entscheiden durfte. Draußen bellten Hunde. Jiftach schauderte. Bald würde der Morgen anbrechen. Er wusste nicht, ob sie heulten oder spielten. Später würde er zu Jonis Beisetzung gehen, um seine Tochter festzuhalten.

Toiletten

Als Nissim Philosoph sechs war, hatte er einmal in einem Abwasserkanal sieben Hundewelpen gefunden, an den Hälsen zusammengebunden. Die Kleinen wimmerten nicht, atmeten aber noch. Er holte sie aus der Kloake, wischte sie mit seinem Hemd ab, legte sie in seinem Zimmer auf eine Decke, flößte ihnen warme Milch ein und weichte Brotstückchen in Milch ein. Seine Mutter half ihm, obschon sie nicht viel von seiner Heldentat hielt, da alle im Viertel die Hunde satt hatten. Er schaffte es. Anfangs machten ihm die Nachbarn noch Komplimente, doch bald schon wurden sie böse, weil die Hunde wuchsen, stanken und lärmten. Von da ab war Nissim über Kreuz mit den Nachbarn, kam deshalb auch in der Schule nicht mehr zurecht, weil die Hunde seine ganze Zeit in Anspruch nahmen, denn die Nachbarn versuchten sie ihm wegzunehmen, sodass er sie mit in die Schule nahm, doch die Lehrerin erlaubte ihm nicht, zusammen mit den Hunden in die Klasse zu kommen, weshalb er am Ende mit ihnen wieder abzog, und so weiter, und so weiter.

Jetzt, auf dem Flur des Krankenhauses, es war fast Morgen, fiel Nissim der eine Welpe ein, den er nicht hatte retten können, doch gleich danach dachte er an die sechs anderen, bei denen es ihm gelungen war. Und für einen Augenblick war er stolz auf seine Kraft gewesen, bis man ihm alle entführt und er sie nie wieder gefunden hatte. Jetzt sehnte er sich nach ihnen, dachte oft mit Vergnügen an seine Beharrlichkeit damals, sie zurück ins Leben zu holen, dachte auch an die schöne Frau von Lotem, denn vielleicht hätte er Jiftach ja doch die ganze Wahrheit anvertrauen sollen. Vor lauter Müdigkeit irrte er über die Flure, stieg ein Stockwerk hinab, dann noch eins und noch eins. GOTT war zusammen mit der Familie weggegangen, als sie den Vater von hier direkt zur Beerdigung geschafft hatten, aber wie eine Schlange hatte er viel abgestreifte Haut zurückgelassen, rollten sich überall die Flügel gefallener Engel zusammen wie Fliegenkadaver auf dem Fensterbrett. Grau zog das Licht des Morgens auf, er stieg noch ein Stockwerk hinab, bis er die schöne Frau sah, die aus Lotem einen Bettvorleger gemacht hatte. Sie ging in einer Gruppe von Ärzten, trug einen weißen Kittel und um den Hals ein Stethoskop. Die Ärzte redeten untereinander, sie war anderer Meinung, schüttelte knapp mit dem Kopf. Nissim wollte sie an der Hand ziehen, ihr zuflüstern, Lotem ist krank, du Hündin, aber angesichts ihres Dahinhastens über den Flur, ihrer Selbstsicherheit, war er wie gelähmt, ja sogar Lotem erschien ihm jetzt armselig, auf Unterstützung angewiesen, und noch ehe er wusste, was er der Hurentochter sagen sollte, waren die fünf Ärzte zum Pinkeln auf der Toilette für das Krankenhauspersonal verschwunden, während sie, bevor er dazu kam sich zu freuen, dass er nun allein mit ihr war, in die Damentoilette entschwand. Und obgleich auch Nissim wirklich dringend musste, war es ihm natürlich untersagt, die Ärztetoilette aufzusuchen, von der Damentoilette gar nicht zu reden. So wartete er zwischen dem Ausgang der Ärztetoilette und der für die Ärztinnen, überlegte, was er ihr sagen würde, leise, damit die anderen es nicht hörten – müde war er, sein Nacken schmerzte, sein Atem ging kurz –, da kamen die fünf männlichen Ärzte schon wieder heraus, drängten sich einer hinter dem anderen her, stürzten sich, jeweils zu zweit, an jede Seite des Professors, wobei acht Hände tropften, vielleicht, weil sie sich so beeilt hatten, mit ihm Schritt zu halten. Seine Hände hingegen waren glatt und trocken wie für ein Aktfoto.

»Nun seht euch an, wie dogmatisch ihr seid, meine Freunde. Lauft mit nassen Händen über den Flur. Ich frage: Warum die Hände waschen nach dem Urinieren? Was gilt es abzuwaschen? Ist er schmutzig, euer Schwanz? Ist er nicht, es sei denn, ihr habt gerade einen Koitus hinter euch. Mein Schwanz, auf jeden Fall, ist ausgesprochen sauber. Und warum? Weil ich mir die Hände wasche, bevor ich ihn anfasse und nicht danach.«

Sie applaudierten, vielleicht weil sie Doktoren waren und er Professor, vielleicht aber versuchten sie auch, auf diese listige Art und Weise, ihre feuchten Hände zu trocknen.

»Was jedoch interessanter ist, woher kommt diese irrige Ansicht über das männliche Glied? Na, na, nicht so schüchtern. Ich werde es euch sagen: eure Mütter. Denen fiel die Unterscheidung zwischen einem Urinierinstrument und einer Urinieröffnung sehr schwer. Aus ihrer Sicht kommen Kot und Urin aus dem einem sperrangelweit offen stehenden inneren Organ. Und was ist die Schlussfolgerung, meine gelehrten Freunde? Die Genitalhygiene ist keine vaginale Hygiene, das sind zwei vollkommen unterschiedliche Dinge, und ihr als Ärzte müsst das begreifen. Die weibliche Hygiene ist voller Hass auf den Körper und daher rührt auch die Erfindung der Seele.«

Nissim verstand nicht, was der Professor wollte, aber er freute sich sehr, dass er dank Lotem den berühmten Eid von Beit Naballah gebrochen hatte, keine Unterhosen mehr zu tragen. Für einen Moment fühlte er sich geschützt, als hätte man ihm eine Windel verpasst, doch einen Augenblick später überlegte er, dass er nach einem so langen Tag besser die Unterwäsche wechseln und vielleicht zwischen sauberen Laken schlafen sollte. In der Zwischenzeit waren die Ärzte verschwunden und Nissim, der brüllen wollte, ›He, wartet auf sie‹, sich aber erneut scheute, wartete auf sie, wild entschlossen. Als sie rauskam, sah sie ihn nicht an, hatte es eilig zu gehen, und er – seinerseits – hatte Angst zu sprechen, als hätte sie dort drin die ganze Zeit geschissen, während er wartete. Sie eilte davon und er ihr nach, wolle ihre Hand ergreifen, sie festhalten – wie ein Kind, nicht wie ein Flegel –, aber die Worte blieben ihm im Halse stecken, er rannte, schwieg, erinnerte sich, wie oft der General im Laufschritt aus ihrer Wohnung zum Wagen zurückgekehrt war, sich aus der Uniform geschält und Zivilkleidung angezogen hatte, und gegen Morgen, als er rauskam – manchmal hatte Nissim die ganze Nacht im Wagen gewartet –, war er unausstehlich gewesen, hatte wie ein Grab geschwiegen. Die Ärztin misstraute ihm, drehte den Kopf nach hinten, ging weiter, wandte erneut den Kopf. Aber Nissim gab nicht auf. Es hätte ihm nichts ausgemacht, für Lotem zu töten, und wenn Lotem ein Transplantationsorgan benötigte, würde er ihm dieses Organ bringen, ohne Probleme. Da blieb die Ärztin stehen und fragte: »Sind Sie krank?« – »Ich? Wie kommen Sie denn darauf?« – »Sie wirken krank. Ich denke, Sie müssen sich in stationäre Behandlung begeben, kommen Sie, ich werde Sie untersuchen.« Ihr Blick war nervös. Sie schritt weiter, als sei Lotems Erkrankung nicht die schlimmste Sache des ganzen Universums, stieg noch ein Stockwerk hinab und er ihr nach, dann noch eines und noch eines.

»Stimmt doch, dass Sie General Adam Lotem kennen? Also, er ist krank.«

»Ja, ich weiß.«

»Woher wissen Sie das?«

Sie antwortete nicht. »Warum laufen Sie weg? Nach allem, was Sie ihm angetan haben, laufen Sie weg?« Sie passierten eine Glasfront, die auf eine von vier verglasten Trakten umschlossene Rasenfläche ging. Ein großer Köter war dabei, ein winziges Hündchen abzustrafen, riss ihm ein Ohr ab und war drauf und dran, ihn zu zerfleischen. Nissim schlug gegen die Glasscheibe, ein panisches »Hör auf« entfuhr ihm, aber er hatte Angst, richtig laut zu schreien, nur seine Augen suchten fieberhaft nach einer Tür, um in den Innenhof zu gelangen, doch er fand keine, stöhnte nur erneut, »Hör auf.« Shulamit erstarrte, sagte, ohne Nissim anzusehen: »Niemals gelingt es uns zu tun, was nötig wäre.«

»Ich kann die Scheibe einschlagen.«

»Sie können sagen, dass Sie die Scheibe einschlagen könnten.«

Sie lachte bitter und ging weiter, aber Nissim schaffte es nicht, sich von der Scheibe loszumachen. Von irgendwoher trat ein Sanitäter auf die eingeschlossene Rasenfläche und verscheuchte die Bestie mit dem Ohr des armen kleinen Kerls, wusste nicht, was er mit dem zerbissenen, jaulenden Hündchen anfangen sollte, nahm es schließlich auf den Arm, besudelte dabei seine Schürze mit Blut und bedeckte das Tier mit einem Stück Stoff. Ein schnauzbärtiger Mann sagte zu Nissim: »Wo sind eure Waffen, Soldat?« – »Im Fahrzeug«, log Nissim. »Wir haben sie im Fahrzeug gelassen.« Shulamit war ihm entwischt. Er wusste nicht, wo er sie suchen sollte.

»Ihr bewegt euch jetzt nicht von diesem Zimmer hier weg. Lasst keinen rein. Auch die Ärzte nicht. Wenn man euch fragt, wo Ezechiel der Zweite ist, sagt ihr, ›Ezechiel der Zweite ist pinkeln gegangen auf der Offizierstoilette, denn auch Ezechiel dem Zweiten steht es zu, pinkeln zu gehen‹. Mir platzt schon die Blase. Wenn ihr denkt, beim Shabak zu sein sei ein Honigschlecken, dann sagt euch Ezechiel der Zweite, dass viel am Arsch geleckt werden muss, sehr viel sogar, und Honig findet man keinen.«

Es gibt keinen Menschen, dessen Qualen sich nicht beschreiben ließen. Keinen Leser, der solche Qualen nicht kennt. Der Weg zu menschlicher Solidarität muss über die Erfahrung des gemeinsamen Schmerzes verlaufen. Ezechiel stürzte davon, erleichterte sich vielleicht schon unterwegs ein wenig. Aber kaum war er weg, schon tauchte Shulamit von neuem auf, ihr Kittel aufgeknöpft, das Stethoskop in der Tasche. Nissim freute sich, wollte sie fragen, wohin sie vorher verschwunden war, fühlte sich ihr bereits verbunden nach dieser Verfolgungsjagd, an deren Ende Lotem im Bett liegen und die hier ihm die Lippen mit Gaze befeuchten würde, und er, Nissim, würde helfen, so wie er seiner Mutter geholfen hatte, Vaters Lippen zu benetzen. »Ich muss meinen Kranken sehen«, sagte sie zu Nissim, der die Tür für Ezechiel den Zweiten bewachte. Nissim war erfreut, sie hineinzulassen, und folgte ihr ins Zimmer. Im Bett lag ein Mann, mit einem grünen Laken bedeckt und die Hände mit Handschellen an das Kopfteil des Bettes gefesselt. Er schlief. Ein gelblicher Schlauch führte von irgendwoher in seine Nase. »Ich muss ihn untersuchen, Soldat. Gehen Sie raus.« Nissim zog sich ein wenig zurück, schaute aber durch die offen stehende Tür, wollte zusehen. Sie hob das Laken an. Das gesunde Bein des Kranken war ans Bett gefesselt mit einer Fußschelle aus silbernem Metall, deren andere Seite leer war, als sei ein Hund daraus geflüchtet. Das Bein dazu gab es nicht mehr. »Was ist dem denn passiert?«, fragte Nissim, aber die Ärztin antwortete nicht. Ihre Schultern bebten, und als sie sich zu ihm umdrehte und er die Tränen bemerkte, die ihr Gesicht überströmten, sagte er: »Sie sind gar keine Ärztin, richtig?« Sie antwortete nicht. Er wollte sagen, dass auch Lotem sie brauchte, doch genau da platzte die Ärzteschar herein und der Professor meinte: »Nun ja, was haben wir denn hier?« Shulamit sagte: »Ich weigere mich, einen gefesselten Verwundeten zu behandeln.«

»So stört er uns wenigstens nicht. Oder? Im Grunde genommen müsste man alle Patienten in Handschellen halten. Nicht nur die Araber. Hab ich Recht?«

Das war nur ein Witz, denn schließlich hatte auch er, wie wir alle, so seine Schwierigkeiten, die Berufsethik mit den Anforderungen des Inlandsgeheimdienstes unter einen Hut zu bringen. (In jenen Tagen war die Niederschrift des Ethikkodex für Ermittler des Inlandsgeheimdienstes noch nicht abgeschlossen, ein Kodex, der künftig alle moralischen Einwände mit den Erfordernissen der Folter in Einklang bringen sollte.) Shulamit, wie zu erwarten, bedachte ihn mit einem spöttischen Blick. Nebenbei bemerkt, Professor Herzschwung war ein vorbildlicher Gatte, ein hingebungsvoller Vater dreier Töchter und hasste – zum Glück für den Verletzten – Frauen mit solcher Inbrunst, dass allein Gynäkologen sich mit ihm darin messen konnten, denn anderenfalls wäre er sicher beleidigt gewesen über Shulamits verächtliches Lächeln. Herzschwung senkte die Augen nicht, zwinkerte nicht und während er noch das Krankenblatt am Fußende des Bettes las, meinte er aufgeräumt zu Shulamit: »Ihn in Handschellen zu waschen ist schwierig, hingegen ihn zu untersuchen – das ist möglich. Ich sah, dass Sie vorhin zur Toilette gegangen sind, haben Sie sich die Hände gewaschen?« – »Ich bin überhaupt nicht Krankenschwester, ich bin eine Freundin der Familie.« – »Dann warten Sie draußen und sorgen Sie dafür, dass irgendeine an Ihrer Stelle herkommt.« Sie ging ab wie eine welkende Blume. (In der Nacht hatte die Schwägerin Ali Saters, des Schwerverletzten, sie angerufen, verstört, hatte fürchterliches Englisch gesprochen, geweint, im Hintergrund wimmerte ein Baby oder aber ein Baby hatte dort im Radio gewimmert. Sie hatten ihn in seinem Wagen in die Luft gejagt, in der Nacht, sein Freund war tot und er war gerettet worden.) Von der Tür aus beobachtete sie die Ärzte. Mit großer Ernsthaftigkeit erörterten sie seinen Zustand. Am Ende konnte sie sich nicht länger beherrschen und fragte: »Machen Sie ihm die Handschellen nicht los?« Doch sie waren zu sehr beschäftigt mit dem Schicksal des Beins des Verletzten, den Gefahren einer Blutvergiftung, der Angst vor einem Blutgerinnsel, und sie wusste nicht, was von Bedeutung und was belanglos war. »Haben Sie sich die Hände nach dem Klo gewaschen?«, fragte der Professor abermals und setzte die Visite fort. Sie machte auf dem Absatz kehrt. Vor der Tür hatte sich Ezechiel der Zweite aufgebaut. Rauchte. Versuchte, sich vom Schmerz des zu lange an sich Haltens zu erholen. Shulamit fragte ihn: »Wo ist der Soldat?« Er antwortete nicht, beobachtete die Untersuchung.

Dann kamen die Ärzte heraus, Ezechiel ging hinein und machte sich daran, die Pupillen des Verletzten zu kontrollieren. Shulamit fragte ihn: »Was machen Sie da?« Er wollte sehen, ob der Hurensohn sich etwa schlafend stellte. »Wer sind Sie überhaupt?« Um ein Haar hätte sie gesagt, ›Ich werde dein Ankläger, dein Richter und Henker sein‹, verfing sich jedoch in merkwürdiges Schweigen, hätte beinahe gestottert. Sie war gezwungen, bei ihm im Zimmer zu bleiben, musste jedoch schon wieder austreten, hatte Angst, ihre Stellung aufzugeben, litt Schmerzen wegen der Verkrampfungen. Aber sie ging nicht weg. Es gibt keinen Menschen, dessen Qualen sich nicht beschreiben ließen. Keinen Leser, der solche Qualen nicht kennt. Der Weg zu menschlicher Solidarität muss über die Erfahrung des gemeinsamen Schmerzes verlaufen. Die Annahme, sich die Schmerzen eines anderen vorstellen zu können, ist die Ausgangsthese in der Arbeit des Inlandsgeheimdienstes; ein großer Teil seiner Arbeitsmethoden basiert auf der Fähigkeit des Häftlings, sich Schmerzen vorstellen zu können und sich vor ihnen zu fürchten, noch ehe sie begonnen haben.

Unsere geliebte Shulamit

Haben wir drei Tageszeitungen oder nur eine einzige? Eigentlich egal. Wir haben auch mehr als ein Krankenhaus, obgleich wir uns bis jetzt eine langatmige Darstellung der Vielfalt erspart haben, denn gibt es auch ins Detail gehende Ausführungen, die eine bedrückende Kargheit übertünchen, so birgt doch manche Beschränkung Fülle. Gälte es, Shulamits Hektik zu beschreiben, ihre Panik und Einsamkeit, den Schrei, der nach jenem Telefonat in ihr aufheulte – einem Anruf von Menschen, über die sie die Macht hatte, sie zu begeistern, nicht aber die Macht, sie zu schützen –, dann müsste auch ihr schnelles Auf-die-Straße-Stürzen, die Suche nach einem Taxi, die Fahrt von einem Krankenhaus zum nächsten beschrieben werden, die Mürrischkeit des wartenden Fahrers, ihre Streitereien jedes Mal, wenn er Geld verlangte, seine Unflätigkeiten und ihr unterwürfiges Schweigen, ihre verstörten Fragen in der Notaufnahme der verschiedenen Krankenhäuser. Aber alle Krankenhäuser sind ein und dasselbe Krankenhaus. Zugegeben, in jedem von ihnen ist ein berühmter Professor für besondere Erkrankungen tätig und manchmal ergibt es sich, dass man in den Genuss seiner aufopferungsvollen Behandlung kommt, auch ohne ihm privat etwas zu zahlen. Richtig, in einem von ihnen trieb sich eine große Ratte zwischen der Notaufnahme und den Fahrstühlen herum, knabberte an einer feuchten Scheibe Brot, als sei sie einem Kinderbuch entsprungen. In einem anderen sagte ein zwölfjähriges Mädchen im Pyjama, die Hand verbunden, zu einer kastanienbraunen Katze: »Jotam, du wirst nicht sterben.« Und in einem dritten beklagte sich ein alter Mann, er wisse den Weg nach Hause nicht, bat Shulamit, ihm zu helfen, seine Söhne und seine Tochter hätten ihn hier abgesetzt und sich davongemacht. Shulamit ignorierte sowohl die possierliche Ratte wie auch das Mädchen, das der räudigen Katze den Namen seines Bruders gab, beide waren sie bei einem Verkehrsunfall verletzt worden, aber der Bruder war bereits tot. Auch vor dem unglücklichen Alten floh Shulamit. Worin also unterschied sie sich zum Besseren von Lotem? Nun ja, Shulamit musste einen Mann finden, der um ein Haar liquidiert worden wäre, war dabei auf den Krankenhausfluren allein auf sich gestellt, doch ihre Gabe, die Welt hinters Licht zu führen und deren Herren zu verspotten, konnte dem Mann sein Bein nicht zurückgeben. Hätte sie ihre gute Tat besser vollbringen können, wenn sie verheiratet gewesen wäre? Schon möglich. Hätte sie Hilfe erbitten sollen? Ganz sicher. Schon bald wird sie um Hilfe bitten müssen. Auch Luca Signorelli hat in Orvieto nicht alleine gemalt. Nicht nur, dass Signorelli fortsetzte, was Fra Angelico begonnen hatte – und Fra Angelico hatte von Piero della Francesca gelernt, dem Giotto vorausgegangen war, der sich ebenfalls an wunderschönen Fresken orientierte, die vor seiner Zeit entstanden waren –, nein, zusammen mit Signorelli hatten auch Scharen von Malern sich geplagt, von denen etliche während der Arbeit an der Pest gestorben waren. Hätte sie demnach nicht jetzt im Angesicht der Ratte an jene Seuche denken, eine Träne ob der Trauer des Mädchens vergießen oder dem Greis helfen sollen? Vielleicht. Aber sie hastete weiter, antwortete barsch einigen müden Krankenhausangestellten, begegnete ein paar Ärzten spitzfindig, stahl in einem Krankenhaus ein Stethoskop, in einem anderen einen weißen Kittel, fuhr fort, sich durch die Gegend kutschieren zu lassen und den asthmatischen Taxifahrer zu schikanieren, bis sie ihren Verwundeten gefunden hatte, just als Nissim sie fand, in jenem Krankenhaus, in dem sein eigener Vater gestorben war und die Engel ihre Flügel abstreiften wie Schuppen, jenem Krankenhaus, in dem Lotem, der Premierminister und Hagar Bloomberg lagen, Letztere mit einem Trauma post abortum, und auch der Kommandeur des Fallschirmjägerregiments, der sein Ohrläppchen eingebüßt hatte. Doch nicht nur sie lagen dort, sondern auch massenhaft andere Kranke, die schrien, es möge Morgen werden, die sich über ihre Bettnachbarn beschwerten, welche sie nicht schlafen ließen, die die Heimreise herbeisehnten oder eine Reise überhaupt.

Der Premierminister hat einen Anfall

Einer neuer Morgen. Am Ende des Flures transportierten sie den Premier in sein angestammtes Zimmer. Den berühmten Lungenarzt Dr. Ali Agbarija, gebürtig aus dem Dorf Musmus –

dort ist auch der Dichter Raschid Hussein geboren und beigesetzt, Gott erbarme sich seiner gepeinigten Seele –, diesen Lungenspezialisten also, der mittels eines Sondervertrags aus Deutschland ins Land geholt worden war, unterzogen die Leute vom Inlandsgeheimdienst jedes Mal, wenn er an das Bett des Premiers treten musste, einer Leibesvisitation. Vor dem Zimmer stand ein Offizier im Range eines Obersts. Der Lautsprecher schnarrte, »Ali, zur Wäsche, zur Wäsche, Dr. Antebi in die Aufnahme, in die Aufnahme.« Jiftach trat zum Rauchen auf den Flur. Als er den hochrangigen Offizier bemerkte, sagte er zu ihm: »Ich danke Ihnen, dass Sie gekommen sind. Haben Sie schon von seinem Zustand gehört?« Oberst Gärstein war es untersagt, Einzelheiten über den Gesundheitszustand seines Herrn weiterzugeben. »Aber Lotem ist sehr krank. Sie kennen doch Lotem, Adam Lotem?«

»Adam Lotem? Was für eine Frage. Es gab einen bei uns, Antebi, der hat ihn ›Mengele‹ genannt, können Sie sich das vorstellen? Und jetzt ist Antebi im Kittchen.«

»Er hat einen Schlaganfall gehabt. Alle sagen mir, ich soll warten. Aber wir sind keine Menschen, die sitzen und warten können. Er antwortet mir nicht und es muss mit ihm geredet werden. Dabei bin ich gar nicht gewohnt, viel zu reden.«

»Das ist ganz einfach. Du findest heraus, wer seine erste Freundin war. Rufst sie an und sagst ihr: ›Lotem ist im Koma. Du musst in die Finsternis hinabtauchen, in der er liegt.‹ In der Regel bewahrt sie alles auf, all die noch so kleinen Erinnerungen. Du bringst sie zu ihm, bittest sie zu reden, sie sagt irgendwas wie, ›Lotem, erinnerst du dich, wie wir barfuß gerannt sind, und plötzlich hast du mir die Hand gegeben? Du musst wissen, dass ich nicht wollte, dass du meine Hand jemals wieder loslässt, obwohl ich sie schnell weggezogen habe, vor lauter Verlegenheit.‹ Wir hatten einen Oberst, dem ist genau dasselbe passiert. Seine Frau saß Tag und Nacht bei ihm, aber er ist nicht aufgewacht. Bis einer gekommen ist, der ihn sehr gut kannte, und ihr gesagt hat: ›Sehen Sie, wenn Sie ihn retten wollen, müssen Sie die Wahrheit wissen. Sein ganzes Leben hat er ein Mädchen aus seinem Viertel geliebt. Er hat die Kleine immer geliebt, auch in all den Jahren, die er mit Ihnen verheiratet war.‹ Die Frau war verständlicherweise schockiert, aber sie hatte ein ziemlich ausgeprägtes Verantwortungsgefühl und bat ihn, die Kleine zu finden. Wir haben sie gefunden, sie ist schon reichlich in die Jahre gekommen und hat sogar behauptet, sich nicht an ihn zu erinnern, war aber einverstanden, ihm Geschichten zu erzählen, und so ist er aufgewacht. Kein Grund zur Sorge also. Ja? Du kommst klar? Soll ich dem Premierminister irgendwas ausrichten?«

»Gehen Sie, mit Lotem reden. Ich bitte Sie. Sie kennen ihn schließlich. Bitte, Sie reden so schön.«

Gärstein zuckte mit den Schultern. Er war ein guter Mann, wollte ohnehin nicht nach Hause fahren. Unterdessen waren die Ärzte aus Lotems Zimmer getreten. Eine lebhafte Diskussion über die Wirksamkeit von Heparin kam aus ihren Plappermäulchen geflattert. In der Notaufnahme begann eine Übung für einen Anschlag mit zahlreichen Toten. Oder vielleicht hatte es tatsächlich einen Anschlag mit zahlreichen Toten gegeben. Der Lautsprecher beorderte eilends Menschen und Ärzte in die Notaufnahme. Ali wurde gerufen, Tragen herbeizuschaffen, mehr Tragen, noch mehr.

Gärstein spricht zu Lotem

»Schalom, Lotem, der Premierminister hat einen schweren Anfall. Ich werde ihm erzählen, dass du auch krank bist. Er wird sicher zu dir kommen, sobald sie ihm erlauben aufzustehen. Es heißt, er wolle keinen Frieden, aber das stimmt nicht.

Er ist ein versöhnlicher Mensch und denkt viel an seine Familie, doch es fällt ihm schwer, immer allein zu sein. Abzunehmen schafft er nicht und auch nicht, das Rauchen aufzugeben ... Einmal hab ich auch im Krankenhaus gelegen. Hatte einen sehr schweren Asthmaanfall. Das war in der Zeit, als ich auf einem Fallschirmkurs war. Als ich morgens mit fürchterlichen Kopfschmerzen aufwachte, war da eine Krankenschwester mit riesigen Brüsten. Ich glaube, sie trug keinen BH. Um alles in der Welt wollte ich ihre Brüste berühren. Habs nicht getan. Hab mich jahrelang nach ihren Brüsten gesehnt. Nebenbei bemerkt, meine Frau hat eine kleine Brust, zu klein, sehr klein. Anfangs wirkte sie verführerisch, aber danach ist sie noch mehr eingeschrumpft und hässlich geworden. Und ich schaffe es nicht, diese Krankenschwester zu vergessen. Ihr Gesicht und ihre Stimme hab ich vergessen. Erinnere mich nur an die großen Brüste unter dem weißen Kittel. Das ist verblüffend, nicht? Eines Tages hab ich beschlossen, sie zu suchen, Lotem. Bin ins Krankenhaus gefahren und hab gesagt, ich sei der Militärsekretär des Premierministers und müsse etwas überprüfen. Hab das Dienstbuch bekommen aus jenem Frühjahr, in dem ich dort gelegen hatte, vor zwanzig Jahren, hab ihren Namen gefunden und mit ein bisschen Mühe auch ihre Telefonnummer. Meine Stimme hat gezittert: ›Ich bin ein unbekannter Verehrer von Ihnen. Schon viele Jahre‹, und sie: ›Sie haben bestimmt im Ha'emek-Krankenhaus gelegen und all die Jahre an meine Brust gedacht.‹ Ich hab sie gebeten, mir den Traum nicht zu zerstören, und sie hat gemeint, sie sei es leid, ein Traum zu sein, hat auch ein bisschen gelacht über ihren Geistesblitz. Dann hab ich ihr verraten, wer ich bin, und ihr gesagt, ich könne ihr vielleicht helfen. ›Unter welcher Bedingung?‹, hat sie ungehalten gefragt. ›Unter der Bedingung, dass Sie sich mit mir treffen‹, hab ich mit Mühe rausgebracht. Ein Mal kann auch ich meine Stellung ausnutzen, nicht? Sie hat sich mit mir getroffen. Ich hatte ein schreckliches Gefühl, weil ich ihrer Tochter ein Darlehen verschafft habe und Angst hatte, den Ministerpräsidenten in die Affäre zu verstricken. Er vertraut mir. Verstehst du? Zu guter Letzt, als wir über alle möglichen Sachen geredet hatten, ich kann dir nicht mal sagen, über was, denn die ganze Zeit hab ich mich bemüht, ihr nicht ins Gesicht zu sehen, und auch auf ihre Brust zu gucken war mir nicht wer weiß wie angenehm, kurzum, vor lauter Anspannung hab ich am Ende zu ihr gesagt: ›Lassen Sie mich bitte nur ein einziges Mal Ihre Brüste berühren.‹ Ich will nicht lang und breit erzählen, wie oft ich gebeten habe, aber am Ende ist sie mit mir nach draußen gegangen, in die Dunkelheit, die anderen Restaurantgäste haben uns nicht gesehen, wir aber sie, im Licht, tafelnd und Weißwein trinkend. Ich hab also ihre Brüste betastet und ich denke, sie hat sich geradezu darüber gefreut. Die optimistische Seite der ganzen Geschichte, Lotem, ist, dass ich ihr nach so vielen Jahren der Sehnsucht an die Brüste gefasst hab. Warm waren die. Und die Brustwarzen waren – entgegen meinen Befürchtungen – ziemlich hart. Vielleicht hat sie es tatsächlich genossen. Danach hat sie zu mir gesagt: ›Jetzt geh.‹ Und bevor ich gegangen bin, hat sie noch gemeint: ›Danke für das Darlehen.‹ Es hat mir ein bisschen Leid getan und ich hab ihr gesagt: ›Mein ganzes Leben hab ich von dir geträumt.‹ Und sie: ›Geh jetzt, geh.‹«

Die Geschichte kam Gärstein von Herzen. Darauf kommt es an. Er sprach leise, weil er Angst hatte, nicht des Darlehens wegen, sondern wegen seiner Frau, was beweist, dass etwas Wahres an der Geschichte dran war.

Lotem lag mit geschlossenen Augen und quoll langsam auf wie ein Seehund. Wie schnell ein Mensch zu etwas bloß Lebendigem, anderem wird. Die Tage vergehen. Am Morgen lösen Tagesschwestern die Nachtschwestern ab, die ihnen die

Daten des Kranken übergeben, gemeinsam beugen sie sich über den Eintrag auf dem Krankenblatt, vergewissern sich seines Familiennamens, ehe Ärzte ihre Kollegen von der Nachtschicht ablösen, ebenfalls nach dem Familiennamen des Kranken fragen und sich über das Schild beugen, während zuweilen Praktikanten hereinkommen, um den Fall in seinen Einzelheiten zu studieren, über den Namen gebeugt.

Ich bin [nicht] seine Frau

An einem heißen Tag, gegen Mittag, traf Jiftachs Tochter ein, erschöpft, die Augen hinter der Sonnenbrille verborgen, stürzte sie in die Arme ihres Vaters. »Ich war an Jonis Grab, die Fliegen schwirren dort rum wie Funken. Du siehst furchtbar aus, Papa.« Jiftach war blass, auch sein Atem ging schwer, er rauchte viel. Sie sah zum Bett und fragte: »Wer ist das?« – »Das ist Lotem.« Jiftach zog sie nach draußen.

»Ich hab ihnen gesagt, du seist seine Frau.«

»Was?«

»Anders hätten sie mich nicht reingelassen. Sie wollen seine Frau an seiner Seite.«

»Aber ich bin nicht seine Frau.«

»Und ich hab ihnen gesagt, du bist seine Frau.«

Für ihren Vater ist sie bereit, durchs Feuer zu gehen. Sie sah ihn mit ihren verlöschenden Augen an und sagte sich: Für dich lebe ich. »Wird er sterben?«, fragte sie nach nervösem Schweigen. Jiftach hatte Angst, er könnte schreien. »Was soll das? Er wird hier rauskommen. Wird wieder werden, was er war …« Seine Stimme erstickte. »Du wolltest tatsächlich, dass ich ihn heirate. Oder?« Er zuckte mit den Schultern. »Wie konntest du dir so was ausdenken? Ich bin doch noch so jung.« Als hätte er nur ihre Worte und nicht ihren Tonfall vernommen, erwiderte er: »Er hat dich immer geliebt, immer.« Und als läge dort drin im Zimmer nicht ein Beinahe-Kadaver, sah die Tochter ihren Vater an, erstaunt: »Seit wann hast du gewollt, dass ich ihn heirate, Papa?« Jiftach wusste es nicht, Dinge, die man im Herzen bewahrt und nicht zu Papier bringt und keiner Menschenseele anvertraut, lassen sich nun mal unmöglich wissen.

»Aber ich kann ihn nicht heiraten, Papa.«

»Warum nicht?«

»Weil ich ihn nicht liebe. Was ist los mit dir, Papa? Bist du verrückt geworden? Mein Freund ist gerade erst beerdigt worden. Und ich bin noch Jungfrau, Papa. Verstehst du? Ich bin doch erst achtzehn. Hab noch gar nicht gelebt.«

Mit bebender Stimme sagte sie Dinge, die eine Tochter ihrem Vater nicht sagt, wobei unklar ist, warum sie seine Fantasien so ernst nahm, aber er war nun mal ihr über alles geliebter Vater. Jiftach betrachtete sie. Sie sah aus wie seine Frau, als sie geheiratet hatten, ganz genauso, aber seine Frau hatte niemals auf diese Weise mit ihm gesprochen. Er schwieg und sie dachte, er habe es sich anders überlegt, und küsste ihn zärtlich. Er umarmte sie.

»Er liebt mich so sehr, und ich schaffe es nicht, ihn aufzuwecken. Anfangs hab ich noch gedacht, er wird aufwachen und wir verduften zusammen von hier.«

Als könnte der Tod, unsichtbar, transparent auf diesem Flur, auch ihren Vater dahinraffen, sagte sie: »Du liebst ihn, Papa. Das heißt aber nicht ... Du musst dich ausruhen, du bist so blass. Ich flehe dich an, ruh dich aus ... Du darfst dich nicht selbst zugrunde richten.« Jiftach sagte, er könne nicht schlafen gehen, er müsse hier bleiben. »Ich werde bei ihm bleiben. Du gehst schlafen.« – »Aber beweg dich nicht weg von hier.« – »Ich versprechs dir. Nur fahr nach Hause schlafen. Du siehst nicht gut aus, Papa. Wenn ich bloß kochen könnte. Ich bin heute noch nicht zu Jonis Eltern gegangen. Gestern auch nicht.« Jiftach ließ also seine Tochter bei Lotem, denn er wollte tatsächlich schlafen. Und sie setzte sich, betrachtete den Mann, der ihr bestimmt gewesen war, und danach die Herz-Lungen-Maschine. Lotems Arme ruhten zu beiden Seiten seines Körpers, übersät mit Infusions- und Injektionseinstichen. Der Todesengel reckt sich von einem Ende der Welt zum anderen. Eine Krankenschwester, die hereinkam, um die Beutel zu wechseln, fragte freundlich: »Sind Sie seine Tochter?« Die junge Frau erschrak für einen Moment. Ihr Vater war doch nicht krank. Dann sagte sie nüchtern: »Nein, ich bin seine Frau«, und wies auf Lotem. Zuweilen überkommen Dunkelheit und Apathie einen Menschen so sehr, dass er in einen Zustand der Sprachlosigkeit versetzt wird wie eine stumme Taube, den Mund nicht mehr auftun kann, um zu beten, sich zu fassen und seine Rede so zu führen, wie es ihm ansteht. Herein kam Doktor Steinherz und sagte: »Sie sind die Tochter, was? Wie schön Sie sind.«

»Ich bin Jiftachs Tochter.«

»Der Jiftach …«

»Ja, der Mann, der an allen möglichen Orten gestorben ist.«

»Ich bin Doktor Steinherz, sein Arzt. Wenn Sie Näheres erfahren möchten, müssen Sie in mein Zimmer kommen. Wir sollten nicht in Anwesenheit des Kranken sprechen. Schließlich ist er noch einigermaßen am Leben.«

Wenn man sie an seinem Bett ablöste, würde sie zu dem Arzt kommen. Doktor Steinherz nickte. Seine Augen begehrten sie schamlos. Sie lächelte zurück, entweder um dem Willen ihres Vaters zu entsprechen oder weil sie nicht wusste, wie sich Frauen von Kranken verhalten, deren Leben von einem lüsternen Arzt abhängt. Steinherz suchte noch den einen oder anderen Vorwand, um zu bleiben. »Im Augenblick ist nichts zu tun, bleiben Sie hier sitzen und warten sie, bis er aus dem bösen Traum erwacht, in dem er sich jetzt gerade befindet. Wir haben keine Ahnung, was im Gehirn vor sich geht, aber sehr viel hängt von seinem Willen ab aufzuwachen, verstehen Sie? Er sollte sich nach etwas Stärkerem als der Stimme sehnen, nach irgendeinem schönen Moment, den Sie beide gehabt haben.« Genau so eine Frau hätte er haben wollen. Der Arzt starrte sie durchdringend an: »Er hat viel in seinem Leben vollbracht, General Lotem, wir alle wissen das. Wir alle schulden ihm unser Leben. Männer wie er sind die wahren Gründerväter der Nation. Wissen Sie, ob er an Bluthochdruck litt?«

»Ich weiß nicht. Und warum kommen die ganze Zeit Durchsagen aus diesem Lautsprecher?«

»Die Kranken hören nichts und die Gesunden gewöhnen sich daran.«

Und fort war der Arzt. Lotem bewegte sich, auch seine Zunge, etwas störte ihn. Er quälte sich. Vielleicht war es auch nur dieser Organismus, in dem Lotem früher zu Hause gewesen war. Ein Telefon klingelte in einem der Zimmer, gab keine Ruhe. Sie wusste nicht, wie spät es war. Wieder bewegte er sich. Litt. Litt ganz bestimmt. Sie strich über seine Hand. Schreckte zurück. Streichelte sie erneut. Jetzt bewegte sich sein Bein.

»Joni ist tot, Lotem. Man gibt der Erde einen Finger und sie will die ganze Hand, ja auch die ganze Hand genügt ihr nicht. Einmal hat unsere Vertretungslehrerin Shulamit ihren Sohn nach Paris geschickt, damit er nicht zurück zur Armee geht. In einer der Stunden habe ich ihr etwas gesagt, was mir geholfen hat zu verstehen, warum ich dich immer gehasst habe. ›Von allen Menschen auf der Welt‹, habe ich zu ihr gesagt, ›von allen Menschen auf der Welt liebe ich meinen Vater.‹ Aber mein Vater ist immerzu damit beschäftigt, dir zu glauben. Hast du meine Mutter gekannt, Lotem? Wenn du gesund wirst, erzählst du mir von ihr. Mein Vater ist nicht in der Lage, über sie zu sprechen, aus Angst vor dem Schmerz, und irgendjemand muss mir schließlich von meiner Mutter erzählen, auch ich werde mal Mutter sein und muss etwas über meine Mutter wissen. Die Lehrerin Shulamit hat mir damals mit der sanftesten Stimme, die ich je von einer Frau gehört habe, gesagt: ›Mein Vater ist tot und ich rede noch immer mit ihm, als sei er am anderen Ende der Telefonleitung, fühle mich immer schuldig, dass ich keine gute Tochter war, dass ich zu selbstständig gewesen bin.‹ Warum sind wir so unglaublich kindlich, Lotem, und werden dann auf einen Schlag erwachsen? ›Sind Sie eine gute Mutter gewesen?‹, hat Iris Cohen sie gefragt – sicher hast du von ihr gehört, sie ist über die Grenze ab in den Libanon – und die Lehrerin hat zu ihr gesagt: ›Ich hoffe sehr. So möchte ich, dass mein Sohn über mich denkt.‹ Sie hat uns ein Dia von Caravaggios *Die Geißelung Christi* gezeigt und aus der Dunkelheit heraus dazu gesprochen. Irgendjemand hat gebrüllt, ›Mama, rette mich, ich hab Angst‹, aber niemand hat gelacht. Shulamit hat Teile des Gemäldes vergrößert, hat Dias von Ausschnitten gemacht – das Messer, der Hals, eine Hand, die das Messer hält … ich hab keine Ahnung, was ich dir noch sagen soll. Ich weiß rein gar nichts über dein Leben, nur, dass du meinen Vater gerettet und ihn glücklich gemacht hast. Wenn ich wüsste, welches Lied du liebst, würde ich es dir vorsingen. Auf Jonis Beerdigung wollte ich, dass sie diese Lieder von Mahler singen. Aber das wäre nicht passend gewesen mit all den Fallschirmjägern, den Salutschüssen und dem Gebelle. Ich bin für nichts begabt, außer die Tochter meines Vaters zu sein …«

Nicht die *Kindertotenlieder* hallten in ihrem Kopf wider und nicht das Weinen, das ihr die Luft genommen hatte, sondern bloß die Wellen des Meeres unter dem Fenster und der Sprung, der sich machen ließe, schnell, wie in salzigen Samt oder wie eine große, im Gewebe verschwindende Nadel. Nur sie verstand, wie wichtig Lotem für ihren Vater war, was Lotem selbst auch begriffen hatte, aber er widmete dieser Liebe keinerlei Aufmerksamkeit, so als würde er ewig leben und noch genügend Gelegenheit haben, Dank zu vergelten. Manchmal dachte sie, dass ihr Vater wie ein Mäuschen durch die Welt flitzt. Und auch der Wunsch, Lotem möge am Leben bleiben, ist ein zutiefst menschlicher Wunsch, da hilft euch Frauen gar nichts.

Shulamit spricht zu dem verwundeten Ali

»Wenn ich mit dir rede, schlafe ich nicht ein, und sie werden dich nicht von hier wegbringen. Warum ich für das Rückkehrrecht bin, werde ich gefragt und habe keine eindeutige Antwort. Um der Gerechtigkeit willen. Wegen eures Leids. Wegen dieses Landes, das sich immer hässlicher zeigt. Mein Vater war Maler, ein ziemlich berühmter. Ja. Seine Bilder hingen in Büchereien, Stadtverwaltungen und Synagogen. Ich mochte seine Gemälde nicht. Ob meine Mutter sie gemocht hat? Ich bin nicht sicher. Hab nicht gewagt, mit ihr über meinen Vater zu sprechen. Ich weiß nicht, warum. Manchmal habe ich mich bemüht, in seinen Bildern etwas Besonderes zu finden. Ich glaube, ich habe versucht, meinen Geschmack zu ändern. Aber er? Es war ihm nicht genug. Eines Tages hat er mich gebeten, das Vorwort zu einem prachtvollen Katalog zu schreiben, den das Nationalmuseum anlässlich einer Retrospektive von ihm herausgeben wollte. Er hatte eine große Ausstellung und ist vor der Eröffnung über alles und jedes ganz aus dem Häuschen geraten. Sogar über die Briefmarken auf den Umschlägen. Ich habe also die Abhandlung geschrieben und dabei an allen meinen Überzeugungen, die Kunst betreffend, Verrat geübt. Er war sehr stolz. War sicher, dass ich endlich seine wahre Größe erkannt hatte. Doch noch ehe der Katalog in Druck ging, gelang es mir, den Aufsatz herauszunehmen. Schlaf nicht, Ali. Auch ich werde nicht schlafen. Was mit meinem Vater passiert ist? Ich war gezwungen, ihm ein paar deutliche Worte gegen seinen Realismus zu sagen, nur ein Bruchteil von dem, was ich dachte, doch auch dieses Wenige hat ihn verletzt. ›Warum ist dir meine Meinung wichtig?‹, hab ich geheult und das Malen aufgegeben. Auch meine Meinung über ein Bild zu schreiben habe ich nicht mehr gewagt. Bin nach Italien gefahren, um Restauratorin zu werden – zu seiner Freude. Wenn ich zu dir spreche, schlafe ich nicht ein. Ich bitte um Entschuldigung für das Abenteuer. Du hast gesagt, man dürfe einen Marsch nicht antreten, ohne zu wissen, wo man sich unterwegs verstecken kann. Ich werde dich nicht allein lassen.«

Doktor Steinherz unterhält sich mit Jiftachs Tochter

»Schauen Sie, Frau Lotem. Sie wissen sicherlich schon, dass Ihr Mann einen Schlaganfall erlitten hat. Die Behandlung ist in der Regel unterstützender Natur. Die meisten Patienten erholen sich langsam. Ein Apoplexia cerebri, ein Schlaganfall aufgrund einer Embolie, wird normalerweise mit Medikamenten behandelt, die eine Hemmwirkung auf die Blutgerinnung haben, zum Beispiel Heparin. Sie sollten wissen, dass die Antikoagulantien, sprich Präparate gegen Blutgerinnung, nicht unumstritten sind. Wenn wir Fortschritte machen, können wir auch Acetylsalicylsäure verwenden. Sie kennen sie bestimmt als Aspirin, die simple Tablette, die man bei Menstruationsschmerzen einnimmt, das heißt, nur wenn Sie unter solchen Schmerzen leiden. Demgegenüber kann eine Öffnung der Arteria carotis, der Halsschlagader, das heißt ein chirurgischer Eingriff, gewiss die Blutgefäße von Kalkablagerungen reinigen, doch eine solche Maßnahme lässt sich nur unter Blockierung der Carotis durchführen und dazu sind wir noch nicht bereit. Sie müssen nicht erschrecken, Frau Lotem, obgleich sie auch wunderschön aussehen, wenn Sie erschrocken sind. Ich spaße selbstverständlich. Eine chirurgische Entfernung der Blutung, unter welcher der General leidet, ist eine gängige Behandlungsmethode bei dieser Art von Schlaganfall. Eine chirurgische Entfernung des Aneurysmas, des krankhaft geweiteten Schlagaderstücks, ließe sich auch durchführen, solange es sich in einem Bereich befindet, der zu ertasten ist, was nach irgendetwas Erotischem klingt, aber weniger erotisch ist als unsere kleine Unterhaltung hier. Es braucht Geduld und viel Liebe. Lieben Sie ihn? Ja? Unwichtig. Es ist wie nach einer Sintflut, Frau Lotem, das Wasser muss sinken, erst dann werden wir sehen, welcher Schaden bereits entstanden ist. In der Zwischenzeit können Sie alle Liebe, die Sie haben, in ihn investieren, denn er braucht Sie. Und ich verspreche kein leichtes Leben, nachdem all dies vorbei sein wird. Ein sehr schweres Los erwartet eine schöne junge Frau wie Sie.«

Jiftach wartete draußen auf sie und fragte ungeduldig: »Was hat er gesagt?« Er lief hinter ihr her. »Hat er gesagt, dass er sterben wird?« Seine Stimme bebte. Sie drehte sich um, umarmte ihn wie eine erwachsene Frau, die sich um ein paar Kinder zu kümmern hat: »Du ruhst dich aus, Papa, ruhst dich einfach aus, das hast du mir versprochen, deswegen bin ich geblieben.« Dann ging sie weiter zu Lotems Zimmer, ließ sich neben ihm nieder, ergriff seine Hand. Lotem kroch in sie hinein, erfüllte sie mit Schaudern. Auf dem Flur wurde Jiftach von dem treu ergebenen Fahrer gefragt: »Was haben sie gesagt, Jiftach?«

»Nissim, Nissim, ich hab gedacht, ich kenne ihn. Jeden Tag

haben wir telefoniert. Es gibt noch eine Frau, deren Stimme er kennt. Sei ein guter Junge, schaff sie her. Auch der Militärsekretär des Premierministers sagt, das könnte helfen. Sie ist Professorin an der Universität und heißt Michal Eybeschitz.«

Bewusstsein

Daraufhin, wir erinnern uns, fuhr Nissim los, Michal zu holen. Er hatte sich bereits an die neue Situation gewöhnt. Bei seiner Odyssee durch das, was von Lotems Vergangenheit bekannt war, war er gestern, oder wann auch immer das gewesen sein mochte, zum Haus von Dudu Rotem, seligen Angedenkens, gefahren. Die Tür öffnete ihm Matan. Wo ist Mama? Das darf er nicht sagen. Von irgendwoher tauchte Joni auf, Eran hinter sich herziehend. »Lotem ist sehr krank. Ich muss mit Na'ama reden«, sagte Nissim. »Unsere Mama ist in einem Flüchtlingslager bei Tulkarm«, sagte Matan. Und der kleine Eran fügte hinzu: »Sie organisiert die Flüchtlinge.« Nissim beharrte: »Sagt ihr, dass Lotem ohne Bewusstsein im Krankenhaus liegt und dass sie schnell kommen muss.« Darauf der kleine Eran: »Mama hat ihren Namen geändert, sie heißt jetzt Na'ima.« Als Nissim gegangen war, wollte Matan wissen, was das ist – ohne Bewusstsein. Joni versuchte, es ihm zu erklären, tat sich aber schwer zu erklären, was Bewusstsein ist. Und als Na'ama schließlich anrief, spät am Abend, herrschte ihr ältester Sohn sie an: »Damit du Bescheid weißt, Lotem ist ohne Bewusstsein, im Krankenhaus. Er ist krank, sehr krank.« Sie wollte mit den beiden Kleinen sprechen. Zu Matan sagte sie: »Ich möchte, dass du Mama sagst, ob du ihr glaubst, dass sie dich lieb hat.« Danach ließ sie sich Eran geben, versprach ihm, ein Geschenk mitzubringen, wenn sie irgendwann in der Nacht zurückkomme. Eran fragte sie, ob sich ihr Gesicht schon verändert habe. »Was meinst du damit, mein Süßer?« Und er: »Na'ima, das ist ein Name von Irakern, hat Joni gesagt, also hab ich gedacht, du hast jetzt das Gesicht einer Araberin.« Sie lachte, versprach ihm, dass sich überhaupt nichts bei ihr ändern werde. Rief aus dem Flüchtlingslager Nur Shams bei Tulkarm an. Die Arbeit, die Rückkehr der Flüchtlinge nach al-Sindiyana zu organisieren, nahm sie vollkommen in Anspruch. Was genau macht diese Leidenschaft von ein paar Dutzend selbstloser Frauen aus, Flüchtlinge zurück auf ihr Land zu bringen, von dem sie vor Jahrzehnten vertrieben worden sind? Schwer zu erklären. Und dennoch, im Versuch, die Vergangenheit ungeschehen zu machen, kehrte schnell auch Na'amas orientalisches Erbe wieder. An jenem Tag war sie von Haus zu Haus gegangen und hatte in allen möglichen Angelegenheiten geholfen, bei denen sie den Lagerbewohnern dienlich sein konnte, insbesondere bei allem, was mit der Übersetzung vom Hebräischen ins Arabische zu tun hatte, hatte zusammen mit örtlichen Aktivisten, in der Regel palästinensischen Studenten, Familiennamen aufgeschrieben, Elternhäuser, in al-Sindiyana, Qannir, Sabbarin und den anderen Dörfern. Sie war die Älteste unter den Friedensaktivistinnen, hatte insgeheim Lust, sich mit der Armee anzulegen, erinnerte sich aber, dass die Bewohner den Preis dafür bezahlen würden. Spätabends schließlich traf sie ein, um Lotem zu besuchen, und sagte zu Jiftachs Tochter: »Benötigen Sie irgendwas?«

»Eine Toilette, das ist alles, was ich benötige.«

Na'ama war sicher, dass sie eine von Lotems Gespielinnen sei, und betroffen über ihre Schönheit. Für einen Moment schmerzte es sie, dass sie keine Tochter hatte. So ist das mit den Gedanken, hasten neben dem Zug des Lebens her und plötzlich versuchen sie, aufzuspringen. »Aber Kindchen, selbstverständlich dürfen Sie aufstehen, glauben Sie mir. Ihm wird nichts passieren.«

»Wir dürfen ihn nicht allein lassen, die sind in der Lage, ihm die Maschine auszuschalten. Sie kennen die nicht. Für die ist er schon hinüber.«

»Dann gehen Sie zur Toilette und suchen sich einen Platz zum Ausruhen, ich werde hier bleiben.«

Und so nahm Na'ama Platz neben Adi aus ihrer Klasse, aus ihrem Leben, und betrachtete ihn. Sein Aussehen hatte sich bereits verändert und vielleicht deshalb veränderte auch sie sich, wirkte wie ein Tier, als sie begann ihm vorzusingen, von großer Traurigkeit befallen, mit ihrer von den Zigaretten heiseren Stimme: »Nacht für Nacht schaut der Mond auf die Blumen, die im Garten gesprossen.« Lotem rührte sich nicht. Irgendwann in der Nacht kehrte sie zurück zu ihren Söhnen, weckte Eran, wusch ihn und brachte ihn in ihr Bett. Matan erschien schlaftrunken: »Wird Lotem sterben?« – »Nein, wieso das denn?«

»Aber ich will ihm nicht verzeihen.«

»Und mir willst du verzeihen, Küken?«

»Dir? Auf dich bin ich gar nicht böse, du machst lauter Sachen für andere Menschen, die kein Haus und kein Brot haben.«

Eran wachte auf und murmelte: »Für andere Menschen – ja, aber nicht für uns«, und schlief weiter. Sie deckte beide zu, schaute auf das Licht, das unter Jonis Tür verlosch, wie Blut aus einem abgehackten Finger besudelte sie dieser Satz, sie setzte sich ans Telefon, wählte und legte auf, wählte und legte auf, da sie nicht einen Menschen auf der Welt hatte, mit dem sie hätte reden können. Andererseits, wer hat das schon, morgens um drei? Es ist unmöglich, etwas ungeschehen zu machen, nur weil du beschlossen hast, ein neues Leben zu leben. Um vier Uhr morgens – eine Stunde, zu der sich unmöglich Entscheidungen treffen lassen, eine Stunde, in der so unendlich viele Entscheidungen gefällt werden – suchte sie nach Shulamit, fand sie nicht, rief eine andere Mitstreiterin an, entschuldigte sich, bat sie, sich um eine Familie aus Nur Shams zu kümmern, deren Sohn, Fu'ad, überfahren worden war. Und am nächsten Tag, wenn ihr euch noch entsinnt, fuhr Nissim los, um Professor Eybeschitz zu Lotem zu bringen, und nach ein oder zwei Tagen erschien diese tatsächlich.

Rein gar nichts über Sehnsüchte

»Adam, ich hab meine akademische Karriere der Erforschung des Schmerzes gewidmet, und über Sehnsüchte, die unmittelbaren Nachbarn des Schmerzes, weiß ich rein gar nichts. Ich bin eine schlechte Tochter gewesen, eine alles andere als erfolgreiche Ehefrau und gescheiterte Mutter. Mutter werde ich nicht noch mal sein. Ich darf Sha'ul nicht verlassen, als sei das Leben von Menschen ein korrigierbarer Irrtum. Wir werden schon nicht mehr glücklich werden. Ich versuche an etwas Erfreuliches zu denken, was ich dir erzählen kann. Ich hab eine gute Freundin, eine neue Freundin. Sie ist schwanger. Jeden Tag reden wir am Telefon. Nur über ihre Studie. Ich denke, die wissenschaftliche Forschung erkennt die Weiblichkeit oder Männlichkeit des Forschers nicht an. Der Körper geht im Verstand auf und der Verstand ist nicht Körper, auf keinen Fall. Sie ist in meinem Alter und plötzlich ist sie schwanger. ›Wo hast du dich all die Jahre versteckt?‹, habe ich sie gefragt, ›jede Seite, die du schreibst, ist voller wunderbarer Differenzierungen. Keiner von uns hat so viel Prosa und Philosophie gelesen wie du.‹ Sie untersucht das Vergessen, hinterfragt auch Freud in Bezug auf das Vergessen von Namen. Ich weiß nicht, ob du Freuds kleine Abhandlung über den Maler kennst, dessen Namen er in dem Gespräch über Sex und Tod vergessen hat, auch ich kann mich gerade nicht daran erinnern. Mich interessiert nicht das Vergessen, sondern die Fähigkeit, sich an Namen zu erinnern. Ich mische mich nicht ein in ihre Arbeit. Sie ist schwanger von dem ersten Mann in ihrem Leben, von Holz, als hätte sie sich all die Jahre versteckt und – hopp – kapiert, worauf es ankommt. Er geht in Frühpension. Seine Frau hat ihn aus dem Haus geworfen. Er ist glücklich. Hat mich angerufen und mir von der Schwangerschaft erzählt wie ein kleiner Junge. Was soll ich dir noch sagen, Adam, damit du aufwachst? Danke, dass du dich für Joni eingesetzt hast ... Danke, dass du nach mir gesucht hast ... Danke, dass du in meinem Leben gewesen bist ... Ich halte dir die Hand, Adam, die Hand, nach der ich mich immer gesehnt habe. Sage deinen Namen, den ich immer geflüstert habe. Ich bin darauf angewiesen, dass du aufwachst, bitte. Mein Vater hat das Reden über den Schmerz gehasst. Er sagte, dass man nur über das, wofür man kämpfen kann, reden sollte, der ganze Rest sei getrost zu verschweigen. Ich versuche, mich an einen Satz zu erinnern, den ich dir in unserer Vergangenheit gesagt habe, und alles, an was ich mich erinnere, ist: ›Adam, rede mit mir‹. Wach auf, Adam. Ich hab dich so sehr geliebt, deine Hand so sehr geliebt. Jetzt muss ich nach Hause.«

Die Auferstehung

An diesem Punkt betritt der stellvertretende Krankenhausleiter, Professor Antebi, Lotems Zimmer. Er bittet Michal, für ein paar Minuten den Raum zu verlassen, bis er einige Untersuchungen durchgeführt hat. Schwester Edna lächelt ihr zu und sagt: »Machen Sie sich keine Sorgen, so schnell stirbt man nicht.« Der stellvertretende Krankenhausleiter sagt laut zu Lotem: »Schalom, General Lotem, ich bin Professor Antebi, hören Sie?« Lotem reagiert nicht. Der Professor wirft einen

Blick auf die Messwerte und wiederholt seine Frage: »Schalom, General Lotem, ich bin Professor Antebi, hören Sie?« Noch zweimal versucht er es. Da klappt Lotems blutunterlaufenes Auge auf. Der Lautsprecher quäkt: »Doktor Antebi, ans Telefon.« Der Arzt verlässt den Raum, kommt an Jiftach und Michal vorüber. »Sie nennen mich Doktor Antebi, um mich zu beleidigen. Alle wissen, dass ich Professor bin. Wie auch immer, es gibt eine positive Entwicklung. Er hat sein Auge geöffnet. Ich denke, man muss ihn mit Namen und Dienstgrad anreden. Das weckt ihn. Bitte, wenn Sie mit ihm reden, nennen Sie ihn ›General Lotem‹.« All dies ist grotesk, richtig, aber am allergroteskesten ist, Adam mit General Lotem anzusprechen. Andererseits, denkt Jiftach, der Mann ist Professor.

»Ich muss nach Hause. Werde noch mal kommen. Mein Sha'ul ist alleine.«

Nissim, der die ganze Zeit über zwischen Lotems Zimmer und dem Nebenzimmer, wo Shulamit ihre Fehde mit der Militärpolizei austrägt, hin und her eilt, bringt Michal selbstverständlich nach Hause und Jiftach wünscht ihr, sie möge kein weiteres Leid erfahren. Sie geht. Jiftachs Tochter kommt aus ihrem Versteck. Jiftach begibt sich zu seinem Freund. Dessen Auge ist weit aufgerissen. Jiftach sagt leise zu ihm: »General Lotem, Professor Antebi möchte, dass ich dich mit General Lotem anrede. Willst du das wirklich?« Lotem murmelt etwas. Jiftach sagt: »Ich hab nicht verstanden. Sag mir, was du möchtest, ich werd dir alles beschaffen, General Lotem.« Lotem murmelt abermals, etwas, das mit der Sonde im Mund wie »Assewi« klingt. Jiftach beeilt sich, Papier zu holen, gibt Lotem einen Stift in die Hand, aber der General bringt nur einen zittrigen Strich zustande und bricht ab. Hat verlernt zu schreiben. »Sags noch mal, General Lotem, ich bitte dich.« – »A…n…ssewi.« Lotem unternimmt weitere Anstrengungen, mit großen Pausen dazwischen und sehr viel Geduld vonseiten des guten Jiftachs, bis dieser schließlich laut fragt: »Antebi?«, und Lotem dankbar seine Hand drückt. »Der Arzt?« Nach sanften Berührungen, gestammelten Silben und einer wahren Entschlüsselungsleistung tritt Jiftach aufgewühlt aus dem Zimmer, möchte jemanden Anteil haben lassen an seiner Fähigkeit, mit Lotem zu kommunizieren. »Er hat ›Antebi‹ gesagt.« Eine der Krankenschwestern sagt im Vorbeigehen: »Doktor Antebi ist runter in die Notaufnahme. Haben Sie nicht gehört? Es hat einen schweren Anschlag gegeben, das ist schrecklich, einfach schrecklich. Niemals wird es Frieden geben.« Jiftach kehrt zu Lotem zurück. Lotems Auge steht offen, er murmelt vor sich hin. Da schlägt sich Jiftach vor die Stirn, einmal und gleich noch einmal: »Wie kann es sein, dass ich daran nicht gedacht hab? Wieso hab ich daran bloß nicht gedacht? Wo soll ich den Verbrecher finden?« Und so wird Nissim losgeschickt, Antebi aus dem Gefängnis zu holen. Die Sache ist nicht einfach, obgleich Jiftach mit dem Generalstabschef telefoniert, der mit dem Kopf des Inlandsgeheimdienstes und so weiter, und bis Nissim das Gefängnis in der Wüste erreicht, verstreicht ein weiterer Tag. Die ganze Zeit über lallt Lotem in einem fort »Anssewi«, doch zu seinem Glück schaut von Zeit zu Zeit auch Professor Antebi rein, um zu untersuchen und zu reden, stellt sich als Professor Antebi vor, worauf Lotem weiter »Anssewi« stammelt und der Arzt sehr stolz auf die dramatische Wendung ist. Ab und an versichert Jiftach Lotem, Nissim werde Antebi bringen, und der Golem im Bett erwidert nur »An-sse-wi«, mehr passiert nicht. Bald wird die Sache ausgestanden sein. »Das Blut im Kopf ist gesunken wie nach einer Überschwemmung, ein Glück, dass wir die Maschine nicht abgeschaltet haben«, sagt Steinherz. Und die Schwester: »Andererseits, wer soll ihn denn jetzt pflegen? Er wird schließlich für den Rest seines

Lebens gelähmt bleiben.« Lotem spricht wenig. Die Sonde holen sie ihm aus dem Mund, alles wie in den Büchern, und Jiftachs Tochter lächeln sie herzlich zu, als sei sie Lotems Frau.

Antebi wird auf den Flur geführt, die Hände in Handschellen. Er sieht Jonis Freundin und als diese ihm freundlich zulächelt, verfinstert sich seine Miene. »Was grinst du? Bist schon durch damit, Joni das Leben zu vermiesen?« Jiftach sagt ihm: »Joni ist umgekommen.« Antebi wird bleich. »Deswegen bin ich hier?« Jiftach nimmt ihn zur Seite. Die beiden Aufseher lassen Antebi nicht für einen Moment allein. Jiftach meint zu ihm: »Sieh mal, Adam Lotem braucht dich.«

»Untermensch Lotem.«

Jiftach, ein liebenswürdiger Mensch, bittet in aller Form, erzählt, wie Lotem erst aus dem Koma erwacht ist, als er Antebis Namen gehört hat. Antebi wird in Lotems Zimmer geführt. Der Kranke bemerkt die Handschellen und die Aufseher. Er versucht, eine Hand zu heben, will, dass sie rausgehen. Jiftach sagt zu ihnen: »Versteht ihr denn nicht, dass ihr raussollt?« Doch sie haben andere Anweisungen. Indes, Lotem zeigt sich beharrlich. »L-lasst ihn f-frei.« Dazu können sie auf keinen Fall ihr Einverständnis geben.

»Ich bürge dafür, dass er nicht türmt, wie ist das?«

»Und wer sind Sie?«

»Ich bin J. vom Inlandsgeheimdienst.«

Jiftach zeigt ihnen einen Ausweis. Vielleicht nur einen Behindertenausweis, vielleicht aber ist er tatsächlich ein Mann vom Inlandsgeheimdienst. Sie nehmen Antebi die Handschellen ab. Lotem sagt zu Jiftach: »G-Geh.« Worauf auch Jiftach den Raum verlässt und von außen die Tür bewacht. Antebi überlegt, auf der Stelle das Weite zu suchen. Was kümmert ihn Lotem? Was schert ihn Jiftach? Da bittet

Lotem ihn, mit der Hand, näher zu kommen. Antebi beäugt ihn misstrauisch. Lotem murmelt: »Gret-chen.«

»Was ist mit ihr?«

»Es ist dein Kind. Flieh. Flieh An-te-bi.«

»Wessen?«

»Deins. Deutsch-land. Bie-le-feld. Geh-ren-berg 51, erzähl all-en, wer es Mo-bu-tu be-sorgt hat.«

Antebi betrachtet diesen alten Mann, der in Erinnerung bleiben möchte als derjenige, der Mobutu einen Gewehrlauf in das Rektum gestoßen hat, und als die Aufseher schließlich ins Zimmer kommen, liegt Lotem allein in seinem Bett, lacht und hustet. Was sollen wir euch über das leere Zimmer sagen? Da gibt es nicht viel zu sagen. Lasst uns stattdessen zu Ehren aller Polizei- und Folterminister Laotse zitieren: »Wenn der Sinn herrscht auf Erden, so tut man die Rennpferde ab zum Dungführen. Wenn der Sinn abhanden ist auf Erden, so werden Kriegsrosse gezüchtet auf dem Anger.«

Finale: Scherzo (ma non troppo)

Wollten wir dieses operettenhafte Puppentheater fortschreiben, würden wir Lotem jetzt sterben lassen, aber das Leben ist unbarmherziger als die Kunst, Lotem erholte sich, fast gänzlich gelähmt, wurde in eine Spezialklinik verlegt, sprach wenig, wurde mit dem Löffel gefüttert, monatelang, blieb zwei Jahre dort und mehr. Manchmal redete er wie ein Kind, »Ich muss Pipi«, manchmal bat er, sie sollten ihn an seinem Penis berühren, grapschte nach den Brustwarzen der Pflegerinnen, die ihn fütterten, eine Erektion hatte er ohnehin nicht und all diese Spielchen waren bloß ein Ärgernis, mehr nicht. Lea kam zu Besuch, ließ die kleine Giselle zu Hause, bei Holz, dem hingebungsvollen Vater, der um seine rötliche Tochter herumschwänzelte, erfreut, allein mit dem Mädchen zu bleiben, denn nur dann wagte er, sie Tami zu nennen. Lea sprach leise mit Lotem, so wie sie früher mit ihm gesprochen hatte, erzählte ihm von der Forschungsarbeit, spottete über Freud. Seine Abhandlung über das Vergessen des Namens von Signorelli habe den Wiener in seiner ganzen osteuropäischen Jämmerlichkeit bloßgestellt. Wenn man seine Analyse genau lese, habe über allem die Wichtigkeit des Doktortitels bei ihm gestanden, dabei sind Doktoren doch beinahe ein ebenso lächerliches Völkchen wie Professoren, nur weniger selbstsicher, dazu neigend, schneller beleidigt zu sein. Sie versuchte es noch mit weiteren Gesprächsthemen, aber Lotem stierte vor sich hin und klagte von Zeit zu Zeit über Verstopfungen. Es heißt, nach jedem Besuch dieser Art habe sie geweint. Uns ist nichts bekannt über ein besonderes Leid Leas. Lotem litt, das ja. Glotzte, sehnte sich nach den Bildern, bat manchmal, sie sollten ihn in die Toskana bringen, weil er Gemälde sehen wollte, und nachts, wenn er wach lag, vielleicht schlief er sogar, sehnte er sich nach den Fresken in Florenz, in Siena und Orvieto, nach den Gemälden in Cortona, die sich ihm sicherlich vermischten, aber trotz allem noch farbig waren, und am Morgen brachte man auch ihn im Rollstuhl zur Beschäftigungstherapie, wo sie malten, er und die anderen Kranken, mit Buntstiften auf nicht mehr benötigten Computerausdrucken, eine Sonne, einen Orangenbaum und eine weiß-blaue Fahne mit einem Stachelgebilde in der Mitte. Einmal brachte Lea ihre Tochter mit – Holz hatte zu Marcy gehen müssen, seiner ersten Frau. Lotem saß im Garten. Lea sagte zu Giselle: »Da ist Lotem«, und das Mädchen plapperte fröhlich: »Da ist Totem.« Er versuchte aufzustehen, wankte, versuchte auch, zu der Kleinen zu sprechen, sie verstand ihn nicht, antwortete aber, sah zu ihrer Mutter. Dann versuchte Lotem, hinter ihrem Ball herzuhüpfen, fiel hin und Lea half ihm auf. Und als sei nichts geschehen, redete sie mit ihm über Angelegenheiten aus der großen, weiten Welt. Schämte sich, ihn Naseweis zu nennen. Schämte sich, ihm gegenüber Zuneigung an den Tag zu legen. Nein, sie schämte sich nicht, aber etwas in ihr war verhärtet, die Vergangenheit störte, musste gelöscht werden und zusammen mit ihr ihre Akteure. Sie suchte nach dem Mädchen. Es spielte mit einem Jungen, der hergebracht worden war, um seinen Großvater zu besuchen, und die Kleine wollte sich nicht von ihm trennen. Die beiden liefen weg, Hand in Hand. Giselle weinte zum Abschied, bekam ein Geschenk, beruhigte sich möglicherweise und fuhr mit ihrer Mutter nach Hause. In der winzigen Wohnung schaute Holz eine alte amerikanische Fernsehserie, er sah sich immer nur alte amerikanische Serien an. Als das Mädchen hereinkam, erfuhr er eine Verklärung, jawohl. Sie hatten ihn in Frühpension geschickt, obgleich er noch immer fast jede Nacht zu seiner geschiedenen Frau fuhr, um ihr Gute Nacht zu sagen. Immer bat sie ihn um Verzeihung für alles, was sie ihm angetan hatte, und er wartete, bis sie eingeschlafen war. Und als seine zweite Frau – ihr hatte er nicht ein Wort über dieses Zubettebringen gesagt – ihn verließ, heiratete er eiligst Lea, seine Magisterstudentin. Warum war er in Frühpension geschickt worden? Herausgestellt hatte sich, dass der größte Spender des Instituts für die Erforschung der Psychologie von Holocaustüberlebenden der Sohn eine SS-Offiziers war. Max Thomas mit Namen. Holz wurde der Universitätsleitung von einem fleißigen Journalisten ans Messer geliefert, alle seine Erklärungen halfen ihm nichts, sie setzten ihn einfach vor die Tür, denn anderenfalls wären sie gezwungen gewesen, das Geld zurückzuzahlen, während er besser den Mund hielt, damit nicht auch noch die Affäre um seine Berufung als der andere Morris Holz aufflöge. Das Bronzeschild »Max-Thomas-Institut für die Psychologie von Holocaustüberlebenden« wurde mitten in der Nacht abgenommen. Dem ehemaligen Generalstabschef Kedem Eden zufolge hat Holz bis zu seinem letzten Tag an der Universität gehofft, seine Gattin, Madame Eden, einmal flachzulegen. Doch die Dinge waren weitaus pikanter. Bei einem Treffen, das anberaumt worden war, um Madame Edens Chancen zu erörtern, eine Semesterarbeit zu schreiben, war Holz plötzlich auf die Knie gefallen, hatte ihre Hand ergriffen und zu ihr gesagt: »Sie sind schön. Ich beneide Ihre Kinder. Sie können ihren Kopf auf Ihren Bauch legen und Sie können mit den Fingern durch die Locken Ihrer Kinder fahren. Das ist alles, was ich mein Lebtag gewollt habe.« – »Wir haben keine Kinder«, hatte Madame Eden gequält geantwortet, worauf Holz wieherte und zu ihr meinte: »Sie haben keine Kinder? Das kommt davon, weil Ihr Mann impotent ist. Lassen Sie sich von ihm scheiden. Hören Sie auf mich. Ich werde Ihnen Kinder machen. Werde Ihnen ein schönes Leben ermöglichen. Ich habe einen amerikanischen Pass. Wir fahren weg von hier. Nicht?« Danach war sie nicht wieder gekommen, und er wusste, dass auch dieser Zwischenfall das Seine zur Frühpensionierung beisteuern würde. Doch ohnehin wurde Lea dann schwanger. Was ebenfalls Stoff für einen eigenen Roman abgeben würde.

Was jedoch die Rückkehr der Flüchtlinge nach al-Sindiyana und Umgebung anbelangt, so offenbarte Shulamits Scheitern nicht die Schwäche der Flüchtlinge, sondern vielmehr ihre eigene. Sie hatte zu großes Vertrauen in die eigene Kraft, und in vollkommenem Gegensatz zu Lotem, der sich niemals irgendeiner Macht widersetzt hatte, sondern in ihrem Namen handelte, weshalb er sich auch an grandiosen Fantasien über seine Macht ergötzen konnte, als gehöre sie ihm, verließ sich diese vitale Frau allein auf die Erfahrung des Widerstands, den sie gegen ihren Vater an den Tag gelegt hatte, doch so heroisch, schmerzlich und qualvoll dieser Widerstand auch gewesen sein mochte, als Vorbereitung reichte er nicht aus. Shulamit gab sich der Illusion hin, die Rückführung der Flüchtlinge nach al-Sindiyana sei ein Leichtes, schließlich liegt die Erde brach, verunstalten Bauunternehmer das Land, kommen Menschen an den Feldern vorüber und wissen schon nichts mehr, erinnern sich nicht, vergessen, vergessen das Vergessen. Jenseits der Hügel wohnen ganze Sippen, die von hier vertrieben wurden. Shulamit hatte eine schmerzhafte Niederlage einzustecken, kam aber billig davon, relativ. Noch ehe sich die Menschenkette in Bewegung gesetzt hatte, noch in ihrem Flüchtlingslager, liquidierten als Araber verkleidete Mitglieder eines Todeskommandos auf den überfüllten Straßen vor den Augen der Halbwüchsigen einige der arabischen Initiatoren dieses schönen Experiments, während andererseits postwendend und live im Fernsehen übertragen auf dem Land des ehemaligen al-Sindiyanas eine Gründungszeremonie abgehalten wurde – ein paar Hightech-Größen hatten beschlossen, eine Cottagesiedlung samt Weinkeller für feingeistige Zeitgenossen zu errichten, wozu ein bedeutender Schriftsteller – oder wer auch immer dieser hochmütige Rattenfänger sein mochte, der zu ihnen sprach – den Duft der Scholle tief in sich einsog und aus der Kontemplation das historische Gedächtnis bemühte, um zuweilen bis zur Zerstörung des zweiten Tempels – des Hauses Gottes – und zuweilen bis zur Zerstörung des Hauses des Nachbarn zu gelangen. Von selbst versteht sich, dass eine Tafel zum Gedenken an die sechs Millionen durch die Nazischergen ermordeten Angehörigen unseres Volkes im Zentrum der neuen Siedlung errichtet werden wird oder aber ein Denkmal für die Toten der Kriege Israels, obschon wir hoffen, dass kein Blut mehr auf dieser unserer umkämpften, verfluchten Erde fließen wird. »Die Sache wird unter der Erde weiterglimmen«, sagte Shulamit. »Das palästinensische Erinnern und auch das israelische angesichts des palästinensischen Gedächtnisses, sprich unsere Unfähigkeit, wirklich zu vergessen, was ihnen in unserem Namen angetan worden ist.« Was ist nach Lotems Schlaganfall aus ihr geworden? Aufopferungsvoll kümmerte sie sich um Ali, den man versucht hatte zu erledigen, um sich dann mit seinem Bein und einer Haftstrafe zu begnügen, und als Ali ohne Bein aus dem Gefängnis entlassen wurde, war er sowohl gezwungen, die Krankenhauskosten zu begleichen, wie auch laufen zu lernen. Das Leben mit nur einem Bein in einem Flüchtlingslager ist schwerer als das mit zwei Beinen in einem Villenviertel. Danach verschwand sie. (Es hieß, sie habe beschlossen, eine Doktorarbeit in Amerika bei dem berühmten Morris Holz zu schreiben, und auf dem Weg in die USA habe sie einen Vortrag über ihr Projekt zur Rückführung der Flüchtlinge gehalten, ein Vortrag, der angeblich Begeisterung auslöste, denn danach sei der bekannte amerikanische Softwaremogul Adam Milgram zu ihr gekommen und habe sie zum Abendessen eingeladen, ja manche sagten, am nächsten Tag hätten sie geheiratet, und sich einen Tag später, oder ein Jahr oder mehr noch ohne Begründung wieder scheiden lassen, worauf sie nach Israel zurückgekehrt sei.)

Und Na'ama? Die nahm sich der Familie des kleinen Fu'ad aus dem Lager Nur Shams an und besorgte für seine Mutter eine Arbeitserlaubnis in Israel, damit sie bei Na'amas Nachbarin die Nachfolge der Philippinin antreten konnte. Ihr Sohn teilte ihr mit, dass er die Absicht habe, sich freiwillig für eine Eliteeinheit zu melden, wozu sie ihm die Genehmigung unterschreiben müsse, da er Halbwaise sei. Na'ama weigerte sich selbstverständlich. Seither haben wir ihr Schicksal nicht weiter verfolgt. Schon möglich, dass er seinem Vater nacheifern und vielleicht viel eher umkommen wird, möglich aber auch, dass er nicht den Weg seines Vaters beschreiten wird.

Wer kann das wissen. Deshalb sind wir so optimistisch. Und werden sie nicht vergessen. Werden auch Michal und Sha'ul nicht vergessen. Er spricht nicht. Sie lehrt weiter, hat sogar ein großes Institut zur Erforschung der Psychologie des Alters gegründet. Noch leben sie zusammen. Adam besucht sie nicht. Etwas an seiner Ehe mit Jonis Freundin geht ihr gegen den Strich. Sie ist nicht in der Lage, einem so unglücklichen Mädchen eine Mutter zu sein, wobei das Mädchen selbst wohl auch nicht fähig wäre, die Tochter einer derart rationalen Frau zu sein, doch ohnehin kann Michal nicht lange außer Haus bleiben, da Sha'ul auf sie wartet, so zumindest glaubt sie, doch wenn sie zu Hause ist, meint sie, er warte nur darauf, dass sie endlich ginge. Lotem hingegen ist gut versorgt. Jiftach finanziert etliche Zusatzleistungen, die schon lange nicht mehr von der Kasse gedeckt werden. Eines Tages fragte Lotem Jiftach vorsichtig nach dem Namen seiner Tochter und genau in jenem Moment kam sie ins Zimmer und sagte, offenbar verletzt: »Du wirst mich Bat-Jiftach nennen.« Davon abgesehen liegt Lotem viele Stunden allein da, zwischen einem Besuch und dem nächsten. Seine Kameraden aus der Armee besuchen ihn nicht, denn vielleicht ist er ja überhaupt kein Soldat und sie haben die Nase voll von diesem Wahnsinnigen. In den tiefen Nächten vergisst Lotem seinen Körper, sieht aber deutlich die dunklen Dämonen, die nackte Frauen in die Schlucht werfen, in deren Tiefe sich junge Körper vor Schmerzen und Qualen winden. Am Tag aber wartet er auf die Nacht, um in den Gemälden zu versinken, die er gesehen hat, hat tagsüber Angst, wie ein Blinder, der die Farben vergisst, dass die Erinnerung an die Bilder verblassen könnte.

Wie auch immer, Antebi ist in Generalsuniform gekleidet aus dem Krankenhausfenster gesprungen und verschwunden, hat es geschafft, das Land zu verlassen – mithilfe von J., selbstverständlich – vielleicht via Ägypten, um seinen Sohn zu finden. Wir werden nicht ruhen, bis wir denen von euch, die Antebis Geschichte hören möchten, Antebis Geschichte erzählt haben. Andererseits, es steht euch frei, frohgemut schon jetzt auszusteigen und dennoch als solche zu gelten, die dieses Buch beendet haben, wenn ihr euch lediglich vorstellt, wie Lotem mit zitternden Fingern ein abgegriffenes, beinahe zerfetztes Stück Papier hervorzieht, auf dem ein Gedicht steht, das Antebi vor Jahren aus dem Gefängnis geschmuggelt hat, ein anzügliches, vulgäres Gedicht, eben jenes Gedicht, das Antebi wie ein Wahnsinniger in seiner Wohnung gesucht hat, nachdem Gretchen verschwunden war, und Lotem, dieses Wrack, liest es und ergötzt sich, denn das ist alles, worum er Antebi bittet, das Stück Papier aus der Brusttasche seines Armeehemds zu holen und ihm dazulassen, als er ihm seine Uniform zur Flucht aus dem Krankenhaus überlässt.

10

Antebi

Nachts stand Antebi über das Geländer gebeugt, versenkte sich in den Himmel, als gäbe es auf der Welt nichts außer dem Vergnügen, nackt in der kühlen Brise vom Meer zu stehen. Bevor Antebi seinen Rechtsanwalt umbrachte und in die Haftanstalt in der Wüste kam, war Ali sein engster Freund gewesen, hatte in Tel Aviv gelebt und war plötzlich verschwunden. (Es müsste ein Roman über Ali geschrieben werden. Am besten von einem arabischen Autor.) Bevor er verschwand, vertraute Antebi ihm wiederholt Geheimnisse an. Sogar über die Kränkungen seiner Kindheit, wie sie ihn gehasst hatten, wie hemmungslos er nachts geweint hatte, allein, was wirklich etwas ist, das er niemals irgendjemandem erzählt hat, auch mir nicht. Ali, seinerseits, sagte Antebi nur eines: »Ohne uns gibt es euch nicht, aber uns gibt es auch ohne euch.« Manchmal fiel Antebi auf die Knie, mitten auf dem Dach – eine Art Terrasse vor seiner Wäschereibehausung, zwischen den zum Trocknen aufgehängten Bettbezügen und Laken der Nachbarn – und umarmte die Hündin. Sie stand da und schaute ernst, als erinnerte man sie an all die Welpen, die sie in ihrem Leben geworfen hatte, all jene, die ihr überfahren oder weggenommen worden waren oder einfach herangewachsen und gegangen waren. Wer weiß, ob sie sie jemals auf den Straßen der

Stadt traf, ob sie stehen blieb, um sich zu sagen: Da ist mein Sohn. Und ob ihr Sohn sie ebenfalls erkannte, am Geruch oder woran auch immer Hunde die eigene Verwandtschaft erkennen mögen? Ja hatte sie vielleicht bereits von einem ihrer Sprösslinge neue Welpen in die Welt gesetzt, von einem, der herangewachsen und für sie zu einem fremden Hund geworden war? So oder so, nur Hunde sind wahre Kosmopoliten geblieben. Wer kann schon sagen, welchen Stammbaum die Hündin hatte und wo auf dieser großen, grenzenlosen Welt ihre Familie herumlief, wie weit es sie verschlagen hatte und in welche Länder? Wie weit emigrieren Hunde?

Antebi hatte seine Hündin Gretchen genannt und liebte sie sehr. Nachts, wenn er nicht in der goldenen Heuschreckenlarve der Sterne stand und von seiner Matratze hochkam, um am anderen Ende des Daches zu pinkeln (im Winter hüllte er sich dazu in eine Decke), oder wenn er etwas aus dem Kühlschrank trank, kam Gretchen zu ihm gelaufen, um ein Streicheln zu bekommen, tauchte schnaufend aus der Dunkelheit auf, worauf er manchmal mit seiner heiseren Stimme zu ihr sagte: »Warum schläfst du nicht ein bisschen, Gretchen, hä? Hier, nimm Milch«, trank selbst einen Schluck Milch aus dem Karton, gab dann ihr direkt in ihre rosa Schnauze zu trinken und kehrte bei vollkommener Dunkelheit zurück, um weiterzuschlafen, während sie gähnte und wieder zu ihrem Lager trottete. Wenn ihr traurig zumute war, kam sie, um sich an ihn zu schmiegen, und er wechselte die Seite, streichelte sie, ohne aufzuwachen, da er zu schlafen wusste. Manchmal, wenn sie ihm den Hals leckte, lächelte er ihr zu, schlief aber weiter, als sei sie Teil eines Traums und nicht nur seines wundervollen Lebens. Die Male, da er ein Auto hatte, ließ er Gretchen auf dem Beifahrersitz Platz nehmen, streckte sie den Kopf zum Fenster heraus und ließ den Wind ihr Fell zerzausen. »Das gefällt dir, was? Freust dich, dass ich ein Auto gekauft hab?

Damit du Bescheid weißt, ich habs nicht gekauft, Gretchen, ich habs geklaut und nach dieser Fahrt werden wir zu Fuß zurücklaufen, sonst bringen sie mich ins Gefängnis und du wirst allein sein, also sei nicht traurig, wir machen diese Fahrt zu Ende und gehen nach Hause, ja? Lassen den Wagen weit weg stehen und rennen zurück, wie du es liebst, in Ordnung?« Oh, Antebi, Sohn des Sternenhimmels über unserem kleinen Land. Wer erinnert sich nicht an seinen großen Schattenriss, der sich vom Dach über die Straße ergoss?

Viele Jahre lang hatte er mit einer Deutschen zusammengelebt, die Gretchen hieß. Anfangs sprach sie noch recht viel mit ihm. Sie war ein gebildete Frau, deklamierte aus *Faust*, auswendig: »Wo fass ich dich, unendliche Natur? Euch Brüste?« Er bat, mehr, noch mehr, sodass sie noch und noch zitierte, über das Verlangen des sich abnutzenden Herzens nach dem Quell allen Lebens. Gretchen gab ihm die Milch sanfter deutscher Worte zu trinken, schließlich hat Goethe ja deutsch geschrieben. Sein gemeinsames Schweigen mit dieser Frau war das Schweigen eben jenes Antebis, der Jahre später auf seinem Dach laut vor sich hin deklamieren sollte, wenn er alleine war; derselbe Antebi, der Wiegenlieder auf Spaniolisch sang; derselbe Antebi, der Ali endlose Geschichten erzählte über seine Mutter, Nummer 39081; derselbe Antebi, der auf seine Hündin mit einer Zärtlichkeit einplapperte, die Gretchen – die Frau – so sehr bei ihm gewollt und nicht bekommen hatte; derselbe Antebi, der am Gefängnistor in schreckliche Tränen ausbrach und sich später mit einer Rasierklinge selbst kastrierte. Im Rückblick auf diese langen Jahre vermischt sich alles und vielleicht sind die Dinge die ganze Zeit über so gewesen, klein gestoßen und durcheinander gewirbelt. Bis sie schließlich floh, war Gretchen den ganzen Tag allein in der Wohnung, ohne jemanden, den sie kannte, ohne Freund. Er war fort, ihren Lebensunterhalt zu verdienen. Ihre deutschen Freunde wollte er nicht kennen lernen. Hasste Deutsche.

Als junger Fallschirmjägeroffizier hatte Antebi mal einen arabischen Jungen getötet. Aus irgendeinem Grund befahl er seinen Soldaten, das Feuer auf drei Hirten in der Nähe von Bethlehem zu eröffnen, einer von ihnen starb durch seine eigene Kugel, der zweite durch die Kugel eines hochrangigen Offiziers, der bei jener Patrouillenfahrt zu Gast war, und der dritte Hirtenjunge floh und kehrte nicht wieder, auch nicht, um eine Zeugenaussage zu machen. Sie stellten Antebi vor Gericht, weil er die ganze Verantwortung auf sich nahm. Warum hatte jener hochrangige Offizier bei ihm im Jeep gesessen? Weil sie sich an jenem Morgen am Sammelpunkt getroffen hatten und der ranghohe Offizier ihn nach seinem Namen fragte und sich mit ihm über die Herkunft seiner Eltern unterhielt. Die Augen des Offiziers betrachteten ihn wohlgefällig und plötzlich bot er sich als Partner bei jener Patrouille an, war aber verschwunden, als ihnen die ganze Sache mit dem Erschießen um die Ohren flog. Antebi verstand das. Ein junger Offizier kann nicht einfach aus seinem Jeep aufstehen und auf Hebräisch von weitem drei jungen Hirten zubrüllen, sie sollen stehen bleiben, um dann, wenn sie in Panik verfallen und anfangen wegzurennen, Befehl zu geben, das Feuer zu eröffnen, als gälte es, Rehe zu schießen, aber genau das hatte Antebi getan, hatte im Jeep gestanden und geschossen, hatte sich bemüht zu zielen und zu treffen, gerade weil der berühmte Regimentskommandeur in seinem Jeep saß. Deshalb nahm er alle Verantwortung auf sich, nicht aus Loyalität, sondern weil er einen Menschen, der ihn offenbar liebte, in Schwierigkeiten gebracht hatte. Später konnte er nicht erklären, was in jenem Augenblick passiert war, das ihn brüllen, aufspringen und schießen ließ. Auch wie viele Kugeln er abgefeuert hatte, konnte er sich nicht erinnern, obgleich im Prozess von Zahlen die Rede war. Antebi hörte nicht zu. Er dachte an das kopflose Davonstürzen des Hirten und an den Geruch des Gewehrs. Mit den Jahren entschied er, es sei eine Art Schießübung gewesen – ein Vergleich, der ihm die Bilder eindämmte, wie ein blutgetränkter Verband. Besser, sich eine resümierende Metapher zurechtzulegen, die den Gedankenfluss unterbricht, besser Schießübung zu sagen und aufzuhören, sich den rennenden Hirten vorzustellen, seine flüchtenden Freunde, seine Mutter, die sich über ihn beugt, sein Grab, das Skelett im Staub, kurzum, die Hirten waren davongestürzt, einer im hellen Hemdgewand war in südliche Richtung geflohen und die beiden anderen in unterschiedliche Richtungen, in dunkler Kleidung, an die Farbe kann er sich schon nicht mehr erinnern. Adam Lotem, der ranghohe Offizier, hatte wie vom Teufel besessen mitgemacht, hatte ebenfalls auf die beiden übrig gebliebenen Flüchtenden gefeuert und einen von ihnen erwischt, dann aber in fürchterlicher Angst gebrüllt, kaum dass der Junge in der hellen Dschalabija hinfiel: »Was hast du gemacht, Antebi? Antebi, was hast du gemacht?« Mit den Jahren kam es Antebi so vor, als habe Lotem die ganze Zeit über immer lauter geschrien, »Antebi, was hast du gemacht? Mein Junge, was hast du gemacht? Hast du nicht gesehen, dass es Hirten sind?« Und warum war auch der Offizier aufgesprungen und hatte geschossen, während er gleichzeitig schrie? Weshalb überhaupt hatte er so panisch gebrüllt? Es ist wohl zu kompliziert, dies zu konkretisieren, aber wie auch immer, er schoss, brüllte und war von panischer Angst befallen, wohingegen ausgerechnet Antebi ganz ruhig war. Hätte Antebi ein Fotoalbum, könntet ihr euch jetzt ein Bild von ihm als junger Offizier anschauen, mit Waffe, lachend. Als sei seine Waffe irgendein Taktstock. Seine Ausgelassenheit zog den hochrangigen Offizier an, seine großmütigen Augen, seine Schüchternheit. Eine solche Liebe hatte Antebi niemals zuvor in den

Augen eines anderen gefunden. Vielleicht ließ er sich ja tatsächlich durch diese unverhohlene Sympathiebekundung aus der Fassung bringen, da von einem berühmten und auf jenem gleißenden Platz von allen verehrtem Mann die Rede war? Wer kann schon Beweggründe angeben, die für einen Moment erwachen und sich sogleich in Gedanken über Motive verfangen, im Sinnen über das Nachvollziehen von Beweggründen? Die Wahrheit ist der Anfang von allem, schlicht und ergreifend.

Er lernte sein Gretchen während des Prozesses kennen, in irgendeiner Bar, spätabends. Von da ab sahen sie sich regelmäßig. Meistens redete er und sie hörte zu. Im Unterschied zu den übrigen Besuchern der Bar, die ihn mit einer gehörigen Portion Abscheu betrachteten – wer in jenen Tagen kannte ihn nicht aus der Zeitung? –, wusste Gretchen rein gar nichts über den Prozess, auf dessen Ende Antebi, der fürs Erste nur aus der Armee entlassen worden war, wartete, aber kurz vor dem Urteilsspruch erzählte er ihr alles und sie schaute in seine Augen und sagte, sie glaube nicht an seine Schuld. Aufgebracht erwiderte er: »Sei nicht idiotisch, ich bin schuldig, aber sie werden mich freisprechen.« Am nächsten Tag kam sie zur Verhandlung, trat zu ihm, ergriff seine Hände und sagte mit bebender Stimme: »I love you even if you are guilty, because I love you, that is all.« Und was antwortete der Idiot? »Du bist Deutsche, was? Liebst Mörder.« Der Schmock begriff nicht, welch emotionalen Kraftakt sie unternommen hatte, um ihm so etwas zu sagen, nach allem was sie durchgemacht hatte, seit sie die Wahrheit erfahren hatte über ihren Vater und dem sich anschließenden Streit mit ihrer Mutter, die schwor, der Vater sei ein Held und kein Verbrecher gewesen, auch wenn er sich umgebracht habe. Ihr Vater war der Erste gewesen, der irgendjemandem auf der Welt – genauer gesagt, einem jungen schwedischen Diplomaten, den er im Zug von Warschau nach Berlin traf – von dem Gas berichtete, das er selbst aus

Deutschland zu den Lagern in Polen geschafft hatte, und der den Diplomaten beschwor, flüsternd – beide standen sie auf dem schmalen Gang vor den Abteilen und rauchten –, er möge diese Information publik machen. Ihr werdet fragen, warum Gretchen mit ihrer Mutter stritt? Weil ihr Vater weiter seine Stellung bekleidet hatte, trotz aller Bemühungen, diese Information nach außen zu tragen. Er hatte eben Verantwortungsgefühl, sagte die Mutter, sowohl bei der Erfüllung seiner Aufgabe als auch in dem Versuch, die Information durchsickern zu lassen. Und warum hat er sich umgebracht? Weil der schwedische Diplomat viele Jahre lang nicht auffindbar war, um zu seinen Gunsten auszusagen. Als Gretchen nur von den Gaslieferungen hörte, die ihr Vater weitergeleitet hatte, überwarf sie sich mit der Mutter, flüchtete nach Berlin, studierte dort, heiratete, begriff, dass auch das große Vermögen der Familie ihres Mannes nicht erst in den Jahren nach 1945 angehäuft worden war, worauf sie alles aufgab und vor lauter Verzweiflung hierher kam, um in dem einzigen Land zu leben, in dem es ganz sicher keine Nazis gibt. Und er, Antebi, verstand ihre Unterwürfigkeit nicht, als sie verkündete, sie liebe ihn.

Der Prozess endete, Antebi wurde freigesprochen und in dem Augenblick, da seine Unschuld festgestellt wurde, fing er an zu brüllen: »Ich hab den Jungen umgebracht und ihr lasst mich laufen? Ihr Hurensöhne!« Immer wieder brüllte er. War nicht zu beruhigen. Man holte seinen Cousin, Oberleutnant Gershon Matalon. Antebi spuckte ihm ins Gesicht. Große Verbitterung über Lotem überkam ihn. Nicht etwa, weil dieser nicht zu den Gerichtsverhandlungen gekommen wäre. Im Gegenteil, Lotem erschien zu jedem Verhandlungstermin, trotz des ausdrücklichen Verbots durch den Generalstabschef. Gretchen stand etwas abseits, verstand nicht, was dort los war. Ein Offizier der Militärpolizei näherte sich, klopfte Antebi auf die Schulter. »Geh nach Hause, was essen, trinken, deine blonde Freundin ficken, du hast doch einen Freispruch, was willst du mehr?« Antebi schaute in die listigen Äuglein des Offiziers und fiel über wen her? Über Lotem, der eine Reihe weiter hinten saß. Und als sich der Offizier der Militärpolizei beeilte, Lotem mit dem eigenen Körper zu schützen, fuhr Antebi herum und verpasste dem Offizier den fürchterlichsten Faustschlag, den er bis zu jenem Tage zuwege gebracht hatte. Der andere ging augenblicklich zu Boden, die Nase zertrümmert, und seine Untergebenen von der Militärpolizei, gewöhnliche Militärpolizisten mithin, die sich eine solche Tat tagtäglich zusammenfantasierten, nutzten die Gelegenheit, folgten dem ungeschriebenen Gesetz und schlugen mit vereinten Kräften Antebi zusammen, bis Blut floss, alle auf ihm, ein schreiender Haufen. Gretchen stand weiter verängstigt in einer Ecke, während Antebi es geradezu genoss, nicht wegen der Prügel, die er bezog, sondern weil er in den Knöcheln seiner rechten Faust noch immer die zermatschte Nase des Militärpolizeioffiziers spürte, was eine ziemliche Befriedigung ist, die jeder kennt, der irgendwann mal eine Faust in ein solches Ziel gebracht hat. Vom Grunde des Haufens erhaschte Antebi Gretchens furchtsamen Blick, wofür er ihr dankbar war. Sie wurde nach Hause geschickt und er wegen der Tätlichkeit gegen einen Offizier der Militärpolizei verurteilt. Der Verteidiger, den sie ihm stellten, bat, die Fakten zu berücksichtigen, aber das Gericht war Teil der Fakten. Andererseits ersparten sie ihm eine lange Haftstrafe, weil Lotem losging, um mit dem Richter zu reden, und ihm schlicht verbot, diesem Jungen eine deftige Strafe aufzubrummen. Der Richter glaubte, Lotem auszutricksen, und erkannte zusammen mit der milden Strafe Antebi seinen Offiziersrang ab. Wollte unabhängig sein, der Herr Militärrichter. Antebi lachte bloß. Wollte überhaupt keine Rangabzeichen. Und weil man sich hinter den Kulissen um ihn kümmerte, wurde ihm im Gefängnis auch nicht weiter übel mitgespielt, abgesehen von der ihm übertragenen Aufgabe, jeden Morgen die großen Fäkalienkübel seines Gefängnistrakts zu entleeren.

Abend für Abend schlief er, ziemlich früh, im Lärm der Zelle ein, als treibe er zwischen Fichtennadeln auf einer regenüberfluteten Straße. Einmal träumte er, er löse sich wie eine durchsichtige Flasche zusammen mit dem Wasser darin auf, bis von ihm nur noch Hals und Kopf übrig waren. Jeden Abend musste er zum Durchzählen geweckt werden, draußen, um zehn, nachdem er bereits zwei Stunden geschlafen hatte. Abend für Abend kam Rafi auf seine Pritsche geklettert, schüttelte ihn sanft, während draußen, in der Dunkelheit, dreiundzwanzig Häftlinge standen, allesamt jünger als er, und darauf warteten, bis er die Leiter herabkam, vollständig angekleidet und in Schuhen, »Jawohl, Herr Kommandant!« antwortete und zurück zu seinem Bett wankte, um wieder einzuschlafen. Niemand kannte ihn aus seinem früheren Leben bis auf Rafi, aus ihrer gemeinsamen Kindheit. An einem solchen lärmenden Abend, vor dem Zählappell und nachdem er schon eingenickt war – er hatte bereits anderthalb Monate dort hinter sich –, träumte Antebi, sein Sohn wecke ihn. »Heute gehen wir nach Hause«, sagte der Kleine, und er streichelte ihn im Traum, antwortete nicht, zitterte bloß. Als er zum Zählappell kam, sagte der Aufseher: »Werter Herr haben geschlafen wie ein Greis und auch geschnarcht.« Die Häftlinge lachten und der Aufseher brüllte: »Hier wird nicht gelacht!« Nur zwei hörten nicht auf zu lachen, der König der Zelle und sein Sklave (der für den König die Zeitung bunkerte, ihm Orangen schälte und so weiter). Der Sklave wurde in die Einzelzelle geschickt, der König kehrte zurück in sein Bett. Antebi blieb unbeteiligt. Manchmal dachte er, es sei nur Müdigkeit, diese Lust zu schlafen, dieses Wegdämmern früh am Abend, lange, bevor das Licht ausgeschaltet wurde, das lautstarke Stimmengewirr zu einem siechen, quälenden Tröpfeln wurde und sich alles in flüchtige Träume mischte, unter einem dünnen Häutchen aus Schlaf und Dahindösen. Dann wieder fürchtete er, es könnte eine Form von Angst sein, ein Verlust des Körpergefühls, und dass er vielleicht über die Mauer klettern und verschwinden sollte. Er wartete auf Besuch von Gretchen, die aber nicht wusste, wie und wen man um Erlaubnis bitten musste. Also kam sie nicht. Antebis Hände wurden jeden Morgen dreckig bei der Arbeit, warmes Wasser gab es in der Dusche nicht und so duschte er mit kaltem, beklagte sich aber nicht, doch nicht etwa aus Stolz, sondern aus dem Unwillen zu sprechen. Auch das Sprechen ist Kuppelei. Ein langer Wasserschlauch stand ihm zur Verfügung. Er kippte den Inhalt der Nachttöpfe in eine Rinne und spülte aus einiger Entfernung mit starkem Strahl die Rinne und die Eimer aus, schwemmte alle möglichen Exkremente weg. Seine Hände liefen rot an durch das kalte Wasser, sein Körper stank, seine Schuhe wurden nass. Rostige Stacheldrahtzäune, von denen Wasser tropft, ein hässliches Vögelchen, das sich auf dem Dach aufplustert, ein fernes Lied, das vom Wind verschluckt wird und erstirbt, und plötzlich, eines Morgens, brach er in ein kurzes, heftiges Weinen aus, ein tränenersticktes Niesen. Da bemerkte er Rafi, der einen Entwässerungskanal von Reisignadeln und Schlamm reinigte. Immer hatte er Rafi ignoriert. Jetzt sprach Rafi Antebi an, von weitem, fragte, ob er irgendetwas für ihn tun könne. Antebi überlegte, sich abzuwenden und zu seiner Arbeit zurückzukehren, es schnürte ihm die Kehle zu, aber stattdessen näherte er sich Rafi und sagte im Stil eines Rapports: »Ich versuche, meine Eltern anzurufen und schaffe es nicht. Meine Mutter sorgt sich sehr um mich«, womit er kehrtmachen wollte, aber noch einen Moment lang zögerte. Rafi zuckte mit den Schultern, vertat die Gelegenheit, wusste nicht, was er sagen sollte. In regelmäßigen Abständen steckten sie ihn ins Militärgefängnis. Seine Eltern rief er nie an. Sie wussten überhaupt nicht, wo in dieser großen Armee er steckte.

Als sie Kinder waren – Rafi, Antebi und die anderen –, gab es bei ihnen im Viertel auch ein stämmiges Zwillingspaar, Moshe und Chaim Kupfer, der eine mit einem rosaroten Geburtsfleck unter dem Auge. Immerzu verprügelten sie Rafi, weil er schwach war. Rafi erzählte seinem Vater niemals davon. Ohnehin hätte sein Vater nichts gegen die beiden unternehmen können. Auch die Zwillinge hatten einen Vater. Auch er liebte seine Jungs, und jedes Mal, wenn sich die Kinder um den Hof zusammenrotteten, kam Vater Kupfer mit einem großen Knüppel heraus, fluchte und schimpfte und brachte seine Söhne ins Haus. Rafi konnte sich schon nicht mehr erinnern, welchen Vorwand die Streitereien gehabt hatten. Geblieben war ihm nur die Erinnerung an die Schläge, die Ungerechtigkeit, die Kränkung. Und die Angst, seinem Vater wehzutun. Auch der Anblick des Vaters der Zwillinge, der sie mit viel Liebe sicher ins Haus geleitete, hatte sich ihm eingebrannt. Und wer verpasste eines Tages diesen starken Zwillingen eine Tracht Prügel? Antebi natürlich. Stieß sie mit den Köpfen zusammen und dann, als sie heulend abgezogen waren – der eine blutete an der Stirn, nicht der mit dem rosa Mal –, wartete David Antebi, dass ihr Vater rauskäme. Er war ein bisschen aufgeregt, seine Beine zitterten ein wenig und doch stand er vor dem Haus und wartete. Auch die anderen Kinder warteten, in sicherer Entfernung. Kupfer kam herausgestürzt, mit dem Knüppel, doch noch ehe er den Mund aufmachen konnte, hatte Antebi einen schweren Stein aufgehoben. Der Vater blieb stehen und Antebi meinte mit bebender Stimme zu ihm: »Dass Sie mir ja nichts über die Nazis oder den Holocaust sagen, haben Sie verstanden? Sie haben zwei Söhne, jeder von denen ist selber ein Nazi.« Große Stille trat ein. Kein Sepharde hatte je gewagt, so mit Holocaustüberlebenden zu reden.

Kupfer war betroffen. Er betrachtete die Kinder des Viertels, die weit hinter dem rothaarigen Bürschchen standen, und verschwand ins Haus. Es hieß von ihm, er habe hier im Land ganz von vorn begonnen, habe schon vorher Kinder gehabt, ebenfalls Zwillinge. In der Schule, schon in der ersten Klasse, versuchten sie, Moshe und Chaim zu trennen und sie in zwei unterschiedliche Klassen zu setzen, und ihr Vater kam Tag für Tag, marschierte in die Klasse, kontrollierte, wo Chaim saß, platzte danach in die andere Klasse, um zu sehen, wo Moshe saß, jeden Tag kam er, obgleich die beiden sich schämten für seine Auftritte. Einmal ging die ganze Schule in Reih und Glied ins Haus des Volkes zur Feierstunde am Holocaustgedenktag. Genau in der Mitte des Wohnblocks tauchte der Bäcker auf seinem Fahrrad auf, fuhr die lange Kolonne ab, überprüfte, wen von seinen Söhnen er auf seiner Position belassen konnte, um schließlich, auf seinem Rad, Chaim zu Moshe zu bringen. Der Schulleiter kam angerannt. »Selektia«, blaffte der Bäcker den Schulleiter an. Das war geschmacklos, keine Frage, aber es war nun mal das, was passierte.

Rafi sagte zu Antebi: »Ich kann deine Eltern anrufen, gib mir die Nummer und ich ruf sie an.« Antebi fragte Rafi nicht, wie er es schaffen wollte, aus dem Gefängnis anzurufen, gab ihm aber trotz allem die Nummer seiner Eltern. Rafi suchte nach einem Stück Papier, fand keins, prägte sich, um die Gelegenheit nicht zu verspielen, etwas für Antebi zu tun, die Nummer ein. Mit einem Mal überflutete sie die Sonne. Rafi sehnte sich nach dem Viertel, nach der Sicherheit, die Antebi einst auf ihn ausgestrahlt hatte, und manchmal beschlich ihn der Verdacht, es sei vielleicht gar nicht von ein und demselben Mann die Rede. »Der Inder hat sich umgebracht, weißt du, oder? Heut morgen haben sie ihn in der Dusche gefunden, erhängt.« Vorher hatte Rafi gedacht, Antebi hätte wegen des Inders geweint, aber Antebi hatte nichts darüber gehört, und jetzt erbleichte er. Bereits in der ersten Woche nach seiner Einweisung hatte der Inder ihn mit seinen vorsichtigen Blicken taxiert und Antebi nach dem Durchzählen gefragt: »Entschuldige, kannst du Briefe schreiben?« Antebi hatte ihm mit einem Lächeln entgegnet: »Einen Brief für dich schreiben, ist es das, was du möchtest?« Und der Inder leise: »Schreib meinem Vater, dass ich ihn um Verzeihung bitte, dass ich nicht die Absicht hatte, ihn anzuschreien, und dass ich nachts nicht schlafen kann, weil ich dauernd daran denken muss, wie er weint.« Antebi hörte zu. Der Inder sagte: »Kannst du alles behalten, was ich dir gesagt hab?« – »Ich werds behalten, mach dir keine Sorgen.« – »Ich hab dir so viel gesagt.« – »Ich behalts. Warum machst du dir Sorgen?« – »Alles, was ich dir sagen wollte, Vater – schreib, teurer Vater, jedes Mal, wenn ich Vater sage, schreibst du, teurer Vater –, ist, dass ich dich nicht mehr so schwer arbeiten sehen kann, und ich weiß, dass du auch für mich arbeitest und ich nicht in der Lage bin, irgendwelche Unterstützung mit nach Hause zu bringen.« Aus seiner Ecke musterte Rafi die anderen Häftlinge, die verstummt waren. Der Inder bemerkte ihre Blicke und erschrak. Gelbliches Licht warf die Schatten der Häftlinge zwischen die hohen Betten, drei Pritschen, eine über der anderen, eng gestellt in zwei langen Reihen. Die Augen des Inders hingen an Antebi wie zwei Schnecken. Er hatte Angst und wäre bereit gewesen, mit dem Diktieren noch stundenlang weiterzumachen. Ob Antebi alles behielt oder nicht, kümmerte ihn schon nicht mehr. Hin und wieder sagte er: »Du behältst doch alles, oder?« Und Antebi erwiderte: »Sollen wir es auf morgen früh verschieben?« Vielleicht behagte auch ihm das Zuhören nicht. »Und morgen behältst du dann alles?« – »Ich hab dir gesagt, ich behalts.« Am nächsten Tag setzte Antebi ihm einen schönen Brief auf. Der Inder saß neben ihm und sah ihm zu, wie er schrieb, linste zuweilen vorsichtig auf das Blatt. Am Ende meinte Antebi zu ihm: »Schau mal, Soldatiko, ich schreib dir so viele Briefe, wie du willst, aber ich werd mich für dich mit keinem anlegen, in Ordnung?« Nein, er müsse sich keine Sorgen um ihn machen, er habe keine Angst.

Als sie anfingen, Soldatiko zu drangsalieren, fand sich dieser mit Antebis Neutralität ab und begnügte sich mit der Freundschaft des Mannes, bemühte sich, immer in dessen Nähe zu sein. Eines Tages trat Antebi zum Gefängniskommandanten, als dieser über den Hof kam, und sagte gegen alle Vorschriften leise zu ihm: »Bei uns in der Zelle sitzt ein kleiner Inder. Die machen ihn fertig. Entweder, ihr schützt ihn und holt ihn aus dieser Zelle, oder er macht Schluss.« Der Kommandant besah sich Antebi und sagt zu ihm: »Komm in mein Büro, großer Antebi.« Dort angekommen meinte er: »Großer Antebi. Richtig? Nicht einer hat sich umgebracht, seit ich hier Gefängniskommandant bin. Und weißt du, warum? Weil ich Spitzel in jeder Zelle habe. Auch in deiner. Ich weiß, dass du ihm den Brief nach Hause geschrieben hast. Und damit du Bescheid weißt, sollte diesem Soldaten auch nur ein Haar gekrümmt werden, schneide ich mir diesen Finger hier ab.« Er zeigte Antebi einen Finger. Doch dann kam wie eine schwarze Wolke die Schikanierung des Soldatiko. Sie dachten, er sei ein Spitzel. Er wusste, dass so etwas kommen würde, der Junge, wusste auch, dass es nicht mehr aufhören würde, und nach ungefähr einem Monat hängte er sich auf.

Rafi erzählte Antebi noch ein bisschen von dem Selbstmord und beide zitterten sie, jeder auf seine Weise. Zwei Stunden danach rief der Gefängniskommandant Antebi zu sich. »Nur damit du Bescheid weißt: In dem vorherigen Gefängnis haben sie ihn nicht vergewaltigt, und seine Beschwerden dort waren sämtlich erstunken und erlogen. Bei euch in der Zelle haben sie gedacht, er sei ein Denunziant, aber vor allem war er ein Lügner. Nicht ins Gefängnis hätte man ihn schicken sollen, sondern in eine psychiatrische Anstalt. All seine Hirngespinste über sexuelle Belästigungen haben vielen Häftlingen viel Schmerz beschert.« – »Warum haben Sie mir das nicht gesagt, als ich bei Ihnen war?« – »Was denkst du, dass du bist, großer Antebi?« – »Also warum haben Sie mich hergerufen?« – »Um dir zu sagen, dass dein kleiner Sklave Suizid verübt hat.« Antebi bedachte den Gefängniskommandanten mit hasserfülltem Blick und verließ den Raum. »Stehen bleiben!« Antebi ging. »Stehen bleiben!« Antebi ging und ging, bis zur Mauer ging er, kehrte zum Gebäude zurück, ging zur Mauer, kam zurück, gehetzt. Alle hatten den Kommandanten aus dem Fenster nach ihm rufen hören. In der Zelle lauschte Antebi still auf die Gespräche, suchte den Schuldigen, wie ein Richter, Ankläger, Henker. Nicht, dass der Selbstmord ohne Untersuchung und Getöse über die Bühne gegangen wäre oder der Gefängniskommandant nicht ein bisschen geschwitzt hätte. Sogar ein Untersuchungsausschuss wurde eingesetzt. Mit Antebi sprachen sie nicht, aber auch mit sehr vielen anderen Häftlingen nicht. Und in der Nacht, bevor er entlassen wurde – man entließ ihn vorzeitig; er wusste nicht, warum; dachte, sie wollten keinen Ärger wegen der Sache mit Soldatiko –, folgte Antebi dem König der Zelle, als der scheißen ging (immer ging er auf der Krankenstation scheißen, sie erlaubten es ihm). Umklammerte seinen Hals mit dem Unterarm, nahm Scheiße in die Hand und rieb sie ihm ins Gesicht. Der König fiel hin, die Hose auf den Knöcheln. Dann holte Antebi seinen berühmten großen Schwanz heraus, die Augen des Königs verdrehten sich vor Angst, ehe der gelbe Strahl wie bei einem Elefanten hervorschoss. Antebi kehrte zurück in die Zelle und sagte zu den Häftlingen: »Ich hab euren König fertig gemacht. Für das, was ihr dem Inder getan habt. Wer die Hand gegen mich hebt, bis ich hier rauskomme, stirbt. Ich hab in meinem Leben schon etliche umgebracht.« Er löste einen Knoten in seinen Locken, wartete darauf, die Reaktion zu sehen, versuchte, seinen Atem zu beruhigen. Aus der Ecke der Zelle, von der Pritsche des Königs, fragte der Sklave: »Warum hast du den Inder nicht verteidigt, wenn du so ein Held bist?« Antebi brüllte, das Gesicht puterrot, die Halsadern angeschwollen: »Halt die Schnauze, sag ich dir!« In der Zelle zu schlafen wagte er nicht. Seine kriminelle Vorstellung würde nur wirken, bis der König zurückkäme. Aber dann würde der Angepinkelte in hysterischer Kampfeslust über ihn herfallen und die anderen nicht wagen, abseits zu stehen. Deshalb zog sich Antebi noch vor dem Zählappell in eine Ecke des Hofs zurück, zwischen zwei Mauern, und blieb wach. Als es ihm gelungen war, das Bild des Sklaven zu vertreiben, der auf der unteren Pritsche gelegen, Fragen gestellt und aus Angst vor seinem Gebrüll gezittert hatte – großer Held, wen bitte hat er denn da zusammengestaucht? –, genoss er die Erinnerung an den König, von Pisse durchnässt, auf dem Toilettenflur der Krankenstation. Dann begann von neuem, die Gestalt des kleinen Inders ihn zu peinigen, und er brach in stille Tränen aus. Achtete darauf, nicht einzuschlafen. Es ist gut, allein zu sein. Gut, nichts schuldig zu sein. Gut, dass die Deutsche aus meinem Leben verschwunden ist. Warum liebe ich sie noch? Am nächsten Morgen meinte der Gefängniskommandant, Oberstleutnant Jeremias Spinoza, der am Tor auf ihn wartete, zu ihm: »Ich hoffe, dich nicht wiederzusehen, obgleich Menschen wie du niemals vom Gefängnis loskommen. Was du gestern Abend veranstaltet hast, hätte man dir nicht so stillschweigend durchgehen lassen, wenn du nicht Kontakte bis ganz nach oben hättest, und auch beim Zählappell warst du nicht. Alles in allem bist du also bloß ein Marionettentheaterheld, das ist es, was du bist. Ein Held mit Deckmäntelchen über dem Arschloch.« Antebi schluckte die Beleidigung, kam nach Hause, lief einige Tage lang durch die Stadt wie jemand, dem ein Messer zwischen die

Rippen gestoßen worden ist, ein Marionettentheaterheld. Gretchen begriff nichts und er erklärte nichts. Redete fast gar nicht mit ihr. Was dann hat ihre Beziehung gerettet? Der segensreiche Sex. Und sie freute sich, zumindest anfangs.

Ich springe jetzt bis zum 8. Juni 1982. Ein quietschender gepanzerter Mannschaftstransporter, voll gepackt mit angespannten Reservesoldaten, die einander vorher nie gesehen haben, nicht sterben wollen, quält sich zu einem libanesischen Dorf in der Nähe von Saida hoch, bahnt sich einen Weg zwischen rauchenden Autowracks hindurch. Zwischen zwei Feigenbäumen, neben einem hohen, prachtvoll gelb blühenden Busch schläft ein Junge in Kampfanzug. Roter Schnodder, Fliegen über der Oberlippe neben dem dunkel verkrusteten Nasenloch wie ein Lächeln auf seinem Gesicht. Eine Fliege wandert bis zur weit aufgerissenen Oberlippe, fliegt, landet jenseits von ihr, aber der Junge rührt sich nicht. Ein rot gelockter Bursche springt im Mannschaftstransporter auf und sagt laut zu seinen Banknachbarn, die auf den toten Jungen blicken: »Ich verschwinde.« Hebt die Stimme, schreit. Sie lächeln verlegen, sind ganz auf die Gefahr feindlichen Beschusses fixiert, der aus den Büschen kommen wird, sind bereit, jedes aufflatternde Perlhuhn abzuballern. Da wirft Antebi sein Gewehr aus dem Fahrzeug und springt, rollt über den warmen Boden, kommt hoch und geht weg. Der Kommandeur des Zugs, ein junger Offizier, lässt nicht anhalten, sondern brüllt: »Antebi, stehen geblieben!« Aber ringsum herrscht Stille. Antebi geht schnell, schaut nicht zurück, nicht auf die ausgebrannten Fahrzeuge, hat Angst, noch mehr Kinder zu sehen. »Antebi, ich erschieße dich, wenn du nicht zurückkommst.« Einen Dreck schert sich Antebi um den drohenden Offizier. Man hat geglaubt, der Krieg würde innerhalb einer Woche, eines Monats, Jahres, Jahrzehnts beendet sein, aber ein solcher Sprung aus einem Mannschaftstransporter stand nicht in den Kriegsplänen. Andererseits, die Kriegspläne konnten mit ihm leben. Wieder teilten sie ihm einen Armeeverteidiger zu, seinen Cousin, Oberleutnant (der Reserve) Gershon Matalon, und wieder setzte er sich in die Nesseln, weil der Herr Rechtsanwalt darauf bestand, ein gutes Verhältnis zu den Richtern und nicht etwa zu Antebis Behauptungen zu wahren. Da begriff unser junger Freund noch etwas: Der Rechtsanwalt ist Teil des Kreises, sein eigener Schrei verhallt ungehört, es sei denn, der Herr Rechtsanwalt übersetzt ihn für den Richter im Zentrum des Kreises. Abermals landete er in einem Militärgefängnis, diesmal für sieben Jahre. Jetzt – während jener langen Abfolge von Verhandlungen, an deren Ende er stets aufs Neue gefragt wurde, ob er wieder im Libanon Dienst tun werde, Nein sagte und zurück in die Arrestanstalt geschafft wurde – besuchte ihn sein geliebtes Gretchen bereits, hatte es geschafft, eine Besuchserlaubnis zu erhalten. Er wartete auf ihre Besuche, sprach aber wenig mit ihr. Gretchen klammerte sich an seinen Radikalismus, verehrte ihn. Bei den Besuchsterminen saß sie inmitten einer langen Reihe von Besuchern, vor den wachsamen Augen des Aufsehers. Manchmal erzählte sie ihm auf Englisch etwas über ihr gemeinsames Zuhause oder über einen Ausstellungskatalog, den sie gekauft hatte. Er nickte nur. Den ganzen Tag schwieg er, quälte sich mit Grübeleien, wann sie wohl wiederkäme, und wenn sie dann auftauchte, schnürte es ihm vor lauter Liebe die Kehle zu. Wenn sie nicht kam, wurde er von Zorn erfüllt, war sich sicher, dass sie ihn verlassen hatte, dass sie seiner überdrüssig war, und wenn sie dann doch kam, erfasste ihn Reue. Es gibt Menschen, die bringen in sieben Jahren Kinder zur Welt, gehen zusammen zur Elternversammlung im Kindergarten. Doch nicht Antebi und Gretchen. Die Jahre rinnen Menschen wie ihnen durch die Finger. »Beim nächsten Mal, wenn du kommst, werd ich dir ein Gedicht geben, das ich geschrieben hab«, flüsterte er ihr zu. »Auf Englisch?«, fragte sie erfreut. »Wieso denn das? Auf Hebräisch. Ah, es ist kein Liebesgedicht, ich will nur, dass du es aufhebst. Ich werds niemals veröffentlichen.« Er fand einen Weg, ihr heimlich das Gedicht zuzustecken, das er geschrieben hatte und liebte. Und wem schrieb er aus dem Gefängnis? Nur Brigadegeneral Lotem. Seinen ganzen Zorn legte er in diese Briefe, die immer dieselbe Frage und Antwort beinhalteten: »Warum ich Sie verachte? Weil Sie nicht den Mut haben zu sagen: ›Mein Weg war ein Irrtum.‹« Und einmal schrieb er auch: »Denken Sie, ich erinnere mich nicht, wie Sie geschrien haben, als ich den Jungen erschossen hab? Und wie ich mich erinnere. Das Blut des Jungen schreit in meinem Kopf aus Ihrem Mund.« Die Briefe erreichten niemals ihren Adressaten, wegen der Gefängniszensur. Andere Kriegsdienstverweigerer im Gefängnis hielten sich von ihm fern. Antebi hatte kaltblütig einen arabischen Halbwüchsigen umgebracht – über eine solche Angelegenheit können die Linken nicht einfach zur Tagesordnung übergehen, und zu Recht. Die meisten ihrer Kameraden hatten weitergekämpft oder sich mit Erfolg gedrückt, waren unter falschen Vorwänden nicht in den Krieg gezogen – und jene im Gefängnis waren die eigentlich Mutigen. Es gab dort, zum Beispiel, einen Gymnasiallehrer für Geschichte, der kurz davor stand, einen Festvertrag zu bekommen. Seine Frau war schwanger, und er redete in einem fort über das Unglück, das er über die zarten Knospen seiner Familie bringe. Sie würden ihn rauswerfen, sobald er hier rauskomme. Und dennoch gab er nicht nach, wurde verurteilt und eingesperrt, wieder und wieder. Seine hochschwangere Frau war anfangs fassungslos, ihr Vater – Offizier in einem der vergangenen Kriege – hatte ihnen schließlich bereits eine Wohnung gekauft und zürnte jetzt ihrem Mann und ihr auch, doch trotz allem rekrutierte sie sich selbst für den Kampf, kam zu Demonstrationen auf dem

Berg gegenüber, schwenkte eine orangerote Fahne, die sie sich gemacht hatte, damit er sie von weitem sehe, auf der Bergkuppe, die den Gefängnisinnenhof überblickte. Antebi versuchte, sich ihnen zu nähern, doch statt sich zurückzuziehen, als ihm bewusst wurde, dass sie Distanz zu ihm wahrten, fuhr er fort, mit ihnen über ihre armselige Haltung in Bezug auf die Verweigerung eines Einzelnen zu diskutieren. Niemand ging auf seine Argumentation ein. Sie wollten einfach nicht mit ihm reden. Die Kränkung blieb ihm wie eine Gräte im Hals stecken. Die Gedanken löschte er ebenso schnell, wie sie sich entzündeten. Dann verfasste er sein einziges Gedicht, das er durch Gretchen rausschmuggelte, und bevor er entlassen wurde – plötzlich und unerwartet wurde er begnadigt, ohne darum ersucht zu haben –, meinte der Gefängniskommandant, Oberstleutnant Ari Bergson, zu ihm: »Ist das ein Wunder, dass wir in diesem Krieg nicht siegen? Irgendjemand beim Oberkommando ist damit beschäftigt, auf dich aufzupassen, anstatt zu siegen.« Antebi antwortete nicht. »Es war auch ein Einarmiger vom Inlandsgeheimdienst hier. Denkst du, wir hätten dir so viele Besuche von der Deutschen gewährt, wenn nicht dieser Einarmige gewesen wäre?« Als Antebi nach Hause kam, war er zermürbt. Jedes Mal, wenn Gretchen über seine mutige Tat sprach, verfiel er in Schweigen, selbst mitten im Gespräch, selbst im Bett, beide sind sie nackt, sie kuschelt sich an ihn und sucht wie eine Blindmaus nach seinem Hals, mit dem Finger, spricht deutsch. In so vielen Dingen vertraute er ihr – sie gingen zusammen in Ausstellungen, sie war seine Führerin, konnte die Bildränder betrachten und erkennen, von wo die Bedrohung für das Vollkommene kommt, für das Zentrum, wo der Fleck ist, sprach über das Erhabene, über das Dämonische in den Gemälden der Renaissance – aber in allem, was mit ihm zu tun hatte, wollte er, dass sie den Mund halte. Wollte sagen: Liebe nur meinen Körper, meinen Schwanz. Was dachte sich dieser Idiot? Wie lässt sich eine Umarmung genießen ohne den Glauben an das, was darüber hinausgeht?

Gretchen war wütend auf sein schreckliches Schweigen, obgleich sie mitmachte, wenn er sie ungefragt auf den Bauch wälzte und sie sich sogleich verkrampfte. Bis gerade eben war sie sanft und großzügig, warm und liebend und nie warnte er sie vorher. Er war sensibel und sie verkrampft, bis der Schmerz verging, beleidigt, weil er sein Schweigen eisern wahrte, denn in jenen Momenten, als sie auf seine pikende Matratze gedrückt lag, die Wange ins Kissen gepresst, wartete sie eine Sekunde lang, die alles entscheidende Sekunde, und plötzlich spürte sie ihn, zunächst den ganzen, sehr warmen Körper, sein Schamhaar war ihr angenehm, von hinten zwischen den Schenkeln, sehen konnte sie ihn überhaupt nicht, als sei ein betäubender Riese seinem verschlossenen Mund entstiegen und jetzt anstelle Antebis jemand anderes dort am Werk, über ihr, von hinten, ein großer Schatten, der sich an der Wand bewegte, als pendle die Lampe im Wind hin und her, dabei wollte sie nichts mehr, als sich zu ihm umdrehen und ihn auf seinen fein geschwungenen, von zartem Flaum bedeckten Hals küssen, wollte, dass auch er ihr einen Kuss gäbe, zärtlich, aber auch nach dem Sex saß er an die Wand gelehnt, rauchte, war leer von jedem Wort. Und was letztlich wollte sie? Dass er ihr etwas Nettes sagte, etwas, das sie aus dem tiefen Loch wieder herausholen würde, in das sie gefallen war, und was vor dem Sex wenigstens wie ein Lächeln gewirkt hatte, erinnerte jetzt, nach dem Sex, an ein Verhör bei der Polizei, wenn der Ermittler die ganze Nacht und auch die kommenden Tage hat und die Verhörte, die nicht weiß, bis wann das hier alles dauern wird, immerzu reden lässt, und sie redet, vor lauter Angst, Sorge oder aus dem Wunsch, das Schweigen zu brechen, denn das Schweigen ist tatsächlich unerträglich, alles löst sich auf darin, und immer wieder, ohne gleichbleibenden Rhythmus, ohne Ordnung, wechseln eine kleine Gefälligkeit, ein großes Vergnügen, Erdrosseln, Schmerz, Weinen, Blut, Gefälligkeit einander ab, lässt sich unmöglich die Sanftheit erklären, mit der er sie streichelte, wenn sie weinte, streichelte, ohne einen Laut von sich zu geben, ihre Tränen fortwischte und bat, sie möge ihm aus *Faust* zitieren: »Ich bin der Geist, der stets verneint«, und so weiter. Er sprach ihr nach mit seiner heiseren Stimme, fing bereits an, sich in das Rezitieren zu verlieben. Und nach ein paar solchen Jahren dachte Gretchen schon an nichts Dramatisches mehr, vielleicht bloß noch an die Fahrt nach Eilat, in die Sonne, während Antebi vielleicht nur daran dachte, dass es ihm nicht schlecht ging und alles so weitergehen solle, und keine Frage wie ›Was wird sein?‹ – wenn sie denn überhaupt an eine solche Frage dachte oder eine Antwort darauf wollte – und keine Antwort würde jemals aus seinem Mund kommen, denn ihm geht es gut, und wenn es ihr schlecht geht, soll sie gehen, auch dann wird es ihm immer noch gut gehen. Ihr Erfahrungsschatz war reicher als der seine, ja sie war sogar gezwungen, ihn anzulernen, unwillig, nahm ihn in die Hand und dirigierte ihn, wobei sie ihn zuweilen hinbugsierte, wohin sie gar nicht beabsichtigte, und vielleicht wurde sie so schwanger. Danach beschlich sie eine vage Angst, wie Kinder, die etwas angestellt haben, zusammen, ohne Firmament, ohne Horizont, schon nicht mehr zwei Welpen, die aus einer verschwommenen Unendlichkeit saugen, gemeinsam zappeln, vor lauter Freude ganz aus dem Häuschen sind, sondern zwei Menschen ohne Eltern, ohne Gott, ohne Freunde, ohne einer den anderen, ohne einen Ort, wo sie hätten hingehen können. Wäre nach dem Sex ein tiefer Schlaf über sie gekommen, wäre alles anders gewesen, aber die Wachheit brachte sie um, beide konnten sie nach dem Sex nicht einschlafen. Irgendwann also sagte sie ihm: »Ich bin schwanger.« Worauf Antebi in seinem wackligen Deutsch erwiderte: »Du bestimmt wissen, was machen damit.« Und sie, leichenblass: »Ja, ich hab schon alles geregelt.« Am nächsten Tag verließ sie das Haus, um alles zu regeln, und kehrte nie wieder. Draußen brannte der Sommer und aus dem Treppenhauseingang wehte ihr ein warmer Wind ins Gesicht, versetzt mit Staub und Ruß von Omnibussen, als sie von den Massen verschluckt wurde, über die niemand etwas zu wissen imstande ist dank der Unzahl von Richtungen, Menschen, Motorrädern, Bedürftigen, Gruppen, Vereinsamten. Ihr Pech hatte sie ausgerechnet Antebi treffen lassen. Und sollte sie nach Deutschland zurückkehren, würde sie nicht ihr vorheriges Leben suchen, es ist schließlich ein riesiges Land mit einer Unmenge von Städten und Menschen, die selbst diejenigen vergessen, die sie mal gekannt haben, sodass einer, der ihre Bekanntschaft machen würde, sich gewiss nicht an ihren Namen erinnerte, und sollte sich doch einer an ihren Namen erinnern, würde sie nicht mit ihm reden wollen, denn erst die Hälfte ihres Lebens war vorüber. In seiner Vorstellung tauchte sie in den großen Städten unter, und jeder Name einer deutschen Stadt weckte in ihm Bilder von glänzenden Schaufenstern, Bergen und Seen, eine Straßenbahn kommt aus dem geschäftigen Zentrum und erreicht die grünen Hügel außerhalb der Stadt, einen kleinen Berg mit Kühen auf einer Weide, kleine Mädchen mit Zöpfen in Matrosenanzügen, und auf all diesen wundervollen Bildern ist Gretchen immer an irgendeinem kühlen Ort, mit ihren blauen Augen wie zwei stille Seen, ein kleines, artiges Mädchen. Antebi wäre bereit gewesen, jeden Zentimeter ihres Körpers zu küssen, damit sie zurückkäme.

Manchmal sagte er sich verbittert, wie viel er für sie geopfert hatte, was nicht vollkommen an den Haaren herbeigezogen war, weil er tatsächlich ziemlich viel geopfert hatte. Schließlich waren seine Eltern nicht direkt aus Saloniki hier eingetroffen, sondern via Mauthausen, und warum sollten alte

Menschen, die Hitler mit eigenen Augen gesehen haben, in ihrem Haus eine Deutsche empfangen wollen? Und wer weiß, ob der Enkel, den er ihnen eines Tages bringen würde, sie nicht mit fürchterlichen Ausdrücken belegen würde? Verständlich, dass Antebi ihnen niemals verriet, mit welch fürchterlichen Ausdrücken sie seine Eltern in ihrem Viertel bedacht hatten, doch wie auch immer, Gretchen hatte nichts damit zu tun, was man seinen Eltern angetan hatte. Antebis Mutter biss sich auf die Lippen, nahm noch eine Zigarette, hustete, sah dabei die ganze Zeit seinen Vater an, um seine Zustimmung zu erhalten. »Jesu mio«, meinte sie dann zu einem von ihnen beiden, mehr nicht. Wie viele Stammbäume hat jeder Ort auf der Welt, von jenen, die dort gewohnt haben, und jenen, die jetzt dort wohnen, jedes Haus hat seinen, ja sogar jeder Mensch, in einem Jahrhundert sind ganze Völker von Ort zu Ort gezogen, und zuweilen verlieren Menschen ein kleines Mädchen in der großen Hektik, verliert eine Frau ihren Sohn, den sie unter Qualen zur Welt gebracht hat, wer kann solche Dinge verstehen, wenn er nicht selbst schon einmal in panischer Hetze aus seinem Haus geflohen ist, weil geschossen, bombardiert, gebrandschatzt, vergewaltigt wurde. Menschen hören auf, an einem Ort zu leben, und fangen an einem anderen neu an, das heißt, wenn sie unterwegs nicht krepieren, und nach all den Strapazen und dem Versuch, einen Sohn zu bekommen, den Fehlgeburten und dem Tod des kleinen Mädchens, Rosa hatten sie es genannt, schleppt ihnen ihr Sohn mit einem Mal diese Frau Hitler an, was Wunder also, dass sein Vater auf Spaniolisch sagt, es wäre besser für ihn zu sterben, doch der Sohn will all das nicht hören, es geht ihm gut mit Gretchen, sie ist nicht schuld an dem, was den Juden passiert ist, sie versteht dein Leid, Mama, besser als etliche Damen, die mir früher oder später gesagt haben, »Ich hab deine nervöse Mutti satt«, (wie ich zum Beispiel, weil ich keine Deutsche bin), und wenn es seinen Eltern nicht gefällt, Gretchen zu sehen, werden sie ihn auch nicht mehr zu Gesicht bekommen, Schluss, aus, ohne Nervenzusammenbrüche und Prinzipienreiterei. Weshalb, als seine Mutter dann starb, sein Onkel Matalon auf der Beerdigung schrie: »Verschwinde von hier, du Lump, du hast deine Mutter umgebracht.« Die ganze Trauerfeier über weinte ihr Bruder, und sein Sohn, Rechtsanwalt Gershon Gold, wusste nicht, wie er dem Weinen seines Vaters ein Ende machen sollte. Für einen Moment überlegte er, ihn ganz fest zu halten, schreckte aber zurück und überließ am Ende seinen Vater der Obhut der guten Nachbarinnen. Antebi ignorierte das Geschrei, erwiderte nichts. Sie hatten Recht, schließlich hatte er ja seine Mutter umgebracht, sehnte sich auch sehr nach Gretchen, nach ihrem Körper, war nicht eine Nacht bei seiner Mutter geblieben seit dem Tag, da sein Vater gestorben war, jeden Abend, nachdem sie eingeschlafen war, in den zwei Monaten ihres Witwendaseins, hatte er dagesessen und gewartet, dass sie einschliefe, hatte ihre Hand gestreichelt, ihr geschworen, dass die Deutsche schon nicht mehr im Land und es nur seine Hündin sei, die darauf warte, dass er wiederkomme. Die Trauergemeinde war auseinander gegangen. Es war Sommer. Über dem Nachbargrab schwirrten Fliegen. Die Erde nimmt eben nicht alles auf. Antebi kehrte zurück in die Wohnung seiner Eltern, um sogar die Federbetten und Bezüge, die für ihn bereitlagen, auf die Straße zu werfen, auch die schmerzhafte Korrespondenz seiner Eltern in Sachen Hitler, ein Schriftwechsel, bei dem er gezwungen gewesen war zu helfen, und mit einem Mal war alles, was seine Hölle gewesen war, seine Eltern, die mit eigenen Augen Hitler sahen, das Sichschämen ihres Sohnes vor den Nachbarn, der Spott, die Beschimpfungen und Prügeleien – war all das zusammen mit seiner Mutter verschwunden. Er verzieh ihr, rahmte ein Bild von ihnen und der kleinen Rosa, die noch vor dem Leben hier gestorben war, und hängte es in seiner Wohnung auf. Er glaubte seiner Mutter. Hitler war hier gewesen und seine Mutter hatte ihn gesehen. Wer an Seelenwanderung glaubt, versteht die Luft nicht, aus der alles zu einem Meer wird, in dem die Seelen ertrinken. Anfangs sieht man noch ihre Augen wie bei großen Tintenfischen, die tiefen Wurzeln der verlorenen Welt im Meer, und dann füllen sich die Augen mit Salz, werden wie die Gedärme des Polypen ausgespült und zurück bleibt nichts, ein großes Meer.

Wenn man ihn nach seinem Anteil an der Affäre Antebi fragte, würde Doktor Pippano nicht leugnen, dass alles damit begonnen hatte, dass er keine Hündin auf dem Dach wollte. Eines Abends hatte er dort an die Tür geklopft. Im Sommer war das. August 1990. Saddam Hussein, hieß es im Radio, sei in Kuwait eingefallen und habe das Land besetzt. Pippano wartete vor der Tür im Dachgeschoss, nach neunzig Stufen. »Wer ist da?« – »Pippano vom Hauskomitee.« – »Wer ist da?« – »Pippano vom Hauskomitee.« – »Wer?« Und so immer weiter, um ihn lächerlich zu machen. »Weswegen?« – »Wegen der Hausordnung.« – »Was?« – »Wegen der Hausordnung.« Am Ende dann stand Antebi vor ihm in der Tür, halb nackt. »Ach, du bist das. Warum hast du nicht gleich gesagt ›der, der in der Post rumschnüffelt‹?« Pippano senkte die Augen und sagte: »Reden Sie höflich mit mir oder ...« – »Oder was?« – »Oder Sie werden hier nicht länger wohnen.« – »Ich werd hier nicht mehr wohnen? Wer bist du, dass du mir sagst, ich werd hier nicht mehr wohnen?« Pippano wich zurück. Ein Schuh landete auf seinem Kopf. Tat ihm weh. Er war beleidigt. »Du wirfst mich aus meinem Haus?«, brüllte Antebi hinter ihm her. Pippano drehte sich um, wollte eine Entschuldigung verlangen, die ihm aber wie eine getrocknete Feige im Mund stecken blieb. Die Tür wurde zugeworfen und Pippano stieg zögerlich die letzten

Stufen wieder hoch, klopfte erneut und sagte leise, aber unmissverständlich: »Es wird Ihnen alles nichts helfen.« Antebi riss die Tür auf. Pippano fuhr zusammen, erstarrte. »Was willst du, Schnüffler?« Pippano sagte zu ihm: »Dass Sie ihre Hündin wegschaffen, der Hausordnung gemäß.« Antebi war sprachlos. »Du? Schämst du dich nicht?« Und dann ohrfeigte er Pippano mit voller Kraft. Pippano strich sich über die Wange und sah Antebi an. Seine Augen baten vermutlich um Gnade, entgegen seiner Absicht. Das Licht im Treppenhaus ging aus und Pippano blieb im Dunkeln zurück. Tastend suchte er sich seinen Weg nach unten, in der Dunkelheit, wäre beinahe gefallen, fand keinen Schalter, um das Licht wieder anzuknipsen. Was bewegt einen Menschen, plötzlich, aber buchstäblich plötzlich und wie aus dem Nichts, herzugehen und etwas zu tun, was er über Monate gewollt, aber nicht getan hat? Er hatte eine Karteikarte fertig beschriftet, mit dem Füllfederhalter, war aufgestanden, um sich Abendessen zu machen, hatte ein hart gekochtes Ei in den Salat geschnitten und Ziegenkäse hinzugefügt, hatte sich die Hände gewaschen und das Trockentuch zurück in die Abseite gehängt, sich hingesetzt, um noch eine Karteikarte zu beschriften, war aufgestanden, um Suppe zu kochen, hatte sich abermals am Schreibtisch niedergelassen und noch eine Karteikarte angefertigt. Und da war ihm der Mieter auf dem Dach eingefallen. Jetzt, beim Die-Treppe-Hinabsteigen in der Dunkelheit, war ihm klar, dass er nicht mehr an seinen Schreibtisch würde zurückkehren können, wusste er, wie ihn die Kränkung der Ohrfeige keinen Schlaf würde finden lassen und dass niemand ihm gegen diesen Rohling zu Hilfe kommen würde. Vielleicht sollte er sich besser mit dem Kerl abfinden? Ihn um Verzeihung bitten? Die Suppe wurde kalt. Das Buch auf dem Tisch – an der Stelle aufgeschlagen, an der er zu lesen aufgehört hatte – und die auf neue Notizen wartenden Karteikarten weckten

Abscheu in ihm. Er schüttete den Salat in die Spüle. Auch die Suppe. Kehrte an den Schreibtisch zurück. Er hat keine Assistenten. Muss alle Hefte selbst korrigieren. Die Wange brannte. Er sprach arabisch mit sich selbst. Was er immer tat, um nicht zu weinen. Löschte das Licht und trat zum Fenster. Ich bin zu klein. Draußen parkte ein Wagen. Die Flamme eines Streichholzes flackerte im Wageninneren auf. Das Gesicht eines Mannes. Die Flamme erlosch. Die Wange brennt. Auf dem Bildschirm des Computers flimmerten die Buchstaben in giftigem Grün. Pippano tippte die Einladung zu einer außerplanmäßigen Mieterversammlung. Gegenstand: Sein Rücktritt aus dem Hauskomitee. Unverzüglich begab er sich zu den Briefkästen, um die Einladungen zu verteilen, damit er es sich nicht noch anders überlegte. Der Vorwurf des Herumschnüffelns in der Post fiel ihm ein. Er schaltete kein Licht an. Warum zittern mir die Hände? Er hatte alle verteilt. Antebis Briefkasten überging er. Kehrte zurück in seine Wohnung. Die Spüle musste sauber gemacht werden. Er hatte vergessen, sich heute zu rasieren. Würde ganz der Sohn seines Vaters sein. Warum war das alles nötig gewesen? Leise schritt er durch seine Wohnung, obwohl er im Erdgeschoss wohnte. Er hatte kein Alibi. Würde in die leere Wohnung fahren. Im Bett seines Vaters schlafen. Warum hatte er so dringend ein Rundschreiben aufsetzen müssen? Jetzt musste er von dem Streit erzählen, von der Ohrfeige. Er würde die Einladungen wieder einsammeln. Er öffnete die Tür zu seiner Wohnung. Genau in diesem Moment trat Frau Ojerbach ins Treppenhaus, in der Hand die Einladung zur Mieterversammlung. Sie schaltete sich das Licht an und las, lächelte ihm zu und hörte dann auf zu lächeln. »Warum sind Sie immer allein?« Ihre Stimme war hoch und heiser. Pippano zuckte mit den Schultern. Das Licht ging aus. Sie standen im Dunkeln. Pippano knipste das Licht wieder an. Vielleicht würde sie bei Licht leiser sprechen. »Ein

Mensch muss jemanden haben, den er anrufen kann.« Sicherheitshalber drückte er beständig auf den Lichtschalter. »Das Alleinsein hat Vorteile, Frau Ojerbach.«

Als Jehoschua Pippano für ein Sabbatjahr in Oxford gewesen war, hatte er eine Dozentin kennen gelernt, im Ashmolean Museum of Art and Archaeology. Tag für Tag war er dorthin gegangen, um sich ein Gemälde anzusehen, hatte reglos davor verharrt, eine Madonna mit Kind, über der drei Engel schweben, hatte das Bild zufällig entdeckt, war dann, weil er den Namen des Malers vergessen hatte, zu dem Gemälde zurückgekehrt, wollte sich den Namen in sein Notizbuch schreiben und war dann stumm vor dem Kunstwerk sitzen geblieben und hatte sich ganz allmählich darin verliebt. Das Halbdunkel des Bildes war ihm angenehm, der verschlossene Blick der Madonna, ihr zur Seite geneigter Kopf, der Säugling, der den Betrachter anschaute. Signorelli hieß der Maler, und draußen begegnete ihm erneut jene Dozentin, dachte, er studiere das Gemälde oder so für ein Buch, das er schrieb. Pippano dachte, sie mache sich über ihn lustig, weil ihm noch nie eine Frau Avancen gemacht hatte. Dann, als er mitbekam, wie sehr sie den Autor Jehoschua verehrte – er selbst hatte noch nie etwas von ihm gelesen – begriff er, dass sie ihn mitnichten verspottete, im Gegenteil. Die Ojerbach kreischte beinahe: »Sehen Sie, Sie müssen nicht beleidigt sein. Ich wollte Ihnen nur raten, sich nicht in Ihre Einsamkeit zu verlieben. Ein Mensch muss schließlich aus sich selbst herausgehen, und wenn Sie noch um Ihren Herrn Vater trauern, wie ich gehört hab, dann gehen Sie und nehmen sie Hilfe in Anspruch, Schluss mit dem Trauern, genug getrauert, es reicht.« Die Augen der Ojerbach waren kalt, argwöhnisch. Erneut las sie seinen Rundbrief. Sie hatte eine große Tasche aus den Tagen, da sie noch wissenschaftliche Mitarbeiterin am Lehrstuhl für Psychologie gewesen war. Als sie die anale Phase durchnahmen, hatte sie ihren

Studenten gesagt, dass sie noch immer in dieser Phase stecke, worauf man sie rausgeworfen hatte. Hätte sie gesagt, sie befände sich noch in der genitalen Phase, hätte man ihr verziehen, ganz sicher. Deren ganze Psychologie hilft ihnen nicht, freier zu sein. Das Licht ging aus.

»Meine Seele hat Krebs, obwohl mein Körper gesund ist. Warum denken Sie, ist auf Hebräisch der *Guf* – der Körper – immer männlich und die *Gufa* – die Leiche – immer weiblich? Ich hasse es, wenn man mich genau deshalb flachlegt. Anfangs kämpfe ich noch wie eine Leopardin und dann, wenn sie es schaffen, mich zu überwältigen, liege ich wie ein Tier, das sich tot stellt, jawohl.«

Schließlich begann sie, die Treppe hochzusteigen. Pippano schaltete das Licht an und meinte leise, erleichtert: »Ein schönen Abend, Frau Ojerbach.« Sie blieb auf dem Treppenabsatz über ihm stehen und erwiderte gereizt, ohne sich umzudrehen: »Außerdem, ich verstehe nicht, warum Sie immer die Tür aufmachen müssen, wenn hier jemand vorbeikommt. Ein bisschen Rücksicht auf die Privatsphäre würde nicht schaden.« Ihr Gekeife klang ihm wie ein Teil seines Schicksals in dieser Nacht. Langsam kehrte er zurück in seine Wohnung. Seine Hündin kam zu ihm, behutsam. Sie wusste, dass sie ihn nicht stören durfte. Gerührt streichelte er sie. Wie sehr er sie in solchen Momenten liebte, wenn sie aus ihrer Ecke angeschlichen kam. Wenn er sterben würde, würden sie sie ins Tierheim bringen. Und wenn er es schaffte, sie zu töten, bevor er starb? Wäre ich fähig, sie zu töten? Nein. Ich bin nicht fähig, irgendwas zu töten. Jehoschua Pippano verachtete sich selbst.

Am Morgen klingelte das Telefon. Es war Holz mit seinem üblichen Anliegen. Hätte Pippano Geld gehabt, hätte er sich eine eigene Wohnung gekauft. Er goss sich Kaffee ein. Seine Hand zitterte. Er wischte die Kaffeespritzer von der Arbeitsplatte. Zuvor, als er pinkeln war, hatte er die Spitzer nicht vom

Toilettendeckel gewischt. Er ging zur Toilette. Die Spritzer waren gelb geworden. Dann kehrte er zurück zu seinem Kaffee und kochte sich dabei eine Grütze. Hatte vergessen, sich die Hände zu waschen, nachdem er gepinkelt hatte. Ging die Hände waschen. Trat zum Spiegel im Bad, betrachtete seine Visage, sein Gesicht war blass, er musste sich rasieren. Die Grütze war zu heiß und er verbrannte sich die Zunge. Am Abend hatte er die Versammlung. Er würde ihnen nichts über Antebi erzählen. Nach dem Mittag versuchte er zu schlafen. Die Minuten verstrichen langsam, wuchsen wie Bartstoppeln. Nur wenige Mieter erschienen zur Versammlung. Saßen auf Stühlen auf dem Rasen. »Was ist los, Pippano?« Er schwieg ein bisschen, nickte dann, als habe er sich überzeugen lassen: »Ich bins einfach leid.« – »Das ist nicht so einfach«, sagte Michal Eybeschitz, ein schöne Frau mit sanftem Gesicht, großem Busen und ziemlich resoluter Stimme. »Wer soll sich denn um all diese Angelegenheiten kümmern?« Wenn eine Frau Schläge bekommt, wird groß Aufhebens darum gemacht, aber wenn ein Mann von einem anderen Mann Schläge bezieht, wird manchmal sogar gefeixt. Das schmerzt. Noch mehr schmerzt, dass man über die Schläge berichten muss und unmöglich kann. Nach langem Schweigen meinte die Eybeschitz: »Ich sehe, dass Sie sich stur stellen, Herr Pippano« – niemals redete sie ihn mit seinem Doktortitel an – »schließlich musste ja irgendwas passieren, damit Sie zurücktreten. Lassen wir jetzt mal das Komitee beiseite. Vielleicht ist das nicht wichtig genug für Sie, Herr Haydn, Entschuldigung, Herr Pippano, meine ich. Erzählen Sie uns, als Ihre Nachbarn, Herr Pippano, was vorgefallen ist.« Er lächelte verlegen. Seine Unterlippe schürzte sich, wenn er lächelte, und er gab sich große Mühe, keinen Speichel herauslaufen zu lassen. »Ich hab einfach gedacht, jemand anderes könnte es machen. Ich mach das schon so viele Jahre.« – »Ich sehe einfach niemanden, der es an Ihrer Stelle machen sollte, sehe ich einfach nicht.« Was glaubst du, dass ich bin? Sein Herz spritzte Blut in Mund und Bauch. Er sagte nichts. Gabi Ojerbach sagte: »Mir würde es nichts ausmachen, im Hauskomitee zu sein.« Die Eybeschitz erwiderte leise: »Gabi, du weißt, dass es dir untersagt ist.« Nach kurzem Zögern sagte Gabi: »Warum sollte es mir untersagt sein? Weil ich einen arabischen Freund habe?« Stille machte sich dort breit. Die fünf Teilnehmer rutschten auf ihren Stühlen herum. »Denkt ihr denn, ich kann keinen arabischen Freund haben, wenn ich die Gebote einhalten will? Er ist ein schöner, kultivierter Mann und nimmt Rücksicht auf mich, anders als ihr.« Die Eybeschitz wartete, und als sie überzeugt war, dass Gabi geendet hatte, sagte sie in leisem, sachlichem, fast Interesse bekundendem Tonfall zu Antebi: »Was ist denn nun passiert?« Gabi hielt sich für ihre Kränkung schadlos: »Antebi hat ihm gestern eine gelangt, das ist passiert, Antebi hat ihm einfach eine gelangt.« Er würde es sich nicht anders überlegen, es sei denn, sie verbannten Antebi aus dem Haus. Die Eybeschitz betrachtete ihn. In ihrem Kopf erklang hartnäckig das Poco adagio aus Haydns *Kaiserquartett*. Sie versuchte, die Melodie zu vertreiben, aber wie Dreck war ausgerechnet diese Sequenz in ihr haften geblieben, nach irgendeinem Symposium über das deutsche Trauma, auf dem das Quartett gespielt worden war. Pippano fühlte sich ganz klein. Sie beäugt mich ständig, erbitterte er sich. Ein Riese entstieg seiner Kehle, aber er sprach nicht aus dem Riesen, sondern aus einem Pippano, den sie nicht im Mindesten kannten. »Ich werde die Hausverwaltung so lange nicht weitermachen, wie dieser Typ auf dem Dach wohnt. Wie oft soll ich denn noch hinter ihm herputzen?« Sie waren seiner Meinung. Die Hündin bellt ständig. Unten warten Rüden auf sie mit purpurroter Erektion. Der kleine Junge aus dem zweiten Stock hat schon zweimal gefragt, was das Rosige sei, das den Hunden unterm

Bauch vorsteht. Ein anderes Mädchen hat sich zu Tode erschrocken, weil es Antebi nackt gesehen hat, als es aufs Dach gekommen ist, um Wäsche aufzuhängen. Und dann, erst dann erzählte Pippano von den Schlägen, die er bekommen hatte. Log nicht. Berichtete allerdings auch nicht von dem Grund, aus dem er nach oben aufs Dach gestiegen war, hatte es vielleicht vergessen, sein Herz war schwer von der Auseinandersetzung, der Versammlung, dem Unvermögen, einfach von seinem Posten zurückzutreten. Deshalb stand jetzt alles auf Messers Schneide: Befördert Antebi aus dem Haus oder entlasst Pippano aus dem Hauskomitee. Wobei es schien, als stehle sich in die allgemeine Betretenheit jetzt auch ein gewisses Vergnügen. Denn Doktor Jehoschua Pippano war es, der bisher die Verwaltungsgebühren eingetrieben, Araber besorgt und die Besen und Schrubber auf seinem Küchenbalkon aufbewahrt hatte, ja sie sogar von Zeit zu Zeit reinigte, der Putzfrau Kaffee machte, Gärtner fürs Rasenmähen und zum Schneiden der Hecke ranholte und dabei gehörig um den Preis feilschte. An jedem Ersten des Monats begab er sich ins Archiv des städtischen Bauamts, um zu sehen, ob von den Bewohnern der fünf umliegenden Häuser eingereichte Anträge auf Modernisierungen oder Aufstockungen vorlagen. Herr Al-Scheich, der Archivar, kannte ihn und setzte ihn sogar in Kenntnis über die verschiedenen Absichten, Chancen und Risiken, Anträge und Einsprüche. Von Zeit zu Zeit rief Al-Scheich Pippano an, um ihn unter der Hand über erteilte Baugenehmigungen zu informieren. Pippano seinerseits begab sich regelmäßig ins Archiv, um die Dinge eigenhändig zu kontrollieren, sich mit Al-Scheich zu unterhalten und Reiseeindrücke mit ihm auszutauschen. Und warum hörte er dann eines Tages auf, Al-Scheich zu vertrauen? Weil dieser sich einmal weigerte, Pippano Rede und Antwort zu stehen im Zusammenhang mit dem Tun eines Einarmigen in eben jenem Archiv. Von Natur aus hegte er keinen Hass gegen Einarmige, das nicht. Auch die große Freundschaft, die Al-Scheich gegenüber dem Einarmigen demonstrierte, weckte keine Eifersucht in ihm, obschon ihm ein derartiger Gedanke kam. Zu guter Letzt fragte Pippano Al-Scheich: »Sagen Sie, wer war der Mann, der bei Ihnen gewesen ist?« Worauf der Archivar erwiderte: »Doktor Pippano, jeden Tag kommen Sie mit anderen Fragen. Ich verstehe Sie wirklich nicht.« Fortan vertraute Pippano Al-Scheich nicht länger, obgleich er ernsthaft daran gedacht hatte, ein Testament zu machen und ihn als Erben einzusetzen, aber dieser Moment der Verleugnung ließ ihn vor Zorn brennen, dabei hatte er es sogar einmal auf sich genommen, auf Frau Al-Scheich aufzupassen, damit der Stadtarchivar zu einem Studientag über den Frieden mit Ägypten hatte fahren können. Die Ärmste glaubte, ihretwegen seien während des 48er-Kriegs alle ihre Freundinnen aus Jaffa vertrieben worden. Al-Scheich ließ sie nie allein. Jeden Tag um Punkt halb vier am Nachmittag kam er nach Hause, um die Pflegerin abzulösen, und blieb den ganzen Rest des Tages bei ihr. Pippano war erfreut gewesen, auf sie aufzupassen, weil er dachte, sie würde ihm von ihren Freundinnen erzählen, aber sie fürchtete sich vor ihm, dachte er sei Araber, vielleicht, weil er ausschließlich arabisch mit ihr sprach, von dem Moment an, da Al-Scheich sie beide sich selbst überließ.

Pippano verließ die Mieterversammlung freudig erregt und guter Dinge. Schnurstracks ging er in sein Zimmer, setzte sich und schrieb Antebi eine Kündigung. Er war aufgeregt, wusste auch, dass ihm eine harte Zeit bevorstand. Später klingelte das Telefon. Er wusste nicht, ob er abnehmen sollte oder nicht. Das Telefon blieb hartnäckig. Die Eybeschitz war dran. Dankte ihm. Ihre Stimme war ruhig. Pippano glaubte nicht, dass sie ihm Avancen machte, aber eine Achtelerektion hatte er nach dem Anruf. Ein Krieg wird ausbrechen und sie werden im

Luftschutzraum sitzen, nur er und sie. Er hat keine Angst. Sie schon. Er nimmt ihre Hände und legt sie um seinen Schwanz. Er schüttelte die Vision ab, beschloss, sich um die Reinigung des Schutzraums zu kümmern. Gegen die Vorschriften der gemeinsamen Hausordnung hielt Pippano sich eine Hündin. Gretchen nannte er sie. Aber ihr Name war ein Geheimnis, das er für sich behielt. Außerhalb des Hauses, in Gegenwart anderer Menschen rief er sie nicht bei ihrem Namen, sondern sagte leise, gleichgültig, mit viel Geduld, aber auch gestreng zu ihr: »Komm, sitz, geh!« Darüber hinaus hielt sich Pippano strikt an das Regelwerk. Die Tatsache, dass er eine Bestimmung missachtete, blieb ihm nicht verborgen, im Gegenteil, hinsichtlich Sauberkeit und Ruhe war er doppelt und dreifach auf der Hut, gerade weil ihm die Hausordnung gerecht erschien und Verstöße dagegen gefährlich, doch auch dieser Umstand geriet mit der Zeit in Vergessenheit und was blieb, war eine Vollzugsanstalt in der Wüste, und wer erinnert sich schon gern an Vollzugsanstalten, gut für uns, dass uns Vollzugsanstalten in Vergessenheit geraten. In uns ist Ruhe und Sorglosigkeit. Wir sperren nicht ein und sind selbstverständlich nicht die, die eingesperrt sind. Das ist schließlich die viel gepriesene Annehmlichkeit des Kolonialismus.

Die Bemühungen, Antebi an die Luft zu setzen, stießen auf eine unvorhergesehene Schwierigkeit. Der Mann holte sich seine Post nie ab. Wer war überhaupt sein Vermieter, fragte sich Pippano. Al-Scheich rief den Leiter des Grundbuchamtes an, um ein gutes Wort für Pippano einzulegen. Wie jeden Akademiker versetzte auch ihn das große Archiv des Grundbuchamtes in Erregung, unzählige Reihen von Regalen, Akten, die vor lauter Blättern zu platzen drohen, Generationen, die längst das Zeitliche gesegnet haben. Aus der Perspektive der Häuser, Vater, sind Menschen armselige Kreaturen. Beziehen eine Wohnung, streichen, richten sich ein, packen zusammen, verschwinden. Während der Monate August und September ging Pippano tagein, tagaus aufs Grundbuchamt. Immer tiefer vergrub er sich in die Suche nach arabischen Wohnungseigentümern. Zu seiner Freude gelang es ihm, Namen von Arabern zu finden, was für ihn wie ein Spaziergang mit seinem Vater war. Sein Vater wusste genau, wo überall in der Stadt bis 1948 Araber gewohnt hatten, sodass es ihm eine Art Zwang war, jedes Gespräch, egal wie interessant es auch sein mochte, zu unterbrechen, um auf diesen oder jenen Ort zu deuten und zu sagen – zuweilen sogar auf Arabisch, als hörte sie niemand: »Hier hat Familie Sahnini gewohnt. Eine gute Familie. Sie hatten einen Sohn, der auf die Landwirtschaftsschule gehen wollte, aber man hat ihn nicht aufgenommen. Später hat er das Gymnasium besucht, hat sogar eine Jüdin geheiratet. Ist weggegangen. Sie ist geblieben. Es heißt, 56 sei er umgekommen. Manchmal kommt dir jemand auf der Straße entgegen und du sagst, sieh an Hinawi, *ahlan wa-sahlan* Herr Hinawi, doch wo steckt Hinawi? Wohin hat es ihn verschlagen? Es heißt, sein Sohn sei ein bedeutender Arzt in Europa, Ali heißt er.« Viele Jahre lang hatte der Vater von Übersetzungsarbeiten aus dem Arabischen ins Hebräische für den Inlandsgeheimdienst gelebt, bis dort eine neue Generation das Ruder übernahm und der alte Pippano in Rente ging, verbittert. Sein Gedächtnis stumpfte ab, er ging spazieren und redete nicht, so wie es sich für einen Geheimdienstmann gehört. Manchmal versuchte er, arabisch mit Passanten auf der Straße zu sprechen, und fand heraus, dass die Stadt eine arabischfreie Zone geworden war. Etwas Fernes stieg in ihm auf. Irgendwann, noch vor Gründung des Staates, als seine Freunde aus Jaffa herausgefunden hatten, dass er für den jüdischen Geheimdienst arbeitete, waren sie auf Distanz zu ihm gegangen, dabei hatte er nicht vor, ihnen irgendwie zu schaden, wusste auch gar nicht, dass man sie am Ende vertreiben würde. Schließlich fiel Pippano, dem Sohn, wieder ein, weshalb er überhaupt hier war, nämlich um herauszufinden, wer der Eigentümer von Antebis Wohnung war. Er empfand Unbehagen bei dem Gedanken, dass jemand vor ihm in seiner Wohnung gewohnt hatte, und vor diesem noch jemand, und davor noch ein anderer. In jener Nacht erfüllten ihn die Laken mit einem wohligen Gefühl. Er erwachte, schlief wieder ein, wachte auf und nickte erneut ein. Nicht nur jene Forscherin in Oxford war ihm irgendwann über gewesen. Auch die Ojerbach. Auch die Eybeschitz. Warum dann behagte ihm diese Nacht so? Weil wieder und wieder eine Frau zu ihm kam, die er nie kennen gelernt hatte, deren Gesicht er ebenso wenig erkannte wie ihre Stimme oder ihre Berührung, dabei lag er wach, erinnerte sich nicht an sein Alter, nicht an seinen realen Körper, ertrank in Kissen und Bezügen und flüsterte: »Bring mich fort von hier, bring mich fort von hier.« Nein, er wusste nicht, wohin sie ihn bringen sollte, und weshalb er bat, mitgenommen zu werden, denn vielleicht war es ja sein Pyjama, sein abgewetztes Ein und Alles, von dem er sich nicht trennen wollte, weil seine Mutter ihm den einst gekauft hatte, vielleicht also war es der Pyjama, der diese Höhle aus Träumen und Wachträumen für ihn grub. Schön war der Traum und schon nichts mehr übrig von ihm. Er wollte rauchen. Hatte keine Zigaretten. In der Wohnung gegenüber lagen welche, aber dorthin würde er nicht gehen. Vielleicht fickte ja Holz gerade wieder dort.

Bis zum Beginn des Studienjahres hatte Pippano mit allen Personen korrespondiert, auf die er im Grundbuch gestoßen war, hatte von ihnen die Namen der Mieter bekommen, von denen er ebenfalls die meisten ausfindig machte. Manchmal griff er zum Telefon, manchmal setzte er vor seinen Namen den Doktortitel, und zuweilen, nur um seine Nachforschung voranzutreiben, der er jedes Mal andere Gründe beimaß, bediente er sich auch des Titels Professor. Doch den Eigentümer der Wohnung auf dem Dach konnte Pippano beim besten Willen nicht ausfindig machen. Schließlich kehrte er zu Al-Scheich zurück, um ihm einen Teil der Wahrheit zu erzählen. Antebis Verbleib in unserem Haus brannte wie eine Infektion in ihm.

»Im ehemaligen Wäscheraum auf dem Dach wohnt ein gewisser David Antebi zur Miete, der sich eine Hündin hält, entgegen der Hausordnung.«

»Auch ich habe eine Hündin.«

»Wie heißt sie?«

»Ich habe ihr nie einen Namen gegeben. Fünfzehn Jahre ist sie schon bei uns und ich habe keinen Namen für sie.«

»Aber er hat mich geschlagen.«

Al-Scheich schwieg, überlegte vielleicht reumütig, dass er seiner geliebten Hündin einen Namen vorenthalten hatte. Dann besann er sich und hob die Stimme: »Der Mann hat Sie geschlagen, Doktor Pippano. Warum haben Sie mir das nicht gleich gesagt? Sie wollen ihn loswerden und wissen nicht, wer sein Vermieter ist, richtig?« Al-Scheich nahm sich die Hausakte vor, bei ihm sind allein die Pläne der Wohnungen verzeichnet, ohne die Namen der Eigentümer, hier regiert die Logik, ohne dienstbare Geister in Gestalt von Namen und Personen, die das Grundbuch füllen. Plötzlich hob Al-Scheich den Kopf von der Akte und sagte mit abgrundtiefem Ernst: »Es existiert bei Ihnen überhaupt keine Wohnung auf dem Dach.« Er war besorgt. Pippano ebenfalls. Er musste die ganze Sache auf sich beruhen lassen. Aber am Ende war es dann die Stadtverwaltung, die ein Verfahren gegen Antebi eröffnete. Pippano selbst wollte mit der Affäre nichts mehr zu tun haben. Der Richter wies Antebi an, sich selbst um eine entsprechende Vertretung vor Gericht zu kümmern. Wie kann es sein, dass Sie in einer Behausung wohnen, die überhaupt nicht existiert? Antebi antwortete dem Richter irgendetwas Patziges und wurde in die

Arrestzelle geschickt. Danach klagte man ihn der Missachtung des Gerichts an. Abermals wurde ihm vorgeschlagen, sich selbst um eine adäquate Rechtsvertretung zu kümmern. Von irgendwoher tauchte ein bekannter Rechtsanwalt auf und redete in seinem Namen. Antebi sagte: »Ich kann mich selbst vertreten.« Der Richter hörte ihm überhaupt nicht zu. Dann berieten sich Richter und Rechtsanwalt leise miteinander, als sei Antebi gar nicht anwesend. Antebi brüllte erneut: »Keiner vertritt mich. Ich vertrete mich selbst, ja?« Aber sie hörten ihm nicht zu. Eine ganze Sitzung über versuchte der Richter, Antebis Geschrei zu ignorieren, bis Antebi keine andere Wahl mehr blieb und er in der Verhandlungspause auf dem Flur zu diesem Rechtsanwalt trat, doch noch ehe er es schaffte, dem Herrn Rechtsanwalt zu erklären, er vertrete sich selbst, meinte dieser Lackmeier zu ihm: »Du hast dir dein Leben schon genug versaut. Halt die Klappe und lass die Großen sich um deine Angelegenheiten kümmern, Jungchen.« Antebi geriet in Rage, packte ihn am Kragen und schüttelte ihn, nur damit der andere ihm zuhörte, aber Rechtsanwalt Bargil erlitt genau in diesem Moment einen Herzinfarkt und starb. Antebi wurde ziemlich schnell wegen Totschlags verurteilt. Auch hier bekam er einen Rechtsanwalt zugeteilt, aber jetzt weigerte er sich bereits, überhaupt etwas zu sagen. Ohnehin werden sie mir jedes Wort im Mund umdrehen, sagte er mir. Sie verknackten ihn zu gut zehn Jahren. Er verschwand im Keller des Gerichtsgebäudes. Es war bereits Abend und in dem allgemeinen Lärm – Türen wurden aufgeschlossen und verriegelt, Schreie, jemand weckt dich, um zu wissen, wer du bist –, was blieb da von Antebis Gebrüll inmitten dieses Lärms? Es wurde von den Schreien und dem Lärm geschluckt.

Als er in der Vollzugsanstalt in der Wüste eintraf, wurde er aufgefordert, die orangerote Häftlingsmontur anzuziehen, legte seine Kleider ab und stand in Unterhosen da. Jenseits des hell erleuchteten Gefängnishofes war ein Wachturm zu sehen, Stacheldrahtrollen ringelten sich wie Noten und fern am Horizont ragte ein kahler Berg auf, umgeben von einem grauen Himmel wie einer unheilbaren Krankheit. Ein alter Mann kam den Flur vor der Kleiderkammer herunter, in Unterwäsche: »Sie wollen, dass ich Aufseher werde, aber ich bin nicht einverstanden.« Von ferne erhoben sich Stimmen aus dem Häftlingsblock, ein großes Tosen, und ein kleiner Junge schrie: »Ich hab das nicht gemacht, ich hab das wirklich nicht gemacht.« Ein Welpe japste und ein Mann lachte: »Ihr die hier eintretet, lasst alle Hoffnung fahren.« Antebi weinte, *maman.* Das Gemälde mit den tausend Augen an der Wand des Flurs ängstigte ihn. Eine Katze schaffte ihr neugeborenes Junges von einer Seite des Hinterhofs auf die andere, arbeitete sich ängstlich voran, kam zurück, um noch ein Junges hinüberzutragen, und von weitem sang jemand ein Lied, das Antebi schon einmal gehört hatte. Der Abend senkte sich herab, das Gespräch der Aufseher mit dem Kommandanten war beendet, vielleicht hatten sie sich eingefunden, um in einem der Höfe eine Ziege gebären zu sehen, wollten vielleicht den Segen des Gefängnisrabbiners, während Antebi noch immer nackt dahockte und seiner Mutter Zärtlichkeiten zuflüsterte, die Häftlingskleidung nicht anziehen wollte, nur in Unterhosen mit den orangeroten Sachen im Arm kauerte. Die türkischstämmigen Aufseher hatten es eilig herauszufinden, welcher Antebi er denn sei, aber es war bereits zu spät. Längst war er schon gar kein Antebi mehr. Kein Name. Sollten sie ihm die Gedärme rausreißen, er würde auf keinen Namen mehr antworten.

Jetzt ist Antebi in der Zelle. Von draußen ruft ihn ein Aufseher durch die Gitterstäbe: »Antebi, Antebi.« Antebi liegt auf seiner Pritsche, das Gesicht zur Wand. Kann nicht erklären, dass er keinen Namen hat. »Was soll ich machen?«, beschwert sich der Aufseher. »Sie haben gesagt, ich soll ihn bringen.« Antebis Zellengenosse versucht zu vermitteln: »Vielleicht heißt er überhaupt nicht Antebi?« Der Aufseher bemerkt, wie Antebi die Hände vom Gesicht nimmt. Sein Zellennachbar sagt leise zu ihm: »Du bist ja nicht normal. Das ist mal klar. Wirst nicht gut enden. Warum führst du dich so auf? Hier musst du antworten: ›Jawohl, mein Herr‹, selbst wenn sie dich Herr Hitler rufen.« Antebi raunt dem Vermittler zu: »Sie sollen mich überhaupt nicht rufen.« So erfahren die Aufseher, dass er mit gar keinem Namen angesprochen werden will. In die Zelle kehrt wieder Stille ein. Nach ein paar Stunden schreibt Antebi auf einen Zettel: 39081. Und fortan ist dies für ihn sein einziger Name, spielt er die Nummer im Geiste in allen möglichen Formen durch, bloß damit er keine Stimme hat, seine eigene, die ihn ruft, oder die seiner Mutter, die nach ihm ruft, oder sogar meine, aber davon rede ich gar nicht, schließlich hat er sich nicht mal an mich erinnert, als ich ihn besuchen gekommen bin, so hat er zumindest gesagt, und der Aufseher hat versucht, zwischen uns zu vermitteln, hat mir gesagt, ich soll ihn mit seiner Nummer ansprechen, und zu ihm hat er gemeint: »Hier, Iris ist gekommen, die Freundin von Rafi.« Aber er wollte keinerlei Kontakte und ganz sicher keine Fürsprache durch Aufseher, sodass ich verzichtete (was aber nichts damit zu tun hatte, was sie mit seinen Genitalien gemacht hatten, ehrlich nicht). Wie auch immer, niemand in der Zelle sprach mit ihm. Vielleicht erinnerten sich seine Zellennachbarn nicht an seine Nummer. Unmöglich, einem Menschen etwas anzuhaben, der nichts will, denn auch dem Schmerzzufügen sind Grenzen gesetzt. Alle waren sie unschuldig, einige weinten auch manchmal, vor allem nach den Besuchen, glaubten an einen besseren Rechtsanwalt oder eine gelungene Flucht ins Ausland über Ägypten, das jenseits der Berge lag. Sie fingen an, Ägypten zu lieben. Ein paar von ihnen versuchten sogar, die ägyptische Nationalhymne zu lernen, als hätten sie bereits die ägyptische Staatsangehörigkeit bekommen. Einige warteten auf einen großen Krieg, der nach dem Sieg eine Generalamnestie bringen würde. Antebi wollte nichts, auch keine Besuche. Auch ich gab es auf, weil er nie mit mir sprach, vielleicht deshalb, weil ich nicht bereit war, mich um seine Hündin zu kümmern. Mein Vermieter erlaubte es mir nicht, und Antebi, den auch ich gezwungen war, 39081 zu nennen, gab mir die Schuld. Die Hündin verschwand irgendwann spurlos. Ist vielleicht überfahren worden. Oder vielleicht rüber über die Grenze.

Eines Tages erschien der Fahrer des Generals und Antebi gelangte ins Krankenzimmer Lotems, den er aus tiefster Seele hasste. Antebi argwöhnte, Lotem halte ihn zum Besten. Woher kannte er überhaupt Gretchen? Aber Lotem bat Antebi, ihm das Uniformbündel aus dem Schrank zu holen. Antebi zog die Sachen an, wie ihm der geifernde General befahl. Das war nicht, worum Lotem hatte bitten wollen, aber nun mal das, was Antebi verstand. Er zog auch Lotems stinkendes Uniformhemd an und Lotem sagte: »Inderasche.« Antebi wühlte in der Tasche und zog ein vergilbtes Stück Papier heraus. Das war das Gedicht, das er durch sein Gretchen aus dem Gefängnis hatte schmuggeln lassen. Eines Tages stellte er die ganze Wohnung auf den Kopf, um es zu finden und mir vorzulesen (Rafi war verletzt wegen der Sache zwischen uns, dabei war er selbst es, der mich gedrängt hatte, mit Antebi ins Bett zu gehen, und hinterher war er eifersüchtig). Lotem japste Antebi zu: »L-Lies mir v-vor.« Das Gesicht des Generals war starr, bleiern. Erst danach, während des gestammelten, obszönen, erotischen Vortrags ergoss sich ein Lächeln auf seinem Gesicht, irrten seine Augen umher, was liebte er seinen Antebi, hätte ihn beinahe gebeten, nackt hinter seinen Wärtern herzurennen. Jiftach half ihm, Israel zu verlassen. Er gelangte nach Bielefeld. Fand das Haus. Die Wohnungstür war verschlossen. Er eilte in den Park. Gretchen bemerkte ihn als Erste, obgleich er sich vollkommen verändert hatte. Beide waren sie aufgeregt. Hielten sich aber zurück wie echte Deutsche an einem Werktag. Sich mehrfach räuspernd fragte er nach dem Jungen und sie rief den Kleinen unter Scharen von Kindern auf den Rutschen. Antebi warf seinen Sohn hoch, hoch in die Luft.

Das ist nicht das Ende. Seine Mutter summte ihm im Kopf ein Wiegenlied. Wie würde er unter den Deutschen leben können? Möglich, dass er für die Firma *Paz Judaica* arbeiten wird. Irgendjemand aus seiner Einheit hat sich an ihn erinnert und versprochen, ihm irgendwas zu besorgen, aber fürs Erste sitzt er in Gretchens Wohnung, ist vor der Polizei auf der Hut, wartet, dass sein Sohn aus dem Kindergarten kommt, tagein, tagaus, unterhält sich mit seinem Gretchen und auch mit Ali, ihrem Lebensgefährten, Ali Hinawi, dem berühmten Augen- oder Lungenspezialisten. Am meisten aber redet er mit Adam, seinem Sohn, erzählt ihm von sich, von seiner Mutter und seinem Vater, denn das ist es, was ein Vater mit seinem Jungen macht, und der Kleine liegt viele Stunden bei ihm im Schoß, kommt gegen Abend zu ihm, verschwitzt nach dem Spielen draußen mit den Kindern, und versteht Antebis Hebräisch nicht. »Hiné Adam«, sagt Antebi wieder und wieder und der Junge spricht genüsslich die hebräischen Worte nach, »Hineh Adam, hineh Adam« – hier ist ein Mensch.

August 1999 – August 2001

Der Übersetzer

Markus Lemke, geboren 1965, studierte Orientalistik und Islamwissenschaften in Bochum, Kairo und Tel Aviv und übersetzt seit 1995 unter anderem auch Yoram Kaniuk und Joshua Sobol. 2000 und 2004 erhielt er den Hamburger Übersetzerpreis.

Yitzhak Laor im Unionsverlag

Steine, Gitter, Stimmen

Jizchak Kummer ist hochrangiger Offizier des Inlandsgeheimdienstes Shabak, übergewichtig, mit Brille und Narbe hinter dem Ohr. Er ist zum Islam übergetreten und von seinem letzten Einsatzort Gaza unabgemeldet verschwunden, nachdem ihm Ismail, ein palästinensischer Häftling und wichtiger Informant, entwischt ist. Die beiden verbindet eine gemeinsame Vergangenheit.
Doch wer ist Ismail, wer ist Kummer wirklich? Der Geheimdienst bestreitet, dass es in seinen eigenen Reihen einen Verräter geben könnte oder dass ein Mann namens Jizchak Kummer überhaupt existiert.

»In diesem mächtigen Roman des israelischen Autors Yitzhak Laor gibt es so unendlich viele Geschichten voller Grauen, Einmaligkeit und voller Witz, dass man den Eindruck bekommt, mitten in Israel und Palästina angekommen zu sein. Man meint, eine moderne Ausführung der Bibel verschlungen zu haben und erstaunlich viele Schicksale zu kennen. Bei all den unterschiedlich temperierten Elementen des Romans bleibt seine kluge, schlackenlose Sprache ein Hauptmerkmal.« *Zsuzsanna Gahse, Neue Luzerner Zeitung*

»Wie erschließt man sich dieses radikale, verrückte und schockierende Buch? Am besten durch kreuz und quer gelegte Lesefährten. Mit Vorteil fängt man im fünften Kapitel an, das ins Auge des Sturms und in die Vorgeschichte des Libanonkrieges führt. Von dort kann man sich kapitelweise nach vorn arbeiten oder zum Ende leiten lassen von einer Reihe anrührender Episoden. Keinesfalls sollte man dort aussteigen, wo der Autor selber es einem nahelegt. Dann verpasste man den überraschend zärtlichen Schluss.«
Gunhild Kübler, Frankfurter Rundschau

Rund ums Mittelmeer

Jean-Claude Izzo *Aldebaran*

Drei Seemänner, deren Reeder Konkurs gegangen ist, wollen sich nicht damit abfinden, ihren Frachter zu verlassen. Auf ihren Landgängen tauchen sie ein ins vibrierende Leben von Marseille. In dieser Stadt voller Erinnerungen suchen sie ihre Zukunft.

Driss Chraïbi *Die Zivilisation, Mutter!*

Der Weg dieser marokkanischen Mutter führt aus einer archaischen Welt mitten in die Turbulenzen dieses Jahrhunderts. Stolz, sprühend und selbstbewusst erobert sie sich die Welt.

Assia Djebar *Das verlorene Wort*

Nach zwanzig Jahren in Frankreich kehrt Berkane nach Algerien zurück. In einem Haus am Meer, später reisend, fotografierend, will er wieder Fuß fassen. Erst in der Begegnung mit Nadjia findet er zu seiner Vergangenheit. »Dies ist eines von Djebars bewegendsten Büchern.« *Le Monde*

Nagib Machfus *Miramar*

Alexandria – die Stadt des Sonnenlichts, von Himmelswasser rein gewaschen, das Herz voll Erinnerungen, voll der Süße des Honigs und der Bitternis von Tränen ... Die Pension Miramar hat ihre besten Zeiten hinter sich, sie ist zum Zufluchtsort einer zusammengewürfelten Gästeschar geworden.

Sahar Khalifa *Die Verheißung*

Ein Roman aus dem Herzen Palästinas und die Geschichte einer dreifachen Liebe: zwischen einer Christin und einem Muslim, zwischen den Generationen und zu der Stadt, die einst eine Hoffnung war: Jerusalem.